五《ご》葉《よう》のまつり

新潮社

今村翔吾

五葉のまつり　目次

装画　朝江丸

五葉のまつり

まつりの序

道とも言えぬ道を、多くの男が駆け抜ける。噎《む》せ返るほど土の香りが立ち上り、路傍の野花、木々までがさざめいていた。

人の流れは留まることなく、いつ終わるとも知れない。すでに一刻《とき》（二時間）以上も、この状態が続いている。

「慌てるな！」

石田《いしだ》三成《みつなり》佐吉《さきち》は喉を絞り、嗄《か》れかけた声で叫び続けていた。

――ここが勝負所なのだ。

常にそのことが三成の頭にはあった。

昨天正《てんしょう》十年（１５８２年）六月、天下統一を目前にしていた織田《おだ》信長《のぶなが》が、家臣の明智《あけち》光秀《みつひで》に討たれて京の本能寺で横死した。

その時、三成の主君羽柴《はしば》秀吉《ひでよし》は、織田家の軍団長として、中国の毛利《もうり》家と一進一退の攻防を繰り広げている最中であった。秀吉は事実を隠して毛利家と和睦を結び、大急ぎで陣を退《ひ》き瞬く間に畿内へと引き返した。僅か十日で、実に五十八里を踏破したこの行軍を、世の人はすでに、

――中国大返し。

などと、呼称している。

羽柴軍は山城国《やましろのくに》山崎《やまざき》の地にて明智軍と激突。結果、羽柴軍の大勝利に終わった。戦《いくさ》の采配は勿論《もちろん》の

ことだが、疾風の如き速さで戻ったことも大きな勝因と言えよう。

その後、重臣たちが集まって織田家の行く末を清洲《きよす》で協議した。筆頭家老の柴田《しばた》勝家《かついえ》が牽制してきたものの、主君の仇《あだ》を討った功もあり、秀吉は終始話の流れを有利に進めた。そのため険悪な関係は修復されずに手切れとなり、今まさに、近江《おうみ》賤ケ岳《しずたけ》で睨み合う恰好となっているのだ。

その膠着の最中、勝家と結んだ織田信孝《のぶたか》が秀吉討伐を掲げ、岐阜城にて兵を挙げた。これに対し秀吉は賤ケ岳に軍の半数を置き、残りの兵を率いて岐阜城へと向かう決断を下した。

三成が軍議に呼ばれたのは、岐阜に向かう途次のことである。三成は当年二十四歳。秀吉の小姓衆《こしょう》として仕え、近年では少しずつ大きな仕事も任されるようになっていたが、中枢を担う軍議に呼ばれたのは初めてのことであった。

そこでの秀吉の言葉に、三成は唖然となった。

——柴田軍が動き次第、三刻で賤ケ岳まで戻る。

途方もない。岐阜から賤ケ岳まで十六里。通常、丸三日は要する。仮に中国大返しの時と同じ速さでも、丸二日は掛かる距離だ。あくまで全軍ではなく先頭だけとはいえ、僅か三刻で戻るなど常軌を逸しているとしか言いようがない。

だがそれ以外、柴田軍を一挙に打ち破る策はないと秀吉は考えているらしい。

さらに秀吉は三成にあることを命じた。その内容に再び絶句したものの、三成に断るという選択肢はない。

秀吉から具体的な指示は何もなかった。普段は決してそうではない。時には細々したことを、懇切丁寧に示してくれる主君である。

——殿も……切羽詰まっておられるのだ。

秀吉の瞼《まぶた》が激しく痙攣《けいれん》していた。これは追い詰められた時に見られる現象だと、近くに仕えてきた三成は知っている。

「やらねばならぬ」

眼前を通り過ぎる男たちを見やりながら、三成は独《ひと》り言《ご》ちた。

やり切れれば秀吉が天下を獲るのも夢ではない。反対にしくじれば羽柴家が滅亡することもあり得る。

三成は改めてその重みを嚙みしめつつ、声高く叫んだ。

「握り飯は一人一つまで！」

「腹が減っているのだ。二つくらいよかろう！」

握り飯を両手に取ろうとした男が唾《つば》を飛ばして反論する。

「誰かが勝手をすれば皆に行き渡らぬ。伊吹山《いぶきやま》を越えたところで、もう一つ食える。我慢せよ」

三成が一気に捲《まく》し立てると、男は大袈裟な舌打ちをして再び駆け出した。

道に据えられた台には握り飯が並んでおり、駆り出した近隣の百姓たちが、走る武士に一つずつ手渡している。他に水樽もあり、これも柄杓《ひしゃく》で一杯ずつ汲んで配っている。

――兵糧《ひょうろう》をかなぐり捨てて走る故、兵に水を飲ませ、飯を食わせる段取りをせよ。

数千、数万の兵糧を僅か数日で用意し、しかも踏破の邪魔にならぬようにする。秀吉にどのような手を使ってもよいとは言われているが、それでも難題には違いない。

頭を悩ませた三成が捻《ひね》り出した策は、近隣の百姓たちに炊き出しを行わせる、というものであった。三成は岐阜から賤ケ岳までの道沿いの村々に向けて懸命に頼み込み、時には従うように凄んだ。だが百姓たちにも暮らしというものがある。ただ命じただけで、そう素直に従うほど甘くはない。

そこで三成はさらに一計を案じた。炊き出した米は倍にして返し、水は一樽ごとに銀で買い上げると約束した。するとこの好条件に、百姓たちは挙《こぞ》って炊き出しを行い、道々で配り始めたのである。

道沿いの村の全てが加わってくれているが、とはいえそれぞれの村の持つ米には限界がある。決して余裕はなく、一つの場所で複数の握り飯を取られると、皆に行き渡らなくなってしまう。

「佐吉！」

己を通称で呼びながら、騎馬の男が人の流れに逆らうように向かって来る。

二重の大きな目、やや鷲鼻気味だが高い鼻梁、厚く形の整った唇、そして吊り上がった凜々しい眉。全ての部位の印象が強いのに、それらが絶妙に上手く収まっている。切れ長の目や薄い唇のせいで、狐を彷彿させると言われる三成とは真反対の、意志の強そうな相貌だ。

「紀之介《きのすけ》！　どうだ？」

名を大谷《おおたに》紀之介吉継《よしつぐ》と謂《い》う。三成より一つ上の齢《よわい》二十五。三成と同じく近江の出で、元は六角《ろっかく》家の家臣である。他の小姓衆の者たちに比べて付き合いは短いが、初めから馬が合った。

吉継は命じられたならば、兵糧の調達、運搬、土木、村々の小さな公事など何でも卒《そつ》なくこなす。槍を取っても人並み以上で、采配もなかなか上手い。さらには人柄も良く、三成だけでなく誰とでも上手く付き合う。弱点らしい弱点がないというのが、この男の印象である。

故に此度《こたび》、秀吉から誰か付けてやると言われた時、三成は間髪を容れずに吉継を指名し、こうして共に任に当たっているという訳であった。

「新たに三つの村が炊き出しを請け負ってくれた。いずれも通り道からは二里ほど離れているが、まだ先頭が近江に入ったところだから間に合うだろう」

吉継はひらりと身軽に馬から降りると、一切の無駄を省いて流暢《りゅうちょう》に話した。

先ほどのように、飯を多く取って走る者がいる。このままだと兵糧が不足し、後続から不満の声が上がるのは明らか。故に先手を打って、近江から追加で炊き出しをしてくれる村を募ろうと、吉継を走らせていたのだ。

「助かった」

「何の。だが油断は出来ぬぞ。幾ら呼び掛けても、握り飯を多く取る者はいる。市松《いちまつ》などは懐に七、八個捻《ね》じ込み、さらに両手に二つ摑んで走っていたぞ」

「あの馬鹿……」

三成は眉間《みけん》を摘まんで溜息を零《こぼ》した。

福島正則《ふくしままさのり》。幼名は市松。まだ前髪が取れて間もない頃から、小姓衆で寝食を共にした男である。腕っ節が強く、常に槍働きのことを考えている。故にこの乾坤一擲《けんこんいってき》の大戦《おおいくさ》で張り切るのは当然だろう。決して悪い男ではない。だが気儘《きまま》な小姓衆の頃とは違い、一個の武将として飛翔せねばならぬ今、そのような勝手は許されない。自覚を持って貰わねば困る。

「まあ、心配はないだろう。十分な余裕が出来た」

吉継は飄々《ひょうひょう》とした調子である。

「すまぬ……」

「お主が謝ることではない。仕方ないだろうよ。殿に付いていくだけで皆が必死なのだ」

確かにその通りである。羽柴秀吉と謂う人は、昨年までは織田家の一部将に過ぎなかったのに、今まさに天下への階段を駆け上ろうとしている。

これまでは羽柴家全体が大きな家族のような雰囲気であり、よく言えば鷹揚《おうよう》に、悪く言えば少々雑にでも上手く回っていた。

だが日を追うごとに降将が加わり、家が凄まじい勢いで膨脹している。今まで通りのやり方では到底回らず、強固な組織が、それを取り仕切る者が必要となってくる。秀吉も重々解っているだろうが、この多忙の中、まだ何も手を付けられていないというのが現状だ。

「間に合うかどうか……」

三成はひっきりなしに通り過ぎる軍勢を見ながら呟いた。すでに先頭とすれ違って二刻。予定通りならば、そろそろ賤ケ岳に辿り着いているはずだ。

「存外、皆の顔にも余裕がある。甲冑《かっちゅう》を着ていないことが大きいな」

吉継の言う通りである。今、己の目の前を走っている者たちは、誰一人として甲冑を身に着けてはいない。それだけでなく槍、弓、鉄砲は勿論、刀さえ腰に差していない。

「何故《なにゆえ》、こうなったのだ」

三成も軍勢の先頭を見て初めて気が付いたのである。

「どうも増田《ました》殿が考えたらしい」

「仁右衛門《にえもん》が？」

三成は驚いた。十年ほど前から羽柴家にいる男である。鳥取城攻めで、陣中萬《よろず》の物商を扱う役目に任じられたが、他に特に目立った功績は聞いたことがない。

「武器、甲冑は荷駄《にだ》として別に運び、兵は走るに専念すればよいと。近隣の馬借《ばしゃく》まで駆り出すことも合わせて決めたとか」

「ふむ。だが両国に亘って出来るのか」

物流の仕組みをつくるとなると、兵糧の支度以上に人手と時を要する。美濃《みの》、近江の二か国に亘ってその流れを構築するのは難しいと感じた。

「殿もそう仰せになり、丹羽《にわ》殿に書状で相談されたようだ」

丹羽長秀《ながひで》もまた織田家の宿老であったが、今は羽柴家に味方している。古くから近江に領地を持っているから、近江で荷を引き取って貰えぬかと相談したらしい。

「丹羽殿が引き受けて下さったか。流石《さすが》だな」

刻一刻と運ばれて来る荷を国境で受け取り、今度は賤ケ岳に運ぶ。人を送るのが早すぎれば遊ばせることになり、遅すぎれば荷が滞る。なかなかに難しい仕事である。

「いや、どうも裏があるようだ。あまりに煩雑な仕事。しかも自身も柴田軍と対峙している最中。丹羽殿も一度は断ろうとしたらしい。だが居合わせた丹羽家中の者が、やれると平然と言い放ったそうだ」

するると丹羽長秀も一転、ならばよしと引き受けたという。余程その男は丹羽から信頼されているのであろう。実際、その男は半刻足らずで人の流れを整理し、さらに琵琶湖の水運を用いて、賤ケ岳への運搬の流れを構築したという。

「凄まじいな。名は何と？」

「何と言ったか……中塚《なかつか》……いや、長塚《ながつか》であったか。うろ覚えだが、かなり若いはずだ。あと、草鞋《わらじ》に気付いたか？」

騎乗の者を除いて、皆が予備の草鞋を二足、腰にぶら下げている。これほどの距離を一気に走れば、草鞋の緒が切れる者が続出する。替えの草鞋があることは有益だろう。

「それは浅野《あさの》殿の案だと聞いた」

「なるほど。弥兵衛《やへえ》殿らしい」

浅野長政《ながまさ》。三成たちより一回りほど年上の三十七歳。秀吉の正室である寧々《ねね》の義兄である。長政、寧々は、共に浅野家の養子で血は繋がっていないが、秀吉の近い親類であるため信頼は篤い。それを鼻にかけているのが覗けて、三成は正直なところあまり好んではいない。が、年長者らしくこのように痒いところに気が付くことは認めている。

「脱落者は？」

脚がもつれて倒れそうになる男を見て、ようやくそこに思い至った。

「今のところ九割九分が走り続けているが、倒れた者も一分ほどいる。彼らは即座に近隣の寺に運び込み休息を取らせている。遅れはするが、上手く行けば戦に間に合うだろう」

「力添えしてくれる寺があるのか？」

「実に二十四もの寺が力を貸しているらしい」

「それは真《まこと》か……」

羽柴、柴田のどちらが勝利するかまだはきとしない今、寺社は敗者に与《くみ》して下手に怨みを買うのを恐れ、極力中立を守ろうとするものなのだ。一つ、二つあれば良い方だと思っていたところ、あまりに多い数と知って吃驚した。

「前田《まえだ》孫十郎《まごじゅうろう》殿が一つ一つ寺を巡り説き伏せたらしい。今も何処《どこ》かの寺を巡っているとか」

前田孫十郎。またの名を前田玄以《げんい》。元は織田信長の嫡男信忠《のぶただ》の家臣である。本能寺の変の折、信忠の命で、現在の織田家当主でもある幼い三法師《さんぼうし》を連れて清洲に逃れたのが、この人であったと記憶している。その後、信長の次男信雄《のぶかつ》に仕えていたが、確か最近になって羽柴家に移ったと耳にした。

「全貌は未だ摑めぬが、この『戦』、どうやら今のところ上手くいっているらしい」

三成が言うと、吉継も大きく頷いた。多くの者が「戦」といえば、先駆けをしただの、首級を挙げただの、華々しい働きを最も先に想起する。あるいは軍略を用いて鮮やかな勝利に貢献することなどもそうだろう。

だが戦はそれだけではない。此度、己が担ったような兵糧の調達、さらには運搬、武器弾薬の手配、兵を取り巻く雑事への対応、あるいは戦地の村や寺などへの根回しなど、戦への支度が大半を占める。実際に槍を合わせることなど、戦のほんの一部に過ぎないのである。

「それにしても、様々な優れた者がいるのだな」

己のように、目立たぬともこの一大事業を成そうとしている者の話を聞いて、素直に賛辞が洩れた。ただ惜しむらくは、これらが別個に動いている。予《あらかじ》め相談して足並みを揃えれば、相乗してさらなる妙案が、よりよい成果が生まれたのではないか。

──これからは特にそうだ。

戦の規模もさらに大きくなる。いずれこの世から戦が絶えれば、此度のことを優に超える大事業も成し得るに違いない。戦の裏方を担う者にとっては、むしろ泰平が訪れてからが、真の戦と言えるかもしれない。

目まぐるしかった人の流れが疎《まば》らになり、やがて人影が絶えた。それを確かめた後、三成は吉継に向けて言った。

「全て通ったようだ。我らも向かうぞ」

己は裏方が嫌いなわけではないし、むしろ才があると感じている。だが人並みに槍で手柄を立てることも望んでいるし、いつの日か大軍を指揮してみたいとも思っている。

「休む暇もなしだな」

吉継は再び馬に跨《またが》ろうと鐙《あぶみ》に足を掛けたところで止まった。三成が近くに繋いでいた馬にではなく、違う方向へと向かって行くのを奇異に思ったのだろう。

「一言な」

吉継の様子に気付いてそう言うと、三成は百姓たちのもとへと歩み寄った。

急いで兵糧を運んで来た男たちは誰もが額から大量の汗を流し、炊き立ての飯を慌てて握った女たちの手は一様に赤い。

「皆の者、助かった。礼を言う。後日、必ずや米と銀を届ける」

三成は深々と頭を下げた。武士がこうも容易《たやす》く頭《こうべ》を垂れたことに驚いたようだが、すぐに皆が揃って微笑みを浮かべた。

「御武家様も早くご出立下さい。ご武運を祈っております」

「ああ、では」

三成は身を翻して馬に跨ると、吉継と共に軍勢を追った。途中、吉継が時折こちらを見ているのに気が付いた。

「どうかしたか」

決して馬術が上手い訳ではない。三成は必死に手綱を操る。

「いや……意外だった」

「そうか」

皆まで言わずとも、何のことか解った。

「ああ、お主は誤解されやすいだろう」

「仏頂面だからな」

吉継はふっと噴き出し、感慨深そうに続けた。

「笑っていたな」

「ああ。あのように笑える者ばかりの国になればよい」

何の衒《てら》いもない本心であった。民なくして国は成り立たず、発展を遂げることもない。故に民が安んじて暮らせる世であるべきだが、百年以上も戦乱が続いて蔑《ないがし》ろにされている。そのようなことを語ると、吉継は器用に片手で手綱を捌《さば》きつつ、残る手を顋に添えて唸った。

「なるほど。皆がお主を変わり者と言う訳が解る」

「助右衛門《すけえもん》、甚内《じんない》……あとは市松あたりか」

三成は幾つか名を挙げた。全て同じ釜の飯を食った小姓衆の面々である。

「ご名答」

「あやつらはもう賤ケ岳に着いただろう。槍働きだけを考えていればよいから楽なものだ」

込み上げて来る欠伸《あくび》を噛み殺す。この数日、寝る間を惜しんで村々を回っており、気を抜くと強烈な睡魔が襲って来る。

「気合を入れねば。戦の無い世が、もうすぐそこまで来ている」

三成は力強く続けた。頬を緩めたのが誘ったか、吉継は声を上げて大きな欠伸をする。三成もつられて欠伸が込み上げたが、今度は堪《こら》え切れなかった。

泰平へと続くはずの、この道をしかと見据え、三成は目尻に浮かんだ涙をさっと指で拭った。

※

美濃の羽柴軍は僅か二刻半で賤ケ岳の戦場に舞い戻った。羽柴軍がこれほど早く戻るとは思いもしなかった柴田軍は、戦線が伸びきっていたこともあり総崩れとなる。こうして織田家の覇権争い、最終局面である賤ケ岳の戦いは羽柴方の勝利で終わり、柴田勝家は自害して果てた。

翌天正十二年、羽柴秀吉はなおも躍進し、織田信雄の同盟者であった徳川家康《とくがわいえやす》と対峙。敗れる場面もあったが、最後は外交を駆使して屈服させるに至る。

さらに翌年の天正十三年七月。秀吉は朝廷より関白に補されるという栄誉に与《あずか》った。未だ屈しない諸大名が残ってはいるものの、天下の政《まつりごと》を預かる身となったのである。

領民からの年貢の取り立て。莫大な銭を生む鉱山や湊《みなと》、町衆《ちょうしゅ》の管理。公家、寺社との折衝。諸大名との取次。庶民から武士に至るまでの公事。新たな城、その城下町、神社仏閣、橋などの新造修築。あるいは物流の基盤たる街道の整備。やらねばならぬことが厖大にある。

これまでの体制では、とてもではないが天下の政を回すことは出来ない。そこで秀吉は、

――奉行衆。

なるものを設けた。政を行うに長けた人材を集め、ことに当たらせようとしたのである。

少ない時は十名を割り、多い時には二十名を超える。数が増減するのは、その時々によって仕事の多寡もあるからだが、見込みがあると秀吉が思えば新たな者が加わるのだ。ここで力を発揮すれば出世街道をひた走ることになる。

だが反対に才が無いと烙印を押されれば、容赦なく外されてしまう。外されるだけならばまだしも、事と次第によっては改易《かいえき》、天下に大きな損害を与えたとなれば切腹もあり得る。故に垂涎《すいぜん》の的であると同時に、恐怖の役職でもあった。

そのような奉行衆の中で、常にその職にあり続けたからか、あるいは特に大きな仕事を成し遂げたからか、特別な名を冠して呼ばれる者たちがいた。

増田右衛門尉《うえもんのじょう》長盛《ながもり》。通称、仁右衛門。担当は土木。
浅野弾正少弼《だんじょうしょうひつ》長政。通称、弥兵衛。担当は司法。
長束《なつか》大蔵大輔《おおくらたいふ》正家《まさいえ》。通称、利兵衛《りへえ》。担当は財政。
前田民部卿法印《みんぶきょうほういん》玄以。通称、孫十郎。号は徳善院《とくぜんいん》。担当は宗教、朝廷。
石田治部少輔《じぶのしょう》三成。通称、佐吉。担当は行政。

秀吉の大業の裏方には、あるいは屋台骨には、必ずといってよいほど彼らがいた。ある者にはその絶大な権勢を恐れられ、またある者には憧れられ、羨《うらや》まれ、妬《ねた》まれ、時に憎まれ、そして感謝された。銘々の感情を込めつつ人々は彼らのことを、

——五奉行。

と、呼んだのである。

まつりの壱　北野大茶会

笑みを浮かべる全ての者たちの顔が、冷たい面の如く見えた。背筋に水を浴びせられたような心地で、躰《からだ》が芯から震えを起こそうとしている。

仁右衛門《にえもん》は悟られぬようにそれをぐっと堪《こら》え、彼らに合わせようと無理やり笑みを作った。

――これは何だ。

何度も、何度も、胸の内で反芻する。別に今に始まったことではない。己は物心が付いた頃から、このような人たちに囲まれていた。ただ今日ほど、恐ろしいと思ったことはない。

天文《てんぶん》十四年（１５４５年）、仁右衛門は尾張国中島《おわりのくになかしま》郡増田《ました》村に生まれた。仁右衛門の生家、増田家は、何というか、少し変わっていた。基本は地侍《じざむらい》のようなもので、近隣の田畑から年貢を取り、戦《いくさ》があれば兵を率いて出陣もする。だが、他の地侍にはない特別な仕事がある。天文、占いなどを司るというものである。

朝廷には天文を司る職があるが、朝廷での待遇は決して良いほうではなく、清貧の暮らしを強いられていた陰陽寮《おんようりょう》の役人の中には、地方の有力者の要請に応えて流れる者が多数いた。こうした者たちを、それぞれの地では博士《はかせ》、あるいは、

――院内《いんない》。

と、呼ぶようになった。増田家はこの院内の家なのである。

院内には天文、占星などの仕事の他に重要な役目もある。それが治水である。

作物を育むために必須な水ではあるが、時に濁流となって人々に甚大な被害をもたらす。水は古来、神聖なものと考えられており、故にこれを司る知識もまた神の領域とされていた。

増田家は院内が請け負う仕事の中でも、この治水を最も得意としていた。治水は数ある土木技術の中でも極めて難しい技。そのための基礎となる他の土木の技も含めて口伝され、さらに磨きをかけつつ、地侍、豪族、大名に請われて治水工事に携わって来たのである。

仁右衛門は十代の頃から父と共に治水の仕事に出たが、滅法筋が良かったらしい。こうすれば水の流れを生かせる、あるいは殺せると、直感で解ったのである。二十九歳となった今では、父の知識、技を、疾《と》くに追い抜いていた。

仁右衛門は齢《よわい》十八の時に、隣国三河《みかわ》の院内の家から妻を得たが、一年も経たぬうちに病で死んだ。父母が跡取りを渇望していたこともあり、喪が明けると同時に、懇意にしていた地侍の娘、結《ゆい》を娶《めと》った。ただし三河国の院内への憚《はばか》りから、側室という恰好を取った。翌年、待望の長男、新太郎《しんたろう》が生まれ、すくすくと育っている。

これだけを見ると、仁右衛門の人生は順風満帆であろう。だが仁右衛門には唯一、息苦しさを覚えることがあった。父、母共に、熱心な一向《いっこう》宗門徒《もんと》だったのである。

陰陽道の流れを汲む院内として、あるまじきことと言う人もいるかもしれない。だがそれは間違いであって、特に田舎では神主が寺に詣で、あるいは僧が社で祈るようなことも間々ある。信仰に対しても良くいえば寛容で、悪くいえば大雑把なところがあるのだ。

何時《いつ》頃、父が一向宗に傾倒しだしたのかは知らぬが、仁右衛門が生まれた時からそうであったのは間違いない。故に仁右衛門も物心付いたときから、一向宗の教えを聞かされて育った。

幼い頃は何も思わなかったが、長じて仁右衛門は、

――どうも肌に合わぬ。

と、一向宗に対して感じるようになった。だが敢えてそれを口に出して角を立てるのもどうかと思い、その想いをずっと内に秘めるに留めて来た。

初めて表明したのは六年前。父が突如家族を集めて、

「長島に入ろうと思う」

と、宣言した時のことであった。

長島は尾張と伊勢《いせ》の国境、長良《ながら》、木曾《きそ》、揖斐《いび》の三川の河口辺りのことを指す。もとは七島《ななしま》と呼ばれていたことからも解るように、堤防で囲われた大小様々な島、輪中《わじゅう》がある地帯である。

文亀《ぶんき》元年（１５０１年）、長島の杉江《すぎえ》と謂《い》う地に一向宗によって願証寺《がんしょうじ》が創られ、蓮如《れんにょ》の六男蓮淳《れんじゅん》が住職として送り込まれた。それ以降、周囲の国人《こくじん》たちを取り込み、門徒は近隣の農民、漁民を含めると十万人、その経済力は十万石の大名にも匹敵する一大勢力となっている。

やがて一向宗をまとめる本願寺顕如《けんにょ》と、尾張国を統一して美濃国をも切り取った織田信長とが揉めて、願証寺を武装蜂起させた。そのような時、信仰の篤い父のもとにも誘いがあったという訳だ。

「私はともかく、結は一向宗に帰依していません。新太郎もまだ小さいのです」

と、仁右衛門は反対の意を示した。すると父は畳を拳で殴りつけつつ激昂した。普段は穏やかな人であり、このような姿は一度も見たことがなかった。仁右衛門はなおも説得するが埒《らち》が明かない。母まで、涙ながらに親不孝だと訴える始末。結はただ身を小さくして項垂《うなだ》れるのみであった。

「義父《ちち》上、義母《はは》上の仰せに従いましょう」

結がそう切り出したのは、その日の晩のことであった。努めて微笑んでくれていたが、絹の如く白い手は小刻みに震えており、無理をしているのが解る。己たちのことで親子がいがみ合うのは見たくない。その一心であるのは明らかであった。

その想いを無にしてはならぬと己に言い訳し、仁右衛門は頷いた。

こうして増田家は親子三代で長島に居を移したのである。そこで何故、父が、増田家が熱心に誘われたのかを仁右衛門は知った。一向一揆勢は長島の輪中を守りの要と考えていたが、織田家は金掘衆《かなほりしゅう》を用いて崩してくることも十分に考えられる。その時には疾く修築する必要があり、院内たる増田家の力が重要となって来るのだ。

元亀二年（1571年）、織田家は五万の軍勢で長島に攻め掛かった。対する一揆勢は十万であるが、烏合の衆だと侮っていたのだろう。だが下間頼旦《しもつまらいたん》が巧みな指揮を執ったことで織田家は総崩れとなり、一揆軍は氏家卜全《うじいえぼくぜん》を討ち取り、柴田勝家を負傷させるという戦果を上げた。

戦の中で輪中の一部に損傷が生じ、織田家が退いた後、仁右衛門は父と共に修築に当たった。

仁右衛門は安堵していた。寄せ集めには違いないのだが、一向一揆勢は統制が取れており、率いる者の采配も上手い。数では織田軍を圧倒しているのだから、そう容易く負けるはずがないと考えたのだ。

だがその予想は甘かった。織田信長という男の才が、執念が、それを遥かに上回ったのである。天正元年（1573年）、織田軍が再び長島に攻め寄せた。集まった一向一揆勢八万に対し、織田軍は二万と前回以上に兵の数の開きはある。しかし、この時は前とは大きく方針が違った。織田軍は全面衝突を避けて、長島を取り囲む支城を一つ一つ丁寧に落としていったのだ。さらに大勢の金掘衆を動員し、長島の頼みの綱である輪中を崩しにかかった。堤防の堰《せき》が切られたことで川の水が流れ込み、家屋が呑み込まれ溺死する者も出た。だが織田軍はそこで兵を引き上げた。退《しりぞ》けたことに沸いた一揆勢であるが、仁右衛門だけは愕然とした。

——織田は無理をせずに敢えて退いたのだ。

そもそも此度《このたび》、織田軍は長島を陥落させるつもりはなく、こうして輪中を破壊し尽くすことが目的だと解ったからである。

「さあ、直してくれ」

と軽々しく言う下間頼旦に、仁右衛門は絶句した。

どれほど少なく見積もっても、全てを修復するのに二、三年は要する。織田家は兵糧を整えたならば、すぐにまた攻めてくるはず。むしろ次こそが「本気」だと見てよい。さらに驚くことに、父は何の抵抗も反論もせずにすぐに応じる。出来るか否かは父の頭にはなく、ただやるという事実、やらねばならぬという使命感だけがあるようだ。

それから数日後、予期せぬことが起こった。父が水浴びをしている最中に卒倒し、一命は取り留めたものの、足腰が全く立たずに寝たきりとなってしまったのである。

「仁右衛門。お前がやるのだ」

頭だけははっきりしている父は、熱を込めて語った。

――馬鹿な。

辛辣な言葉を吐きそうになるのを必死に堪え、そこでは愛想笑いを浮かべて頷いておいた。しかし、父に代わって呼ばれた評定《ひょうじょう》で、仁右衛門はこう断言した。

「とてもではないが間に合いませぬ」

「お主の父は出来ぬとは言わなかったぞ」

下間は眉間《みけん》に深い皺を寄せて迫ったが、仁右衛門は一歩も退《ひ》かなかった。嘘を吐《つ》いている訳ではない。父と話した後ずっと、改めて辿り得る道を模索し続けた。だがどう考えても、織田家が悠長に待ってくれる以外、達成出来ぬと判断したのだ。

「では、出来るだけ直せばよい」

もっと厳しい反応が返って来るかと思ったが、意外にも下間はあっさりと引き下がった。安堵する仁右衛門に対し、下間はにこりと笑う。ふっと悪寒が背筋に走った直後、下間は衆を見渡しながら言った。

「皆の衆、御仏の加護がある限り勝つ。万が一負けたとしても極楽浄土に行けるぞ」

皆からどっと声が上がる。

「馬鹿な」

父に向かってとは違い、今度は声が漏れた。が、周囲の喧噪に掻き消される。

一向宗の教えでは、ただ南無阿弥陀仏と唱えるだけで極楽浄土に行けるのではないか。戦に向かわせるために利用されるなど、教義が都合によって変わるなどあってよいのか。

皆が嬉々としながら、その目は虚ろ。誰かが南無阿弥陀仏と唱え出すのを切っ掛けに、評定の場は唱名の声で包まれる。この光景が仁右衛門の目にはあまりにも異様に映り、

——これは何だ。

と、何度も心中で繰り返したのである。

「ここを出るぞ」

仁右衛門が結に切り出したのは、その日の夜半のことであった。結は余計なことは一切言わず、すぐに出立の支度をする。

家族三人、夜陰に紛れ、漁師の小舟が繋がれた船着き場を目指した。十歳である子の新太郎も事が重大ということは解るのだろう。あどけない顔を強張らせていた。

「父上、母上を説き伏せるのは無理だ」

己に言い聞かせるように、仁右衛門は結の手を引きながら言った。

「全て解っているつもりです」

結はぎゅっと手を握り返す。その時、俄《にわ》かに背後が騒がしくなった。ことが露見したのだ。密告したのは恐らく、誰あろう母に違いない。仁右衛門は妻子の手を引いて駆けた。

背後から、念仏が聞こえて来る。それは徐々に大きく迫る。逃がすなというだけでなく、仏敵を許すなという声も聞こえた。元来、信仰は人を救うもののはずが、誰がこうも歪めたのか。人から人へと伝わる間に、得体の知れぬ疫病の如くに変異したのは何故か。このような時なのに、仁右衛門の頭は激しく巡る。

耳元で風を切る音がした。遂に矢を射かけて来たのである。正気ではない。少なくとも己は彼らを正しいとは思わぬ。矢が地に刺さる音、叢《くさむら》を揺らす音、水面に落ちる音が周囲から立つ。

「足を止めるな！」

悲鳴と共に蹲《うずくま》りそうになる新太郎の手を強く引き、仁右衛門はなおも駆けた。

「結……？」

急に逆の手が重くなり、仁右衛門は結を見た。松明《たいまつ》に照らされた結の額には尋常でない量の汗が浮かんでいる。その背に二条の矢が刺さっていた。

「殿、新太郎をお願い申し上げます」

「こんなもののために……死んではならぬ」

息をするのも苦しいはずなのに、結は穏やかに微笑んだ。

「あなたの才は泰平にこそ使って下さい」

結が指を解いていく。一本、一本、そのゆっくりとした感触に嗚咽《おえつ》が込み上げた。仁右衛門は泣きじゃくる新太郎を小脇に抱えて駆け出すと、小舟に飛び乗り、松明の火を消して懸命に艪《ろ》を漕いだ。

さらに大きくなった念仏が耳朶《じだ》を打つ中、忌々《いまいま》しいほどの満天の星に向けて吼え続けていた。

それからのことは記憶も朧《おぼろ》である。一揆勢の追手が来るかもしれず、織田家の本拠がある故郷の尾張は避け、当てもなく北へと向かった。近江の小谷《おだに》と謂う地に差し掛かった時、この地で織田家の新城主が浪人や地侍を募集していることを知った。しかも一芸に秀でていれば、来歴や家柄は問わない。

それどころか元が織田家に敵対した者でも構わぬと、主君信長の許しまで得ているという。

僅かな銭が底を突きそうになっていたこともあり、仁右衛門の足はふらふらと城のほうへと向いた。

広場には多くの武士が集まっている。とても浪人とは思えぬ立派な身形《みなり》の者や衣服はそれほどでなくとも堂々とした者ばかりの中、子連れのみすぼらしい男が来たのだ。仁右衛門は身丈が六尺に迫るほど高かったため、余計に目立ってしまう。嘲《あざけ》りの混じった忍び笑いが起こる中、仁右衛門はひっそりとその時を待った。

城主が自ら姿を見せたことに驚いた。何とその場で浪人を見定め、採用するならば石高を決めるという。さらに驚いたのはその見た目で、意外なほどの小男である。

一人、また一人と目通りし、如何《いか》に己の家が由緒正しいか、槍働きに長けるかなどと語るのを聞いていく。その度、城主は大袈裟に頷き、時には大きな感嘆の声を上げて応じる。

だが、それが採用に直結していないことに仁右衛門は気付いた。手放しで褒めていても、

「貴殿ならばもっと良いところに仕えられるだろう。そうそう、柴田様も浪人を集めているとか。そちらのほうがより高禄を食《は》めますぞ」

などと、採用を見送る。断られた者も悪い気はしないようで、笑みを浮かべて素直に引き下がっていく。半分くらいが採用され、何処かの戦で首を二つ挙げたという者が百石で採られた以外、だいたいは五十石前後である。

やがて仁右衛門の番となった。城主はまじまじと己を見つめた後、脇で畏《かしこ》まる新太郎を見て、

「子か？」

と、尋ねた。

「はい。親子二人にて共に拝謁する無礼をお許し下さい」

「次第がありそうじゃ。聞かせてくれるか」

故郷のこと、父母のこと、一向一揆に加わっていたこと、そして結のこと。仁右衛門は求められるまま全てを正直に語った。さすがに一向一揆の件は、周囲の供は良い顔はしなかったが、城主だけは真剣な面持ちで一々頷く。そして全てを聞き終えた後、

「皆に訊いていることじゃ。貴殿は当家に来れば何がしたい？」

と、訊いた。仁右衛門はじっとその目を見る。厳しさと優しさ、そのどちらも併せ持っている不思議な目である。

「つくりとうございます」

「堤をか？」

城主は首をひょいと捻《ひね》った。

「いえ」

「土木ならば何でも出来ると言っていたからのう。大層な屋敷でもつくりたいか」

「違います」

「なるほど、城か！　なかなか大きなことを申す御方のようじゃ」

呵々《かか》と城主は笑い、周囲の者たちも沸く。が、すぐに違うと解ったのであろう。頬を引き締めてさらに重ねて訊いた。

「何をつくる？」

「泰平を。ひいては人々の笑顔を」

仁右衛門は静かに、それでいて凛然と言い放った。

「臭いことを言うのう」

城主はふっと片笑んだ。

「亡き妻との約束にございますれば」

「面白い。二百石だ」

周囲がどよめく中、城主羽柴筑前守《ちくぜんのかみ》と増田仁右衛門長盛は暫しの間、宙で視線を交わらせていた。

※

「よきにはからえ！」

秀吉の張りのある声が頭上を抜けていく。はっと応じる声の高さも、頭を下げる深さも、計ったように五人共に同じ。きっと今、脳裏を駆け巡っていることも大差はないだろうと石田三成は思う。

秀吉は楽しみじゃと弾んだ声で繰り返しながら、小姓を引き連れて姿を消した。三成はもうそろそろよかろうと、ゆっくりと頭を擡《もた》げた。案の定、全ての者が引き払っており、残されたのは己も含めて五人のみ。頭を上げたのはまだ三成だけで、他の四人は拝跪《はいき》の格好のまま固まっている。

「もうよいですぞ」

三成が呼び掛けると、先ほどとは打って変わり、纏まりなく銘々がばらばらに頭を上げる。

「困った」

溜息交じりに零《こぼ》したのは増田長盛であった。言われずとも誰もが当然に思っていることである。それをひねりもなく口に出すことに、三成は早くも淡い苛立《いらだ》ちを覚えた。

「間に合わぬ、間に合わぬ、間に合わぬ」

と、壊れたようにぼそぼそと繰り返しているのは長束《なつか》止家。これはこの男の癖のようなもので、咎《とが》めたところで一向に直らない。鷹揚に構えることも出来ず苛立ちが膨らむ。

「殿は正気か？」

ずけりと言ったのは前田玄以。シッと、他の四人の鋭い息が揃う。気位が滅法高く、このような大胆なことを堂々と発言する自らに酔っている節があり、辟易《へきえき》する。

「無理だ……」

顔の下半分を手で覆いつつ、沈痛な声を上げたのは浅野長政である。此度に限らず、すぐに否定から入るこの男を三成は好きになれない。苛立ちが募っていたところに滅入る言葉が出たものだから、三成は我慢出来ずに冷たく言った。

「ならば貴殿がお止めすればよろしかったでしょう」

長政は秀吉の親類である。一家臣に過ぎない三成たちよりは、少なくとも制止しやすい立場にいることは確かであった。

「お主は知らぬから言えるのだ。一度言い出したら聞かぬのは、今に始まったことではない」

「殿を批判されるか？」

「誰がそのようなことを申しておる。耳がおかしいのではないか」

「私からすれば、何も考えずに弱音ばかり吐く貴殿のほうがおかしいと思いますが」

儘《まま》よと、三成は棘《とげ》を取り除くこともなく言い放った。

「何を――」

「やめて下され。間にいると耳が痛い」

五人並んで拝謁した位置から誰も動いておらず、三成と長政の間に挟まれている長盛は、このまま喧嘩を始められては堪《たま》らぬといったように顔を顰《しか》める。

「ともかく……まずは奉行の間《ま》に」

「そうだな」

三成が落ち着いて提案すると、長政も気を静め、反論することなく頷いた。

奉行の間は、謁見の間にほど近い。秀吉の居室の近くでもある。すぐに命を下して実行に移させるためである。

先頭の三成が奉行の間の襖《ふすま》を開けた。少しも漏れ落ちが無いようにと目を皿のようにして文書《もんじょ》を見つめる者。過去の事例に当たろうとしているのか紙の山に向き合う者。頬に墨が付いているのも気にせず筆を走らせる者。十数人が慌ただしく動いている。

彼らもまた己と同じ奉行には違いないのだが、三成たちより立場が一段低い下役である。誰かが分かり易く便宜上「下《した》奉行」などと呼ぶようになり、今ではそれが内々ではすっかり定着している。

「これは……お揃いで……」

下奉行の者たちは、一斉に驚きの顔を向ける。五奉行などと一括《ひとくく》りにされているが、それぞれ己の受け持ちの仕事をこなすだけで、このように五人が揃うことは滅多にないのだ。

「上《かみ》の間は空いているな」

「は、はい」

三成が問うと、下奉行の一人が応じた。

奉行の間は七十畳ほどの下《しも》の間と、十畳の上の間に分かれ、共に殺風景な板の間である。下の間には大名、公家衆、寺社、町衆からの文、裁可を求める代官の上申書など、厖大な文書が山積しており、その隙間に並んだ文机に下奉行が向かう。

一方の上の間には、何も置かれていない。上奉行同士が相談に用いるだけの、いわば奉行の評定の間であるが、これまで使ったことはほとんどない。それも下奉行を驚かせた要因の一つであろう。

「すぐに」

「手を止めるな。そのような間に文《ふみ》の一枚でも読める」

奥の上の間へ先導しようとする下奉行に対し、三成はぴしゃりと言った。毎日、全国各地から新たに文書が送られてくるため、迅速に処理していかねばならない。

「そのきつい物言いはどうにかならぬか。皆の者、随《まにま》に休みを取れよ」

長政が優しく呼び掛けると、下奉行たちの表情が和らいだ。

「休んでいる間などない。我らが止まれば、天下の政道は瞬く間に滞る」

覆いかぶせるように三成が言うと、下奉行たちの顔が再び引き締まった。いや、引き攣《つ》ったといってもよい。

「そう追い詰めるな。飯も食わねばならぬだろう？」

むっとして長政が眉間に皺を寄せる。

「握り飯で十分です。食いながら仕事も出来ます」

「寝る必要もある」

「左様《さよう》。しかし寝る間を惜しむことは出来ます。二刻《とき》でも寝れば問題ないかと」

再びの喧嘩の予兆に、下奉行たちははらはらとした様子で、二人の顔を交互に見つめる。

「それはお主だけだ。普通、人は三刻ほど寝る必要がある」

長政は歯を食い縛って唸るように言った。

「そうなのですか!?　某《それがし》は一刻で十分ですので、あいや、驚きました」

正家が素っ頓狂な声を上げる。この奇人は三日三晩寝ずに仕事をしたことがあるという話を思い出し、三成は口を歪めた。

「それほど……儂《わし》らは重い役目を担っているのだ。それは事実であろうなあ」

玄以は遠くを見つめているつもりなのだろうが、眼前には壁しかない。

「まあ、互いに正しいでしょう。緩急を付けてやることが肝要かと」

そのようなこと、三成も、長政も解っているのだ。また可もなく不可もない話をする長盛に、長政も舌打ちを見舞った。

「皆々様……」

下奉行の一人が、恐る恐る呼び掛ける。

おかしいほど五人の声が揃ったので、下奉行はびくりと身をすくめた。

「差し出がましいとは存じますが……お急ぎならば、もう行かれたほうがよいのでは……」

虚を突かれた恰好となり、五奉行の誰もが苦い顔で上の間に向かった。

「何だ」

十畳の上の間で五人が車座《くるまざ》に向かい合う。誰も口を開かない。下手に開いては、また喧嘩になってしまうと感じているのだろう。

――いつもこうだ。

三成は忌々しくなって舌を弾いた。五奉行の面々は一言で言えば仲が悪い。出自や性格も全く違う者たちなのだ。年齢一つとっても、上から玄以四十九歳、長盛四十三歳、長政四十一歳、三成二十八歳、正家二十六歳と、大きく開きがある。

秀吉に仕える前は何をしていたかある程度は知っているものの、生い立ちは詳しく知らないし、知ろうと思ったこともない。ただ、役目という一点で繋がっているに過ぎないのである。

故に銘々がこの二年間、自らの仕事をこなすことだけに没頭して来たし、こうして額を集める場を持つのも久しぶりのことであった。だが此度のような羽柴家を挙げての、いや、日ノ本を挙げての大事業は違う。各担当の長たる五奉行が協力せねば、到底達成出来ない。

かつて賤ケ岳の戦いの折、三成はこのような体制が成立することを望んだ。羽柴家の膨脹につれ、己が担う仕事も年々大きく、日に日に煩雑となっていたからである。一刻も早く優秀な人材を登用し、しかもばらばらにでなく、連携して事に当たらせねばならぬと考えていた。秀吉もそれを痛感しており、関白補任《ぶにん》を機に今の奉行体制を創り上げた。

だが結果はこの通り。確かにそれぞれの役目は完璧にこなしているのだが、連携しての大事業となれば、各人ただでさえ我が強いのに加え、早くも出来始めた持ち場意識により、全くといってよいほど足並みが揃わないのである。

——殿はそれを解っておられないのか。

これまでは何とか、激しい衝突の中でも一応の成果を上げて来た。だが今回ばかりは事業の規模が違うものになるのは明らか。しかも、その指示があまりに漠然とし過ぎているのである。

三成は目頭を指で押さえて細く息を吐いた。一刻も惜しい。腹を決め、重々しく口を開いた。

「まず、皆で改めて殿の意向を整理したいと思いますが……如何《いかが》か」

他の四人の反応を確かめた後、三成は切り出した。

「およそ二月後の十月一日、大茶会《おおちゃかい》を開く」

三成が一拍空けたので、引き取るかのように隣の長盛が続ける。

「催す日《ひ》数《かず》は十日とする……」

さらにその隣の玄以は、少し面倒臭そうに口を歪めた。

「茶の湯の心得があるものは、殿の前にて茶を点《た》てること」

「数は日に千人を決して下らぬこと！」

間を置かずに正家が声を上げ、長政が締めに掛かった。

「必ずや達せよ。さもなくば、覚悟せよ……か」

秀吉はそう言い付けた後、にこりと笑った。それがかえって恐ろしい。

「覚悟……とは何だろうな？」

長政が不安げな顔で皆を見渡す。

「ありていに考えれば、奉行職の改易《かいえき》でしょう」

長盛が答えるが、玄以は首を傾《かし》げた。

「それで済むかのう。領地召し上げもあり得るぞ」

すでにここにいる皆が、石高の多寡はあれど万石の大名となっている。それが没収されるということも十分考えられる。

「切腹でしょう」

正家がさらりと言い放ち、部屋中に溜息が満ちた。皆がその筋もあり得ると心の何処かで解りながら、口には出さずにいようという空気が流れていたのだ。

「あり得るか……？」

再びの長政の問いに、長盛、玄以と曖昧に頷く中、三成も溜息交じりに、

「あるでしょうな」

と、本心を吐露した。

そもそも何故、秀吉はこのようなことを言い出したのか。その切っ掛けは、昨天正十四年（１５８６年）から今年の夏に掛けて行われた九州討伐にありそうだ。

九州討伐は概ね順調であったが、秀吉は満足していなかった。島津家に従う武家、国人衆が、思いのほか豊臣家に寝返らなかったからだ。その訳として考えられるのは、

――豊臣家の威光が上手く伝わっていなかった。

ことである。兵力、財力、人材の三点で、羽柴家は島津家を大きく上回っている。人材に関しては、優秀な家臣の割合は島津家のほうが大きいかもしれないが、まず抱えている家臣の数が絶対的に違う。これらのことは、島津家の領袖も理解していただろう。

しかしその麾下《きか》の武家、国人たちは、明らかに理解していなかった。彼らの大半が、生を享けた地を守り、その地に死んでいく。島津家に従って初めて、九州の他の国の土を踏んだという者も珍しく

ない。そのような彼らに、如何に羽柴家の兵力が勝っているか、金銀の保有量が多いか、優れた人材が豊富かを説いたところで、頭では理解出来ても、肌で実感出来なかったらしい。そのことは戦後、聞き取りによってはきとしている。

故に豊臣家の威光を示すには、もっと解りやすいものがよいと、殿は考えたのだろう。それが今回、三成たちに投げた大茶会である。秀吉は千人の茶会を開いた――。その事実は兵力の多寡を語るより、国人連中のような相手には遥かに強烈で、噂は日ノ本中を瞬く間に駆け巡るであろう。

――故に必ずや果たさねばならぬ。

三成はそう思い極めている。

反対に失敗すれば、秀吉の面子《メンツ》は丸潰れとなる。さらに豊臣家の実務力が弱いことも露呈し、恐るに足らずと抵抗の構えを強める大名もいよう。つまり、この大茶会は己たち奉行衆にとって、――戦。

と、いっても過言ではないのである。戦で大失態を演じれば、処罰されるのは当然のこと。頭の巡りが速い奉行衆の面々は、皆がそれを解っているのだ。

「何から手をつければ良いやら……まず場所か。千人が優に入れる場所となると、城ですかな？」

長政が皆に諮《はか》るが、それには長盛が即座に異議を唱えた。

「城の本分に鑑みれば、それはなりますまい。間者《かんじゃ》が入り込む恐れがあります」

乱世では城の縄張りは秘匿され続けてきた。戦への備えというより威光を示すための城が建築されるようになってからは、その傾向もやや薄まってはいるが、それでもやはり機密はある。建築担当として、数々の城に携わってきた長盛にとって許し難いのは理解出来た。

「やはり儂か」

その返答を覚悟していたのだろう。玄以はさらに一段飛ばしに話した。城が駄目ならば、寺社しかない。寺社となれば己の管轄、という意味である。

「お頼み出来ますかな」

三成が訊くと、玄以は忌々しそうな顔付きで零し始めた。

「軽々しく言うが、お主らは寺社が如何に面倒な存在か知らぬのだ。日々気を配り……」

「では、無理だと？」

さらに三成は迫る。意地悪を言っている訳ではない。無理ならば無理で、すぐにでも次の手を考えねばならぬのだ。

「仕方あるまい。やってみよう。京、大坂の何処かでよいな？」

「京が望ましいかと」

羽柴家が大坂の地に居を移してすでに四年。日に日に人の数も増え、活気付いてはいるが、やはり日ノ本の中心といえば京。空前絶後の大茶会となれば、そちらが相応《ふさわ》しい。

「贅沢を言うな」

「しかし――」

「ああ、解っている」

玄以はあしらうように宙で手をひらりと舞わせた。この男の癖である。玄以は己でも京が良いと思っているが、一言言わなければ気が済まぬ性質《たち》なのだ。

「次に人だ。如何に集める。茶の湯の心得のある者など、そう多くはあるまい」

と、長政は苦しそうな顔で左右を見る。

「それについては思うところがあります」

「治部《じぶ》も気付いたか」

三成が返すと、長盛も続く。玄以も小さく頷いた。長政は自身が解っていないことに気分を害したらしく、眉間の皺を一層深くして訊いた。

「どういうことだ」

「殿の命の中に、心得がある者は、殿の前で茶を点てよ――と、いうものがあったでしょう。つまり茶の湯の心得の無い者は、殿の前で茶を点てずともよいとも取れます。此度の大茶会、茶の湯の心得が無い者が参加しても構わぬということ」

三成は不敵に口角を上げた。

「だが、それが間違っていたならば……叱責を受けるやもしれぬぞ。一度、殿に伺いを立てたほうがよいのではないか？」

なおも自信なげになる長政に対し、代わって長盛が答える。

「殿は伺いを立てるほうを厭われるでしょう」

「ぐっ……確かに」

長政が口をへの字に曲げる。天下統一に邁進《まいしん》する秀吉の多忙さは常軌を逸する。通常の評定では時が足りず、秀吉が移動する僅かな間に、金魚の糞の如く後ろについて、報告し、裁可を得ることが常態となっている。これがまた難しく、己たちの才覚でどうにかすべきものについて見解を求めようものならば、激しい叱責を受けてしまう。それならばまだましで、

――ちと早かったかの。

などの一言で、奉行職を免じられた者もいるのだ。不用意な質問、進言は慎まねばならない。

「胃の腑が痛うなってきた……」

長政は親指で胸の下あたりを押さえる。重大な任務に関わる度、長政は胃がしくしくと痛むと言っている。懐から取り出した袋にも見覚えがある。医者に処方してもらった丸薬である。長政は二、三粒の丸薬を口に放り込むと、唾《つば》でもって一気に飲み下そうとする。

「無理をなさるな。水を」

長盛が命じて、下奉行の一人が水を一杯持って現れる。すっかり丸薬を使うのに慣れてしまい、水無しで飲めてしまうのだろう。だが放っておくのも気が引ける。

激務に次ぐ激務である。心労がたたり、躰にも異変が出る。互いに反りが合わないとは思いつつも、その辛さをこの場にいる者だけは知っている。

「すまぬ。もうよい」

暫し時を置いた後、長政が口を開いた。顔色は依然としてあまり良くないが、長政としても、時が惜しいと思っているのだ。三成が議論再開の口火を切った。

「では……続けましょう。大茶会に集める千人は、茶の湯の心得がなくとも構わぬということ。茶に執心の者であれば、武士、町人、百姓、身分を問わずと触れを出して集めましょう」

「人の数から鑑みるに、京、大坂、博多あたりに触れを出すのがよい」

と、玄以が肉付きの良い顎をつるりと撫でる。

「あとは京から博多、北国《ほっこく》街道、東山道《とうさんどう》の垂井《たるい》あたりから京まで、一里半置きにでも高札《こうさつ》を立てれば十分であろう」

長盛がさらに手立てを示すと、正家が、ここぞとばかり、こめかみに指を添えて一気に話し始める。

「京から博多は凡そ百五十六里、百五。北国街道は三十三里で二十二。これは京の分が重なりますので一つ引いております。垂井から京は二十四里で十六。これも同様で引きまして……しめて触書の枚数は百四十三となりますな」

三成も算術は得意だが、正家のそれは絶技と呼ぶに相応しい。算盤《そろばん》も用いず、この程度ならば瞬時に弾き出す。いちいち伝えるのが面倒と思ったのか、自らが計算した流れからか、

「それは私が手筈を整えます」

と、正家は軽い調子で結んだ。

「待て……そもそも亭主として茶を点てるのは誰だ？」

また長政が疑問を呈した。確かにその通りである。茶の湯の心得の無い者は点てなくてよい。その者たちは、単にもてなされる客となる訳だ。ではそれをもてなす亭主、茶を点てるのは誰か。

「殿が……亭主ということになろうな」

三成はぼそりと呟いた。殿はそのつもりでいると確信していた。

「曲者《くせもの》が混じっているかも知れず、周囲を厳重に見張らねばなりませぬな」

腕を組んで長盛が唸り声を上げた。

「それ以前の問題だ。千杯の茶を点てることになるのだぞ!?」

「えー……四半刻《しはんとき》で四人に茶を振舞うとし、一刻で十六人。六刻、半日休まず茶を点てても九十六人」

「全く届かぬではないか」

玄以がふむと団子鼻の孔を広げる。

「十分多い！　殿の手が壊れてしまうぞ！」

長政が茶筅《ちゃせん》を回す仕草をしながら顔を赤くする。

「殿は、亭主を務めぬおつもりでは？」

と、長盛が首を捻る。

「いや、目立つのが好きな殿のことです。それはないでしょう」

三成が言うと、長政も同調する。

「折衷案しかなかろう。殿も含めて亭主を複数とするのは如何か。その中に著名な茶頭《さどう》を三人ほど招請する。それならば殿も同じ腕前として扱われたようで、悪い気はなさるまい」

そう言ったのは玄以である。玄以の言いざまだと、殿はさほど茶の湯が達者でないという意味にも取れる。が、実際にその通りであり、誰も咎めることはない。

「亭主一人二刻半として四十人の客。亭主が二十五人いれば、ともかくかなうでしょう」

正家はつらつらと数から根拠を導き出した。

「高名な者を混ぜた場合、客がそちらばかり希望することもあり得るぞ。そのようなことになれば、殿が機嫌を悪くされるのは火を見るよりも明らかだ」

長政がまた懸念材料を挙げた。それは三成も考えていたことであった。

「籤《くじ》で決めましょう。全ての客に籤を引かせ、殿含め四人の誰に茶を点てて貰うかを決めるのです。順番もその時に決めれば混雑は避けられる。殿もそのような趣向はお好きのはずだ」

三成が腹案を述べると、皆が確かにといったように頷く。

「念には念を入れ、黄金の茶室を運んでは如何かな？」

玄以がさらに尋ねた。秀吉が創らせたもので、茶道具のほか、壁、天井、柱、障子などが全て金張りになっている贅の限りを尽くした茶室である。分解して持ち運びが可能となっており、昨年の年頭、初めて御所に運び込んで披露し、正親町《おおぎまち》天皇を驚嘆させた。

籤の結果、秀吉以外の茶頭が良かったと面と向かって言う者はおらずとも、内心残念がる者は出るかもしれない。だが、秀吉が運んだ黄金の茶室を使うならば話は違う。一度は入ってみたいと大半の者が思うだろうし、百姓、町人などの庶民は特に手放しで歓喜するに違いない。これならば、秀吉を解りやすく籤の「当たり」にすることが出来る。

「それは拙者が受け持とう。場が決まり次第動く」

長盛が腕を組みつつ頷いた。建築に関わることは自身が受け持つという意識があるらしい。

「して、誰を茶頭として招く？」

長政はいよいよこの議論の本丸へと話を進める。

「津田宗及《つだそうぎゅう》殿、今井宗久《いまいそうきゅう》殿あたりか」

玄以がすかさず、二人の名を挙げた。

いずれも豊臣家を後援する世に知れた富商で、茶の湯への造詣も深い。真っ先にこの「二人だけ」名を挙げるあたりに、玄以の嫌らしさが表れている。

絶対に外せぬ者が一人いる。茶の湯発展の系譜における権威。多くの弟子に囲まれる人望。巷《ちまた》にまで知れ渡る名声。どれもが一級であり、近頃では「茶聖」などと呼ぶ者も現れている。

世間的には聡明で柔和、人格者だと思われているが、三成は初めて会った時から嫌悪を抱いていた。世間に見せているのとは別の、裏の顔があるように思えて仕方なかったからである。

他の五奉行も己ほど嫌っている訳ではないが、巷でいわれるほどの人徳者であるとは見ておらず、ただ招くにも一筋縄ではいかぬと思っている。玄以がこの男の名を出さなかったのも、ではお主が口説けという流れになるのを避けてのことだろう。

「千利休《せんのりきゅう》は外せまい」

三成がその名を口にすると、玄以ははっとしたように丸い目を見開いた。

「しかし……利休殿がこのような晴れがましいことをお好みになるとは思えぬが？」

「殿の命です」

「殿の命でもだ」

間髪を容れずに言う三成に対し、玄以もまた被せるように放った。

千利休は茶の湯に関することならば、たとえ秀吉の命であろうとも、時に柔らかに、時に決然と撥《は》ね除《の》ける。しかも近頃では茶の湯のことのみならず、政道への批判まで、やんわりとではあるが弟子たちの前で語っているという噂も耳に届く。

三成はその道においての千利休の功績を侮ってはいない。ただ、それを自らの求心力を高めるために使っているのに、

――周りが勝手に茶聖などと言うだけのこと。

と、当の本人はさらさらその気はない「ふり」をしているところに、言い知れぬ陰湿さと、不気味さを感じて好きになれない。

「私が話しましょう。首に縄を付けてでも参加させます」

三成は丹田《たんでん》に力を込めて言った。

「おい……そのようなことをすれば、我らは多くの者から敵《かたき》と見なされるぞ」

長政は首を横に振った。

利休には、蒲生氏郷《がもううじさと》、細川忠興《ほそかわただおき》など大名の弟子も多い。師匠が無理やり引っ張られたなどと聞けば、奉行衆への凄まじい非難の声が上がり、時と場合によっては首を刎ねるなどと息巻く輩も出るかもしれない。いや、必ず出る。

利休は弟子たちに愚痴を零すなどと愚かなことはせず、

――気持ちは嬉しいが、儂が我慢すればよいのだ。奉行衆は数寄《すき》の心が解らぬ者らよな。

などと、宥《なだ》める恰好だけは取りつつ、弟子たちを思いきり焚きつける様が目に浮かぶ。あの悟ったような顔を思い浮かべると、どうも苛立ってしまう。三成は深く息を吸い込み、心を落ち着けた後、口を開いた。

「言い過ぎました。納得して参加してもらうように説き伏せるならば、よろしいでしょう。それとも……？」

「いや、いい。お主に任せる」

この流れでは自身が説得の役目を担わされると感じたのだろう。長政はするりと逃げた。その時、

正家が唐突に口を挟んだ。

「茶会に参加する者の粗方《あらかた》は茶具を持っていません」

確かにその通りである。茶会を開くにも許しが必要なので、茶道具を持っている者などほとんどいない。少数の大名、富商だけであろう。つまりこちらで用意して貸し与えねばならない。正家は前触れもなく話を変えたことに悪びれもせず、なおもつらつらと続ける。

「相応の数の茶碗が必要となってきます。当家にある茶碗は百十六です。これを洗い清めて使い回すためには、少なくとも十五人を割かねばなりませぬ。ただそうなると、茶碗を傷つける不安も増えます。一つ千貫する茶碗も珍しくはない。それを町人、百姓に貸し与え、万が一のことがあれば如何に――」

「何が言いたいのか解った。それも利休殿に話せと言うのだな」

三成は手で制し、苦々しく零した。正家は利休を説得することから全く話を転じたかのように思われたが、実はそうではなかった。

「左様。利休殿は、二、三百の茶碗を用意出来るはず。借りるなり、買うなりして頂きたい」

正家は平気で難題を上乗せした。

しかし実際のところ、それが最善手であろう。ただ茶碗を用意するだけならば、利休に頼らずとも難なく出来る。しかし、参加した利休がそれらの茶碗を指し、やれ無粋だの、やれ不恰好だのと言えば、これもまた秀吉の顔に泥を塗ってしまう。

だが利休の手許にある茶碗を使えばその心配はない。利休は各地の窯で茶碗を作ることを許されており、上出来なものを手許に残し、質の落ちるものを売っている。それらの在庫が常に数百あると三成は耳にしていた。

「しかし治部だけでは喧嘩になり、結局、弟子たちを煽《あお》り立てる始末になるやも……」

利休との交渉が二件となったことで、さらに心配を重ねたのだろう。長政がぶつぶつと呟いているところへ、

「拙者が共に行こう」

と、口を開いた者がいた。長盛である。

「よいので？」

三成と長政、図らずも全く同じ言葉が重なった。

「仕方あるまい。かの御仁は黄金の茶室も好んではおられぬようだ。話の中で使うことを匂わせ、顔色を見ておく要もあろう」

長盛の言う通り、利休は黄金の茶室に対しても、内心では無風流《ぶふうりゅう》なもの、と苦々しく思っているらしい。秀吉が無邪気に黄金の茶室を利休に披露した時、口では褒めていた。だが秀吉が目を離した僅かな隙に、口元に嘲笑を浮かべていたのを三成は見逃さなかった。長盛もその場にいたので気付いていたのだろう。

「では、儂は今井殿、津田殿、大名家への案内を受け持とう」

まだ何の役割も決まっていなかった長政が切り出した。秀吉の命を伝えるだけで、大半の者が素直に従うであろう。今まで挙がった仕事の中で最も易しい。奉行衆の中で最古参でありながら、難事を引き受けようとせぬこの姿勢も、三成が長政を好きになれぬ要因の一つである。

「弟子たちは様子を窺おうとするやもしれぬ。否応言わせてはなりませぬぞ」

三成が念を押すと、長政は露骨に嫌な顔をした。

「お主に言われるまでもなく解っておるわ」

睨み据える長政に対し、三成も白眼《はくがん》を逸らすことはなかった。ぴりっとする雰囲気を、長盛が咳払いで打ち破った。

「ぬかりがあってはならぬ。今一度、整理しよう。治部がやってくれ」

流石《さすが》に大人気《おとなげ》が無かったと思い直し、三成は気を落ち着かせて今日の評定のまとめに入った。

「では……茶会の場については前田殿。願わくは京ということで」

「約束はしかねるがな。やってみよう」

「民に広く知らせる触書は長束殿」

「すぐに終わらせておきます」

「増田殿は黄金の茶室を用いる手筈を。そして拙者と共に利休殿のもとへ」

「承った」

「浅野殿は他の町衆、大名衆との取次をお頼み申す」

「解った」

「私は茶道具のことも含め、利休殿に話をつける」

「次は何時集まる？」

と、全ての役割の確認が済んだところで、長盛が尋ねた。

此度の事業のほかに、皆がそれぞれに厖大な量の仕事を抱えている。こうして皆が顔を合わせる時を作るだけでも一苦労なのである。銘々が計ったように懐から小ぶりの帳面を取り出し、摺り合わせを始める。

「十五日後の亥《い》の刻《こく》（午後十時頃）……か」

ようやく全員が集まれそうな日取りを見つけ、三成は顎に手を添えて呟いた。

「そのような夜更けに……」

不満そうに長政が愚痴を零す。

「その機を逃せば、二十七日後まで揃うことはありません」

「解っている。言っただけだ」

一座が静まり返る中、三成は改めて言った。

「では十五日後の亥の刻。それまでに各々の務めを」

真っ先に長政が立ち上がり、上奉行の間を後にする。続いて玄以、正家が出ていく。

三成は残った長盛と利休のもとに赴く日程を打ち合わせながら、評定を終えた疲れと共に、果たして真《まこと》に上手く行くのかという不安がどっと込み上げて来て、幽谷の深淵にも届きそうなほどの深い溜息を吐《つ》いた。


澄んだ甲高い鳴き声が天から落ちて来て、馬上の三成は首を上げた。数羽の鳶《とび》が大空を悠々と翔けている。暫くして鳶は視界から消えていったが、三成はそのまま空を見つめ続けた。

このように空を見上げたのは何時が最後であろうかと、ふと考えた。思えば、寺の小僧だった頃は、よく空を見上げていた。そしてこの雄大な空の下、いつか大きな仕事をしてみたいと漠然と思ったものである。

確かに己は世に出た。が、出世を重ねても、仕事は規模が大きくなるより、数が膨れ上がっただけというのが実感である。あまりの日々の忙しさに、空の色さえ考えぬほどになっている。

「む……」

大きな石を避けたのか、馬がふらついたため、三成は慌てて姿勢を正し手綱を強く握った。

「お気をつけなされ」

と声を掛けたのは、同じく馬に乗る増田長盛。評定から五日後の今日、共に堺の千利休のもとを訪ねようとしている。供は互いの家臣を十人ずつ。

「道が悪い」

三成は零した。己が馬の扱いが下手なのは重々承知しているので、道の悪さを言い訳にするでも、取り繕った訳でもない。素直にそう思ったのだ。

天下の政《まつりごと》において「道」は重要である。道が整備されると、物の流れが良くなると、付随して世に銭もよく回る。そうなれば市井は活発になり、市《いち》、湊《みなと》などの様々な銭を吸い上げる「仕組み」に引っ掛かり、豊臣家の収入も増えることになる。

道を整えるには時と銭を要するため、まだ天下遍《あまね》くとまでは至っていない。だが朝廷のある京と、商業都市の堺を結ぶ道は特に重点的に整備されるべきで、このような大石が落ちていては困る。

「まあ、確かにそうだな」

長盛もこちらの真意を理解したようで、周囲を見渡した。

注意して見ると、石は他にも落ちているし、窪みや、大雨の後の溝も残っている。

「誰かに整えさせねば」

「元の役を勝手に外す訳にはいくまい。片桐《かたぎり》殿か？」

「いや、助作《すけさく》はこのような不手際はしませぬ」

片桐助作且元《かつもと》。この男もまた小姓衆の出身で、常時ではないが奉行衆に名を連ねることもある。野心少なく、地味な性格のため侮られやすいが、任された仕事は着実にこなす。しかも道普請は得意としており、このような状態を放っておくはずがない。

「はて……では、誰だ」

「尾藤《びとう》殿です」

尾藤知宣《とものぶ》。元は織田家の家臣森《もり》家に仕えていたが、後に秀吉の下へ移った。黄母衣《きぼろ》衆に抜擢されて以来出世を重ね、最も多い時には讃岐国宇多津《うたづ》五万石を食むまでになっていた。尾藤は兵を率いての戦も上手かったが、奉行職にも取り立てられることとなる。つまり三成たちと同役であった。

同役とはいえ、古参である尾藤は、どこか己たち五奉行を見下すようなところのある男だった。だが性格に難があるのは、他の奉行も、己も同じだ。三成が尾藤に怒りを覚えていたのは、

――仕事が甘い。

と、いう一点である。

いつも何処か詰めの甘いところがあるのだ。これは性格云々《うんぬん》とは別で、三成はどうしても見過ごせない。反対に五奉行の面々は、性格に難はあれども、それぞれの仕事に関しては完璧に成し遂げる。故に一目を置いているのだ。

この道も整備はしたのだろうが、維持することが念頭にない。己ならば、道々の名主に話をつけ、常に整っている状態を保つようにする。

そして、三成がこの道を尾藤ではなく、他の「誰か」に整えさせようと言ったのには訳がある。

「尾藤が治めていた讃岐宇多津の後には、生駒《いこま》殿が入られることで概ね固まったそうです」

先月、尾藤は改易、追放に処されたのである。

軍監として参加した九州征伐で、戦に勝利した後の追撃を諫めたり、敵勢に囲まれた味方の城への救援を見送ったりしたことが原因である。この消極的な姿勢に秀吉が激怒したのだ。

「尾藤殿のことは何というか……な」

長盛は言葉を濁した。

確かに奉行としての仕事ぶりには不満があったが、九州征伐でのことは、尾藤の判断が必ずしも悪かったとは言い切れない。前任者の仙石秀久《せんごくひでひさ》が積極策を取って大失態を演じ、改易に処されたため、後任の尾藤としては慎重にならざるを得なかったのだろう。

これら秀吉の処置を、厳し過ぎる、以前はこのようではなかったと陰口を叩く者もいる。だが天下を統《す》べようとする今と、織田家の一部将であった頃を比べられるはずもない。方々に気を、目を配り、

様々なことを勘案して、秀吉は処断したと三成は思っている。

「故に我らも完璧に事を成さねばならぬ」

長盛に向けてというより、自らに言い聞かせるように三成は言った。長盛もまた返事をしない。三成より尾藤への同情が強く、想いを馳せているのか、次は己の番かもしれぬと心配でもしているのか。あるいは己には関係ないとでも思っているのか。

よくよく考えれば、三成は長盛のことも如何なる男なのか詳しく知らず、どのような思考をするのかも解らない。が、解らずともよい。各々の仕事を全うしさえすれば。

また鳶が戻って来たようで頭上から長い鳴き声が聞こえた。しかし三成はもう見上げることなく、行く道の様子を熱心に確かめながら馬を走らせた。


評定の翌日、書状で利休に訪問の打診をして了承を得ている。故に利休の邸宅に到着すると、すぐに家人に案内されて一室に通された。

茶室ではない。政に関わる用向きと解っている故に、客として迎える茶室を避けたのか。いや、秀吉の使者でも利休は茶室で迎えることがある。自身が茶聖などと呼ばれているため、茶を点てて出迎えることが、最上のもてなしだと自任しているからだ。そうなると三成たちは、

——茶を振舞うまでもない輩。

と、思われているのだろうか。

「お待ちしておりました」

すでに利休は部屋に鎮座していた。

齢六十六。重たい一重瞼に、顔の半分を占めるのではないかという大きい鼻、親指を二つ並べたような厚い唇と、その顔貌は奇相の部類に入るであろう。だが微笑を浮かべると、顔全体から灰汁《あく》が抜

け、何処か涼やかにさえ見え、嫌っている己でも、妖しい魅力を感じる。

いでたちは、白い小袖に木蘭色《もくらんじき》の直綴《じきとつ》。いわゆる道服《どうふく》である。そこに濃い紫の手巾帯《しゅきんおび》を結び、金襴《きんらん》の施された絡子《らくす》を掛けて、頭には黒い頭巾を被っている。この頭巾は利休が始めたことで、利休帽などと呼ばれていると聞く。

「急な申し入れにもかかわらず、快く応じて下さり、かたじけなく存じます」

三成が代表して礼辞を述べ、二人で深々と頭を下げた。利休が掌で座るところを指し示し、促されるままに腰を下ろした。

「奉行殿はお忙しいでしょう」

利休はふわりと尋ねた。

「些《いささ》か」

「まだまだ続きますからな」

話の穂を接ぐための漠然とした問いかと思っていたが、この一言で九州征伐と今後の東国攻略を指しているのだと察した。

「素直に従うのならば、話は早いのですが」

「そうはゆきますまい。押さえ付ければ付けるほど、従わせようとすればするほど、人という生き物は無性に抗いたくなるものでござれば」

まだ玄以は場の確保も済ませていない。それを受けて正家は高札を立て、長政も大名に申し送る段取り。故にまだ大茶会のことは、奉行衆のほかは一切外に漏れていない。だが利休は今回の来訪の意図を、ある程度は予測しているらしい。それ故、このように牽制したのだろう。

先手を取られ、如何に話を持って行くべきかという風に、長盛がこちらを一瞥する。

三成は歯痒さを覚え、小刻みに人差し指で膝を叩いた。

「単刀直入に申し上げます。此度は頼み事がありて参りました」

おいと言うように軽く手を上げる長盛をよそに、三成は一息に続けた。

「二月後の十月一日、大茶会を催します。利休殿には亭主の一人として参じて頂きたい」

「ほう。大茶会ですか。それは如何なるもので？」

利休の問いに、三成は現段階で決まっていることを述べた。

「場も未だ決まっていないということですか……ならば場が決まり次第、またお越し下さい」

早々に話を打ち切ろうとする利休を、三成はさっと手で制す。

「そのような暇《いとま》はありません。今、ここで、受けて頂きたい」

「困りましたな。しかし、場が決まらぬのでは返事のしようもない」

「実は場は決まっております」

三成は間髪を容れずに答える。長盛は嘘を申すなと言いたいところだろうが、固く唇を結んでいる。

「ほう。では、何故？」

利休は半眼でこちらを見据える。

——教えられないのか。

と、いう意味である。

「曲者が入り込むかもしれませぬ。殿を始め、皆の身を守るためでござる」

「当日は何処であろうとも、守衛の兵が入るのでは？」

「ごもっとも。しかし乱破《らっぱ》の類《たぐい》が事前に入り、下見をするかもしれません。故に少しでも長く伏せておきたいのです。平にご容赦を」

立て板に水の如く、三成は一気に捲《まく》し立てた。

「せめて大まかにでも。こちらも諸事抱えている身。これも殿下の命を受けてのこと。薩摩《さつま》や日向《ひゅうが》ななど言われては、参りたくともかなわぬかもしれません」

利休も負けておらず、澱みなく返す。三成は細く息を吐くと、意を決して言い切った。

「京でござる」

長盛が咳払いをする。玄以は出来るだけ京で開催地を探すとは言ったが、大坂の線も未だ消えてはいないのだ。これで大坂となった時には、利休がごねる要因を作ることになる。

「まことに？」

「はい」

「ふむ……解りました」

利休は少し俯《うつむ》き加減に黙り込んだ。これ以上、反論する余地がないと考えたのだろう。京に決まっていると嘘を吐くはめになったが、ならば嘘を真にするしかない。玄以は愚痴を零していたが、

――とやかく言いつつも、しゃんとやる男だ。

と、三成は玄以の実績から信じてはいる。

「他の茶頭は誰を？　大茶会に亭主が二人とはゆきますまい」

利休がそう訊いたことで、場所の件は納得したと見てよい。一歩前進である。だがたった一歩進めるために、ここまでの労力が掛かるあたり、やはりこの男は一筋縄ではいかない。

「では……古田《ふるた》織部《おりべ》殿、芝山《しばやま》監物《けんもつ》殿は如何かと」

三成が言うと、利休はあからさまに嘲笑した。

「いや、失礼。我が弟子を挙げて下さったことはありがたい。しかし何と申し上げればよいか……」

今、三成が挙げたのは利休の高弟で「利休七人衆」などと呼称されるうちの二人。幾ら高弟とはいえ、弟子と並んで茶を点てるなどあり得ない。利休はそう言いたいのである。

「格が違うと」

「そう思う者もいるでしょう」

この嫌らしい言い回しに、三成は舌打ちしそうになるのをぐっと堪えた。

「至らぬばかりに、申し訳ございません」

「いや、治部殿も茶の湯の嗜《たしな》みがあると聞くが、こればかりは解らずとも無理はない」

つまり下手くそだから。という辛辣な意味が裏に隠れている言葉であるが、利休の表情は穏やかなものである。

「では、どなたが相応しいのでしょうか」

「今井宗久殿、津田宗及殿のお二人がよいかと」

――掛かったな。

今度は三成が笑む番であった。ただし内心であるが。

端《はな》から今井、津田の両人の名を出せば、利休はそこにも何くれと噛み付いてくることもあり得る。初めは弟子などを挙げて否定させ、利休本人の口からその名を出させようとしたのだ。

「しからば、そのお二人に」

「それがよいでしょう」

利休が満足げに頷くので、ここで畳みかけてしまうべきだと感じた。

茶器の調達、あるいは黄金の茶室。どちらから先に切り出すべきかと、一瞬の間に長盛と目だけで暗黙の会話を交わす。三成の目の動きを敏感に察知し、長盛が口を開いた。

「黄金の茶室を使うつもりです」

刹那、利休の顔から笑みが消えた。ぴんと糸が張り詰めたかの如く場が重くなる。

利休は何も答えない。三成たちも何も言わない。僅か十を数えるほどの短い時であったろうが、これは放っておけば、一刻でも半日でも黙する構えであろうと感じ、三成は続けて迫った。

「如何」

「よいのでは」

意外な答えが返って来た。だからこそ逃す訳にはいかないと、三成はすかさず言った。

「利休殿の甘心《かんしん》があるとは、我々も心強い」

「皆、喜ぶのではないでしょうか。如何なる茶会であったか、また聞きとうござる」

「それは……」

「私が行くと、一言でも申しましたか？」

――この腐れ茶人《ちゃじん》め。

三成は思わず睨みつけて、腹の内で罵《ののし》った。

「では」

利休が話を閉じようとする。させまいと三成は舌を動かした。

「我らは殿の命を受けて支度をしているに過ぎません。利休殿は殿の命に叛《そむ》くおつもりか」

呆れたような溜息を零し、利休はゆるりとした調子で言う。

「私は茶の道のことに関しては、殿下から凡《およ》そのことは任されています。その上で此度は参加せぬと決めたまで。これが誤った判断だというならば、殿下が直ちに叱《いさか》いなさるはず。そもそも殿下が私を名指しされたのでしょうか」

秀吉は大茶会の概要だけを告げ、利休の名を出してはいない。それも見透かしているらしい。

「ならば、そうなるようにしましょうか」

秀吉から利休を連れて来いという指示を取る。半ば脅しであるが、三成は静かに凄んだ。

「出来るものならばそうすればよろしかろう」

ふふと、利休は口元を綻《ほころ》ばせた。さすれば無能の名を受け、困るのはそちらではないか。そのような意味を込めた笑いである。

「仕方あるまい……。そちらがその気ならば、こちらも本気で行きます。堺奉行の権において、貴殿を引きずってでも連れて行く」

「やはりそうなるか」

利休が苦笑したその時、三成らが入って来たのとは別の襖が、凄まじい勢いで開いた。

そこに男が立っていたので、三成は息を呑んだ。男は眦《まなじり》を吊り上げて叫ぶ。

「お主、我が師に何たる物言いをするか！」

「越中《えっちゅう》、お主が何故ここにいる」

三成は上目遣いに睨みつけた。

細川忠興である。齢は三成より三つ下の二十五。丹後《たんご》半国と宮津《みやづ》城の領主である。何故ここにいる、とは言ったものの、利休と忠興の関係は知っている。忠興も利休七人衆の一人なのである。

「今日、お主らが帰った後、お師匠様に修業の成果を披露することになっていたのだ」

忠興は怯《ひる》むことなく、正面から睨み据える。

三成は利休を一瞥し、小さく舌打ちした。利休はこちらの面会の申し入れを受けて、敢えてこの日に忠興を呼んだのだ。あるいは忠興の予定が先に入っており、その日に面会を当てたのかもしれない。

「治部……先刻申したこと、今一度、俺の前で申してみよ」

忠興は唸るように言った。

「治部少、駄目だ――」

長盛が止めるのと同時に、三成はすでに言葉を発していた。

「堺奉行の権において、引きずってでも連れて行く。これでよいか」

「ぬかしおったな!!」

忠興は気炎を吐くと、腰の刀に手を掛けた。

「何故、差している」

三成は思わず苦く笑ってしまった。他人の家に上がるならば、ましてや師匠の家ならば、刀を預けるのが慣例である。仮にそうでなくとも、隣の間で座して待っていたならば刀は脇に置いているはず。腰に差している時点でおかしい。

――予《あらかじ》め打ち合わせをしていた。

と、いうことである。

とはいえ、利休は露骨に刀でもって脅すような指示などしていまい。奉行たちが訪ねて来るのは、己の意に染まぬことを無理やりさせるつもりに相違ないなどと煽り、忠興自ら、念のために刀を用意するなどと言い出すように仕向けたと見た。

「お主がこれ以上妄言を吐くならば、斬り捨ててやろうと考えたまでよ！」

忠興はぎりぎりと歯を食い縛った。この忠興、天性の癇癪持ちなのである。その短気に纏《まつ》わる逸話は枚挙に遑《いとま》がない。また短気に加えて、病的なほどの悋気《りんき》持ちであった。妻の玉《たま》に異常な執着があり、庭を手入れしていた庭師が、玉の姿をちらりと盗み見たという理由だけで、問答無用で斬り捨てた。忠興は愛用の兼定《かねさだ》の刀に、平安の和歌の名人三十六人を指す「三十六歌仙」から取り、

――三十六人を斬った暁には、歌仙兼定と名付けよう。

と、呵々と笑っていたというから、その異常さが知れる。

「三斎《さんさい》、落ち着くのだ」

利休は忠興を号で呼んだ。しかし忠興は、だんと畳を踏み鳴らして呻《うめ》くように言った。

「師匠はお優しいからそう仰《おっしゃ》る。だが、俺は許さぬぞ」

三成も人並みに恐れを抱き、躰が竦《すく》みそうにもなる。しかし頭は激しい勢いで回転し、

――斬れるはずがない。

と、結論付けた。ここで己を斬れば細川家は改易だと、流石の忠興でも解っている。利休もそのような真似はさせたくないはず。忠興という凶器で脅し、三成たちに断念させるのが目的なのだ。

ここで退けば負けである。三成はすっくと立ちあがり、静かに尋ねた。

「越中、兼定は、三十六人まで残り何人だ？」

この間も、長盛は止めろ、止めろと交互に見て呼び掛け続けている。利休はぴくりとも動かずに座したままである。

「あと十二。二十五人目はお主だ」

脅すのが目的とはいえ、大名が大名に吐く言葉ではない。三成は呆れると共に、この狂言に怒りが込み上げて来た。

「二十六止まりか」

「何ぃ……」

忠興は憤怒の形相を近づけた。三成もまた顔を近づける。互いの吐息が掛かるほど近い。

「二十六人目はお主だ。貴殿が腹を切る時には、是非とも介錯で使って貰おう。三十六人を数えられず、残念であったな」

「貴様!!」

遂に忠興は飛び下がって抜刀した。

――利休、私は退かぬ。そろそろ潮時だぞ。

三成は心で呼び掛けた。こうして刀を抜くだけでも十分罪に値する。ここまでして威嚇する覚悟は相当なものだが、これ以上はもう言い訳も出来ぬし引き返せぬ。利休が止めると踏んだ。

「越中殿、刀を納めなされ！　前言を取り消す！」

「仁右衛門！」

三成は思わず、長盛を通称で鋭く呼ぶ。ここが切羽で、退いてしまえば元も子もないのだ。忠興は刀を上段に構えて怒号を発する。

「それで収まるか！」

「収めて下され」

長盛は両者の間に入り、二人に掌を向けて立ちはだかると、さらに一歩踏み出して一気に続けた。

「ここで斬れば細川家は改易。この屋敷での刃傷とあらば、利休殿にも迷惑を掛ける。我らは刀を抜いたことは見ていない。誰にも報じませぬ。我らの無礼が過ぎました。面目ない。これで収めて下され」

「三斎、そこまでにせよ」

長盛が深々と頭を下げた時、黙していた利休が、地を這うが如く低く言った。その声には異様な迫力があり、忠興もぴくりとして肩から力を抜き、渋々といったように刀を鞘に納めた。

「右衛門尉《うえもんのじょう》殿、治部少輔《じぶのしょう》殿。弟子の無礼、平にご容赦下され」

利休は不必要なほど背を伸ばし、大仰《おおぎょう》な仕草で頭を下げた。

「滅相もございませぬ」

「今日のところは……」

「はい。帰らせて頂きます」

長盛が勝手に話をどんどん進めるが、三成も止めなかった。もはや交渉は負けだ。

「今井殿、津田殿が相応しいとお教え頂きありがとうございます。黄金の茶室も使わせて頂きます」

利休の頬がぴくりと動いた。長盛はこの二点だけは賛同を得たと、釘を刺したのだ。

「では」

長盛は三成を押し出すようにして部屋から出た。

「何故止めたのですか」

利休の邸宅から出るなり、三成は詰め寄った。

「まずは離れましょう」

長盛は鐙《あぶみ》に足を掛け、馬に跨《また》がった。暫く経ったところで、三成は再び憤懣をぶつけた。

「あれは脅しです」

「そうだろう」

「越中がいたのも」

「利休の手回しだろう」

「それが解っていて何故止め……今、利休と？」

三成は引っ掛かって尋ねた。

「うん……？　ああ、そう呼んだか」

長盛は自分でも気付かなかったようで首を捻る。

「ともかく、あれは芝居です。如何にあの短気な男とて、斬れるはずがない」

「いや、越中は斬る」

「馬鹿な」

三成は鼻を鳴らした。あそこは強気で押し切るべきところであった。それを長盛が見極められずに弱腰になった。その言い訳としか思えなかったのだ。

「必ずだ」

長盛はなおも断言した。

「何故、言い切れるのですか」

「あの目を見たことがある」

「目？」

「何かを妄信する者の目だ」

三成は眉間に皺を寄せた。意味が解らないが、長盛の言葉は、言い訳や誇張の類ではなさそうだった。下唇を噛みしめて長盛は続けた。

「しかも利休は、越中が刀を振るっても止めるつもりはなかったぞ」

「茶会に参加したくないだけで、そこまでしますか」

「そこまでする男なのだ。故に越中のように魅入られる者も出る」

先ほどから知らぬうちに呼び捨てにしていることも合わせ、長盛も利休を好いていないのは確からしい。いや、それ以上の怒りの如きものを抱いているようだ。このように長盛が感情を露わにするのを見るのは初めてのことで、三成はもう何も反論することは出来なかった。


長盛の有無を言わせぬ迫力に引き下がったものの、このまま何もしない訳にはいかない。茶器の用意はともかく、利休を何としても出席させねばならない。

——七日後、利休が京に来る。今一度、説得しよう。

と長盛から言い出したのだから、単に臆した訳ではないらしい。ならばいよいよ長盛の言は本気だったということになり、三成は困惑してしまった。

別段、策がありはしない。ただ次は、こちらが訪ねることを利休は知らぬ。戦に例えるならば奇襲である。こうなれば利休が首を縦に振るまで、何日でも粘る覚悟である。

その翌日の夕刻、三成が文机《ふづくえ》に向かい文書に目を通しながら書状に筆を走らせていると、屋敷を訪ねて来る者があった。大谷紀之介吉継《よしつぐ》である。三成が在宅していると聞きつけたのだろう。

「急にすまないな」

「いいさ」

いつものことである。また、こうして会っても仕事の手を止めないのもよくあることで、吉継もそれに慣れて咎めることなどしない。

「今は？」

吉継は短く問うた。何の仕事をしているのか、という意味であろう。

「当家のことだ」

奉行職として天下の政に当たると共に、当然、自家の家政も執らねばならない。父の正継《まさつぐ》が代わって見てくれているが、やはり最後には自ら決裁せねばならぬものもある。

「忙しいことだ」

「仕方あるまい。それはお主もそうだろう」

三成は筆を動かしながら応じた。

吉継は全ての能力の水準が高い男である。四年前の天正十一年（1583年）、賤《しず》ケ岳《たけ》の戦いの折に、三成の兵糧手配の補佐をする直前にも、長浜城主で柴田勝家の養子、柴田勝豊《かつとよ》を調略して内応させる功を立てた。

自分では意図していないものの、人の神経を逆撫でしてしまう性質の三成には、そのような調略働きは向いていない。それが利休の時にも出てしまったと些《いささ》か反省もしていた。

何でも卒《そつ》なくこなすため、吉継は方々の仕事に引っ張り出されている。天正十三年には一軍を率いて紀州征伐で武功を立てたかと思えば、天正十五年の九州征伐では、また三成の下で兵糧奉行を務めるなど、劣らず忙しい。時に軍務や調略の担当に回されることで常任の奉行ではないが、三成たちと同じく上奉行の格であった。

「お主ほどではない」

胡坐《あぐら》を掻いた吉継は、自らの膝を摩《さす》りながら答えた。

「痛むのか？」

三成は静かに尋ねた。

「たまにな」

昨年の暮れ、吉継は躰の節々が痛むと言った。しかもそれが今までに数度、二月に一度ほどあるという。これまで風邪一つひかぬ壮健な躰であっただけに、当人としても訝《いぶか》しんでいる。まだ三成のほかは誰も知らない。たまたま仕事が一緒だった時に痛みが出て、三成が鋭敏に察して訊いた際、そのことを話してくれたのだ。

この症状に三成は思い当たる節があった。吉継もまた気付いているであろう。だが当人が口にしない以上、己から言うことはないと三成は決めている。

「たまには休んで躰を労わることだ」

「日ノ本一忙しい男に言われても嫌味にしか聞こえぬぞ」

吉継は苦笑しつつ言葉を継いだ。

「日頃の務めに加え、領地のことも滞りなく捌《さば》き、さらには堺にも行ったのだろう。噂になってお る」

「越中か」

三成は小さく舌打ちした。

利休は自らそれを流布するような愚は犯さない。細川忠興が言い触らしたのだ。もっとも利休は揉めごとになることも見越して、数いる弟子の中で忠興という男を選んだのだろう。

大茶会はまだ天下の秘事。忠興にも、内容だけは話してはならぬと釘を刺しているに違いない。とあることで奉行が茶の湯を蔑ろにするような要求をしてきたが、利休はこれに怯むことなく追い払った。凡そこのような話であろう。

「何があった、と聞いてもよいか？」

「お主なら問題はない」

吉継の口の堅さは尋常ではない。三成もまたそうである。故に互いの役目のことでも、相談し合うことは間々あった。

「――と、いう次第だ」

三成は一切の淀みなく、これまでの経緯を話した。

「なるほど。殿もまた難題を」

「だが……」

「解っている。それでもやり遂げねばならぬな」

三成の言うことを予測し、吉継は先んじて言った。

「右衛門尉が何を考えているのかよく解らぬ」

長盛を官位で呼び、三成は愚痴を零した。

あれから、もう一度よく考えたが、忠興が本気だったとはどうしても思えない。怒りに任せて三成を斬れば、領地を失い、家族、多くの家臣たちが路頭に迷う。そのようなことをするはずがないと、三成には思えてしまうのだ。

「やはり臆したただけか」

次の説得の場に忠興はいない。取り敢えず今をやり過ごせば、まだ望みはある。それくらいのことは長盛の頭なら即座に弾き出すはずだ。

「どうだろうな」

てっきり同意してくれるものとばかり思っていたが、吉継は意外にも首を捻った。

「何か思うところでも？」

「俺は増田殿と紀州攻めを共にした」

紀伊《きい》は少し他国と毛並みが違う。国人や寺社の勢力などが複雑に入り組み、戦国を通じて一家の大名家で纏まらなかった。秀吉が畿内を掌握した後も、一部の国人、寺社は恭順の意を示したものの、逆に反抗の姿勢を見せる者たちも多々いた。

一昨年の天正十三年、業を煮やした秀吉は紀伊国を攻めた。この時、大谷吉継と増田長盛の二人が将として、二千の兵を率いたのである。

「恐らく増田殿はお主らの中では最も戦が上手い」

吉継は眉を開いた。お主らとは五奉行のこと。つまり三成よりもということになる。

吉継いわく、増田長盛は戦に有利な地形というものを熟知しており、決して不利な場所では戦わない慎重さがある。だがひとたび有利とみるや、一気呵成に攻め掛かる大胆さも持ち合わせている。奉行ではなく、侍大将としても大名になれるほどの手腕だという。

「それに臆病どころか、その勇敢さに舌を巻いた」

吉継らは着実に敵を潰していった。そして最後まで抵抗した紀州勢との一戦で全軍が突撃する中、吉継は自ら杉本荒法師《すぎもとあらほうし》を槍の一突きで討ち取るという武功を挙げた。

同時に長盛もまた、根来《ねごろ》衆の津田《つだ》監物《けんもつ》、西谷延命院《にしたにえんめいいん》を自らの手で討ち取っている。本陣まであと一歩だが、さらに深入りすれば返り討ちに遭う瀬戸際だった。だが長盛は、

――ここが切羽。我に続け！

と三尺の太刀を振りかざし、味方を奮い立たせて突貫した。吉継はそれを近くで見ているため、忠興がいくら脅したとて、それが理由で引き下がる男とはどうしても思えないらしい。

「ふむ……」

三成は曖昧に答えて顎に手を添えた。

「今思えば、気になることもある。小牧長久手《こまきながくて》の戦いでも増田殿は武功を挙げただろう」

紀州攻めよりさらに遡ること一年、天正十二年に羽柴家は徳川家と小牧、長久手で激突した。その時も長盛は兜首二つを挙げ、一躍二万石の大名に取り立てられたのだ。

この時は長盛とは接点がなく、加えてすぐに奉行職に据えられたので、運よく首を拾ったのだろう程度にしか三成は考えていなかった。だがこうしてよくよく思い返すと、長盛の出世の始まりは奉行としてではなかったことになる。

「この時も俺は増田殿の近くにいて、その戦い振りを見た」

「紀州攻めと何か違うところが？」

先回りして三成が尋ねると、吉継は記憶を喚起するように天井を仰いだ。

「あの時も勇敢に戦っておられた。ただ、紀州攻めの時のほうが鬼気迫るものを感じた」

吉継は人の変化にも敏感であると知っている。そう言うならば真なのだろう。

では何故、二つの戦でそこまで様子が違ったのか。紀州攻めでさらなる飛躍を期していたようには、吉継には見えなかったらしい。得体の知れぬ悲壮感が滲み出ていたというのだ。

「それ故、増田殿が臆したとは思えぬのだ」

となると、長盛の、

――あの目を見たことがある。

という一言も気になる。

時に三成は冷たいなどと言われるが、別に人そのものが嫌いな訳ではない。人並みに情もある。淡々とした性格、口調であるため、多くの人に誤解されているのは確かだが、昔からの付き合いの小姓衆などは解ってくれているだろう。

だが、仕事においては違う。その者の性格がひねくれていようとも、奇妙な嗜好を持とうとも、人に言えぬ過去があろうともどうでもよい。故に長盛のかつての事情などに関心を示したことがなかった。だが吉継の話を聞き、長盛という男に若干なりとも興味が湧き始めていた。

「一度、膝を突き合わせて話してみてはどうだ？」

そのこともまたこの男にはお見通しなのだろう。吉継の目元に笑みが浮かんでいる。

「機会があればな」

三成が短く答えた。吉継はもう隠すことなく、頬を緩めてふっと息を漏らしていた。


利休が京に来た。

北野にある臨済《りんざい》宗大徳寺派の大本山、大徳寺に利休はいる。

大徳寺の開祖は宗峰《しゅうほう》妙超《みょうちょう》と謂う禅僧で、正中《しょうちゅう》二年（1325年）、花園《はなぞの》上皇が祈願所とする院宣《いんぜん》を発したことで、一気に著名となった。後に後醍醐《ごだいご》天皇が京都五山のさらに上位に置くという綸旨《りんじ》を下すほど、権威と歴史のある寺である。

この大徳寺と秀吉も浅からぬ縁がある。天正十年（1582年）十月十五日、秀吉はこの寺で旧主織田信長の葬儀を盛大に執り行った。その翌年には織田信長の菩提寺として、塔頭総見院《たっちゅうそうけんいん》が完成している。死後、信長のことを「総見院様」と呼ぶ由来はここにある。

次の五奉行の会合まであと三日である。ここで大まかな道筋だけでもつけておかねば、完全な形の大茶会の開催はほぼ無理だといってもよい。

前日、三成は昼過ぎまで大坂で執務し、夜には京に入って泊まった。

一方、長盛は外せぬ務めが入っており、当日の払暁より京を目指すと聞いた。出来れば事前の打ち合わせなどしたかったが、日ノ本で五指に入る多忙な二人が揃おうというのだから仕方がない。利休がいつまで大徳寺にいるのかは解っていない。合流し次第、訪ねるほかなかった。

「遅くなった」

大徳寺のすぐ傍《そば》で待っていた三成のもとに長盛が駆け付けたのは、昼過ぎであった。この時刻に入京したということは、払暁どころか夜のうちに発ったはずだ。

「寝ていないのですか？」

「まあな」

長盛は平然と答えた。案の定、打ち合わせをする時は無かった。三成が口を開くより早く、長盛が言った。

「このような時は下手に足並みを揃えようとすれば隙が出る。利休はそこを必ず衝《つ》いて来る」

まさしく今、三成が言おうと思っていたことであった。では、どちらが主を取るのか。

「任せてよいか」

と、長盛が顔を覗き込んで来た。自分が相手をしたくないという訳ではないだろう。

――借りを返せ。

そう言いたいのだと悟った。

「お任せあれ」

三成は請け合うと、先んじて大徳寺に入った。名刹大徳寺の僧といえども、奉行が突然現れたことには何事かと仰天する。しかも寺社の管轄は玄以であるため、この両者の取り合わせにも驚いたようである。

「利休殿に用がありて参った」

丁寧であるが、有無を言わさぬ語調で三成は言った。

「まずは利休殿にお取り次ぎ致します故……」

僧はそう言って止めようとするが、

「火急のこと故、御免」

と、ずんずんと奥に進む。

利休は銭を寄進して大徳寺の山門を再建させようとしており、これについては秀吉の許しも得ていた。故に打ち合わせに度々訪れ、何処の間を使っているかなどは事前に調べてある。

「失礼仕《つかまつ》る」

襖を開くと同時に言った。そこには利休と僧が三人いた。

「何やら騒がしいと思っていたが……これは、これは」

利休は呆れたような溜息を零した。

「火急にお話ししたい儀があり、罷《まか》り越しました」

こう言えば、流石の利休も拒むことは出来ない。僧たちに目で退席を促す。

僧たちが退室するのを見届けると、利休は重々しく口を開いた。

「何者かが謀叛《むほん》でも企てたのか……それくらいの大事でしょうな」

利休の声色には怒りが滲んでいる。

「大茶会の件です」

三成は視線を逸らさぬまま答えた。暫し無言の時が流れる。

「座っても？」

ようやく三成が口を開くと、利休は黙したまま手を宙に滑らせる。

「皆々様が勝手になさるのはよろしい。先にも申しました通り、私は参加しないというだけ」

利休が先制して宣言した。前回のように遠回しにではない。

「なるほど。お考えは解りました。では、せめて茶器を貸して頂きたい」

「治部殿。何も解っておられぬようですな」

利休の口元に憫笑《びんしょう》が浮かぶ。

「それは如何に」

「確かに茶器の貸し借りをすることはあります。しかしながら、茶の湯では自らが見出し、愛でる茶器を用いて、客をもてなすのが元来というもの。人に茶器を借りるようでは、殿の御名にも傷がつくことになるやもしれませぬ」

「しかし碌《ろく》でもない茶器を使うほうが、殿の名に傷がつくかと」

三成はなおも食い下がったが、利休はゆっくりと頭を横に振る。

「茶器に優劣などありませぬ。もしあるとするならば、それは世間が勝手に申しているだけのことです」

——この鼬《いたち》め。

心中で罵る。利休は彫りが深く、目から鼻にかけて陰が出来るため、顔の中央が黒い鼬に何処か似ている。それに、新たな提案を受けても、何かと理由を捻り出して逃げるこの状態は、まさにすばしっこい鼬を捕える難しさに似ている。

「世間が……ですか」

口では「世間」などと言っているが、実際のところそれは「利休」である。厳密にいえば、利休が世間を動かしている。利休が良いと発信すれば良く、悪いと発信すれば悪くなる。茶の湯に関してはそれほどの力があるのだ。

「では利休殿が考える良き茶器とは？」

「先ほども申しました通り、自らが見出し、愛でたるものが最上。それ以上もそれ以下もありませぬ」

「では、我らが選んでも問題はない訳ですな」

「貴殿らにとってはそうでしょうな。ただ、それを客がどう思うかはまた別ですが……」

かなりややこしいが、理屈は一応通っている。茶器に上下貴賤はなく、その者が良いと思うものが最上。ただしそれを客が良いと思うかはまた別の話。茶器は相手のことを慮《おもんぱか》って選定せねばならぬ。つまり自己の中で完結すれば最上の茶器でも、客に出すという行為を挟めば、そこからは客の評価だと言いたいのだ。この理屈で来られた場合、こちら側がいかに苦労して茶器を用意しようとも、幾らでも難癖をつけられることになってしまう。

「ご指南ありがたく存じます」

三成が引き下がったのが意外だったようで、利休の顔に淡い驚きの色が浮かんだ。だがすぐに勝ち誇ったように口元を綻ばせ、

「如何なる茶器を選ばれるのか、楽しみにしております」

と、言った。

「さて……話は済みましたかな？」

利休はこちらを交互に見る。終わったならば早く出ていけと顔に書いてあるようであった。

「いえ。まだです」

「ほう。まだ何か」

「大茶会に茶頭の一人としてご参加頂きたい」

利休の肩がぴくりと動いた。

「茶器の件はよく解りました。が、これだけは退けませぬ」

「先ほど、参加しないと申したのに、解ったと。そう仰ったはずでは？」

「お考えは解ったと申し上げただけ」

「豎子《じゅし》めが……」

こめかみに青筋が立っている。思わず本心が漏れてしまったからか、利休は顔を背けた。

「それが真の顔ですかな？」

三成は微笑みを湛えながら訊いた。

「あまりに無礼ゆえ。失礼致しました……しかし、私は何と言われようが動きませぬ」

「この地で催すのでも？」

三成は懐から一枚の書状を取り出し、利休の前に置いた。

書状を手に取り目を通す利休は明らかに動揺している。

三成は前回の利休との交渉の後、玄以に早馬を飛ばし、

——大徳寺はいけるか。

と、問い合わせた。実際の玄以の返答は、五分五分かと、といったものであったが、三成は、

——実際のことはともかく、問題ないと書いてよこしてくれ。

と付け加えたのである。玄以はこれが何を意図しているものか察知したらしく、頼んだ通りの書状を寄越した。それが今、利休が読んだものである。

「これは……」

「総見院様をお慰めするという意も込め、この大徳寺にて大茶会を執り行うつもりです。しかし千人での茶会となると、少々寺にも手を加えねばなりますまい。その時、利休殿が山門の再建をとお考えの地を使うことになるやもしれません。これは私事ではなく公のこと。何卒《なにとぞ》、ご納得頂けますようお願い致します」

先ほどの利休以上の勢いで、一気に捲し立てるが如く、三成は言葉を見舞った。

「卑怯だぞ」

利休は歯を食い縛った。

「政はいつも卑怯なものです。ただ殿と民に対してはそうであってはならない。それ以外が相手ならば何でもする。それが奉行だとお思い下さい」

凜然と言い放つと、利休は苦虫を嚙み潰したような顔で声を漏らした。

「解った……出よう」

「今、何と？」

「出ると申している」

「かたじけなく存じます」

忌々しそうに言う利休に、三成は何事も無かったかのように頭を下げた。

「ただし、大茶会の場が大徳寺以外ならば。それは譲れぬ」

「それは困りましたな……しかし万一に備え、一応、別の地も考えております」

そもそも大徳寺で大茶会を催すつもりはなかった。玄以も五分五分の場所と交渉を進める余裕などはない。確実に開催できる場所に狙いを定めている。どうもそれは、

――北野《きたの》天満宮《てんまんぐう》。

になりそうな運びであるという。

「その場は何処《いずこ》になりまする」

「事が起こると困りますので、それはご容赦を」

言えばまた難癖をつけてくるのだろうと、遠回しに伝えた。

「真に何処でもよい。ただ、大徳寺ではないという証が欲しい。解っているなら教えて下され」

ここまで言って翻すとは思えない。ならば真のことを告げてもよいと判断した。

「まだ定まった訳ではありませんが、北野天満宮になるかと」

「なるほど」

利休は安堵したような顔で頷いた。

「これでよろしいでしょうか」

三成が長盛と顔を見合わせ、席を立とうとしたその時である。利休が手で押しとどめた。

「お待ちを」

「まだ何か」

先ほどと逆の構図である。利休の双眸《そうぼう》が光ったような気がした。利休が柔らかな口調で言う。

「茶を点てることは適いませぬ」

「舌の根が乾かぬうちに反故《ほご》にされるか」

「心得違いをなさっている。確かに出るとは申しましたが、茶頭を務めるとも、茶を点てるとも一言も申しておりません」

嬲《なぶ》るような物言いに、三成の胸に過日以上の怒りが込み上げてくる。

「では北野天満宮に来て、利休殿は何をなさるおつもりか」

「客として参加する。そう申しているのです」

利休はさも当然とばかりに言った。

「この成り行きでそれが通ると？」

確かに先ほど出ると発言したのと矛盾している訳ではない。ただ、茶頭の一人として出て欲しいという依頼であった以上、客として参加するというのは断るのとほぼ同義。ならばこちらも大徳寺を避けるという約束を翻して白紙に戻す——。そんな考えが読めたのか、利休は先んじて口を開いた。

「では、もし茶頭の一人に名を連ねるならば、茶の湯そのもののことに関しては口を挟ませて頂く。

これは殿も認めておられること。異論はありますまい」

「我らに何か落ち度があると？」

利休は大きく頷いて、天井を指差した。

「雨……が降れば如何に致す」

——しまった。

と、思ったが遅い。利休は畳みかけるように続ける。

「北野天満宮に千人が入れるほどの建物はなかったはず。野点《のだて》をなさるのでしょうが、雨が降れば如何するおつもりでしょうか。茶の湯においては道具、所作《しょさ》も大事ですが、まずは茶の味を楽しんで頂くのが本道。雨で薄まった茶など振舞えるはずがない」

これに関しては利休が正論。利休は水を得た魚の如く舌を滑らかに動かす。

「まだ大茶会が一日だけならば、やり過ごすことも出来るかもしれませぬ。しかし私の聞き間違いでなければ、大茶会は十日に亘って催されると仰っていた。その間、一度も雨が降らぬとは約束できますまい。万が一、大雨にでも遭えば、茶を点てるどころではない」

確かに。そう言い掛けるのを三成はぐっと呑み込む。

「ちなみにこれは大徳寺でも同じこと」

利休はさらにそう付け加え、嫌らしい笑みを浮かべた。

「何か手立てを考えます……」

「奉行殿たちは、まさか天さえも支配出来ると？」

己たちは全てを支配出来ると驕《おご》っているのではないか。利休の言葉の中に鋭利な棘がある。

「それは……」

そのようなこと、出来るはずがない。答えに窮する三成に対し、利休はさらに言葉を重ねた。

「せめてその手立てが何か、示してからが筋というもの。話はその後に」

利休はもうよいなと言わんばかりに二度、三度頷く。これから手立てを考え、それを再び利休にぶつけていては間に合わないが、流石にこの短い時では、妙案は思い浮かばなかった。

今度は利休が腰を浮かす。

――もはやこれまでか。

そう思った刹那である。

「お待ちを」

と、これまで黙していた長盛が口を開いた。

「今日は一言も発せられないので、心ここにあらずかと思っていましたが……」

「任せておりましたので」

利休の嫌味に対しても、長盛は背筋を伸ばして堂々と応じた。

「では右衛門尉殿が口を挟んだということは、もはや治部少輔殿には任せておれぬと？」

「いえ、これは拙者の領分と思ったまでのこと」

利休は訝しげに眉間に皺を寄せた。三成もまた、長盛が何を言わんとしているのか解らない。

「右衛門尉殿ならば、雨を止め……」

「そのような下らぬ問答はよしましょう。天を操るなど、何人《なんぴと》にも出来ませぬ」

「左様……では、如何に致す」

「北野天満宮に千人が入れるだけの亭を建てましょう」

「なっ――」

吃驚したのは利休だけではない。三成も同じである。縄張り、材木の調達、運搬、そして建築、どう見積もっても三月は掛かる。しかし、大茶会までもう残すところ一月半ほどしかないのだ。あまり

に無謀である。それには利休もすぐに気が付いたようで、

「出来るはずがない……」

と、掠《かす》れた声で呟いた。

だが、長盛は泰然として返した。

「出来ます」

「そんな……行くという了承を得るため、でまかせを言っているのだろう」

「お疑いなさるか。出来ねば、拙者が腹を切りましょう」

「右衛門尉！」

三成が声を荒らげたが、長盛は一瞥もせずに手で制し、

「如何」

と、低く利休に迫った。

「このようなことに命を懸けるのか……」

「異なことを仰せになる。我ら常に一所懸命に務めに臨んでおります。さあ、如何に」

「わ、解りました……出ましょう。ただし、真に千人分の――」

「承知しました。治部」

長盛はすでに膝を立てている。有無を言わさぬ長盛の語調に当てられ、三成も立ち上がった。

利休は恨めしさと懐疑が入り混じった目で、舐めるように見上げる。

「奉行の仕事、とくとご覧あれ」

長盛はそう言い残し、部屋から出た。廊下を歩む中、三成は早口で語り掛けた。

「どう考えても一月半では出来ません。まだ他の手立てがあるやも……今からでも戻って――」

「治部らしくもない」

「らしくもないのは増田殿です。無謀だと解らぬのですか。何故そこまで」

「このようなことをする為、俺は殿にお仕えした」

長盛ははきと言い放った。言葉を返せない三成に対し、

「一刻が惜しい。すぐに支度に入る。こちらは俺に任せ、お主らは他を頼む」

と、長盛はさらに歩を速めた。先を行く長盛の背から、闘志の如きものが立ち上っているように見え、三成はごくりと唾を呑んだ。


前の評定から十五日後の亥の刻。三成は奉行の間へ赴いた。余裕をもって予定を組んでいたので、刻限まではまだ四半刻ほどある。

「これは」

奉行の者が会釈をする。行燈《あんどん》によって仄《ほの》かに照らされた下奉行の間には、二人が残っていた。

「もう誰か来ているか」

「弾正《だんじょう》少弼《しょうひつ》様が」

長政とは特に反りが合わない。無用な口論が始まっても詰まらないので、

「何か聞くことはないか」

と、下奉行の二人に尋ねた。二人が些か面食らったような表情となる。

「では……これを御覧頂いてもよろしいでしょうか」

下奉行の一人が恐る恐る数枚の紙を差し出した。飛驒国《ひだのくに》のとある村で収穫された米の量の、数カ年分の記録である。

「なるほど。伸びが悪いか」

今、新田の開発を奨励しており、各地の米の穫れ高は年々伸びている。だがこの村では、やや伸び

方が鈍い。三成が一瞬で看破したことに下奉行は驚いたようだ。

「考えられることは三つ。一つはお主らの算用が間違っていること。まずこれを確かめよ」

まず己に責めがないかを検証する。仕事に齟齬《そご》があった時、全てはここから始まると三成は考えている。

「次に問うのは荷駄《にだ》奉行。誰がこの村の米の運搬を担っているかを調べ、その者を問いただせ」

年貢の運搬の中で、米を抜き取って横領し、書類を書き換える不祥事はこれまでもあった。

「そこまでやって、最後に疑うのは隠し田だ」

年貢を免れるため、新たに開発した田を隠蔽する場合がある。狭い村の中ではすぐに噂になってしまうので、個人ではなく、村ぐるみで行っていることがほとんどである。

今、各地にそのような隠し田が多数あることが疑われている。その分だけ税を取りはぐれていることになり、豊臣家の、いや天下の財政にも大きな影響を与える由々しき事態である。

だがそれ以前に、懸命に田畑を耕して年貢を納め、慎ましい暮らしを送る民がいる一方、卑怯にも田畑を隠して人よりも裕福な暮らしを送る者がいるのが三成には許し難い。

「近く隠し田に対する策が講ぜられるであろう。それまでに疑わしき者を隈なく洗い出せ」

「はっ」

下奉行たちが応じた時、玄以が巨軀を揺らしながらのしのしと部屋に入って来た。

「早いな。お主だけか？」

「いえ、すでに上奉行の間に弾正殿が」

「なるほど」

五奉行のうち、己と長政が特に反りが合わないことは玄以も知っているが、敢えて口にはしない。

「大徳寺の一件は助かりました」

三成は礼を述べた。大茶会の開催地に大徳寺を考えていると匂わせ、利休を追い詰めたことである。

「上手くやったのだろうな」

「うむ。取り敢えずは押し切りました。ですが……」

「ですが？」

三成が言葉を濁すと、玄以は腫れぼったい瞼を開いて訊き返した。

「皆が揃ってから話します」

二度手間になると玄以も悟ったらしく、無用に粘ることなく上奉行の間に入った。長政と玄以の談笑の声が聞こえる中、次に姿を見せたのは長束正家であった。後は長盛だけである。

長盛は評定の場には来ると言ったが、長盛が請け負った仕事を鑑みるに、本当はそのような余裕すらないだろう。己から皆に状況を説明するしかないと、三成も上奉行の間に入ろうとしたその時、

「間際になった。すまぬ」

長盛が入って来た。その目の下には深い隈が浮かんでいる。ほとんど寝ていないのだろう。

「大丈夫ですか」

「無論。やろう」

三成の問いに、長盛は歩みを止めないまま、はきと言い切った。

上奉行の間に五奉行の面々が集まった。皆も長盛の顔を見てはっと息を呑む。やはり一見して解るほど長盛には疲れの色が浮かんでいる。その理由である利休との話し合いの経緯を、三成は皆に順を追って説明した。声を上げたのは長政である。

「無茶だ……」

「大茶会まであと四十三日。資材の手配と運搬、職人や人夫の調達、ざっと弾いてみましたが、どう考えても間に合いませぬぞ。それだけで、あと少なくとも十日……いや二十日は要ります」

正家は自らのこめかみを指で叩きながら言う。三成も正家と全く同じ意見である。

「実のところ、なかなか厳しい」

長盛は正直に吐露した。ここで心配ないと虚勢を張るのは簡単である。だが奉行がそれをやってはならない。出来るだけ正確に状況を伝え、各所との調整を図る必要があるのだ。

「まず常時切り出して置いてある木材では足りません。さらに切り出すとなれば、少なくとも十日は掛かります。故にすでにあるところから運ぼうとも考えた」

長盛は一点を見つめながら続けた。

「島津か」

三成が言うと、長盛はこちらに向けて頷いた。

先般、島津家は降伏した。恭順の意を示す一環として、各地の城の破却が進められることになっている。この木材を利用しようと長盛は考えたらしい。

「しかし、今の島津を見る限り、性急に進める訳にはいかぬ」

長盛は言った。

当主、島津義久《よしひさ》は剃髪して秀吉の前に膝を折ったことで、確かに島津家は降伏した。だが実際はそう簡単な話ではなく、未だに一門、家臣の中にはこれをよしとせず、抵抗を続けている者もおり、義久の説得にも応じない。いや、義久としてもこれを好きにさせている節がある。

当主が降伏の意を表すことで、まず安全を担保する。だが一門、家臣たちが「勝手に」抵抗することで、よりよい条件を引き出そうとしているのだ。

恭順の意を示した後の交渉に、もう一つの戦があるといっても過言ではない。その戦の最前線に出る者こそ奉行。島津家を刺激するようなことはしたくないと、長盛も考えている。

「そもそも残りの日数に鑑みると、遠くから木材を運んでいては間に合いません」

九州から京まで、船と陸路で米を運んだとしても十五日ほどは要する。天候によっては二十日掛かることもあろう。米でもそうなのだから、それよりも遥かに嵩張《かさば》る木材となれば、その倍の日数は見込んでおかねばならない。

「信濃《しなの》、飛驒も道が険しく、これも間に合わないだろうな……」

長政が独り言のように零した。

「左様。つまり紀伊、大和《やまと》から集めるほかないと考えています」

いずれも良質な木材の産地であるが、一口に紀伊、大和といっても広大である。木材が採れるのは、いずれもかなりの奥地。伐採に十日、運搬に十日は見ておく必要があろう。

「つまり残り二十三日で全てを作るということ。厳しいのでは？」

計算は尋常でなく速いが建築は素人に近い正家が、長盛の顔を覗き込む。

「かなり厳しい。野分《のわき》がきたり、長雨があったりすればさらに」

長盛の左瞼が痙攣《けいれん》している。それを指で押さえながら続けた。

「さらに大和、紀伊では木材不足になっている。これ以上に切り出せば、向こう十年、木材は出せなくなると現地の代官が申しておる」

「聚楽第《じゅらくだい》か……」

玄以が重い溜息を零す。現在、京の内野《うちの》で普請が進められている政庁と邸宅を兼ねた建物である。昨年の二月に着工されて凡そ一年半。完成は間もなくであると聞いている。

聚楽第は館に分類されるが、小大名の城よりも遥かに大規模で、実際のところは城郭といえよう。この建設のため、すでに紀伊、大和から大量の木材を切り出しているのだ。

「あと先考えずに切り出してしまってはどうだ？」

長政が半ばやけになったように言った。

「それは二つの点から出来ませぬ」

長盛はまずしかと断言した後、滔々《とうとう》と続けた。

「一つは今後も当家、いや天下の普請が続きます。まだ信濃、飛騨、土佐《とさ》などの産地があり、陸奥《むつ》、出羽《でわ》を統べればまた増える。しかし、一所の、しかも畿内近傍の産地を枯渇させるのは望ましくない」

長盛はそこで一度区切り、奉行衆を見渡しながらさらに言葉を継ぐ。

「二つ目はそれを生業にする者の暮らしでござる。今、無理に伐り採れば、向こう十年は銭を得られぬことになってしまいます」

「買い取った銭を貯めさせればよいのでは？　得られる銭の総量は同じかと」

数のこととなれば、正家は思わず口を出してしまうらしい。

「確かに。しかし木は生きているもの。即ち野分や長雨、山の崩落により死ぬこともある。そのような時に備え、一年の採る量を減らし、均《なら》して、暮らしを守っているのです」

「増田殿の考えはよく解りました。しかし……何か策があるのですか？」

三成は静かに訊いた。長盛が民の暮らしを第一義に考えていることを好ましく思った。だが他に策が無いのならば、背に腹は代えられない。紀伊、大和が天災に見舞われた時には、当家の財政から支援するという道もある。

「拙者の領地から木材を根こそぎ取り、館も取り壊して移築致す」

「なっ——」

一座の皆が吃驚に声を詰まらせる。

「その間に紀伊、大和、続いて信濃、飛騨、土佐から順次運び込むつもりです」

「ま、待て。それでは領内に禿山《はげやま》が出来上がるぞ」

長政が手で制した。

「覚悟の上でござる。しかし心配は無用。万が一の時、樵《きこり》たちの暮らしは当家が守る。家臣たちもその時には禄が削られるのも仕方がないと申してくれました」

「館を壊して、どこで政を執るのだ……？」

玄以が厚い頰を引き攣らせた。

「それこそどうとでもなります。当座は帷幕《いばく》でも張りましょうか」

長盛はひび割れた唇を綻ばせた。この男なりの精一杯の冗談らしいが、誰も笑わない。

「まるで戦ではないか」

長政は眉間を摘まんだ。

「左様。これは我ら奉行にとっての戦。各々方《おのおのがた》も同じ想いで仕事に当たっておられるはず」

長盛の言葉に皆が押し黙る。長政は深い溜息を零し、玄以は紅潮した自らの頰をひたひたと叩き、正家はにんまりと笑う。そして三成が先んじて申し出た。

「解った。私も領内から木材を出す。必要とあれば、館も毀《こわ》して下され」

正家、玄以も続く。

「某《それがし》の領内に木材は少のうござるが、まあ好きに使って下さい。館は最後に頼みます」

「仕方あるまいて。儂は館はやらぬが」

長政は皆の様子を窺っていたが、流石に何も言わぬ訳にはいかぬと察したらしく、口を開いた。

「我が領地は大津二万石。ただし皆も聞いているように、すでに若狭小浜《わかさおばま》八万石を頂戴する内示を得ている。大津から木材を採れば、後に入る者と諍《いさか》いになろう……」

「して」

お主は何をするのだ、という意を込めて三成が迫ると、長政は顔を歪めつつ言った。

「大津百艘船を使う……」

大津の船持たちが秀吉のため、自ら百艘の廻船を仕立てた。これにより、湖で独占的に船運を行う特権を得ることになった。その廻船仲間のことをそのように呼ぶのである。

「これを使えば信濃、飛騨の木材を運ぶ日数を三日は短く出来るだろう。銭は当家が出す」

「かたじけなく存じます」

長盛が深々と頭を下げる中、長政は胃の腑を親指で押しつつ息を漏らした。

「しかし、それでも千人が入る建物を普請するには足りぬのではありませんか」

三成は訊いた。先ほどから思案していたが、これでも七割だ。残る三割を埋めるためには、さらに土佐などから木材を運ぶ必要がある。そのためには二十日ほど時が足りない。

「いや、皆のお陰でもう十分。後は拙者が何とかする。では……」

長盛は皆を見渡しながら腰を微かに浮かした。

「ああ、行って下され」

三成が言うと、銘々頷く。

「すまぬ。聚楽第のこともあり、暫くは顔を出せぬかもしれぬ。ちなみに聚楽第の落成は九月十三日で本決まりだ」

仮の日取りはずっと前に決まっていたが、ここに来て完全に定まったらしい。落成の場には全ての奉行が出るため、皆が顔を合わせることになる。

長盛が足早に部屋を出て行くと、場に暫し無言の時が流れた。

「あのような男だったのだな」

ぽつりと静寂を破ったのは玄以であった。

「戦か。よいですな」

正家がふふと息を漏らした。正家の戦下手は世間に知れ渡っている。戦場では活躍出来ぬことを、奇人なりに心苦しく思っているのかもしれない。

「で、後の難題は何だ？」

長政がくたびれた様子で尋ねた。

「茶器です」

「利休殿は茶器を出さぬか……」

長政はぎゅっと眉間を摘まんだ。

「何でもよいのならば、数だけは揃えられますが」

流石の正家もそれでは意味がないことが解っており、不満そうに口を尖らせた。

「それでは利休の思う壺。何を用意しようとも難癖をつけてくるでしょう」

三成は答えた。敬称を付けずとも、咎める者はいなかった。

「天下につとに知られた名物を集めてはどうだ。ならば利休殿といえども文句はつけられまい」

玄以が肥えた腹をさすりつつ代案を出した。

「それでも『敵』は文句を付けてくるでしょうな」

「これ、長束殿まで」

余程、戦というのが気に入ったのか。利休を敵呼ばわりする正家を、長政は流石に窘《たしな》めた。

「しかし、長束殿の見立てには一理ある。何か腹案は……あるらしいな」

平然としている三成に、長政は何を言い出すかと、恐る恐るといった様子で尋ねた。

「はい。茶の湯は利休の本分。誰が茶器を用意しても難癖を付けて来る。それがたとえ殿だとしても……ですが、ただ一人、利休をもってしても言いがかりを付けられぬ者がおります」

「武野紹鷗《たけのじょうおう》殿はすでに世を去って久しいぞ」

長政が首を振った。

武野紹鷗。茶の湯を大きく発展させ、今の形にまとめた一人に数えられている。かつて大和を支配していた松永久秀《まつながひさひで》とも深い交流があり、その支援を受け、茶の湯を世に広めた功績者でもあった。

この紹鷗こそ、利休の師なのだ。師が言うことならば、利休も従わざるを得ない。が、紹鷗は今より約三十年前の、弘治《こうじ》元年（1555年）に世を去っている。

「いえ、違います。武野紹鷗殿のほかに今一人」

これしか道は無い。万が一にも漏れてはならないため、三成は軽く手招きをする。皆が膝を摺り寄せ、自然、額を突き合わせるような恰好となった。

「それは……」

三成は、その名を告げた。その策があったかと三人が舌を巻く。

「これでゆく。増田殿の苦労を無駄にしてはならぬ。各々方、お頼み致す」

三成は一同を見渡して言った。普段は足並みが揃わぬ五奉行である。が、この時ばかりは三人の頷きはぴたりと重なった。


北野天満宮で大茶会が開催されるという報は、京、畿内に留まることなく、瞬く間に日ノ本中を駆け巡った。古今未曾有《みぞう》の催し、しかも武士のみならず、町人、百姓まで参加してよいということで、巷はこの話題で持ち切りであった。

一つだけ、参加には条件がある。当日は中に入るにあたって、手形の代わりに、あるものの持参が必須である。ただ、それは誰もが用意出来るものである。

皆が期待に胸を膨らませる一方で、

――本当に間に合うのか？

と、心配する声も間々あった。

開催地である北野天満宮に、何やら建てられつつある。縄張りは初めに施されているため、凡その程度の規模のものが建てられるのかは誰の目にも解る。が、開催まで一月を切った九月に入っても、全体の三割ほどの建物しか出来ていないのだ。

誰かが、そのことを秀吉に伝えたらしい。余計なことをするものである。だが秀吉は、

——儂が選んだ奉行だぞ。

と、呵々と笑い飛ばすのみであったという。五奉行ならば必ずやり遂げるという信頼もあろう。裏を返せば、出来なければ秀吉の顔を潰すことになるので、容赦はしないとも取れる。

「運んで来ましたぞ」

九月七日の昼、三成は自領から木材を急ぎ集めて、北野天満宮内へと運び込んだ。

「おお……すまぬ」

ちょうど、何者かと打ち合わせをしていた長盛が振り返る。目の下の隈がさらに深くなっており、鬢《びん》はほつれている。すっかり頬もこけていた。

「少しでよいからお眠りなされ。今日は私が昼から指揮を執ります」

あまりに疲労している様子を見かね、三成は言った。

「いや、まだいける。木材はこれで全てか？」

「今、館を毀《こぼ》っているところです。今日には終わり、明日には持って来られるでしょう」

「助かる」

長盛もすでに早馬を飛ばして館を潰し、材に戻してこちらに運び込んだらしい。増田家領内の木材という木材が消えていると噂になっていた。

「これは？」

「木材が足りない分を石積みで少しでも嵩上げして節約出来ないかと考えた」

「穴太衆《あのう》ですか」

穴太衆とは、近江坂本に根を張り、石垣造りを生業とする集団である。土木を担当する長盛とは親交が深いと聞いていた。

「穴太衆飛田屋《とびたや》、源斎《げんさい》と謂う」

長盛に紹介され、打ち合わせをしていた初老の男が頭を下げた。後ろで髪を一つに束ね、口元に泥鰌《どじょう》を彷彿とさせる髭を蓄えている。

「いけるか」

「石で出来る箇所は限られていますので、木材の一割を節約出来る程度と存じます」

三成の問いに、源斎は淀みなく答えた。

「それでも助かりますな」

「ああ、故に頼んだという訳だ」

長盛が大きく頷いて見せた。打てる手は全て打つという長盛の覚悟が改めて伝わった。

「間に合いますか」

「長束殿は明日、前田殿は明後日に運び入れてくれる。浅野殿もいつ飛驒、信濃の木材が来てもよいように、大津の船をすでに長浜まで迎えに出してくれている。やらねばならぬ」

長盛は間に合うかどうかには言及しなかった。奉行なのだから、しかも皆が動いてくれているのだから、何としても間に合わす。それ以外に今は考えていないらしい。

「よし。お主が運んでくれた木材を――」

長盛が歩を進めようとした時、膝の力が抜けて頽《くずお》れそうになった。三成はとっさに腕を摑む。吉継が武人としてもなかなかと言っただけに、その躰は引き締まっている。そのような屈強な男が、ここまで疲弊しているのだ。まさしく、戦といっても過言ではない。

「休んで下され。たとえ半日でも」

三成が語調を強めると、長盛は暫し考えていたがこくりと頷いた。

すでに出来ている建物に長盛を運ぶと、三成は代わって指揮を執った。職人の話をよく聞き、頭を回転させ、己でも出来ることを優先してやった。長盛はすぐに泥の如く眠ったらしい。

約二刻後、長盛は再び現場に戻った。ほんの少しだが顔色も良くなった。これ以上は長盛にしか出来ぬと悟り、三成は北野天満宮を後にした。


九月十三日、聚楽第が落成した。盛大な祝いの席が設けられる中、聚楽第の真新しい庭の片隅に五奉行の面々が揃った。話せるのは四半刻足らず。まず長政が青い顔で口を開いた。

「飛驒、信濃からの木材が止まった……」

三日前、野分が来た。そのせいで川が氾濫し、土砂が崩れて道を塞いでいるとの報を受けていた。復旧に尽力しているが、短くとも五日、長ければ十日の時を要するという。

野分の影響はそれだけではない。北野天満宮に建設中の建物の幾つかが風に飛ばされた。これは長盛がすぐに修復したが、一両日の遅れが生じたという。

「どう弾き出しても……」

正家が消え入るような声で言った。

三成は空を見上げた。天に見放されたとしか言いようがない。

「拙者は諦めておらぬ」

そう言う長盛の顔は依然として疲れの色が濃い。が、目は死んでいない。

「しかし、もう打つ手がありません。これ以上の無理は命取りです。皆で殿に詫びる他……」

「まだ、やれる」

三成が宥めるが、長盛はそう繰り返すのみである。

「何故、そこまで頑なになられるのですか」

三成は問うた。奉行の仕事だからというだけではない事情を感じたのだ。

長盛は瞑目《めいもく》した。何かを思案しているようであった。だが、話さずには、皆の不審は解けぬと思ったのだろう。ゆっくりと目を開き、ぽつぽつと語り始めた。

今まで誰一人として知らない、長盛が殿に仕える以前の話。皆が息を呑んで聞き入った。

「妻の今際《いまわ》に……頼まれたのです。拙者の才は、泰平のために使ってくれと。背に二本も矢を受けながら、妻は微笑んでいた。あの時拙者は逃げたが、もう二度と諦めるつもりはない」

「承知しました……我らも諦めません」

三成が言うのを皮切りに、皆も異口同音に続く。

「ありがたい」

「しかし、何か策を講じねばなりませぬ」

「考えがある。殿の元へ」

長盛はそう言うや否や、祝いに訪れた諸大名と宴に興じる秀吉の元に向かった。日取りを延ばしてもらうのか。規模を縮小してもらうのか。どちらにせよ長盛が何を言い出すのかと心配になり、三成も含めた残る四奉行が待てと繰り返しながら、ぞろぞろと後を付いていく。

宴の開かれている広間に着くと、長盛は座るなり、さっと襖を開けた。

「おお、右衛門尉。他の奉行衆も一緒か。よいところに来た。お主らも一杯やれ」

秀吉は大袈裟に手招きをして、諸大名たちに向けて続けた。

「各々方、この聚楽第を差配した者のうち、最も功があるのはこれなる増田右衛門尉じゃ」

「勿体ないお言葉にございます」

長盛はその場で、深々と頭を下げた。自然、三成らも頭を下げることとなる。

「何か褒美を取らせる。何なりと申すがよい」

「はっ」

三成は長盛の目がきらりと光るのを目の端で見た。諸将に豪儀さを示すため秀吉がそのように言うであろうことを、長盛は予測していたのだ。

長盛は勿体ぶった口調で切り出した。

「真に……何でもよろしいのでしょうか」

「よいよい。領地か。刀か、茶器か、それとも女か？」

秀吉の冗談に、諸大名らがどっと沸いた。

長盛はそこで一呼吸置くと、秀吉を真っすぐに見据えて凜然と言い放った。

「聚楽第をお借り致したく」

盃を傾けていた秀吉は、思わず酒を霧の如く吹き出した。

「借りる……？　何かに使うのか？」

「いえ、聚楽第の建物の幾つかを解体して運びます」

「正気か。今日、落成したばかりだぞ」

「正気でござる。必ずや、十一月十日までに元通りにお返し致します」

秀吉は絶句していたが、その言葉で真意を悟ったらしい。細い顎髭を弄《いじ》りつつ苦笑した。

「手を焼いているようだな」

「些か」

「欲するものが違うのではないか？　のう、仁右衛門」

長盛のことを官名ではなく通称で呼んで、秀吉は不敵な笑みを見せる。長盛はぐっと両の拳を握ると、よく通る声ではきと言った。

「人々の笑顔をつくる約束です」

「ふふ。ならば持って行け」

「はっ」

長盛が頭を下げると同時に、三成も畳に額を擦りつけた。後ろの者たちもそれに倣ったらしい。その様が面白かったのか、秀吉は再び吹き出す。

「返せよ」

「必ずや」

「行け。あるのだろう？」

秀吉が悪戯《いたずら》っぽく尋ねた。長盛はしかと頷くと、目元に皺を寄せながら答えた。

「はい。奉行の仕事が」

その日のうちに、出来たばかりの聚楽第の建物のいくつかが早くも取り壊された。正確に言えば、ばらばらに解体して木材に戻された。

せめて宴席が終わった後のほうが良いのでは。下奉行からそのような声も上がったが、

——今すぐでよい。

と、五奉行の意見はぴたりと揃った。

あの場で秀吉が許したならば、早速掛かったほうが良い。奉行衆の政に対する姿勢、手際の良さを諸大名に示すいい機会だと考えている節が、秀吉にあると思ったからである。

五奉行の面々には日々の仕事があり、そちらもなおざりには出来ない。だが、一日、半日、いや数刻でも暇が出来れば、京に走って長盛の手伝いをした。反りの合わない五奉行が急に仲良くなったと

いう訳ではない。ただ、天下の、豊臣家の仕事だから。それだけである。

一日、また一日と時が頭上を駆け抜けていく。聚楽第での一件から、三成は三度に亘って北野天満宮に足を運んだ。そして四度目となったのは、大茶会開催前日の昼過ぎのことであった。

「増田殿」

北野天満宮の境内を慌ただしく動き回る長盛を見つけ、三成は声を掛けた。

「おお……悪いが……」

長盛は足を止めない。家臣、職人、人夫たちに指示を出さねばならぬのだろう。つまりまだ完成していない。催しの前日でこの状態というのは、異例のことである。

「そのままで構いません」

三成は横を歩きながら頷くと、続けて短く訊いた。

「如何に」

「聚楽第から建物を移したこともあり、九割方は出来た。信濃、飛騨からも木材が届いたが、遅れが生じたのがやはり響いている。まだ完成していない建物が六つある」

「しかし……」

「いよいよ、明日だな」

「ならば結構です」

三成は頰を緩めた。もはやこの段になって何も言うまい。長盛は期日を解っている。それだけでよい。大工、職人たちの威勢の良い声が溢れる中、三成は言葉を重ねた。

「前田殿は申《さる》の刻《こく》、浅野殿は酉《とり》の刻、長束殿は亥《い》の刻に来るとのことです」

「ふふ。皆が徹夜で大茶会か」

「手伝えることはありますか？」

「こうなった今、飯もほとんど食う間が無い。それをどうにかしたい」

「お任せを。握り飯を用意致しましょう。奉行になっても、握り飯の段取りばかりしている気がします」

三成は片眉を上げ、下手なりに精一杯戯《おど》けて見せた。

「天下の奉行が握り飯の支度をしているなど、民は思ってもみないだろう。だがそれも……」

「奉行の大切な仕事でござる」

「左様」

長盛は口辺に皺を浮かべた。剃る間も無いのだろう。無精髭に混じった白いものが陽の光に煌《きら》めいた。

刻一刻と時が過ぎる中、合流した玄以は家臣を率いて散らかった境内を整える仕事を担う。

次に姿を見せた長政は、間に合うのか不安を漏らしつつも、すでに曲者が潜んではいないか、作業の途中に抜け穴などは作られていないかと、念入りに境内を見て回っている。

最後に飛び込んで来たのは正家。当日の抹茶、菓子などの分量を改めて確かめ、それぞれに配る手順の打ち合わせを行う。

丑《うし》の刻（午前二時頃）を過ぎてもまだ、木槌の音がまばらに聞こえ、ようやく鳴りやんだ時には東雲《しののめ》が白く染まり始めていた。

今一度、五奉行全員で境内を回った。境内周辺に建てられた大小の茶屋の数は、実に千五百二十三を数える。新築の木材の芳《かぐわ》しい香りが朝の風に漂っている。

長盛はすっかり闇が去った天を見上げつつ、山鳩の声に紛れるほどの小声で言った。

「これにて、全て整った……」

安堵の溜息が重なる中、長盛は残りの五奉行の面々に向けて深々と頭を下げた。

「皆の加勢のおかげ」

「まだ、ここからでござる」

三成が言うと、長盛も力強く頷いた。

「いざ」

こうして、奉行にとっての戦の支度は整った。

それから一刻後、今回の大茶会の亭主を務める者たちが北野天満宮に姿を見せた。初めに現れたのは今井宗久。それから間もなく津田宗及も来た。二人とも此度の茶会を祝いつつ、招かれたことに慇《いん》懃《ぎん》に礼を述べ、五奉行の者が直々に案内する。

彼らには特別の数寄屋を用意している。九尺二間《けん》の一位《いちい》造りで、屋根にはしっかり萱《かや》を葺いた。部屋の中央には通路があり、竈《かまど》が二つ附いている。客に茶を振舞っている間に、もう一つの竈で湯を沸かす。これで滞りなく次の客に茶を点てることが出来るという工夫である。

二人の茶頭を案内して間もなく、遂に利休がやって来た。出迎えたのは三成と長盛である。

「此度は誠にめでたきこと」

利休もまた祝いの言葉を述べた。が、その目は底光りしているように見える。今日、この場で、先日の屈辱を晴らす気でいると察した。

利休にもまた、一つの数寄屋が与えられている。三成らは境内の奥へと促した。

「なるほど……素直に驚きました」

数寄屋への案内の途中、利休は感嘆の声を漏らした。

此度の参加者は日に千人を決して割らぬことと秀吉より命じられている。しかし十日も開催していれば、中には千人を大きく超える来客の日もあろう。その時に、千人の予定だったから茶屋が足りないという言い訳は通じない。一つの茶屋に四、五人は優に入れる。つまり長盛は、五千以上の来客に対応出来るように茶屋を建設したのだ。

――もし、千人以上の客が来たらどうするのです。

と、利休はまず難癖を付けるつもりだったのだろう。だが奉行たるもの、想定以上の来客を考えない訳がない。

遠目に今井、津田の数寄屋が見える道を通る。数寄屋は開け放たれ、外から茶室が丸見えとなっている。ここで客に茶を振舞っていく。すでに両人が茶席の支度に入っているのが見える。

利休を案内した数寄屋も、その両人のものと寸分違わぬもの。今井、津田もまた、利休と並ぶ高名な茶人である。二人が受け入れているものを、利休だけがけちをつければ、これもまた分が悪い。利休もここに嚙み付く愚を悟ったらしく、渋々といったように数寄屋に入って支度を始めた。これも全て三成たちの策なのである。

今井、津田には予め参集の時刻を少し早く、厳密には半刻《とき》早く伝えていた。そして、敢えて二人の数寄屋が見えるような経路の先に、利休の数寄屋を建築したのである。

「それにしても、抜けるような青空ですな」

お前のせいで相当に苦労させられた。そんな意味を込めた三成の嫌味に対し、

「今日はな」

と、利休も苛立ちを隠さずに吐き捨てる。

「まもなく、殿も入られます」

「そうですか」

利休はちらりと視線を動かした。この位置からそう遠くないところに、秀吉の茶室が見える。大坂から運んで来た黄金の茶室である。まだ柔らかい朝陽だというのに、鮮やか過ぎる輝きを放っている。

それを見た利休は、露骨なまでに嫌そうな顔をしている。

「悪趣味だと仰ったそうですな」

「勝手に決めるな。お主の意見だろう」

「左様。私はあまり好みませぬ」

利休は驚きの表情となり、三成の顔を覗き込んだ。

「ぬかったな」

「何を……大きな勘違いをなさっておられる。殿は好みを申したくらいでお怒りにはなりませぬ。周囲が勝手に忖度《そんたく》しているだけ。亭主が良いと思うものが最上と仰せになったのは、利休殿ではありませぬか。万民の好みに添うものなどあり得ないでしょう。しかし、黄金の茶室は多くの民の『すき』になるであろうと私は思います」

好きなのか、数寄なのか。三成自身も曖昧であったが、民の羨望の的となると信じていた。

「言いおるわ。茶器が……楽しみだ」

利休はそう言いながら裾をふわりとまくって腰を下ろすと、粛々と支度を始めた。利休が衝こうとしているのは、やはりその一点で、もはや疑いはない。

「治部殿」

長盛が黄金の茶室のほうを見る。長政と下奉行の面々で、秀吉を案内しているのが見えた。甲高い笑い声も聞こえてくる。頗《すこぶ》る上機嫌であるらしいが、けして安堵は出来ない。

秀吉は周囲の者たちに軽口を飛ばしているのだろうが、その最中、一瞬こちらに目をやったのを三成は見逃していない。

「増田殿、石田殿、そろそろでございますぞ！」

正家が小走りで駆けて来た。

「利休殿、よろしくお願い致します」

三成が言うと、利休は頷いたとも、たまたま茶釜の下の竈を覗いたとも取れるように、曖昧に顎を引いた。

催しの始まりまであと四半刻程度。北野天満宮への入り口は、正面を残して全て兵を配して封鎖している。長盛は不安そうに正家に訊いた。

「どうだ」

「その目で御覧になって下さい」

曲道に差し掛かると、正家はにやりと笑って手を宙で滑らした。その先に広がっていたのは、人、人、人の群れ。無数の頭が犇《ひし》めきあってうねり、行列は見渡す限り続いている。

「一坪に六人が立っているとして、道の幅、長さから弾き出すに……二千人は確実におりましょう！」

正家はこめかみを指で押さえてぶつぶつと呟き、即座に導き出した。

「おお……増田殿、やりましたな」

「ああ、やった」

三成が見ると、長盛は震える唇を内側に巻き込んだ。

「しかし予想より多い。手を打っておいて良かった」

秀吉を含めて高名な四人の亭主が一日に捌ける客は百ほどが限界である。それ以上の客が殺到した場合、あぶれた者には二つの道を用意した。

一つ目は、目玉となる四人以外の亭主から、茶を振舞われるということ。この時に備え、他にも多数の茶人《ちゃじん》を呼んでいる。古田織部、芝山監物、あるいはノ貫《へちかん》など。こちらならば今日のうちに茶席に与《あずか》れる。

二つ目は、後日に日を改めること。北野の大茶会は十日に亘って行われる。今日のところは千人で打ち切り、千一人目からは二千枚の木札を配っておく。一番から千番までの木札を持った者は明日、千一番から二千番までの木札を持った者は明後日と、そこまでは予め参加出来る者を決めておくことで、翌日以降の混乱を軽減する。ただし、境内が開かれる辰《たつ》の刻から巳《み》の刻（午前七時〜十一時頃）までに来なければ、木札を無効とする旨を付け加えた。

これら二通りに、入り口に設けた受付け用の大きめの茶屋で客を振り分けていく。ここは玄以が担当している。その玄以がこちらに気付いて、のそっとした調子で手を上げた。支度は整い、いつでも始められるという合図である。

「増田殿が宣言して下さい」

三成が言うと、長盛は力強く頷いて、ゆっくりと歩を進める。そして入り口の近くまで来たところで、下役の者たちを見渡した後、大音声《だいおんじょう》で叫んだ。

「大茶会、これより始める！」

長盛の号令をもって、一斉に下役が動き始めて、来場した客たちの受付けが始まった。まず自らの名と所を記し、次に四人の亭主のうち誰に茶を振舞われるかの籤を引く。初めに籤を引いた者は、秀吉の客となったらしい。周囲の者たちが羨望の声をわっと上げた。その者には案内が一人付いて、秀吉の黄金の茶室に導かれていった。

一人、二人、次々と三成らの横を抜けて案内されていく。いずれの者も目をきらきらと輝かせながら、境内を見渡して深い嘆息を漏らす。

「ようございましたな」

三成が微笑むと、長盛は二度、三度首を縦に振り、

「ああ、よかった」

と、答えた。しかし、その後に一抹の不安が込み上げたらしく振り返った。

「心配無用です。あとは私にお任せを」

三成はそう言い残すと、先ほど来た道、利休の数寄屋の方へと向けて大きく足を踏み出した。

利休の数寄屋は、騒然となっている。聞こえてくる声の大半は利休のものである。

「茶器は何処だ。早く持って来るのだ」

と、利休付きの下奉行たちに向け、強い語調で迫っている。

「今暫くお待ちください。間もなく石田様が戻って来られますので」

下奉行たちは丁寧に説明するが、利休は聞く耳を持たない様子である。部屋はすでに開け放たれているため、利休の客に当籤《とうせん》し、脇の小屋で受付けをしている数人からも見えている。いや、利休はこぞとばかりに見せつけようとしているのだ。

実際にそれは効果覿面《てきめん》で、客の中には本当に利休から茶が頂けるのかと不安そうにする者、受付けの役人にそれを尋ねているらしき者まで出てきた。

「貴殿らは茶の湯を侮っておる。如何なる茶碗を使うかによって、湯の沸かし方にも差が出て来るのだ」

利休は早口で一気に捲し立てるが滑舌は良い。顔に侮蔑の色を浮かべながら続ける。

「貴殿らのような心得のない者にも解りやすく教えてやろう。例えば薄手のものならば冷めやすいため湯を熱く、厚手のものならば水を差してややぬるくといったようにせねばならぬ」

困り顔を下奉行に向けながら、利休の舌は止まることなく、さらに言葉の嵐を浴びせる。

「故に茶碗を見せよと申しているのだ。何も難しいことではあるまい。茶会ならば当然茶器を用意していよう。それとも茶会というのは私の心得違いか？　ならば帰らせて……」

「お、お待ちを！　間もなく！」

下奉行の一人が悲痛な声を上げて縋《すが》る。今一人は利休に留まって貰おうと、茶室の躙《にじ》り口《ぐち》に走り始めた。三成が声を掛けたのはその時である。

「待たせた」

「石田様！」

ぴたりと重なったのは、下奉行二人の声だけではない。こちらに気付いた利休、数寄屋に向けて真っすぐ進む三成の視線も同様である。

「治部少……これはどういうことだ」

利休は睨みつけながら低く唸る。真に怒っている訳ではなく、怒っている振りである。熱心に客をもてなそうとした利休、それを蔑ろにした奉行衆。双方の違いを衆目の前で印象付けようというのだ。その証左に、利休の口辺には見逃がしてしまうほど微かな緩みがある。

「と、申しますと？」

三成は一切怯まぬ。感情を失したように見えるのだろう。故に冷酷な狐などと一部の者から揶揄《やゆ》もされる。が、詰《なじ》られていた下奉行たちは、地獄で仏に会ったような面持ちである。

「戯《ざ》れ言《ごと》を。茶碗を用意すると言ったではないか」

「左様」

「まさか用意出来なかったのか？」

利休は鼻をぴくりと動かした。

「いえ、調えました」

三成はさらに距離を詰めて静かに答えた。

「その茶碗を早く持って来いと言っているだけだ」

「すでに持ってきておりますが？」

「何ぃ……」

愚弄していると思ったのか、利休は歯嚙みし、ねばっこい声を漏らした。

「聞こえませんでしたかな」

他人には冷笑に見えるという微笑を浮かべ、三成はずいと歩を進める。

「す」

さらに増えた客たちが心配そうに見つめる中、一歩。

「で」

目を輝かせる下奉行たちの感嘆の中、二歩。

「に」

正面からの怒気を躰で切り裂くように、三歩。

「持ってきております」

三成が見上げつつはきと言い切った時、利休の憤怒《ふんぬ》の形相がすぐ眼前にあった。

「何処に」

「お目に止まっているでしょう」

三成はちらりと客のほうを見た。

「まさか……」

「客が持参したものをお使い頂く」

利休が絶句する中、三成は凜々しく言い放った。

此度の大茶会、老若男女、身分を問わず誰でも参加してよいこととなっている。ただし、たった一つだけ条件を付けた。

——自らが、これと思う碗を持って来ること。

と、いうものである。別に買い求める必要はない。普段、飯を食うのに使っているものでも構わない。何でも良いから一つ持参することが、大茶会に参加する条件である。

「茶室に籠ってばかりなので、ご存知なかったのでは？」

三成は訊いた。が、大茶会への参加を促すために立てた高札の数は膨大である。弟子たちから伝わることもあるだろう。利休が知らないとは思っていない。

「知っている。しかし、それは北野天満宮に入る手形と聞いている」

その通りである。実際、世間に出した触れには続きがある。

――それを大茶会に加わる手形の代わりにする。

実際、受付けのところで、玄以とその配下が碗を持参しているか確かめている。

「質として預けるのだろう」

眉間に深い皺を刻みつつ、利休は続けた。

利休ならばそう取るのではないかと三成は思っていた。亭主が高価な茶器を使うのだから、客は万が一にも壊してはならない。庶民には質になるほどの銭は払えぬが、せめてもと自らの碗を質に出す。すると茶器を扱う気構えも幾分は丁寧になろうというところか。

ただ、それは大茶会を催すこちらが高価な茶器を使い、参加者も何でもよいと言われながらも、それなりの茶器を持って来るだろうという場合である。

しかし、そのような前提は全くない。手形として見せた碗をそのまま持ち込み、茶会で使わせるというのが三成の考えであった。

「ささ、利休殿。客人がお待ちですぞ」

三成は宙に手を滑らせた。そこには受付けを終え、並んでいる客が三人。

一人目は武士の装い。とはいえ浪人のようで、木綿の袷は垢で微かに光っている。何処かで借りて来たのか、ごつごつと無骨な碗を手にしている。

二人目は商人風。決して儲かっている様子はない。つるりとした、それらしい碗を持っているが、この道に造詣が深いとは言えない三成から見ても、二束三文で買い求めたものだと解る。

三人目は百姓。襤褸に近い着物を身に付け、手に持っているのは最早、陶器の碗ですらない。木製の「椀」である。自ら彫ったのではないか。下手くそだが、何処か温かみがあった。

利休に向け、三人の客は期待と不安の入り混じったような愛想笑いをする。

利休はこめかみを手で押さえて後によろめくが、すぐに我に返って、悲痛な声を上げた。

「ば、馬鹿な！　あのような汚い茶碗で――」

「お黙り下され」

三成は鋭く制し、騎馬の突撃の如く怒濤の言葉を見舞った。

「茶の湯では自らが見出し、愛でる茶器を用いて、客をもてなすのが元来というもの」

「うっ……」

利休の顔がみるみる青くなっていく。

「茶器に優劣などはない。もしあるとするならば、それは世間が勝手に申しているだけのこと」

「ぬう……」

唸る声に力が無く、利休は滑稽なほど唇を震わせる。

「自らが見出し、愛でたるものが最上の茶器。それ以上もそれ以下もない……これは誰のお言葉か。さあ、如何に」

「ああ……ああ……」

一気に捲し立てた三成に対し、利休は頭を抱えて稚児のような声を漏らした。利休が従わざるを得ない者。それはすでに世を去った武野紹鷗ではない。利休、その人である。

利休は茫然自失した様子で、その場にへたりこんだ。三成はさらに近づき、利休にしか聞こえぬほどの声で囁《ささや》いた。

「利休殿、我らを気に食わぬのは承知しております」

「特に……お主がな……」

「結構。しかし……自らが見出し、愛でたるものが最上というお言葉。我らへの当てつけということもありましょうが、利休殿の本心でもあると思うております」

利休は項垂れるのみで何も答えぬ。ただ道服の裾をぎゅっと握ったのみである。

「御覧下され。天下の利休殿の茶を頂けると、期待に胸を膨らませる者たちの顔を。このような碗でよいのかと不安そうな者たちの顔を」

「碗ですらない者もいる」

利休はぽつんと漏らした。

「左様。恐らくは……」

「自らで彫ったのだろうな。あれほど下手くそならば……それほど楽しみだったか」

利休は下唇を噛みしめた。僅かな間の後、利休はゆっくり顔を上げてこちらを見つめた。

「儂は殿下の茶が嫌いじゃ。下品に見える」

「人それぞれということで。先刻も申し上げた通り、私もあまり好きではありませぬ」

「では、お主が愛でたるものは何だ」

如何な茶器か。と、いう意味であろう。三成は短く首を横に振った。

「天下の政を。茶の湯は素人にて」

「ふ……面白味のない男よ」

「よく言われます」

「此度は負けだ。しかし次は……」

「次も負けませぬ」

三成が断言すると、利休はふっと口元を綻ばせたが、次の瞬間には頬を引き締め、すっくと立ち上がる。先ほどまでとは別人のような様子である。そして三人の客に向け、

「お待たせ致しました。どうぞお上がり下さい」

と、春風を思わせるほど穏やかに言った。

客たちの顔がぱっと明るくなり、躙り口に向かう。三人とも作法は何も知らないらしい。利休はそれを一々咎めることはなく、このようにするとよいと優しく教える。

通された茶室に座った三人に、利休は碗を出すように言い、一つ一つ丁寧に扱いつつ、柔らかな感想を述べていく。そして百姓が出した「椀」の番となった。

「これは自らの手で？」

「いえ、十になる息子が彫ってくれました……」

百姓の声は緊張で震えていた。

「道理で。優しさが滲み出ております」

「ほ、本当ですか？　息子も喜びます！」

利休は目尻に皺を浮かべた。矜持《きょうじ》から出た演技ではなく、三成には利休の本心に思えた。

茶席が始まる。流石、全ての所作が一流、教養のないはずの客たちにさえ、不思議と品が備わったかのように見える。その最中、茶筅を扱いながら、利休は目を上げずに言った。

「治部少殿、心配なく」

見張らずとも、やり通すという意味である。

「もう心配はしておりません。ただ見惚《みと》れていただけで」

「世辞は似合いませぬぞ」

「使った覚えはありませぬ」

「もうお行きなさい。愛でるのに忙しいでしょう」

利休はちらりとこちらを見て、すぐ茶釜に視線を戻す。

「左様。では、よろしくお願い致します」

先ほどまでは曖昧だったが、此度ははっきりと利休は頷いた。

空前絶後の大茶会の時が、恙《つつが》なく流れてゆく。多くの笑みが溢れていた。奉行衆は忙《せわ》しなく動かねばならぬものの、皆が満足げな表情である。特に長盛は疲労も眠気も吹き飛んだように、清々しい面持ちで活気のある境内を見つめていた。

中天に上った陽が、ゆっくりと西へと傾いていく。今日のところは間もなく終わるが、気を抜かぬようにと三成が自らを戒めたその時である。長政が血相を変えてこちらに走って来た。

「大変だ。すぐに五人で集まるぞ」

長政は些末なことも、大袈裟に捉える癖がある。此度もそう思ったが、長政は忌々しそうに首を横に振る。

すぐに五奉行の面々が参集した。そこで長政が重々しく口を開く。

「大茶会は今日をもって終わる。明日からは取りやめると殿は仰せだ」

「なっ……何か失態があったか」

「いや、違う。肥後《ひご》で一揆が起こった」

かねてより肥後国では、国人たちの不満が燻っていた。その国人たちが一揆を結んで蜂起したという。総数、実に三万五千人を超えるらしい。これに秀吉が激しい不快感を示し、このようなことをしている場合ではないと、明日以降の中止を決定したという。

皆の溜息が重なった。一揆の対応をしつつ、大茶会を続けることも可能ではある。これまでの苦労を思えば、最後までやり通したい。だが、秀吉が決めたことならば仕方がない。

「まずは今日を首尾よく終わらせることだ。最後まで皆には喜んで帰って貰おう」

沈黙を破ったのは長盛である。無念ではあろう。だが、長盛は微笑みを浮かべていた。この男がそう言うのなら仕方ない。三成らは大きく頷く。

家路に就く参加者の流れを五人で見つめる。茜《あかね》色に染まるいずれの顔にも、楽しげな笑みが浮かんでいる。

三成は暮れゆく空に目を移した。遥か西の国で起こった一揆。己たちは戦には出ないだろうが、兵糧の手配などやらねばならぬことは山とある。その他にも何か、奉行の仕事が出来《しゅったい》しそうな気がして、三成は夕陽に向けて細く息を吐いた。

まつりの弐　刀狩り

慌ただしい跫音《あしおと》が城中を駆け巡る。すでに雄叫びを上げている者も多数おり、それが重なって徐々に喊声《かんせい》へと変わっていく。

「今一度、お考え直し下さい！」

弥兵衛《やへえ》は父重継《しげつぐ》の足に縋《すが》りついて懇願した。

「煩《うるさ》い！」

重継に足蹴にされ、弥兵衛は板敷に尻を強《したた》かに打ちつけた。普段から決して温厚という訳ではないが、これほどまでに眦《まなじり》を吊り上げている父を見るのは初めてのことであった。

「勝てるはずがありません！」

弥兵衛は諦めなかった。今度は腰に縋ろうとしたところ、痛烈な蹴りを再び食らった。その一撃は弥兵衛の鳩尾《みぞおち》に刺さり、酸いものが口の中に込み上げる。嘔吐しそうになるのをぐっと堪《こら》え、なおも震える声で懇願を続けた。

「お願いします……織田家に勝てるはずがありません。蜂須賀《はちすか》殿を止めるならばまだしも、父上まで同心するなど……多くの者が死ぬるだけです」

重継は怒髪天を衝き、弥兵衛の襟を両手で摑んで立ち上がらせた。食い縛ったくすんだ歯の隙間から漏れる息が顔に掛かる。

「織田家が何と言って来たか、お主は聞いておらぬというのか」

重継は怒りに声を震わせながら言った。手に力が籠もり、弥兵衛の喉が絞まる。

「聞いて……おります」

弥兵衛は絞り出すように答えた。

「貴様！」

重継はどんと突き放すと、今度は拳骨で弥兵衛の頰を殴った。弥兵衛は屈強でもなければ、武芸に長けてもいない。勢いで吹き飛び、受け身も取れずにまた尻もちを突いた。

重継は憤怒の形相で睨みつけ、追いうちを掛けるように言い放った。

「もはや織田家に降《くだ》っても麾下《きか》には加えぬ……田畑を耕して生きろ。庄屋としてならば、家を存続させても異存はないなどとぬかしておる。これがどういうことか解るか！　刀を鋤鍬《すきくわ》に持ち替えろということだ！」

「私とて武士の端くれ。屈辱に思いは――」

「ほざけ！」

重継はまた蹴りを放った。顔を狙ったものであったろうが、弥兵衛が思わずのけぞったため、また腹に突き刺さった。今度は耐えきれず、涎《よだれ》と一緒に反吐《へど》を吐き出した。

弥兵衛は床に這いつくばり必死に袖で口元を拭った。父は無様を嫌う。この程度の蹴りで吐くような軟弱者だから、これほど弱気なのだ。などと言われ、さらに火に油を注いでしまうと咄嗟《とっさ》に思った。はっと顔を上げると、重継が見下ろしている。その表情は先ほどまでの不動明王の如きものとは違い、憐《あわ》れみと蔑《さげす》みの入り混じったものとなっている。

城を包む熱気はさらに強くなっている。まだ敵に出くわした訳でもないのに、怒号ともとれる気勢を上げている者もいる。この異様な雰囲気を察してか馬も嘶《いなな》いている。それらが一体となり、弥兵衛には城そのものが慟哭《どうこく》しているように思えた。

「弥兵衛、もう、言うな」

重継はそう言い残すと、ずんずんと廊下を去っていった。弥兵衛ももはやこれまでと悟り、茫然と見送るほかなかった。重継のぴんと伸ばした背中が、弥兵衛には何かに挑みにいくというより、何かから逃れようとしているように見えた。

天文十六年（１５４７年）の立春の日、弥兵衛は尾張国春日井《かすがい》郡北野、宮後《みやうしろ》城主安井《やすい》重継の長男として生まれた。

城などと大層に呼んではいるものの、その実、屋敷に毛が生えた程度のもの。父の重継も国人《こくじん》などと呼称されることがあったが、一族郎党含めて百数十人ほどしかおらず、大きめの地侍《じざむらい》といったほうが余程しっくりくる。

安井家は甲斐源氏《かいげんじ》の支族であるというが、真偽のほどはよく解らない。やがて美濃守護である土岐《とき》家より誘いを受け、家臣として末席に名を連ねていた。だがその土岐家の執権長井《ながい》規秀《のりひで》、のちの斎藤《さいとう》道三《どうさん》により美濃を追われた。結局、斎藤家に従う道を選び、今に至るまで命脈を保ち続けている。

安井家は近隣の国人たちと姻戚関係を結んでいる。これは安井家に限ったことではなく、国人、地侍とは、このようにして結束を強めようとするものである。

安井家と特に近しい家が二つある。まず一つ目は、

――蜂須賀家。

である。蜂須賀家は斯波《しば》家の支流、清和《せいわ》源氏の末裔を称している。尾張守護の斯波義重《よししげ》に従って尾張国に入ったとされ、海東《かいとう》郡蜂須賀村を与えられた。その時は濱《はま》姓だったが、後に斎藤を称し、さらに村の名から取って蜂須賀と姓を変えた。だがこれも安井家と同様、その血筋も、蜂須賀村を治めるに至った経緯も、実際のところはよく解っていない。

ともあれ蜂須賀家が代々、蜂須賀村を治めていたことは確かである。田畑から税を取るだけでなく、川を使っての物資の運搬、土木の請負など、実に手広くやってきた。税の徴収を除けば、商人、大工の類《たぐい》のようにも見えるが、これも彼らがそう名乗っている限りは「武士」なのだ。

この蜂須賀家の当主、正利《まさとし》の側室が、重継の姉、弥兵衛から見れば伯母に当たる人で、安井御前などと呼ばれている。正利と正室との間には子が出来ず、安井御前との間に子が立て続けに生まれたことで、安井家との関係はかなり深いものとなっている。蜂須賀家もまた斎藤家に従っていた。

安井家と繫がりの深い二つ目の家は、

――浅野《あさの》家。

と謂《い》う。源頼光《みなもとのよりみつ》の子孫、光信《みつのぶ》が、美濃国土岐郡に移って土岐氏を称した。その曾孫である土岐光《みつ》行《ゆき》が同じ土岐郡の浅野村に入り、浅野判官《ほうがん》を名乗ったのが浅野家の始まりだという。つまり浅野家は、清和源氏の流れを汲んでいることになる。

が、これも眉唾《まゆつば》と見てよい。周囲の国人たちはそう思っているし、浅野家の者たちも内心では同じに違いない。ただ誰も口にせず、そのようなことにしているという訳だ。

いつの頃からかは判然としないが、浅野家は美濃国の隣、尾張国丹羽《にわ》郡浅野荘《あさのしょう》に移り住んだらしい。浅野の姓から荘園の名が付いたのか、あるいは逆で浅野荘から姓を取っており、土岐氏の流れ云々《うんぬん》は嘘なのかもしれない。その浅野家は、著しく台頭した織田弾正忠《だんじょうのじょう》家に従うこととなり、弓衆として家臣団に組み込まれた。

父重継の正室、つまり弥兵衛の母は浅野家の出身である。さらに詳しくいうと、浅野家当主である長勝《ながかつ》の妹が弥兵衛の母。つまり長勝は弥兵衛にとっては伯父となる。

浅野家は織田家の麾下にあるものの、道三の娘と信長が婚姻を結んで良好な関係を保っていたから、安井家と浅野家もまた誰憚《はばか》ることなく付き合うことが出来ていた。

「蜂須賀、浅野の両家との縁も深く、安井の家も安泰だ」

重継は酒に酔う度に上機嫌に語っていた。血縁でも争うことが珍しくない戦乱の世である。だがこの三家は代々の当主どうしの気が合ったのか、喧嘩らしい喧嘩もなく、ここまでやってきた。

ところがある時、美濃、尾張の両国を揺るがす大事件が起こった。斎藤家当主の義龍《よしたつ》が兵を興し、先代の道三を長良川《ながらがわ》の地で討ったのである。

理由ははきと解らず、様々な憶測を呼んで両国は混乱に陥った。織田信長は斎藤家との同盟を破棄し、道三の仇討という名目で美濃国へと侵攻を始めた。義龍もまた一歩も退《ひ》かずにこれに応じた。義龍は病により急死してしまうが、子の龍興《たつおき》にその遺志は引き継がれた。

この事態は安井、蜂須賀、浅野のような零細な家にまで影響を及ぼすことになった。安井、蜂須賀の両家は斎藤方として、織田家との攻防の最前線に立たされた。一方、浅野家も織田軍の先鋒に配置され、斎藤方の両家と直《じか》に兵刃《へいじん》を交えねばならぬことも間々あった。

「浅野の立場ならば仕方あるまいて」

当初、重継は当惑しつつも理解を示し、正室や、浅野家出身で安井家に来ている者たちを慰めていた。そう言っていられるのも、

――そのうちこの戦《いくさ》も終わる。

と、重継が思っていたからである。

斎藤家と織田家が揉めるのは今回が初めてではない。道三と信長の父の信秀《のぶひで》は、幾度となく干戈《かんか》を交えてきた間柄なのだ。信長の代になってからも小競り合いは何度かあった。

だが互いに他にも敵を抱えており、適当なところで和睦を結んで来た。たとえ相手の国を獲るなどと下知を伝えていても、あくまでそれは味方を奮い立たせるためであり、実際にそこまでゆくことなどあり得ないと思っていた。

それは重継だけでなく、安井家の一族もそうであったし、姻戚関係にある蜂須賀家の者も同じ考えであったろう。

が、危惧する者も僅かながらにいた。弥兵衛もその中の一人である。弥兵衛は、

――織田家は本気で美濃国を獲りに来るのではないか。

と、考えていた。

これまでに漏れ伝わる信長の言葉、振る舞いから、そう考える理由は様々ある。だが最も大きな理由は、それが出来る見込みがあるか否かではないか。信秀とて見通しが立てば、美濃国を奪いにきたであろう。見通しが立たなかったから退いたに過ぎない。それは道三も同じ。

そもそも戦国大名とはそのような者たちで、そこが国人領主との大きな違いである。裏を返せば、忠も、義も、そして情もかなぐり捨て、現実を見きわめることが出来るかどうかが、国人領主から戦国大名になるための、たった一つの要件に思えるのだ。

このような考えを持つ者は総じて若い。それは安井家のみならず、蜂須賀家でも同様である。若者が世の動きに鋭敏なのは、今に限ったことではないだろう。一方、歳を重ねた者には経験があるが、却《かえ》ってそれが邪魔になることもある。

そして、弥兵衛のその危惧は的中した。織田家は一向に退かないどころか、攻撃が日を追うごとに苛烈になっていった。

重継も近隣では豪の者として通っている。実際、織田家の攻撃を幾度か退けて来た。しかし、それは斎藤家の後詰《ごづ》めがあったからなのは言うまでもない。斎藤家の援軍が遅れ、時には戦が終わるまで到着しない事態も生じた。その時は盟友である蜂須賀正利と連携して何とか退けたものの、重継もいよいよ焦り始めた。織田信長なる男は、本気で美濃国を獲りに来ていると、ようやく年長者たちも気付き始めたのである。

「蜂須賀殿と話してくる」

　と言って出ることも、反対に蜂須賀正利が宮後城を訪ねて来ることも増えた。そして遂に、

「当家は蜂須賀家と共に、織田家に降ることとする」

　と、家臣に宣言するに至ったのである。

　まずは織田家に従うことで損害を減らす。降った国人が先鋒として使われるのは常だが、それでも織田家の怒濤の攻撃に晒されるよりは遥かにまし。ただ、また潮目が変わって斎藤家が盛り返してくれば、そちら側に付くのも吝《やぶさ》かではないという思いも当然持ちながら。

　強き者に靡《なび》く。これも国人領主の一つの性《さが》であるのだ。

　これで当面は平穏な日々が戻って来る。安井家、蜂須賀家の誰もがそう思った。弥兵衛も例外ではなかった。

　だが、その予想は大きく裏切られることとなった。織田信長は両家に対し、

　――刀を捨てて帰農せよ。

　と、命じてきたのである。それが恭順を受け入れる条件であると。

　大名が力ずくで領地を奪おうとすれば、国人領主も最後まで抵抗するだろう。そうなれば大名側にも相当な被害が出るし、その間に他の大名から攻められる危険もある。故に国人領主が降る意志を示してきた時、大名は許して傘下に加えることがほとんどであった。

　もっともその時、大名側で何らかの条件を付ける場合もある。関所や川の権益や、領地の一部の割譲などである。国人領主側が折り合いを付けてそれを呑んだり、不満であればなおも戦って大名側が条件を取り下げたり、そのあたりは状況次第といえよう。だがかつて、帰農が条件とされたことなど、少なくとも弥兵衛は聞いたことがなかった。

　織田家からのその条件を聞いた時、重継は怒りのあまり顔面を蒼白にさせた。蜂須賀家当主の正利

も、相当に激昂しているらしい。

「織田家の先鋒を務める覚悟はある。それなのに百姓になれとは意味が解らぬ！」

重継は鼻孔を広げて荒く息をついた。

確かに重継の言うことには一理ある。安井、蜂須賀の両家は降った後、旧主の斎藤家を攻める先鋒を買って出ている。これを利用したほうが織田家としては得なはずだ。両家が弱くて全く役に立たぬならば、百歩譲って領地を取り上げたい気持ちになるのも解らぬではない。だが安井も、蜂須賀も、国人領主としてはかなり精強であることは、美濃、尾張では知れ渡っている。それを帰農させる意味が全く解らないというのだ。

——もしや。

と、思うところが弥兵衛にはあった。尾張にある安井、蜂須賀の領地は、美濃との国境近くの要衝にある。美濃を攻めるためには、どうしても押さえておかねばならぬ地であった。斎藤家が優勢となれば、また寝返ることは十分にあり得る。

しかもそれが美濃国を攻めている最中であれば、織田家の軍勢は背後を衝かれる格好となり、壊滅の憂き目に遭うかもしれない。ならば損害も出て、手間も掛かるが、今のうちに両家を取り除いて、織田家の直臣《じきしん》を配したほうが結果的に美濃攻略までの時と被害を抑えられる。

つまり信長の考えは当初から、傘下に加えるか、滅ぼすかの二択ではなく、帰農させるか、滅ぼすかの二択だったということである。

「今は従うほかありませぬ」

弥兵衛は重継を止めた。天地が逆さまになっても、織田家には勝てないからである。己たち安井家の者はともかく、郎党や、領内の民の血まで流す必要はない。

しかも織田家は、何も安井家に一介の百姓になれと言っている訳ではない。帰農した後は近隣の百姓を取り纏める庄屋になれと言って来ている。城を失うほかは、今とさして変わらぬどころか、戦に出なくてよい分、豊かな暮らしが出来るかもしれないのだ。

だが重継は眦を吊り上げ、

「武家の誇りを奪おうとしておる」

だとか、

「先祖への侮辱である」

などと言って、一向に聞く耳を持たない。

弥兵衛にはそれが珍妙に思えて仕方がなかった。普段、重継はむしろ自らの損得に関わることがあれば、武家の誇りなどどこ吹く風、先祖に恥じ入る素振りも見せず、せこせこと利益を取りにいく男なのだ。重継に限らず、国人領主など皆そのようなものである。

それなのに刀を捨てろと言われれば、人が変わったかのように激怒する。その瞬間、眠っていた「武家」の血が騒ぐのか。それとも刀そのものが「武家」であり、人はその憑代《よりしろ》に過ぎないのではないか、とさえ思えるほどに。

両家は織田家に返答をしなかった。まず攻められたのは蜂須賀家である。これに重継も同調して決起し、弥兵衛は最後の説得を試みたという次第であった。

弥兵衛の決死の説得も無駄に終わった。蜂須賀勢二百の籠もる城を攻める織田家の千五百の軍勢の背後から、重継率いる百六十が攻め掛かった。重継としては奇襲のつもりだったが、信長はこれを予想していた。むしろ手ぐすねを引いて待っていた節すらある。すぐに織田家の反攻に晒されて安井家の小勢は一気に崩壊した。命からがら城に逃れて来たのは、重継を含めて僅か四十人ほどである。

蜂須賀家はやがて城を開けて恭順し、それを見て安井家も降伏した。

――これは何だったのだ。

と、弥兵衛は思う。結局、降伏するならば、戦う前に決断すればよかったではないか。そのせいでさらに悪い条件で降ることになり、何より、消えずともよい命が消えたのである。

蜂須賀家は織田家に領地の全てを奪われた。一方、安井家は領地の大半を失ったものの、宮後城とその周辺の僅かな領地だけは残された。

両家を救うためかどうかは解らぬが、斎藤家が兵を集めているという報が入り、織田信長は迅速さを優先して、安井家への条件を緩めたのである。そのせいで、蜂須賀家と安井家で戦後に差が付いた格好となった。

共に戦うと決めたではないか。だが刀を捨てずともよいとなれば、重継は臆面もなく織田家に従う。弥兵衛は蜂須賀家に対しても、申し訳なくて仕方がなかった。

——弥兵衛殿を婿養子にくれないか。

と、浅野家から安井家に申し入れがあったのは、それから三月ほど後であった。今では共に織田家の傘の下に入っていた。しかし、仕方ないこととはいえ、織田家の先鋒軍を担っていた浅野家にも、多少の遺恨が生まれていたのだろう。ましてや長男を寄越せと言って来ているのだ。重継としては面白い訳がない。

「浅野殿も何を考えておるのか」

重継は一笑に付して断ろうとした。だが弥兵衛は、

「受けようと思います」

と、答えた。重継は仰天し、続いて狼狽した。織田家との戦の前に見せた憤怒の形相とは別人のようである。

「あの時はすまなかった。だがあれは、織田様が武士を辞めろと……」

その時、打擲《ちょうちゃく》したことを、弥兵衛が根に持っていると思ったのだろう。重継は言い訳を挟んで説得

しようとしたが、弥兵衛はゆっくりと首を横に振った。

「そうではありませぬ。家督は小六《ころく》殿に継がせるのがよいかと」

蜂須賀正利の子、小六正勝《まさかつ》のことである。正室の出身である大橋《おおはし》氏に男子がいないことで、正利はそちらに入ることとなった。そのため側室であった重継の姉と、その子の小六が安井家を頼ってきていたのである。いずれ何らかの方法で蜂須賀家を再興してやれないかと思っていたが、このような機会が降って湧いたことで、弥兵衛はそう決断したのである。

「馬鹿な……」

重継は絶句した。

「父上が何と仰《おっしゃ》ろうと、私は浅野家へ参ります」

弥兵衛は頑として退かず、凜然と言い放った。

こうして弥兵衛は浅野家に入ることとなった。当主の長勝も自ら声を掛けたものの、こうもすんなり決まるとは思っていなかったようで驚いていた。

「お気を遣わせたのでは？」

常識的に考えて、長男を欲しいなどとはあまり言わない。長勝には何か思惑があったのではないかと、ずっと考えていた。弥兵衛は思い切って長勝に問いをぶつけた。

「もともとお主を好ましく思っていたのだ」

長勝には、娘はいるが息子はいない。養子になってくれる人物を常に探していた。その中で、弥兵衛のことを買ってくれていたらしい。

「重継殿とのことは聞いた。もし居づらいのならば……と、駄目で元々の申し入れだった」

長勝のもとにも、重継の決起を弥兵衛が懸命に止めた話は伝わっていたらしい。それで弥兵衛に心惹かれるようになったという。安井家が織田家に降ってから、重継はすでにけろっとしているが、弥兵衛は誰の目にも鬱々として見える。そう人伝《ひとづて》に聞いて気にしていたようである。

「私は誰かにお仕えするほうが向いているのです」

弥兵衛は苦く微笑んだ。

国人領主も誰かに仕える。安井家の場合は斎藤家、次いで織田家といったように。ただ、織田家の家臣団に完全に組み込まれた浅野家とはやはり違う。此度《こたび》のことで国人の生き方が心の底から嫌になったというのが、弥兵衛が浅野家に入ると決めた一番の理由かもしれない。

「儂《わし》は真に喜んでいる。娘を……浅野の家をどうか頼む」

「かたじけなく存じます」

弥兵衛は深々と頭を下げた。

その日、弥兵衛と長勝の娘、彌々《やや》の祝言がしめやかに執り行われた。その祝言の最中、遅れて駆け付けた者がいる。小柄な男である。ひそひそと入ってくる姿はどこか猿を彷彿とさせた。祝言の途中故、尋ねる訳にもいかず、弥兵衛は誰なのかと内心で思っていた。

祝言後の宴席の折、長勝がその小男を紹介しに連れて来た。

「木下藤吉郎《きのしたとうきちろう》だ」

あっと弥兵衛は声を上げそうになった。その人物の話は耳にしていた。元は尾張中村《なかむら》の百姓だったが、織田信長に路傍で直談判して草履取《ぞうりとり》に任じられた。先ほど弥兵衛も思ったように、信長からは、

――猿。

と呼ばれて、目を掛けられているという。

藤吉郎は目端が利くことを認められ、足軽に、次いで昨年には足軽組頭に引き立てられた。何故、ここまで詳しいかというと、一昨年の永禄《えいろく》四年（１５６１年）、藤吉郎は長勝の養女であり、弥兵衛の義妹である寧々《ねね》を娶《めと》っている。つまり、弥兵衛からすれば年上の義弟に当たるのだ。

「ご挨拶が遅れ――」

弥兵衛が頭を下げようとするよりも早く藤吉郎が口を開いた。

「遅れて申し訳ない。急にお役目に呼ばれてしまったのです」

「ああ……お役目だったのですか」

「薪《たきぎ》奉行を仰せつかりました」

「出世ではないですか」

奉行の仕事の中では些末なほうとはいえ、一介の足軽組頭が任じられる役目ではない。やはり信長が目を掛けているというのは、嘘ではないらしい。

「そうかもしれませんな」

通常、このような時は謙遜する者ばかり。だが藤吉郎はすんなり認めて、嬉しそうに満面の笑みを浮かべた。愛嬌の溢れるなんともよい笑みである。弥兵衛は思わず見惚《みと》れてしまった。

「何か、成さねばならぬことが出来《しゅったい》したのでしょうな」

「お、聞いてくれますか。ここに座っても？」

藤吉郎は高砂《たかさご》の弥兵衛の横に座る。いくら義兄弟とはいえ、初対面でこれは図々しいと思われても仕方がない。だが藤吉郎がやると、そのようには微塵《みじん》も感じぬから不思議である。

「薪代が馬鹿にならず、御屋形様は三割ほど抑えよと仰せなのじゃ。これまで何人か奉行に任じられたが、いずれも達成出来ず……この藤吉郎にお鉢が回って来た訳じゃ。こりゃあ、難題だで。弥兵衛殿は賢そうじゃ。何か妙案があったら教えて下され」

藤吉郎は饒舌で、難しいと言いながら何とも楽しそうに語った。

「実はすでに腹案があるのでは？」

弥兵衛がふっと破顔すると、藤吉郎は大袈裟に眉を開いた。

「見抜かれたか」

「ふふ……やはり」

「ここに来るまでずっと考え、一つだけ案を思い付いたが、あと二、三は手立てを用意しておきたいと思うておるのよ」

「仕事がお好きなようですね」

「好きじゃな。大きけりゃ大きいほど楽しい」

「では、最も楽しいのは天下の仕事になる訳ですな」

弥兵衛は軽口のつもりで言ったのだが、藤吉郎は大真面目に頷いた。

「それは頗《すこぶ》る楽しそうじゃ」

藤吉郎は独特の息を吸うような笑い声を上げ、頷きつつ言葉を継いだ。

「御屋形様は天下を獲られよう。その時にお役に立てるのが楽しみじゃ」

信長が天下を獲ると語るのも驚きだが、その暁には天下の仕事を任されるようになろうと考えているのが、さらに驚きである。何処《どこ》まで本気か解らず、弥兵衛は唾を呑んだ。

「弥兵衛殿は何かしたいことがあるのかえ？」

己のことばかり話してしまったと思ったのか、慌てて藤吉郎は話を振った。

「選り好みはしません」

「それじゃあ、面白くにゃあよ。何かあるじゃろう？」

「藤吉郎殿のように大それたことは」

弥兵衛は苦笑した。別に皮肉で言っている訳ではない。実際にはあり得ないと思うのだが、この男は大きなことを放言しても、本当に叶《かな》えてしまいそうな奇妙な魅力がある。

「別に何でも良い。弥兵衛殿のことを知りたいのよ」

藤吉郎は日焼けした頰を思いきり緩める。

「では……」

己が何をしたいのか。これまで本当に考えたこともなかった。ただ、今、一つ浮かんだ。馬鹿げたことだとは思うが、藤吉郎は嗤《わら》わないような気がして、弥兵衛は儘《まま》よと口にした。

「刀を攫《さら》いとうござる」

槍でもなく、弓矢でも、鉄砲でもない。戦場でなくとも常に腰に差して身に付ける刀だからこそ、人を変容させるのではないかと思えるのだ。

刀の魔力に抗えぬ者に持たせるのは、あまりに危ないと弥兵衛は父を見て痛感していた。刀を持つ者を選び、それ以外の刀を攫えば、天下から今少し戦が減るのではないか。父に折檻を受けて悶絶する中、茫《ぼう》とそのようなことが頭を過《よ》ぎったのだ。

「十分、大それたことだ」

藤吉郎には弥兵衛の真意が伝わっていると感じた。

「だが、それくらいが面白い。弥兵衛殿、これからもよろしく頼む」

藤吉郎が人懐っこさの中に、どこか不敵さも混じった笑みを浮かべると、弥兵衛もまた自然と口元が綻《ほころ》んでいるのを感じた。

※

「よ、き、に、はからえ！」

またである。三成には、大茶会《おおちゃかい》を命じられた一年前のあの日が思い出された。だが今回はあの時よりも語調が遥かに強く、声色は怒りに染まっている。

こちらの応じる声も自ずと鋭くなり、頭を下げるのも一層速くなる。そのためまた計ったように、五人共ぴたりと揃った。下げたままの頭は、額が畳に触れるほど。秀吉が去っていく跫音も、まるで板を踏みつけているかの如くで、あの時よりも強い。

「もうよいか」

前回、最も早く口を開いたのは三成だった。だが今回は長盛である。

「いや、待て。急に走って引き返して来られることも稀にあるぞ」

と、玄以が巨軀に似合わぬ忍んだ声で残る四人に語り掛けた。

「その場合、すぐに実行に移していないほうがまずい。まずは奉行の間《ま》でよいですな」

秀吉に急遽呼び出されたせいで皆、このあとは手隙《てすき》のはずである。三成は呼び掛けた。

皆が頷くものの、長政だけ反応が無い。また何か不満を口にするのかと思ったが、そういう様子でもないように見える。茫と宙を眺めているのだ。

「浅野殿」

長盛に呼ばれ、長政は我に返ったように、

「ああ……奉行の間ですな」

と、答えた。

「お疲れですかな？」

玄以も気になったらしく尋ねた。それぞれ目の回るような忙しさで、長政も例外ではない。

「少しな。すまない」

長政が素直に詫びたのもまた意外だった。

「取り敢えず行きますか。時が惜しい」

珍しく正家の一言が締めになり、皆がほぼ一斉に腰を浮かした。

奉行の間では、今日も多くの下役たちが慌ただしく働いている。大茶会の前と今で、すでに数人の顔ぶれが変わっていた。下奉行の一人がこちらに気付いて挨拶しようとするのを、

「構わぬ。続けろ」

と、三成が先んじて命じる。下奉行の間を抜け、上奉行の間に向かう。その最中も、

――浅野殿はまことに疲れているのか。

と、考えた。こうして下奉行の連中に仕事を続けるように命じると、少しくらい休んでも構わないだろうとか、息抜きも必要だなどと、長政は声の大小はあれども口にするのだ。此度、長政が何も言わなかったことで、改めてその異変が気になった。

上奉行の間に入ると、車座《くるまざ》になる。銘々いつも同じ位置に座るようになっている。

「早速、本題に入りましょう」

三成が口火を切った。これで三成が進行役を務めることが暗黙のうちに決まる。

「まず殿の御意向を確かめます」

秀吉は此度も大雑把な指示を与えた。前回はそうすることで三成たち奉行が協力し合うように差し向けているのかと思った。だが此度は違う。

――考えるだけでも怒りが湧いて来る。

と、項《うなじ》を激しく掻《か》き毟《むし》っていた。爪で肌が傷つき、血が滲むほどに強く。

「殿が仰せは以下の五つ」

三成は指を折りつつ話を進めた。

一、全国各地の国人、地侍、百姓より刀、脇差を攫うこと。

二、開始は本年の七月。一日たりとも遅れることは罷《まか》りならぬ。
三、一揆を結ばせぬようにせよ。
四、令書を出す前にまず肥後国で試すこと。
五、肥後国には兵は送らぬこと。

「相違……ございませんな」

三成は最後にそう結んだ。秀吉が命じたのはいわゆる「刀さらえ」。またの名を、

――刀狩り。

とも謂う。

刀狩りは此度が初めてではない。今より三年前の天正十三年（1585年）の紀伊国雑賀《さいが》で大規模な一揆があり、兵を送り込んで鎮圧することになった。増田《ました》長盛、大谷吉継《よしつぐ》らが軍勢を率いて武功を立てたあの戦である。各地で戦が続く三月の暮れ、秀吉は地侍、百姓たちに刀を差し出せば許すと表明した。

さらにその一月後の四月の下旬、改めて百姓たちには命を助ける約束をし、その条件として刀を持つことを禁止した。鍬や鋤を大切にして、田畑を耕すことに専念するように命じたのだ。

当初、これを呑む者は少なかった。雑賀は国人、地侍、百姓の別が特に曖昧な地で、百姓といえども自らを侍だと思っている。実態としても戦の際、他国の百姓は大名に駆り出されている場合が多いのに対し、紀伊国の百姓は望んで参加している者も多い。

秀吉のこの刀狩りは失敗に終わるかに思えた。だが羽柴軍が優勢になるにつれ、このまま戦っていても徒死するだけだと悟ったのだろう。刀その他の武器を差し出して、助命を願い出る者が続出する結果となった。故に刀狩りの手段、出された令書が優れていた訳ではなく、あくまで武力によって成

し遂げたといえよう。

刀狩り自体は秀吉が案出したものではない。これまで各地の大名たちも、それに似たことをやっている。賤《しず》ケ岳《たけ》の戦いで雌雄を決した柴田勝家なども実施している。ただこの時も武力を背景に脅した形跡が見られ、一筋縄ではいかなかったらしい。

「一つ目、二つ目はよしとしよう。三つ目はまあ……仕方あるまい」

玄以はそこまで話して、次を口にするのも恐ろしいといったように、言葉を止めた。

「問題は四つ目ですな」

三成は柳葉の如く目を細めた。

「よりによって肥後とは」

玄以が丸い鼻と曖昧な鼻梁を摘まむ。

肥後国。ここは今、日ノ本で最も厄介な地であると言っても過言ではない。

元々、肥後国は大小の国人たちが割拠している。国人たちは大友《おおとも》、竜造寺《りゅうぞうじ》、島津《しまづ》などの大勢力に付いたり離れたりしながら、時に激しく、時に小競り合い程度に、争いを続けてきたのである。

その後、島津家の台頭により国人たちはその傘下に入った。しかし、天正十五年、島津家が臣下の礼を取らぬので、秀吉は討伐の大軍勢を送った。ここにいる五奉行も、当時は何らかの形で関わった大戦《おおいくさ》である。

島津家は頑強に抵抗したものの豊臣家の前に屈し、領土の大半を没収されることとなった。肥後国も島津家のものではなくなった。

同年、秀吉は肥後国の国人五十二人の所領を安堵し、佐々《さっさ》成政《なりまさ》に肥後一国を与えて、国人にはその家臣になるように命じた。

この成政。かつて織田家の家臣であり、秀吉の同輩であった。いや、小者から身を起こした秀吉にとっては、成政は雲の上の存在であった。やがて成政は大名となったが、秀吉はそれを遥かに上回る所領を持つ、大大名となった。

そんな中、本能寺の変で織田信長が横死し、織田家中は分裂。この時、成政は柴田勝家に付いて、秀吉と対峙した。しかし勝家は賤ケ岳の戦いで敗北し、成政は孤立を深めていくことになる。それでも尚《なお》、秀吉に抵抗したものの、結局、大軍の前に屈したという経緯がある。

そんな成政を秀吉が肥後に封《ほう》じたのは、かつて勝家の寄騎《よりき》であったため、刀狩りについて精通しているだろうというのも、理由の一つであった。秀吉は当時から、国人衆の勢力が強い肥後国を警戒し、その力を削ごうとしていたのである。

だが成政はしくじった。一刻も早く肥後を掌握しようと、検地に着手したのである。ただでさえ領地を減らされた国人も多い。それなのに検地を進めてさらに税を重くするのかと、国人衆の不満が爆発して一斉に蜂起した。刀狩りを始める以前の問題である。

十日間行われるはずの北野大茶会を、秀吉がたった一日で取り止めにしたのはこの、

——肥後国人一揆。

の報が舞い込んで来たからであった。

「肥後は火の国とも謂います。まさしく烈火の如き一揆でした」

三成は糸を吐くように細い溜息を零《こぼ》した。首謀者は隈部親永《くまべちかなが》。まず自身の根城、隈府《わいふ》城で挙兵したのである。成政はすぐに七千の兵を率いて隈府城を攻撃し、陥落させた。

だが隈部は息子の籠もる城村《じょうむら》城へと逃亡する。当初からそのつもりで成政を奥深くに進軍させるのが目的だったのだろう。

成政は城村城の攻略に手こずった。時に、他の国人たちが一斉に蜂起したのである。その数、実に三万五千を超えたというから、肥後国の九割九分が起《た》ったといってもよい。

一揆軍は成政に攻め掛かるのではなく、本拠としている隈本城《くまもと》を取り囲んだ。成政は慌てて撤退するものの、城村城からも隈部の軍勢が打って出てきて、甥の佐々成能《なりよし》が討ち取られるほどの大敗北を喫した。

成政は秀吉に援軍を請うた。佐々軍の一部は城に入れずに兵糧《ひょうろう》も枯渇し始めていたため、まず秀吉は鍋島直茂《なべしまなおしげ》、安国寺恵瓊《あんこくじえけい》らに命じて物資を届けさせようとした。

が、一揆軍は山間《やまあい》に兵を伏せて待ち構え、鍋島、安国寺の補給隊が来たところに、一挙に攻め掛かったのである。結果、鍋島らは為すすべなく敗走し、一揆軍は兵糧弾薬を奪取した。

ただでさえ数が多い上に、長年戦いに明け暮れてきた国人たちは用兵にも通じている。安国寺はともかく、鍋島は百戦錬磨の将だった。それでも失敗に終わったのだから、これには秀吉も次に誰をやるか頭を悩ませた。この時、

——私にお任せを。

と、名乗り出た男がいる。名を立花宗茂《たちばなむねしげ》と謂う。当時、まだ十九歳ながら、すでに武勲は数え切れず。島津家の侵略にも耐え抜き、豊臣軍到着の後はその先鋒として活躍した功績により、秀吉から柳河《やながわ》十三万石余の直臣に取り立てられた。

秀吉はこの若き将に賭けた。宗茂は弟と共に、たった千二百の兵で物資を運んで肥後国に入った。宗茂は一揆軍の伏兵を難なく見抜き、

——我らもやるか。

と、不敵に片笑んだという。

まず物資を乗せた荷車の他、六百の兵のみで進出。一揆軍が出て来たところで、物資を守りながら退却する。そして頃合いと見て、予《あらかじ》めこちらも伏せておいた六百の兵を繰り出し、散々に一揆軍を打ち破ったのである。

さらに宗茂はその余勢を駆り、大津山《おおつやま》城を攻め落としてみせた。その後、成政の籠もる城を囲む一揆軍も撃破。見事に物資の補給を成し遂げた。

立花宗茂の投入は大きな転機となった。物資の補給によって佐々成政軍も息を吹き返し、一揆軍の猛攻にも耐え忍ぶことが出来たのである。

以後も宗茂は東奔西走して戦い続けた。その頻度は尋常ではなく、払暁から夜に掛けて十三度の合戦を行う日もあったほどである。一揆に与《くみ》する国人の城を七つ陥落せしめ、討ち取った兵の数は六百五十を超える。

一揆軍の勢いが鈍る中、秀吉の命によって九州のみならず、四国の諸大名までが国人勢の鎮圧に動員された。肥後の各地で激戦が繰り広げられる中、遂に一揆の首謀者である隈部親永の籠もる城村城を攻め落とした。佐々成政、安国寺恵瓊の兵も出ていたが、ここでもやはり立花宗茂の凄まじい奮戦があったと、三成は後に聞いた。

城村城が落ちたことで、一揆軍は勢いを失って瓦解した。こうして一国丸ごとが爆風に包まれたかのような肥後国人一揆は、ようやく収束に向かったのである。

今年の二月、つまり先月である。佐々成政は秀吉に謝罪をすべく大坂に出向いた。しかし、秀吉の怒りは収まらず、目通りが許されることはなかった。秀吉はそのまま摂津国尼崎《せっつのくにあまがさき》の地で謹慎を命じた。成政のいる寺を百ほどの兵で監視させていたので、事実上の幽閉といえよう。

「恐らく切腹でしょう」

大方、その見込みで間違いあるまい。長盛の口振りには同情が微かに滲んでいた。国人たちが一塊になった時の手強《てごわ》さ、執拗さは、紀伊国で痛いほど解っているからであろう。

「あの佐々内蔵助《くらのすけ》殿がなあ……」

玄以は宙を見上げて嘆息を漏らした。玄以はかつて織田家の直臣であった。つまりは石高は違うものの、成政は同輩ということになる。

「まあ、仕方ありませんな」

正家があまりにさっぱりと言うものだから、玄以は不快そうに顔を歪める。

「言いようがあろう」

「左様《さよう》でしょうか？　二、三度お見かけしただけですので、特に何の感慨もありませぬ。むしろ旧主とは敵味方の間柄だった故、あまりよく思っておらぬというのが本音です」

正家は元々、秀吉の同輩である丹羽長秀《にわながひで》の家臣であった。本能寺の変の後、長秀は秀吉と協調することになる。一方、成政は秀吉と対立する柴田勝家の寄騎。そのあたりから長秀は成政のことも疎んずるようになっていたらしい。

「あの事件があったのです。浅野殿も佐々殿を嫌っておられたのでは？」

唐突に、そして露骨に、正家は長政に話を振った。長政は馬鹿らしいといったような溜息を零し、

「別に嫌っている訳ではない」

と、不愛想に返す。

正家が何の話をしているのか、五奉行の面々は皆が解っている様子である。長政と成政、二人が言い争いをしたことがあった。当時、よく話題に上っていたのを三成は覚えている。

天正十三年（１５８５年）、秀吉は成政を降した。成政は領国であった越中での対面は許されず、兵を退く秀吉を追いかける恰好となった。その途中、面会の日取りが決まるまで成政が留め置かれた近江国大津を領していたのが、長政であった。

五日後、秀吉と成政の大津での対面が決まった。城に上る成政を、取次を務める秀吉の家臣たちは丁重に扱った。成政が織田家の直臣であったのに対し、彼らは陪臣であったということもあろう。加えて織田家の中でも猛将として名高い成政への畏敬もあったに違いない。

皆が阿《おもね》るように成政に接する中、長政の態度だけは異なった。

「内蔵助殿は上様に対し謀叛《むほん》を起こした者である。諂《へつら》うような真似は止めよ」

と、秀吉の家臣に一喝を見舞ったのである。さらに、茫然とする成政に向けて続けた。

「そもそも対面は無用と心得る。先刻、私は貴殿に切腹を賜るよう殿に申し上げて来た」

「弾正……」

成政は顔を真っ赤に染め、唸るように長政を官職名で呼んだ。

「何でしょう」

「耳の穴をほじってよく聞け。この内蔵助が秀吉の家来であれば、謀叛となるだろう。しかし、秀吉とは元は織田家の同輩。つまり弾正の道理は間違っておるわ！」

成政は散々に怒鳴り散らし、長政は二の句が継げずに黙り込んだ。というのが、正家の言う事件のあらましであった。

この事件は成政の豪胆さ、長政の嫌らしさの象徴の如く語る者が多い。だが、三成はそう単純には捉えていない。成政を必要以上に持ち上げる者がいることで、秀吉が機嫌を損ねてしまうと考え、長政は釘を刺したのだろうと理解している。

とはいえ、長政の言い方にもかなり問題があったのは確かである。もっとも三成もぞんざいな物言いを批難されることが多いため、この件に関しては人に言えた義理ではない。

「儂はやることをやった。それだけだ」

長政は多くを語らず、そう言ったきり黙った。場に重苦しい雰囲気が漂う。このようなことで諍《いさか》いが起こっても詰まらぬと思い、三成は逸れていた話を戻した。

「続けましょう。五つ目は、肥後国には兵は送らぬこと」

天下の軍勢は勿論《もちろん》、五奉行の手勢も使うことはならぬ。もっとも五奉行全員の石高を合わせたところで二十万石に満たず、動員出来る兵力は五千にも届かない。肥後でまた国人たちが爆発すれば、とても抑えきれるものではないだろう。三成はさらに続けた。

「つまり兵で脅すことなく、最も難しい肥後で刀狩りを恙《つつが》なく為果《しおお》せたならば、日ノ本中のどこでも通用する。殿はそうお考えなのでしょう」

「しくじれば奉行は罷免《ひめん》。さらには切腹ですな。それ以前に、国人衆に討たれることも十分に有り得ます」

正家はまたさらりと言って退《の》ける。

「左様。此度も……」

やはり口数が少ない長政が気になり、三成はそちらへ視線を送った。長政はちらりと見返して、

「かなりの難題だ」

と、重々しく答えた。

「痛むので？」

長盛が訊いた。長政はまた、胸の下、胃の腑辺りに親指をぎゅっと押し込んでいたのである。

「少しばかり」

「薬を飲まれたらよろしい。誰か湯を――」

「いや、結構。残された時は少ない。先を急ごう」

これにもやはり違和感がある。普段は自ら薬を飲もうとするし、ましてや勧められて断るのは初めてのこと。調子が余程悪く、一刻も早く話を終わらせたいのかもしれない。

「浅野殿の言う通り、確かに時がない。あと四月足らずか」

玄以は顎をなぞりながら溜息を吐《つ》く。

「皆で肥後に行きますか？」

長盛は背筋を伸ばし、首だけを動かして皆を見渡した。

「初めはそうするしかないでしょう」

三成はすぐに答えた。

今、この国の政《まつりごと》は奉行衆によって回っているといっても過言ではない。中でも五奉行はその中枢である。全員が留守にすると必ずや滞る案件も出てくることだろう。

秀吉もそれを重々承知のはずで、そうならぬためには他の者に命じるか、五奉行を使うにしても一人を選抜するはずだ。わざわざこの五人を呼び出して命じたということは、それほど刀狩りを重要視しているということ。また初めに肥後で先例を作ってしまえば、六十余州での刀狩りは他の者でも進められる。結果的に五奉行の負担が減り、新たな仕事を任せることも出来る。秀吉はそこまで見越していると考えてよい。

それらのことを総じて考えると、まずは五人揃って肥後に向かい、各々の目で現状を確かめる。そして肥後で協議の上、大枠のやり方を決めるのが適当であろう。

「肥後に行くだけでも、それなりの日にちが必要ですな」

長盛は彫りの深い顔を三成に向ける。

大坂から瀬戸内の海を船で行き、九州の博多に着くまで早くとも八日。風向き次第では十日を超えることもあるし、天候が荒れればそれ以上の時を費やす。さらに博多から肥後までは陸路を行くが、こちらも三日ほどは見ておかねばならない。

「往復すれば凡《およ》そ二十五日。これが足を引っ張ることになるでしょう」

五人が一月以上も留守にすれば、大袈裟ではなくこの国の政は崩壊する。最低でも誰か一人は肥後に残らねばならぬだろうが、その他はなるべく早く大坂に戻ることが絶対に必要となってくる。

「大坂から博多にいつ発つのが良いか。あるいはその逆も然り。それを調べましょう」

長盛は、増田家は陰陽師の流れを汲み、天文、占星、そして治水を司る「院内《いんない》」であったと、北野の大茶会の時に皆に語った。出立に最適な日をある程度予測出来るだろうという考えも、その出自ならではのものだろう。

「お任せしても？」

「承った。船奉行と諮《はか》る」

長盛が頷くのを確かめると、三成はすでに頭に浮かんでいた案を口にした。

「陸路は馬で時を縮めましょう」

「然程《さほど》、縮まるまい」

玄以は眉間《みけん》に皺を寄せた。

博多から隈本までは凡そ二十九里。人の足では三日、夜も歩いたとしても二日は要する。馬を全速力で駆っても、すぐに潰れてしまって使い物にならなくなってしまう。休ませながら進まねばならない。しかも馬は闇を恐れるため、夜はさらに進みが悪くなる。人の足よりは早く着くだろうが、玄以が言うように大幅な短縮には繋がらない。

「道々に馬を予め配置するのです」

博多から隈本までの道に、二里間隔で馬を用意しておき、乗り継いでいく。それならば最速で往復出来る。中国大返し、美濃大返しでも最大限の策を講じたつもりだったが三成は現状に満足せず、

――もっと早く人を送る方法はないか。

と、思案を続けていた。その中で考えていた手法の一つだったのだ。

「なるほど……それならばかなり時を縮められそうだ」

玄以は得心して太い首を縦に振った。

三成は下奉行に命じ、九州の絵図を持って来させて板の間《ま》に広げた。

「博多から隈本まで、久留米《くるめ》、山鹿《やまが》を通るのが最も近い。しかし、山越えがあるため馬の脚はあまり生かせないことになります」

指をすうと滑らせ、三成はさらに言葉を継ぐ。

「少し遠回りですが、平坦な海沿いの道で、柳河を通っていくほうがよいかと。これだと道程は……」

「三十三里五町といったところでしょうか」

正家が間を置かずに答えた。己で計算するより、この算術の達人に任せたほうがよいと三成は先を促した。

「早駆けの場合、馬が進める距離は平均して一刻《とき》に六里十町ほど。つまり五刻半足らず。朝に博多を発てば、夕方には隈本に入れましょう」

陸路は少なくとも一日に短縮できるということである。最も良い時分に船に乗って八日で博多に入ることが出来れば、九日で隈本まで行ける。往復は十八日で、七日ほど縮められる。この差は今後の命運を分けることになるだろう。

「これは私が受け持ちます。道作《どうさく》奉行の助作《すけさく》……いえ、片桐東市正《かたぎりひがしいちのかみ》殿と共に当たりましょう」

三成は思わず且元《かつもと》の幼名を呼びそうになって改めた。部屋住みで助作と同じ釜の飯を食っていたその頃、長盛はようやく秀吉に仕え、正家は丹羽家の家臣、玄以はまだ織田家の直臣であった。長政は三成より遥かに早く秀吉に仕えている。初めて長政を見たのは何時だったか。そのようなことがふと思い出されたのは、胃の腑を押さえつつ、明らかに口数の少ない長政が、やはり気になったからであろう。

翌日から、三成を含む五奉行の面々は一斉に動き出した。とはいえ、三成が片桐且元と打ち合わせ、企て通りに馬を配すのに少なくとも十日は必要であるため、それが整わぬうちに博多に着く訳にはいかない。

長盛は全ての予定を先送りにして、まずは船奉行と協議し、最も出立に適した日を予測した。そして、その日の晩には残る四人に向けて早馬を走らせた。

――出立は七日後の弥生晦日《やよいみそか》が最も良い。

とのことであった。

「これならば間に合う」

三成は書状を読むと独《ひと》り言《ご》ちた。三成も明日には且元と面会することになっている。明日のうちに話し合い、決裁まで済ませて九州に使者を走らせる。三成らが船で向かっている最中には、何とか継立《つぎたて》の馬を整えられるという計算である。

七日後の三月三十日の早朝、五奉行は揃って大坂から関船《せきぶね》に乗り込んだ。関船は中型の船である。それぞれが数人の家臣を連れ、他に雑事を手伝う下奉行も幾人か乗り込むため、関船より小さな小早《こはや》では到底足りない。だからといってより大きな安宅船《あたけぶね》だと、かなり遅くなって余計な日数を食ってしまう。故にそれぞれが荷を最小限に絞り、関船を使うことになったのだ。

「馬は整いましたか？」

湊《みなと》で正家が三成に訊いた。七日の間に五奉行の面々は領国に戻ったり、京に行ったりと、盛んに移動を繰り返している。一応の予定は共有していたものの、不測の事態によって日程が変更になることも間々あり、且元との打ち合わせの報告は省いていたのである。

「うむ。何とかすると」

三成が話を持ちかけると、且元は即座に動くと答えてくれた。

すぐに博多から隈本までの大名家に向け、三成と且元は連名で指示書を作った。そして翌日、つまり五日前には、指示書を携えた使者が大坂より発している。

関船に乗り込み博多に向けて発った二日後、船の上に造られた屋形の中で、

「話が違う!!」

という玄以の悲痛な声がこだました。それまでは空も海も穏やかだったのだが、三日目にして突然雷雨に見舞われ、海も大いに荒れたのである。

「全てを読める訳ではないのです!」

真っ青な顔で壁にもたれ掛かる玄以に向け、長盛は叫んだ。声を大きくせねば何も聞こえぬほどの雷鳴、雨音なのだ。

「何処かに船を泊めてくれぇ!」

玄以の目尻には涙が浮かんでいる。その時、屋形の中と外を仕切る戸が勢いよく開いた。そこに立っていたのは正家である。船頭の意見を聞きに行くと外に飛び出していた。桶で水を被ったようにずぶ濡れになりながらも、正家の顔は喜色に染まっている。

「心配ないとのことですぞ!」

「嘘を申せ!」

玄以は壁にもたれ掛かるのも止め、床に張り付いている。

「あいや、真《まこと》でござる。今は岸に近付くほうがかえって危ういとのこと。この程度の雨風ならば、まだ進めると申しております。それに間もなく止むとのことです」

正家は轟々と降り注ぐ雨を一身に受けながら、けろりと言った。

「お主、戸を閉めろ!」

玄以は真っ青な顔で叫ぶと、正家は項を掻きながら中に入って戸を閉めた。

「全く、お主という奴は——」

玄以は言い掛けるなり、うっと呻《うめ》いて手で口を押える。

「吐いたほうがよろしい」

それまで黙然とし、話題に入ってこなかった長政が玄以の介抱をする。長政が手渡した桶に、玄以は顔を突っ込んで嘔吐した。長政はその背を摩《さす》りながら、懐から印籠を手にした。

「拙者が飲んでいる薬は船酔いにも効きます」

印籠から一粒、丸薬を取り出して玄以に渡し、続いて水筒を渡した。玄以は藁にも縋るといったようにそれを呑み下す。

「浅野殿……すまぬ」

「横になられるがよろしいでしょう。布団を」

長政は周囲に向けて言った。

「拙者が」

三成が動いた。筵《むしろ》ではないだけまし、といった薄い布団である。三成がそれを敷くと、玄以は這うようにして上に寝転がった。

「間もなく薬も効いて来ます」

長政が語り掛けると、玄以は頼りなく顎を少し引いた。玄以ほどではないものの、三成も正直なところ目が回り始めている。それは長盛も、長政も同じだろう。顔色が良くない。鈍感なのか、全く平気な顔をしているのは正家のみである。

「時が惜しいのは確か。辛いとは思うが暫し耐えて下され」

長政はそう励ましたが、玄以はもう頷くことすら億劫という有様であった。今の一言で、長政が此度の仕事に対して、どう考えているかの片鱗が覗けた気がした。三成はこの機会しかないと思い定めて口を開く。

「難しい仕事だとお考えですか」

自分に向けて訊いているのか解らなかったのか、長政は一瞬反応を示さなかった。だが、違和感を持っていたのは、他の三人も同じだったらしい。長盛、正家の視線も長政に集まり、玄以も薄《うつす》らと目を開く。そこで長政は深い溜息を吐いて振り返った。

「生きて帰れぬ覚悟はしている」

長政が答えたその刹那、稲光が屋形の外で閃《ひらめ》き、間を置かずに天が喚《わめ》き散らすかのような轟音が鳴った。

「抵抗は激しいだろう。相当に上手くやらねば国人たちはすぐに起つ。今の肥後ならば猶更だ」

揺れる躰《からだ》を支えるために床に手を突きながら、長政は低く言った。紀伊の国人らによる一揆の鎮圧に出張った長盛でなくとも、大名としての顔を持つ五奉行の誰もが、地場の国人衆の手強さをそれなりに解っている。ただ長政の言葉からは、何かそれ以上の重みを感じた。

「ここで話すか……？」

玄以が苦しげに尋ねた。

まだ如何《いか》なる手立てで刀狩りを行うのか、全く決まっていない。幾ら念入りに決めたところで、肥後の状況がそれを許さないかもしれない。今回、皆で乗り込むのも、実態を確かめるためというのが最も大きな理由なのだ。苦しいにも拘《かか》わらず玄以が訊いたのは、長政の異様なまでの気迫を感じ取ったからであろう。

「いや、今話してもどうせ無駄になる。まずはお休み下され」

長政がそう言ったので、話はそこで打ち切られた。

天地が逆さまになったのではないかと錯覚するほどの揺れの中、ぎしぎしと軋む音が屋形の中に響き続けた。

五奉行の面々が博多に着いたのは四月七日の昼前であった。予定よりも一日早いことになる。三日目に見舞われた豪雨は、あれから一刻ほどすると随分と弱まり、さらに一刻経ったところで嘘のように止んだ。船頭の話を信じて吉だったということである。

「博多は久しぶりよ」

玄以は博多湾を見渡しながら言った。強烈な船酔いは、嵐が去った翌々日以降、徐々によくなった。今ではこうして感嘆を漏らす余裕がある程度には快復したらしい。

「残念ですが、すぐに向かわねばなりませぬ」

「そうよな」

玄以は悔しそうに言った。彼の管轄は朝廷との折衝、寺社の管理である。故に大半を京で過ごさねばならず、五奉行の中ではもっとも遠方への出張が少ないのだ。

関船が湊に入ると、すでに十数人の男が出迎えに来ていた。その中で一人、他の衆より一歩前に立っている男がいる。

齢は確か当年で五十のはず。眉のあたりの骨が人より突き出し、加えて下顎もやや出ている。一見頑固そうな雰囲気はあるものの、よく見れば愛嬌のある相貌である。

名を島井《しまい》宗室《そうしつ》と謂う。島井家は代々、博多の地で金貸しや酒屋を営んで来た。島津家の九州制覇の野心にいち早く気付き、自身の商いに影響を及ぼすと見るや、遥々《はるばる》安土《あづち》まで足を運んで織田信長に庇護を請うた。信長が死んだ後も、その後継者たる秀吉に加担し、反島津の姿勢で一貫していた。今では博多で一、二を争う豪商であり、豊臣家を財政面から支える重鎮の一人となっている。

「お久しぶりです」

降り立った五奉行の面々に向け、宗室は深々と頭を下げた。

「達者のようで何よりです」

三成が代表して答えた。島津討伐の折、三成は兵糧の運搬を務め、宗室には大層世話になった。故に五人の中では最も昵懇《じっこん》の間柄といえよう。

「五人様揃ってのお越しと聞き、最初は何事かと思いましたが……」

「ご理解頂けましたか？」

「はい。三日前にすでに片桐様の御配下が」

宗室は直接、何が行われるかを聞いた訳ではない。だが博多から肥後まで最速で往来するための策を講ずると耳にした時点で察しが付いたらしい。

「事によっては、島井殿にも苦労を掛けることになるかもしれませぬ」

「いえ、私が蒙《こうむ》ることなど微々たるもの……それに何時かはやらねばならぬことでしょう」

流石に頭が切れる。あくまで肥後は始まりに過ぎないことまで宗室は読んでいる。

「お急ぎでしょう。道すがら」

宗室は手を宙に滑らせた。すでに博多の町の外れに、簡単な厩《うまや》を突貫作業で建てたという。出来るだけ駿馬《しゅんめ》を見繕い、集めてあるとのことだ。

「迅速な支度、痛み入ります。島井殿のほうが余程、奉行に向いておられる」

「私は……」

宗室は恐縮した様子で、顔の前で手を横に振った。

「そうでしたな」

三成は思い出して苦笑した。この島井宗室、

――武士と切支丹《キリシタン》にだけはならぬ。

と、かねてより公言しているのだ。

切支丹については端的に宗旨の違いからである。では、武士になりたくない訳は何か。天下を巡る

争いに巻き込まれて、身代だけでなく、命さえも容易《たやす》く吹き飛んでしまうからである。しかも己の意図していないことで。その無常さが、宗室は堪《たま》らなく嫌らしい。

「ならば、商人のままで奉行を務めるは如何《いかが》ですか？　あくまで商いとして請け負うのです」

「なるほど」

やはり宗室は頗る察しがよい。その短い説明だけで概略は摑んだらしい。

「奉行が行うような仕事を、数ヵ年、あるいは一年単位で請け負う。仕事が済むか、予め決めておいた期日が来れば終わり。これならばあくまでも『商い』の範疇《はんちゅう》からは出ないものと」

三成は眉を上げて薄く微笑んだ。

「確かに。それならば……」

「やって下さいますか。ならば早速、殿に――」

「いや、それでも暫し考える猶予を」

「慎重ですな」

「些《いささ》か武士の域に踏み込み過ぎている御方を見ているもので」

宗室は目を針の如く細め、三成だけに聞こえるほどの小声で囁《ささや》いた。誰のことを指しているのか、瞬時に解った。

「島井殿も同じと？」

三成もまた声を落とす。

「すでに商人の分際を超えているかと。昨年のあの時もひと悶着あったと聞いております」

「鎬《しのぎ》を削るはめになりました」

すでに終わったことなれども、あまりに難儀であったため、思いだすと顔を顰《しか》めてしまう。二人が脳裏に思い描いている男とは、

――千利休。

である。

「すでに大茶人ですな」

三成が言うと、宗室はひょいと首を捻《ひね》った。

「果たして、茶人などという職はあるのでしょうか……」

宗室もまた茶の心得がある。心得があるどころか、当代でも指折りの茶人に数えられている。

「確かに」

三成は妙に納得してしまった。百姓の務めは田畑を耕すこと。商人の務めは売り買いによって物を流通させること。武士の務めは外敵と戦い、争乱を鎮めること。大名は任された地の政を執り、三成たち奉行は天下の政を滞りなく捌くのが本分。では、茶人の務めは何かと問われた時、即座に答えが導き出せなかった。

「別にこき下ろしたい訳ではありません。私も懇意にさせて頂いております故……ただ、危ぶんでいるのです」

宗室の深い眼窩《がんか》の奥、目に熱いものを感じた。利休を失脚させてくれと言いたいのではない。宗室は利休を今のうちに止めて欲しいのだ。そして、それが出来るのは三成たち奉行衆だけだと思っているらしい。

「お気持ちは受け取りました」

「有難く存じます」

丁度《ちょうど》そこで、厩に着いた。真新しい木の香りが漂っている。馬は二十数頭。いずれも堂々たる体軀である。皆が馬に跨《また》がったところで、

「帰りの糧食は整えておきます。皆々様、お気をつけて」

宗室は深々と頭を下げた。博多にはこの宗室がいるから、滅多なことでは問題は起きない。三成は頼もしく思いながら力強く頷いた。

博多の街を抜けるとすぐに広がる田園風景に、春の柔らかな光が差し込んでいる。その中を騎馬の一団が駆け抜ける。長閑《のどか》な景色を切り裂くようにして突き進む。那珂川《なかがわ》に添って南へと下り、道善《どうぜん》、別所《べっしょ》で馬を乗り換えてなおも進んだ。

船に続いて、玄以がまた愚痴を零す。普段、馬に乗る機会が少ない上、躰が重すぎるのだ。

「ひゃっ、こうっ、つうっ――」

正家が悪路に差し掛かる度に謎めいた奇声を上げ、手綱を握る手を激しく動かす。足も落ち着きなく、鐙がかちゃかちゃと音を立てている。

「長束殿、手足を無暗に動かしては危ない」

戦場で活躍しているだけあって、窘《たしな》める長盛は上手く乗りこなす。

「大人しい馬は、優先して長束殿に回したほうがよいな」

そういう長政も幾度となく武功を挙げただけあって、なかなか堂に入っていた。

「次の厩ですぞ」

三成は手綱を引いて馬の脚を緩めつつ言った。右手に成竹山《なりたけやま》が見えてきたところに、厩が作られている。そこに五、六人の武士が詰めているのも見える。

「小早川《こばやかわ》殿の御家中ですな」

馬から降りると、三成は言った。

この厩を管理するのは小早川秀包《ひでかね》と謂う。毛利《もうり》元就《もとなり》の九男で、毛利家と羽柴家の和睦の際には人質として大坂に送られた。以後、羽柴家の預かりとして、小牧長久手の戦い、四国征伐などにも参陣している。兄の小早川隆景に子がなかったことからその養子となっており、今では養父とは別に筑後《ちくご》三郡七万五千石を領している。養父が不在のため、その領地内の厩の支度も担っている。

秀包の家臣のうち、最も年嵩《としかさ》の者が案内をする。他の家臣たちは、五奉行らがこれまで乗って来た馬の轡《くつわ》を取り、代わりに新たな馬を曳いて来る。

「ご苦労であった。では」

「暫しお待ちを」

先を急ごうとした時、年嵩の武士が止めた。

「主君より右衛門尉《うえもんのじょう》様に」

長盛に一通の書状が手渡された。秀包は人質時代に紀州征伐にも参加していたことがあり、長盛と関りが深い。五奉行はそれぞれ役目の中で太い人脈が出来ているのである。

直ちに返事を書けぬことを詫びた後、長盛は謝辞を述べた。

また一行は隈本を目指して進み始める。ここからは五《ご》ケ山《やま》の山間を抜ける嶮《けわ》しい峠道が続く。峠を越えるまではこの馬で行くしかなく、些か脚を緩めざるを得ない。

「小早川殿は何と？」

厩が見えなくなったあたりで、真っ先に玄以が長盛に尋ねた。

「数日前から、筑前、筑後で怪しい一団を見た者がいる。賊であるかもしれぬと」

「肥後の者だな」

長政が前を見据えつつ断言した。一揆に加わっていた国人らの残党という意味である。それらが己たちの命を狙っているというのだ。

「そこまでするでしょうか」

三成は疑問を投げかけた。九州はまだ戦乱の匂いが濃く残っており、追剝《おいはぎ》、山賊の類も少なくはないと報告を受けている。秀包が教えてくれたのはそのような連中ではないか。肥後の国人が、他国まで密行して己たちを狙うとは考えにくい。

「あやつらの念の深さを侮っていると、足を掬《すく》われることになるぞ」

「仮にそうだとしても、何故我らが肥後に向かうことを知っているのです」

五奉行が肥後に向かうのは別に秘事という訳ではない。下奉行、さらに下役、それぞれの家臣にも伝えていることである。

ただ、肥後の連中は知らぬはずなのだ。漏れ伝わっていたにしても、そこから襲撃計画を立て、他国に入るなど明らかに早すぎる。三成らが下奉行に伝えてから二、三日のうちに肥後に走らねば間に合わない。

「確かに。我らを狙うは訝《いぶか》しい」

「やはり関りがないのでは？」

「いや、お主は甘い」

長政の言いざまに、三成は反感を覚える。長政は肥後国人が何かを企んでいると決めつけているが、今の状況に鑑みると、やはり関りがないと考えるほうが自然である。

この件、長政は異様なまでに頑なである。好きだとか、嫌いだとかという前に、ここまで視野が狭くなっては、危うさを感じずにはいられなかった。

——思い過ごしであろう。

木々に覆われた薄暗い峠道を抜けたところで、三成は改めて思った。仮に肥後の国人が己たちに危害を加えようと待ち構えるならば、この峠道だっただろう。

馬を乗り換えさらに南下すると、やがて筑後川に行き当たった。すでに陽は中天に差し掛かっており、高い陽の光に川面《かわも》が煌《きら》めいている。

三成は片桐且元と相談して渡し舟も手配していた。ここでまた馬を捨て、二艘の舟に分かれて筑後川を渡る。対岸には、新たな馬のいる簡素な厩がある。そこで十頭目となる馬の鞍《くら》に腰を据えた。

まだ隈本までの道半ばにも達していないが、ここからは平坦な道が続くため、これまでの行程と掛かる時はほぼ等しい。柳河を通って、海沿いに出てからは右手に海原を見ながら進むのだ。

難所の峠と筑後川を越え、皆がほっと息をついたところで、東側に砂塵が上がっているのが見えた。

「小早川殿の家臣ですかな？」

玄以が目を凝らす。間もなく小早川家の領内を抜ける。他に何か伝えるべきことがあり、慌てて使者を走らせたのではないかと考えたのであろう。

「治部《じぶ》」

長盛が顎をしゃくった。西側からも砂塵が上がっている。

「間違いない。駆けるぞ！」

長政が吼《ほ》えた。普段とは全く違う雷鳴の如き声に、皆が一斉に馬を駆り始める。

「正気か」

三成は左右を見て、迫りくる衆を確かめつつ呟いた。

幾ら長政が注意を促そうとも、今の今まであり得ないと心の何処かで思っていた。すでに肥後国人たちには厳しい処置が取られているが、五奉行たちを襲うなどすれば、妻子や、関りのない百姓までが鏖《みなごろし》にされてもおかしくない。そのような、童《わらべ》でも解ることをしでかすなど、正気とは思えない。

「拙者は西側、増田殿は東に気を配ってくれ！」

「承知」

長政が叫び、長盛が応じる。五奉行の中では、兵を率いて戦場に出た回数はこの二人が抜きんでている。三成は自らの馬を駆るのに必死で、瞬時にそのような指示は出せなかった。

「数は……」

「西側が二十二、東側が十九でござる。あっ――」

長政の呟きに、正家が即座に答える。正家は計算だけでなく、数を把握するのにも長けている。近目の三成と違い、目も頗る良い。だが左右を向いたせいで体勢を崩し、落馬しそうになる。

「落ち着け」

三成は思わず手を伸ばしながら呼び掛けた。

「どうする！　このままでは追い付かれるぞ!?」

玄以が喚いた。他の者よりも目方が重いため、玄以の馬はすでに息が荒くなり始めている。

「我々が！　皆々様はその間に少しでも遠くに！」

若い下奉行の一人が囮《おとり》役に名乗り出た。

「ならぬ!!」

珍しく五奉行の声がぴたりと揃った。天下の政において、己たちが重要な存在だと皆が自負している。だが、彼ら下奉行の面々も将来を背負って貰わねばならぬ大事な存在。まだ諦める段には来ていない。際《きわ》の際まで粘るのは、それぞれ日頃の役目で慣れている。

「何故、ここで……」

振り返って、長盛が忌々《いまいま》しそうに零した。見通しの良い平野である。何故、両側に鬱蒼とした森の広がる峠道で襲ってこなかったのか。

「恐らく切れ目だからでしょう」

その点に関しては、三成はすでに推理を終えていた。

「なるほど。そういうことか」

長盛もそれで察する。

大名領内の警備は厳しい。特に九州の大名たちは、先の肥後国人一揆以降、取り締まりを強めている。現に小早川秀包は胡乱《うろん》な一団の動きをいち早く捕捉した。だが、結局捕まえられなかったのは、その者たちが気付かれたと悟って逃げたからであろう。今通って来た峠道とて同じ。地形的には襲撃しやすくとも、小早川親子の領地のど真ん中にあるためなかなか近づけないのである。

その点、ここは違う。筑後川は小早川領と、他の大名の領地との切れ目なのだ。合戦に明け暮れていた頃ならばともかく、今では国境の警戒はかなり緩くなっている。長大な国境を見張るには、大抵は相当な費えが掛かるし、農村、城下を見回るだけでも曲者《くせもの》を見つけるには十分であるため、そちらに力を割くのが今は普通である。

肥後の国人連中は、その隙を衝いた。むしろそれしか方法が無かったともいえよう。

「駆けよ、駆けよ。挟まれることだけは避けるのじゃ」

長政が皆を叱咤《しった》する。左右から挟撃を受けてしまえば、圧倒的に不利となる。せめて前へ出て、敵に背後を追わせる恰好になるまで持って行きたいということである。

「皆、刀の扱いは!?」

斜め後ろを振り返りながら、長盛が短く訊いた。

下奉行の者たちは、一様に真っ青に染まった顔を横に振る。奉行になろうという者は大半が武に自信が無い。だからこそこの道での出世に望みを掛け、日夜励んでいる。

「拙者、刀は握り方も――」

「知っておる！」

その中でも、最も武芸の心得がなさそうな正家が答えかけるのを、長盛は鋭く制した。三成と長盛の目が合った。三成は口をぐっと結び、首を重く傾《かし》げて見せる。

三成も正直、自信が無い。小姓時代に槍や刀の修練は積んだが、皆の中で最も筋が悪かった。

「前田殿、躰を低く。前だけを見つめるのです！」

長政の助言に、玄以は素直に前傾になる。

左右から敵が迫り、迫る。五奉行ら十騎余が逃げ、逃げる。

「急げ！　逃がすな！」

「ここで仕留めるのだ！」

敵の声も耳朶《じだ》に触れるほどの距離まで詰められている。多くの蹄《ひづめ》の音が入り混じり、舞い上がった砂塵で視界も曇り始める。

「抜けたぞ！」

長政が叫んだ時には、長盛は殿《しんがり》になり、片手を離して腰の刀に手を掛けていた。閉まりゆく門の僅かな隙間から飛び出したかの如く、一行は左右の敵の間を駆け抜けた。

だが、まだ危難が去った訳では無い。後ろから追いかける者の先頭は、僅か十五間《けん》まで迫っている。奉行衆のほうが馬の質は良いだろうが、総じてその扱いは敵の方が長けているので速さは互角。ここからは我慢比べになると思った矢先である。

「あっ！」

と、正家が裏返った声を上げた。向かう先のほうにも砂塵が立っているのが見える。数は三十騎ほどか。

「これまでか」

玄以が無念そうに呻く。

「いや、違う！」

長政の叫ぶ声には悲壮さが消え、喜色が滲んでいた。

「そのまま駆け抜けられよ!!」

こちらに向かう集団の中から、雷鳴の如き咆哮で呼び掛ける者があった。背後の敵も明らかに動揺してどよめいたが、獲物である三成たちが目前であるため諦め切れず、追い縋る。

前方の集団と半町、十間、五間、ぐんぐんと距離が詰まっていき、まさに擦れ違わんとする刹那、先ほど叫んだ男が不敵に口角を上げ、

「ご安心を。蹴散らします」

と、言った。低いがよく通る声である。

「西国無双……」

三成は喉を鳴らした。

秀吉がその称号を与えて絶賛した若き武士、立花宗茂である。宗茂は稲妻の速さで太刀を抜き、再び高らかに吼えた。

「我が領内での狼藉を許すな!!」

立花家の武士が一斉に喊声を上げて突撃する。賊たちの顔は恐怖に歪み、動きが乱れた。戦の趨勢を見る目の無い三成でも、勝負の行方は明白に思えた。

一閃。その言葉が相応《ふさわ》しい。立花家の軍勢は一つの大きな太刀の如く、敵勢を真っ二つに切り裂いた。

宗茂自身も自ら太刀を振るって敵の首をかき切り、返す刀で貫き、鐔《こじり》で兜を突いて馬から叩き落とす。個の武勇は並居る大名の中でも突出しているであろう。

賊たちは抗う意志を見せたのも束の間、蜘蛛《くも》の子を散らすように逃げ出した。

「逃すな。捕らえられる者は捕らえよ」

宗茂が厳かな口調で命じる。裏を返せば、

――捕らえられぬならば斬れ。

と、いうことである。

あっという間に勝負はついた。息のある者が縄を掛けられていく中、三成らは少し離れたところから茫然とその様子を見ていた。そこへ馬首を巡らせ宗茂がやってきて、

「お怪我は」

と、まず短く尋ねた。

「いや、誰も」

三成が答えると、宗茂は安堵したように頰を緩める。その笑みがまた爽やかで、先ほどまでの修羅の如き凄まじさは微塵も感じさせない。

「安心致しました。まだ賊が潜んでいるかもしれず、馬上でご挨拶する非礼をお許し下さい」

宗茂の背筋は鉄心でも入っているかのように伸びている。それでいて柔和な顔で、ゆっくりと皆を見渡す。見惚れるほどの男振りに、下奉行らから溜息が零れる。

「お初にお目に掛かる御方も……立花宗茂にございます」

馬上の宗茂は深々と頭を下げた。

三成、正家の二人は、島津討伐の折、兵糧奉行を担ったこともあり、宗茂とは面識がある。長政は秀吉本隊の脇備えとして出陣していたので、やはり宗茂を知っている。畿内で後方支援を務めた長盛、京で朝廷との調整役を担った玄以はこれが初めてのはずである。

「まことに助かりました」

長政が礼を言うと、

「こちらこそ遅くなり、申し訳ございませぬ」

宗茂は恐縮したように眉間に皺を寄せて返す。本日、宗茂のもとに小早川家から、

――胡乱な者たちが領内で散見された。

と、報せが入った。その時、宗茂は領内の百姓の嘆願に耳を傾けている最中であり、代わりに家老の一人が書状を受け取ったという。

仮にそれらが肥後国人の残党であったとしても、小早川家の領内でのことである。家老は立花家も警戒を強めるように指示を出したものの、奉行衆が襲撃を受けることにまでは考えが及ばなかったらしい。百姓との面会を終えた宗茂は、件《くだん》の報告を受けるや、

――互いの領地の境に達した時を狙って来るかもしれぬぞ！

と家老を咎《とが》めるよりも早く、自ら馬に跨って単騎で駆け出したという。立花家の者たちは慌てて続き、一騎、二騎と追い付いて筑後川に至ったという訳である。

「そこまで……」

咄嗟に気が回ったのかと、長盛は噂に違《たが》わぬ宗茂の才気に舌を巻いた。

「臆病な性質《たち》なのです。家臣が思い及ばずこうして遅参したこと、お詫び申し上げます」

「頭をお上げ下され」

宗茂が再び頭を下げようとするので、三成を始め、皆でそれを押しとどめた。

「僭越《せんえつ》ながら、これより隈本までご同行させて頂けませぬか。我ら、豊家《ほうけ》には言葉に尽くせぬ御恩がありまする」

宗茂は柔らかな口調で言った。護衛を務めるということであるが、こちらの顔を立てるため、敢えて自らが「同行したい」という形を取っている。武勇だけでなく、気配りも一流である。

「是非」

「かたじけなく存じます」

宗茂はまた、蒼天を思わせるような笑みを見せた。感謝を述べるのはこちらのほうであると、この

時ばかりは五奉行全員が同じことを思ったに違いない。

「その前に、問い質《ただ》しましょうか」

宗茂はちらりと、捕らえられた賊たちの方を見た。首謀者は誰か。残党はいるのか。いるならば何処に潜伏しているのか。白状するかはともかくとして、訊きたいことは山ほどあった。

三成らは馬から下り、すでに縄を掛けられた賊たちのもとへと近付いていった。生け捕りに出来た者は五人。そのうち二人は傷が深く、話せるような状態ではない。残る三人は一様に地に膝を突かされて、恨めしそうな目で見上げる。誰が尋問をするか。真っ先に口を開いたのは、政権において司法を担う長政であった。

「浅野弾正少弼《しょうひつ》じゃ」

長政が名乗るが、三人の表情にはさほどの変化はなかった。長政は微かに顎をしゃくる。三成、長盛、玄以、正家と順に名乗った。が、やはり賊たちは驚くような様子は見せない。

「なるほど。我らが来ることは知っていたらしい。これだけでも大きな収穫だ」

長政は感情を込めずに言い捨てた。すると、ここで初めて三人の顔色が変わる。しかも同時に。実に解りやすい連中だ。打ち合わせをするまでもなく、三成らも長政の意図を悟って合わせたのである。

長政は間を取った。ここからどう切り崩していくかを思案しているようだ。しかし、その間に正家が口を開いた。

「誰の差し金ですかな？」

あまりに単刀直入である。これでは口を割らぬだろうと三成は思ったが、

「隈部殿だ」

と、賊の一人が即答したので、逆にこちらが吃驚して顔を見合わせる。

「隈部親永の一族か」

長政が鋭く訊く。

「いいや」

別の痩せぎすの賊がにやりと笑い、首を横に振る。すると口髭を蓄えた残る一人が不遜に言い放った。

「隈部親永殿ご本人よ」

「馬鹿な。あり得ませぬ」

と、声を上げたのは五奉行の面々ではなく、背後に立つ宗茂であった。一揆の鎮圧後に捕えられた隈部親永を預かっているのは、何を隠そう立花宗茂なのだ。

「城の中に作った牢に押し込め、厳重に見張りを立てております」

隈部を預かると決まるや、宗茂は居城の柳河城に牢の建築を命じた。柳河城に限らず、牢を持つ城はほぼ無いであろう。罪人は直ぐに斬られるか、暫し尋問することになっても何処かの部屋に押し込め、監視するので十分だからである。だが宗茂は隈部だけは絶対に逃がしてはならないと考え、急いで牢を作らせたというのだ。

牢は大小の二つ。大きなほうには隈部の重臣、近臣、その他に一揆の中心になった国人たちを二十人ほど入れてあるらしい。もう一つの小さな牢には、隈部ただ一人だけを入れた。どちらも昼夜問わずに監視しているという。

「失礼は承知でお尋ね致します。家中に内通する者は」

長政は細く息を吐いた後、低く訊いた。宗茂の眉間がぴくりと動き、両者の間を抜ける風が震えたような錯覚を受ける。

「断じて居らぬと。牢を見張るのは当家きっての忠臣。万が一のことがあれば、拙者も腹を切る所存」

絶大な信頼と、壮絶な覚悟である。とてもではないが、嘘を吐いているようには思えない。

「なるほど……解り申した」

長政も宗茂がそのような男だと思ってはいない。そもそも一揆に加担しているのならば、三成たちを助ける道理があるか。唯一あるとすれば、一揆を扇動し、それをまた宗茂自らが鎮圧して功を挙げたように見せることだろう。

だが露見すれば、一瞬で立花家が吹き飛ぶ。秀吉の直臣に取り立てられた今、そのような危険を冒す必要はない。ただ司法を担う長政としては、嫌疑があれば訊かねばならぬのだ。

「離間が狙いでしょう」

三成は三人の賊を順に見やった。隈部から指示が出ていると言えば、それを預かる宗茂にも疑惑が掛かる。そのように画策して口から出まかせを言っているとしか思えなかった。

「確かに隈部殿から書状が来ているぞ。貴様ら奉行が隈本に向かうことも筒抜けだ」

痩せぎすの賊が不敵に口角を上げる。

「それこそが立花殿が関与していない証左。我らが隈本に向かうことを、隈部が察知出来るはずがない。この賊たちが虚言を弄しているか、隈部の名を騙《かた》る何者かに操られているかのどちらかでしょう」

三成は冷ややかに断じたが、それでも賊たちは全く動じる気配を見せなかった。その内、口髭の賊がくくと笑い出し、やがてそれは高笑いに変わった。

「何がおかしい」

長政が凄むと、口髭は妙にぎらついた目で睨みつけた。

「お主ら、立花家に囚われているのが、真に隈部親永殿だという証はあるのか？」

皆が絶句する。それならば話の根本から変わって来る。

「立花殿、如何ですか」

長政が不安げに尋ねた。

「改めて順を追ってお話しします」

隈部の籠もる城村城を攻略した軍勢の中に立花家もいた。猛攻に次ぐ猛攻を加え、いよいよ残すは本丸のみとなったところで、隈部は女子供の助命を条件に降った。本丸に真っ先に入ったのも立花家の者。そこで隈部とその一族、重臣らを捕縛したのだ。

「その時、すでに隈部が落ち延びていたということは？」

これまで黙然と思案していた長盛が口を開いた。

「いえ、隈部を捕らえた後、面通しもしております」

当初から身代わりを差し出し、隈部が逃亡を図ったという線も宗茂は考えていた。それ故、隈部の領内の百姓たちに顔を確かめさせた。老若男女問わず百人ほどに見せたが、どの者も異口同音に、これが隈部である、と証言したのである。

「ただし……」

宗茂が重々しく口を開いた。

「その百姓全てが嘘を吐いていないとは言い切れませぬが」

誰もが口を閉じたままである。かようなことは有り得ない。そうは思うものの、一分、いや一厘でもその線があるのではないかという疑念が過ぎる。

「真に隈部親永かどうか。確かめましょう」

三成が提案すると、長盛が応じる。

「それがよさそうだ。これより二手に分かれるか？」

このまま一刻も早く隈本に入る一手と、柳河城で隈部に尋問をする一手である。柳河城に立ち寄っても少し道を逸れるだけなので、明日には隈本で合流出来るだろう。

「儂が柳河に行こう。人の嘘を見抜くには些か自信がある」

そう言ったのは玄以である。古くより朝廷、寺社には魑魅魍魎《ちみもうりょう》が跋扈《ばっこ》するという。日頃からそれに対峙する玄以は適任に思われた。

「増田殿も行けますか」

三成は長盛に話を振った。一瞬、目での会話が二人の間で交わされた。

「解った。では、御三方はこのまま隈本に。立花殿、よろしいか？」

「御意のままに。我らも二手に分かれます」

二手に分かれ再び進みながら、三成は馬に揺られる長政の横顔をちらりと見た。沈痛な面持ちであり、やはり何処か様子がおかしい。

――まさか、それはあるまいな。

心中で三成は問い掛けた。

五奉行が隈本に向かうことを知っているのは僅かな者。当然、その中には当事者である長政も含まれる。三成は長政が嫌いであるが、長政が豊臣家に弓を引くような真似をするとは思えない。とはいえ、この一件に臨む長政に常とは違う何かを感じているのは確か。故に先ほども、

――浅野殿を行かせてはならぬ。

と、長盛に目で訴えかけたのだ。

すでに陽は大きく西に傾いていた。遠く南にはどんよりとした灰色の雲が見える。まるでこの先の難事を暗示しているかのようで、三成はぎゅっと手綱を握りしめた。

当初は夕暮れ時には隈本に入る予定であったが、賊の襲撃などにより時を奪われてしまったため、

三成らが着く頃にはすでに辺りは闇に覆われていた。

「遠路はるばるお越し頂き、恐悦至極に存じ奉ります」

一行を一人の男が出迎えた。齢は五十ほど。鬢《びん》のほか、蓄えた顎髭にも白いものが混じり、少し垂れた目尻、団子鼻、やや突きでた頬骨には肉が乗っている。好々爺というにはまだ些か早い気もするが、人の善さが滲み出ているような柔和な顔付きである。

「出田《いでた》殿、お出迎えありがたい」

まず面識のある三成が応じた。先の一揆には、肥後国人の大半が与したが、豊臣家に味方した者も僅かながらいた。出田一要《いちよう》もその一人である。

「拙者はここで。また必要とあらば、いつでもお呼び下さい。では」

宗茂は白い歯を覗かせ会釈をすると、軽く手を挙げて帰路に就く旨を配下に命じた。宗茂たちが去って行くのを見送り、頃合いを見て出田が口を開く。

「まずはおくつろぎ下さい。お食事の用意も整っております」

出田に案内され、隈本城の中に誘われる。隈本城は佐々成政の城となっていたが、謹慎の身である今、この出田が城代を務めている。

「甥御は息災に過ごされていますか」

案内されている途中、三成から話し掛けた。

「豊臣家のご厚誼《こうぎ》、痛み入ります」

出田は足を止めて深々と頭を下げた。

今、出田の甥、城久基《じょうひさもと》は大坂にいる。いわゆる人質である。通常は当主の一族を人質に差し出すのだが、当主である城久基が人質になっているのだ。叔父の出田一要はその家臣に当たる。

「由緒ある城家が守れたのは何よりです」

三成は改めて言った。出田は二度、三度頷き、再び歩み出した。

城家は元々、平安以来の名家、菊池《きくち》家の一族である。やがて肥後国山鹿郡城村に根を張るようになり、地名より姓を取った。久基の祖父、出田にとっては父にあたる城親冬《ちかふゆ》の時代より、この隈本城を任されるようになった。つまり隈本城は、かつては城家の城であったのだ。

城家の者は機を見るに敏であるらしい。元来、城家は大友家の庇護の下にあった。だが、隣国の竜造寺家が勢力を伸ばして来た時、大友家は積極的に助けてくれぬと見て、久基の父、城親賢《ちかまさ》は島津家の傘下に入って対抗した。

それでも竜造寺家の勢いは止められず、天正八年（１５８０年）には在地の国人に大敗を喫してしまう。翌天正九年には今度は島津家を見限り、竜造寺家の麾下に入って生き残る道を選んだ。その年の暮れ、親賢は病を得て他界した。

家督を継いだのは、現在の当主、久基である。当時、まだ六歳の幼子だったため、後見を務めて実質の指揮を執ったのが、先代親賢の弟で、一族の出田家に養子に入っていた、この出田一要である。

出田もまた兄のように、いや兄以上に先を見通す目を持っていた。一時は竜造寺家に屈したものの、島津家が膨脹し始めたと見るや、再びそちらに転じる。天正十二年の沖田畷《おきたなわて》の戦いで、島津家は竜造寺家当主の隆信《たかのぶ》を討ち取る大勝を挙げているので、その読みは見事に的中したことになる。

だが豊臣家が島津家の討伐を決めるや、肥後国人衆の中で真っ先に馳せ参じて、

——以後は豊臣家の差配に従います。

と、忠誠を誓った。

その時、三成もその場にいた。まだ豊臣軍は九州に上陸したばかりで、肥後に至ってもいない。肥後にもこのように先を見る人物がいたのかと、些か驚いたのを覚えている。

しかも出田は、まだ齢九つの甥にして当主の久基を人質として差し出した。秀吉を始め、豊臣家の

誰もが、

——出田は城家を乗っ取るつもりか。

と、邪推した。幾ら幼いとはいえ、当主が人質になるなど聞いたこともなかったからである。だが、それは誤解であるとすぐに解った。

「拙者、これより肥後に舞い戻り、ただひたすらに耐え忍ぶ所存」

出田は熱の籠った声で言い切ったのである。

肥後国で早々に豊臣家に付くと決めたのは城家のみ。結果として周囲の国人たち、島津家からの猛攻に晒されることとなる。とてもではないが幼少の久基では乗り切れないし、何より豊臣軍が到達するまでに、城家が攻め滅ぼされることは十分にあり得る。故に人質にすることで久基を一旦逃したいと考えたのだ。他家の者が指揮を執れば十のうち十が滅びる。だが出田は己ならば十のうち、一か二は豊臣軍が駆け付けるまで耐えきれるかもしれぬと思っていたようだ。

結果、豊臣軍の優勢が伝わると共に、肥後国の中でも徐々に寝返る国人が出たことも幸いし、出田は持ちこたえることが出来た。島津討伐では立花家の功績がよく語られるが、この出田の働きは勝るとも劣らぬものといえよう。

島津家が降った後も、城久基は大坂に在り続けた。

——そろそろ肥後に返してもよい。

秀吉は翌年にはそう言ったのだが、出田はこれを丁重に断った。久基が肥後に戻っても、やはり実際に政を行うのは出田となる。それよりも秀吉の側《そば》近くにいたほうが、久基にとっても、城家にとっても益するところが大きいと考えたのだろう。事実、大名の子弟で人質として大坂に在って、秀吉に仕えたことで出世の糸口を摑む例は間々あった。この点においても、肥後国人の中で先を見るのに最も長けていたと言える。

こうして城家は重要な地である隈本城は明け渡したものの、その領地の大半は安堵、新たに代替地を与えられ、佐々成政の家臣に組み込まれることとなった。

「まずはこちらで」

出田は城内にある屋形の一室に案内した。奉行ごとに個別に部屋は用意されているらしいが、まずはここで食事を取り、今後の相談もすることになるようだ。

暫くすると、膳が運ばれて来た。飯、汁の他に菜の和え物、搗栗《かちぐり》、そして小ぶりだが鯛が一人に一尾という豪華なものである。

「お召し上がり下さい」

出田が朗らかな声で勧めた。鯛に箸を付け、三成は口に入れた。

「美味いものですな」

程よい焼き加減であるが、何より鯛そのものが美味い。身がぎゅっと締まっており、嚙めば嚙むほどに旨味が染み出て来る。

「先の一揆で湊も荒れましたが、ようやく漁師も安んじて魚を獲れるようになりました」

出田はしみじみと言った。

「よくぞご無事でしたな」

長政が嘆息を漏らす。肥後国人一揆には、国内の九割方の国人が加わった。城家は誘いを蹴った残る一割の家。出田は城久基の名代として佐々成政に従い、一揆鎮圧のために戦った。

「皆々様のおかげでございます」

実際、豊臣方の対応が遅れたせいで、当初は劣勢を強いられ、味方の国人たちは滅亡の危機に瀕したことも幾度となくあった。だが出田は不満の色を一切見せずに神妙に礼を言う。

「ところで……此度は如何なる訳で五奉行のお歴々が揃ってのお越しとなったのでしょうか。余程の一大事が出来したと愚考致しますが……」

出田が奉行の面々を見渡す。三成は出立の二日前に出田に向けて書状を出したのだが、詳しい経緯は着いてから話すとしていた。隈本に来た理由を三成が詳《つまび》らかに説明し、全てを聞き終えた出田は険しい顔で顎を撫でた。

「なるほど。それはかなりの反発が考えられますな」

「実は、すでに」

長政がここに向かう最中、肥後国人の残党を名乗る者たちの襲撃を受けたことを明かした。

「それは誰の手の者でしょうか」

出田は声を落として尋ねた。一揆に参加せず、所領安堵を受けた城家のような国人も僅かにいる。襲って来たのはその手の者なのか、あるいは先の一揆で暴れた国人の残党なのか、それによって、大いに状況は変わって来るということである。

「どうも一揆の残党らしい。隈部親永の指示で動いていると」

「あり得ないでしょう」

出田は苦笑し、首を横に振った。隈部親永が立花家に囚われているのは、出田もまた重々承知のことなのだ。

「我らもそう思っています。増田殿、前田殿が念の為に隈部当人か否か訊問するため、柳河に向かいました。明日には隈本に入るでしょう」

「隈部でないとなると……隈部を騙った何者かが指示を出しているということで？」

出田の頬が引き攣《つ》っている。城家は肥後国人一揆に加わった者たちからは、裏切者と酷く恨まれている。自身にも火の粉が降り掛かることを恐れているのだろう。

「ただ……訝しいことがあるのです。我らの動静が、何処からか漏れていたようなのです」

出立した時点では、五奉行が肥後に向かうとの噂は京にすら届いていなかった。しかし状況から考えると、賊はすでにそのことを知っていたと見て間違いない。何処から漏れたのかが皆目解らないのだ。

「九州の者で事前に知っていたのは、島井宗室殿、小早川隆景、秀包親子、そして立花宗茂殿の四人」

三成は言葉を継いだ。継立の馬を仕立てるため、この四人には片桐且元により事前に五奉行が向かう旨を伝えてある。このうちの誰かから漏れたとしか考えられない。

「拙者も存じ上げていましたが……」

出田が言い掛けるのを、三成は手で制した。

「いや、出田殿に報《しら》せる書状を出したのは、出立の二日前のこと。出田殿が賊に知らせることは、あり得ぬのです」

今、肥後は日ノ本で最も繊細な土地である。出田を疑う訳ではないが、何処から漏れぬとも限らぬため、際の際まで伝えるのを待った。二日早く書状を携えた使者が発ったが、件の大雨で船が遅れ、博多に着いたのは三成たちが到着する前日だった。その頃には小早川領内をうろつく賊らしき者がいたということなので、時系列からして出田が指示を出すのは不可能なのだ。

「なるほど」

出田は得心するとともに、己への嫌疑が晴れたことに安堵の息を漏らした。

「今後も横槍を入れてくるでしょう。その四人と懇意の国人に心当たりはないでしょうか」

三成は本題に切り込んだ。出田は顫に手を添えて暫し考えた後、二、三度頷いて答えた。

「あります。まずは小代親泰《しょうだいちかやす》です。これは立花殿と親しいかと」

肥後の南部、葦北《あしきた》郡津奈木《つなぎ》の領主である。島津討伐の折、島津家と領地が近いにも拘わらず早くに豊臣家に従い、肥後国人一揆でも鎮圧側に回った。しかし、一揆軍のあまりの凄まじさに館を捨てて脱出。立花軍に駆け込み、肥後の案内役を務めた。一揆の収束後は、四千石余の元の領地を安堵されている。

「二人目は多久宗員《たくむねかず》。元は隈部の腹心の一人です」

隈部家家臣で、鹿本《かもと》郡鴻《こう》ノ巣《す》館の領主である。隈府城の戦いの折、寝返って門を開いた。これによって一気に鎮圧軍が雪崩れ込み、隈部親永は遁走することになる。

この多久の調略に当たったのが小早川秀包だった。身命を賭して御身を守るから内応しろと働きかけたという。一揆収束後、秀吉は多久に斬首を命じようとした。しかし、秀包は自らの功を擲《なげう》ってでも約束を果たさせて欲しいと願い出た。秀吉はその意気に感服し、領地こそ削ったものの多久を許したという経緯がある。多久は秀包を命の恩人だと感謝しているらしい。

「三人目は……名和顕孝《なわあきたか》」

出田は先の二人より、やや躊躇《ためら》いがちに名を口にした。

八代《やつしろ》郡を治める領主である。名和家は城家と同じく、島津討伐の折に真っ先に豊臣軍に降伏の旨を伝えた。その後、城家と共に島津家の猛攻にも耐え、佐々成政の家臣団に組み込まれた。出田にとっては、いわば盟友ともいえる男なのだ。一揆にもやはり加わらず、城家と並んで佐々軍の中核を成した。名和は小早川隆景に敬服しており、

――佐々殿でなく、小早川殿の家臣になりたかった。

などと出田には漏らし、実際、頻繁に書状の往来があるらしい。

「最後は相良頼房《さがらよりふさ》でございます」

これまで出た名の中で最も大物である。国人と言うよりは大名と言ったほうが適当だろう。戦国期、相良家は肥後の盟主のような存在であった。だが島津家の威勢には抗えず、やがてその傘下に降る。

しかし時勢を見るに長けた家臣たちが鞍替えするように進言し、秀吉の陣に赴いて旧領の安堵を切願した。すんでのところで許され、所領は守られたのである。

先の一揆に際して、佐々成政は島津家が裏で糸を引いているのではないかと疑心暗鬼に駆られ、相良家に島津家の肥後入国を阻止させた。実際のところ、島津家は援軍に向かっていたのだが、これを遮られたことで一揆はより深刻化したのである。相良家は秀吉に成政の命であると釈明しに向かったが、この時に仲を取り持ったのが島井宗室だった。結果、和解し、相良家は危機を逃れた。故に島井宗室には深い恩義があり、以後も交流は続いているらしい。

「四人ともに繋がりがあるか……」

長政は額を手で押さえて溜息を零した。この四人のうちの誰かが、五奉行が肥後に入ることを洩らし、「隈部親永」を装って残党をけしかけたという推理である。

「刀狩りと悟られぬようにやるしかありませぬな」

三成が言うと、長政は項垂《うなだ》れるように頷いた。

立花、小早川親子、島井のいずれにも、五奉行が今回、隈本に入る目的が刀狩りであるとは告げていない。だが、島井が言い当てたように、皆ある程度の予想はついているだろう。とはいえ、立花らと繋がりのある国人たちは、知らぬ態を決め込まねばならない。知っていては繋がりを認めるようなものだからだ。これは刀狩りだと公言出来ぬ以上、そうとは悟られぬ手法でもって一気に成し遂げる。これ以外に方法は無いだろう。

「如何」

三成が迫ると、

「仕方あるまい」

と、長政は渋々といった様子で応じ、

「良いと思います」

正家は箸を上げつつ応じた。

翌日の昼前に、柳河から立花家の兵に守られて、玄以と長盛が到着した。

「話して来た」

玄以はまず皆に向けて言った。

昼間でも青みがかったような薄暗い土牢《つちろう》。中には四枚の畳が布《し》かれており、隈部親永はそこに胡坐《あぐら》を掻いていたという。

「随分と痩せていた」

長盛がその様子について話した。

秀吉から処刑の命は出ておらず、詮議が続くかもしれぬこともあり、宗茂はきちんと飯を与えている。それでも流石に衰えがあるのか、隈部は捕えた時よりもかなり痩せ細っていた。だが、未だ目だけは爛々としており、周囲には妖気にも似た異様な雰囲気が漂っていたという。

「まず、隈部で間違いはないだろう」

長盛は隈部と話す前から、その監視の有り様を見てそう思ったという。宗茂は昼夜を問わず四人の者に見張らせている。それも常に決まった者ではなく、見張り役には三日前に伝える。私語は一切慎むように命じられ、隈部から何か用がある時や、一揆についての申し開きが無い限り、一言も発しない。それは見張り同士が互いに証言しているし、交代の時にはその日のことを逐一記録しているという。

宗茂が何故そこまでするのかといえば、秀吉にあらぬ疑いを掛けられぬため。もし嫌疑が掛かった時に潔白を示すためであろう。戦場で鬼神の如き働きをするだけでなく、細やかな配慮、処世術も身に付けている。やはり宗茂という男には、欠点らしい欠点が見当たらぬ。

「で、隈部は何と？」

三成が訊くと、玄以は顎を撫でつつ答えた。

「己の指示で動いていると嘯《うそぶ》きおった。じゃが、あれは嘘だ」

玄以は格子越しに名乗った後、ひたすら無言を貫いた。天下の五奉行が、しかも二人も柳河に来て面会までしているのに、何も語らないのだ。隈部は相当不気味に思っただろうし、処刑の日程が決まったのだと真っ先に考えたに違いない。実際、隈部は、

——何時《いつ》だ。

と、玄以に向けて訊いた。何時、処刑が行われるのか、という意味である。その後、玄以が肥後国人衆の襲撃を受けたこと、彼らは隈部の指示で動いていると訴えたことを告げると、

——そちらの方か。しくじったのは無念である。

そう言って、不敵な笑みを浮かべたらしい。

「これで嘘と知れた」

玄以は淡々と話した。もし真に隈部が牢の中から国人たちをけしかけたならば、彼らの行方のほうが気に掛かるものと思われる。己の死はとっくに受け入れている中で、見張りが厳重な牢から、苦労して何らかの方法で繋いだのならば猶更である。だが隈部は玄以が口を開くまで、一切その話はしなかった。

誘い水に乗って話を合わせたものの、一瞬ではあるが隈部の顔に驚きの色が走ったのも見逃さなかったという。玄以はさらに自身の見立てを話す。

「こちらも話を合わせて、如何に繋いだのか、他に指示をした者はいないのかなどを繰り返し問うたが、無駄だった」

隈部は殺されても教えるものか、恐々とするがいいと悪態をついたり、時に高笑いをしたりなどし

て何も答えようとはしなかった。これは答えないのではなく、答えられないからだと玄以は踏んだ。

「だが一つ。隈部は誰が賊を差し向けているのか、心当たりはあると見た」

隈部に散々好き放題に話させた後、それを全く聞いていなかったかの如く、

――で、誰が真の黒幕だ。

と、ふわりと問うた。

隈部はやはり自分だと答える。だが、微かに動揺したのも間違いない。これで玄以は確信をさらに強め、これ以上は何を訊いても無駄だと見切って、訊問を終えたという。

「思い当たる者は見つかったか？」

玄以は三成を含む先着の三奉行に尋ねた。こちらがすでに候補を探っていることも予想している。玄以、長盛の二人に、三成は昨夜の話を伝えた。

「さて、これからどうする」

三成は改めて皆に諮った。

「その四人を問い詰めねばならぬでしょうな」

長盛は左右を見ながら言った。

「そう簡単には口を割らぬだろう。繋がっている証を見つけるとなれば、容易ではない」

長政が曖昧な表情で首を横に振る。人を裁くほどの証拠を集めるためには、膨大な人数、相応の時が必要となってくる。人手が足りぬ今の陣容で、しかもここに来た本来の目的である刀狩りの片手間に出来ることではないと言うのだ。

「それでもやらねばなりますまい」

三成もそう簡単に黒幕を割り出せるとは思っていない。人も時間も確かに足りないが、奉行たるもの、その中で最善を尽くさねばならぬのだ。

長政は煮え切らぬ態度であるが渋々ながら了承し、四人を詮議することが決まる。四人に嫌疑が掛かっていると公にするだけで牽制にはなる。その上で長盛が話を進める。

「刀狩りの方は如何に？」

「一計を案ずるしかないでしょう」

三成が顎に手を添えつつ言うと、

「やはり騙すのですな」

「人聞きの悪い」

続けざまに言った正家を、三成はぴしゃりと制す。

「しかし、実際のところはそうだ。それ以外に方法は無いだろう」

長盛は苦々しく返した。

当初から肥後国人は一筋縄では行かないと思っていたが、先の襲撃を受け、皆が改めてその想いを強めている。完遂するどころか、刀の一本すら集まらないという結果にもなりかねない。何か口実が必要となってくる。これに玄以は思うところがあるらしく、口を開いた。

「例の大仏に使うというのはどうじゃ」

秀吉はかねてより毘盧遮那仏《びるしゃなぶつ》、いわゆる大仏を京に建立《こんりゅう》したい、それは奈良の大仏を遥かに上回る大きさにしたいと言っている。この際、大仏建立の計画を始動させ、その材のために刀を集めると宣言する。刀を差し出した者は功徳を積んだことになり、必ずや極楽浄土に行けるであろうと触れ回るというのだ。

「なるほど」

三成は感心した。武士と殺生は切っても切れない。だからこそ死後に救われることを望む信心深い者も多いのである。それならば、刀を差し出す者が一定数出るのではないか。一部でも動けば、他の者もなし崩しに従うことは十分にあり得る。

「それほどの大仏となれば、新たに寺を建てる必要もあろう。そこがな……」

玄以は自らの策の弱点にも触れた。

この策、実際に大仏を造らねば意味がない。刀を集めたが大仏は造らないとなれば、国人たちは騙されたと、以前にも増して激昂するだろう。

だが秀吉が造ろうとしているのは、日ノ本一の大きさの大仏。既存の寺に建てるのはかなり無理があり、新たに寺を建立する必要がある。実行するとなると、手間と費用が問題となる。

「確かに。せめて一両月は要るでしょうな」

政のうち、建築を司る長盛が答えた。

これまでも寺の候補地は幾つか挙がっていた。その中より一つに絞り、秀吉の裁可を得て、さらに縄張りをする。このあたりまで進めておかねば、国人たちは疑いの目を向けるだろう。

「いっそ、刀を買い取ってしまうのは如何でしょう？」

正家が飄々とした調子で言った。

「そもそも国人などは、銭の使い方が下手な阿呆ばかり。そして長年の戦続きで銭に困っている。加えて先の一揆でさらに困窮した者もいる。今、連中は喉から手が出るほど銭が欲しいはず。ならばくれてやればよいのです」

なかなかの毒舌だが、正家は悪びれる様子は一切なく一気に続けた。

「銭で転ぶか？」

正家の言うことにも一理あるが、三成は疑いも捨てきれない。

「相場の三倍、或いは五倍で買い取ればよいでしょう。それでも得心せぬならば十倍でもいい」

「肥後で成功したとなれば、同じ方法を日ノ本中に広めるのだ。莫大な元手が必要となる」

三成はこの策の弱みを衝いたが、正家は全く怯《ひる》む様子もなく言い放った。

「銭など幾らでも作ればよいでしょう」

「それでは物の値が激しく上がってしまう」

銭と物の値には密接な関係がある。世に流通する銭の量が増えれば増えるほど、物の値も吊り上がってしまう。正家の言う通りに銭を鋳造し続ければ、物の値が高騰し、民の暮らしを圧迫するという弊害が出てしまうのだ。並の武士は知らぬが、奉行を務める者ならば常識である。

「あー、それはご心配なく。今、大坂では米余りが起きております」

島津討伐のため、豊臣家は大量の米を買い集めた。関東、奥羽平定の戦に備え、それは今なお続いている。故に、大坂の蔵には満ち溢れんばかりの米が積み上がっていた。

「これを一気に世に吐き出すのです。それで物の値は下がり、釣り合いが取れます」

正家は説明を続けた。物の値と一口に言うが、この国では米がその基準になっている。米の値が上がると、その他の物の値もそれに引きずられて上がるのだ。やや乱暴な言い方をすれば、この国には本来の「銭」と、米という名の「銭」の、二種類の銭があるようなもの。市井に流通するこの二つの銭が釣り合うようにすれば、物の値も安定する。正家は持論を滔々《とうとう》と語った。

「なるほどな」

皆が得心の声を上げる。これも武辺一辺倒の者には皆目理解出来ないだろうが、ここにいる者は、さもありなんと納得した。

「折角《せっかく》溜めた米を出すことになりますので、関東、奥羽での戦は一、二年延びるでしょう。弱みがあるとすればそれだけでしょうか」

そう正家は締めくくった。すでに予定よりもかなり遅れている。どうせ一、二年は延びるとされていたので、さしたる問題になるとは思えなかった。

「いけるかもしれませぬな」

三成が言うと、長盛、玄以も頷く。ただ、ここでも長政が苦言を呈した。

「そう容易く乗って来るとは思えぬ」

「国人衆とて、一より三が大きく、五より十が大きいくらいは解るでしょう？」

「そこまで阿呆ではないからだ。五倍、十倍で刀を買うと言えば怪しむに決まっている」

長政は正家の驕慢《きょうまん》な言いざまに頰を引き攣らせて答えたが、ここで三成に閃くものがあった。

「百倍までの値を付けては如何？」

「十倍でも疑うと言っているのに、百倍など……」

「いえ、二倍から百倍に散らすのです」

三成の策はこうである。まず秀吉が名刀に執心であると触れて回る。これは別に嘘という訳ではない。茶器にせよ、刀にせよ、秀吉は価値のあるものを収集している。

そこで九州にも埋もれている名刀がないか探すためと称し、京より急ぎ目利きを大勢派遣させるのだ。別に売るつもりはなくとも、国人たちも己の刀の価値はいかほどかと興味をそそられて集まるだろう。それを相場の二倍、本当に名刀ならば百倍の値を付ける。売りたい者には銭を払い、売らぬ者は持ち帰ってもらえばよい。これを数日続けていれば、噂を聞きつけて、国中から挙《こぞ》って刀を持った国人が駆けつけるだろう。ここで余りに量が多いので、

——こちらで預かってしかと吟味する。

とでも言って刀を出させる。それが最後、二度と刀は返さないのだ。

「騙されたと、また一揆が起こるぞ」

長政が喉を鳴らす。

「奪う訳ではありません。銭は払います。しかも買い取りはあくまで商人の名義でやるのです」

豊臣家としては名刀集めを奨励する立場に止《とど》め、実際の刀の買い取りは堺、博多の商人たちに行わせる。これならば国人たちは怒りのぶつけどころがない。見方を変えれば、銭に目が眩《くら》み、自らの刀を預けてしまった軽率な者と世間には映るため、表立って不満すら言えまい。

「前田殿の策には時を要する。他に妙案がないならばこれに賭けるほかないでしょうな」

誰からも代案は出て来ない。議論が出尽くしたと見たのだろう、長盛が賛意を示すと玄以も頷いて同調する。五人中、四人の心が決まったところで、

「承知した……だが、慎重にやるべし、だ」

と、長政も同意した。

策を為すためには、まず刀の目利き、商人が必要となる。偽者であってはならない。国人衆の中にも刀の良し悪しを見抜く者がいないとも限らず、国人たちから刀を取り上げるという目的を隠すためにも、その他のことは全て真《まこと》で塗り固める必要がある。

「目利きならば本阿弥《ほんあみ》家は外せまい」

玄以が口を開いた。

京都所司代《しょしだい》である玄以のお膝元において、刀の目利き、研ぎを代々生業にしている者たちである。当代は名を次郎三郎《じろうさぶろう》と謂い、世間では本阿弥光悦《こうえつ》の名のほうが知られている。この男、書画、陶芸、漆芸と多才なことで高名だが、本来の家業は刀剣である。各地から多くの者が教えを請いに来ており、光悦が一声掛ければ十数人は即座に集まるだろう。

「堺にもすぐに力を借りねばならぬ」

長盛が言う。今井宗久《いまいそうきゅう》、津田宗及《つだそうぎゅう》、小西隆佐《こにしりゅうさ》など堺衆の助力も必要となってくる。

「それならば、一度上方《かみがた》に戻らねばならぬぞ」

そう意見したのは長政である。

「いや、まずは小さな規模で試す必要があります」

三成は首を横に振った。

大仏建立の段取りほどでなくとも、こちらも大掛かりに仕掛けるならばかなりの時を要する。文度は進めつつ、小さな規模で試し、成功した後、大々的に策を実行する。試した時点で失敗した場合は中止して別の策を取らねば、期限の七月を迎えてしまうことになる。

「博多に力を借りましょう」

三成は続けた。博多も日ノ本を代表する大都市。目利きは幾人もいるし、買い手を装える豪商もいる。博多からなら二、三日のうちに目利き、商人を呼ぶことも可能だろう。

「しかし、そうなると……島井殿の力を借りねばなりませぬな」

分厚い唇を指で弾きつつ、玄以はこちらを見た。

肥後国人側に内通している可能性がある四人の候補の一人、島井宗室である。宗室に知られずに博多の商人を動かすのは、どだい無理な話だ。むしろ手配を頼まねばならない。

もし宗室が黒幕であった場合、またこの策が漏れてしまうことを玄以は懸念している。しかし三成はそもそも、それはあり得ぬと思っている。

宗室が三成たちを始末しようとする動機が乏しい。唯一、考えられるとすれば、肥後で動乱が続けば、宗室としては兵糧、弾薬の商いで利を上げられるということくらいか。

ただ宗室は豊臣家と気脈を通じ、政権の中枢に深く食い込んだ。一時の利のために、その立場を擲《なげう》ってまで危ない橋を渡るような男とは、到底思えないのだ。

が、それを言うならば、小早川隆景、秀包親子も、立花宗茂も全く同様である。これ以外の線は無いと解りつつも、やはり腑に落ちない。

「今後、何処で漏れるか知れません。国人側に監視を付けましょう」

三成は皆に告げた。

「隈部親永」の名で国人衆を扇動しているのは、四人の国人の誰なのか。島井宗室らが情報を漏らしたとしても、それは協力者という立場。ならば国人側を見張れば、幾ら話が筒抜けになっていても動くことは出来まい。それでも無理に動くなら、黒幕を突き止められるのでなお良い。

皆からも異論は無い。ここは遠く離れた肥後の地。しかも圧倒的に時間が足りない。やれる範囲の中で最善手を打ち、二つ、三つのことを同時に並行してやるしかない。

すぐに五人の名を連ねた書状を作り、下奉行の者を博多に向かわせた。早ければ三日後には目利き、商人を送ってくれるに違いない。

「それまでに国人たちを問い質しましょう」

出田が挙げた四人の国人たちを、五奉行の名において呼び寄せる。これは出田の手の者を借りて書状を届けることとなった。認《したた》めた内容は、

――先の一揆に付き尋ねたき儀有之《これあり》。

と、いう端的なものである。これで出向しないとなれば、ほぼ黒と見て間違いないだろう。

まず姿を見せたのは、元は隈部の腹心であった多久宗員である。日中に書状を出し、その日の夕刻には馳せ参じた。領地が隈本に最も近いということもあるが、かなり慌てて来たことが窺えた。汗が額に浮かび、衣服にも滲んでいた。

「多久宗員でござる。御奉行様方が肥後に入られたこと露程も知らず、ご挨拶が遅れましたこと、平にご容赦願いたく……」

などと、懸命に口上を述べる。

「ここに向かう道中、襲撃を受けた」

三成が次第を告げると、多久は吃驚して目を見開く。

「単刀直入に訊く。多久殿は何か知らぬか」

「め、滅相もございません！　確かに拙者は隈部様……いえ、隈部の家臣でした。故に仕方なく一揆にも加わりましたが、端《はな》から豊臣家に弓を引く気は毛頭ござらず。どうにかして降れぬかと考えている時、小早川様の御力添えがあり……」

縷々《るる》と弁明する多久の額からは、滝の如く汗が流れている。小心というと些か不憫《ふびん》であるが、少なくとも襲撃を画策するほど豪胆にも思えなかった。

「結構。暫し、我らの手の者を付けて、ご領内を見て回りたいがよろしいか」

「し、承知致しました！」

多久は一も二もなく従い、下奉行の者を一人伴って領地へと戻っていった。

二人目は翌日の朝に姿を見せた。小代親泰。立花宗茂と親しい男である。小代は多久に比べればかなり落ち着いており、全てを聞き終えた後、

「委細は解りました。しかし、拙者は何も知りませぬ」

と、堂々と言ってのけた。立花宗茂が奉行の来訪を漏らした可能性があるとして己が疑われているという点も察したらしい。自分のことよりも、

「立花殿がそのような卑怯をするはずがない。奉行の方々も、それはご存知のはず」

と、宗茂を強く擁護した。そしてこちらが切り出すまでもなく、城、領内、全てご検分下されと申し出たのである。

それから間もなく現れた三人目は、相良頼房である。

「ご勘弁下さい……」

相良はげんなりとした様子で短く答えた。佐々成政の誤った指示のせいで一揆に与していると疑われ、またかという思いがあるのだろう。

「島津を見るだけで精一杯。そのようなことを企てる余裕すらありませぬ」

相良はそう付け加えた。島津家は豊臣家に服従したものの、その家臣団の中には、未だに不満がありそうな連中が多い。領地を接する相良家としては、あらぬ疑いを掛けられぬように、普段から神経を磨り減らしているという。

最後の一人はその日の夕刻に来た。名和顕孝。出田一要の盟友ともいうべき男である。着座するなり同席している出田に対し、

――これは何だ。

というように目配せをするが、出田は渋面を作るのみである。名和にも事の次第を伝えると、

「関りは一切ござらん。やっていない証を立てろと言われても無理でござる」

と、毅然とした態度で答えた。至極全うな意見である。やはり怪しいところはなく、下奉行による領内の検分にも逆らわずに帰っていった。

「誰だか知らぬが、嘘を吐いているならば相当に上手いな」

四人の訊問を終えた後、玄以は困り顔で漏らした。

「ともかくこれで身動きは取れますまい。島井殿が到着次第、ことを進めましょう」

三成は皆を見渡しながら言った。下奉行には、何か怪しい動きがあればすぐに報せるように命じてある。扇動者も迂闊《うかつ》な真似は出来まい。

「まだ何か？」

三成は長政を見た。顎に手を添えて考え込んでいたので、未だ胸に一物があるのかと思ったのである。

「やると決まったからには異論はない。ただ……何か引っかかるのだ」

「四人の話の中に、そのような点があったと？」

「いや、むしろ無さ過ぎぬか」

四人共に態度の違いはあれども弁明をし、下奉行の検分を素直に許した。一方、扇動者は天下の奉行を纏めて鏖にすることを企む大胆不敵な輩。人物像があまりに違い過ぎないかということである。言われてみれば、三成もそのような気がしないではない。

「今は考えても詮なきことか」

長政は独り言ちて話を打ち切った。

やはりこの国、どこまでいっても不穏である。最善手を講じているはずなのに、三成の胸中にも一抹の不安が消えていないのは事実であった。

下奉行を向かわせてから三日後の昼、馬を仕立てて二十人余の一行を率いた島井宗室が隈本にやって来た。この日数で駆け付けたのは、書状を受け取るなり、即刻、支度を整えたということである。

「いきなりお呼び立てして申し訳ない」

三成が出迎えると、宗室は鷹揚に首を横に振る。

「何なりとお申し付け下さいと申したはず。で、何時から始めますか？」

屈強な男たちが、荷馬《にうま》から重厚な造りの箱を下ろしていく。刀を買い取るための金であろう。

「何故刀を買うのか問わないのですか？」

三成が訊くと、宗室は柔らかい笑みを浮かべて反対に問い返した。

「教えて下さるのですか？」

「力を貸して頂くのです。お話ししても構わぬと。ただし、もう察しが付いて……」

「はい。当初から何となく想像はついておりましたが、此度の書状で確信してございます」

「島井殿は如何に」

国人、即ちこれまで武士でいた者たちが刀狩りに反発するのはもはや明白。だが商人という立場の者はどう思うのか。三成は率直な意見を聞いてみたかった。

「一介の商人が口を挟むべきことではないと心得ます」

宗室はまずそう前置きした。が、三成の意を汲んだようで、自らの考えを述べる。

「この国は争いが長く続き過ぎたようです」

室町幕府は早くから機能しなくなり、長き戦乱の時代へと突入した。応仁《おうにん》の乱を起点としても、すでにその期間は百二十年。これほど長きに亘って争いを続けて来たのは、日ノ本開闢《かいびゃく》以来のことであるし、唐天竺《からてんじく》、南蛮でも極めて珍しい例ではないかと宗室は語った。

「武具を拵《こしら》える者も、軍馬を養う者も、城を造る者も増えすぎた。その最たる者が……」

宗室はそこで言葉を濁した。

「武士ですな」

三成が代わりに言うと、宗室は苦い顔で頷く。

百姓たちは田畑を耕して食を生み出す。自らが食う分だけでなく、年貢としても納める。が、一方の武士は食い物を貪るだけで何ら生産しない。政を行ったり、外敵に備えたりするために一定数は必要だが、この国には明らかに多過ぎる。今の半数以下で十分に事足りると三成は試算したことがある。

「ただ、これを減らすとなると……至極難しい。結局は権益を手放したくないからでしょう」

故に誇りだの何だのと言って抵抗する。三成はそう思っている。だが宗室は首を捻った。

「それもあるかもしれません。ただ果たしてそれだけでしょうか……」

「と、仰いますと？」

「何か答えがある訳ではございません。しかしそれだけでここまで頑なになるのか。折に触れ、そう思うのです」

宗室の言うとおり、国人たちが権益に拘《こだわ》る以外に理由があるのか。三成が考え込んでいると、宗室は気を取り直したように続けた。

「まずは何事もやってみることでしょう。微力ながらお力添えさせて頂きます」

「お頼み申す」

三成は頷いた。証はないが、こうした助力、語る言葉から、この人はやはり国人の内通者ではないとの確信が強まった。賊から助けてくれた立花宗茂の線も限りなく薄い。

残るは小早川隆景、秀包親子ということになる。三成は二人への疑惑を強めつつ、奉行衆、宗室と共に刀狩りの支度を進めた。

翌日、隈本城代、出田一要の名で肥後各地の国人衆に書状が送られた。五奉行が揃って肥後に入ったと知れれば、流石に国人たちも勘繰るだろう。故に五奉行の名を記さなかった。

書状の内容を要約するとこうである。

今、上方では名刀収集が流行している。茶器がそうであったように、眠っている逸品があるかもしれない。よって博多商人の島井宗室が目利きを連れて肥後国に入り、高額での買い取りを行うと申している。大名が持つような名刀ならば、最大で流通の値の十倍で買い取っても良い。並の刀剣でも九州で取引きされる値の二倍から三倍で買い取る由。蔵に眠っている刀を銭に替えるならばこの機会をおいてなし。また必ず売らねばならぬものでなく、自らの差料《さりょう》の鑑定だけでも支障はない。是非、挙って来られたし。買い取りの儀、三日後より十日間に亘り行う。

当日、隈本城から十町ほど南にある広場で、島井宗室は買い取りの支度を整えた。唸るほどの銭を持参していることから、万が一に備えて、出田の配下五十人ほどが警備に当たる。

五奉行は広場に幾つか急造された掘立小屋の一つに入り、格子窓から外の様子を窺う。

「来ますかな」

長盛が不安そうに呟く。

「全てが網に掛かりはしないかもしれぬが、半数ほどは乗って来るのではないでしょうか」

三成は窓の外を見ながら言った。上手くいけばよいが、実際のところは五分五分といったところであろう。板壁に背を凭《もた》せ掛けて座る玄以に視線を移して続ける。

「これで駄目ならば……急いで上方に引き返し、第二の策を講じねばなりますまい。前田殿、その御心積もりで」

大仏建立のために刀を集めるという策である。銭による収集は続けるとして、こちらも考えておかねばならない。銭に目が眩まない層も、信心に訴えれば刀を出す見込みはあるだろう。

「やはりそうなるか。それにしてもとにかく暑い。早く来てくれぬかのう」

玄以は扇子で自らの顔を仰ぎつつ零した。

急造で間に合わせたため、畳六枚ほどの小さな掘立小屋なのだ。そこに大の大人が五人。隈本の夏は早く、まだ陽も高くなっていないというのに、中は蒸し風呂の如くなっている。

「浅野殿、暫し休まれては？」

長盛も額に汗を滲ませながら勧めた。皆が時折、用意した甕《かめ》の水を飲んだり、座って休憩したりする中、長政だけはすでに一刻に亘って外を眺め続けている。

「やはり不安ですか？」

長盛はさらに訊いた。

「ああ。だが今は……祈る思いだ」

ここで長政がまた無駄だの、やはり駄目だのと言おうものならば、三成は喧嘩になったとしても苦言を呈するつもりだった。だが、長政も刀狩りが出来るに越したことはないと思っているのは真らしい。ただそれを三成たち以上に難題と捉えているようだ。

買い取り市が始まるのは辰《たつ》の刻《こく》（午前八時頃）から。正家などはそれよりも早く人が殺到し、長蛇の列が出来ると思っていたようだが、時刻になっても人っ子一人姿を見せぬ。

一刻《とき》経ち、二刻が過ぎた。しかし、やはり誰も姿を見せない。一日の中で最も暑い時刻にさしかかったことで、玄以などは顔を紅潮させて息も絶え絶えに、

「どうなっている……ともかく、一度外に出てよいか」

などと言い出す始末である。

「来た」

「来ましたぞ」

外を見つめていた長政、三成の声が重なった。

「五人だな」

と、長政が小声で囁く。

「一組と見て良いでしょうな」

三成がすかさず続けた。見ている限り一人の他は従者、人夫といったようである。

「あれだけ……ですかな」

長盛が眉間に深い皺を作る。貧相な馬一頭に筵で包んだ刀の束が二つ。その数、どれだけ多く見積もっても三十振りといったところであろう。

こちらの落胆をよそに、宗室は諸手を上げて出迎え、自ら話し掛けて応対している。

「遥々お越し下さり、誠に有り難く存じます。早速、拝見しても……」

数十、数百人が訪れ、喧騒に包まれている訳ではないのだ。武士は困惑しているように見える。宗室が応対する声が三成たちに聞こえるのが、虚しさを際立てた。

宗室が目利きに刀を吟味させる。どれも大した代物ではないようであったが宗室は一々、

「これはなかなかのものを」

などと、武士の気分を害さぬように気を遣っていた。全ての刀を見終えると、宗室は配下に言って金を持ってこさせる。

「これほど頂けるのか！」

支払われた金は武士の想像を越えていたらしく、吃驚の声を上げた。

「今日、初めて来られたのが貴殿だったので、私のほんの気持ちです。路銀の足しに」

路銀の足しどころではないなどと、武士はなおも狼狽《うろた》えていたが、宗室が朗らかな声でさらに勧めると、ようやく受け取った。そして来た時とは一転、武士たちは足取り軽く帰路に就いた。荷を下ろしたせいか、心なし馬の足取りさえも軽く見える。去って行く時、武士は振り返って会釈をした。

「立て続けには来ないようだな」

玄以は顎に滴る汗を手拭いで拭きながら漏らした。

「ええ……」

三成が見つめる武士の一行は、すでに豆粒ほどの大きさになっている。

「どうかしたのか？」

生返事のようになってしまったので、長盛が怪訝《けげん》そうに訊いた。

「いえ、何も」

ふと、去り際に会釈をした武士の顔が曇っていたのが気に掛かったのだ。来るときも確かに落ち着いてはいなかったが、宗室が過分なほどの額で買い取ったことで喜んでいたはず。それなのに最後になって、あの表情を浮かべたのはどうした訳か。

それから陽が沈むまで、他に姿を見せる者はなかった。刀を取り集めるのに三日の猶予では足りなかったのか、十日に亘って行うため、別に急ぐ必要はないと思っているのか。

翌日もまた、同じように買い取りを行う。宗室も些か訝しがっているらしく、時々こちらのほうに視線を送って来る。

「ようやく一組か」

未《ひつじ》の刻（午後二時頃）を過ぎたあたり、玄以が扇子をぱたぱたと動かして言った。昨日のうちに死角に窓を設けたため、風が抜けるようになって幾分暑さは和らいでいる。

また宗室は満面の笑みで迎え入れ、刀の鑑定を行う。此度、武士が持ってきた刀は昨日の者よりも少ない十数振り。ただ一振り、それなりの刀があったようで、宗室は昨日よりも高い値で買い取った。やはり武士が思っていた以上であったらしく、金を受け取る時に遠目でも喜色が浮かんでいるのが見て取れた。この日はまた、一組のみである。

三日目は二組。厳密に言えば二人である。いずれも従者の一人も連れておらず、国人というよりは地侍のようだ。一人は手にしてきた刀を、もう一人は腰に差している刀を売った。これにも宗室は丁寧に応対し、相場以上の値で買い取る。一人はほっと安堵したような表情になったが、腰の刀を売った者は対照的に無念そうであったのが印象に残った。

四日目、日が高くなる前から、十組ほどがほぼ時を同じくしてやって来た。その数はざっと五十余人。昨日までの閑散とした様子は消え失せ、銘々の話し声が賑やかに聞こえる。

まず一組目の鑑定が始まったところで、宗室のえっと驚いた声が届いた。何を思ったのか、後ろに並ぶ武士たちにも何ごとか声を掛けていく。宗室は明らかに困っている様子である。

「どうしたのでしょう」

正家が口を突き出して首を傾げた。

宗室はこちらを見た。何か指示を仰ぎたいことがあるのだと感じた。事情が解らねば指示を出すことも出来ず、三成らも当惑していると、やがて宗室は意を決したように、

「一度に大勢来られましたので、暫し支度をさせて下さい。少々、お待ちを」

と武士たちに大袈裟に言って、遂には小屋に向かって歩いて来た。中に人がいることを知られてはならぬと、五奉行全員が窓と戸から離れて奥に移動する。

「申し訳ございません。予期せぬことが」

宗室は戸を開けるなり重々しく告げた。

想定される問題に対しては打ち合わせ済みで、宗室ならばある程度のことは自分で判断が出来る。その宗室が困惑しているのだ。かなりの不測の事態が起こったことだけは確かである。

「外の者たちは、十一家の国人、地侍です」

「なにかおかしなことでも？」

正家が横から口を挟んだ。

「それが……肥後の者ではありません。十一家、全てが小早川親子の領地からです」

隆景の領内の者が七家、秀包の領内の者が四家、合わせて十一家ということらしい。

「何故、小早川領内の者が」

三成が問うた。

「どうも肥後で私が高値で刀を買い取るということが、噂として伝わったらしいのです。彼らは裕福な者ばかり。蔵に眠らせているだけの刀もある故、この機会に売ろうと……」

肥後の者からしか買い取らないとは確かに言っていない。噂とは、人の口を介していくうちにどんどん速く広がる。二、三日遅れて小早川領の国人たちに伝わったことも十分にあり得る。

「如何に致しましょうか」

宗室は早口で話した。あまり長く待たせては無用な疑いを招く。

「小早川殿は文句を仰るまい」

と、三成は口にした。

小早川隆景ほどの男ならば、三成たちが「刀狩り」を行うために肥後に来ているとの察しはついているはず。それはいずれ、肥後だけでなく全国で実施されることも先読みしているだろう。全体から見たらごく少量とはいえ、労せずして刀を奪えるのは得だと考えるに違いない。

「買い取って下され」

「承知致しました」

宗室は頷くと、小屋の外に出た。そしてこれまで同様、相場よりも高く買い取っていった。

その最中、三成は皆を見渡しながら言った。

「訝しいですな」

「うむ」

長盛が即座に相槌を打つ。

「どういうことです？」

正家は理解出来ずに、左右を見て訊いた。

「書状を送ったのは肥後の国人だけ。それが小早川領の国人たちにまで伝わっているのだ。肥後国人の中で口に上っているのは間違いない」

三成は解説を始めた。書状が届いただけならば、ほかの者の出方を窺って動かないというのも有り得る。が、これほど広範に噂が伝播しているということは、国人たちの間ではこの話で持ち切りになっているのだろう。

「それなのにあまりに少なすぎる」

これまで政に携わってきた経験則である。各々に判断を託した場合、概して意見は割れるものだが、肥後の大小五百家近い国人、地侍の中で、昨日までに来たのは三家のみなのだ。

「五百とすれば、たった六厘ですよ」

正家は計算となれば頗る速い。現時点では全体の一割、一分どころか、たった六厘の家の者しか来ていないのだ。これは異常としか言いようがない事態である。

「行かぬようにと誰かが指図している。それがいわゆる『隈部親永』ということになるのだろうな」

玄以が言った。実際に会って、隈部が指示を出しているのではないと見抜いたのは玄以である。この場合は隈部親永の名を騙る何者か、ということである。

「今少し、様子を見ましょう」

長政はすでに外に目を戻している。確かに今はそれしか手立てがない。

結局、その日は小早川領から来た者だけであった。三成がその者たちの刀の買い取りを許したのには他にも訳がある。

──買い取りに苦情を言う者があれば、そいつが怪しい。

仮に小早川親子のどちらか、あるいは両方が黒幕だったとしよう。先ほど皆が同意したように、通常は大名たちにとって、国人らの統制が取りやすくなる刀狩りは望むべきこと。だがこれに不満を抱くならば、刀狩りをされてはまずい事情が何かあるということになる。もっとも仮に黒幕が小早川親子だとして、反対する理由がよく解らない。唯一、考えられるのは、

──豊臣家への謀叛を企てている。

と、いうことである。反旗を翻すならば、国人衆も重要な戦力になるからだ。だが小早川家はすでに独立大名に封じられたとはいえ、本質は中国の太守たる毛利家の麾下ともいえる。背後に毛利家がいるとなれば、謀叛は大変な仕儀となる。再び天下は大乱に陥るだろう。

──潔白であってくれ。

本日の買い取りが終わり隈本城への帰路につく。西の空とは違い、藍色に染まる東方を見つめながら、三成は心中で祈っていた。

五日目も、肥後国人は誰も現れなかった。代わりにまた小早川親子の領内の国人が四組、新たに立花家の領内の国人も一組来た。

六日目は、両小早川家から五組、立花家から二組。また鍋島直茂の領内から二組、さらには日向の高橋元種《たかはしもとたね》の領内からも一組の来訪があったのに、肥後国人は一組来ただけである。

その日の夜半、小早川親子からの書状が届いた。どうも示し合わせて一つの書状にしたらしい。到着が前後することで、片方が余計な嫌疑を掛けられぬための配慮ではないか。この時点で、三成は読まずとも書状の中身が解った気がした。

——博多の商人、島井殿、肥後にて刀を買い取っているとの由……。

書状はそこから始まる。奉行が肥後に入ったことを小早川親子は知っている。だが島井宗室に刀の買い取りを命じたとは知らない。いや、恐らく三成たちの差し金だと解っているものの、邪推してはいないという態を取っている。この辺りの老練さは、子の秀包ではなく、智将と名高い父の隆景の考えだろう。

そこに両小早川家領内の国人、地侍が刀を売りに行ったと聞いたこと。勝手な振舞いは許されぬとも思うが、先般の肥後国人一揆に鑑みるに、国人らが刀を手放すのは悪いことではないと愚考すること。そして最後に、買い取りのことは耳に入れておくが、もし差し障りがあった時は島井殿に打ち切るように命じて欲しいことなどが綴られている。

「小早川殿が国人たちを差し向けたのかもしれませぬな」

書状を回し読みした後、長盛が言った。国人らを宗室の元に行かせ、書状を送るところまでが全て策ということである。

「そこまでしなくとも黙認したことは十分にあり得ます」

恐らく三成ら奉行が襲われたことは、小早川親子の耳にも入っている。そしてそれが出来得るのは、自身らも含めて数少ない者たちだけだということにも気付いているはず。何らかの形で身の潔白を示したいと考えており、このような形を取ったに違いない。

小早川親子の書状にはまだ続きがあった。他の大名たちもそうであるが、特に毛利家は国人たちを取り込んで大きくなった家であること。その国人たちの扱いには相当苦労してきたこと。亡き父、元就の頃から兵農分離を徐々に進めていたこと。それらは全て調べて下されば解ると付け加えられていた。ともかくこれらのことを総括すると、

――小早川家は、刀狩りに反対しない。

と、いう意思表示である。

「つまり……我々の肥後入りを知っていた四人全員が、限りなく白に近いということですな」

長盛が淡々とした調子で続けた。

いずれも露見を恐れて、途中で方針を転換したことも有り得るため、完全に白という訳ではない。だが四人共に奉行が愚かでないことは事前に知っており、襲撃して一人でも逃してしまえば、このような展開になるのは解っていただろう。自らの身代、身命を賭けるには危険が大きすぎるし、そこまで肥後国人衆に協力する利点も無い。

「牢に繋がれているのは、やはり隈部親永ではないのでは？」

正家が口をへの字に曲げる。玄以はむっとして反論しようとするが、その前に長政が言った。

「仮に百歩譲ってそうだったとしても、隈部は我らが肥後に入るのを知ることは出来ぬ」

「では、黒幕は別にいるということですな」

三成は静かに言った。が、この四人の他には隈本入りは告げていないのだ。謎が謎を呼び、また振り出しに戻った。

翌日の七日目、昼を少し過ぎたところで事態が急変した。これまでに無いほどの大勢がこちらに近付いて来ているのが見えたのだ。その数はざっと見ただけでも百を超える。

「遂に来ましたぞ！」

正家は歓喜の声を上げた。

「まだ肥後の者と決まった訳ではないだろう？」

玄以は皮肉交じりに言うが、今までの流れを見るに真っ当な意見である。

「あれは……」

「どういうことだ」

異変に気付いたのは長政と三成。図らずもまた同時であった。

相当な人数がこちらに向かって来る。しかし、荷馬が見当たらないのである。中には馬に跨っている者もいたが、こちらも荷を負っている訳ではない。皆が皆、腰の刀だけを売りに来たとは到底思えない。そこから導かれる答えはただ一つ。

「襲いに来た……」

一瞬のうちに全員の顔に緊張が走る。

「すぐに島井殿を逃がさねば」

三成が小屋を出ようとするが、その肩を長政がぐっと鷲摑みにした。

「ここで我らが出れば、さらに事態はややこしいことになる。こちらにも出田殿と五十の兵がいるのだ。島井殿を逃がすくらいの時は稼げるだろう」

「だろうではならぬのです。島井殿は我らに力を貸してくれた。何としても救い出さねば」

互いに凄まじいほどの早口で応酬する。

「肥後の国人であったとしても、流石に今の状況で攻め寄せて来るとは思えぬ。隈部の二の舞になるだけとは重々解っているはず」

「それでも万が一のことがあってはなりませぬ。私は島井殿を救う」

三成が振り払おうとすると、長政は襟を両手で摑んでぐいと引き寄せた。

「お主に何が出来る」

正直、長政の言う通り、己のみでは一人、二人倒せれば上々といったところであろう。だが、そうだとしても、三成は宗室を見殺しにすることは出来ない。

「大したことが出来ぬともです」

「それが奉行の言葉か。何があっても天下のことを第一に考えるのが、奉行ではないか」

長政からは、かつてないほどの気迫が感じられた。長盛が二人の間に割って入る。

「治部、落ち着け。何も見殺しにする訳ではない。合戦と相成った時には拙者も加勢する」

「増田殿」

長政はそれも止めようとしたが、長盛は首を素早く横に振る。

「信義を守るのも奉行の務め。その時には拙者と治部が戦に出ます故、御三方はそちらの格子窓から逃げて下され」

ここらが落としどころだと思ったのだろう。長政は下唇を嚙みしめて頷いた。

「辛抱しろ。それに単に攻め寄せてきたとも思えぬ」

長盛に続いて、三成も気が付いた。集団が合戦に及ぶつもりならば、砂塵を舞い上げて突貫しているはずではないか。だがむしろ悠々と、堂々と隊列を成して近付いて来るのだ。

宗室も状況を見極めようとしているのであろう。

――出て来てはなりませぬ。

といったように、迫る者どもから目を離さず掌だけを小屋の方に向けて制した。

やがて一行が到着した。いずれも厳めしく、険しい相貌をしているのが遠目にも見て取れた。

「ようこそお越しくださいました」

宗室はこれまでと変わらず、いやそれ以上の満面の笑みで出迎える。そこいらの武士などより、遥かに優れた胆力を持っているといえよう。

五間ほどの距離を空けて彼らは止まった。男たちのうち、馬に跨っている者は誰一人として下りようとはしない。張り詰めた空気が漂う中、出田が一歩進み出て、

「この者らは……」

と、紹介しようとするのを、髭面の国人の一人が手で制する。

「結構。自らの名くらい名乗れる……拙者は田代兵太夫《たしろへいだゆう》と謂う」

「鶴巻甚兵衛《つるまきじんべえ》じゃ」

「椎屋段三郎《しいやだんざぶろう》」

銘々が名乗ってゆく。全てが名乗り切ったところ、その数は二十四家。いずれも肥後の国人、地侍で、他はその家臣、郎党であるらしい。宗室は最後まで聞き遂げると、

「皆様の大切な御刀です。順に丁寧に取り扱うつもりですから、それなりに時も要します。ご容赦下され」

これまでの話し振りより明らかに早く、一気に言い切った。宗室も彼の者らがただ刀を売りに来た訳ではないと察しが付いている。だが、あくまで素知らぬ態を崩さず、しかも相手の出方を窺おうとしているのだ。

「売る気はない」

そう答えたのは田代兵太夫。この男が代表して話す打ち合わせもしてきたように三成は感じた。

「品定めだけでございますな。それでも勿論構いません。では、まずは田代様の御刀から拝見しても

よろしいでしょうか？」

「見せに来た訳でもない」

「では、見物でしょうか？」

　寸分も背後の「政」を匂わせぬため、宗室は徹底して惚《とぼ》ける姿勢を貫く。

「上方の差し金で動いているな」

　田代は低く言った。上様とは呼びたくない。かといって豊臣家と言ってしまえば叛心《はんしん》ありとも取られかねない。田代にとっての精一杯の抵抗が窺える。

「何を仰います。私は自らの意志で――」

「知れている」

　宗室が言い切るより早く、田代は被せた。

「……知れているとは？」

　少しの間を置き、宗室は馬上を見上げて問う。これまでとは一転して声に凄みがあった。

　確かに「知れている」では、田代ら国人衆が勝手にそう決めつけているだけなのか、それとも確たる証を摑んでいるのかは判別出来ない。

　だが事態は明らかに剣呑で不穏。かつて一揆に荒れ狂った肥後国人たちは、いつどこで火を噴くのか見当もつかない。これ以上、商人である宗室に危うい真似をさせる訳にはいかない。

「皆々様が、勝手にそう思っておられるということでしょうか」

　三成の想いとは裏腹に、宗室に退く気配はない。田代は厳めしい相貌に似合わず、慎重に言葉を選んでいるような素振りを見せる。

「田代様以外、お話すら出来ぬと？」

　埒《らち》が明かぬと見たか、宗室はさらに一歩踏み込んだ。

見くびられていると取ったのだろう。突如として他の国人が怒鳴り声を上げた。

「お主らの考えは筒抜けだ！」

「お主……ら。ですか？」

宗室は言葉尻を逃さず、間髪を入れずに切り返す。

「左様。奉行どもがいるのであろう！　知っているぞ！」

吼えたのは、また別の国人である。その瞬間、宗室は腿のあたりで拳を握り固め、こちらに見えるように五本の指をぱっと開いた。宗室が身振りで伝えたのは、

――五奉行が隈本に勢揃いしていることを知っているとみて、ほぼ間違いなし。

と、いうことであろう。あの国人は奉行「ども」と言った。少なくとも複数の奉行がいると知っている。他の国人が口走ってしまったので、田代も腹を括《くく》ったのだろう。馬上から、

「奉行を出せ」

と、宗室に迫った。

「と、仰せになられましても……」

「田代殿、待ってくれ！」

遮るように出田が口を開いた。

「出田殿、お主が上方と昵懇なのは知れたこと。信ずるに能わぬ」

「これには事情が……」

「認めたか」

田代は鬼の首を取ったかの如く笑った。

出田の狼狽で事実上、奉行がこの地にいると認めたことになる。宗室の表情が初めて微妙に変わる。

落胆と忌々しさの入り混じったような顔である。

「出田殿、出せ」

「それは……」

出田は失態を挽回すべく言葉を探しているらしいが、結局は下唇を嚙みしめるのみである。

「お、おい……」

長政が小屋の中で声を震わせた。宗室が一歩前へ踏み出し、国人衆をぐるりと見渡したのである。

「奉行殿が隈本におられるのですな。それが真ならばご挨拶に伺わねばなりませぬ。お教え頂き、有難く存じます」

宗室の大胆不敵さに国人衆も一瞬呆気《あっけ》に取られたが、すぐに怒声が飛んでくる。

「まだ惚けるか！」

「刀を買い集めて上方に差し出すのであろう！」

「この腐れ商人め!!」

罵詈《ばり》雑言《ぞうごん》を浴びながらも、宗室は背筋をぴんと伸ばして身動《みじろ》ぎしない。その姿は、武士である国人衆などより遥かに威厳がある。

「このままでは埒が明かぬ。我らと共に付いて来い。そこで話を」

「承知致しました」

田代がそう言うのにも、宗室は即答する。本気である。自らの配下に、留守の間に刀を売りに来た者があれば、丁重にもてなすようにと指図までしている。

「如何に……あ、治部殿！」

正家が皆に諮ろうとしたその時、三成はすでに戸を開けていた。

「五人で討たれる訳にはいきませぬ。各々方は退いて下され」

と言い残し、三成は真っすぐに衆のほうへ歩み出した。宗室を守らねばならぬという思いは当然ある。それと同時に、武士という地位に胡坐を掻き、商人に蔑みの言葉を投げつける国人たちに、魑魅魍魎が蠢《うごめ》く肥後の国に、腸《はらわた》が煮えくり返っていた。

こちらに気付いた者がおり、国人衆がざわめき始めた。宗室は半ば呆れたように苦笑するが、表情には何処か安堵の色も窺える。

「誰だ」

近づく三成に向け、田代が問い質した。

「馬を下りよ。肥後の武士は礼も知らぬか」

痛烈な一言に、国人衆の顔に怒気が浮かぶ。

「奉行の麾下の者だな！」

血気盛んそうな若い国人が叫んだ。一方、年嵩《としかさ》の国人が、

「あれは……違いますぞ」

と、田代に向けて進言する。互いの距離はすでに五間。三成はそこで足を止めて言い放った。

「石田治部少輔《じぶのしょう》だ」

「何!!」

「ここにいると知っていたのだろう？　やけに驚いているではないか」

三成は国人衆を睨《ね》め回しながら続けた。

「奉行がこの地にいるだけでなく、そう容易くは姿を現さぬとも知らされていたようだな。故に端《はな》から宗室殿を連れ去り、我らを誘《おび》き出そうとする算段と見た」

「ぬう……」

利休の如き老獪《ろうかい》な者ならばいざ知らず、肥後の田舎侍では唸るのが精一杯である。三成はさらに怒濤の如く捲《まく》し立てる。

「そこまでせずとも出て来る。貴殿らは文治の徒と侮っているようだが……たった一人を見捨てる者が、どうして万民の安寧を守れようぞ」

綺麗ごとであると解っている。天下の名の元、少数を切り捨てねばならぬ時があることも痛いほど解っている。だがこの想いを失ってしまえば、己は奉行でなくなってしまう。

「何故に来た……来られたのです」

田代は言い直した。即座に一揆を起こす気は無いという心の表れであろう。

「それは貴殿らが良く解っているはず」

何処からかはともかく、こちらの一挙手一投足が筒抜けであるのは、最早確かである。

「刀の買い取りを停止願いたい」

「出来ぬ相談だ」

「ならば我らは――」

田代が吼えようとした時、三成の背後から大音声《だいおんじょう》の一喝が轟いた。

「待て！」

一人、ゆったりとこちらに近付いて来る者がいる。あれほど三成を止めていたのに、何故この男が続いたのか。

「浅野弾正少弼長政」

長政は傍《そば》まで来ると、錆びた声で自ら名乗った。

国人衆が再びざわめく。長政は田代に向けて低く告げる。

「言葉に気をつけよ。その先を言えば、肥後は再び血に染まることになる」

「覚悟の上だ」

「真にそうなのか。それを妻子にも、郎党にも、領内の民にも言えるのか。先の一揆でも、苦渋の決断で自重されたのではないのか」

淡々と説く長政の言葉に、国人たちは明らかに動揺を示した。

「しからば、停止なされよ」

田代は悲痛な声で長政に訴えかけた。この局面を乗り切るため、長政ならば訴えを受け入れずとも、一度話に応じるなどと約束してしまいそうである。だがそれは悪手である。秀吉は確固たる決意を持って刀狩りを命じている。中途半端な成果では納得しない。

三成が止めようとした時、長政は田代を真っすぐに見据えて言い放った。

「それとこれとは別の話。我らも退くつもりはない」

「主君の命故か」

「左様。だが自らも為すべきだと考えておる」

長政の気迫に田代も息を呑む。これまで煮え切らぬ態度を取って来たからこそ、三成としてもこの一言は意外でしかなかった。長政は冷静に続ける。

「ともあれ、今ここで争うのは双方に利が無い。一度、互いに頭を冷やすべきであろう」

「そう言っておきながら、この地に残って何かを謀るつもりではないのか」

「明日、我らは上方に戻る。それで一度、手打ちとしたい」

刀狩りを諦めるとも、もう来ないとも約束していない。一時停戦というところである。

肥後国人衆としても想定していた流れではなくなっているのだろう。あくまで田代が代表しているだけで、国人衆は誰が主君で、誰が家臣という訳ではない。先のことを決めるには打ち合わせの時が必要となってくる。長政の提案は、この場を収めるための落としどころとしては絶妙であった。

田代は他の国人、地侍たちが頷くのを見届けた後、

「解った。明日中だな」

と、念を押した。

「明朝のうちに発つ」

「承知した」

田代は軽く会釈をして太い手を挙げる。それを合図に銘々、来た道を戻っていった。

やがてそれが見えなくなると、長政は深い溜息を零した。

「無茶な真似を」

「相すみませぬ」

三成が珍しく素直に謝ったのが想定外だったのだろう。長政は顔を覗き込んでくる。

「浅野様の仰る通りですぞ。私の粘りが水泡に帰しました」

宗室が苦く頬を緩めるので、三成はこちらにも謝った。だが宗室は真剣な面持ちとなり、

「しかし、助かりました。あのままでは、私は連れ去られていたでしょう」

と、長政のほうへと目をやった。己らに揉めてくれるなと暗に伝えている。そこに残る三人の奉行が合流した。

「聞いておられたな」

長政が皆に訊いた。明日、一度肥後を出て上方に戻り、対策を練り直す。これには誰も異論を挟まなかった。三成もまた同じである。

翌朝、五奉行は揃って肥後を発った。宗室も買い取りを打ち切って博多までは同行する。博多から船に乗って大坂へ。帰りは行きと異なり、波は緩やかで、風も爽やかであった。

三成は、舷側の狭間《はざま》から海を見つめる長政に話しかけた。

あの時、何故素直に長政に詫びる気になったのか。田代と対峙する間、長政は指で腹を押していた。例の胃の腑の痛みである。いつもよりも遥かに痛んだのだろう、指を根本近くまで突き刺していた。

それでも長政は姿を見せて事に当たろうとした。幾ら気に食わないとはいえ、そんな覚悟を見せた男に無暗に反抗するほど三成は自儘《じまま》でも愚かでもない。

ただ不思議なのは、ここのところは痛みを訴えていなかったのに、これまで見たことがないほどに胃の腑を押さえていた。余程、恐ろしかったのか。それとも別の何かがあるのか――。

長政は刀狩りに関しては異常なまでに慎重でありながら、土壇場になって人が変わったように国人衆を強く拒んだのも意外であった。これもその、何かに関係するのかもしれない。

――浅野弾正。

さらに難しくなった刀狩りを成功させる鍵はこの男ではないかと、三成は予感し始めていた。


五奉行たちが大坂に戻ったのは四月の晦日である。その足ですぐに奉行の間に向かった。

「で、如何致す」

玄以が口火を切った。船中でも何度か額を合わせて相談したものの、新たな妙案は出ていない。

「やはり当面は大仏の策で行くしかないでしょう」

長盛が答えた。結果、当初から案に挙がっていた、大仏建立に使うという名目で刀を集めるのが、今ある中で最良だと落ち着いた。その上で、日常の奉行の務め、各々の領地の差配をする役目に一旦戻り、他に良き策を思い付いたら、集まって検討するという結論である。

「仕方あるまい」

この段取りは、寺社を担当する玄以の領分である。ただでさえ山積の仕事をしながら、その手配をするとなればかなりの負担である。

「浅野殿は何か他の案を考えておられるのでは？」

三成がふいに話を振ったので、長政は少し驚いた表情となる。ほんの一瞬、無言の時が流れて見つめ合う恰好となったが、やがて長政はゆっくり首を横に振った。

「いや……」

まだ形にはなっておらずとも、長政には何か腹案がある。三成は改めて確信を強めたが、長政が否定する限り、これ以上は踏み込むことも出来ない。

「しかし、仮に良策を思い付いても、肥後国人に筒抜けでは意味がないでしょう」

正家は眉間を指で掻きながら首を捻った。奉行が刀狩りを画策していると漏らした可能性があるのは、島井宗室、立花宗茂、小早川隆景、小早川秀包の四人。だがいずれも状況を踏まえると、怪しくはないのだ。

「それも各々で今一度考えて持ち寄るということにしよう」

これ以上、話したとしても埒が明かないのは確か。このような時は整理して白紙から推理したほうが答えに辿り着きやすいことを、経験上皆が解っている。

「では、十二日後に再びここで」

長盛はそう取り纏めて話を終えた。この間に道筋をつけられねば、刀狩りは頓挫する。十二日間は、合戦でいうところの切羽となるだろう。

「そして、その翌日……再び肥後へ」

長旅で疲れ切った躰を奮い立たせるように、三成は決然と言い切った。

大坂に戻った翌日から六日間、三成は山積する仕事の処理に奔走した。六日目は奉行を務める堺に泊まり、七日目に大坂天満橋《てんまばし》のすぐ傍にある自身の屋敷に帰った。大坂に戻った日のうちに大谷吉継に、

——急ぎ会いたい。

と書状を送り、この日に屋敷を訪ねると返書を受けていたのである。吉継は半刻《とき》前に着いており、今は客間で待たせているという。三成は急いで旅装を解いて、客間の襖《ふすま》を開いた。

「遅くなった」

「いや、約束の通りだ」

吉継は精悍な頬を緩めた。吉継の言う通り、今は約束の申《さる》の刻（午後四時頃）である。

「待たせたのは確かだ」

「あの文だからな」

三成が急ぎで会いたいと言うことは珍しい。もしも三成が屋敷に早く戻れたら、それに応えられるようにと定刻より前に足を運んでくれたのだ。

「まず、聞いてくれるか」

「そのために来た」

吉継はふわりと返した。

「呑んでおらぬのか？」

三成は腰を下ろしつつ尋ねた。吉継をただ待たせるのは悪いと、家臣が酒肴の用意をしてくれている。だが盃は乾いたままである。

「共にやろうと、お主を待っていた」

吉継は白い歯を覗かせたが、

「余計な嘘はつくな」

と、三成は真剣な口調で言った。吉継の笑みが若干こわばる。

「悪いのか」

三成は声を落として言葉を継いだ。

「少しな」

観念したらしく、吉継は認めた。吉継は昨年より微熱を発することが増え、躰の節々にも鈍い痛みが生じるという。これは三成しか知らないことである。

「酒を呑むと痛む。それにお主の相談といえば決まって難題だ。酔って頭が回らぬでは困る」

心配を掛けたくないのだろう。吉継は軽口を交えつつ答えた。

「では、茶でも用意させるように――」

「癩《らい》だろう」

三成が腰を上げようとした時、吉継はさらりと言った。

三成はゆっくりと座り直した。抱いていた嫌な予感は的中したことになる。

最初は微熱、節々の痛みの症状が出るが、やがて躰に斑点、潰瘍が目立って皮膚は爛《ただ》れていく。さらに病が進めば、手足は酷く腫れ、骨が曲がり、目から光を奪うこともあるらしい。そして、最後は死に至るという恐ろしい病である。治療の方法も原因も一切解っていない。故に相貌が崩れることも相まって、呪詛《じゅそ》だの、先祖の業《ごう》だの、仏罰だのと、根拠のない決めつけを嘯く者も後を絶たないのである。

「医者には？」

覚悟はしていたが、実際に当人の口から聞けば心は揺れる。三成は平静を保ちつつ訊いた。

「診せた。やはり養生する以外に手立てはないようだ」

「曲直瀬《まなせ》殿に診て頂こう」

曲直瀬道三《どうさん》、当代随一の医者である。今は後進の育成や、自らの医術を書き残すことに専念しているものの、頼めば診て貰えるだろう。

「有難い」

吉継は無用に逆らうことなく謝辞を述べた。

「まずは養生することだ。呼び立ててすまなかった。屋敷まで送り届ける」

「話は？」

「大したことではない」

吉継は少し困ったような顔で苦笑した。

「これまで通りに頼む。まことに無理となれば遠慮なく言うし、奉行も続ける。だがお主は勧めてくれるが、やはり常の奉行は厳しい」

吉継は五奉行の面々と比べても遜色ない実力を有している。三成は吉継を加え、六奉行とすべきであると秀吉に進言するつもりだったが、吉継はこれまで難色を示していた。いつ何時、病が悪化するか解らない。その時に奉行として穴を空けることを恐れる故であろう。

「承知した」

「常の奉行は難しいが、お主の相談くらいなら、いつでも乗ってやれる」

吉継は微笑んだ。

「助かる」

「肥後のことだな？」

吉継の問いに、三成は深く頷いた。

三成は肥後でのことを詳らかに話した。特に念入りに説明したのは、こちら側の情報が、何故か国人衆に筒抜けであること。漏らしたと思われる国人が、すでに捕らえられている「隈部親永」を称していること。そして浅野長政の様子である。

酒の代わりに用意させた茶を啜《すす》りながら、吉継は話を聞く。

「浅野殿のこと、お主は如何に思う」

三成は単刀直入に訊いた。

「刀狩りに思うところがありそうだ。増田殿のように、過去に何かあったのでは？」

「そうかもしれぬな」

私と公を分けるべきだというのは正論であろう。とはいえ、人である限り感情を消し去ることは出来ない。それが仕事に悪影響を与えたことばかりが語られがちなだけなのだ。三成は感情と仕事が嚙み合った時、途轍もない力を発揮することを知っている。

「訊いていないのか？」

「いや……浅野殿とは反りが合わぬのでな。仮に何かあったとしても、私には答えまい」

「お主らしくない。たとえ怒らせることになろうとも、福島殿や加藤殿には、ずけずけとものを言っておろう」

「市松《いちまつ》や虎之助《とらのすけ》は別だ」

福島正則《まさのり》、加藤清正《きよまさ》のことである。三成と同じ小姓衆の出身で、古くからの付き合いのため、思わず今でも正則のことを市松、清正のことを虎之助と、昔の名で呼んでしまう。

「例えが悪かった。だが、別にあの者らに限ったことではないだろう？」

吉継は疑問を投げかけた。

確かに三成は相手がどう思おうとも、気にせず言うべきことを言う性質である。だが五奉行の面々には遠慮の気持ちが頭を擡《もた》げてしまう。特に長政に対してはその傾向が強かった。それが何故なのか。こうして吉継に言われるまで考えたことも無かった。

「出世を争う気持ちがあるからか。だが、お主はそのような男でもない」

心の整理を手助けするように、吉継は柔らかに言う。

「うむ……認めているからであろうな」

三成は他の五奉行の実力を認めている。彼らがいなければ、とっくに天下の政は崩壊しているだろう。仕事に向かう姿勢もそうだ。自らの役目に不測の事態が出来しようものならば、全てを横に置いて仕事に戻る。これまでの数年、ずっとそうであったし、これからもそうであろう。

「故にあの者らだけには……滅多に口出しをしてはならぬと思っている……」

「他の方々も同じような考えなのだろうか？」

顎に手を添え、吉継は首を捻った。

「大なり小なりそうなのではないか」

「腑に落ちた」

吉継は胡坐を掻いた自らの膝をぴしゃりと叩いた。

「どういうことだ？」

「かねて、俺は五奉行が不甲斐ないと思っていた」

「何だと」

思わず声が低くなる。吉継に悪気はないのだろうが、流石にむっとしてしまった。

「俺は初めて五奉行の名を見た時、心が躍った。それぞれ稀代の能吏なのだ。この者らが力を合わせれば、どれほど優れた政が行われるのか……とな？　だが、結果はというと……」

「五奉行ではなく、五人の奉行だったということだな」

三成が下から顔を覗き込むと、吉継は大きく頭を縦に振った。

「そういうことだ。各々が、各々の仕事を、これまで通り、ただ完璧にこなすのみよ」

「完璧ならば良いと思うがな」

言いたいことはよく解る。だが相手が吉継だから揚げ足を取ってしまった。

「己の範疇ではな」

吉継は顔を斜にして片方の口角を上げた。

「未だ知らぬ仕事のやり様があると」

「お主はよく知っているはずだ」

「そうだな」

三成は苦く頰を緩めた。

吉継が、正則や清正の名を挙げたのも意味があったようだ。小姓たちとは、衝突することはあっても遠慮し合うことはなかった。そのような間柄の者が三人集まれば五人分にも相当する力を発揮し、五人ならば十人分、八人ならば三十人分に感じたことさえ三成は経験している。

「浅野殿とぶつかってみる」

「よいのではないか。お主が決めたことだ」

まるで自らの助言は必要なかったとばかりに、吉継は抜けるような笑みを見せた。

三成は改めて吉継に心から感服した。五奉行に本当に必要なのはこの男ではないのか。それ故あまりに惜しい。ふいに吉継の笑みが儚《はかな》く見え、三成は震える心を押し殺すように唇を嚙んだ。


大坂に戻って十二日後、五奉行全員が揃った。明日、再び肥後に赴いて刀狩りを行う。次をしくじれば、秀吉より命じられた期日には間に合わないだろう。

「まず、一応の形は作った」

玄以が切り出した。玄以はこの十二日の間に、秀吉に急遽拝謁した。刀狩りの件ではない。かねてより秀吉が望んでいた大仏建立のことである。玄以は秀吉に目通りすると、

――大仏建立の件、これらの寺のいずれかでいこうと思います。

と、五つの候補地を提案した。

秀吉は一瞬、怪訝そうな顔になった。現在、五奉行は力を合わせて刀狩りの策を練っているはず。何故今、大仏建立のような大仕事を行うのか、と、疑問を抱いたのだろう。

だが秀吉はすぐに、これも刀狩りに関することと察し、不敵に片笑んで、

——五つから三つに絞れ。

と、命じたらしい。これで大仏建立という仕事が正式に「始まった」ことになる。つまり、大仏建立のためと肥後の国人に対して嘘の説明をせずに済むのだ。

「他に何か妙案は？」

三成は皆に向けて訊いた。長盛、正家、共に新しい策は考えつかなかったようで、大仏案に少々手を加えた程度のものであった。続いて三成は長政に尋ねた。

「浅野殿は如何」

「やはり大義名分を立てるならば大仏でゆくほか——」

「何か別にお考えがあるのでしょう」

三成は過日の如く踏み込んだ。他の三人はまた諍いが始まるのかと眉を顰《ひそ》める。

「前にも言った通りだ」

顔にしつこいと書いてある。前回はここで退いた。が、此度は違う。三成はさらに食い下がった。

「いや、あるはずです」

「何の根拠があってそう言い切る」

「勘でござる」

「馬鹿馬鹿しい」

長政は鼻を鳴らした。

「浅野殿は我々のやり方に不満なのでしょう」

「不満という訳ではない」

「ごまかすのはお止め頂きたい。貴殿はそれでも奉行か」

三成の痛烈な一言に、皆があっと顔を顰《しか》める。案の定、長政は青筋を立てて身を乗り出した。

「今一度、言え」

「何度でも申し上げる。殿の命を受け、奉行が力を合わせねばならぬ時に──」

「治部！　そこまでにしろ！」

長盛が止めるが、三成の舌は止まらない。

「いいや、止めぬ。皆でことに当たらねばならぬのに、我らの策を批判なさるだけではないか」

「小手先の策だからだ」

長政は奥歯を噛みしめながら唸るように言った。

「小手先ですと？」

鸚鵡《おうむ》返しにされたのを嬲《なぶ》られたと取ったか、長政は三成を睨みつけた。

「そうだ。肥後の者らは刀を取り上げられ、武士を辞めることを何故こうまで拒むと思う」

「それは武士であることの権益が──」

「違う」

今度は長政がぴしゃりと遮る番であった。一転、長政は苦しそうな表情になって続けた。

「武士を辞めることが怖いのだ」

皆が口を噤《つぐ》んでじっと見つめる中、長政はなおも熱を込めて語る。

「先祖に申し訳ないという思いも確かにあろう。だがあの者らも根っからの阿呆ではない。今の豊臣家に正面から逆らったところで、最後にはどうにもならぬと解っている」

長政は一度そこで息を整え、まるで国人たちの想いを代弁するかのように続ける。

「武士として生まれ、それ以外の生き方を知らぬ者たちぞ……如何にして食っていくのか。如何にして生きていくのか。それが見通せないから恐ろしいのだ。ならばいっそ武士のまま死んでやろうと、やけっぱちになっている。幾ら小手先の策を弄したところで意味がないのだ」

「故に乗り気でなかったと」

三成は長政の目を見据えた。

「左様。これではいつか佐々殿の二の舞になる」

「それでも刀狩りは為すべきだと仰った」

「やらねばならぬことは解っている」

「ずっと考えてこられたのですな。幾年も前から」

三成は静かに言った。暫しの無言の後、長政が掠《かす》れた声でぽつりと答えた。

「ああ……」

「何があったのですか」

「武士に、刀に、しがみついて身を滅ぼした男を知っている。ただそれだけのこと」

長政は遠くを見つめて詳しくは語らなかった。ただその男が長政の近しい者ではないかというのは、三成だけでなく皆察しが付いた様子である。

「この件は殿もご存知のこと。そのような愚かなことが二度と起きぬようにしたいと、拙者が願っていることもな」

「殿は刀狩りを五奉行に命じられた。だが中でも、浅野殿に託したのではないか」

「だろうな……だが無理だ」

長政は首を横に振った。

「案はあるのですな」

長政は「刀狩り」の最も良い方法を考え抜いて来た。その方策が見つからないのではなく、考え付いたものの極めて難しいと思っている。三成は長政の言葉の端からそう感じ取った。

「しかし……」

「あるのか、無いのか。どちらでござる」

三成が強く迫ると、長政は躊躇を振り払うように言い切った。

「ある」

「ならば結構。それでいきましょう」

三成はさらりと言ってのけた。

「あるならば早く言え」

「承知した」

「やりましょうか」

玄以は苦く頬を緩め、長盛はさも当然とばかりに、正家は剽《ひょう》げたように続いた。

「まだ何も話していないではないか……」

長政は唖然としたように皆を見渡した。

「浅野殿が長年考えて来たのでしょう。我らの付け焼刃の案より良いに決まっています」

三成が断言すると、長政は狼狽えつつ言った。

「だが、極めて難しいことなのだ……」

「奉行に出来ぬは無い。ただやるのみ。一人では難しいと思われたのでしょうが……今は五人いるのです。我らに出来ねば、日ノ本中の誰にも出来ませぬ」

三成は視線を逸らすことなく、真っすぐに長政を見据えて断言した。

「……解った」

「教えて下され」

「刀を手放しても生きられる道を作るのだ」

百姓でも、商人でも、職人でもよい。武士であることを辞めても、生きてゆける技を教える。政としてそれに責任を持つ。そこで本当に刀を素直に手放す保証は無い。だがそうせねば万に一つも上手くゆかない。後は下手に小細工をせず、ただ懇々と国人たちを諭すしかない。

「賢《さか》しいお主らからすれば、策とも呼べぬものであろうがな」

長政は自嘲気味に苦笑した。

「いえ……」

三成は俯《うつむ》いた。如何に国人たちから刀を奪うか。三成らはそのことばかりに頭が一杯で、後のことを何ら考えていなかった。これでは彼らが頑なになるのも無理はない。

「しかし、その策を講じるには数年、少なくとも数か月の時は要するだろう。故にこれまで口にしなかった。そのことは詫びる」

長政は皆に向けて頭を下げた。恐らく長政は、肥後で行う刀狩りはどれほど手を尽くしても失敗に終わると見て、これまではその傷をいかに浅くするかだけを考えていた。後に時を掛けて武士が生きていける仕組みを作り、全国での実施を秀吉に上申するつもりだったのだろう。

——しかし、それは無理だ。

長政の考えは間違ってはいない。だが、秀吉は何か途方もなく大きなことを考えている。そして、日ノ本全てを統一した後、それにすぐに取り掛かるつもりだろう。その為、全国の刀狩りを迅速に進めねばならず、長政が考えるように時を掛ける余裕が無いのだ。

「日ノ本を統《す》べた後、如何様《いかよう》になりましょうか」

三成は初めて奉行たちに諮った。これまでこの話題は吉継以外に話したことはない。

「どこで漏れるとも限らぬ……」

小さく頭《かぶり》を振った長盛も、秀吉の大きな野望に気付いている。迂闊な話はすべきではないという意味である。

「我らだけです」

ここに裏切る者はいない。三成はそう信じて強く言った。これに玄以は深く溜息をつき、

「あるだろうな」

と、苦々しく答えた。

「ええ、唐入《から》り――」

「それ以上は言うな」

正家が軽率に言葉を出しそうになるのを、三成はぴしゃりと制した。

「やはり……皆も同じことを考えていたか」

長政はずんと肩を落とした。五奉行全員、察しが付いていたことになる。

「もしや」

「それも無くはない」

長盛の問いに、長政は苦しげに答えた。刀狩りを完遂するためには十分な時が必要だと秀吉が認識すれば、その大望、いや野望を諦めてはくれないか。長政は一縷《いちる》の望みを持っていたらしい。つまり唐入りに反対だということだ。

「ともかく、それ故に殿は時を掛けることを許してはくれませぬ。今は刀狩りを」

三成も正直なところ、秀吉の野望には反対である。だが現段階ではどうにも出来ない。

「ふりだしに戻ったな。何か案は……」

長政が言い掛けるのを、三成は遮った。

「浅野殿の案でいきましょう」

「だからそれには数か月はかかる」

「二十日で」

「馬鹿な……」

「日ノ本全てならばともかく、肥後一国です。我らならば出来ます」

「やるか。まず何からだ」

長盛が真っ先に乗った。

「十把一絡《じっぱひとから》げに国人地侍と申しても、それぞれの身代で事情が異なってきます。それを選り分けることから始めましょう」

国人の中でも肥後の新領主の家臣団に組み込まれる者と、組み込まれない者に大別される。刀を取り上げる対象になるのは後者である。

「さらにそこから他家に仕える者も出てこよう」

玄以が話を進める。秀吉子飼いの大名に代表されるように、昨今、急激に身代を大きくした者たちは人手不足に悩まされている。良き者がいれば召し抱えたいと思うだろう。肥後の地は離れることになるが、このような大名小名に家臣として仕えるよう斡旋出来るということだ。

「それも叶わぬ者は刀を手放し、帰農、あるいは商人、職人になってもらう訳ですな」

正家が指を立てながら続く。斡旋先が見つからぬ者、あるいは肥後を離れたくないと主張する者たちには誠意を持って説得するしかない。この時点で国人たちの行く先は様々に分かれており、その結束も弱まっていることだろう。十分、勝算はある。

だが、所有する土地が広い者は大百姓《おおびゃくしょう》としてやっていけるが、少ない者はそれだけでは暮らしが覚束ない。過日、苦悩しながら刀を売りに来たのがそのような者たちだ。彼らには、他の職に転じても生きて行けるようにしてやらねばならない。

「この段取りに最も時が掛かるのだ……皆目、当てがない」

長政が険しい顔で言った。

「当てならあります。宗室殿に御力添え願いましょう」

国人たちは権益を手放したくないだけだと三成が決めつけた時、宗室は遠くを見つめながら、時代の奔流に呑まれる国人たちを慮《おもんぱか》っていた。その答えを長政が示したのだから、きっと力を貸してくれると確信している。

「明日までに割り出しましょう」

新領主に仕えられる者、他家に仕官する者、それらの凡その数を摑まねば、刀を手放して新たな道に進む者がどの程度になるか見えてこない。

「大坂にいる間ならば、それぞれの大名の石高、家臣の数を記した帳面が見られますからな。何処に押し付けるか目星を付けておきます」

正家の言う通り、それは今しか出来ないことである。

「よいのか……」

長政が頼りなげに声を震わせた。

「浅野殿の策……いや、想いに一縷の望みを掛けます。ただ一つ、問題が残っています」

淡々と言う三成に長政が応じる。

「内通者だな」

国人たちにそれぞれの道を示せば、必ずや足並みが揃わなくなってくる。だが例の「隈部親永」が、これらも全て奉行の策謀だと言い触らし、国人衆を糾合すれば事は複雑になる。その正体を暴かねばならない。

「少し気になったことが……」

「儂もだ」

もう腹を括ったのだろう。長政は一人、怪しい者がいるという疑念を口にした。それは三成が抱いていた違和感とも符合した。

「しかし、何処から話を仕入れている？」

長政は疑いつつも、如何にしてこちらの手の内を知るのか、それが皆目解らないという。

「大坂城に」

三成が声を低くして言うと、長政はあっと声を上げた。

裏で糸を引く黒幕と昵懇の者が、大坂城にいるのだ。大坂では五奉行が肥後に向かうことは知られていた。その大坂城の協力者は、それを知るなり肥後に人をやって報せた。三成らは数日後に出立したため、肥後の「隈部親永」は先にその情報を知ることが出来たという訳だ。長政は何度か頷いて続けた。

「ほぼ間違いない。だが、今となっては打つ手が無いな」

前回はいわば、三成たちは国人衆を騙そうとしたことになる。だが今回は次なる道を示した上で、しかと説得する正攻法である。加えて五奉行が肥後に再び戻ることも仄《ほの》めかしている。黒幕の正体が解ったところで、遅きに失した感がある。その黒幕はきっと今頃、

——奉行どもは信が置けぬ。奴らの口車に乗るな。

などと、国人たちを扇動していることだろう。

「いや、逆手に取って利用しましょう。大坂の『内通者』に嘘を伝えるのです。豊臣家は肥後での刀狩りを諦めた。恐らくはもう五奉行は肥後に戻って来ないと」

「なるほど……それならば肥後に向かう間に襲われることはなく、相手の意表を衝けるな。だが我ら

は明日には発つ。その重役を誰に任せる」

長政は尋ねた。余程、信頼の出来る男でなければならない。しかも半端な者では、内通者に訝しがられてしまうかもしれない。

「大谷殿に」

「それならば申し分ない」

長政は三成が吉継と懇意にしており、何より優れた才を有することを熟知している。

三成は吉継に向け、つい先日、躰を気遣っておきながら早速また頼み事で申し訳ないと詫びつつ、力を貸して欲しい旨を書状にしたため、すぐに大谷屋敷に届けさせた。家臣に預けて、明日にでも読んで貰えばよい。返事もいらぬと言い含めた。

にも拘わらず、翌日、三成らが目立たぬようにしながら揃って船着き場に行くと、吉継の腹心がすでに待っており、一通の書状を差し出した。夜のうちに返書を託したらしい。その内容は、

――浅野殿と正面からぶつかられたようで祝着《しゅうちゃく》至極。この件承った。存分にやれ。

と、いったものであった。

よき武将、よき奉行である前に、やはりよき男である。三成は頬を微かに緩めつつ書状を閉じると、船に乗り込んだ。海と空の境さえ解らぬほどの蒼天が広がっていた。

晴天は博多に着くその日まで続き、順風満帆の船旅であった。博多に着いた翌日、三成らは五人揃って宗室のもとを訪ね、この間に話し合ったことを具《つぶさ》に語った。宗室は全てを聞き終えると、

「承知しました」

と、即座に答えた。

「よいのですか？」

力を貸してくれるとは思っていたものの、あまりにあっさり了承したので三成は念を押した。宗室は商人だ。利を追い求めるのが本分であり、難色を示したとて責められる話ではない。

「勘違いなさっています」

宗室は柔らかな笑みを見せた。

肥後でまたぞろ一揆が起これば、確かに兵糧、弾薬などが売れて利は出よう。ただそれはあくまで目先の利であり、今までの騒乱の中での商いの延長に過ぎない。これからは、商人も泰平の世の商いに移行していかねばならない。肥後国人が商人、職人になる後押しをすれば、それらと太い縁を持つことが出来、泰平の商いへの足掛かりの一つになると見ているという。

とはいえ、それを理解している宗室ならば、とっくに泰平の商いに向けて舵を切っているはず。これは宗室なりの、消えゆく武士への贐《はなむけ》の想いが強いに違いない。

「それに今を時めく五奉行の皆々様に恩を売れる……これに勝る利はありますまい？」

宗室の笑みの中に、童《わらべ》のような悪戯《いたずら》っぽさが混じった。

「一本取られましたな。胸に刻んでおきます」

宗室は軽口のつもりであろうが、三成は深々と頭を下げた。

その日から宗室は動き出した。博多で商いをしたいという武士がいるならば、商売の相談に乗るのは勿論のこと、そのための敷地を用意し、さらに元手が必要ならば、利息無しで銭を貸し与えるという。

一方で博多の様々な職人たちを集め、武士をやめた者に技を伝授して欲しい旨を頼んだ。元武士に教えるのは気が引けると言う者もいたが、宗室がそれぞれの職人との取引を増やすことで、何とか説得してくれた。

「後で追いつきます」

三成は皆より一足先に博多を発った。肥後に辿り着くまでに、もう一人、会っておきたい人がいた。柳河にいる立花宗茂である。二人の下奉行を伴い、三成は柳河城下に入った。

「これは……この短い間に二度もお越しとは」

城門まで出迎えてくれた宗茂は、驚き混じりに言った。前回、肥後から撤退する時に改めて礼の書状を送ったが、また来るとは伝えていなかったので当然の反応であろう。

「立花殿、力を貸して頂きたい」

肥後国人のうち、幾人かを家臣として迎えてくれぬかという依頼である。肥後に近い柳河ならば、そして武名高き立花家ならば、望んで仕官する国人も多いと考えたのだ。同様に現在は京に滞在している小早川隆景、奉行を追うように大坂に出仕した小早川秀包の親子にも書状で頼み込んである。

「丁度、豊臣家にさらなる奉公をと、家臣を召し抱えようとしていたところ。但し、当家は些か厳しい家風です。それでもよろしければ」

「いざとなれば豊臣に弓を引く気骨のある武人揃い。それでいて先の一揆には自重した分別もあります」

三成は明朗に話した。

「しかし、我ら西国衆がお力添えしたとしても、数には限りがあります。やはり……肥後の次の御領主次第かと」

宗茂の表情に微かな翳りが生じる。佐々成政の改易の後、肥後国の領主は決まっていない。次の領主が国人衆を召し抱えることに否定的であれば、状況は一気に厳しくなる。

「それに関しては、加藤主計頭《かずえのかみ》を推すつもりです」

「加藤清正殿を」

宗茂は驚いたように整った眉を開く。

「かの者は治世に長けているだけでなく、義を重んじ、情にも篤い。必ずや国人衆をまとめ上げ、肥後の地を治めてくれるでしょう」

「ご存念は相解りました。しかし、加藤殿は……肥後を治めるならば、時には威厳も必要かと」

宗茂は慎重に言葉を選んで言った。

加藤清正は賤ケ岳の七本槍に数えられ、武辺者の印象を持つ者も多い。だがその実、これまでは専ら奉行としての仕事ばかりで、大軍を率いて戦をした経験が無かった。

「豊臣家子飼いの中、加藤主計頭は最も優れたる将です」

共に同じ釜の飯を食って育った小姓衆だったからこそ知っている。清正は奉行としても秀でているが、それ以上に優れた軍才を有していると。治める際に文武の両輪が必要な肥後国は、この男に任せる他無いとずっと考えていた。

さらに過日話題になった殿の野望。これが現実に行われた時、九州勢は真っ先に駆り出される。三成は長政と同様、内心では反対であるが、諫止《かんし》することは難しいだろう。ならば一刻も早く事態を収束させねばならない。その時には、現場での協力者が必須。それは清正しかない。

「治部殿がそこまで仰るならば」

「虎之助は貴殿に似たところがあります」

過ぎ去りし日々を脳裏に思い浮かべていたせいで、三成は清正を昔の名で呼んでいた。

「それは楽しみだ」

宗茂は一体、どれほどの男なのかと、真に期待しているように頰を緩めた。

「今一つ、お頼みしたいことが……立花殿に後詰めをお願いしたい」

戦をするつもりは毛頭ない。ただ、国人衆が蜂起する場合も無いとは言えぬ。そうなれば奉行たちを守る兵は一人もいない。万が一に備え、隈本城に入って貰えぬかという頼みである。

「なるほど、綺麗ごとばかりでは通りませぬからな」

「はい。ですが我らはその綺麗ごとを通すつもりです」

「承った。いざという時には、身命を賭してお守り致します」

宗茂は誠実な眼差しを向けた。

まず、百の兵を貸して貰う。これは書状を送るために必要な数である。次に明日には宗茂自ら五百の兵を率いて隈本城に入るという段取りとなった。千ではなく五百。戦をするつもりはなく、あくまで警備のためであると示している。

三成は話を終えるとすぐに柳河を出立した。隈本に入ったのは日暮れ時のこと。すでに他の五奉行の面々は各地の国人に向けて明後日に隈本への参集を乞う書状を作っていた。

筆を動かす手を止めずに長政が訊いた。

「首尾は？」

「まず百。明日、当主自ら率いて五百で。そちらは」

「すでに半分を超えた。特に長束殿は算術だけでなく手も速い」

長政が苦笑する。正家は文机《ふづくえ》にかじりつくようにして凄まじい速さで手を動かしていた。

長盛は下奉行を差配し、立花家の百人に書状を運ばせるよう指示を出し始める。

「明後日はそれなりの騒動になる。寺社にも一筆送ったほうが良いか？」

「お頼み申す」

長政が答えると玄以は頷き、指をぺろりと舐めて新たな紙を文机に載せる。

三成もすぐに筆を執り、空いた文机に向かう。

皆が阿吽《あうん》の呼吸で猛烈に仕事をこなす。戦における奇襲さながらの動きに、隈本城代である出田一要の家臣は唖然と見守るのみである。

俄《にわ》かに廊下を走る跫音が聞こえた。部屋に入って来たのは、その出田であった。領内の見廻りに出ていたところ、五奉行が隈本に再び入ったと聞かされ、急いで戻ったらしい。

「こ、これは何事でござる！」

出田の問いにも、皆振り向くことなく作業を続ける。

「再び参ると申したはずですが」

三成は最後に花押《かおう》を記しながら答えた。

「それならば何時戻られるのか、先に教えて下されば……お迎えの支度も整っておらず……」

「無用です。我らは宴会のためではなく、奉行の仕事をしに来たのです。増田殿」

「うむ。手が足りませぬ。出田殿にも加勢願いたい」

長盛は自身が使っていた文机の前に、未だ要領を呑み込めない出田を座らせた。

「肥後中の国人、地侍を参集せしめる書状です。雛形はそこにあります故、写して下され」

長盛が淡々と説明すると、出田は喉仏を大きく上下させた。

「疾《と》く」

さらに長盛は低く言う。出田は筆先に墨を吸わせると、紙に走らせ始めた。

「こちらは新たに四枚仕上げた。皆は？」

長政が紙を脇に避《よ》けながら問うた。

「五枚です」

「寺社に向けて六枚」

「十一枚。ふふ……拙者が一番ですな」

三成、玄以、そして正家が答える。長盛はその書状の送り先を示しつつ、てきぱきと差配を続ける。

その間も出田の横からは離れず、

「そこ。さむらいの『士』ではなく、つかまつるの『仕』ですぞ」

などと、確認を怠らない。奉行の疾風の如き仕事の速さに驚いてもいるのだろう。出田の額には脂汗がじっとりと浮かんで、光りを帯びていた。

五奉行はその日のうちに、国人、地侍宛ての書状を全て書き終えた。託された立花家の兵は、日が暮れた後も松明《たいまつ》を手に夜通し運ぶ。明日の払暁には全員に届くだろう。

翌日、立花宗茂自らが五百の兵と共に隈本に入った。侍の甲冑《かっちゅう》、足軽の胴丸《どうまる》に到るまで黒光りしている。歩幅は計った如く同じ。私語は一切無い。一糸乱れぬ行軍に、三成ら五奉行だけでなく、隈本城内の者たちも息を呑んだ。宗茂は三成が暫し休むように勧めるのも慇懃《いんぎん》に断り、即座に兵に指示を与えて警備に当たらせた。

立花家の兵が防御を固めたことで、隈本城内にぴんと張り詰めたような緊張感が漂う。特に城代である出田や、その家臣たちは、いずれも顔を強張《こわば》らせていた。

そして当日、隈本城内に国人、地侍たちが続々と集まって来た。国中に思ったほどの動揺は見られない。寺社にも書状を送ったことにより、村々にも、決して戦ではないと説明があったらしい。

どの者が来たのか確かめながら、帳面に名を記していく。病を理由に当主が来られずとも、嫡男、あるいは家宰が名代として来ており、書状を出した全ての家が揃っていた。

「浅野殿、そろそろよろしいですかな」

三成は呼び掛けた。国人衆への説明は長政が請け負うことに決まっていた。

「ああ」

長政は静かに答えた。冑の腑のあたりを指で押さえかけたが、手をぴたりと止めて戻す。

少しでも遠くまで聞こえるようにと、昨日のうちに長盛が指示して高さ一丈（約三メートル）の木製の台を設《しつら》えている。踏み段も備え付けられており、長政はそれを一段ずつ上る。それまでざわめき立っていた国人衆も少しずつ、潮が引くように静かになっていく。

「浅野弾正……浅野弥兵衛長政である」

何か思うところがあったのか長政は名乗り直し、国人衆に向けて話し始めた。

「此度は我らの呼びかけに応じ、御集まり頂いたことにまず感謝致す。遠くまで声が届くよう、高きところから話すことをご容赦願いたい」

国人衆に動きは見られない。憎悪、猜疑、不安、恐怖、それらが入り混じったかの如き視線を向けて来るのみである。そうした中、長政は少し間を置いて、抜けるような蒼天を仰ぎ見た。

ゆっくりと顔を戻した長政は、国人衆に向けて堂々と言い放った。

「我らは刀狩りのために肥後に入った」

まさかこれほど率直に明かすとは思っていなかったようだ。国人衆は度肝を抜かれた顔になった。

だが、暫くすると衆の中にざわめきが戻り、その中央辺りから、

「本性を見せたな！」

と野次が飛んだのをきっかけに、罵声が上がった。警備する立花宗茂がちらりと長政を見る。

――黙らせますか。

と、いった意味である。それを長政は手で制し、よく通る声でさらに呼び掛けた。

「やらねばならぬのです」

だが国人衆からの声は止まない。

「それはそちらの都合だ！」

「このままでは身代の小さな者は飢えることになりますぞ」

なおも長政は訴え続ける。

「それがどうした！　たとえ飢え死にしようとも、我らは最後まで刀を手放さぬ！」

誰かがそのように吼えた次の瞬間、これまで聞いたことが無いほどの大音声で長政が叫んだ。

「お主ら、それでも武士か！」

「何だと……今一度言え！」

「何度でも申す。お主らだけではない。妻や子、一族、そして領地に住まう民も飢え死にすることになるのだ。それを易々《やすやす》と見過ごすと言うのか。その何処が武士なのだ」

長政の声には冒し難い威厳があった。反論した国人も歯を食い縛り睨みつけるのみである。そこで、長政は一転して諭すように話し掛けた。

「何も武士だけではない。移り変わる世に合わせ、皆が懸命に生きている。百姓も、商人も、職人も、漁師も……皆がそうだ」

さらに長政は衆を見渡しつつ言葉を継いだ。

「我らが必ず今後の道を示す。各々の望みを叶えるために身を粉にして力を貸すと約束する」

ここで、新しい肥後の領主の家臣となること。そのうちに入れずとも、立花家、小早川家を始めとした九州大名の家臣として取り立てること。さらにそれにも漏れた場合、全国の大名に広げて仕官先を探すと訴えた。

「それでも見つからねばどうする？」

そう問うたのは、別の国人である。これまでの者よりも冷静な口調であった。

「その者たちは新たな道を見つけて欲しい」

生きていくに十分な土地を持つ者は帰農する。それすら出来ぬ者は商人として、あるいは職人として生きて欲しいと訴えた。その覚悟さえ決めてくれれば、島井宗室が全力で後押ししてくれることも、しかと付け加える。

「結局、武士を辞めろというのではないか……」

また別の者が悲痛な声を漏らした。その者の着物は繰り返し洗ったせいか、生地が薄くなって肌の色が見えるところがある。破れたであろう箇所には継ぎが当てられていた。

「武士とは何だ」

長政は唐突に尋ねた。男が返答に窮して黙り込む中、長政はさらに衆に向けて訊いた。

「誰か答えられる者はいるか」

「合戦で武功を立てる者では……」

誰かが絞り出すように答える。

「武功の無い武士など山ほどいる」

「では、合戦そのものに加わる者ではどうだ」

「叡山《えいざん》、興福寺《こうふくじ》を知っているか？」

これには玄以が、皮肉と自嘲の入り混じった口調で返す。

「ならば、先祖伝来の土地を守る者ではないか」

「それは百姓とて同じだ」

長政は頭を強く横に振った。

「しからば、血を受け継ぐ者では？」

「血を受け継ぐのは、田を耕しても、商いをしても同じこと」

この問答に業を煮やしたように、遂に核心に言及する者が現れた。

「刀を差す者。違うか!?」

「違う！」

長政は間髪を入れず否定した。その鋭い剣幕に皆が息を呑み、幾度目かの静寂が訪れる。

「その昔、今のお主のように、刀を持つことこそが武士の証だと考える男がいた」

長政は声を上げた国人をじっと見つめつつ続けた。

「だが総見院《そうけんいん》……いや、織田信長様より刀を手放して帰農するよう命じられたのだ」

肥後の国人とて、織田信長の名は知っている。皆が固唾《かたず》を呑む中、独り言のように呟く者があった。

「どうなった」

「織田家と争っても太刀打ちできぬ。男はそれを知りながら刀を捨てることを拒み、遂には戦と相成った」

「勇敢なことではないか」

「真にそう思うか？」

長政は深い溜息を零し、国人たちの背後、遠くを見やった。

「仮にそう思われたにせよ、一時のことだ……戦にはあっという間に敗れ、一族郎党、縁戚の家まで巻き込んで多くの血が流れた」

当時の惨状を長政は克明に語った。皆、少なくとも一度や二度は合戦に出たことのある連中である。脳裏にまざまざとその光景が浮かぶらしく、口を歪める者が続出していた。

「駆り出された領民も多くが死に、残された者たちも塗炭の苦しみを強いられることとなった。困窮して娘を売る者は数知れず、その冬は飢えて死ぬ者も少なからずいた……」

誰も口を開かない。蕭々《しょうしょう》たる風の音だけが響き渡る。長政は熱の籠った声で続けた。

「己が刀を手放したくないがため、多くの者を死に追いやる。これで真に武士と呼べるのか」

長政の想いが届き始めたか、国人たちの中には項垂れている者もいる。その時、三成の後ろをちらりと見て頷く髭面の男が目に入った。過日、田代兵太夫と名乗った国人である。田代は流れを引き戻すかのように大声を上げた。

「作り話で我らを籠絡《ろうらく》するつもりであろう！」

「その愚かな男は、拙者の父だ」

場が水を打ったかの如く静まり返った。三成には泣いているように思えた。三成は頃合いと見て、傍らで成り行きを見守る宗茂に向けて目で合図を送った。長政は涙を流している訳ではない。だが、三成には泣いて
長政は声に一層熱を籠めて語り掛ける。

「守るべき者を守る。その為に歯を食い縛ってでも耐える。刀などなくとも、それこそが武士だと拙者は思う。時代は移ろう。武士の在り方も変わる……どうか大切な者を守るため堪忍して頂きたい。平《ひら》にお頼み申し上げる」

長政はそこまで言い切ると、国人衆たちに向けて深々と頭を下げた。

「本当に……生きるために新たな道を教えてくれるのか……？　間もなく孫が生まれる……家族を食わせて行けるのか……？」

初老の男が声を震わせつつ尋ねた。その顔に見覚えがある。先に刀の買い取りを行った時、自身の腰のものを売りに来た地侍である。

「誓う。武士の意地に掛けて」

長政が凛然と答えると、男は二度、三度自らに言い聞かせるように頷いた。

「お願い致します。拙者は刀を返し申す」

捨てるではなく返す。男の答えは妙を得ていた。遥か昔、荘園を守るために武士は誕生した。その際に領主から刀を預けられたのだ。自身では意図していなかっただろうが、まるで先祖がそう言わせたかのような答えに、長政は口を結んで再び頭を垂れた。

「儂も返そう」

「俺も……妻子を食わせて行きたい」

身代の小さく、貧しい暮らしを強いられていそうな者たちから、順に申し出る者が現れる。中には

他家への仕官が叶いそうな国人であるのに、

「それほど欲しいならばくれてやる」

と、腰の刀を抜いて掲げる者もいた。他の国人たちが見つめる中、男は苦笑しつつ続けた。

「気儘《きまま》な世は終わったらしい。今更、武家奉公は好かぬ。商人にでもなったほうが良さそうだ。だが、俺は算勘《さんかん》などとんと出来ぬ。それでも道はあるか？」

「ある」

「そうか……ならばよし。これからは算盤《そろばん》で武士をやる」

男は刀を携えて前に進み出ると、長政に向けて差し出した。

「貴殿ならば出来る」

長政は片膝を突き、押し頂くように刀を受け取った。これをきっかけに刀を手放しても構わぬと言い出す者、己ならば何が出来るかを今少し詳しく訊きたいと言う者、際の際まで仕官を志し、その望みが絶たれてから他の道を求めてもよいかと尋ねる者などが続々と出た。

困惑する国人もいる。田代もそうだ。額からは滝の如く汗を流し、先ほど同様、目配せをしているある男を見ているのだ。

「動くな」

皆が長政の話に聞き入っている間に、三成はひっそりと場を移していた。そして、その男が挙げようとする手首を鷲掴みにした。

「如何した……のでしょうか」

「国人衆を扇動した『隈部親永』はお主だな。出田一要」

出田の肩がぴくりと動き、腕に力が加わる。が、三成もまた握る手に力を込めた。

「立花殿、小早川親子、島井殿の四人が黒幕だと見ていたはずでしょう」

「ああ、そうだ。だが今一人、我らが肥後に入ることを知っている者がいた。それがお主だ」

「お待ち下され。私が刀狩りのことを聞かされたのは、奉行殿が肥後に来られてからです。何も知らぬのに襲うわけがありませぬ」

「凡そ刀狩りだと見当は付いていたであろうが……」

「凡その見当でそのような危ういことをする愚か者がどこにおりましょう」

「最後まで聞け。お主は確かに刀狩りと知っていた。甥御、城殿から聞いてな」

三成は懐から一通の書状を取り出した。

長盛、正家、玄以が周囲に集まってきた。三成は長盛に書状を手渡して開かせた。

「これは先頃、城殿からお主に宛てて出された書状だ」

「何故、それを奉行殿が……」

「大谷刑部《ぎょうぶ》が書状を押さえ、こちらに運ばせた。今少し時が掛かるならば博多で待つつもりだったが、思いのほか動くのは早かったようだな」

「常日頃から、殿とは書状で息災を確かめ合っております。此度もそれでしょう……」

「一見するとそうだ。だがその実は違う。行頭の文字を横に読むと別の文となる。簡単な暗号だ。増田殿」

「ああ、この書状は……『ぶぎやう。狩りをあきらめ候《そうろう》』となるな」

「城殿からお主宛ての書状は焼いていよう。じゃがお主から城殿宛ては全て大坂城の蔵に残してある。一応、人質である故じゃ。知っておるであろう？」

玄以が丸い鼻を指で弾きながら訊いた。

「蔵にある書状は膨大。時も足らずまだ見ておりませぬが、見ずとも間違いないでしょうな。そろそろ取り出してこちらに送られるでしょう」

出田の耳朶に口を近づけ、正家はつらつらと話す。出田の顔は紙の如く白く変じていた。

「奉行とは……完璧を求める方々と思っていました……」

出田は遂に観念したらしく、か細い息を吐くと、呻くように漏らした。

出田に知られずに肥後に入れるか。立花宗茂は協力してくれるのか。仮にそれが為せたとしても、出田の動きを封じることが出来るか。大坂から届く、証拠となる書状は間に合うのか。そもそも国人、地侍たちがこちらの呼びかけに応じるのか――。

不確定なことは幾つもあり、賭けの要素は多分にあった。出田は、こうした不安を全て取り除いてからでなければ動かないのが奉行というものだと思っていたらしい。

「あながち間違いではない。我らの仕事は一分の隙無く段取りをし、実行するのが望ましい」

三成は淡々と言い、さらに言葉を継ぐ。

「だが、期日は刻々と迫る。故に腹を括って奇襲を用いたという訳だ」

「大袈裟な……戦のように仰る」

「皆、しくじった時は腹を切る覚悟。奉行は奉行の戦をする」

三成は毅然と言い放った。長盛は深く頷き、玄以は改めて安堵の溜息を吐《つ》き、正家はそうなのです、戦です、と何度も頷く。

「奉行の戦……ですか」

「ああ、此度は浅野殿の想いの強さに賭けた」

「我らは見事本陣を衝かれ、総崩れとなった訳ですな」

「お主も、城殿も刀を捨てずともよかった。それなのに何故このようなことを」

三成が問うと、出田はゆっくりと俯いていた顔を上げる。

「果たしてそうですかな？　佐々殿が元々領していた越中はおおよそ四十万石と聞きます。その家が肥後に入りました。どのようなことが起こったのか、奉行殿ならばお解りのはず」

「肥後は凡そ四十五万石ほど……足りぬか」

「左様でございます」

出田は苦々しく頷いた。

佐々成政は秀吉に降伏した後、越中の領地のほとんどが没収され、大坂で暫し御伽衆《おとぎ》を務めることとなった。その時、成政の家臣たちは側近く仕える数人を除いて、皆が召し放された。

成政が九州征伐で功を挙げ、肥後に封じられたのはその僅か二年後である。すでに他家に仕えた者もいたが、越中時代の半数ほどの家臣団で肥後に入ったと思われる。

また成政は頗る気前が良く、家臣たちに多くの褒賞を与えることでも知られていた。苦しい時代を耐えた家臣に、越中時代よりも多くの領地を与えることもあったらしい。

「佐々殿の家臣団に宛《あて》がうだけで肥後の半分以上の領地が食われています。運よく家臣団に組み込まれた在地の者も半知《はんち》以下でした。それすら叶わなかった者は数知れず……」

出田は重々しく語った。

「なるほど。肥後国は肥後の者でなければ治まらぬ。そう思わせる為か」

「その通りです」

佐々成政の処遇はまだ正式に決まってはいないものの、切腹に処されるのはほぼ間違いない。だが、そこにまた新たな大名が入って来る。その者がすでに三、四十万石を領している大名ならば、肥後の国人、地侍たちにとっては何ら変わらない。佐々の時の二の舞である。

肥後は難しい土地。故に肥後の者による分割統治が望ましい。成政の統治に続いて刀狩りも失敗すれば、秀吉はそう考えるかもしれない。それこそが出田の狙いであった。

「殺すつもりはなかったのですな」

三成は静かに言った。

出田の企てで、先の一揆の残党に三成たち五奉行を襲わせた。だがここで五奉行の命を奪ってしまえば、秀吉が肥後の統治を在地の者に任せようと考えるどころか、激昂して大軍を興し、肥後が焦土と化すほどの苛烈な攻めを加えるだろう。そうなれば、出田としても本末転倒である。恐らくは五奉行を捕らえて人質とするか、あるいは出田の思う「肥後の意志」を伝えた上、解放するつもりだったのではあるまいか。

「全てお見通しですな。仮に上手くいったとしても、襲った者たちは後に捕らわれて斬首に処されるでしょう。それを承知であの者たちは引き受けてくれたのです」

彼らは肥後では有数の国人とその家臣たちであった。だが佐々成政の入府の折、家臣として仕えるならば領地の七割を差し出すように命じられたらしい。それでは妻子、一族、郎党を到底養えぬ。幾度か成政に嘆願したが聞き入れられず、遂には一揆を結んだ次第だという。

——今暫し堪えよ。関白殿下に直訴する道もある。

決起しようとする国人たちに、出田はそう言って自重を求めた。が、国人たちの心に点いた決意の火は瞬く間に燃え広がり、肥後中を業火で包み込んだ。

鎮圧軍との戦いの中で、あるいは終結後の山狩りで、多くの者たちが死んだ。早々に降って許された国人たちの中には、申し訳なさと後ろめたさから、残党に変名を使わせて庇護している者もいるという。

「佐々殿はやってくれましたな」

正家は口をへの字に歪めた。

「慎重を期すべきであったが……」

三成が言いかけるのに対し、成政を擁護したのはまさかの出田であった。

「佐々殿の気持ちも解らぬではないのです。領地を失っても付き従ってきてくれた家臣たちばかり。加増はともかく、旧領と同程度の回復は当然考えるでしょう。もし私が佐々殿の長年の家臣であったならば、嬉々として拝領致します」

「つまり悪いのは……」

長盛が眉間に深い溝を作る。元は大領の太守であった佐々成政を肥後に封じた秀吉。出田はそう言いたいのだと思ったようだ。

「当初はそうとも思いました。しかし、これこそが武士の業だと」

暫しの間、誰も答えなかった。まさしく出田の言う通りだと痛感しているのだろう。

争いがあるから武士が生まれたはずなのに、いつしか武士がいるから争いが続くようになったと三成は思う。武士は争いつつも、戦乱の中で油虫の如く増殖した。恐らく今の日ノ本に全ての武士を食わせるだけの石高は無いのではないか。それでも増え続ける。これを業と呼ばずして何というのか。

「佐々殿が何故、肥後の統治に失敗したのか。それは我ら奉行衆でも相当に吟味して参りました。今もそれは続いております。出田殿が言われたことも、その因として挙がりました」

三成は沈黙を破って口を開いた。

嘘ではない。一揆鎮圧後、すぐに五奉行で検証が始まった。主要な原因を挙げ切った後、今は下奉行たちに引き継ぎ、さらに詳細な吟味が為されている最中である。

「故に次に肥後に入るのは現在数万石の者。しかも南北に分けて二人入ることで、肥後の者たちがより多く家臣になれる体制を、と考えています」

「なるほど。流石、二度と同じ過ちは犯さぬということですな」

出田はそこまで考えが及ばなかったことを自嘲するように、儚さの漂う笑みを浮かべた。

「端から気付けなかったことを、深くお詫び致します」

三成は深々と頭を下げると、他の奉行たちもそれに続いた。

「何を……」

「二度と同じ過ちを犯さぬは当然至極。しかし、奉行たるもの一度でやり遂げるべきです。気付かぬ、知らぬは言い訳になりませぬ。平にご容赦下さい」

普段はてんでばらばらの奉行たちである。だが、この矜持《きょうじ》の一点に関してだけは、皆が共通に持っている。故に三成の謝罪を止める者はおらず、むしろ同じく頭を下げ続けた。

「これは……あの勇猛果敢な島津でも勝てぬはずです……天下を獲らんとする家の奉行衆は、このような方々とは。とても、とても……」

三成が顔を上げると、天を仰ぐ出田の横顔には血色が戻り、空を見つめる目にはどこか清々しさがあった。

「これが我らの思う泰平の世の武士の形です」

三成の言葉に出田は二度、三度頷いて、こちらを真っすぐに見た。

「奉行殿、一つだけお願いがあります。殿は拙者に、大坂での奉行殿の動向を報せただけ。拙者が何を企んでいるかも、何をしたかも真に知らぬのです」

出田の主君である城久基は、九州征伐の後はずっと大坂で人質生活をしている。肥後の実際をほとんど知らず、ただ己に言われるがままだと出田は語った。

「故に城殿は罪に問うなと？」

「拙者は如何なる罰でも受ける所存。何卒《なにとぞ》……殿だけはお救い下さい。お願い申し上げます」

出田は膝を折って土下座しようとした。それを三成は手で制しつつ言った。

「城殿が何も気付いていないとは思えぬ」

「真でございます。全ての書状を出しても構いませぬ。殿は――」

「増田殿」

三成が呼ぶと、長盛は出田に宛てた久基からの書状を差し出す。奉行が狩りを諦めたことを伝える暗号。しかし、書状にはまだ続きがあった。

出田は書状を受け取るや、貪るように読み耽った。やがて、その手が小刻みに震え始めた。

「あ……」

出田が声にならぬ声を漏らす。目尻に光るものが浮かび、それはすぐに零れ出て頰を伝う。

「城殿は確かに何も聞かされてはいなかったのでしょう。だが貴殿が何か危ない橋を渡ろうとしていることには、気付いておられたようだ」

三成は穏やかに語り掛けた。久基からの書状の続き、行頭の文字を横に読むと、

——けして無りすな　御《おん》みを一《いつ》に　いへなくなるとも
となるのである。

久基が物心ついた頃から、父の親賢《ちかまさ》は病に伏せっておりほとんど接点が無かったという。そんな久基に、出田は幼い頃から側近くに仕え、ずっと支え続けて来た。久基は、出田を実の父のように思っているのだろう。此度、刀狩りの件が持ち上がった前後から、書状の往来が激しくなっていることも調べが付いている。久基も出田の並々ならぬ決意を感じていたのだ。

「何卒……何卒……」

出田は顔をくしゃくしゃにし、縋るようにして当主の許しを請うた。

これを如何に処置するか。奉行たちが襲われたことはもはやどうでもよい。だが、天下の大事業を邪魔したのは確か。出田には同情すれども、罪は罪として裁くほかない。他の者たちの顔にもそう書いてあるのを感じ、三成は汚れ役を買って出ようとした。

その時である。長政が応対していた国人たちに少し待つように頼み、こちらに近付いて来た。

「認めたのか」

長政の問いに、三成は頷く。

「はい。全て」

「城殿の書状も？」

「先ほど」

「出田殿。顔を上げられよ」

長政は涙に顔を濡らす出田を、しかと見据えて続けた。

「城殿は、ただ書状のやり取りをしただけ。出田殿も国人たちに参集するよう呼び掛ける手助けをして下さっただけ……よいですな？」

「それは……まことに……」

出田は口をぎゅっと結び頷く。

「浅野殿」

三成が苦言を呈そうとするが、長政は首を横に振る。

「裁きは拙者の担うところ。ここでまた曲事あれば、全ての責めは拙者が負う」

確かに司法は長政の担当である。それを差し引いても、こうまで言われれば皆、黙るほかないだろう。それに長政には何か思惑があるとも感じられた。

「承知した」

三成だけでなく、他の奉行も同意する。

「出田殿、ただし肥後に留めおく訳にはゆかぬ。国替えは覚悟して下され」

「真にかたじけのうございます……」

「今日中に全ての国人衆と面談したい。目が回るほど忙しい。手を貸して頂けますかな？」

長政が言うと、出田は頷いて国人衆の列を捌くのを手伝い始めた。長政は出田が離れるのを待ち、他の五奉行に向けて語り始めた。

「全ての国人たちが出田殿と通じていた訳ではあるまい。ただあのように刀狩りの先頭に立てば、まだ不満を抱いていた者も諦めるであろう」

「確かに」

「それに出田殿を処罰すれば、通じていた者たちも処罰せねばなるまい。あの田代などもきっとそうだ。となればまた一揆が起こりかねない。ここは心を狩りに行くのが最善と思う」

長政の言には説得力があり、三成も得心した。玄以などはその言い回しが気に入ったらしく、

「刀を狩るためには、心を狩るか。善き哉《かな》、善き哉」

と、何度も繰り返していた。

肥後国人たちの大まかな行先が決まったのは数日後のこと。肥後国人はその九割九分までが解体されることとなり、独立した家として残ったのは、相良家、小代家など僅かである。

城家は筑後石垣山《いしがきやま》への国替えが命じられた。これには諸大名の中で、

――どうも浅野殿が讒言《ざんげん》したらしい。

などという噂が流れたが、そうでないことを五奉行の面々は知っている。かといって下手に擁護しようとするならば、一連のことにも触れざるを得なくなる。何か他に長政の潔白を示す方法はないかと思案していたものの、当の長政は、

「我らの役目ではよくあること。一々気にしていては躰が持たぬ。胃の腑が痛くなるのは、殿の難題だけで十分よ」

と全く気にする素振りはなく、むしろその表情はいつになく晴れやかなものであった。

大坂城に人質としてあった城十郎太郎《じゅうろうたろう》久基は、それから間もなく領国に戻ることを許された。これ

も長政が秀吉に働きかけたことが大きい。

だがその時、久基は胸の病に冒されていた。病は重く、とてもではないが政を執れる躰ではなかった。出田は涙に咽《むせ》んで哀しんだが、すでに己の命が長くないことを覚悟していた久基は、城家累代の地である肥後に戻ることを望んだ。だが国替えを命じられた今、それを成すのは容易くない。

そこで久基は仏門に入ることを決めた。薙染《ちせん》したのは真宗隈本西光寺《さいこうじ》。浄徳《じょうとく》と号した。

久基、いや浄徳は翌年にその地で没した。享年十一。あまりに若い。小さな手を合わせ、息を引き取ったその日まで城家累代を弔いつつ、最後は眠るように旅立ったという。

出田一要は久基の頼みを請けて城姓に復帰し、城家を継いで城親基《ちかもと》と名乗りを変えた。新たな地で熱心に領地を発展させようと奮闘したが、久基の死から三年後の天正二十年（１５９２年）、領内の田畑を見回っている最中に倒れ、そのまま還らぬ人となった。

これにより城家は断絶。出田家は次男が継ぎ、肥後の新たな領主の家臣となっていたため残った。出田が望んでいた形とは違ったかも知れぬが、これもまた武士の業なのであろうか。出田の死の報に接した時、三成は肥後での苛酷な日々を振り返り、茜《あかね》色が滲む西の空を見上げた。

まつりの参　太閤検地

天地が逆様《さかさま》になったかと思うと、頬に強い痛みが走った。その痛みはすぐに頭全体を駆け巡り、首にまで伝わって行く。

「立て！　利兵衛《りへえ》！」

父の盛里《もりさと》が大声で叫んだ。暇さえあれば、このように父は己に武芸の稽古をつける。木刀で脛《すね》の辺りを打たれ、もんどりうって倒れ込んだという訳だ。利兵衛はへらりと笑いつつ応じた。

「はあ……」

「笑うな！」

父がまたも木刀で打った。尻に強い衝撃を受け、利兵衛の額が地を滑る。

「立てぇ!!」

父からすれば、余りに情けないと思ったのだろう。怒っているというよりは、泣いているように聞こえたのは気のせいか。

利兵衛は立ち上がると、木刀を拾い上げて構えた。やはり口元が緩くなる。

「へらへらとするな。それにその構えは何だ！　ついさっきも教えたばかりであろう！」

「申し訳ございませぬ。こうでしたか……」

これでも教えられたように構えているつもりなのだ。だがどうも違うらしい。

「もうよい。次は槍だ」

父は壁に立て掛けてあった稽古用の牡丹《ぼたん》槍を二本取り、そのうち一本をこちらに向けて放り投げた。利兵衛はそれをあたふたと両手の上で跳ねさせて地に落とす。別に父が強く投げた訳でも、利兵衛がふざけている訳でもない。これを上手く摑める者は素直に尊敬する。

また、怒号が飛んでくる。そう思って首を竦《すく》めたものの、

「何故《なにゆえ》……お前はそうなのだ……」

ぐったりと肩を落とし、項垂《うなだ》れた父の拳が小刻みに震えていた。

父は刀槍の達人ではない。武士としては中の下といったところだろう。だが利兵衛はその父にすら全く歯が立たないどころか、十二歳になった今でも、六歳の童《わらべ》に槍で敗れたことがあるほどである。馬に跨《また》がればすぐに滑り落ちるし、弓を射れば矢は三尺先にしか届かない。ありとあらゆる武芸が、からっきし下手、なのである。

「申し訳ありませぬ……」

利兵衛は再び詫びた。とはいえ、これればかりはどうにもならない。何度も、何度も、大真面目に取り組んでこの有様なのだ。

永禄《えいろく》五年（1562年）、利兵衛は水口盛里《みなくち》の嫡男として生まれた。盛里は、元は大蔵《おおくら》姓を名乗っていたが、近江守護の六角《ろっかく》家の被官として、甲賀《こうか》郡水口を領したため、いつしか地名を取って水口姓を称したという。水口家の本城は岡山《おかやま》城であるが、これもまた姓と同じ水口城と呼ぶ者のほうが多い。甲賀郡水口の水口城を居城とする水口家という訳である。

武家の子ならば、武芸を身に付けるのは当然のこと。利兵衛も五つになった春から、武芸の稽古をすることとなった。

「ご子息は何と申しますか……」

刀、槍、馬術、全ての師が言葉を濁す。弓術の師などは、

「恐れながら、これほど才の無い者を見たことがありませぬ」

と、憚《はばか》ることなく言った。

父は度々、利兵衛の不甲斐なさを叱り飛ばした。しかし、一向に上達する気配は見られない。

そこで父は半ば武芸を諦めたか、兵法を学ばせようと高名な軍学者を招いて利兵衛の師とした。たとえ当主自ら武芸に秀でずとも、兵の采配に長けていればよいと思ったのだろう。だが兵法の講義でも、利兵衛は似たようなものであった。いや、むしろ武芸よりも性質《たち》が悪いのは、

「五百と千では、千の方が明らかに大きい。それなのに負けるというのは、納得出来ませぬ」

などと、師に度々食って掛かったことである。

「寡をもって衆を制す。これが兵法の神髄というもの」

師がそのように説くものの、利兵衛は首をぶんぶんと横に振って納得しない。

「でも、敵よりも数が多い方が強いでしょう」

「それはそうだが……」

「ならば端から多く揃えれば良いのです」

「しかし、そう上手くゆくとは限らぬ」

師もむきになってきて語調強く返す。すると利兵衛は眉を八の字に下げ、

「では、戦わねばよいではありませぬか」

と首を捻《ひね》るものだから、兵法の師は呆れたように溜息を吐《つ》くのだ。

利兵衛にはこの理屈がよく解らない。戦《いくさ》において数は多いほうがよいに決まっている。少数が多数を上回る時があるとするならば、そこには何らかの作用が働いているはず。このような陣形の時には奇襲が有効だとか、城攻めの時にはこうした仕寄せがいいのだとかは、あくまでその時々のことに過ぎない。師の教えには、再現性があるようには到底思えぬのだ。

揺るぎない理《ことわり》のようなものを教えてくれるならばともかく、事例を羅列するばかりの兵法は嘘くさく思えて仕方がないのである。

「屁理屈をこねずに励め！」

父は烈火の如く怒るだけでなく、打擲《ちょうちゃく》することさえあった。自身が武勇に長けていないため、六角氏の被官の中で侮られることも間々あり、子に期するところが大きかったと聞いたことがある。そこに生まれて来たのが利兵衛であった。

――いつか才が目を覚ますはず。

と、諦め切れぬ思いが、厳しくさせるのだろう。

水口家の家臣たちも叱責を見て見ぬ振りをする。後継ぎが軟弱者であったならば、家の存続にも影響を及ぼす。武芸の達人、兵法の達者になれずとも、少しはものにして貰わねば困る。

そんな利兵衛を、ただ一人守ってくれたのは母である。

「お止め下さい！」

父が殴ろうとしようものならば、母は利兵衛に覆いかぶさり身を挺して守ってくれる。

父は顔を真っ赤に染め、母を引き離そうとする。しかし、母はむしろ諸手に力を込めて利兵衛を抱きしめ、断固として緩めようとはしない。そうこうしている内に父も諦め、ぷいとそっぽを向いて立ち去る。このようなことは幾度となくあった。

「父上は……私が疎ましいのでしょうか」

利兵衛が尋ねると、母は小さく首を横に振る。

「いいえ。貴方《あなた》を大切に思っておられます。故に少し焦っていらっしゃるだけです」

「そうですか。私が凡愚だから困っておられるのですね」

母は驚きの表情をしたが、すぐに真剣な顔になって続けた。

「貴方には貴方だけの才があるのです。自分を貶《おとし》めるようなことは二度と言ってはなりませぬ」

母の手の温もりが背に伝わる。利兵衛は茫《ぼう》と天井を見つめながら、真《まこと》に己に才などあるのだろうかと考えた。もしあるならば、母は心から喜び、父も認めてくれるかもしれぬ。

利兵衛が六歳になった時のことである。六角家から出陣の要請が来た。北近江の浅井《あざい》家と小競り合いが勃発したのだ。水口家は北近江にまで行く必要はないが、六角家の本拠である観音寺城《かんのんじ》に後詰《ごづ》めに出ることとなった。

急ぎの命である。父は家臣たちを参集させるため奔走するのに精一杯で、兵糧《ひょうろう》の支度は数人の重臣、あとは母ら女たちで行うことに決まった。

まず当座の握り飯の数。後は如何《いか》程兵糧を用意すれば良いか。まだ兵数すら確定しておらず、日数も解らないため、様々な状況を想定せねばならず、その計算は煩雑を極めた。

「一日一人七合とした場合……百人だと七百合。つまり七十升よな？」

「それは七斗であろう。そもそも野戦に備える場合、七合では足りぬ。九合は要るだろう」

「ならば七合の時、九合の時の二通りを考えては如何《いかが》か」

「ただでさえ様々な事態を想定せねばならぬのに、これ以上ややこしいことを申すな」

「では、八十人、百人、百二十人の三通りで考えるか」

「その時、荷馬《にうま》は何頭用意すればよい。荷馬一頭に米俵が二つだ」

「米俵は三斗四升。故に……」

などと重臣たちと母の間で意見が交わされている中、利兵衛がふらりと顔を見せた。

「その恰好は……」

母が絶句する。今年、利兵衛に合わせて、父が甲冑《かっちゅう》を拵《こしら》えさせた。その甲冑を身に付けて現れたのだ。付け方もよく解らないため、草摺《くさずり》が変に傾いているが、それは諦めた。

「私も戦に」

「殿に命じられたのですか」

「いえ……でも、そうした方がよいかと」

父の顔色ばかり窺っているうち、人が何を考えているのかよく解らなくなった。とはいえ、重臣たちの顔に喜色が浮かんでいるので間違ってはいないのだろう。

「貴方には、我が城を守るという役目があります」

重臣たちの手前か、母はならぬとは言わなかったが、咄嗟《とっさ》に言い換えたことだけは伝わってきた。

「解りました」

利兵衛は肩を落として部屋を後にしようとした。決して落胆している訳ではなく、これもこうした方が良いと頭で考えたに過ぎない。その時、利兵衛の目の端に飛び込んで来たものがある。重臣や母の前にある文机《ふづくえ》に膨大な紙が積まれており、そこに様々な数が羅列してあったのだ。

「それは……？」

胸がとくんと鳴り、利兵衛は思わず訊いてしまった。

「若は部屋にお戻り下され」

重臣の一人がやや面倒臭そうに応対する。

「今は父上たちが出陣なさるのに際し、いかほど兵糧がいるのかと数を勘定しているのです。これも頗《すこぶ》る大事なことです。いくら強い武士とて食べる物が無くなれば戦えぬのです」

母は嚙んで含めるように説明してくれた。

「難しいのですか？」

「ええ、とても。しかし、貴方が殿の後を継いで当主になった暁には、このようなこともせねばなりませぬ」

利兵衛が思う以上に厄介なのか。こうして話している時も惜しいとばかりに、別の重臣は胡坐《あぐら》を掻いた膝をあからさまに揺すっていた。

「母上も困っているので？」

「急なことでしたからね」

「そうですか。少し拝見しても？」

言うや否や、利兵衛はすたすたと皆のもとに歩み寄り、文机の上に重なる紙をさっと広げた。

「何をなさる！」

強面《こわもて》の重臣が声を荒らげるが、不思議と恐ろしさは感じなかった。

「しっ」

利兵衛が鋭く制したものだから、重臣は魂消《たまげ》てしまっている。母も啞然としている。

今、利兵衛の目には幾多の数字しか映っていない。その数が瞳から吸い込まれ、頭の中を跳躍しているような錯覚に陥る。

「皆々様は一日に七合を食すということでよいのですか？」

利兵衛は紙面から目を逸らさぬまま訊いた。

「さ、左様《さよう》……しかし、野戦に備える時は……」

「九合ですね」

利兵衛は文字の中に埋もれる「九」という数を指差す。

「はい。そのように見積もっております」

これは別の重臣である。雰囲気に呑まれたかの如く素直に応答した。

「水口家の数は八十、百、百二十の三通りあるように思いますが」

「刻限までにいかほど集まるかまだ見通せぬ故……」

「そうですか。いかばかりの日数の戦となるのでしょう」

「それも今は何とも……短くとも十日。長ければ二月ほど詰めねばならぬかもしれませぬ」

「ならば十日毎に、六通り考えれば間に合いますか」

「問題ないかと。しかし、あまりにも計算が煩わしくなります」

利兵衛は首を捻った。重臣は大層に言うが、利兵衛にはそうは思えなかったのだ。

「他は……荷馬ですか。一頭で二俵を運べるということですね？　一俵に米はいくら入るのです？」

利兵衛の問いに、重臣たちは一転して笑みを浮かべた。あまり人の気持ちが解らなくなっている己でも、この笑みは幾度となく見て来たから知っている。そんなことも知らぬのか、やはり子どもよ、と嘲っているのだ。

「三斗四升です。若、お戯れはほどほどにして、部屋にお戻り下され」

「十分かと。必要な数は揃いました」

利兵衛は胸一杯に大きく息を吸い込んだ。息を吐くと同時に一気に話し始めた。

「まず一人頭が七合の場合、八十人では一日五斗六升となります」

利兵衛は目を細めて続ける。こうしたほうが頭から数が逃げ出さないような気がするのだ。

「これに日数を乗じるだけ。八十人で十日毎に五石六斗、十一石二斗、十六石八斗、二十二石四斗、二十八石、三十三石六斗となります。百人ではこの数を四で割って五を乗ずれば、百二十人では二で割って三を乗ずれば値が出ます」

「四で割って五を乗ずる……？」

重臣たちは眉間《みけん》に皺を寄せて顔を見合わせる。

「間違いだと思うならば試してみて下さい」

利兵衛はそう言って暫し時を置いた。重臣たちは新たな紙を引っ張り出し、筆を走らせて計算を始めた。やがて皆が揃って、あっ、と声を上げる。それを合図に利兵衛は再び舌を躍動させた。

「これで一人一日七合の、日数毎に必要な米の量が解りました。次に九合を渡す場合です」

「同じことを今一度すればよいのですな」

重臣は前のめりになって言うが、利兵衛は首を横に振った。もっと簡単に値は導ける。

「それぞれの数を七で割り九を乗ずるのです。一日に七合として、百二十人で二月掛かったならば五十石四斗。これを当て嵌めると九合では六十四石八斗となります」

「何故そのように……」

この問いが最も困る。そうなるとしか言いようがないのだ。「九」という数は、「七」という数の十二割八分五厘七毛《もう》一糸《し》四忽《こつ》二微《び》八繊《せん》五沙《しゃ》――。いや、割り切れぬ。何と説明すれば良いのかわからず上手く話せない。が、計算に間違いがないのは確かである。

「これも……よければ試して下さい」

利兵衛が躊躇《ためら》いながら言うと、早速皆で検算を行う。果たしてここでも利兵衛が言った通り誤りはなかった。皆が驚愕する中、母だけは目を輝かせつつ言った。

「荷馬の計算も出来ますか？」

「はい。先ほどの六十四石八斗を例にすると、三斗四升の俵に詰めれば百九十俵で二斗ほどが余り九十五頭は必要となります。当家にそれほどの馬はないような……」

「その通りです。荷馬に使えるものは四十五頭のみ」

重臣は丁寧な口調で説明した。

「ならばどうすればよいのでしょうか？」

「荷車を使います。足は遅くなりますが、一つに六俵は積めるかと」

「であればここでは、十七の荷車が要ります」

もはや重臣たちも利兵衛を疑うことはなく、忘れないように紙に記録を取っている。

さらには皆が口々に、

「今一度、七合の場合から順にお願い出来ますか」

「先ほどの数の出し方、改めて最初からお教え下され」

などと頼み始めた。利兵衛はそれらの問いに対して明快に答えていった。そして四半刻《しはんとき》も経たずして、利兵衛は全ての兵糧の数、荷馬、荷車の数を示した。

「利兵衛……」

それまでのやり取りをずっと黙して見ていた母が呼んだ。

「お役に立ちましたか？」

利兵衛が尋ねると、母の目にみるみると涙が溜まり、やがてそれは零《こぼ》れ落ちて頬を伝った。

「あなたの才はこれです」

利兵衛は首を傾《かし》げた。確かに重臣たちは計算にかなりの時を要していた。だがそれは彼らがたまたま数に弱いだけであって、自分くらい計算が出来る者は世にごまんといると思っていたのだ。そのことを伝えると、母は唇を震わせながら首を横に振った。

「そのようなことはありませぬ。天下広しといえども、きっと五人とはいないはずです」

「お役に立てて良かったです」

利兵衛が微笑むと、母はまた目に涙を湛《たた》えながら何度も頷いた。

利兵衛の祖父の代まで名乗っていた大蔵姓は荘園の出納を司る者の姓。御先祖様が算勘に長けていた証ともいえる。故にこの才を有しているのは偶然ではなく、むしろ必然ではないか。何故、今までそれに気付かなかったのかと、母は口惜しそうに語った。

こうして水口家は、利兵衛が素早く勘定したことで、一切に滞りなく兵糧、荷馬の手配を整え、期限よりも遥かに早く軍勢を観音寺城に送ることが出来た。

六角家当主の義賢《よしかた》は、

——水口家の迅速な参陣、甚だ見事。他の者も見習うように。

と、特にお褒めの言葉を下さったという。これには父盛里も大変喜び、家臣たちが兵糧の手配を正確かつ、速やかに整えてくれたことも早い参陣の大きな要因であり、このような備えも肝要だと、常日頃から心得ているると付け加えた。

六角義賢はいたく感心していたが、そこで水口家の家臣が少し心苦しそうに、そして誇らしげに口を開いた。

——実は……此度《こたび》のこと。若殿の手柄でござる。

兵糧の段取りをしていた時、利兵衛が部屋を訪ねて来て難解な計算の答えを瞬く間に弾き出したこと。しかも正確無比であったこと。それらを詳《つまび》らかに語った。

盛里にとっては初耳のことで驚きを隠せない。恐る恐る義賢の顔を覗き込む。

義賢は膝を打って呵々《かか》大笑し、流石に元は大蔵姓の家柄である。わずか六歳で込み入った計算を難なく成し遂げるとは名将の片鱗がある。これは六角家にとっても頼もしく、

——まことに良い嫡子を持った。

と、手放しで褒めちぎった。

後に聞いたことであるが、父は利兵衛に将の才が無いと見限っていたらしい。が、主君が利兵衛を「長子」ではなく、「嫡子」と呼んだことで、廃嫡することが難しくなった。

この時の父の心境としては、利兵衛に算術の才があることを喜ぶ気持ちはなく、

——何とか水口家の跡取りに仕上げねば。

という一念だけが渦巻いていたようである。

この一件があった後、父はさらに利兵衛に武芸、兵法を学ぶよう厳しく言うようになった。師に任せるだけでなく、自ら木刀を手に取って指南し始めたのもこの頃からのことだ。利兵衛が立つのも覚束ないようになっても稽古は続く。

「もうお止め下さい」

泥と砂に塗《まみ》れ、口が渇いて涎《よだれ》すら出ぬようになった利兵衛を見かね、母が止める。

「人並みの将にするためぞ」

「利兵衛には人並み外れた才があるではないですか」

先に利兵衛が見せた算術の才を引き合いに出し、母は食い下がった。

「確かにそれもあるに越したことはない。だがこの地を虎視眈々と狙っている輩は必ずやいる。一城の主として、槍も弓も扱えぬでは話にならぬ。兵を率いて戦わねばならぬのだ」

父は唾《つば》を飛ばして反論した。その考えも間違ってはいない。だが無理に鍛えたところでどうにもならないという母の考えもまた正しい。お互い正しさがあるからこそ性質が悪い。

「母上……私はまだやります」

利兵衛は肩で息をしながら言った。正直、刀を握るどころか、見るのも嫌になっている。それでも己のことで、父と母がいがみ合って険悪になるほうがもっと嫌である。

「……今日はここまで」

父は、根は優しい人だと皆が言う。利兵衛もそれは間違いではないと思っている。故に余計に心苦しかった。算術の才があると母に言われ、素直に嬉しかったものの、一方で冷静に、

——父が求めるのはこれではないのだろうな。

と、考えていたのも事実であった。

そのような利兵衛に転機が訪れた。美濃国を併呑し、さらに伊勢国、近江国にまで勢力を伸ばし始めていた織田信長が、後の将軍足利義昭《あしかがよしあき》を奉じ、大軍と共に上洛の構えを見せた。

上洛に従えという信長の命を、水口家の主家、六角家は一蹴して抵抗の意志を示す。しかし、織田家の苛烈な攻撃の前に敢え無く敗退。六角義賢は観音寺城を捨て、甲賀郡に逃げ込んで来た。織田家の一部は甲賀郡まで追撃の軍を送る。水口家も戦禍に巻き込まれることとなった。

永禄十一年（１５６８年）の木々が赤く染まり出した秋の初め。利兵衛、七歳の時のことである。

岡山城は小高い山の上に立っている。その日、利兵衛は山間《やまあい》から、わらわらと湧き出て来る粒のようなものを見た。それは止《とど》まるところを知らず、時を追うごとに多くなって黒い塊へと変わっていく。織田家の大軍が攻め寄せてきたのだ。

山の隙間はだいたい三町。そこから織田家の軍勢の幅を推し量ると八間《けん》ほど。一間あたりに二人と仮定すれば、一列約十六の隊列と解る。

次に前後。小さく見える庄屋の屋敷の大きさから見積もる。前後は約百間。つまりこちらは二百列となる。それら前後左右を乗じれば、則ち兵数は、

——三千二百。

となる。馬、荷馬は計算に入れていないため実際には人の数はやや減る。それらを加味してもざっと三千は下らぬだろう。ざっと三千。気持ちが悪い。一の位まで算出する方法は他にないものか。利兵衛が考えていたのはそのようなことである。

水口家の兵力といえば老若足しても五百ほど。明らかに数が足りていない。これを兵法で補うというが、少なくとも利兵衛が学んで来た中にその因果、理を示すものはなかった。

恐怖はある。負ければ死ぬとも解っている。だがこれほどの「数」を見せつけられれば、どうしても思考はそちらに引っ張られてしまうのだ。

「若！　早く中へ！」

家臣に促されて、利兵衛は我に返った。しかし、惜しい。もっと正確な数を出す方法は他にあるはずなのだ。後ろ髪を引かれる思いであったが、囂《かまびす》しい城の中、利兵衛は引っ張られていった。

「甲冑を付けたほうがよいので？」

利兵衛が訊くと、家臣の目鼻が歪む。これは怒っているのか、それとも呆れているのか、哀しんでいるのか。利兵衛にはよく解らない。

自室に連れていかれると、部屋の中を母が忙《せわ》しなく歩き回っていた。

「利兵衛！　何処《いずこ》に……」

利兵衛の顔を見るや否や、母は駆け寄って来た。

「外で木剣を振るっていました」

「そのようなことはいいのです。織田家の数は五千とも六千とも言います」

「いえ、三千ほどでしょう」

利兵衛は首を横に振った。あれはどう見ても三千ほど。二千五百から三千五百までの誤差は有り得るかもしれぬが、五千を超えることは有り得ない。だが母がそう言うのは、誰かがそのように注進したということ。その者には、五千、六千に見えたという訳だ。

――兵法とはこのようなものか。

と、ふと腑に落ちた。人には様々な感情がある。それに左右されて真実を見紛ってしまうらしい。つまり、そうした感情を意図的に煽《あお》れば、相手を錯覚させられるということだ。しかし、如何なる場合でも揺るぎない真実はそこにあるのだから、利兵衛からすればまやかしとしか思えない。しかも錯覚させる方法すら確立しておらず、時々によって千差万別。利兵衛にとっては、

――とても気持ち悪い。

ものであることには違いない。

「若、甲冑を。初陣《ういじん》でござる」

家臣は促す。やはり着るらしい。甲冑のある次の間《ま》に行こうとすると、母が割って入った。

「私が身に付けさせます」

「しかし……」

「初陣にして、最後かもしれぬのです」

躊躇いを見せる家臣に向け、母はぴしゃりと言い放つと、すかさず侍女を呼び、続いて利兵衛を招いて次の間に移った。閉ざされていた部屋に光が差し込み、奥に置かれた小さな甲冑を照らす。

襖《ふすま》を閉めて家臣が去って行くのを確かめると、母は、

「利兵衛、よく聞きなさい。今から城を抜け出すのです」

と、囁《ささや》くように言った。

「やはり勝てませぬか」

五百対三千。その差を埋めるのが兵法のはずだが、どうもこの場合には適用されぬらしい。

「父上は勝てると？」

「そうは思っておられないでしょう」

母は首を小刻みに横に振った。

「では何故、戦うのでしょうか」

「水口家だけで勝てずとも後詰めが来ます」

すでに六角義賢は石部《いしべ》城に退《ひ》いた。織田家が水口の地に攻めて来た時には、必ず後詰めを送ると申し伝えられている。それを父も、水口家の家臣たちも信じている。

「織田家に降《くだ》ってはならぬのですか？」

すでに、六角家は織田家に大敗を喫した。が、六角義賢は、畿内に勢力を誇る三好《みよし》家、門徒《もんと》百万とも号して大坂に本拠を置く本願寺、他にも織田家に滅ぼされた美濃斎藤家の残党などに援軍を要請し、いずれの勢力もこれに必ずや応じると言う。

織田家を追い出した後、六角家は旧領に復す。しかし、他勢力の力を借りた分、領地の一部を礼として割かねばならぬだろう。真っ先に挙がりそうなのがこの甲賀郡。織田家に降って、再び六角家に帰参したとしても、領地を没収されることになるのは火を見るよりも明らかである。後詰めを主君が約束している以上、それまでこの城で耐え忍ぶのが上策だと母はいう。

「真にそうなるのでしょうか……」

利兵衛はぼそっと呟いた。今の話、決して不動の理に拠っての予想ではない。様々な前提が揃った上での話ではないか。しかし利兵衛は母には聞き分けよく返した。

「解りました。では、母上も」

「いえ、私は後で行きます」

当主、その一族が逃げる訳にはいかないという。ならば利兵衛も残ったほうがよいはず。その問いをぶつけると、

「貴方は理屈が無くては得心しないでしょう。でも、何か胸騒ぎがするのです」

母は頰を強張《こわば》らせて言った。母は侍女二人と、実家から付いてきている家臣三人に、予《あらかじ》め利兵衛のことを頼んでいた。その者たちが出揃ったところで、

「必ず後で行きます」

と、微笑みを浮かべて送り出した。

利兵衛は間もなく合戦が始まる喧騒の中を行く。途中、家臣に何処に行くのかと訊かれたが、

「殿の命で若を名代に六角家へ援軍を請いに行く」

「出丸《でまる》を守る兵を鼓舞しに参る」

などと言い訳をし、城の東にある出丸の脇を掠《かす》め、織田家の兵がいない南東へと抜けていく。

そこから貴生川《きぶかわ》を越えて南西、信楽《しがらき》のほうへと向かう。父も、母も、水口家の将兵も城を捨てた後はこの地で落ち合う約束になっていたからである。

城から半里ほど離れたところで、家臣の一人が振り返って眉を顰《ひそ》めた。そして、他の者と何やらこそこそと話し始める。

「何か？」

「いや……城が……」

家臣は明らかに動揺している。岡山城は近江でも有数の固さを誇る城である。織田軍としてもまずは包囲し、じっくりと攻城するものと誰もが思っていた。だが織田軍は早速猛攻を仕掛けているのだ。けたたましい喊声《かんせい》が上がり、続いて銃声も響き渡った。十や二十ではない。百を超えるほどの規模である。

「後詰めは！」

利兵衛はいつになく強い語調で訊いた。

「織田軍の姿が見えた時に早馬を出しましたので……」

「水口から石部の距離は？」

「それは……三里半ほどのはず」

家臣は狼狽《うろた》えながらも応える。利兵衛は矢継ぎ早に問う。

「馬は一刻《とき》にどの程度走りますか」

「急げば十二、三里はゆけるかと」

「仮に十二里とすれば石部に着くまで四半刻と少し。軍勢は確か一刻一里」

軍勢の進む速さは実際この程度であると、兵法の師から聞いたのを覚えている。強行したとて倍にはならぬ。五割増しが限界であるとも語っていた。

「軍勢を急がせたとしても三刻。支度の時も含めれば、どれほど見積もっても四刻となると思います。間もなく日が暮れそうですが、それはどうなのでしょうか」

利兵衛は自身でも驚くほど早口で言った。全てのやり取りを含めて十を数えるほどの間である。皆が利兵衛の算用の速さに舌を巻き、それと同時に絶望の色を顔に滲ませた。

「城は持つのでしょうか」

利兵衛はさらに強く迫った。

「かなり……厳しいかと。あのような猛攻、これまで見たこともございませぬ」

利兵衛には戦のことは解らない。だが彼らいわく、織田軍の攻撃の凄まじさは甲賀郡はおろか、近江の数々の戦でも見たことが無いほどだという。

「皆を助けに戻りましょう」

そのようにしたほうが良い。そう考えた訳ではなく、思わず零れた言葉である。今、ここにいる武士は、利兵衛以外にたった三人。これが加わったところで、織田軍の数には到底及ばない。それも解っているはずなのに、何故か口を衝いて出てしまった。

「我々だけでは……」

家臣は唇を噛んで渋い顔となる。

「兵法は。この場合はどうするのですか」

この問いにも、俯《うつむ》くだけで何も答えぬ。

「何か考えます……数の差を埋める法を」

利兵衛は城の方に向かって引き返し始めた。様々な数が頭の中を乱れ飛ぶ。しかし、一向に有用な数は組み合わされない。

「若！」

家臣、侍女たちが縋《すが》りついて止める。利兵衛はなおも進もうとするが、大人の力に抗えるはずもない。

「母上……父上……」

利兵衛は絞り出すように呟きながら、引きずられ、挙句の果てには担ぎ上げられた。利兵衛が何と言おうとも連れて行け。母からそう厳しく命じられていると、家臣たちは涙ながらに何度も繰り返していた。

岡山城はその後、僅か二刻ほどで陥落したという。援軍はどちらにしても間に合わなかったが、そもそも六角義賢は、

——今は自重して兵の力を蓄えるべしと見た。

と約束を反故《ほご》にし、後詰めを出す気はなかったらしい。

利兵衛が父と再会したのは、城から抜けて二日後のことであった。水口家はまだ織田軍の少ない搦《から》め手《て》から脱出。城内の全ての者がそれに続いた。あとは散り散りになりながら、山中に逃れ、這《ほ》う這《ほ》うの体《てい》で信楽に辿り着いたという訳である。

父は利兵衛を見つけると、

「聞いておる……」

と弱々しく、そして冷ややかに言って、すぐにその場を立ち去った。落城前、母から先に利兵衛を逃したことを聞いたらしい。精も根も尽き果て、怒る力も残されていないようであった。

母と再び会うことはなかった。混乱の城内で、一発の弾丸が母の胸を貫いたという。父は将として前方で皆を鼓舞しており、その瞬間は目にしていなかった。母は、

――利兵衛を先に行かせてよかった……。

と、安堵から血に濡れた唇を緩め、命の尽きるその瞬間まで語らせて欲しいと懇願したらしい。利兵衛に向けてである。

母は利兵衛が、人の気持ちが解らぬと悩んでいることに気付いていた。それは冷血だからなのではない。むしろ鋭敏過ぎるが故、人の顔色のちょっとした変化に気付き、却《かえ》ってよく解らなくなっているだけ。その証拠に、それに相応《ふさわ》しい表情を作ろうとするほど、優しい心を持っている。いつかきっと、利兵衛のことを理解してくれる人が現れるはず。だから涙を見せず、えくぼの出来る可愛らしい笑みを見せて欲しい。

そして、利兵衛の算術の才は天賦のもの。誰にも負けぬと母は信じている。それを世の為、人の為に活かして欲しい。最後に、己のもとに生まれて来てくれて、

――ありがとう……。

そう言って満面の笑みを浮かべた後、母は静かに息を引き取った。

最期を看取った者の話を聞き終えると、利兵衛は込み上げる嗚咽《おえつ》をぐっと堪《こら》え、思いきり頰を上げて笑みを作った。母だけは己の全てを受け入れてくれた。今、聞いたばかりの、母の最期の願いを裏切りたくはなかった。

母の様子を伝えた者が身震いするのが解った。利兵衛が笑っていることを気味悪がっているのだ。違う。今、貴方が伝えたではないか。母は笑っていて欲しいと言っていたと。

――母上。

利兵衛は心中で呼んだ。やはり自分は上手くやれそうにない。利兵衛は眉が下がりそうになるのを必死に堪え、とぼとぼとその場から離れていった。

以後、六角家は何度も反攻したが、その度に織田軍にあっという間に抑え込まれてしまった。頼み

の綱であった反織田の諸勢力も、石山本願寺だけが何とか互角に戦うものの、他は惨敗を喫する有様。徐々に六角家は拠り所を失って衰退の一途を辿った。

これは、恐らくは世間の大半が予想していなかった事態である。

六角家が萎《しぼ》んだのだから、水口家が領地を取り戻せるはずもない。父は利兵衛のほか、僅か三人の従者と共に栗太《くりた》郡長束《なつか》村に移った。この村の庄屋の別宅を借り受けたのである。長束村に水口家の親類縁者がいた訳ではない。一時期、父がこの村の代官を務めていただけの繋がりである。

「利兵衛、表に出よ」

父は朝餉《あさげ》を終えると、そう言って利兵衛を連れ出した。師匠を雇う財も失ったため、父自らが全てを教える。来る日も来る日も武芸の稽古は続く。長束村に来てからというもの、水口にいた頃の比ではないほど厳しくもなった。

「お主も次は戦に出ねばならぬのだ！」

長束村に来て半年ほどは、父はそう繰り返し言っていた。だがそれが一年を過ぎたあたりから、

「そのような有様では、儂《わし》が死んだ後に水口を取り戻せぬぞ！」

というように変わっていった。織田信長の勢いたるや凄まじく、とても父の代では故郷を奪還出来ないと悟ったのだろう。さらにそれが三年経った頃には、

「このままでは、仕官さえ覚束ないではないか」

と水口の地に戻ることを諦め、まずは武士としての家を保つことを優先するような言葉が増えた。

そして五年も経った頃には、

「どうしてお前はそうなのだ……」

と嘆きばかりが続き、それから間もなく、ぱったりと武芸を教えるのを止めてしまったのだ。

「利兵衛、話がある」

ある日、父が改まった口調で切り出した。厄介になっている庄屋の孫で藤三《ふじぞう》という子がいる。利兵衛より二つ下の十歳。虫を追ったり、川遊びをしたりと、いつも野山を駆けまわっている。利兵衛とは正反対の活発な性格であるが、何故か妙に馬が合っていた。

父は話すに際し、その藤三を連れて来た。藤三が困惑しているのが利兵衛にすら解る。

「藤三には昨日に話をした……」

そう前置きした父もまた、幾何《いくばく》かの躊躇いがあるようであった。

「実は……藤三はお主の弟だ」

父が長束村の代官を務めていた時、この庄屋の娘に手を付けたとのこと。後には引き取るつもりであったらしいが、終《つい》ぞ亡き母には告げずじまいとなってしまった。父が利兵衛を廃嫡にするのではないかなどと、母に余計な勘繰りをされたくなかったらしい。

「左様ですか」

利兵衛は話を聞き終えると間を置かずに答えた。

「驚かぬか」

「少しは」

父が数ある村の中からこの長束村を選んだこと、性格がこんなにも違うのに、藤三とは気が合うことなど、疑問であったこと、不思議であったことが、むしろ腑に落ちた気がしている。

「怒らぬのか……？」

「はい」

激しい稽古で、躰中《からだ》が打ち傷、擦り傷だらけになっても、利兵衛は笑った。父は最初のうちは呆れ、次に気味悪がり、最後に諦めた。それでも利兵衛は笑みを浮かべ続けたのである。母との約束ということもあるが、父が誰よりも苦しんでいることを知っていたから。父に、まだやれるということを見せるための笑みである。いや、このような無様な恰好であろうとも、父と共に時を過ごせることに利兵衛は幸せを感じていた。きっと父には伝わっていないだろうけれど。

「藤三、兄弟であったことを嬉しく思う」

利兵衛が言うと、藤三ははっとして、次に強張った顔を一気に緩めた。

武家が側室を持つのも珍しくはない。母を裏切ったなどという感情はなかった。こうして母の死後も、数年に亘って真実を打ち明けなかったところを見ると、父にも葛藤があったに違いない。父は決して母を蔑《ないがし》ろにしている訳ではない。それが知れただけでも、十分と思えてしまった。

「利兵衛……そこでだ……」

父が言いにくそうに語り始める。利兵衛はそれを聞く前に先んじて口を開いた。

「父上、先に私から一つお願いがあります。水口家の家督は藤三にお譲り下さいませんでしょうか？」

今まさに、父が切り出そうとしたのはこれだろう。ただ利兵衛があまりに平然と、しかもへらりと笑いながら言ったものだから、父も呆気《あっけ》に取られていた。

織田家は日の昇る勢いで成長し、六角家はもはや風前の灯火《ともしび》。父一代では水口家の再興は難しい。しかし、次代に託すにしても、利兵衛では兜首はおろか、雑兵《ぞうひょう》の首一つ挙げられそうにない。そのような利兵衛を仕官させてくれる家は皆無だろう。故に利兵衛に見切りをつけ、藤三に水口家の将来を託そうと出生の秘密も語ったのだ。

「お主がそう言うならば、それでよい」

父は複雑な表情で答えた。利兵衛が得心したことへの安堵。それ以上に拘《こだわ》りのない態度を見て、自身の判断は間違っていなかったという思いもあるのだろう。

「望むならば入れる寺がある」

父はそう続けた。

「いえ、仕官を試してみとうございます」

それはお前には無理だ。だからこそこうして藤三に家督を譲るのだ。父はそう言いたそうに、利兵衛と藤三を交互に見る。

「試すだけです」

利兵衛はにこりと笑った。何とか父の期待に応えねばならぬ。たとえ才が無いと解っていても。ずっとそう思って来ただけに、嘘偽りなく今は心が軽くなった気がしている。

こうして利兵衛は長束村を出て、仕官先を探すこととなった。どこにも相手にされず、すぐに戻って来るだろうと父は思っている。が、利兵衛は一つだけ、ここなら己を雇うはずと思う家がある。

――織田家へ行く。

織田家は今なお膨脹しており、多士済々らしい。ここならば己の算術の才を買おうとする者もいるのではないかと考えたのだ。

織田家は水口の地を奪い、その中で母は死んだ。父は仇《かたき》と思っているため織田家への仕官は念頭にない。だが利兵衛はそうは思っていない。たまたま攻めて来たのが織田家であっただけで、畿内の三好家であっても、甲斐の武田《たけだ》家であっても、越後《えちご》の上杉《うえすぎ》家であってもおかしくなかった。本当の仇は度重なる戦そのものである。

己が戦を世から失くせるなどと大層なことは思っていない。いや、放っておいてもいつか、必ず戦は止む時が来ると予想している。

――米が明らかに足りていないから。

利兵衛は一度、頭の中で試しに計算したことがある。世にいる武士の数に対し、日ノ本では米が足りていない。必然的に武士を食わすために戦を起こさねばならず、そこには勝敗が必ずあり、やがてその連鎖の先では何者かが天下を統《す》べる。たとえば、織田信長のような男が。

そして訪れた泰平が崩れぬようにする。そのためならば、自分でもちょっとは力になれるかもしれない。それが母の供養にもなるのではないかと思うのだ。

織田家直臣《じきしん》として仕官出来る見込みは薄い。その家臣のうち近江に領地を持っている者の中で、主だっているのは羽柴《はしば》、明智《あけち》、丹羽《にわ》の三家。彼らはまだまだ勢力を伸ばすだろうし、長束村でも、この三家が浪人を募っているという話は度々耳にしていた。

利兵衛が向かったのはまず明智家である。単に長束村から最も近いというのが理由であった。明智家の坂本《さかもと》城下で浪人を募っている屯所《とんしょ》を訪ねたところ、

「お主がか」

と、明智の者は目を丸くして皆で顔を見合わせた後、笑いを必死に堪えていた。歳もまだ十三。しかも身丈は同年代より遥かに低く、躰もほっそりとしている利兵衛である。

「戦に出たことは」

他の者が苦笑しつつ訊いた。

「まだ一度も」

「では、武芸の心得は？」

「幼い時から励んで来ましたが、才が無いようで童にも負けてしまいます」

利兵衛が正直に話すと、明智の者たちはどっと笑い声を上げた。利兵衛は、

「しかし、算術ならば――」

と続けたのだが、笑い声に掻き消される。不憫《ふびん》に思ったのか、その中で年嵩《としかさ》の一人がいち早く笑うのを止め、利兵衛に向け懇々と話した。

「上様は殿を買って下さっている故、我らは多くの戦に出ることになる。お主のような者はすぐに屍《かばね》

になってしまう。悪いことは言わぬから止めておけ」

利兵衛はそれ以上粘ることなく引き下がった。無駄な時を使わずに次に行くほうがよい。次に向かったのは佐和山《さわやま》周辺を領する丹羽家。ここでの反応もまた、明智家と同様である。明智家より酷いのは、当初から堪えようともせずに笑いの渦に包まれたことだ。

利兵衛が諦めて去ろうとしたその時である。突如として武士たちの笑い声がぴたりと凪《な》いだ。それどころか、利兵衛に向かって皆、床にへばりつくように平伏したではないか。

「何がおかしい」

利兵衛がはっと振り返ると、そこには一人の男が立っていた。歳の頃は四十前後。眉も目もやや下がって柔和な顔付きである。が、地を這うが如き低い声は威厳に満ちている。

「何故……ここに……」

武士の一人が問う。

「上様にお目通りせねばならぬ件が出来た。故にこちらの様子も見ておこうとしたところ、外にまで響き渡る笑い声が聞こえた次第。で、何がおかしいのだ」

「いや、その……」

「この者か」

男はすぐに笑いの原因を察したらしく、利兵衛へと視線を送った。

しどろもどろになりながら、武士は事の次第を伝えた。男は最後まで耳を傾けた後、

「何がおかしい」

と、三度《みたび》訊いた。皆すっかり意気消沈して小さくなり、中には身を小刻みに震わす者もいた。

「こうして仕官を望む者は、将来、丹羽家の支柱となるかもしれぬ宝。たとえ縁がなく当家に仕えること叶《かな》わずとも、蔑ろにすることは儂が許さぬ」

男は低くよく通る声で諄々と諭した。

「申し訳ございませぬ……」

「仕官を志す者を何故、笑った」

男が執拗に訊くので、武士の一人が、利兵衛が武芸は出来ないと正直に伝えたことによって笑いが倍加したと話した。

「痴《し》れ者どもが。この者の話には続きがあったのではないか」

「続き……と、申しますと？」

「武芸は出来ぬが、他に得意なことがある故ここに来た。違うか？」

見事に当たっている。男はとても賢い人物であるらしい。

「左様でございます」

と、利兵衛は口を開いた。

「何が出来る」

「算術を」

「算術とな。どれほどの腕前だ」

「海のようなものです」

「なるほど。未だ己でも先を知らぬか。大きく出たな」

男は初めて頬を緩めた。

「誰か。奈良の指出《さしだし》をここに持たせよ」

男は何を思ったのか、武士たちに向けて命じた。武士たちはやがて両手で抱えるほどの葛籠《つづら》を持った者を伴って戻って来た。男は葛籠を開くように指示し、

「これは奈良の寺社から届いた指出だ」

と、説明を続けた。大名は自領の石高を量る時、国人《こくじん》、地侍《じざむらい》などにそれぞれ知行する土地の広さ、等級、作人《さくにん》の数、分米《ぶんまい》などを書いて提出させる。こうして出された書類を指出と称し、このような方法での検地を指出検地という。

男は自らの領地の他に、奈良の寺社の検地を担うことになったらしい。そしてつい先日、寺社から届いたのがこの指出である。

「読み解いて数を出してみるか」

男が平然と言ったので、武士たちは唖然となる。出来るはずがないという思いに加えて、一介の浪人、しかも子どもに丹羽家の、いや織田家の機密を見せてよいのかということもあろう。

「やります」

利兵衛は即座に葛籠の中から指出を取り出し、目を通し始める。幾つもの数が並んでいる。それが目から吸い込まれて頭の中で躍る。何とも楽しく、自然と口元が綻《ほころ》んでしまう。

「部屋を貸し与えよう」

「いえ、少しだけこのままで」

男の提案を、利兵衛は手で制す。その間、次の指出を片手で開いて目を走らせている。

「よかろう」

利兵衛の態度に皆が気色《けしき》ばむものの、男だけは気分を悪くする様子もない。むしろ愉快げに応じ、床几《しょうぎ》を持って来させて腰を据えた。

四半刻も経たなかったであろう。利兵衛は全てを見終えて細く息を吐いた。

「何でもお尋ね下さい」

まず全ての指出にざっと目を通しただけだと思っていたのだろう。男はちょっと驚いたように眉を開いたものの、すぐに問いを投げかけた。

「此度の指出の総石高は」

「二千四百六十七石八斗六合です」

「どうだ？」

男は首を捻り、脇に控える武士に訊いた。

「ま、まさしく……」

武士は驚愕に声を詰まらせる。男はさらに等級ごとの田の広さ、作人の数などを続けて尋ね、利兵衛はこれも直ぐに答えた。いずれも寸分の違いがなく、その度に場が感嘆の声で満ちる。

「幾つか奇妙な点があります」

利兵衛は訊かれたことに答えるだけに留まらず、自ら疑問を呈した。

「何だ」

「まずこの寺ですが、等級は同じでも一反ごとの米の穫れる量にばらつきがあります。あたかも全てが出揃ってから細工したかのように」

利兵衛は寺が報告した数字を指差しながら言った。

「検見《けみ》を行え」

男は即座に武士に命じる。

「他にこの寺もおかしいかと。今度はどこも数が揃い過ぎています。まるで予め収める石高を決め、均等に割ったかのように。さらに……」

「待て。後で人を集めてからゆるりと聞かせてくれ」

遮られた利兵衛は、夢から覚めたばかりのように瞬《まばた》きをくり返す。

「当家へ来い。もはや誰も文句は言うまい」

男が口角を上げると、他の者たちは力強く頷いた。これまでの態度を悔いるように頭を下げる者もいる。

「丹羽様にお目通り願えるのでしょうか」

「未だ気付かぬとは。算術は神懸かっておるのに抜けておる」

「それは……如何なることでしょうか」

利兵衛は意味が解らず眉を寄せた。

「儂が丹羽五郎左《ごろうざ》だ」

滅多なことでは驚かない利兵衛であるが、これには息を呑んだ。丹羽長秀《ながひで》その人である。

「この者の名は？」

長秀は武士たちに訊いた。しかし、誰一人答えない。それもそのはず。利兵衛がこの場に来て名乗る前に誰の使いかと訊かれ、違う、仕官のために来たと答えて笑われたところから、一気に話が転がって今に至るのだ。長秀は呆れたように溜息を零して尋ねた。

「名を教えてくれ」

「水口利兵衛正家《まさいえ》と申します」

「甲賀郡の水口盛里の縁者か」

「息子です。いけませぬか？」

「いや、六角旧臣とて構わぬ。上様は少しでも多くの優れたる者を集めようとしておられる」

「水口家の家督は弟が継ぐことに。故に新たな姓をと考えています」

利兵衛は己《おの》が身の上を包み隠さずに話した。この人に下手な隠し事は通用しないという予感がしたのもあるが、それ以上に正直に話したいと思わせる不思議な魅力を感じる。

「何かよき名を考えてあるのか」

「特には」

「頓着がないならば、長束を名乗るのはどうだ？」

「長束ですか？」

利兵衛は鸚鵡《おうむ》返しに問うた。

「うむ。今は解らなくとも、お主が世に出た時、きっとそうして良かったと思える日が来る」

長秀は口辺に皺を浮かべつつ大きく頷いた。

「承知しました」

「よし。では早速、続きを城でやってくれ。他にも多くの『数』がある。それに全て目を通すのだ」

利兵衛はにんまりと笑った。心が激しく躍る。長秀もそれを見てふっと息を漏らして続けた。

「頼むぞ。長束利兵衛正家」

※

「……よきにはからえ」

秀吉の声は低く、五人の垂れた頭を撫でるようにして抜けていく。大茶会《おおちゃかい》の時のような明るいものとも、刀狩りの時のような怒りに染まったものとも違う。慎重に、確実に、決してぬかるなと念を押すような口調だ。

三成の隣で平伏する長政が生唾を呑むのが解った。刀狩りもかなり難しい役目であったが、此度はまた種類の違った難解さ、いや厄介さがあると早くも感じているのだろう。

秀吉、続いて小姓たちが去って行く跫音《あしおと》が聞こえた。今回は誰が口にするでもなく、示し合わせたように皆がほぼ同時に顔を上げた。

すでに謁見の間《ま》には五奉行の他は誰もいない。互いに顔を見合わせて無言の時が流れる。

「行くか」

長政が深い溜息を吐《つ》いた。三成を含めて残る四人が腰を上げたのが返事の代わりである。謁見の間を下がり、奉行の間に揃って向かう。暗澹たる雰囲気が五人の間に漂っている。

「これは……」

廊下の向こうから歩いてきた者が道を開けて頭を下げる。

「朽木《くつき》殿、お久しゅうござる」

長政が笑みを作って声を掛けた。朽木元綱《もとつな》。近江高島《たかしま》郡の領主で、官職は従《じゅ》五位下河内守《かわちのかみ》。朽木は世間話に応じたが、一同の重苦しい様子を察したのか、その顔は些《いささ》か引き攣《つ》っている。

「では、これで」

長政が会釈をして歩み始める。

「浅野殿、今日は一々足を止めていては、きりが無い」

三成はちくりと苦言を呈した。

本日、城内で秀吉はまもなく茶会を開く。この参加者は数人に過ぎない。

問題はその後に催される大宴会である。ここに招かれている大名小名の数は尋常ではなく、とても一つの間では入りきらない。そこで身分ごとに三つの広間に分け、秀吉がそれぞれを巡るという趣向となった。

まだ宴会には時があるというのに、早くも多くが控えの間に入っている。故に少し歩けば誰かしらと遭遇し、それに一々念入りに挨拶をしていては幾ら時があっても足りないのだ。

「しかし、不愛想にする訳にもゆくまい」

「念入りにせず会釈だけでよいのでは？」

「馬鹿な。すでに大納言《だいなごん》殿も入られているのだぞ。擦れ違って会釈だけで済ませられるか」

長政が言う大納言とは、徳川家康のこと。豊臣政権の中でも一、二を争うほどの大身《たいしん》なのに、このような時には決まってかなり早くに登城する。勝手に早く来たとはいえ、こちらとしてはそれなりに饗応の手配をせねばならず迷惑千万。

さらに家康は早くに登城した他の者と雑談を交わし、友好を深めようとしている節もある。腹の内では何を考えているのか解らず、三成としてはこのようなところにも脅威を感じるのだ。

すると正家が口を開くや否や、立て板に水の如く一気に話した。

「では、一万石以下は会釈、十五万石までは挨拶、それ以上は雑談としてはどうでしょうか。朽木殿には正式に朱印状は出ていませぬが、九千二百三石二斗と聞いております。なので会釈で」

「長束殿はすぐ数を……おっこれは、お久しぶりです」

丁度《ちょうど》、角を曲がったところで鉢合わせとなり、長政は慌てて挨拶をした。

「これは奉行殿、お揃いで」

相手は黒田長政《くろだながまさ》。一昨年、父の黒田官兵衛孝高《かんべえよしたか》が隠居し、黒田家の当主となっている。本人が苦労して大名となった訳ではないのに尊大に振る舞うこの男のことが、三成は嫌いである。

「御父上はお達者ですかな？」

黒田と浅野、この二人は諱《いみな》が一緒である。浅野のほうの長政がふわりと尋ねた。

「まだ細かには出ていませんが、十二万二千石から五千石。挨拶程度ですぞ」

正家が声を落として囁く。が、いくら囁いたとはいえこの距離である。しっかりと聞こえていよう。

黒田長政は怪訝《けげん》そうに眉間に皺を寄せる。

「それほどの武家なのですから、挨拶程度で済ますなと念を入れられてしまいました」

浅野長政は上手く取り繕ったが、正家はなおも何か言おうとする。咄嗟に長盛が機転を利かして正家の口を手で押さえつけ、

「長束殿、下奉行にあの件を指示せねば。黒田殿、これにて御免」

と、半ば引きずるような恰好で連れていった。

「全く、長束殿は黒田殿が好きで堪《たま》らぬようですな」

浅野長政は大袈裟に笑みを作ってごまかした。

「そうですか。それは治部《じぶ》殿も？」

黒田長政は三成のほうを向いて薄く笑った。父の黒田官兵衛は名軍師なれども陰湿なところがあった。この御曹司はそこだけは見事に引き継いでいるらしい。

「私はどちらかというと嫌いですな」

三成がぴしゃりと言い放ったものだから、玄以は己の眉間を摘まみ、浅野長政が慌てて弁解しようとする。

「まことに残念です」

黒田長政は笑みを貼りつけたまま応じた。

「しかし、それはあくまで私のこと。公の沙汰を曲げるようなことはせぬと誓います」

「左様ですか。治部殿に認められ、一人前になれるように励みます」

黒田長政は頭をさっと下げると歩み出したが、すぐに立ち止まって振り向くと、

「徳川殿にご挨拶をしたいのですが、何処の間におられるのでしょうか？」

わざわざ三成に向けて尋ねた。三成が家康を快く思っていないこと、脅威に感じていることに薄々気づいているのだろう。

「松の間です」

「そうですか。では、御免」

黒田長政は去り際、小さく鼻を鳴らしたように思えた。

「おい、治部……」

「かように舐められては奉行の役目を果たせませぬ。今度の相手は黒田殿どころではない。虚仮《こけ》にするほど私たちを舐め切っている男。それでいて遥かに胆力がある」

「ああ、そうだな」

ここで揉めるのも愚かしいと思ったか、あるいは秀吉から出された難題を思い出して急《せ》く気持ちが蘇ったか、浅野長政もこれ以上は反論しなかった。

ようやく奉行の間に辿り着いた。今日も下奉行の者たちが忙しなく働いている。すでに長盛と正家は上奉行の間に入ったらしく、三成ら三人もそちらへ移った。

「長束殿」

長政が腰を据えると同時に溜息を漏らす。

「申し訳ございません。つい」

正家は片目を瞑《つぶ》るようにして詫びた。

「今に始まったことではないでしょう。元来の性質でしょうな」

三成も続くと、正家は否定もせず、へらりと笑うのみであった。

「さて……本題に入るとしますか」

一区切りついたところで、長盛が左右を見つつ切り出した。

「面倒なことになってきましたな」

今年、天正十九年（１５９１年）の夏の暑さは一入《ひとしお》である。さほど広くもない上奉行の間は蒸し暑く、玄以は扇子を取り出して汗の滲む顔を煽ごうとする。そこで、ちらりと長政を見た。

「まず、すまぬ」

長政は心苦しそうに詫びた。胃の腑が痛むらしく、ぐっと親指で鳩尾《みぞおち》の辺りを押している。

「誰であっても同じことになっていたでしょう」

三成は首を横に振った。別に慰めの言葉を掛けたつもりはない。本心である。今回の件に関しては、長政はまさしく「外れ籤《くじ》」を引いたのだ。

ことの発端は昨天正十八年に遡る。豊臣家は四国、九州を平らげ、天下統一まで残すところは関東と奥羽の二家だけとなっていた。一つは関東に五代に亘って盤踞《ばんきょ》し、難攻不落の小田原城を持つ北条《ほうじょう》家。もう一つは室町幕府より奥州探題《たんだい》を拝した名家、伊達《だて》家である。

秀吉は当主が上洛して臣下の礼を取るように迫ったが、この両家は何だかんだと言い訳をして引き延ばしていた。さらにそれだけではなく、北条家は真田《さなだ》家が上野国《こうずけのくに》に持つ名胡桃《なぐるみ》城を攻め、伊達家は会津の蘆名《あしな》家を攻めた。

天正十三年、秀吉は大名の私戦を禁じる惣無事令を出している。二家はこの命を破ったことになる。秀吉はこれを口実に、天正十七年に北条家討伐を決めた。それに付随して伊達家にも最後通牒として、小田原への参陣を命じたのである。

豊臣家は二十万余の大軍で関東に雪崩れ込んだ。大小百城を超える北条家の城は、この大軍の前に次々に陥落していった。

だが、中には頑強に抵抗する城も幾つかあった。その中の一つが武州忍《おし》城である。そして、これを攻める総大将として抜擢されたのが、何を隠そう三成であったのだ。

忍城は湿地を利用した堅城であり、中に籠もる者たちの士気も頗る高かった。幾度となく猛攻を加えたものの攻め落せなかった。

そこで三成は忍城を水攻めにすると決めた。かつて秀吉が水攻めを行った備中高松《びっちゅうたかまつ》城と地形が似ていたのだ。これ以上、余計な兵を損じぬためというのが第一である。ただもう一つの理由として、大きな武功を立てたいという思いもあった。三成はこれまで奉行として、戦の後方を担って来た。碌な槍働きもしていないのに出世を重ねているなどと、陰口を叩かれていることも知っている。

そのこと自体は気にしていない。後方での備えは実戦と同等、時にそれ以上に重要であり、そうした務めを担っているとの自負があるからだ。ただ秀吉が総大将に抜擢してくれたのは、

――手柄を立てて黙らせてやれ。

という意味だと解っていた。だから三成の意気込みは、並々ならぬものであった。

不安もあった。忍城を水攻めにするには、備中高松城攻めの時を遥かに超える長大な堤を築かなければならない。

三成が率いる軍勢の中には、補佐役として大谷吉継もいた。吉継は三成に対し、

――ちと、無謀ではないか。

と、諫《いさ》めた。では、どうやって攻め落とすのかと問えば、時を掛けて廓《くるわ》を奪い、そこを足掛かりに一つ、また一つと廓を奪取していくのが最も良いとの返答であった。

だが先に小田原城が陥落してしまっては意味が無いと主張すれば、急がば回れと言うではないかと吉継は尚《なお》も止めた。

結果として、三成は吉継の助言に耳を貸さず、水攻めを行うと決めた。だが適当に決めた訳ではない。水の圧に耐えられる堤の幅など、全て計算し尽くしてのことである。

三成の忍城水攻めの話は各地に広がったらしく、聞きつけた長盛からも書状が来た。要約すれば、その水攻めは危ういというものである。長盛は自らも計算し、確かに水攻めは成し得るが、それは机上でのこと。もし長雨が続けば堤が決壊し、痛い目を見るという。

堤の築造に長けた院内《いんない》出身の長盛の言うことだ。確かにその通りなのだろう。だが、小田原から伝わる報によると猶予はさほどない。三成としてはこれに賭けるほかなかったのだ。

その後、堤を突貫で築造し、川の水を引き入れ、忍城は水の中に没した。しかし、長盛が危惧した

事態が真となった。凄まじい豪雨を受けて堤が決壊し、洪水となって自軍に襲い掛かったのだ。挙句、北条家が降伏しても、忍城は遂に陥落せぬという大失態を演じてしまった。

この時のことを思い出すだけで、三成は吐き気を催してしまうほど後悔の念に苛《さいな》まれる。

——気にするな。忍城はかなり固く、誰がやっても似たような結果に終わった。

大谷吉継はそう言って慰めてくれた。確かに吉継の言う通り、誰が指揮を執っても落とすのは難しい城だったのかもしれない。ただそれは並の将の場合である。三成には、そう言う吉継本人に戦を任せておけば、という後悔があった。

吉継に采配を託す決断が出来ていれば、忍城は陥落させられたかもしれない。ただ秀吉の期待に自らが応えたいという思いが勝り、その決断を下せなかった。三成は一期《いちご》の不覚だと思っている。

しかし、そこで三成は学んだ。これまで古今の戦の勝敗を吟味し、兵法の研究を続けて来た。それ自体は意味が無い訳ではなし、いつの日か真理ともいえるものを見出せるかもしれない。

だが、実際に軍勢を率いて戦をするとなればまた別である。これに関しては、三成の才は並以下だと思い知らされた。故に次にこのような機会があった時は、私心を一切消し去り、誰かに任せることに決めた。

このようなこともあった小田原の陣であるが、北条家が屈して決着がついた。その間、豊臣家に臣従せぬもう一人の男、伊達政宗《まさむね》はどうだったのか。

政宗は際の際まで様子を窺っていたようである。だが豊臣家の圧倒的優勢が伝わったらしく、いよいよ腹を括《くく》ったのだろう。遅ればせながら小田原に参陣して来た。

政宗は、弟の小次郎《こじろう》に家督を継がせんとした母に毒を盛られて数日間寝込んでいた、向かう途中、長雨で川が氾濫して手間取った、などと言い訳を並べた。どちらも事実ではあったらしいが、とはいえそれで遅参が許される訳ではない。しかし、秀吉は拝跪《はいき》する政宗の首を扇子で叩きながら、

——あともう少し遅ければ、そちの首と胴は離れておったぞ。

と言って、寛容さを見せた。

秀吉に拝謁する時、政宗は死に装束に身を固めていた。その覚悟と芝居気を秀吉が気に入ったから赦したのだ、という者もいた。

だが、それは大きな間違いである。秀吉はそもそも政宗が参上すれば赦す気でいた。いや、厳密に言えば赦さざるを得ず、気に入ったから赦したように見せかけたのだ。そこには大きく二つの理由があった。

まず一つは兵糧のことである。北条征伐に動員した兵力は二十万余。必要な兵糧、弾薬、銭、それらを運ぶ荷馬など、全ての計算を引き受けたのは、正家である。

正家は総数を導き出した後、

——続けて陸奥《むつ》へ攻め込むとなると兵糧が枯渇致します。

と、断言したのだ。

残りの奉行衆で検算もしてみたものの、果たしてその通りであった。そこで奉行衆揃って、秀吉にその旨を進言した。秀吉も薄々は感じていたようで、解ったと短く答えるのみであった。

そして二つ目の理由は、秀吉の胸中にかねてからあった野望のため。

——唐《から》入り。

である。奉行衆は早い段階からそれに気付いていたが、昨今ではもはや秀吉も口にするのを憚《はばか》らぬため、諸大名たちも知るところになっている。かつての主君である織田信長の遺志を継ごうとしているのだとか、あるいはただ気が大きくなって風呂敷を広げただけだとか、憶測が憶測を呼び、陰では様々なことが語られているという。

だが実際には、秀吉なりの理屈があることを、ここにいる面々は知っている。南蛮勢力から日ノ本を守るため。あまりに長く戦乱が続いたせいで、増えすぎた戦に纏《まつ》わる職に従事する者を転任させる時を稼ぐため。同じく戦乱で回転していた銭の流れを止めることによる不景気を避けるため。挙げれば幾らも出て来る。だがそれらへの対応策が唐入りでよいのかとなると、また別の話。あまりに無謀であり、他に活路があるのではないかと三成は思案している。

秀吉は一刻も早く唐入りをせねばならぬと思っているようだが、伊達家を攻めるとなれば、兵糧の備蓄に一年は待たねばならぬ。背水の陣を布《し》いた伊達家の激しい抵抗も予想され、全てが落ち着くまでにはさらに一年から二年の時を要する。とてもではないが、待ってはおれぬ。故に、秀吉は伊達家が呑むであろう条件のぎりぎりを衝き、降伏を許したという訳だ。

「伊達越前守《えちぜんのかみ》か……」

玄以が独り言のように漏らした。

伊達政宗は今年の三月、侍従と兼任して越前守に任じられており、そう呼ばれている。

「取次としては気苦労が多いでしょう」

長盛が顎に手を添えつつ長政に水を向ける。

北条家の討伐を終えた後、関東、奥羽の諸大名に仕置きが行われた。この時、ここにいる五奉行だけでなく、大谷吉継を始めとする常任でない奉行も駆り出され、それぞれの大名家の取次役に任じられた。伊達政宗の取次になったのが、浅野長政であった。

「摑みどころのない男でござる」

長政は苦々しく頰を歪めた。

「まずは一揆の話からおさらいしましょうか」

三成が皆に提案する。此度、秀吉から命じられた役目に大きく関係するのだ。

昨年の十月、奥州の仕置きによって改易《かいえき》処分となった葛西《かさい》家、大崎《おおさき》家の旧臣たちが蜂起するという事件が起こった。両家は政宗の曾祖父の代から伊達家に従属していたため、とても独断で小田原に兵を送れるような状況ではない。そう陳述したにも拘《かか》わらず、改易に処されたことへの不満があった。

さらに葛西、大崎領に新たに封《ほう》じられた木村吉清《きむらよしきよ》、清久《きよひさ》父子の統治が端《はな》からまずかった。年貢をこれまでより厳しく取り立てたこと。葛西、大崎旧臣を家臣に組み込むことはほとんどせず、問答無用に刀狩りと検地を行ったこと。家中の人材が豊富だったのならばそれもまだ理解出来るが、木村家は急な立身のため人材不足に悩まされており、浪人を雇い入れたり、足軽や中間《ちゅうげん》なども侍へと登用したりしていた。そのような俄《にわ》か侍たちが、領民に乱暴狼藉を繰り返していたことも後に判明した。

これらのことから、葛西、大崎の旧臣たちは我慢の限界を迎えて一揆を起こしたのだ。一揆勢は木村父子の籠もる城を瞬く間に包囲。木村父子は城から一歩も動けぬ有様となった。

その時、長政は取次としての一応の役目を終え、帰路に就いたところであった。白河《しらかわ》城で一揆が起こったことを聞くなり、すぐに二本松《にほんまつ》城に引き返し、事態の収拾に向けて動き出した。葛西、大崎の旧臣ら一揆勢の勢いたるや凄まじく、長政は二人の大名に協力を要請した。

一人は件《くだん》の伊達政宗。もう一人が国替えで会津に移って来たばかりの蒲生氏郷《がもううじさと》である。

氏郷は六角義賢の重臣、近江国日野《ひの》を治める賢秀《かたひで》の三男として生まれた。氏郷は鶴千代《つるちよ》と呼ばれた幼い頃から、利発にして聡明であったという。

その戦歴も輝かしい。齢《よわい》十四で初陣を飾ったのを皮切りに、姉川《あねがわ》の戦い、二度の伊勢長島《いせながしま》攻め、朝倉《あさくら》氏の一乗谷攻め、浅井家小谷《おだに》城攻め、長篠《ながしの》の戦い、有岡《ありおか》城の戦い、伊賀《いが》攻めなど、織田家の主要な戦には全て出陣して、そのいずれでも武功を上げた。

中でも氏郷が目を瞠《みは》る活躍をしたのは、織田信長が本能寺で横死した直後である。混乱の極致の中、氏郷は城内に残された信長の一族をまとめて保護。自身の居城である日野城へと引き取り、謀叛《むほん》人明智光秀に抵抗する意志を明確にした。そこからすぐに日野城の守りを固めると、秀吉が光秀を討つまで守り抜いたのである。

故に秀吉も氏郷への信頼は篤く、その実力を大いに認めていた。伊勢松《まつ》ケ島《しま》十二万石に加増して羽柴の姓を与えると、天下統一までの戦では要所を任せるようになった。

氏郷は戦に強い猛将というだけではない。新たに築いた松坂《まつさか》城の縄張りは精緻この上なく、商人を呼び寄せて城下町を発展させるなど、政《まつりごと》の手腕もある。

奥州の仕置きを終えた後、この不安定な土地への備えに誰を選ぶかとなった時、秀吉は真っ先に氏郷の名を挙げ、陸奥の要衝、会津四十二万石に封じられた。

「実際は違いますが」

数のこととなると我慢が利かぬようで、皆で流れを確かめている中、正家が口を挟んだ。

これまで田畑の石高を測る場合、各地では専ら指出と呼ばれる方法が採られて来た。それぞれの領主が自らの田畑を測って伝えるというものだ。しかし、そのやり方だと過少に申告して年貢を少なくしようとする輩が出る。

秀吉はここに切り込む決断をした。現地に奉行を派遣し、検地を行って正確な石高を割り出し、それに応じた年貢を取る。これは奥州仕置きの時に始まったことではない。天正十年（１５８２年）、本能寺の変が起こった直後でさえ検地を行っている。その中で様々な問題が噴出した。

例えば全ての田を一から測っていては、流石に時が幾らあっても足らぬ。まず指出の書を提出させた上で、奉行を派遣して検証させ、効率を高めることに成功した。

長さや、広さを表す単位も各地で微妙に違った。そこで一間《けん》を六尺三寸と定め、一間四方を一歩《ぶ》とし、さらに三十歩を一畝《せ》、十畝を一反《たん》、十反を一町《ちょう》と改めて定めた。

また米のかさを量る枡《ます》も各地で異なっていたため、京を中心に使われていた京枡に統一するといったように、問題が生じる度に対策を講じて、全国の検地をよりやり易く、より正確な石高が測れるように精度を高めていったのである。このやり方で、蒲生氏郷の会津領も測り直したのだ。

「正しくは九十一万九千三百二十石ですな」

正家はひょいとした調子で付け加えた。

これまで四十二万石と思われたのが、実際は大きな開きがあったのだ。如何に多くの領主が指出をごまかしていたか、あるいは隠し田を持っていたかが解る顕著な例であろう。

「どこでも似たようなものだが、陸奥、出羽《でわ》は特に酷い」

三成は苦々しく零した。奥羽の大名だけが、揃いも揃っていい加減ということは考えにくい。検地を行う中で不正が隠されてきた真相は見えて来た。

まず肥後国がそうであるように、国人、地侍の力が強いということ。さらに彼らが深い縁戚関係で結ばれていることが挙げられよう。

国人や地侍どうしで、あるいは彼らと大名家の眷属《けんぞく》との間で、幾代にも亘って、幾重にも婚姻が交わされてきた。他の国でもこのようなことは間々あるが、奥羽はそれが特に顕著である。一つの家族であるかのような様相を呈しているのだ。

本来は戦が起こらぬように、あるいは戦となった時に味方を増やすために採られた方策であろう。だがこのせいで癒着を生み、あるいは手心を加えたりして、正確な石高をもとにした年貢が取れない状況を生んでしまっていたのだ。

「これこそ、葛西大崎の者を一揆に走らせた最も大きな理由であろうな」

長政は話を戻した。人という生き物は変化を嫌うものである。ただし厳密には少し違う。自らが得になる変化は受け入れる。損になる変化は頑として受け入れたがらない。

今回の場合、これまでが納めるべきものを納めていなかったのであり、本来の納めるべき年貢に戻ったに過ぎない。過去の分まで追徴する訳でもない。ただ、人は不正であったとしても、その暮らしに慣れてしまえば戻れないものらしい。

「儂はこの件について詳しくは知らぬが……一揆勢を煽ったのは伊達と見て間違いないのだろう？」

玄以は扇子をはたはたと動かしながら尋ねた。

「うむ……」

長政は口を結んで深く頷いた。問題の発端から経緯を追い、ようやく本題に迫って来た。

一揆勃発の報を受けるや長政は、伊達政宗、蒲生氏郷に対して、領主の木村父子の救出および一揆勢の鎮圧を要請した。これは長政の独断であり、後に秀吉の許しを得ている。慎重な長政がそうした決断を下すほど、のっぴきならぬ事態になっていたということである。

葛西大崎の武士が蜂起してから十日後の十月二十六日、氏郷と政宗は伊達領内の下草《しもくさ》城で会談することになった。長政は声を落として言った。

「実は儂もその場にいた」

長盛が眉間に皺を寄せる。皆、この段になるまで、伊達、蒲生両家だけの会談だと思っていた。豊臣家の奉行である長政が公式に立ち会うと、それは「蒲生伊達連合軍」から、「豊臣軍」となってしまう。この時点では一揆をすぐに鎮圧出来るかどうか解らず、木村父子が殺されることも有り得た。そうなると、豊臣家の威信に傷が付いてしまう。

故に長政は、あくまで非公式で見届け人のような役回りを買って出たのだ。奉行の仕事をしていれば、寝技の一つや二つは使わねばならぬ時はある。だが、何故、長政はそのような危ない橋を渡ったのか。

「ふいに不安が過《よ》ぎったのだ」

生まれ、境遇、歳、性格も異なる蒲生氏郷、伊達政宗が話し合って真に纏まるのだろうかと。

「で、その場は？」

三成は膝をにじって尋ねた。

「すでに会談は始まっていたが……案の定よ」

共に百戦錬磨の男である。長政が急遽現れて驚いた様子を装いつつも、本心は出さない。ただ長政もまた阿呆ではない。氏郷からは安堵、政宗からは苛立《いらだ》ちを感じたという。

「蒲生殿は急ぎ支度を整え、三日後の出陣を主張しておられた」

まずは寡兵でもよいから出して一揆勢を牽制し、それから随時後詰めを送るというのが氏郷の考えであった。

「一方、伊達殿は翌月の末に出陣を、と」

長政は言葉を継ぐ。葛西大崎の地と、蒲生家は領地を接していないが、伊達家は接している。よって伊達領に雪崩れ込むことも考えられるため、境近くの城に兵を入れて守りを固めねばならない。そのためには相応の時が必要であり、出陣はその後というのが政宗の意見であった。

「ちと……な？」

玄以は片眉をくいと上げ、長政が頷く。

「左様。翌月末ではあまりにも遅すぎる。これでは木村父子を見殺しにするようなもの。蒲生殿も同じことを考えておられたようだ。しかし、伊達殿の言い分にも一応の筋は通っている」

長政は両者の折衷案として、翌月半ばの出陣を提案した。これもそう簡単ではなかったが、一刻《とき》も掛けて二人を説得し、

――翌十一月十六日より一揆勢の鎮圧に当たる。

と、いうことで合意を得た。そして城に籠もる木村父子には狼煙《のろし》でそのことを伝え、それまで持ちこたえるように鼓舞した。この後の流れは、他の奉行も伝え聞いている。

「確か直前でしたな？」

三成は記憶を手繰りつつ訊いた。

「うむ。出陣の前日の十五日のことよ」

政宗の家臣、須田伯耆《すだほうき》という者が氏郷の陣に駆け込み、

――一揆を扇動したるは伊達政宗。

と、訴え出たのである。それを聞いた氏郷は驚かなかったという。秀吉に見込まれたこの名将は、すでにその線は十分にあり得ると考えていたらしい。

これ以降、政宗の暗躍を暴露する者が続く。政宗の祐筆《ゆうひつ》は一揆勢に指示を与えた密書を持参、さらに伊達領との境では一揆勢との戦が始まっていたが、これは疑われぬための演技であり、伊達軍の放っている鉄砲は空砲であると告げる者もあった。

「伊達殿は存外、詰めが甘いと思ったのを覚えておる」

玄以が汗の伝う頰を苦く緩めた。

何故、政宗がこのようなことを行ったか。秀吉の奥州仕置きにおいて、会津領ほかを没収されただけでなく、元は傘下である葛西、大崎の両家も改易となった。会津領を取り返すことは難しいが、せめて葛西、大崎領は手中に戻したいと考えていたのだろう。

故に不満が募る国人衆を蜂起させ、この地は伊達家でないと治まらないと秀吉に思わせようとしたのではないか。だがこうも簡単に計画が露呈してしまうあたり、玄以がそう思ったのは無理もない。

「どうでしょうな」

長政は首を傾げた。三成はその意味を察して答える。

「確かに出来すぎておりますな」

伊達家から政宗が黒幕だと訴える者が出たのは出陣の前日。そこから続々と類する話が飛び込んで来た。これはあまりに出来すぎではないかということだ。

「まさか、わざと」

長盛が身を乗り出し、長政は口を歪めて頷いた。

このように氏郷の陣に家臣が駆け込むことも、全ては政宗の策謀であるということだ。それが真であったとすれば、氏郷を疑心暗鬼にさせ、軍を動かせぬようにするのが目的だったと予想される。つまり政宗は、この一揆を少しでも長引かせたかったのだろう。

「あまりに危ういぞ」

信じられぬといったように唇を突き出す玄以に、長政は溜息を洩らしつつ続けた。

「それをやる胆力を持っているが故に、伊達越前守という男は厄介なのだ。用意周到に言い逃れる策を事前に幾重にも講じておったのだろう。しかし、伊達殿にも予想外なことがあった……」

三成は半眼になって応じた。

「左近衛少将《さこんえのしょうしょう》もまた並の胆力ではなかったということですな」

通常、このような報を受け取れば、背後を伊達軍に衝かれることを恐れて兵を動かせなくなるものだ。だが氏郷は違った。予定の十六日に軍を発すると、一揆勢に落とされていた名生《みょう》城を電光石火で奪還したのだ。そして籠城の支度をすぐに整え、

——伊達、謀叛との報あり。

と、秀吉に向けて使者を送ったのである。

「ここからは治部もよく知っておろう」

長政が話を振った。

蒲生氏郷が伊達政宗に謀叛の疑いありと秀吉に報じた後、陸奥行きを命じられたのが三成であった。忍城での一件からまだ半年足らずだが、早くも三成の失態を悪し様に語る者が出始めていた。このままでは奉行としての仕事にも支障が出る。ほざく者を黙らせろと挽回の機会をくれたとも、次の失敗

は許さぬと早々と試練を与えたとも考えられる。恐らくどちらも正しく、三成は覚悟を決めて陸奥へと向かった。

「お主が上方《かみがた》を発った頃だっただろう。越前守が動いた」

氏郷の大胆不敵な英断に、恐らく政宗は吃驚して舌打ちしただろう。秀吉への言い訳は用意しているとはいえ、このまま動かねばあまりに伊達家の印象が悪くなると考えたに違いない。

政宗は自ら軍を率いて一揆勢と戦い始め、高清水《たかしみず》城、宮沢《みやざわ》城の二城を瞬く間に攻め落とした。蒲生家に伝わって来た話によると、政宗は馬上から、

——豊家《ほうけ》に弓引く賊ばらを成敗せよ！

と、連呼していたという。

「最も驚いたのは一揆勢だろうな」

三成も当時の状況を振り返る。一揆勢は伊達家から兵糧、弾薬の供給を受けていた節さえ見られる。恐らくは、伊達家は動かぬと聞かされていたのだろう。

蒲生軍の攻撃を耐え忍んで氏郷に手を焼かせろ。さすれば己が仲介して旧領を取り戻してやろう。たとえ伊達領になったとしても元通りに城と土地を任せる。

蒲生軍に苦戦した場合、伊達家は背後を衝いて助け、再び豊臣家に対峙するといった甘言すら弄していたかもしれぬ。その証左に、一揆勢の布陣は明らかに蒲生軍への備えに偏っていた。十のうち八が蒲生軍、二が伊達軍といったような状態である。

正家がひょいと手を挙げて口を開いた。

「越前守殿は関わりを否定しておられるのでしょう？　真に関わっていないということは……」

「無い！」

皆がぴしゃりと放った言葉が重なり、正家は苦笑と共に首を竦めた。

「しかし、この開き直りが手強《てごわ》い」

三成は仕切り直して続ける。

細心の注意を払って策を講じる者は他にもいる。だが追い詰められた時、ここまで大胆に振る舞う者は存外少ない。似ている者を一人挙げるとすれば秀吉か。

政宗は城を二つ落とした後も一揆勢に対して猛攻を続け、二十四日には佐沼《さぬま》城を陥落せしめる。そして遂に木村父子を救い出し、氏郷が籠もる名生城へと家臣に送り届けさせたのである。

木村父子の証言によると、政宗は父子と対面した時、二人の手を交互に握って、

──よくぞご無事で……真に祝着《しゅうちゃく》。心配で心が押し潰されそうな日々でした。

と、宣《のたも》うた。挙句の果てには頽《くずお》れ、わんわんと声を上げて泣き出す始末であったという。

この姿を見た木村父子は心を打たれ、政宗の誠意を微塵《みじん》も疑わなかった。それどころか疑う氏郷に対して政宗を庇《かば》う有様であった。

「故に改易されたのだ」

三成は吐き捨てた。

木村父子は命拾いしたものの、改易に処された。木村父子の政は良かったとはいえないものの、政宗が裏で一揆の糸を引いていたことは秀吉も解っており、酌量の余地は十分にあった。だが政宗にころりと騙されたことで、秀吉も怒りを通り越して呆れてしまったという訳だ。

「蒲生殿と伊達殿の丁々発止は続く」

長政はその後について話し始めた。

戦況が優勢になったため、蒲生氏郷は木村父子を連れて会津まで退こうと考えた。だが伊達軍に退路を断たれ、背後を衝かれることを警戒して、人質を出すように政宗に要求した。

──そのような事をしでかせば、改易は免れぬでしょう。

政宗は小馬鹿にしたような返答の書状を寄越した。だが氏郷は退かない。

――狐狸は化けるのが得意と聞く。

そう痛烈に返した。伊達軍は一見動かぬかもしれぬが、一揆勢に化けての襲撃は十分に考えられるということである。

政宗もこれで氏郷が万事に徹底していると悟ったのだろう。政宗の叔父で、国分《こくぶん》家の養子に入っている国分盛重《もりしげ》を人質に送って来たが、これにてひとまず落着、とはならなかった。氏郷はさらに人質を送るよう求めたのである。国分盛重の替え玉を送って来たと氏郷は思っている。政宗はそのように取って、

――誰に聞いて貰ってもよい。送りしは真に我が叔父、国分盛重でござる。

と、返した。

その時、氏郷のことを慎重どころか小心だと嘲《あざけ》っていたらしい。だが次の氏郷の返書を見て、政宗は顔面を蒼白にしたという。その書状の内容とは、

――真の国分殿であることは承知だが、これでは不足。留守《るす》政景《まさかげ》か伊達成実《しげざね》を送るべし。

と、いうものであったのだ。

留守政景は叔父、伊達成実は母方の従兄。政宗との血縁の近さという点では国分盛重も変わらない。ただ国分盛重にはこの両者と違う点がある。盛重は養子に入って以降、ずっと国分家の者から反発され続けているのだ。

国分家の内紛から戦になったこともあり、その時には伊達家が介入して助けている。政宗は盛重の無能さが原因だと断じ、遂には盛重を引き上げさせ、国分家の者たちを直臣とした。

そのような男に人質としての価値はなく、むしろ蒲生家の手で都合よく始末して欲しいとさえ思っているのではないか。氏郷は暗にそう迫ったのである。

氏郷は会津に入るに当たり、仮想の敵は政宗だと重々理解しており、伊達家中のことについても調べ上げていた。並の者ならば、国分盛重を出された時点で納得したであろうし、仮に思うところがあっても他を要求するのは憚られよう。蒲生氏郷だからやってのけたのだ。

政宗が怒っていたか、苦々しく思っていたかは解らない。だがこの段になってそれを表に出す訳にはいくまい。氏郷の要求した一人である伊達成実を人質に出し、

——蒲生殿の用心深さには感服致す。

と付け加えるのが精一杯の皮肉であった。

氏郷が名生城を出て会津への帰路に就いたのは、今年の元日のことであった。

「私が着いたのはそれから間もなくのこと」

三成は引き取って話を進めた。

一月十日、三成は陸奥へと入った。だが伊達領には踏み込まず、隣接する相馬《そうま》領で足を止めた。すでに政宗が一揆に関与していることは確実と見たからである。

三成は、秀吉が上洛を命じていることを政宗に通達した後、氏郷、木村父子と共に京へと引き返した。経過の詳細を彼らから聞き取ったのはその道中でのことである。

政宗は上洛せずに反旗を翻すのではないか。大半の者がそう考えており、天下に緊張が走っていた。

だが、政宗は来た。二月四日、京に入ったのである。

伊達家の行列を見て京の人々は仰天した。何と磔台《はりつけだい》を自ら持参して来たのだ。しかもその磔台には金塗りが施されており、淡い春の日差しの下で煌《きら》びやかに輝いていた。

磔になる覚悟は出来ている。故に秀吉の趣向に合った磔台を持参したと暗に伝えたのである。

小田原の陣の折、死に装束で現れた二番煎じである。だがあの時と違ったのは、京の人々が何とも豪儀と喝采を送ったこと。政宗の行列を一目見ようと人々が押し掛け、転倒して怪我人が出るほどの

人気ぶりであった。このように注目されることで、詮議もなく裁可を下しにくい状況を政宗は作り上げたという訳である。

「ここからは皆もよく知っておろう」

長政が再び口を開く。

政宗への訊問は、司法を担当する長政の役目。だが事は重大であり、全ての奉行が集結した。

まず証拠としては、氏郷のもとに走って謀叛を伝えた政宗の元家臣の証言があるが、

――彼《か》の者ら、いずれも信ずるに足らぬ。

政宗は各々の経歴を披露した。いずれもそれぞれの立場で不遇を託《かこ》つ者ばかり。それも自らの行った不正、あるいは怠惰、臆病のためであり、政宗には一点の落ち度もないと主張した。調べてみると、まさしく言う通りである。これでその者たちの証言の信憑性はぐっと低くなり、秀吉は、元家臣は逆恨みを抱いていてもおかしくないと、政宗の主張を容れた。

「実に厄介」

長政は胃の腑の辺りに指を押し込みながら嘆息を吐《つ》く。

その者たちを奔《はし》らせたのが政宗の策であるとしよう。では、どのようにけしかけたのか。

お主らは伊達家を去ることになるが一族は必ず取り立てると挽回の道を示したのか。妻子を人質に取って脅したのかもしれない。あるいは政宗の意を受けた家臣にそそのかされ、その者たちも自らの意志で動いたと信じ切ったのかもしれない。ともかく政宗は「そのような境遇の者」たちを選抜して、密告者に仕立て上げたと見ている。

「加えて書状ですな」

長盛が言うと、長政は依然として渋い顔のまま頷いた。

証人たちの件を早めに見切ったのは、より決定的な証拠を握っていたからである。政宗が一揆の首

謀者一味に宛てた書状を手に入れていたのだ。しかもその数、十通を超えていた。

この証拠を摑んだのは長政であった。氏郷が名生城に籠城を始め、政宗謀叛との報が入った頃である。後々確実に争論の種になると見て、長政は独自に証拠集めに動き始めていたのだ。

長政が目を付けたのは伊達家中ではなく、一揆の首謀者側である。口を割らせる自信はあったという。認めて証拠を出すならば、あるいは証言するならば、旧領のうち幾分かは安堵すると約束するのだ。元来、改易となったことから一揆は始まった。この条件ならば呑む者がきっといるはずである。

長政の予想は的中した。旧領主である大崎義隆《よしたか》が釣れたのだ。大崎はこの一揆が政宗の扇動に拠るものであること。兵糧弾薬の供給を受けていること。領境に兵を出すだけで伊達家は攻めて来ないこと。故に蒲生軍に集中してことに当たるよう指示されていたのに、梯子を外され憤っていること。洗いざらい話した上、政宗からの書状を証拠として提出した。

——取った。

長政はこの書状を見て確信したという。

文章は政宗直筆ではなく、祐筆のものであったが、どの書状にも政宗の花押《かおう》がしかと記されていたのである。政宗の花押は鶺鴒《せきれい》を模した特徴的なもの。長政も以前に見たことがあり、寸分違《たが》わぬ。さらに京に戻って、筆跡、花押に詳しい玄以に見せても同じ花押だと認定した。

この証拠を突きつけて詰問すれば、流石の政宗も言い逃れは出来まい。奉行の誰もがそう思った。だが、切り札としてその書状が証拠に出された時、三成は微かに政宗の口辺が緩むのを見て、

——まずい。

と、直感した。何かは解らない。が、これは政宗の罠であると。

三成が感じたのだから、人の機微を見抜くに天賦の才を持つ秀吉が気付かぬはずはない。ぴくりと眉間が動き、脇息《きょうそく》に委ねた身を起こす。そのような中、政宗はすっと背を伸ばし、たっぷりと間を持

たせてから、

――それは拙者の書いた書状ではありませぬ。

と、はきと断言したのである。

だが花押が記されているのだ。これはどう説明するのだと迫られると、

――鶺鴒の目を見比べて下され。

政宗は凜然と言い放った。

三成を含めた奉行は証拠である一揆方に宛てた書状と、その他の書状を見比べた。

真っ先に僅かな違いを見つけて、書状を光に透かしたのは三成であった。紙に毛ほどの細い穴が空いている。政宗いわく、己の名を騙《かた》った偽書を真と認められることを防ぐため、常から花押を認《したた》めた後、鶺鴒の目に細針で穴を空けているというのだ。

こちらも、そちらも、あちらも、これまでの政宗の書状には穴がある。一方、一揆に加わった者に宛てた書状にはそれがなかった。政宗はこれをもって潔白の証とした。

――嘘だ。

三成は内心では断定していた。

祐筆に書かせているとのことだが、穴の空いている書状も、空いていない書状も同じ筆跡である。ここまで似せられる書の達人はそうはいない。それが一揆勢の中にいるとは思えない。仮にいたとすれば、その者は政宗を貶めるのが目的ということになる。ならば兵糧弾薬の供給や不戦を約束するものではなく、秀吉に対する謀叛を考えているなどの決定的な偽書を作ればよいではないか。状況に鑑みるに、これは政宗が一揆扇動が露見した時に備えていたものと見るべきである。

他の奉行たちも凡《およ》そ同じ考えらしいが、正家は少し違った。何が面白いのか、ずっと穴から向こう側を見通していたが、書状をすっと下げると唐突に、

——無い訳ではないがあまりに少ない。天下に三人とすれば、一糸《し》に満たぬか……。

と、ぼそぼそと呟いていた。

割、分、厘、毛、糸以下ということ。正家も同じくそのような書の達人が一揆勢にいる見込みは限りなく少ないと考え、さらにその率までざっと計算したらしい。

何より、秀吉も嘘だと思っている。恐ろしい形相で政宗の顔を睨みつけていた。が、政宗は怯《ひる》む様子は一切見せない。暫し無言の時が流れた後、秀吉はふっと息を漏らし、

——毎度、よく考えるものじゃ。

と、苦々しく言った。

白か黒かで言えば、限りなく黒に近い灰色であろう。ただ黒と断じるには証拠が足りぬ。秀吉の念頭にはやはり唐入りがあり、これ以上の遅れを嫌ったということもあろう。今後、政宗は怪しい動きは微塵も出来まい。ここで手を打った訳だ。

その上で、秀吉は改めて政宗に一揆を鎮圧するように命じた。さらに自身の甥である豊臣秀次《ひでつぐ》、新たに関《かん》八州に封じた徳川家康にも援軍として加わるように命を出した。援軍という態《てい》は取っているものの、実際のところは監視である。

政宗が米沢《よねざわ》に帰還したのは五月。すぐに軍勢を整えると、六月十四日には出陣した。一揆を散々に煽った上で、陰で味方すると言っていた者が裏切ったのだ。相当な怨嗟《えんさ》があったのだろう。一揆勢の士気は凄まじく、政宗も重臣を幾人も失うほどの激戦となった。

しかし、頑強に抵抗していた寺池《てらいけ》城が七月四日に陥落すると、もはや勝機は無いと見て他の一揆勢も次々に降伏していった。こうして一年近くに亘る葛西大崎一揆は収束したのである。

そして今日はそれから約一月後の八月五日。先刻に秀吉から大命を受けた。それこそが、

——伊達領の検地を行え。

と、いうものである。

秀吉は何も完全に政宗を見逃した訳ではない。一揆を扇動した証拠を挙げての改易は無理だったとしても、伊達家の力を削ごうとしている。そこで考えたのが領地替えである。

今回、一揆を鎮圧した褒美として新たに領地を与え、代わりに現在の領地の一部を没収する。与えた分の石高が、没収した分よりも大きければ、表向きには「褒美」となる。

だが、蒲生氏郷の場合のように詳しく調べれば実際の石高が大きく増えることは間々ある。逆に表高の半分ほどしか米が穫れぬようなこともあり得るのだ。

政宗に実際よりも遥かに実入りが少ない地を与え、豊かな地を没収するように調整すれば、表向きには石高は増加するが、内実としては減封《げんぽう》ということになる。秀吉は検地を行った上で、これをやれと命じているのだ。

検地をする為に領内に入る中で、政宗が一揆を扇動した確固たる証拠を新たに見つけ、取り潰す理由に出来るならば尚よし。これが今回、秀吉が五奉行に与えた任務の全容である。

ここまでこうして話して来たのも、此度の「敵」を知るため。改めて並の大名ではないことが知れる。こちらの詰めが甘ければ、するりと躱《かわ》して逃げ遂《おお》せてしまうだろう。

「まず新たに与える土地の選定から始めましょう」

三成が述べると、銘々が同意した。

「どこか目星が付いているのか？」

玄以が訊く。仕事の性質上、玄以は一年の大半は京におり、諸大名の事情に詳しくない。

「葛西、大崎の地だ」

長政が大きく頷いて言った。

今回、一揆が起こったその舞台である。一揆前、木村父子は検地に取り掛かり始めており、一部であるが実態が明らかになっている。その検地帳を見る限り、これまで世間に公表しているより、石高が低いことが解っている。

「何故だろうな」

長盛は顎に手を添えて唸った。普通は年貢を免れるため、石高は少なく報告するものである。だがこの地では、逆の現象が起こっているのだ。

「伊達家の御家事情が関係しているのだろう」

取次として内情を調べた長政が答えた。

伊達家には譜代の直臣の他に、元は独立した大名であったが組み込まれて家臣となった者がいる。件の土地を治める葛西家、大崎家もそうである。彼らは家臣に組み込まれてからも一定の自治を認められていた。また、このような元大名、元国人は、家格によって待遇に差があることも解っている。家格は氏《うじ》の由緒、伊達家との縁の近さ、そして何より石高の多寡で決まる。家格が下がってもよいから年貢を少なくしたいと思う者がいる一方、年貢の負担が大きくなっても家格を保ちたいとする者もいる。葛西、大崎の両家は後者であったらしい。

つまり両家は己の家格を保つため、領民に重い年貢を課していたことになる。これは三成からすれば断じて許せぬ仕儀である。

「ちと待て。おかしくはないか？」

玄以が肉付きの良い掌を向けて止め、大きな躰を乗り出しつつ続けた。

「元々過大に報告されていたならば、木村殿の検地で年貢は軽くなるはず。年貢が重くなったことも一揆が起こった因ではなかったか？」

「幾重もの取り立てが起きていたのだ」

長政が答えると、玄以はなるほどと得心して腰を元の位置に戻した。

葛西家、大崎家が元大名であったように、その麾下《きか》にも元は独立した国人衆が数多くおり、さらに配下に無数の地侍たちがいる。多くの年貢を納めねばならぬから、国人衆は年貢を吸い上げるために自らの領地を過大に報告し、地侍たちもそれに倣う。つまりそれぞれ自らの取り分は保ちつつ、民だけにその皺寄せがいっているのだ。

木村父子の検地によって実際より葛西、大崎両家の実入りが少ないことが露見し、家臣に組み込まれている国人地侍たちも必然的に石高を減らされた。不満を抱いたのは支配層だけであり、民はむしろ年貢が少なくなって救われていたのだ。

「さらに隠し田だ。見つかっているだけでも相当な数らしい」

長政は険しい顔で続けた。

支配層は己たちの取り分はしかと確保しつつ、なおかつ山間、森の中などに田畑を隠し持っていた。木村父子は検地を行う中でこのような隠し田を幾つも見つけ、過去十年分の年貢を一括で納めるか、田畑そのものを潰すかの二択を迫ったのだ。

木村父子のやり方も確かに性急ではあった。が、支配層の連中は自らが不正を犯しておきながら、これにも憤慨したのだから厚顔無恥もよいところだ。

「ともかく……伊達越前守に新たに与えるのは、葛西、大崎の地でよいな？」

長政が皆に諮《はか》ったところで、今度は長盛が話を止めた。

「お待ちを。大崎義隆に領地を安堵したはずでは」

長政は旧領主の大崎義隆を説得し、伊達政宗の一揆への関与を証言することを条件に、旧領の三分の一を安堵する約束をした。大崎は上洛してその旨を認められているのだ。

「取り上げる」

長政は眉一つ動かさず冷たく言い放った。

「約束を反故にすると？」

「いや、すでに約束は果たした。その上で田を隠し持っていた件を咎《とが》めて改易とする」

「なるほど……そういうことか」

長盛は細く息を吐いた。

当初よりそのつもりで秀吉と話がついているらしい。結局、降伏しようが一揆を続けようが、大崎に生き残る道はなかったということだ。

「大崎らも民を苦しめていたのだ。同情の余地は無い。だが実質、約定を反故にするようなことをして、殿下の名に傷が付かぬものか……」

玄以は目を瞑って鼻孔から息を吐いた。

「その泥を被るのも我ら奉行、ということでしょう」

三成が振ると、長政はちらりと見て頷き、奉行衆を見渡して口を開く。

「改めて聞く。伊達越前守に与えるのは大崎、葛西の地。これで殿下に諮るが異論はないな」

三成、長盛、玄以の順に同意する。

「長束殿は？」

三成は正家に向けて確かめた。正家はまともに議論に加わっていなかったのである。

「よいのでは？」

問いに問いで返すなと喉元まで出かけたが、三成はぐっと堪えた。この男が、興味を持てぬと全く無関心になるのは今に始まったことではない。

「では、あとは陸奥に向かうのみ」

三成は話を締めに掛かった。

新たな領地が決まった以上、問題は伊達家からどの地を取り上げるかである。あの政宗のことだから何かと難癖を付けて来るだろう。正確無比かつ迅速な検地でなければならぬ。

「頼みますぞ」

三成は深く息を吸い込んで、正家に向かって低く言った。

ここにいる者は、皆が並の大名よりも遥かに検地に慣れている。が、その中でも突出しているのは、数の申し子ともいうべきこの奇人、正家だ。その肩に事の成否が掛かっている。

「お任せを。楽しみです」

正家はふふと口元を綻ばせた。早く伊達領を「数」で表したくて堪らないといったところであろう。先ほどとは一転、正家が頼もしく見えた。

「では……それぞれが抱える仕事の始末をつけ、出立は五日後の卯《う》の刻《こく》(午前六時頃)とします」

こうして政宗への処置に関する話し合いは終わった。

翌日からは急ぎの仕事を下奉行たちに託すと同時に、それぞれの家から供の者を選抜した。その数、百五十人。いずれも幾度も検地を行ってきた熟練の者たちである。

八月十日、五奉行揃って陸奥に向けて発った。今回は陸路である。八月二十日には、箱根の峠を越えて徳川領へと入った。

三成らが驚愕の報に触れたのは、それから間もなくのこと。小田原に入った時であった。

その報を伝えたのは蒲生氏郷の家臣であった。三成たちが陸奥へ向かうことは事前に文で伝えているため、道中で見つけ出して報《しら》せよと命を受けたらしい。その内容を聞いて、

「やられましたな」

三成は顎に手を添えて静かに言った。まさか政宗がここまでするとは思っていなかった。事の顚末《てんまつ》はこうだ。

八月十四日、政宗は桃生《ものう》郡須江山《すえやま》に、一揆に加わった主な者らを呼び寄せたという。

「どうやったのだ」

長盛は訝《いぶか》しそうに眉間に一本の線を作った。

「一揆勢も相当に追い詰められている。政宗の口車に乗せられたのでしょう」

三成は舌打ちをした。

秀吉に露見してしまって、止むをえず鎮圧に乗り出すしかなかった。こうなったからには、己が身命を賭して助命を嘆願する。猫の額ほどになるかもしれぬが本領の安堵も勝ち取る。この段になってはもはやそれしか道は無い。政宗はそのような内容で説得したのではないか。

だが政宗は家臣に命じて、何とそこに集まった者を鏖《みなごろし》にしたのである。そして共に鎮圧を命じられていた蒲生氏郷に対し、

――一揆企てたる者共、悉《ことごと》く討ち果し候《そうろう》。

と、書状にて報告したのだ。

無言で書状を読んだ氏郷の顔は険しく、両眼には怒りの色がありありと浮かんでいたという。

政宗もまた奉行が陸奥に向かっていることを知っている。あくまで検地のためであるが、一揆の検証も兼ねているのは察したに違いない。故に政宗は奉行が到着するより前に、彼らを殺して口封じしたのだ。しかし、一揆鎮圧のためと言われてしまえば、咎めることは出来ない。

政宗の関与を証言出来るような主犯格は滅せられた。ここまでやるからには、他の証拠も全て消し去っているだろう。取り潰す口実が無くなった今、いよいよ領地替えで伊達家の勢力を削がねばならない。この検地は一層しくじれなくなった訳だ。

「まずは一刻も早く向かったほうがよいでしょう」

今も政宗は証拠の隠滅を図ったり、検地への対策を講じたりしているかもしれない。三成はそう言うと、流れる雲が吸い込まれていく東の空を見つめた。

五奉行らが白河に入ったのは八月二十四日のことである。すでに待ち構えていた蒲生家の武士たちに出迎えられた。いずれも甲冑に身を固めており、その数、約二百。

そこに蒲生氏郷その人もいた。家臣を護衛として付けるとは聞いていたものの、氏郷本人が来るとは聞いていなかった。

三成らが恐縮して馬から下りようとするのを、氏郷は掌で制し、

「一刻を争っておられるだろう。このまま行きましょう」

と、柔らかな口調で言った。

こうして蒲生家の軍勢に守られつつ進む。向かうは伊達政宗の本拠である米沢。こちらは陸奥国ではなく出羽国になる。伊達家の領地はこの両国に跨っている恰好である。

「お伝えしたいことがあってこうして参りました」

氏郷は三成たち奉行よりも大身だが、偉ぶる様子は皆無である。

「越前守殿のことで」

長政が手綱を操りつつ訊いた。

「はい。何やら胡乱《うろん》な動きがあります」

蒲生氏郷は伊達領内に間者《かんじゃ》を放っているという。これまで百人近く放ったが、現在も連絡が取れるのは三十人にも満たない。伊達家は間者にも相当神経を尖らせているらしい。

が、残り少ない間者が、とある村に幾人もの伊達家の武士が入るのを見た。その者らは村の外れにある田畑に向かうと、周囲に陣幕を張り巡らせたという。

「目隠し……ですか？」

長盛が尋ねると、氏郷は頷く。

「そう見るべきでしょう。そもそもが奇妙な場所なのですが……中で何をしているのかは解りません」

陣幕の外では伊達家の武士が昼夜問わず五十人ほど警備しており、ものものしい雰囲気が漂っているとのこと。とてもではないが間者が近付けるような状態ではない。

間者は村の者に接触しようとした。しかし、村の者たちも伊達家に命じられ何やら手伝わされているようで、陣幕の中に出入りしている。緘口令《かんこう》が布かれていると考えるべきで、変に探れば間者だとすぐに露見してしまうだろう。

「ただ、村人は稲の束を運び出しているようで」

氏郷はそう付け加えた。

「ならば稲刈りですね」

正家は見破ったとばかりに得意げに言う。が、そうであろうことは誰にも想像がついている。

「長束殿、その通りでしょう。しかし、そこまでして何を隠しているのかですな」

氏郷は馬鹿にするどころか、呆れる様子さえ微塵も見せずに問うた。

「何か数を頂けませぬか？」

氏郷が尋ねるのに対し、正家はけろりとして問いで返した。

「陣幕の長さは五十間《けん》以上です」

「ならば、少なくとも二反はありそうですね」

正家が即座に返すと、氏郷はさらに続けた。その頬は微かに緩んでいる。

「運び出した稲穂は、百ほどの束が千と少々」

「全然足りませぬな」

「と、申しますと？」

何故か興味を抱いているらしく、氏郷は正家に対して問いを投げかけ続けた。それを訝しく思っているのは、正家以外の奉行のみだろう。正家は立て板に水の如く一気に語り始めた。

「田にもよりますが、その広さで肥えた田ならば二十俵ほどの米が穫れます。一俵は四百合。一合は約六千五百の米粒からなります。一方、稲穂は一本に八十から百の米粒を実らせる。千と少々とのことなので仮に千百束とします。つまり十一万本ならば多く見積もって千百万粒。千六百九十二合と少し。四俵余となりますので、二反とすれば全体の三割以下の米しか刈り取られていないことになります」

改めて神速の算術の才を披露されれば驚かざるを得ない。そして何より、一合が一体どれほどの数の米粒になるのかなど知らないし、考えたことすらなかった。それをさらりと言うあたり、実際に数えたことがあるということ。その執念に、そら恐ろしささえ感じる。

「お変わりないようですな」

「え……」

氏郷が柔らかに言い、皆が聞き耳を立てた。

正家が算術に強いことは有名であり、数々の戦で兵糧奉行を務めているため、氏郷がその絶技を目《ま》の当たりにしたことがあったのかもしれない。そうだとしても氏郷の言い方は奇妙だった。

こちらの疑問を鋭敏に察したらしく、氏郷は微笑みを浮かべつつ続けた。

「拙者、元は六角家の者にて」

「なるほど」

三成は得心して相槌を打った。

確か正家の家も元は六角家の被官であったと聞いたことがある。その時代に関りがあったということらしい。ただ両者には少し歳の開きがある。氏郷が将として活躍し始めた頃、正家はまだ子どもだったはず。しかもその頃にはすでに六角家は滅んでいるのだ。

「水口家に神童の嫡男あり。当時、六角家中で話題になりました」

氏郷はすっと眉を開いた。

「水口家……？」

玄以は眉を顰めて、両者の顔を見比べた。正家もまた少し驚いているかのようである。

「ご存知だったのですね」

正家は甲賀郡に領地を持っていた水口家の出身だという。三成も正家が近江出身だと聞いたことはあったが、六角家の被官、しかも城主の家だったとは初耳であった。

「算術に頗る長け、齢六つにして水口家の兵糧の一切を整えたとな」

「そのようなことも」

正家は懐かしがる様子もなく淡々と応じた。氏郷が言う話が真ならば、正家の算術は勉学で身に付けたというよりは天賦の才ということであろう。

正家がちらちらと氏郷を見る。氏郷はふっと息を漏らして答えた。

「何故、気付いたかということですかな？」

「はい」

「先日、京で御父上に会いました」

蒲生家のほうが当時から大身とはいえ、同じ六角家配下という間柄。氏郷は正家の父、盛里と面識があり、幾度か会話したこともあったという。だが六角家が滅んだ後は一度も会うことはなかった。

ところが過日、氏郷が上洛した時のことである。一人で道を行く盛里を見た。氏郷は慌てて行列を止めさせ、盛里に声を掛けたという。盛里は驚いたのも束の間、すぐに気まずそうな顔になった。

氏郷は咄嗟に浪人の境遇なのかと思った。それならば昔の誼《よしみ》で蒲生家に誘うつもりだったらしい。

しかし、よくよく見ると、身に付けている着物はそれなりに上等なもので、手入れが行き届いている。困窮している様子は見えず、何処かの家中にいるのだろうと思い、その旨を尋ねてみた。最初、盛里は口籠った。誰にでも言いたくないことはある。そこで氏郷は話を切り上げようとしたが、盛里もまた今や天下の大大名である氏郷に嘘を吐《つ》くのは憚られたのだろう。

——倅《せがれ》の世話になっております。

と、意を決したかのように短く答えた。

そこで氏郷は盛里の子が、かつて神童と呼ばれていたことを思い出した。あれほどの子ならば、百石、千石取りの武士になっていてもおかしくない。ならば名くらいは聞いたことがあるはずだが、水口某という者は知らぬ。氏郷は子のことをやんわりと尋ねた。

盛里はこれにも迷う様が見られたが、すでに観念しているらしく、

——長束大蔵《おおくら》です。

と、小声で言った。

「仰天しましたぞ。天下の奉行になっておられたのですからな」

氏郷は爽やかに白い歯を覗かせた。

「父上は他に何か……？」

そう尋ねた正家の顔が翳《かげ》るのを、三成は見逃さなかった。

「いや、特に。屋敷にお誘いしたのですが、所用があるとのことでした」

「そうですか」

正家はか細い声で答えた。暫し生まれた無言の時を、馬の跫音、木々のざわめきが埋める。

「長束殿、勝手なことを申し上げますが、心配はご無用です」

氏郷はまっすぐに真剣な眼差しを正家に向けた。何のことか三成たちには皆目解らない。ただ、こ

の名将の思うところは的を射ていたらしい。正家には伝わったようで、

「かたじけなく存じます」

と、馬上で頭を下げた。

「伊達は極めて厄介な男です。陣幕の件は……長束殿が重要な役回りになるかと。その力を見せつけてやって下され」

氏郷は目尻に皺を作った。

「それを伝えに来て下さったのですか」

正家が尋ねると、氏郷はふふと笑って首を横に振った。

「天下の奉行が領内を通るのです。何かを咎められては敵わぬ。故に見張りがてら同行しようと思ったのですよ」

「まさか」

三成は口辺を緩めた。それが本音ならば己たちに言うはずがない。氏郷なりの配慮であろう。

「しかし、恐れられているのは事実……即ち、敵も多くなる。お気をつけ下され」

「肝に銘じます」

三成が答えると、氏郷は大きく頷いた。秋の香りを乗せた風が吹き抜けていく。

「近江も風は吹いているのだろうか」

氏郷は天を仰いで呟いた。陸奥はすでに秋が深まっており、馬の跫音を柔らかに吸い上げるような青い空が広がっていた。

蒲生氏郷はそれから間もなく、家臣に奉行の護衛を託して居城である黒川《くろかわ》城へと帰っていった。

「若松《わかまつ》か……」

三成は木々の隙間から覗く空を見上げた。先刻、氏郷から黒川という地名を若松と改めようとして

いると告げられた。氏郷の出身地、近江国日野城から程近くに、蒲生家の氏神を祀《まつ》る神社がある。その参道一帯の「若松の杜《もり》」から取ったものらしい。

自身の領内のことである。その程度のことは別に奉行の許しを得る必要はない。あくまで郷愁に駆られているだけであり、この地に封じられたことへの不満ではないということを示すため、氏郷はわざわざ三成の耳に入れたのだ。そうした細やかな配慮が出来るあたり、やはり武辺だけの者ではないことが解る。その氏郷をもってしても伊達政宗は手を焼く男なのだから、改めて気を引き締めねばならぬと感じた。

氏郷が帰った後、護衛の兵を纏めることを託された家臣、蒲生頼郷《よりさと》が改めて挨拶に来た。

「お久しぶりです」

三成が応じると、頼郷は少し驚いた顔になり、

「拙者のことを覚えていて下さいましたか」

と、感嘆の声を漏らした。

九州征伐で頼郷は氏郷の名代として岩石城《がんじゃく》攻めの軍奉行を務めており、三成が兵糧を補給しに訪れた時に面識を得た。頼郷は元は横山《よこやま》喜内《ない》と謂《い》う名であった。当初は六角家の家臣であったが、六角家滅亡後、蒲生家に仕えたと話していたのを覚えている。

「殿より蒲生姓と郷の字を賜り、蒲生頼郷と名乗るようになりました」

頼郷はそう言った。

大名が姓や名の一文字を与えるのは珍しいことではないが、蒲生家はそれが頗る多い。蒲生家の領地が広大になっていくにつれて多くの家臣を召し抱えねばならなかったため、蒲生家の家臣団はその大半が外様という構成になっている。氏郷は譜代、外様に拘わらず蒲生姓を与えることで、家中の結束力を高める一助としているらしい。

「良き殿です。一族の横山久内《くない》などは、蒲生家ではなく殿を慕っております」

頼郷はこちらをじっと見た。目で何かを訴えかけている。

「なるほど」

三成はその意を悟った。

蒲生家は氏郷の器量で纏まっている。故に氏郷が没すれば家中に乱れが生じる恐れがあり、浪人する者すら出るかもしれない。頼郷は蒲生家の弱点を晒したい訳でも、ましてや裏切りたい訳でもない。もはやそうなることは確実と見ており、いずれ蒲生家に厳しい目が向けられることは避けられないと感じている。だからこそ寛大な目で見て欲しい。そしてそこに付け込んでくるであろう政宗の力を今のうちに何としても削いで欲しいということだ。

「承知した。悪いようには」

「かたじけなく存じます」

頼郷は口を結んで頷いた。

伊達政宗の領地との境に到達したのは、氏郷と別れた翌日のことであった。伊達家の家臣百騎ほどが迎えに来ている。

「伊達の者どもは殺気立っております」

頼郷が小声で耳打ちをした。

「感じる」

三成も小さく返す。まだ距離は一町近くあるのに、蒲生家の者たちの顔にも緊張の色が浮かんでいる。両家は表向きこそ協力しているものの、もはや宿敵という間柄になっている。伊達家の者たちも、此度、奉行が領内に入ることの意味を察しており、相当身構えているだろう。

「小十郎《こじゅうろう》でござる」

さらに近づいて伊達家の者たちの相貌も見えてきたところで、頼郷は再度耳打ちした。

片倉《かたくら》小十郎景綱《かげつな》。歳の離れた姉が政宗の乳母になった後、その才を認められて近侍《きんじ》に取り立てられた。それからは破竹の勢いで出世を重ね、今では政宗の腹心となっている。

「片倉小十郎景綱でございます。お迎えに参上仕《つかまつ》りました」

三成らが伊達家の軍兵のもとまで辿り着くと、景綱は深々と頭を下げた。確か当年三十五歳であるが、切れ長の涼やかな目、薄い唇、艶の良い肌のせいか、歳よりも若く見える。だがその声は地を這うが如く低いため、不釣り合いな印象を受けた。

「蒲生家の皆様、ご苦労でござった。これよりは我らが」

景綱は蒲生家の者たちをゆっくりと見渡す。頼郷と目が合ったところで止まり、暫し睨み合うような恰好。一触即発の剣呑な雰囲気が漂う。先にふっと表情を緩めたのは頼郷の方で、

「では、ここで。失礼仕ります」

と言いながら、奉行衆に向けて頭を下げた。お気を付け下されと訴えかける頼郷のまなざしに、三成は力強く頷く。

ここからは伊達家の家中に守られつつ米沢を目指す。やがて開けた場所に出た。広がるのは稲穂が実る田園。風に揺られて陰影が出来るのが波のようで、黄金の海の如く見えた。

「今年は長雨もなく、風も程よいため、よく実っております」

揺れる稲穂に目を奪われていた奉行たちに向け、景綱が表情を崩さずに言った。

――それを奪うつもりか。

と、暗に迫っているのだ。

「今年は何処も似たようなものでしょう」

長政がちくりと返す。これも暗に、転封《てんぽう》され、どの地を宛てがわれても同じだと言っているのだ。

「出羽は広いのです」

景綱は前を見据えつつ答えた。

出羽国は南北に極めて長い。並の国ならば二つ、三つが収まるほどに。それなのに一括りにして貫っては困るという意味。そして転封されるならば、

——それは出羽か。

と、探りを入れたのだろう。

「出羽は概ね豊作」

三成が告げると、景綱は眉間を引き締めて、

「真にそうでしょうか」

と、低く尋ねた。

出羽国は広い。陸奥国はそれにも増して広大である。故に分割してそれぞれに担当、取次を設けている。例えば同じ陸奥でも伊達領は長政であるが、相馬領は三成の受け持ちである。

さらに稲作は順調であったとしても、最後に野分《のわき》が来て台無しになることも間々ある。収穫するその時まで油断は出来ない。今ようやく収穫が始まったばかりなのに、出羽国の他の様子を真に知り得ているのか。景綱はそう問うているのだ。

この問いにはまた別の探りが含まれている。奉行が分かれて取次を行うのは景綱も承知している。ただその奉行衆が決して一枚岩でないことも察しているのだろう。これほどの短期間で繋ぎを取ることは可能なのか、そもそも連絡を取り合っているのかという意味だ。

転封されるならば出羽国かという探りに対する答えは得ていないのに、それを一度置いて、次の探りを始めるあたり、かなり頭の回転が速いことが分かる。

「最上《もがみ》家、由利十二頭《ゆりじゅうにとう》の受け持ちは大谷刑部《ぎょうぶ》だ」

三成は間《ま》を取って答えた。

「そうでございましたな」

景綱の声に若干の苦々しさがあった。

出羽国は広く大谷吉継が受け持っている。三成と吉継が昵懇《じっこん》なのは周知の事実。これでは奉行衆の中で連絡を取り合う態勢が整っているのかどうか、三成と吉継が懇意だから豊作だと知り得ただけなのか解らず、判断に困っているのだ。

三成と長政の視線が合った。構わぬかと目で尋ねると、長政は小さく鼻を鳴らして頷く。

「片倉殿」

と、稲穂が揺れる音の間を縫うように三成は呼び掛けた。

「何でしょう」

「奉行は皆が昵懇という訳ではござらぬ。私と浅野殿などは、事あるごとに衝突している」

関東の仕置きでは常陸国《ひたちのくに》佐竹《さたけ》家や下野国《しもつけのくに》宇都宮《うつのみや》家を巡って、未だ途中の奥州仕置きにおいても出羽北部の安東《あんどう》家などを巡り、三成と長政の意見は対立している。

「しかし、それはあくまで豊家の為を思ってのこと」

私心を優先して奉行として言うべきことを隠したり、敢えて遅らせて報せたりするような真似はしない。三成にはその矜持《きょうじ》があるし、長政も同様であると信じている。

「故に大谷殿に限らず、繋ぎは密に取っている」

三成が認めたので、景綱は意外だったのか、ちらりとこちらを見た。

「一昨年より、伊達家は波瀾続き。何事にも疑い深くなっております。非礼をお許し下さい」

「いえ」

「そもそも此度は検地。それなのに戦に臨むような気持ちになっておりました」

景綱がようやく口辺を緩めた。

「それで結構」

三成の返事に景綱のこめかみがぴくりと動き、口元が引き締まった。

「此度に限ったことではない。我らは常にその覚悟でいるということ」

「承知しました」

三成が言い放つと、景綱は即座に一層低く返答した。

稲穂が囁くように揺れる美しい光景の中、緊張に包まれた一行は進む。奉行衆は景綱を始めとする伊達家の者たちが発する雰囲気に気を配っていたが、正家だけはきょろきょろと周りを見渡し、何やら独《ひと》り言《ご》ちている。これから始まる「本戦」に向けて頭を動かしておこうというのか、あるいはただ気になっただけか、目算だけで大まかな検地をしているのだ。

米沢城下まであと少し。山沿いの大曲りを抜けた時である。隣を行く長盛がいち早く、声を上げた。

これまた百、いや二百ほどの軍勢が行く先を遮るように陣取っている。その背後には十数の幟《のぼり》が立ち並んでいた。これらの幟に描かれている家紋が伊達家の「竹に雀」ならば、新たに出迎えに来た者たちかとも思う。が、幟の家紋はてんでばらばらで、地の色も異なっている。

同伴している麾下の者たちは動揺してきょろきょろと辺りを見回す。が、奉行は揃って平静を取り繕って体面を保っている。それは案内役を務める片倉景綱が一切顔色を変えず、他の伊達家の者も慌てる素振りを見せないからだ。

「あれは……」

長政があることに気が付いた。立ち並んでいる幟は、政宗が集めて誅殺したという一揆の首謀者たちの家のものではないかと言うのだ。だが一揆の残党ではなさそうである。近付くにつれて伊達家の軍勢であるということがはきとしてきた。あと十間《けん》というところまで迫ると、前面の兵がざっと左右に分かれた。そこに裃《かみしも》を身に付けた男が一人、地に両膝を着いて拝跪している。

「出たな」

三成が漏らした時、男はすうと背筋を伸ばした。優雅さと勇壮さの合わさった見事な所作に、感嘆の声を漏らす下奉行の者もいた。

「長旅ご苦労でございます。お迎えに参上仕った」

男の声は風を割るかというほどよく通り、近くにいた雀が驚いて空へ飛んだ。その相貌の特徴、まず一つ挙げるならば隻眼。伊達氏十七代当主、伊達政宗である。

「伊達殿、出迎え――」

伊達家の取次である長政が馬から下りようとした矢先、三成は騎乗したまま鋭く言い放った。

「またですか」

場に緊張が一段と張り詰める中、政宗はひょいと首を捻った。

「と、申しますと？」

「その芝居掛かった振舞いです」

三成ははきと言った。

初手から辛辣過ぎるかもしれぬが、一寸の油断も出来ぬこの男には、これくらいで丁度良い。

「お気に召しませんでしたか。申し訳ござらぬ。何分、派手を好む性分にて」

政宗は悪びれる様子もなく笑った。

「ここには諸将がいる訳でもなく、口さがない京雀がいる訳でもない。無駄ですぞ」

玄以も呆れたように加わる。

かつて政宗が派手な演出を行った時には、それを目撃する者がいた。彼らはこの政宗に対し、秀吉がどのような振舞いで応じるのかと見守る。秀吉としては器が小さいところを見せる訳にもいかず、それが政宗の処置にも少なからず影響を及ぼしただろう。だが、此度は動向を見守る者はいない。こうした芝居をするだけ無駄だと玄以は言っているのだ。

「そのようなことは露程も……ただ、まずは報じるべきことあって罷《まか》り越した次第」

「あのことですか？」

長盛は難しい顔付きで、政宗の後ろに立ち並ぶ幟を見渡した。

「左様。これら大崎、葛西の一揆に加わった主な者どもの幟でございます。彼の者らの首を並べることも考えましたが、無粋過ぎることは流石にこの田舎者でも解ります。故に幟を代わりに」

政宗がつらつらと説明したところに、三成が再び問いかける。

「首は何処に」

「米沢に。御覧になる――」

「当然です。腐り果て、相貌はきとせぬということはありますまいな」

「しかと塩漬けにして」

ここまで息もつかせぬ応酬が続く中、政宗が何故このようなことをしたのかも三成は思案していた。

初っ端にこれに触れたのは、

――もはや他に一揆を扇動した証拠は無い。

という自信の表れであろう。故に無駄なことに時を費やすなと。

「ご多忙な身と存じ、よかれと思ったまで。他に為すべきこともありましょうから……」

今の一言で、政宗もまた此度の攻防の要が「検地」であると解っていると直感した。田を陣幕で囲んでいるとの話は、やはり何らかの対策と見て間違いないだろう。

「何か思い当たる節でも？」

「いや、今を時めく五奉行揃ってのお越しとあれば、余程のことかと愚考したまで」

政宗がふわりと受け流そうとしたその時である。

「検地を行うだけです」

と、言い放った者がいる。正家であった。

「長束殿」

長盛が制する。検地の最中、やはり一揆について訝しいところがあると調べを再開することは出来る。とはいえ、わざわざ「それ」を言う必要は無い。しかし、正家は首を捻りながら続けた。

「事前に伝えているはずでは？」

残る奉行たちが顔を見合わせる。この政宗の様子だと、ちょっとやそっとでは一揆を扇動した証拠は出ないと皆が感じているのだろう。故にこれ以上、正家を止めることはしなかった。

「すぐに始めますのでご案内を。今仰《おっしゃ》ったように、奉行は多忙なのです」

語調こそいつも通り軽いが、それでいてぴしゃりと間を置かぬ正家の言い様に、政宗も、

「では」

と、立ち上がろうとする。

「お早く願います」

正家がさらに急かすものだから、奉行たちの顔が曇る。だが、政宗は怒りを見せることはなく、家臣たちに幟や毛氈《もうせん》の撤収、その後の出立を命じた。

ここからは政宗も加わって米沢城下へと向かう。その途中、田に出ていた百姓たちが鍬《くわ》や鋤《すき》を置き、畦道《あぜみち》に這いつくばって行列を見送った。

「殿様」

暫く行ったところで、一人の翁が政宗に向けて声を掛けた。

「八十吉《やそきち》ではないか。孫はどうだ」

政宗は手綱を引き絞って馬脚を緩める。

「本復致しました。殿様のご恩情のお陰です」

八十吉と呼ばれた翁が頭を下げると、政宗は微笑みながら頷いて馬を発する。が、馬の脚が五、六歩も進まぬうちに、また路傍から声が掛かった。今度は肉置《ししお》き豊かな年増であった。

「ゆい、ゆえか、久しいのう。何年振りだ」

「お仕えしていた頃から八年が経ちました」

「また城の方にも顔を出せ。きぬ、つか、たや等はまだおる。きっと喜ぶであろう」

「ありがたく存じます」

政宗はまた頷いて鐙《あぶみ》を鳴らした。しかし、十間も進まぬうちに再び声が掛かる。それに政宗は一々応えていく。この光景に内心で驚いていると、景綱が奉行たちに向けて説明した。

「殿は日頃から民を慈しんでおられます。領内を自ら見廻ることもしばしば。このように声を掛けられるのは珍しくないこと。これもまた伊達家の家風でございます」

三成は得心して頷いた。民たちの政宗を見る眼は輝いており、表情は喜びに満ち溢れている。三成も大名としての顔を持っているからこそ、このような関係は一朝一夕で築かれたものでないと解る。

政宗といえば、大胆不敵にして、時に綿密な謀略を用い、さらには自らが利用した者であろうとも自身が不利になると見るや、躊躇なく始末する冷酷な男という印象を持っていた。しかし、当然といえば当然なのだが、それだけで奥州に覇を唱えるところまで伸《の》し上がるはずがない。こうした政宗の姿を見て、目から鱗が落ちるような思いがした。

先ほどまでの殺伐とした雰囲気にも些かの和らぎが見えたかと思ったその時、またそれを容赦なく壊す事態が出来《しゅったい》した。正家だ。

「早く参りましょう」

三成もよく場を読まぬと揶揄《やゆ》されるが、これには流石に驚いた。

「長束殿、申し訳ござらぬ。このように民が声を掛けてくれるので……」

政宗は真にすまなそうに言うが、この奇人には通じぬ道理らしい。

「そうですね。またの機会にすれば良いのでは？」

「しかし、私もこうして民の前にそう顔を見せられる訳ではござらぬ。何卒《なにとぞ》ご容赦下され」

政宗は馬上からであるが、正家に向けて頭を垂れた。己たちを想ってくれる政宗の姿を見て、民からはどよめくような感嘆の声が上がる。中には感極まって涙ぐむ者すらいた。

「長束殿」

三成は上半身を乗り出し、正家の耳に向けて囁いた。

当初、これらは政宗が自身に民が懐いているところを見せ、奉行たちに領地替えを思いとどまらせるための演出かもしれぬとの疑いも頭を過ぎった。しかし、そうだとしても、普段から善政を布き、民たちとも心を通わせていないと不可能であるとすぐに思い直した。

むしろこちらが正家のような態度でいれば民の反感を買ってしまい、検地を行う時にも協力を得られずに何かと障りが生じてしまう。加えて米沢の城はもう遠くに見え始めている。この調子で進んだとしても、半刻もすれば到着するだろう。焦る必要は無い。

どう考えてもこちらの分が悪い。それを解らせるため、三成も正家を制したのだが、正家は振り向いたものの、すぐに政宗に目を戻すと、

「容赦致しません」

と、言い放った。

「今一度申し上げます。奉行は忙しいのです」

正家は追い打ちを掛けるかのように言葉を重ねた。片倉景綱始め、伊達家の家臣たちの顔にも怒気

がありありと浮かんでおり、一触即発という様相を呈している。

「長束殿……お気は確かですか」

政宗は半眼になって睨みつける。自然、疱瘡《ほうそう》を病んで細くなった右目の方が開きが大きくなり、竜が獲物に喰らいつくかの如き凄みがある。

「はい。早く参りましょう」

正家は臆するどころか、全く意に介さぬといった様子で返す。恐ろしいほどの静寂が訪れる。馬さえも嘶《いなな》きを発することはない。沈黙を破ったのは政宗であった。

「……噂以上ですな」

奇人ということは伝わっているのだろう。政宗は民たちに向けて大音声《だいおんじょう》で呼び掛けた。

「たまのこと故、皆の話を聞いてやりたいが、奉行殿は僅かな時も待てぬほどご多忙らしい。此度は急ぐことにする。許せ」

政宗に詫びさせたことで、民たちから奉行衆に冷たい視線が浴びせられた。中でも政宗と言い争った正家に対しては、堂々と睨みつける者すらいた。

先ほどまでの賑わいとは打って変わり、静まり返った道を一行は粛々と進む。政宗が先頭に出て離れたところで、三成は我慢がならず正家に声を掛けた。

「やり過ぎだ。あそこまでやる必要は無い」

「気付きませんでしたか？」

「何のことだ」

ふいに尋ねられ、三成は眉間に皺を寄せた。

「我ら一行の進む速さ、蒲生殿との時と比べ、一割二分ほど遅い」

この間、正家は距離を目で測り、同時に心中で数を繰っており、一行の進む速度を計測していたというのだ。政宗を疑ったために始めたのではなく、これは一種の癖のようなものらしい。

「たまたまということはないか」

「そうとも考えました。しかし、先ほどの民とのやり取りで確信しました」

正家は前を見据えつつ言葉を継いだ。

「伊達殿は時を稼ぐつもりです」

「そういうことか」

奉行の仕事は増える一方であり、今回の件も秀吉は期限を設けてはいないものの、

——それぞれの仕事も滞らせるな。

という意味が当然含まれている。そのため伊達家に無駄な時間を割く訳にはいかない。故にどれほど長くとも十日ほどで凡その決着を付けるつもりでいるのだ。政宗はそこらの事情も解っており、奉行が検地に当たれる時を削ろうとしているというのが正家の考えである。

「だが、所詮は半刻。それで大勢が変わるか」

「ここで許せば、かの御仁は次々に時を食うことを求めてくると見ています」

政宗は先ほどと同じ程度の「事情」を出して来る。民のことは仕方がないと前例を作ることで、他の要求も呑まざるを得ないはめになってしまうということだ。

「それに一刻を侮ってはなりませぬ。その積み重ねが一日、一月、一年なのです」

当然のことなのだが、正家に諫められると重々しく感じられた。

「その通りだ。気をつける」

「今後も伊達殿は一刻どころか、四半刻……十を数えるほどの時さえも削って来るつもりでしょう。まるで籠城戦ですな」

正家は淡々と言うと、背筋を伸ばして一行の先頭を見やり、やはり遅いと小さく呟いた。

米沢城に入ると、政宗は宴席を開いた。明日以降の話をするついでもあるため、奉行としても断る理由は無い。幾つもの膳に山海の珍味、良質な酒が並ぶ。中には政宗が自ら包丁を取って拵えたものもある歓待ぶりである。酌をして回る侍女たちは見目麗しい者ばかり。伊達家の者も、下奉行たちに気さくに話しかけ、場はすぐに盛り上がった。

なかなか務めの話を切り出しにくい雰囲気ではある。だが暫くしたところで長政が口を開いた。

「明日から領内の検地を始めさせて頂きたい」

「承知致しました。我らにすべきことは？」

政宗は素直に応じた。

「まず指出をお願いしたい」

この場合は伊達家自らが検地を行い、その結果を纏めたものをいう。それを用意しておくように事前に書状で伝えている。

「揃えております。して、何処の分を？」

政宗は盃を傾けながら訊いた。

「長井《ながい》、安達《あだち》……」

「その二郡ですな」

政宗は言葉尻を分捕るように言った。

「いえ、まだ続きが。信夫《しのぶ》、刈田《かった》……」

「四郡ですか。流石、奉行殿。よく働きなさる」

驚きを表すためか大袈裟に眉を上げ、政宗はまたもや話を横取りする。一瞬、長政に怯みが見えた。

すかさず、三成が言葉を継ぐ。

「伊達、田村《たむら》も」

「ほう……」

政宗の声音が低くなる。

伊達郡はその名からも解る通り、伊達家発祥の地である。さらに田村郡は政宗の正室の実家、田村家の本貫地《ほんがん》である。つまり政宗にとっては特に重要であり、思い入れの強い地でもあった。

「以上、六郡の検地を行います故、指出をお願い致す」

三成が続けると、長政もぐっと唇を結んで頷く。一方、政宗は真顔のまま表情を動かさない。

この二郡が対象になるとは思っていなかったのか。いや、それも想定していたはず。だが実際にこうして面と向かって言われると、こちらの本気の度合いが伝わったというところか。政宗は身動きを止めていたが、ふっと引き締まった頬を緩めた。

「承知致しました。もうこの刻限故、明朝、宿所まで指出を運ばせます」

六郡と一言で言ってもそれぞれに百を優に超える村があり、その指出となれば膨大な量になる。運ぶだけで荷車何台にもなるだろう。故に翌朝、明るくなってからかかるということだ。

「いえ」

口を開いたのは正家である。またお前かといったように政宗は苦笑し、景綱は睨みつけた。

「今お願いします。届き次第、すぐに目を通し始めます」

正家は真っすぐ政宗を見つめながら言った。

「夜ですぞ?」

「それが?」

政宗の問いに、正家もまた問いで返す。もう喧嘩を売っているようなものである。だが政宗はその手には乗らぬといったように、ふふと息を漏らした。

「無理をなさると命が縮みますぞ」

根を詰めすぎると躰に障るといった意味であるが、

——お主を討つ者が現れるかもしれぬぞ。

という脅しのようにも取れる。また長政が割って入ろうとした時、正家はにこりと笑った。

「覚悟の上です」

政宗はじっと見据えていたが、ややあって、

「小十郎、宿所に指出をお運びしろ」

と、命じる。景綱は少し恨めしそうであるが、主君の命とあれば従わざるを得ずに席を立った。

「我らも務めであるためご容赦願いたい」

長政が取り繕うが、政宗は心配無用とばかりに、にこやかに返す。

「その通りでござる。それに拙者、長束殿に興味を惹かれました。その算術は神の如しと聞きます。きっと正確に測って頂けるのでしょう」

「勿論《もちろん》です」

何を当然なことを、とばかりに正家は答えた。

「その言葉、お忘れなく」

政宗は念を押すように言った。この言質《げんち》を取ることが政宗の狙いであろう。が、如何なる手段を講じて来るのかは、明日以降にならねば解らない。

この席ですでに政宗と五奉行の間で前哨戦が始まっていることを、伊達家家臣、下奉行ともに気付いてはいるものの、それをはぐらかすように宴は続く。やがて景綱が戻って来て、

「順次運び込んでおります」

と、報告した。

「では早速」

そう言って箸を置くと、正家が立ち上がった。

「務めに入らせて頂く」

三成らも席を立った。真っ先に正家は広間を後にし、下奉行がぞろぞろと後に続く。最後に正家以外の奉行が出ようとしたその時である。政宗がふいに、手を上げて止めた。

「一つだけ、大事なことをお聞きするのを忘れていました」

「何でしょう」

「此度の検地は権大《ごん》納言様、権中納言様、どちらの差配に拠るものですか」

長政は下唇を歯で弾き、長盛はぐっと唇を結び、玄以は畳に向けて溜息を吐《つ》いた。三成はゆっくりと振り返り、

「権中納言様でござる」

と、低く応じた。

政宗はにいと口辺を上げ、もう行って下さっても構わぬといったように首を少し動かした。今日一番の不快感が込み上げつつも、三成はそれを丹田《たんでん》に押し込めて広間の敷居を跨いだ。

「承知しました」

伊達家より宿所として用意された屋敷の最も広い一室は、魚油や菜種油を使う行灯《あんどん》ではなく、十数の蠟燭《ろうそく》によって煌々《こうこう》と明るくなっている。蠟燭のほうが油よりも遥かに高価だが、数倍の明るさが採れるということもあり、このような局面を想定して大坂より持参した。

すでに亥《い》の刻（午後十時頃）を過ぎているだろうが、部屋の中は紙の擦れ合う音が飛び交っている。

「伊達郡が終わったら？」

長政が手を動かしつつ訊った。

「田村郡にしましょう」

三成も紙に目を凝らしたまま応じる。今晩でどこまで目を通せるか解らない。各郡を並行して手分けして見るより、一郡ずつ潰していくほうが良いと判断している。

「よくそれで見えるな。やはり若い」

玄以は紙を近づけたり、遠ざけたりしながら作業を進めていたが、ちらりと正家の方を見た。その正家はというと、顔から一尺五寸ほど前に紙を掲げて素早く見通す。玄以の言葉も耳に入っていないらしく、さっさと次の紙を手にしていた。

「如何な考えと見た？」

長政が次の紙を手にする間に尋ねた。

「一つ目は時を削ること」

正家がにわかに答えたので、聞いていたのかといったように長政は苦笑する。

「どういうことじゃ？」

玄以が疑問の声を上げた。これには三成が応じ、米沢城に向かう途中、正家に指摘されたことを三人に説明した。

「拙者も気付きませんでした。故に長束殿は急かしていたのですな」

長盛が得心する。普通は気付かない。正家は意図的に伊達家が足を緩めていると感じたからこそ、民に丁寧に応じるのも時間稼ぎだと考えた訳だ。

「実際には解りませんが。急がねばならぬことに変わりはないので」

そのように答えた後、正家は指出の中の計算間違いを指摘し、下奉行に印を付けるように言った。

「二つ目はあれだな。正確に……というやつだ」

長政は紙の束が崩れそうになるのをさっと手で止めた。

政宗が正確に測って貰えるだろうと発言したのに対し、正家が勿論と答え、

——その言葉、お忘れなく。

と、念を押して来た件のことである。

「そこに何かしらの罠を仕掛けているのだろう」

目が霞むのか、長盛は眉間を摘まんで再び紙面に視線を落とす。

「間違うのを待っているだけとは思えませぬ」

三成の言葉に、長政が顔を上げてこちらを見た。

「守りに徹するような男でないことは、浅野殿もよくご存知のはず」

三成が続けると長政は頷き、再び紙面へと目を移して話し始めた。

「それが二つ目。そして三つ目は……」

「最後の権中納言様のことじゃな」

これは真っ先に玄以が反応した。

退室する直前、政宗が思い出したかのように言った問いのことだ。

葛西大崎一揆の後、続いて南部《なんぶ》領でも九戸《くのへ》氏が反乱を起こした。こちらはさらに大規模なもので、南部家だけでは討伐出来ず、豊臣家は諸大名に援軍に赴くよう命じたのである。

遠征軍には二人の大将が任じられた。この二人の大将は一揆、反乱の鎮圧と同時に、奥羽の検地も行うように命じられた。つまり奥羽検地の責任者でもあるのだ。その一人が秀吉の甥であり、養子として後を継ぐことが決まっている豊臣秀次《ひでつぐ》である。秀次は権中納言、今一人は権大納言の官職に就いている。政宗は二人のことを指して、

——奉行殿のこの検地はどちらの管轄のものか。

と、問いかけたのである。

此度、五奉行が揃っての検地は異例中の異例である。だが、あの場で三成が答えたように、名目上は秀次の下で行われることになっている。

「不敵に笑いおったな」

玄以は政宗の笑みの意味を察している。

「いざとなれば、あの男に助力を願うつもりだ」

我慢しきれず、三成の声に忌々《いまいま》しさが表れた。あの男、秀次ではないもう一方の大将のことを、三成は蛇蝎《だかつ》の如く嫌っている。いや、嫌いという感情は後から湧いて来たものであり、相容れない元々の理由は別にある。三成はこの男こそ、豊臣家にとって最も油断ならぬ存在であると思っている。

「治部、口の利き方に気を付けろ。仮に恃《たの》んだとしても、出てくると決まっている訳ではなかろう」

長政は首を横に振って窘《たしな》めた。

「いや……家康は出る」

三成ははきと断言した。

徳川家康は小田原北条家が滅亡した後、その旧領である関八州に封じられた。これは秀吉の肝煎《きもいり》である。大幅な加増ではあるが、単純に褒美という訳ではない。精強な三河武士の家臣団を有し、歴戦の経験を持ち、世間から一目も二目も置かれているこの男のことを、秀吉もまた警戒はしている。だからこそ上方からより遠い場所に封じたいと思った。とはいえ、ただそれを行えば家康や徳川家臣団の反発を招く。世間の目もある。故に栄転という形で広大な関東を与えた。

その際、三成は諫止《かんし》した。あまりに危険だと考えたのである。関八州は二百万石近い石高があると言われていたが、三成が自らの目で見たところ、その実は遥かにそれを凌ぐと感じた。

事実、後に徳川家の検地により関八州は二百四十五万石はあるということが解っている。しかも、これは徳川家による指出であり、浅野長政率いる少人数が入った検地は、二、三か村だけ調べた形だけのものに過ぎない。本貫地の三河から離したことで、ただでさえ徳川家の中には不満が溜まっているだろうに、これ以上は余計な刺激をしないよう憚ったのだ。

つまり二百四十五万石というのも眉唾である。実際はそれ以上ではないかと、三成は思っていた。そこまで考えた時、ふいにこの男はどう見立てているのか気になって訊いた。

「長束殿、徳川家の石高は如何ほどだと思う」

「内実は三百万石に少し足りぬというところかと」

正家も同じように思っていたらしく、即座に問いの真意を察して答えた。他の奉行も驚く様子は無い。さもあらんと皆が内心では思っていたのであろう。

「はい。あの地はまだ伸びます。灌漑《かんがい》、治水をしかと行えば、四百万石にも届き得ます。それ故……私もこれは殿下の失策だと思っております」

正家が言い放った次の瞬間、下奉行の者たちは、揃いも揃って無言で身を強張らせる。秀吉を批判する者を初めて見たのだろう。

「長束殿」

長政がすかさず制するものの、正家は次の紙を手に取りつつ続けた。

「あくまで私はそう思うというだけです」

「取り消すのだ」

長政が語調を強めた。下奉行たちも滅多なことでは口外しないだろうが、人の口に戸は閉《た》てられぬもの。何処かから漏れて秀吉の耳に入ろうものならば、正家であってもただでは済まぬ。

「そう仰いましても……殿下にも申し上げていますので」

正家が困惑したように眉を八の字に曲げる。

「何……」

四人の奉行の声が揃った。

「はい。直に」

秀吉が徳川家の関東移封《いほう》を検討している時のことである。正家はどうも秀吉が関東という地の潜在的な力を侮っているように思えたらしい。

「関八州には湿地も多く、川も度々氾濫するため、なかなか田を作りにくいのは確かです。しかしそれを克服すれば石高は跳ねあがります。江戸近辺の灌漑も整えば、大きな町を作ることも叶うでしょう。川を使ってすぐに海に出られることから、恐ろしいほどの繁栄が見込めると思います」

「その将来が視《み》えるのか」

身を乗り出し、三成は訊いた。今、正家が語ったことは、三成の考えと全く符合するのだ。

三成には視える。江戸に多くの建物が立ち並び、川を分け、繋いで張り巡らされた水路には小舟が行き交い、湊には上方、あるいは奥州に向かわんとする大船が浮かぶ。江戸を一歩出れば、豊かな大地が果て無いほどに広がっており、そこには黄金の稲穂が風にさざめいている。

正家にもまた、同様の光景が視えているのではないか。そのような者には未だ出逢ったことがないため、三成は興奮を抑えながらも重ねて訊いた。

「どうだ」

「治部殿は想像が豊かですな。私はそんな景色を思い描いたことがありません。ただ……数が視えます。米と銭の莫大な数が」

正家の言葉に得体の知れぬ凄みを感じ、皆が息を呑むのが解った。長政、長盛、玄以とて、関東が発展することはある程度解っている。だが正家はさらに明確に理解している。

「故に、殿下に進言を？」

長盛が話に乗った。やはり長盛も、家康を関東に封じることを危惧していたらしい。ただ止めるための根拠を持ち合わせていないため、口を噤《つぐ》まざるを得なかったと語った。

「よいのか。貴殿の奥方は……」

玄以が言葉を濁す。正家の妻は、徳川四天王にも数えられる猛将、本多《ほんだ》忠勝《ただかつ》の妹なのである。

「それとこれとは別です。私は豊臣家の家臣ですので」

「その通りだ」

正家の言い分は明瞭にして潔く、三成は見直す思いであった。

「結果、退《しりぞ》けられましたが……殿下は治部殿にも言われたと」

正家は小さく付け加えた。直後、皆の視線が一斉に三成に集まる。三成は細く息を吐いて言った。

「左様。長束殿も同じ考えならば、共に申し上げればよかったな」

「それでも無理だったでしょう」

正家は首を横に振る。

秀吉も正家の進言を信じなかった訳ではない。十分にあり得ることだとも応じてくれた。だが仮にそうだとしても、家康を関八州に追いやるほうが今は得策だと判断したということだ。

「無念といったところか」

玄以が口を挟む。

三成としては正直その思いである。世間は家康のことを律儀者などと言うが、秀吉に万が一のことがあり、豊臣家の基盤が脆弱になったとすれば、必ずや牙を剝くと思っている。

だが、正家は少し違うらしい。また一つ指出の間違いを見つけて指摘した後、

「いえ、約束は果たしましたので」

と、自若たる口調で言った。

「約束とは？」

長政が怪訝そうに眉を寄せる。

正家の目の動きが初めて止まった。この男にしては珍しく躊躇を覗かせている。

「我らは他言しない」

三成はそう言って、その場にいる者を見渡す。銘々、頷いた。それを見た正家が言葉を継ぐ。

「丹羽様との約束です」

「それは先代の……」

「はい。そうです」

正家の声が少し丸みを帯びた気がした。

先代の「丹羽様」とは、かつて織田家の宿老を務めていた丹羽長秀のことである。正家はかつてこの長秀の家臣であったのだ。

丹羽長秀は織田信長が本能寺で横死した後、秀吉軍と合流し、共に逆賊明智光秀を打ち破った。その後に開かれた織田家の始末を付ける清洲《きよす》会議では、秀吉に味方して優位に進める手助けをした。柴田勝家《かついえ》と争った賤《しず》ケ岳《たけ》の戦いにおいても同様。秀吉方に付いて戦ったのである。

長秀はその功績が認められ、それまで領していた若狭国、近江国志賀《しが》、高島二郡に代えて、越前国、加賀国能美《かがのくにのみ》、江沼《えぬま》二郡の六十万石余という大領に封じられた。

だがこの時、長秀はすでに病に冒されていた。長秀はこれに苦しみ、同時に自らの命が長くないことを悟った。その時、長秀は正家にとあることを語ったという。

「丹羽家は潰されるかもしれぬと」

正家が言うと、場はしんと静まり返った。

誰に、とは聞くまい。聞かずとも明白。秀吉である。

丹羽家は六十万石を超える大封を得たが、それは長秀という個に対しての秀吉の恩義が大きい。息子の代となれば、それらの事情はぐっと薄まることとなる。

さらに豊臣家、当時の羽柴家は一気に膨脹したため、家臣たちに与える領地が不足していた。丹羽家の領地を召し上げ、他の家臣に分配したいと秀吉が思っていたのは間違いない。

「願わくは残って欲しいもの。だが取り潰されたとしても、それは仕方あるまいと」

「何と、初めて聞いたぞ」

続く正家の言葉に長政は吃驚の声を上げた。

「初めて申しましたので」

正家は再び手と目を動かす。もはや部屋の中は正家の持つ紙が立てる音のみになっている。

「殿は私にこう仰いました」

長秀は額に脂汗を浮かべながら語ったという。正家が丹羽家の門を叩いて召し抱えられた後、時を経るうち、その仕事振りをみる度に、この才は稀有《けう》なものだと思い極めた。これは丹羽家という箱の中だけではなく、天下にも十分通用し得ると。

そして泰平の世が来れば、さらにこの才は必要となってくる。幾らお主がそれを望まぬとも、見る目のある者はきっと気付くはずである。そして最後に長秀は、秀吉を昔の官名で呼び、

――筑前《ちくぜん》を頼む。

と言って、頬を緩めたという。

「真《まこと》か……」

玄以は俄かには信じられぬといったように零した。

長秀の本当の気持ちは今となっては解らない。正家もそれ以上深くは尋ねなかったという。

長秀は織田家の天下布武のために懸命に働いてきた。その織田家はばらばらに分解し、そうさせた当事者の一人である秀吉に対し、恨みも抱いていたのではないか。同時に、秀吉の中に織田家の残滓《ざんし》

を見ており、またかつての同輩としての情もある。そのような複雑な心境だったのかもしれない。

「殿……か」

三成は思わず漏らした。正家は長秀のことを「殿」と呼んだ。

「申し訳ありません。丹羽様ですね」

「いや、よい。お主にとって丹羽様は、それほど大きな存在だったのだな」

「はい。母上以外で、初めて私を認めて下さった御方です」

声だけでなく、正家の表情も些か柔らかくなっている。かつてこの男から、これほど人間味を感じたことはなく新鮮であった。

「そして、あの件か」

三成が言うと、正家はゆっくりと頷いた。

今から六年前の天正十三年（１５８５年）の初夏、丹羽長秀は世を去り、長秀が危惧していたことが真となった。丹羽家の領地を取り上げるべく、秀吉が動き出したのだ。佐々成政《さっさなりまさ》の越中攻めの折、丹羽家から内応した者が出ていた。長秀存命の時ならば、決して問題にはしなかっただろう。だがこれを理由に丹羽家は越前、加賀の領地を召し上げられ、若狭一国十五万石に減じられた。

長秀は正家以外にも、自分の死後はこうなるから、無用に抵抗しないようにと伝えていたらしい。それ故、丹羽家の者たちは、憤懣やる方ない思いを押し殺して受け入れたという。

長政が何か言いかけるのに、正家は制するように被せた。

「詮無きことです。今の私でも同じことをしたはず」

この時、長政、長盛、玄以、そして三成は秀吉側として、丹羽家の減封に加担していた。つまり正家とは敵同士ともいえる間柄だったのだ。

「しかし、次は丹羽家の者も腹を括らざるを得ませんでした」

正家は訥々《とつとつ》と話を続ける。

秀吉の丹羽家に対する処置はそれで止まらなかった。田畑からの年貢、市や湊から取り立てる税に不正があるとして、改易に処したのである。

三成も当時のことをよく覚えている。減封した際、丹羽家の者たちは粛々とそれを受け入れた。故に、家臣団は長秀にこそ恩義はあるものの、後継ぎを守り立てて行く気は無い。いずれは暇《いとま》を請い他家に仕える算段なのだろう。ならば今、改易したところでさしたる抵抗は無いだろうと秀吉は考えたのだ。この場にいる正家以外の奉行も賛同したのである。

言い訳をするつもりはないが、当時の三成にとっては、豊臣家が抱える問題を解決するため、これこそが正義であった。だがこうして当事者である正家から話を聞けば、何と無道なことだったのかと思う。しかし、それが政というものの一つの側面であるのは確かである。

「長束殿と初めて会った時のことを覚えている」

三成は内心の葛藤を押し殺しながら言った。

改易が申し伝えられた後、秀吉のもとに丹羽家から弁明の使者が訪れた。使者の数は正副三人。そのうち正使を務めていたのが、長束正家であった。弁明とはいうものの、裏を返せば改易が不服であるとも取れる。それだけで死罪を申し付けられてもおかしくない。正家もそれは重々承知しており、

「お聞き届け頂けた暁には、死を賜《たまわ》ることも厭《いと》いませぬ」

と、言い切ったのである。そこまで言われれば、秀吉としても度量の広さを見せて、話だけでも聞かねばなるまい。秀吉は渋い顔で話を促した。

「丹羽家の年貢の取り立て、税の取り立てに不正があるとのこと」

顰《しか》め面の秀吉に対しても、正家は一切怯むことなく話し始めた。

「それは誤りでございます」

「何……」

秀吉のこめかみに青筋が浮かぶ。丹羽家に対して後ろめたい気持ちはあったはず。故に使者に会おうとしたのだ。だが三成から見ても、この時の正家の態度には、秀吉のそのような想いを吹き飛ばすほどの不遜さがあった。

「幾つか数が揃わぬところがあると聞いておる」

怒りを押し殺すように細く息を吐いた後、秀吉は言った。これは嘘である。そもそも帳簿を見てもいない。見る必要もなかった。十万石を超える大名の財務となれば、どれだけ気を付けようとも、一箇所や二箇所の誤りはどうしても出るもの。出ないほうが異常である。

「それが何故、不正となるのでしょうか」

「丹羽の家中より、そう申し出た者がいるのだ」

これは半ば真、半ば嘘である。秀吉の家臣が丹羽家の中で新参の一人に接触し、そのように言えば丹羽家が改易された後、豊臣家が召し抱えると誘ったのである。

「なるほど。誰でしょうか」

「それは言えぬ。他言せぬことを条件に聞いた故な」

「では結構です。その不忠者は如何なる不正があると申しているのでしょう」

確かに丹羽家にとっては「不忠者」になるだろう。だがこの場において、平然とそう言う正家に対し、三成は驚くと共に清々しささえ感じたのも事実であった。

秀吉もそうした言葉を咎めるようなことはしない。眉を八の字にして困り顔を作ると、

「正直なところ、その者も如何に不正を行ったのか摑んでいる訳ではない。余程、手の込んだことをしたのであろう」

と、大仰《おおぎょう》に嘆息を漏らす。

「手法は解らぬと」

「うむ。だが結果として数が合わぬ。それが何よりの証拠だ」

そもそも不正を行ったかどうかなど解らない。ただ証言者を用意し、何処の大名家でもあり得る帳簿の瑕疵《かし》に結びつけて不正と断じる。無理筋である。ただ問題はそれを誰が言うかだ。天下人《てんかびと》に最も近い秀吉が言えば、その無理筋も道理となってしまうのが政の現実であった。

「そうですか……」

「得心したか」

項垂れる正家に対し、秀吉は憐れみを掛けるような声で言う。その場にいる誰もがこれで終わりだと思った。が、そうした予想は見事に覆された。正家はさっと顔を上げると、

「いえ、得心出来ませぬ」

と、堂々と言い放ったのだ。

「貴様、正気か」

秀吉の顔に怒気が浮かぶが、正家は顔色一つ変えない。

「羽柴様にお尋ねしたき儀があります。先ほどより当家の帳簿に狂いがあるということですが、何をもってそのように仰っているのでしょうか。帳簿を差し出した覚えはありませぬが」

秀吉が何かを返そうと息を吸うが、正家は間髪を入れずに続ける。

「密告した者の話でしょうか。不正が何かも掴めぬ輩が、帳簿の狂いを見抜けるとは到底思えませぬ」

「そういきり立つな。帳簿に狂いがあるのは真なのだ」

一国の出納の帳簿なのだ。必ずや齟齬《そご》は出て来る。秀吉にはその確固たる自信がある。

「御覧になりますか？」

「は？」

秀吉は素っ頓狂な声を上げた。しかし、すぐに意味を察したらしく、顔を強張らせた。

「本気か」

「はい。帳簿を全て持参しております」

「一つの誤りも無いと？」

「一つの誤りもございません」

正家は鸚鵡返しに言い切る。その顔は平然とした様子である。

「誤りがあれば覚悟しておろうな……佐吉！」

呼ばれて三成が応じる。秀吉は続けて脇に控える奉行衆の中から名を呼んでいく。

「弥兵衛、仁右衛門、孫十郎……紀之介もだ。帳簿を洗いざらい調べよ」

正家が加わる以前の四人の奉行、そこに大谷刑部を加えた面々である。すぐに帳簿が別室に運び込まれる。五人が主導し帳簿の検討が始まる。その間、正家は一度下がらせられた。

それが未《ひつじ》の刻（午後二時頃）くらいだっただろう。三刻《とき》ほど経った頃だったと思う。長政が重々しく、

「これは……もしかすると……」

と、呟いた。その続きは聞かずとも解った。皆も同じことが頭を過ぎり始めていたのである。全員が黙る中、大谷吉継だけは少し楽しそうに、

「何と美しい帳簿だ」

と、笑ったのを三成は覚えている。

秀吉が三成たちのもとに足を運んだのは、まだ辺りも薄暗い払暁のことであった。皆がさっと居住まいを正そうとするのを、秀吉は手で制しながら労《ねぎら》いの言葉を掛け、

「どうだ……？」

と、帳簿の山を見渡しながら訊いた。この時点で、秀吉も胸騒ぎがしていたに違いない。

誰が答える、という一瞬の沈黙を三成が破る。

「未だ。目を皿の如くして探しておりますが、ただの一つも瑕疵はありませぬ」

「かー……そうか！　残りからも恐らく出るまい。してやられたな」

言葉こそ苦々しいが、秀吉の表情は明るかった。

「凄まじいことです」

長政が言うと、秀吉は大袈裟に二度、三度頷いた。

「それよ。そのようなことが出来ると思うか？　無理だと思うだろうよ」

「いかさま。丹羽家には算勘に長けた者が多いのでしょうな」

玄以が言ったのは、これもまた皆が思っていたことである。

「それがな。彼奴《あやつ》がほぼ一人でやっているらしいぞ」

皆が絶句した。

「驚くだろう。いや、儂も驚いた」

秀吉は目を見開き、身振り手振りも交えつつ驚きを表現する。戦国大名である限り時に冷酷な処置もせねばならぬこともある。だが、この底抜けの快活さこそ本来の姿なのであろう。

「さて、如何致そうかのう」

はしゃいでいた秀吉だったが、顔を曇らせて顎に手を添える。

「すでに御心はお決まりなのでございましょう」

吉継が口元を綻ばせながら言った。この時、この間《ま》で、この調子で言えるのは吉継だけだ。

「うむ……加賀の松任《まっとう》あたりにまず四万石。長秀の倅がまともなれば後に十万。どうだ？」

「よろしいかと」

吉継に続き、三成らも同意した。そもそも丹羽家に対しての処置は、やり過ぎたと皆が思っている。さらに秀吉の心に澱《おり》を残さぬよう考えれば、そのあたりが収まりもよかろう。

「ただし、条件を一つだけ付ける」

途中から、どう転んでも言い出すだろうと三成は思っていた。秀吉は帳簿の山に手を置くと、

「長束を迎えるぞ」

と、不敵に片笑んだ。

結局、帳簿に不正は勿論、齟齬も認められなかった。正家が帳簿を全て記すことは出来ないが、全体に目を通し、誤りは的確に修正させていたとのこと。驚嘆すべき能力である。

この結果を受け、丹羽家の松任四万石の復帰が内々に決まった。あくまで口約束ではあるものの、長秀の嗣子《しし》、長重《ながしげ》が長じた折には、十万石ほどへの加増も申し伝えられた。

正家の頬は微かに緩んでいるように思えた。全くの朴念仁《ぼくねんじん》と謂う訳ではないらしい。

ただ一つ、と条件を告げられたのは、正家が深々と頭を下げた直後のことである。その内容を聞いて、正家は暫し目を丸くしていた。今少し抵抗があるかと思ったが、意外にもその場で引き受けた。

こうして正家は豊臣家の直臣となり、奉行に取り立てられた。そしてさらに奉行の中でも、豊臣家の中核を成す五奉行に補されたのである。

過去を振り返る中でも、伊達家の指出の検分は続く。正家だけでなく、いつしか他の奉行の目と手も再び動き始めており、部屋の中には紙を捲《めく》る音が響いていた。

「丹羽殿のお言葉があったからこそ、あの時すぐに請けたのか」

暫しの間を空けて三成は訊いた。

「はい。御遺言のようなものです」

「後悔しているか？」

「丹羽家に残るという道は無かったでしょう」

あの時、正家が頑強に抵抗でもしようものならば、折角《せっかく》決まった丹羽家の存続も霧散していたかもしれない。

「どちらにせよ退屈していたのは確かです」

正家は十五万石の財務を完璧にこなしていた。あの時点で些か仕事に倦《う》んでおり、そこから四万石に減封となれば、昼寝をしていても出来ると堂々と宣うた。

「今は……楽しくやらせて頂いております」

正家がぽつりと言った。

一瞬であるが皆の手が止まり、また動き始める。

何故、奉行であるか。天下万民のため、豊臣家の恩に報いんがため。あるいは自らの力を試すため、立身出世のため。皆それぞれであろうし、理由は複雑に入り混じっているのが普通だろう。

だが、正家はそのどれでもなく、仕事をしたいからしているとも思える。そういった意味では、この男こそ最も純粋なのではないか。三成は指出に目を凝らす正家の横顔を見つめた。

全ての指出に目を通し終えたのは、山鳩が鳴き始める頃のことであった。部屋の中には疲労感が蔓延している。奉行衆挙《こぞ》って突貫で書類に目を通したのは、それこそあの、

――長束正家と戦った。

時以来のことではないか。ただ違うのは、此度はその正家が味方という点である。

長井、安達、信夫、刈田、伊達、田村の六郡で、誤りと思われるところは二十一箇所。数の上では間違っていないものの、田の面積に対して石高が過少ではないかと思われるところは十二箇所という結果である。

下奉行の者たちは仮眠させ、五奉行は揃って辰《たつ》の刻（午前八時頃）には米沢城の政宗のもとへと向かった。

取次である長政が代表して、指出検分の結果を伝えると、

「真に一夜で目を通されるとは……流石、天下の御奉行殿といったところですか」

政宗は結果には触れず、まず感心した顔つきになり、

「だが、拙速という言葉もあります」

挑発するように言った。出来はよくないが仕事は早いという意味の言葉である。

「我らの仕事は巧速《こうそく》です」

三成はすかさず返した。拙速の対語は巧遅。丁寧な仕事振りであるが時が掛かるという意。咄嗟にそれを組み合わせた。

「饒舌なところも流石。しかし、伊達家としても丁寧に検地をしているのです。間違いや、訝しい点があると言われても、俄かにそれをそのまま信じられませぬな」

政宗の言うことにも一理ある。伊達家を陥れるために誤りを捏造《ねつぞう》していないとも限らない。

「不服ならばどうなさる。まさか兵を起こすと？」

三成は大きく踏み込む。この挑発に対し、長政はぎょっとした顔になった。

「豊家に逆らう気は毛頭ありませぬ。ただ一刻も早く、奥羽が鎮まって欲しいと願うのみ」

政宗は不敵な笑みを浮かべて首を横に振った。やはり弁が立つ。暗にまた一揆を扇動することもできると臭わせる絶妙な言い回しである。

「ならば如何にしろと？」

三成が返そうとするより早く、長政が手で制して訊いた。

「奉行殿の検地が当家より正しいと示して頂きたい」

「六郡の検地をやり直しても構わぬと？」

三成は本丸に切り込んだ。

「他に方法は無いように愚考しますが」

政宗は首を微かに傾げた。

――この男、正気か。

三成は半眼で見据えた。二十一の瑕疵、十二の怪しい点があるとはいえ、これはあくまで帳簿上のこと。帳面に記されぬ隠し田があったり、一反あたりに穫れる米の量をそもそも少なく見積もられたりすれば、こちらからは見抜きようがない。

そして、政宗は現にそのような操作をしていると思われる。つまり六郡は約十五万石と指出には書いたものの、実際は五割増し、いや、倍ほどの米が穫れる可能性もあるのだ。

当然、政宗としてはそこを暴かれたくない。六郡の再検地をされて困るのは政宗の方である。それでありながら、自ら再検地を提案しているのだ。

長政がこちらを窺い見る。

――政宗は、再検地など無理だと解っている。

と、いうことだろう。

今回、五奉行が長く滞在出来ないことは政宗に見抜かれている。六郡の検地を行うとなれば、少なくとも半年、いや一年は掛かる。一刻も早く唐入りに取り掛かりたい秀吉は、僅かな時で伊達家の力を削ぐ「きっかけ」を見つけさせるため、多忙な五奉行全員を揃えて送ったのだ。ここで再検地をするなどと報告すれば、叱責を受けるのは明白。奉行罷免《ひめん》の恐れすらある。

「伊達殿は我々の検地の結果を疑っておられるということでよろしいか」

六郡の再検地の方に話が進まぬように、三成は原点に立ち戻るべく舵を切った。

「疑っております」

　政宗はしれっと言い放った。

「我らの検地が正しいか否かは、別に六郡全てを測り直さずとも解ります。幾つかの田を測る。それが正確なれば信じて頂けるかと」

「なるほど。そこらが落としどころかもしれませぬな」

　政宗は二度、三度頷いた後、さらに言葉を継いだ。

「その田はこちらで決めてもよろしいですな」

　原則、検地は田が大きければ大きいほど難しくなる。奉行側が猫の額ほどの田を選んで測り、正確だったと言われても実力を信じがたい。敢えて測るのが難しい田を選んで、正確な数を出してこそ信用に繋がる。政宗はそのように語った。

「それはごもっとも。ただし幾つかと言っても、十や二十の田を出されても困ります」

「では、二つほどで如何？」

　政宗は指を二本立てて口辺を緩めた。

「結構です」

「指出の中に『不測』と書いてある田があったのを覚えておられますかな？」

「それも二つありますな」

　長盛が口を開く。

「よく覚えておられる。左様です」

　政宗は感心したように言った。この二つの田、それぞれ事情があって、伊達家ではどうしても測り得なかった。故に不確かなところは、敢えて正直に不測と記したのだという。

「年貢は如何に」

長政がさらに尋ねた。測れなかったのならば取っていないのか、如何なる処置をしたのか、という意味である。

「ご安心を。明らかに多く見積もり、地味《ちみ》も最高の上田《じょうでん》としております。故に年貢を取り過ぎることはあっても、取りこぼしはござらぬ」

「なるほど」

三成は察しがついた。そもそも政宗は端からここに導こうとしていたのだろう。

「この二つの田を測って頂きたく存ずる。当家では測り得ずとも、天下の奉行殿ならば適うかもしれませぬ」

政宗はまたしても不敵に口角を上げた。

「まずは見てみぬことには……」

長政は性急な返答を避けようとするが、政宗は大袈裟に身を仰《の》け反《ぞ》らせて言った。

「そ、そんな。如何なる田も測り得ると仰ったではないですか」

「左様な事は申しておりませぬ」

三成は静かに返す。実際、そのような事は一言も言っていない。

「では、奉行殿にも測れぬものがあると」

政宗は唸るように低く迫った。

如何に返答すべきかと三成たちが窮している中、今日この場で初めて正家が口を開いた。

「治部殿……各々方、ご心配なく。奉行に測れぬものはありませぬ」

「心強いことです」

政宗が満足げに大きく頭を縦に振った。

「一つ約束して頂きたい」

「何でしょう」

「その二つを測り得た場合、我らの検地が正しいと納得して下さりますな」

「勿論です」

政宗は微笑みを湛えながら応じた。いよいよ検地が、いや、戦が始まる。実際の戦でも相手と駆け引きし、戦場が何処になるかが決まっていく。此度の場合、政宗に誘導された感はあるが、この二つの田が戦場と決まった。

そうとなれば、動くのは早いほうが良い。仮眠中の下奉行たちを起こして支度をすると、まず一つ目の場所へと向かった。政宗に代わって案内をするのは、宿老の片倉小十郎景綱である。

「間もなくです」

馬上、景綱は振り返らずに言った。

現地に向かう途上、一つ目の田が「不測」となった訳について、三成は朧気《おぼろげ》に予想が付いた。平坦な場所ではなく、途中から峠の如き道を進み始めたからである。このような場所にも田が無い訳ではない。ここに来るまでにも、山間に作られた歪《いびつ》で矮小な田、そして棚田が幾つかあった。

「棚田……ということですかな？」

長政が訊いた。辛抱ならぬというより、会話もなくここまで来たため、気を遣ったようだ。

「ご明察です。ただの棚田ならば我らでも測り得ます。しかしこの田は……着きました」

景綱は手綱を引き絞って止まった。

「ここですか？」

長政は怪訝そうに辺りを見渡す。それもそのはず。山の斜面を切り拓いて作ったような道であり、左手にはそそり立つ崖、右手は下り斜面に木立が広がるのみ。その向こうには小川が流れているのだろう、涼しげな音が耳朶《じだ》に届く。

「森の中ということか」

長盛が木々の合間を覗いた。何故、そのようなところに田を作るのかと疑問が湧くが、元々が隠し田だったならば十分あり得ることだ。

「いいえ」

景綱は首を横に振った。その口元が微かに綻んでいる。

「ああ、なるほど」

正家が呟く。三成もすでに気付いており、田を探す二人に向けて顎でしゃくった。

「どうも、あれらしい」

「真《まこと》か……」

長政は手庇《てびさし》をしながら見やり、長盛はもう苦笑するしかないといった様子。玄以に到ってはうむと唸るのみであった。景綱が応える。

「左様。絶壁に作られた棚田です」

高さは凡そ三丈から四丈。屹峭《きっしょう》たる崖、とまではいかないもののかなりの急斜面である。手を使わねば到底登れぬ。雑草が生えている箇所はあれども、ほとんどは岩肌が剝き出し。その斜面には、ぽつぽつと突き出したところがある。これは天然のものではない。厳密に言えば天然の地形なのかもしれぬが、明らかに斜面を削ったらしい人の手が加わっている。

「あの突き出した上に……田が？」

長政は啞然としながら指した。

「あります」

「畑ではなく？」

まずこのようなものは見たことがない。仮にあったとして、いや眼前にあるのだが、その上は畑になっているのではないか。何故ならば、田を作るには水を引かねばならぬからだ。

「畑もあります。が、田もあります」

「水はどうしているのです？」

「持ち主の百姓いわく、上から注ぎ込んでいると」

崖の上には道があり、木々も生い茂っている。そこから少し奥に入ったところに泉があるらしく、その水を水路で導き、崖の上から田畑に流しているというのだ。

「何故、このようなところに田を作ったのだ」

長政の声には悲痛さが滲んでいる。至極、もっともな意見である。

「拙者たちも同じことを。世には思いもよらぬことをする者がいるものですな」

景綱は苦く微笑みながら岩壁を見上げた。

当初、ここは石垣などに使う石を取る石切場だったらしい。このような岩壁は様々な種類の岩が入り混じって出来ており、職人たちはそれを「岩の目」などと呼ぶ。中には石材に向かぬ岩も混じっており、一面全てを使える訳ではない。そうした理由から、取り残したところが突き出し部分になったと思われる。

石を切り出すのは職人だが、運搬には百姓の次男三男が雇われる場合がある。さほど田畑を持たぬ百姓には分家させてやる余裕もないため、日雇いに出て銭を稼ぐのは珍しいことではないのだ。その中の貧しい百姓の三男が、

――ここを使ってよいですか。

と、山の持ち主に訊いた。すでに石は取り終えてしまって他に使い道はなく、置いていても役に立たぬ。そこでごく僅かな銭で譲り、このような次第になったのだと景綱は語った。

「真にそれだけですか？」

三成は岩肌をまじまじと見つめながら訊いた。

「それだけというのは？」

景綱は意味が解せないというように眉を寄せる。

「いや……結構」

景綱が話したことは、凡そはその通りなのだろう。耕作されている突き出し部分は三箇所。しかし、田畑はどうも後に手が加えられたのではないかと感じた。

実際はもう少し田畑の部分が狭かったのではないか。奉行たちが乗り込んで来ることを知り、こうした「戦」の形に導くため、戦場ともいえるこの田畑を「改修」したのではないかということだ。

「では、お願い致します」

景綱は軽く会釈をすると、お手並み拝見とばかりに数歩後ろへと下がった。

誰が言い出すともなく、五奉行が輪になって相談が始まる。下奉行たちはその間、道具を準備しつつも、やはり気になるようで時に岩肌を見つめて嘆息を漏らしている。

「如何にする……いきなりこれだ」

長政がげんなりとした口調で切り出した。

「そもそもどうやってあの場所に行くのだ？」

玄以は訝しげに突き出し部分を見る。

「あそこに縄がありますな」

長盛が一番高いところを指した。三成は近目であるため細目にしても見えないが、崖の頂上、太い木の幹に縄が巻き付けてあるという。恐らくあれを腰に括りつけ、岩肌を降りて行くのではないかと予想した。

「待て……勘弁してくれ」

長政が顔を引き攣らせた。初めて聞いたが、高いところが頗る苦手らしい。

玄以も両掌を見せて拒む。

「前田殿に頼むつもりはありませぬ」

長盛が苦笑を漏らした。でっぷりと肥えた玄以には縄を伝って降りるような芸当は出来ないだろうし、そもそも縄が重さに耐えられないかもしれない。

「まずは上に行くか」

見てみないことには始まらぬ。そう思って崖の上に行く道は無いかと景綱に問うた。少し戻って迂回すれば辿り着くらしく、五奉行揃って崖の上に向かった。

「阿呆だな……」

崖の上に着いた。長政は完全に腰が引けており、這うようにして覗き込んだ。確かに下から見上げるより、さらに高さが増したように思えた。

三つの突き出し部分はそれぞれ大きさが違い、それに比例して作られた田畑の広さも違う。そのさらに下に間竿《けんざお》を用意する下奉行たちが見えた。

間竿とは、長さ六尺三寸の竹の竿である。検地を行う際、対象の田畑を取り囲むように人を配置し、竹竿を手に持って直立させる。そして、その間に縄を張って間竿で距離を測る。この時、縄の結ぶ位置が上下にずれれば、正確な距離を測れない。故に竹竿には六寸毎に印が付いており、その位置に縄を結ぶのだ。こうして測った長さから、田畑の面積を割り出す。これが検地の基本的なやり方である。

「まず田から行きましょう」

三つのうち、二つは田である。そのうち小さいほうを、三成は片膝を突きながら指した。その形は長四角ではなく、二辺は平行だが、四辺の長さが全て異なる。長方形ならば長さの違う二辺を乗じれば面積は出るが、台形だと少し計算の仕方はややこしい。

「あの一辺は足の踏み場がありませんな」

長盛が指した先の一辺は突き出しの際にまで及んでおり、竹竿を持った者が立つ場所が無い。台形の面積を割り出す場合、平行した長さの違う二辺を足し、二辺の間の距離を垂直に測ったものを乗ずる。そして二で割れば答えが出る。だが足場の無い一辺というのは、その平行した二辺のうちの短い方であった。これを測れないと、この割り出し方を用いることは出来ない。伊達家の者はここで躓《つまず》いたのだろう。

「まあ……これはよかろう」

「やれますな」

長政が呟き、それに長盛も応じる。伊達家の者は知らなかったのかもしれないが、この形ならば、別の方法でも面積を割り出せる。三成を含め、それは他の奉行も当然知っている。

「問題はあの田ですな」

口にしながら、三成は指を横に動かした。広さとしては三つの中で最も大きい。

「三角に近いが歪じゃ」

玄以が忌々しそうに零す。長盛は高いところに強いのだろう。ぐっと身を乗り出して言った。

「ならば、平均の竿を入《い》る……ですな」

田の形は必ずしも四角とは限らない。そもそも角すらなく曲線のみの田も多くある。その場合、田にまず長方形を描き、そこからはみ出ているところと、足りないところが釣り合うよう形を整える。つまり長方形とみなして測量するという訳だ。この測量の仕方を、「平均の竿を入る」と謂い、検地では正式に採用されている手法である。

「だが、如何にする。宙に竿を立てる訳にはいくまい」

長政は這うような体勢のまま皆の顔色を窺う。

その方法で測量する場合、田の外に竿を立てねばならぬ箇所がどうしても出て来る。普通は畔《あぜ》などに竿を立てれば良いのだが、この田の場合はそこに足場が無く、空中になってしまうのだ。

「竹竿二本を組み合わせますか？」

長盛はそう提案した。二本の竹竿を直角に結び付け、一方の竿を手に持って崖の縁《へり》から伸ばせば、竿を宙に立てるような恰好を一応は取れる。

「お待ちを」

背後から、共に付いて来ていた景綱が声を掛けて来た。

「その手法は我々も試しました。しかし、やはりどうしても僅かに傾く。そうなれば正確な距離を測れないということで断念したのです」

景綱は口惜しそうな顔を作った。実際に試したのかは解らない。だが確かに二本の竿ではそのようになりそうではある。

「では、他の手法を」

これほど歪な形の田ならば、今まで必ず「平均の竿を入る」を使って来たのだが、三成はそれを用いず、測る方法が一つだけあることに気づいた。きっとこの男も同じことを考えているはず。下を見つつ、黙々と宙に指を滑らせている正家に向けて訊いた。

「長束殿、割れますかな？」

「はい。問題は無いかと。平均を取るよりむしろ正確です」

「かなり歪じゃが？」

玄以が重ねて尋ねる。他の者も、この田を如何に測ろうとしているかは解っている。

「かなり細かく割る必要があるでしょうが。いけます」

正家はちょんちょんと、指で宙を叩くような仕草をしながら答えた。

「ならば……最後にあれだな」

他に妙案が無い以上、まずはそれを試してみるしかない。長政は残る一つの突き出し部分の検討に入るように促した。三つのうち、真ん中の大きさ。これは田ではなく畑である。台形でもなく、ましてや歪な形もしていない。美しい長四角である。だが一つ、重大な問題があった。

「あれも足場が全く無い」

長盛が腕を組みながら見下ろす。崖に接した一辺は問題ないが、三辺は突き出しの際の際まで畑が作られている。どう見ても足場が無いのだ。

「少々、内側に立っても……」

長政が言い掛けたので、三成は素早く首を横に振る。背後には依然として景綱が立っている。そのようなことを口にしようならば、先ほどの如く、

――それならば我らも試しました。

などと言って来るのは明白であった。

「そもそも何故、あのような際まで畑を作る必要があるのじゃ」

際に立つのは恐ろしいのだろう。皆より数歩下がったところから、玄以が首を伸ばして呻《うめ》いた。

「今更それを言っても始まりませぬ」

三成は諫めた。

「それはそうだが……」

明らかにおかしいではないかと、玄以はぶつぶつ不満そうに零す。

確かにその通りではある。畑は土が外に出ないよう、田と同様に土を盛って畔で囲うもの。三辺とも畔が築かれていない。これだと雨が降れば土が下に流れ落ちていく。

「この田畑の作人、吾平《ごへい》は誤って崩したと。故に我らもほとほと困りました」

景綱が後ろから経緯を説明してきたため、三成は身を捻って振り返る。景綱は真顔を装っているが、その目はやたらと挑発的に見えた。

崩したのは伊達家に違いない。ただでさえ難儀する所であるのに、さらに難しくなるよう手を加えたのだろう。だが、そこを問い詰めても意味が無い。吾平なる百姓を見つけたとしても、固く口止めされているのは容易に想像出来る。

「左様ですか」

三成は愛想なく答えると、再び崖下に視線を向けて奉行たちに尋ねた。

「如何にする」

「下から櫓《やぐら》を組みますか？」

そう言ったのは長盛である。土木を担当する奉行らしい意見だ。

「そのための木材を用意するとなると、かなり手間が掛かりますぞ」

「うむ。しかもここは……大茶会の如くはいきませぬな」

伊達家の領内である。木材を手配してくれる保証は無い。最悪、使ってもよいが山から切り出してくれとでも言われそうである。三成が思案している最中、

「いけます」

と、正家が短く言った。

「真か。何処を見ている。しかと見たのか？」

そう長政が訊いた訳は、正家が下を見ず、雲が流れる青空を見上げていたからである。

「見ています」

雲が動き、陽射しが強くなった。正家は眩しそうに目を細めた。三成は正家が何を考えているのか察して頷いた。

「これにて検討は終わりとし、すぐに掛かった方がよいでしょう」

正家の考える手法が思った通りならば、出来る限り早くやってしまうに越したことはない。

他の三人は未だ訝しげであるものの、景綱の前で手法を話して邪魔をされては敵わないことは理解しており、崖下の下奉行たちに急ぐように呼びかけた。

やがて支度が整った。まず、一つ目に検討した台形の田である。

「うおー！　にゅあー！」

玄以の雄叫びとも、悲鳴ともつかぬ声が山にこだます る。

「前田殿！　動いては却って揺れる！」

すでに下奉行たちと田に降りた長盛が呼び掛ける。

普通の検地なら、下奉行だけを田畑に降ろして測らせ、五奉行は上から指示を飛ばし、計算をするだけでも良い。だが、あの政宗ならば、

——真にしかと測ったのでしょうか。奉行殿は指図するばかりだったと聞きましたが……。

などと言って来ても何ら不思議ではない。やり直すことにまではならずとも、そこでひと悶着あって時を奪われるのは惜しい。文句が入る余地を全て塗り潰した結果、五奉行揃って田畑に降りるという次第に決まった。玄以は話が違うと顔面蒼白になっていたが、縄を躰に二本括りつけることで何とか説得し、今こうなっている訳である。

「儂は高いところだけは苦手じゃ！」

「高いところだけではないでしょう」

あまりに狼狽えるので、長盛も思わず苦笑する。玄以は船が苦手、暑いのも苦手、そして高いところが苦手。そういえば狭いところも苦手だと言っていた気がする。

「ふう……まあ、然程《さほど》でもなかったな」

ようやっと突き出しに降り立った玄以は冷静ぶっているが、額には脂汗が滲んでいる。

「あと二回、降りてもらいますぞ」

頭が回らず忘れていたのだろう。三成がちくりと言うと、玄以は滑稽なほど哀しげな顔になった。

「早速、やりましょう」

長政が言った。すでに正家は動き始めている。台形の平行する二辺のうち一辺が測量出来ないのが、この田の難点である。

「まず二辺の中点を取るのです」

正家は下奉行に向けて指示を出した。

平行な二辺ではなく、斜めになっている二辺の真ん中に印をつけるように命じた。このやり方を下奉行たちは知らぬらしく訝しそうにしているが、それでも言われた通り作業をする。

「杭を打つ」

長盛が先んじて、自ら測れない一辺に杭を打った。その時には、

「縄を」

と、三成は指図しており、すでに玄以は縄を手に持っていた。

「これは……？」

下奉行たちは首を捻る。

「見ていろ」

作業に没頭している正家に代わり、三成は答えた。

「角木《すみき》を」

長盛は手を伸ばして受け取る。角木とは直角を測るための道具である。

「もう少し右だ」

長政は角木と玄以を交互に見ながら指示を出した。直角に縄が張れたところで、下奉行が持つ竹竿に括りつける。

「中点でなくてもよいので？」

三成の横に立つ下奉行が不安げに尋ねる。

「ああ。このやり方ならば、こちらは直角であればどこでもよい」

中央であろうが、隅の方であろうが、結果は変わらないのだ。

「では、中点どうしも縄で結んで下さい。十字木を」

正家は下奉行にさらに指示を出す。

十字木とは、二本の縄が交差したところに嵌める木製の枠である。これで縄の揺れを抑えて交点を安定させる。こうして田に縄が十字に張られた。一方は中点であるが、もう一方は任意であるため、十字に交差する位置には偏りがある。

「測りましょう」

「はい。これからどうすれば？」

正家に向け、下奉行が尋ねた。

「二つの縄の長さを乗じる」

「その次は？」

「終わりです。それでこの田の大きさが出ます」

正家はさらりと言った。

下奉行の中には信じられぬといった様子の者もいるが、勘の良い者は、なるほどと得心している。細々《こまごま》と説明している暇はないが、この台形を切り分けて回転させ、組み合わせて一つの長方形に見立てることが出来るのだ。

「地味は下々田《げげでん》でよろしいな」

長さを測っている間、三成は他の奉行に諮った。

地味とは地質の良し悪しのこと。田の場合、上田、中田《ちゅうでん》、下田《げでん》、下々田の四つの等級に分かれる。この田は立地上、水の確保が難しいため一見して地味が悪い。故に下々田という訳だ。

「三丈六尺五寸です！」

「こちらは二丈九尺一寸」

下奉行たちが縄の長さを示した直後、

「二十九歩」

と、正家は瞬時に田の広さを計算した。

「如何」

正家は上を向く。そこにはこちらを見下ろす景綱がいた。

「……お見事です」

逆光であるため、その表情ははきとしない。口惜しがっているのか、昂《たかぶ》っているのか。すぐに二つ目の田の検地に取り掛かる。先ほど検討した時、三成がこの田の検地の仕方をそれとなく尋ねると、正家は問題ないと答えていた。

「やりますか」

一番に突き出しに降り立った三成は、二番目に降りて来た正家に向けて言った。

「はい。割りましょう」

手法は至極単純。田を四角、三角の形に分けていく。はみ出た歪な箇所も、また小さな四角、三角に割る。これを幾度となく続けるのだ。検地では面積の最も小さな単位である「歩」以下は切り捨てることになっている。最後はかなり細かい作業であるが、それ以下になるまで続ければよいだけだ。

「まず三角に取ると、後に却って測りにくくなります。よって枠に四点が接する四角を取ります」

正家は下奉行に向け、てきぱきと指示を出す。三角に近い田の中に四角を描くと、小さな三角が三つ出来る。そこから台形を切り出し、あるいはまた三角を描いて細く分割していった。すると四半刻も経たずして、大小の図形と、僅かな余りが出来上がる。

「残りの箇所は四つ。どう足し合わせても一歩にもならぬ。では測りましょう」

竿を立て、縄を張り、一辺の長さを正確に測る。縄を使うほどもない短い辺には、六寸の目盛りのついた尺杖《しゃくじょう》で細かく測った。

「この四角が五畝《せ》四歩《ぶ》、この三角が三畝二十歩、こちらは四畝五歩……」

正家は区切られた一つ一つを指差しながら面積を示していく。そして最後に、

「締めて一反八畝二歩となります」

と、田の総面積を示した。

「まことに……」

崖の上から、景綱の声が落ちて来た。

「すでに区切ってありますので、ご心配ならば測り直して下さい」

正家はちらりと見上げて返すと、下奉行たちが付けた帳簿に誤りがないかを確かめる。

「我らの出る幕ではないな」

長政は苦笑しながら、何とも頼もしそうに正家を見た。

「最後はあの畑ですな」

三成は今の突き出しよりやや下にある件《くだん》の畑を指差した。これをどう測るのか、三成は予想していたが、他の奉行たちは見当も付いておらず、正家に指示を仰ぐ。

「これは皆様の力が必要となってきます。浅野殿、増田《ました》殿は崖の上にお願いできますか」

「上に二人なら、儂でもよかろう」

玄以が口を挟む。

「ふむ。増田殿は上にいて頂きたいので、浅野殿さえよければ」

「構わぬが……」

「よし」

玄以は拳を握って揚々と縄を躰に巻き付け、引き上げられていく。

四半刻後、正家の言う通りの陣容が整った。崖の上に長盛と玄以、畑のある突き出しに正家、三成、長政である。下奉行も二手に分かれて配置された。

「お二方、どうぞ」

正家が下から呼び掛けると、長盛は大きく頷いて竿を立てた。竿の長さは五尺丁度。背後からの日光を受け、三成らが立つ突き出し部分に影が伸びた。

「続いて、願います」

正家がさらに呼び掛けると、別の二本の竿が立つ。こちらのほうが遥かに長い。四倍の二丈である。長い二本の竿を横に動かす。すると当然、影も動く。その影が畑の左右の切れ目にそれぞれ添うように動かすのだ。一辺を三成、もう一辺を長政が見る。

「よし。そこで止めろ」

三成は手を掲げて竿を止め、長政も微調整を経て竿の位置を定めさせた。崖の下を覗き込む景綱が見える。まだ全貌を摑めていないらしく、逆光でも表情が険しいことだけは解った。

「次。印を」

端的に正家は命じた。

「承知しました！」

下奉行二人がそれぞれ新たな竿を持って動く。これで全て合わせて五本の竿が使われていることになる。この二人が手に持つ竿は先の方が真っ赤に染まっている。先端から三尺の部分に朱を塗りたくってあるのだ。

「もそっと上だ」

下奉行二人は先ほどの二本の竿に向け、朱竿を交差させるように掲げた。

「ゆっくり動かせ」

長政、三成はそれぞれ影を凝視しながら、下奉行たちの朱竿を誘導した。

「そこでよし」

「やれ」

銘々が合図を出すと、下奉行は立てた竿に、朱竿を当てた。

「どうですか？」

「付きました！」

正家が尋ねると、下奉行たちが闊達な声で応じた。

「では測って下さい」

今度は共に突き出しに降りている下奉行に向け、正家は命じた。下奉行たちは予め測量の用意をしており、即座に影の長さを測った。この影は最初に立てられた五尺の竿のものである。

「二丈二尺六寸です」

「四と五割二分……」

正家は独り言ちると、上から見守る景綱に向け、

「終わりました」

と、告げた。景綱は信じられぬといった様子であるが、正家は意に介さずに皆に言った。

「あとは測るだけです。上がりましょう」

突き出しから、一人、また一人と縄を使って崖を上り撤収する。

「さて、やりましょう」

正家は直立させた二本の竿を持って来させた。朱竿が触れた部分には小さな赤い点が付いている。

「どうです？」

「一丈六尺五寸です」

「一丈六尺三寸じゃな」

長盛、玄以が竿の端から朱の付いた場所までの長さを測る。

「やはりほぼ同じでしたね」

「間を取って一丈六尺四寸とするか？」

長政が提案するが、正家は首を横に振る。

「ここまでやったのですから、より正確な数を出しましょう」

「そうですな」

三成は景綱へと目をやった。景綱も決して阿呆ではない。むしろ賢《さか》しい男である。三成たちが何をしているのか薄々察しが付いたらしく、ぐっと唇を結んで睨みつけてくる。

「長束殿、口に出してお願い致す」

正家の性格ならば数段飛ばしで結論だけを言いそうなものである。それ故、如何にして面積を算出するのか、その過程を景綱や伊達家の者たちにも聞かせたほうがよいと三成は考えた。

「解りました。五尺の竿の影の長さが二丈二尺六寸でした。これ即ち、五尺に四と五割二分を乗じた数となります」

正家は常よりも話す速さを抑えつつ続ける。

「朱点のついたところは畑の切れ目。すなわちこれが突き出しの奥行となります。増田殿の竿は一丈六尺五寸のところ。これに四と五割二分を乗じると、七丈四尺五寸八分。前田殿のほうは一丈六尺三寸。こちらは七丈三尺六寸七分。これで二辺が揃いましたな」

「暫しお待ちを。時と共に影の長さは変わるはずです」

景綱が食い下がったが、正家はすかさず問いかける。

「一刻《とき》後、陽は何処にあると思いますか？」

「それは……」

「あの辺りです。竿を使えばより正確な場所も割り出せます」

正家は今の陽の位置より、やや西に向け指差して言葉を継いだ。

「即ち半刻ならばその半分。四半刻ならばさらにその半分の動き。我らが二本の竿に朱点をつけてから、基《もとい》となる竿の影を測るまで、二十を数えるほどだったのは御覧のはず。陽の動きはほぼ皆無でしょう」

「むう……」

「お解りでしょうか。そもそも時刻の数は大雑把過ぎますな。もっと細かく割ったほうが……」

「長束殿」

正家がぶつぶつと独りで喋り始めたので、三成は面積の話に戻るように促した。

「失礼。皆様、ここまで疑問はありませぬか？」

伊達家の武士たちは一斉にこくりと頷き、景綱も渋々といったように首を縦に振る。この様子はまるで算術の師と弟子のようである。

「では、続けます。あとは二本の竿の間を測ります」

「竿の間は五丈五尺二寸だった」

長盛が測った距離を示すと、正家はすっとこめかみに指を添える。

「七丈四尺五寸八分と七丈三尺六寸七分を足せば、十四丈八尺二寸五分。これに五丈五尺二寸を乗じて二で割ると……」

正家はつらつらと唱えた後、景綱を見据えて言い放った。

「三畝二十三歩となります」

下奉行たちだけでなく、伊達家の者からも感嘆の声が漏れた。景綱は細く息を吐いて言った。

「想像以上です。流石としか言いようがありませぬな」

「仕事ですから」

仕事だから完璧にこなすのは当たり前。正家は心の底から信じ切っているように言った。

「残る田は一つですな。早速、参りましょう」

正家はやる気である。三成らは下奉行らに道具を纏めるように命じた。

「明日にしてもよろしいでしょうか。ここから少し離れております。それに……最後は殿も立ち会うと申しております故」

景綱は低く言った。戦はまだ終わっていないという闘志が声に滲み出ている。奉行たちが目で会話した後、正家は、

「解りました。楽しみにしておりますと越前守殿にお伝え下さい」

と、泰然とした態度で答えた。

翌朝、五奉行たちは揃って屋敷を出た。目的の場所は家が数軒あるのみの、村とも呼べぬような閑散とした小さな集落である。その集落に十人ほどの武士が待ち構えている。伊達政宗の姿もあった。

「お待ちしておりました」

政宗は慇懃《いんぎん》に頭を下げると微笑みを浮かべた。疱瘡で失ったという右目には、今日は金糸による龍の刺繍が施された眼帯をしている。三成の視線を感じたらしく政宗は、

「今日のように陽射しが強いと疼《うず》きますもので」

と、口元をさらに綻ばせる。

「ここぞという時に付けなさると耳にしましたが」

伊達家がまだ豊臣家に屈する前、政宗の人となりを知るため、如何に些細なことでも良いから情報を集めろと秀吉から家臣に命じられた。その中に、そういった話があったのを思い出したのだ。

「確かに、そのような時もありますが、深く考えないで頂きたい。申し上げたように陽避《ひよ》けです」

「では、田への案内をお願い出来ますかな」

「承知致しました」

政宗は筋の浮いた首を縦に振った。

「あれが見えますかな？」

集落の中を進む途中、政宗が指し示した。一軒の家の後ろに丘があり、そこに何度も折り返すように小道が付いている。その終点に何かがある。

「祠《ほこら》でしょうか？」

「左様。あれはこの地に古くから祀られている神です」

遠くから見る限りであるが、この国古来の神を祀ったものでも、仏教に由来するものでもない。天神、稲荷とも違うように見える。

「道祖神ですな」

流石に宗教を管轄しているだけあって、玄以が真っ先に答えた。

道祖神とは、その土地の者が信仰するいわば村の守り神である。集落の境、道の辻などに祀られる

ことが多く、外からの禍《わざわい》を防ぐと信じられている。各地で祀るものもその形状もまちまちである。それぞれの地で独自に生まれたもので、敢えて源流を求めるならば道教《どうきょう》であろう。

「地の者は、タムケなどと呼んでおります。あの丘の麓の家が社家《しゃけ》ですな」

「世間話ですかな」

三成は惚《とぼ》けてみせた。政宗の話には全て意味があり、ただの世間話でないことは解っている。恐らくは最後の難題に関することなのであろう。

「そのようなものです。このタムケ。何時から祀られていたのかはきとしませぬが、少なくとも拙者の曾祖父、稙宗《たねむね》公が幼い頃にあったのは確かとのこと」

「百年にはなりそうですな」

「そうでしょう。その頃は今とは違い、この集落にももっと多くの者が住んでいたようです」

当時は三十数軒の農家があったらしい。確かにここに来るまで、雨風に晒されて朽ちたような家も幾つか見た。

「何故、住まう人が少なくなったので？」

長盛が話の間を縫って尋ねる。

「飢饉によって人が死んだこと、たまたま男子が少なかったこと、最も大きな訳はここの土地が痩せていることでしょう」

田畑にとって最も重要なのは土である。これが痩せていれば、幾ら水が潤沢でも限界がある。一里しか離れておらずとも土の質が大きく変わることもあるのだ。人智の及ばぬ自然の不思議である。

ともかくこの村はそもそも地味が良くなかった。そのような場所に何故、集落が出来たのかという疑問もある。それについて政宗は、

「案外、タムケの方が村より先にあったのかもしれませぬな」

と、仮説を立てた。来歴は解らないが、社家の先祖が何らかの理由で道祖神を祀ることになり、その周りに後から村が出来たということだ。十分、有り得る話ではある。

「とはいえ、痩せた地であることに変わりはありませぬ。飢饉が来れば他の村よりも苦しい。やがてある者は子を他の村に養子に入れ、またある者は新田を作るべく出て行き、このように今では寂れたということです」

政宗は淡々と語るが、これが検地にどのように結びつくのか未だに見当も付かない。

「当家も手を差し伸べたことはあるのです」

政宗の父、輝宗《てるむね》の時代に、他の地に移ってはどうだと、集落の者たちに呼び掛けたことがあるという。伊達家は奥州の諸大名の中では大きい部類であり、まだ新田を開発出来るだけの土地もある。だが、その割に人の数は畿内や東海、関東と比べても少なく、なかなか新たな田を拓けずにいた。伊達家からは新田を開発するまで、三箇年の間、年貢も免除するという好条件を提示したという。

当時、この集落に残っていたのは九家。このうち五家が伊達家からの誘いに応じ、新たな地へと移っていった。

「今や、この村に残るのは四軒。皆が社家の血縁です」

この一族は道祖神を守ることが家訓となっており、これまでも代々それを受け継いできた。集落を離れれば禍を受けると恐れていて、残ることを決めたらしい。

「そうとまで言われれば、伊達家としてもそれ以上は強く出られなかったということですか」

三成が話を受けると、政宗は細く息を吐いた。

「当家は……特に拙者は、家臣、民に拘わらず、それぞれが大切にするものを重んじてきました。直ちに害が無いことに限ってですが。それ以外に道は無かったのです」

言わんとすることに察しがついた。政宗は若い頃から二言目には、

──天下を獲る。

と、大言壮語ともいえる気炎を吐いていたと聞く。だが政宗が当主となる以前から、すでに織田家は天下の大半を治める勢力になっていた。信長は横死したものの、数箇年のうちに秀吉がその遺志を引き継いだ。政宗がいくら英傑でも、天下を獲るのは難しい。それでも僅かな望みを繋ぐため、急いで領地を広げて勢力を伸ばすしかない。それは新たな家臣、新たな領民が増えるということだ。

多種多様な考えの家臣、独自の風習を持つ領民もいる。それらを急いで取り纏めていくためには、ある程度の寛容さが必要であったということだろう。

「故に、この村の考えも尊重してこられたという訳ですか」

「そういうことです。今となっては変えがたい」

「そのことと此度の検地。如何なる関りがあるので？」

いよいよ核心に近付いて来たと見て、三成は大きく踏み込んだ。

「見えますかな？　あの祠から湧き水が出ています」

政宗はすでに後ろに過ぎつつある祠を今一度見た。三成も身を捻って目を凝らしたが見えず、

「それらしいものが見えますな」

と、長盛が代わりに答えて続けた。

「湧き水が下って来ているのですが、この水について一つだけ変わった掟があります」

「使ってはならぬというのではないでしょう？」

三成が集落を見た限り、井戸のようなものは無かった。飲むためにも、そして作物を育てるためにも水が必要である以上、この水を使っていると考えられる。

「飲むのも、田畑で使うのも問題はありませぬ。ただ境を意味する道祖神からの湧き水だからでしょう。村の者以外、決して越えてはならぬという掟があるのです」

「なるほど」

三成が周囲を窺うと、他の奉行たちは銘々目配せをしたり、頷いたりした。

――話が見えてきた。

と、皆が思っている。

「話はちと転じますが、小田原の陣の時、奥州は長雨に晒され、あちこちの川が氾濫したのを覚えておられますかな？」

氾濫のことだけ言えばよいのに、わざわざ小田原のことを絡めてくるあたり、政宗にはその時の雪辱を此度に果たそうという想いがあるのだろう。

「そうでしたな」

「奉行の方々もようやく信じて下さいましたか。証が無いと仰っていたので、拙者はてっきり……」

政宗は口辺に皺を浮かべつつこちらを見た。小田原の陣の折、政宗は再三の呼び出しにも応じず、最後には参陣したものの大きく遅参した。その時政宗は、家中で弟を擁立して謀叛を企てた勢力があった、さらに奥州各地で川が氾濫して、小田原に来るまで大層手間取ったと言い訳をした。

後にその二つの遅れた理由は裏が取れたが、当初対応した奉行衆は、どちらの理由も鵜呑みにはせず、証拠が無いとけんもほろろに扱ったと聞く。もっともこれも、政宗の鼻柱を折るため、そのように対応しろという秀吉の命を受けてのものである。

「私はそのようには申しておりませぬ」

「そうでした。治部少殿はその時、確かまだ忍城におられたのですな」

政宗は今思い出したといったように答えた。

小田原城が落ちるまでに忍城を落とせなかったのは、三成の生涯で最も痛恨のこと。古傷をえぐるような言いざまに、三成は込み上げる怒りをぐっと堪えた。

「私もそこに」

正家がふいに口を挟んだ。三成が総大将を務めた忍城攻略軍の中に、確かに正家もいた。

「皆目役に立っておりませんでしたが」

そう続ける正家は恥じるところが微塵も無いので、流石に政宗も苦笑してしまう。

「人には得手不得手があるので。此度は役に立つつもりです」

正家の一言で、政宗の顔も引き締まる。

「奉行の方々に測って頂きたい次の田はこの先です」

大曲《おおまがり》に差し掛かった時、政宗は声を大きくした。緩やかに蛇行した道を抜けて視界が開けると、半町ほど先に目的の場所があるのが解った。

「やはり、そういうことですか」

三成は苦々しく零した。道祖神、長雨での川の氾濫、二つの話を合わせるとこのような光景が出て来るだろうと予測がついていた。二本の川に挟まれて中州のようになっている。その中州のようなところが検地を行う田なのだ。

「氾濫で川が二手に分かれてこのような恰好になってしまいました」

政宗は溜息混じりに言った。

「つまり村の者でない我々は……」

「渡れぬということです」

政宗は眼帯の上に掛かる凜々しい眉を曇らせ、困り顔を作って見せる。

「村の者は渡れるでしょう。つまり指出は行えるはず」

三成が迫ると、正家が口を挟んだ。

「この地の指出は不測でした」

「それには訳が。今年より田の形を大きく変えたのです」

政宗はもっともらしく答える。

「では、指出をやり直させればよいでしょう」

水害で田の一部が駄目になることがある。天災だけでなく、持ち主が自らの意志で田を畑に変えることもある。これは別に咎められないが、その時には改めて指出を行わねばならぬのだ。

「確かにその通り。しかし、それも儘《まま》ならぬのです」

今春、この田の持ち主が病で死んだ。その子が後を継いだのだが、長年に亘って指出を行わなかったこともあり、父から何も伝えられていなかった。懸命に検地のやり方を思い出して測ったらしいが、一見しただけでも田の広さと数に差異が生じていたという。故に伊達家で測りなおしたいが、集落の掟によって川を渡れない。

「と、いう筋《すが》書きですな……」

三成が目を眇めて言うのに対し、政宗は何も答えずに薄く微笑むのみであった。

この筋書きに乗るならば、川の向こう側の持ち主に指示を飛ばして田を測らせるしかないだろう。奉行たちが行うよりは相当の時が掛かるが、やれぬことはないはずだ。政宗が仕掛けた最後の戦としては些か手緩《てぬる》い。

と、思ったのも田が見えるまでのことであった。

「あれは……」

真っ先に声を上げたのは正家である。

「やりおったな」

長盛が忌々しげに言って、三成の方へと目をやった。

「ああ、常軌を逸している」

三成は頷くと、今一度川向うの田を凝視した。

かつてこのような田は見たことがない。いや、見るはずがないと言った方が適当であろう。大きさは二反程度と言ってよいのか、それすらもはきとはしない。眼前に広がるのは、大小の丸、三角、四角が複雑に入り組んだ、奇怪な田なのである。

勿論、田は自然に出来る訳ではなく、人の手によって作られるもの。天災などによって変形することはあれども、こういった形になることは有り得ない。人が意志を持って、このような形にしたのは間違いない。

——蒲生殿が言っていたのはここだ。陣幕で隠していたという件の田だ。皆がそれに気付いて顔を見合わせる。

「どういうことです」

三成は鋭い目で政宗を睨みつけた。

「前の当主である茂八《もはち》がこのように」

昨秋の刈り入れが終わった後、茂八は田の形を変える旨、伊達家の代官に申し出た。地味が悪いため、試行錯誤して少しでも収穫出来る米の量を増やそうとしているのだと思い、伊達家としてもこれを許した。そこで茂八が変えた田の形というのが、この奇怪なものだったらしい。伊達家の者も驚愕したが、もはや後の祭りである。改めてしかと指出を行うように命じるに留めた。

だが今春、すでに聞いたようにその茂八が死んだ。後を継いだのは長男の太兵衛《たへえ》だが、田を測る方法、指出の仕方もまともに教えられていない。伊達家が測ろうとしても川を渡る訳にはいかず、指図を出すにせよ田の形が複雑過ぎて出来ず——。と、政宗は滔々《とうとう》と語った。

「と、いう筋書きですな」

三成は一言一句違わず、再び政宗にぶつけた。

「真のことです。嘘があると仰せならば、お調べなさっても結構です」

今度は曖昧に濁さず、政宗ははきと答えた。

一応、筋は通っているように見えるが、話が出来過ぎている。恐らく全てが嘘という訳ではなく、中には真実《まこと》も多く混じっているだろう。

真実の中に嘘を少しだけ交える。あるいは明らかに嘘だと思えることも、証を出せぬことならば正面から押し切る。嘘が巧みな者の特徴であり、まさしくそれが政宗という男であろう。

この集落の道祖神のこと、茂八が今春に死んだこと、さらに太兵衛が検地の方法を習っていないあたりまでは真実ではないか。嘘があるとすれば、この奇怪な田は茂八が作ったのではなく、その死後に作られたものだというところだ。

これも推測であるが、政宗は奉行が検地に乗り出すと知った時点から、それを迎え撃つために適当な田を領内で捜していた。そこでこの集落のことを思い出し、茂八が死んだなどの事情を聞いて、これは使えると思ったのではないか。それから太兵衛に年貢の免除、他に田を与えるなどの条件を付けて、この田をこうした形に変えさせた。そのようなところであろう。

「あんな田を測れるのか」

長政は川べりまで行って振り返った。川の幅は約五間。田はさほど遠い訳ではなく、様々な形が入り組んでいることこそ解るものの全貌までは摑めない。

「何とか測れると思います」

三成も川の際まで近付く。四角に三角が食い込み、三角を丸が削りと、やはりかなり複雑な形をしている。ただ、それらを構成する線を徹底的に実測すれば、時こそ掛かるものの出来るように思える。

ただし、

「我々の手で測れればという話ですが」

と、三成は苦々しく付け加えた。田の縁の長さだけでなく、円の直径であったり、三角や台形の高さであったりと、目に見えぬ「線」を測る必要もある。これが太兵衛に測れるだろうか。いや、仮に測れたとしても出来ぬと言い張るだろう。ここがこの検地の肝となってくる。

元来、検地のやり方は四角の田の縁を測り、そこから広さを割り出すというもの。うねる線は均等を取って、やはり各辺の長さを測る。この手法で百姓たちも指出を行うのだ。だが裏を返せば、この手法以外の測り方が出来なくとも咎めることは難しい。たとえ眼前の田のように、基本の測り方では無理だとしても、他に方法はある。複雑な形の田の場合、百姓たちは大名に実測を依頼し、割り出して貰ってよいことになっているのだ。

「どうだ」

三成は横に来た正家に訊いた。

「どうでしょう」

正家は初めて明言しなかった。その横顔から余裕の色が消えている。

「増田殿、やるしかないようです」

正家は前を見据えながら続けた。

「櫓を組むのだな」

「はい。全てを見渡す必要があります」

川を渡れぬ以上、奥の方がどうなっているのか見えない。大きく回り込めば向こう側からも見られるだろうが、川と田の距離はさらに遠く、やはり全貌を摑むには至らないだろう。

「木を伐ってもよろしいな」

長盛の声にも迫力が籠もっていた。

「構いませぬ。小十郎と相談して下され」

早速、長盛は景綱と木材の相談を始める。出来るだけ時を掛けずに、簡素で高さのある櫓を組むという。正家はその間も足を動かし、角度を変えながら田を見つめていた。三成はそこに近付いて、もう一度囁くように言った。

「どうだ」

「まだ何とも」

やはりこれまでのような自信を、正家は示さなかった。

「伊達殿」

正家が呼ぶと、政宗は悠々と近付いて来た。

「流石の奉行殿でも厳しいでしょうか……」

「まずは太兵衛をお呼び下さい」

「やはり拙者が甘かったようですな」

政宗は自嘲気味に口元を緩めた。

「見ただけで心が折れるとでも？」

「諦めて下さるかもしれぬと……一縷《いちる》の望みを掛けていました」

正家の問いに、政宗も平然と答えた。真意は解った。すでに戦端は開かれている。

「まさか。お願いします」

政宗は太兵衛をここに連れて来るように命じた。程なく太兵衛が姿を見せる。歳は二十前後。思っていた以上に若い。村長とはいえ、もはや四軒の集落である。その割にこざっぱりとした印象を受けた。

——銭が動いているな。

三成は確信を強めた。やはり本当は父の茂八ではなく、太兵衛の代になって田の形を変えた。我ら奉行に渾身の一撃を見舞うために。そのことは決して認めてはならぬと口裏合わせをしているのだろう。太兵衛は緊張しているのか、何処《どこ》か歩き方がぎごちなく、顔にも強張りが見えた。

「測り方は分かりますか？」

正家は太兵衛が来るなり訊いた。

「初めて指出を行うにあたり、伊達のお侍様より習いはしました。しかし、筋が悪く……」

「なるほど。私が改めて教えますので、まずはやってみましょう。村の他の者の手を借りても？」

「それは……」

太兵衛は顔を曇らせて首を横に振る。

「またタムケですか」

正家は小さな溜息を零した。

川を越えてもよいのは村人のみという他に、それぞれの持ち田には、当主、妻、子、隠居しか入ってはならないとの掟もあるという。これは政宗がそのように言わせている訳ではなく真なのだろう。そうでなければ茂八が死んだとしても、太兵衛は他の村人に指出を手伝って貰えばよいことになる。

「厄介な村だ……」

道具を手に川を渡る太兵衛の背を見ながら、三成は独り言ちた。

様々な掟によって縛られている。確かに珍しくはあるが、全国に目を向ければ無いことはない。収穫の時に他では類を見ない祭をする村、決められた期間は山に入ってはならぬ村、中には数年に一度若い娘を人柱《ひとばしら》にするような村まで見て来た。

三成は愚かだと思うし、特に人柱の風習などは即刻止めさせるべきである。だが、そもそも村の者は、このような風習を外の者に語りたがらない。相手が施政者であっても、いや施政者だからこそ、咎めを受けることを恐れて口を噤む。この村のように語るほうが稀《まれ》である。

「そこに竿を立てて下さい。いえ、その角です。はい、そこで」

三成が思案している間にも、正家は川向うの太兵衛に指示を出す。太兵衛は余程不器用なのか、あるいは演技をしているのか、なかなか作業は進まない。それでも正家は、

「土に差し込んで下さい。そこから北に進んで下さい。いえ、そちらは西です」

などと、苛立つ態度を見せず懇切丁寧に指導していく。

そのような時が二刻《とき》に亘って続いた。三成たちがやれば、僅か四半刻も掛からずに終えられそうなほどの作業量である。だが三成らが口を挟む余地はなく、正家一人が指示を出し続けた。

「せっかちなのか、根気があるのか……」

石に腰を掛けて見守っていた玄以が漏らした。

「どうだ」

長盛の手伝いをしていた長政が、こちらの様子を窺いにやってきた。

「いよいよです」

ここからは、いわゆる目に見えない「線」の測量に入る。太兵衛に如何に測らせるのか。

「その二辺の中点を取り、そこから垂直の線を取ります」

正家が身振りを交えながら指図するが、太兵衛は困惑して、もしくは困惑するふりをして一向に進まない。そこで政宗が頃合いを見計らったように、

「あの者に左様な難しい測り方は出来ませせぬ」

と、制止して来た。

太兵衛が手を止めてこちらを見る。ただ、長い時間は見つめず、視線を逸らし、また見るといった窺う様子。後ろ暗さを抱いているように感じた。

「どうでしょう。慣れていないだけで、別に鈍いようには思えませせぬが？」

正家が反論すると、俯いていた太兵衛が、はっとしたように顔を上げる。

「何故、茂八がこのような田にしたかは解りかねますし、この際どうでもよいのです」

「長束殿」

三成は低く呼んで止めた。この田が如何にしても測れぬとなった時、これを作った理由を問い詰める方に切り替えねばならない。そうした言質を与えては、わざわざ手札を一枚捨てるようなものである。正家が言う。

「茂八が、先祖代々が守って来た大事な田です。太兵衛も、出来るならば自らの手で測りたいのではないでしょうか」

「それはそうかも知れませぬが、出来ぬものは仕方ないでしょう」

「私が出来るようにします」

正家が尚も食い下がるので、政宗は辟易《へきえき》した様子となる。だが、眼帯に塞がれていないほうの片眼は笑っているように見えた。流石の正家もこの田、この条件では手も足も出ず、もはや太兵衛に縋るほかなく、窮していると思っているのだ。

「太兵衛はどうです？」

正家がふいに太兵衛に振った。太兵衛はすぐには答えず、口を真一文字に結んで目を伏せる。

「太兵衛、どうだ」

僅かな間も許さぬように、政宗が鋭く問うた。

「それは……出来るとは……思えませぬ」

太兵衛は心苦しそうに言った。暫し黙していた正家であったが、

「そうですか。解りました」

と、川のせせらぎに紛れるほど静かに言った。

「明日には出来そうだ」

長盛がやって来た。木材の手配の段取りはついたらしい。今日は近くの山から木を伐り、運搬するだけで精一杯。明日の早朝から取り掛かり、櫓が組み上がるのは午前中との見通しである。

今、出来ることは最早何も無い。皆でそう判断して今日のところは屋敷へ戻ることとなった。

正家はいち早く夕餉《ゆうげ》を終え、昨日から指出を置きっぱなしの広間に向かった。手伝いを申し出て腰を浮かせた下奉行もいたが、正家はそれを制し、休んで明日以降も励むように命じた。

三成も今宵は床に入った。何か見逃していることは無いか。何度も頭の中で反芻しながら微睡《まどろ》むうちに、いつの間にか眠りについた。


三成が目を覚ましたのは寅《とら》の下《げ》刻《こく》（午前四時半頃）だった。まだ辺りは暗い。正家は眠ったのかと気に掛かり広間に向かう途中、とある一室で人の動きを感じて外から小さく声を掛けた。

「お目覚めか」

「治部殿か。早いな」

そこは玄以の居室である。近づいてくる気配があり、玄以が襖を開けた。玄以はすでにいつもの法《ほう》衣《え》に着替えていた。

「前田殿こそ」

「常のことよ。読経をな」

奉行として付き合っているので忘れがちになるが、玄以には僧侶としての顔がある。むしろこちらが本務であろう。それ故、払暁前には起き、じっくりと読経するのが日課であるという。

「広間を見たか」

「まさか」

三成はすぐに察して吃驚し、声を呑んだ。

「半刻《とき》ほど前、儂が通った時にはまだ起きておった。間もなく寝ると申しておったがな」

「様子を見て参ります」

三成は足早に広間に向かった。少し開いた襖から淡い光の線が廊下に伸びている。

「長束殿」

疲れて自室に戻らずに眠りこけていることも有り得る。三成はそう考えて低く呼んだ。

「石田殿ですか」

「まだ起きておられたのか」

三成が襖を開けると、文机に向かう正家の背が目に飛び込んで来た。

「ちょうど今、眠ろうと思っていたところです」

「あと二刻で出立ですぞ」

辰の下刻（午前八時半頃）にはここを出て、昨日の田に向かうと決めていた。今からでは一刻も眠れまい。

「十分です」

正家は指出を閉じると、そそくさと纏め始めた。

「片付けは私が」

「そうですか。では、少し休ませて頂きます」

すっくと立ちあがり、正家は振り返った。目の下には隈が浮かんでいた。

早朝、長盛は櫓を組むため、下奉行数人を率いて先に村へと向かったという。その間、残りの奉行衆は出立まで書状に目を通す。こうして伊達領に来ている間にも、重要な案件が出来すれば指示を仰ぐための書状が京から届くのだ。下奉行に指図して、時には自ら筆を執って返書を認《したた》める。

「まだ検地が終わっていない御方が……」

下奉行が一覧を書いた紙を三成に見せる。すでに終わった者の名の横には石高が記されているが、未だに無い者が一人。

「市松め……」

「え？」

思わず小姓時代の幼名が零れ、下奉行が怪訝そうに訊き返す。

「福島殿だ。遅い訳は何と？」

「やり方が解らぬと」

「ぬけぬけと……長けた者が家臣に一人や二人いるだろう」

「皆で額を集めてやっていると。言い訳でしょうが……」

「いや、恐らく真だ。だから武辺者ばかり召し抱えるなと申しておるのだ」

三成は深い溜息を漏らし、下奉行に命じた。

「助作《すけさく》……片桐《かたぎり》殿は今、手が空いているはずだ。福島殿を見て貰うように頼んでみてくれ。私からのたっての頼みだと」

「また福島殿か？」

長政が書状を見ながら訊いた。

「ええ。困ったものです」

「どちらにせよこの書状の量だ。予定より政が滞り始めている。今少し早く切り上げねばならぬかもしれぬぞ」

長政の言う通り、この状況は想定した範囲を超えている。いよいよ伊達家に時を掛けてはいられなくなってきている。あと三日が限度だろう。

「殿下もそろそろ苛立ち始める頃じゃ」

玄以は大きな肩を落とした。ここに来て途方も無い難題を出され、しかも当初より滞在出来る期間が縮まるかもしれないことで、皆の頭に薄《う》っすらと、

——負け。

の二文字が過ぎり始めている。

「まずは目先のことだ」

三成は振り切るように話を終わらせた。四の五の言っても始まらぬ。正家が言ったようにこの「戦」は、豊臣家の威信を懸けて勝たねばならぬのだ。

「間もなく終わります」

そのような話をしていた時、長盛についていた下奉行が報告に戻った。皆、それを合図にさっと書状を片付けると、正家も伴い、すぐさま屋敷を出立した。

件の村まで半刻足らずである。幸いにも空は頗る晴れており、心地よい風が吹いている。それとは裏腹にどの者の顔も険しい。支度が整い、いよいよ最後の戦いの火蓋が切られようとしているのだ。

遠目からも櫓が組まれているのが解った。その上には長盛らしき人影も見える。

「増田殿！」

馬上から長政が呼び掛ける。

櫓には落下を防ぐため、簡単な欄干のようなものまで備え付けられており、長盛はそこに手を添えて言った。

「この程度のもので申し訳ない」

「いや、よくぞ一日もかからずここまでのものを作って下さった」

長政は櫓を見上げながら応じた。

高さは二丈ほど。黒木の丸太をそのまま荒縄で縛って作られている。繋ぎは縄だけとはいえ固く頑丈に結ばれ、櫓の内部には斜めに材木が走っており、前後左右に歪むことがないように考えられている。半日足らずで、しかも敵地で作られたものとしては十分過ぎるほどである。

「どうです？」

三成も顎を上げて尋ねた。

「思った以上よ。馬鹿げて……」

長盛は言い掛けたが、ちらりと脇を見て止めた。視線の先、今日も伊達政宗の姿がある。

「増田殿の仰る通り。何故、茂八はこのような馬鹿げた田の形にしたのか。拙者も同感でござる」

政宗がわざとらしく大声で言った。

「今日もおいででしたか」

三成は政宗のほうへと歩を進めつつ呼び掛けた。

「何かまずいことでも？」

政宗は今日も右目に眼帯を付けており、左目が正面に向くよう斜めに向き合った。

「いや、奥羽随一の太守ともあろう御方。ご多忙ではないかと心配したまで」

「歯に衣《きぬ》を着せたような物言いですな」

「では、衣を脱がしましょう。お暇そうで羨ましい」

「ふふ……石田殿のそのようなところ、嫌いではござらぬ」

政宗は不敵に頬を上げる。

「私はあまり好きになれませぬな」

三成は間を置かずに即答した。

もはや喧嘩である。このようなやり取りになれば、以前なら長政などが、これ以上波風を立てぬように止めたはずだ。しかし、ここまでの政宗のやり過ぎともいうべき挑発に対し、流石に苛立ちを覚えたのだろう。長政は止めるどころか、もっとやれといったように口をへの字に曲げる。

「此度が最後。大将たるもの、これ以外に大事にすることがありましょうや」

政宗も皮肉を込めつつ息を漏らした。

「上りますか」

三成は身を翻した。

「念のため、一度に三人までにしてくれ」

「儂はいい。お任せする」

長盛が注意を促すと、玄以は辟易した顔で手を横に振った。長盛が降り、代わりに三成、怖々と長政、そして正家が櫓の上に立った。

「こうなっていたのか……」

長政は全貌を見て唖然とした。

何かを象《かたど》ったという形ではない。やはり不規則な大きさの丸、三角、四角が入り乱れ、それらが嚙み合ったり、食い込んだりしている。適当に並べたというよりは、絶対に測らせまいという強い意志が感じられた。

正家は早くも宙を斬るように指を動かしつつ、何やらぶつぶつと呟いている。三成は横から尋ねた。

「どうです」

「凡そは頭に思い描いた通りでした」

それは三成も同様である。同じ高さからではどうしても見えない箇所があり、細かいところは解らなかったが、大枠では想像していた通りである。

「まずは書き写すか」

長政は持っていた紙に筆を走らせ始めた。五奉行の面々は絵があまり上手くない。唯一の例外は長政で、すらすらと目の前の田を書き写して行く。

「太兵衛に測らせたのはここです。二丈三尺六寸」

長政が書き上げた図形の一部を正家が指差す。長政はその一辺に数を書き込み、

「ここもだな。三丈五尺一寸だったか？」

と、正家に確かめながらさらに筆を動かす。四半刻も経たずして田の形が写され、測ったところの数も書き入れられた。

「これは……まさか……」

長政は紙を凝視しつつ呟いた。

「そのまさかのようですな」

何を言わんとしているのか三成は察した。狙っているのか、それとも偶然なのか、これは相当にまずいことになっている。

「長束殿」

三成は、黙して田を見下ろしながら宙を斬るように指を動かし続ける正家を呼んだ。

「今解る数だけでは求められぬということでしょう？」

「気付いておられたのか」

「昨日からそうではないかと。今、ここに来てはきとしました」

正家の眉間に小さな皺が浮かんでいることに気付いた。あまり表情に出ない正家だが、やはりかなり焦っている。

「これまでのやり方では、どうやっても広さを測ることは出来ません」

ゆっくりと手を下ろし、正家は細く息を吐いた。

「伊達はこれを狙っていたということか」

三成は櫓の下の政宗を一瞥した。絶対に解けぬ問題を狙って作ったのかという意味である。

「いや、偶然に近いとは思います」

まず何故田の形を丸や三角、四角に整えたのか。もっと複雑な曲線にしてもよいはずだ。だがそれでは、端から正確な広さが測れないのは明らかで、辺となるよう調整する作業が生じる。こうなれば却って簡単な形になってしまう恐れがある。それは避けたいと考えたのだろう。故にあくまで美しい図形の集合体とすることで、

――辺を置き換える必要はないでしょう。

と、言い張るつもりだったのではないか。そういう意味では意図的に難しくしようとしたのは間違いない。とはいえ、いくら政宗といえども算術は専門外である。これがどの程度の難度になっているのか正確に解っていたとは思えない。試行錯誤しながら難解な問いを作り、結果的にこれまでの検地の手法では決して測ることが出来ないものになった。そう考えるのが自然だと正家は言う。

「ならば、これは無理と撥《は》ね付けよう」

「いや……厳密にいえば、必ず解はあります」

正家はしかと断言した。

いかなる形であろうとも、必ず「広さ」は存在する。ただ何度も言うように、長さが解っている辺だけでは、これまでの手法を用いても導き出すことが出来ないだけ。あくまで解がある以上、政宗がここで引き下がるとは思えないという。

「何処の長さが解れば広さが出る？」

「あの小さな丸に接する三角が解りますか。最も鋭い頂から垂直に落とした線の長さ。ここが解らないのが致命的です」

それさえ解れば、連鎖的に様々な数を求められて、広さまで辿り着くことが出来る。裏を返せばそこが解らないとどうしようもないという状況である。先ほどから他の手法は無いかと考えていたが、未だ答えが見つからないらしい。

「では、どうするのだ」

「何とか他の手法を考えてみます」

「それは編み出すということではないか。朝の話を聞いていただろう。もう残された時は僅かしかない」

既存の方法で解ける問いならば、如何に難しくとも時が読める。だが全く新しい計算方法を生み出すとなれば、これは途方も無い時を要すると見るべきで、そもそも手法などあるのかも怪しいのだ。

「この地でやりましょう」

この地から書状で指示を出すことで、日常の政は何とかしようということである。

「その間にも我らが捌かねばならぬことは増える一方だ。ここでやっても焼石に水であろう」

「まだ三日はあるはずです。その間は挑ませて頂きたい」

正家はこちらを向いて目を光らせた。

「三日で無理ならばどうする。負けを認めるしかなくなるぞ。今の段階で他の手を講ずるべきだ」

この問いは解くための前提が揃っていないため無効だと主張する。あるいは、あと一箇所でよいから、太兵衛に何としても測らせる。そのどちらかの線で押すべきである。

それを決める機会は今、この時をおいて他にない。これ以上進めれば、引き返せなくなってしまう。

「いや、やりましょう」

正家は再び田へと視線を戻した。

「何故、そうなる。話を聞いているのか」

三成の語調が強くなり始めたところで、長政が割って入った。

「これでは堂々巡りだ。長束殿、この件に関しては石田殿の言うことが正しい。あとで主張したとて負け惜しみになるだけだ。今、申し立てて白紙に戻させるべきだろう」

政宗が呑むかは解らない。だが呑まないならば、そもそも無理な事を押し付けたとして席を蹴ることも出来る。これまでの苦労は水泡に帰し、伊達家転封のための理由は別に探さねばならず、また秀吉にも烈火の如く叱責されるだろう。だが、ここで負けて次の機会を失うほうがさらにまずい。今は新たな条件下での再戦、せめて引き分けに持って行くのを優先すべし。長政もまた同じ考えである。

下を見ると、政宗の満足げな顔が飛び込んで来た。こちらが揉めていることも解っている。政宗としてもそれなりに自信はあったのだろうが、予想以上の出来だったと気付いたようである。

「そろそろ結論を出さねばならぬ」

三成が迫るが、正家は時に目を見開き、時に細め、じっと田を見つめている。

「やれるような……気がするのです」

正家は風の音に溶けるほどの小声で呟いた。

「気がするでは駄目だ」

「それでもやらせて頂きたい」

ここまで頑固だったのかというほど、正家は一歩も譲らない。算術に自信があるだけに意固地になっているのかもしれない。

「奉行殿、如何ですか？」

政宗が問いかけてきた。

「治部、まずいぞ」

長政が言ったその瞬間、正家が政宗の方を見た。

「やり遂げ――」

「書き写したものを精査したい。一日、時を頂く」

正家が言い掛けるのに被せ、三成は答えた。

「一日も要ると？」

「今、ようやく全貌を見たばかりですぞ。ここから五人で話し合わねばなりませぬ」

「そうですか……拙者は構いませぬが、早く京に戻らねばならぬのに、よろしいので？」

政宗は皮肉を籠めたように言った。政に滞りが出ていることを、政宗も何処かから聞き及んでいるのではないか。

「ともかく、今日はこれで終えます」

三成は打ち切りを宣言すると、正家の腕を摑んで降りるように促した。

――余計なことを口走らせてはならない。

三成が目で訴えかけると、長政も小さく頷く。こうして三人は櫓を降りた。長盛、玄以も凡その流れは察したようで何も言わない。三成は政宗に向けて会釈をした。

「では、また明日参ります」

「今日こそは負けを覚悟していましたが……安堵致しました」

政宗の嫌味は癪《しゃく》に障るが、今は一刻も早くこの場を離れねばならない。正家の両脇を長政と長盛が固めつつ帰路に就いた。景綱が付いているため、屋敷までの道中は誰も口を開かない。正家が余計なことを言わぬよう注意することに神経を注いだ。

「勝手な返答は慎んで頂きたい！」

三成が鋭く叱えたのは、伊達家の者が去り、屋敷の中に入ってからのことであった。

正家に動じる気配はない。感情を失したような顔で三成を見つめ、

「……続けましょう」

と、小声で返した。

「何度申せば解るのだ。あれは無理です。少なくとも限られた時の中で挑むことではない。何も伊達に負けを認める訳ではない。ここは一度退いて、出直すべきだと申しているのです」

正家は何かを思案するように天井を見つめる。ようやく納得してくれたかと思いきや、

「私がやりたいのです」

と、平然と言い放つので、三成は眩暈《めまい》がするような思いになった。

「それはお主が一人の時に好きにやればよい。これは政なのだ」

「政とは――」

「もう止めよ」

正家が尚も反論しようとした時、玄以が巨軀をにじるようにして間に入った。

「長束殿、やはり厳しい」

長盛もまた難しい顔で頷いた。

「皆様も同じご意見ですか……」

「口惜しいがな。危ない橋は渡れぬ」

通夜の如き重い雰囲気が漂う。こうして出羽まで雁首《がんくび》並べて赴き、しかも数々の難題を解決してきたのは何だったのかという想いはある。虚しくはあるものの、豊臣家の威信を失墜させかねないことを考慮に入れれば、やはりここは戦略的撤退以外の道は無かった。

「では、結構です。私一人で挑んでみます」

「まだ言うか……」

三成は怒りを通り越して呆れた。

これまで正家のことを、仕事は出来るものの到底理解の及ばぬ奇人だと思っていた。だが、共に難事に臨む中で、正家にも道理や矜持があると見直し始めていたのだ。しかし、それは間違いだったと認めざるを得ない。正家にも道理や矜持があるとこの男はただ算術が好きなだけ。好きなことがたまたま政で活きてきただけで、政そのものに関しては何も考えていないのだろう。

「三日はいてもよいのですよね？」

周囲の刺すような視線に、普通なら耐え切れないだろう。だが正家は奇人然として、平気で尋ねる。

「まあ……そうだが」

長政は唸るように答える。

「ならば際の際まで考えさせて下さい。皆様は退く支度をして頂いて結構です」

正家は、さっと身を翻して自室に向かって歩み出した。

「待て」

三成が呼び止めたが、正家は振り向くことなく、むしろ歩を速めたように見えた。確かにここまでの検地の功労者ではあるが、あまりに気儘な振舞いが過ぎるだろう。下奉行の連中などは茫然とするか、気まずそうに顔を背けている。

「如何にする……？」

長政が左右を見ながら尋ねた。その親指はまた自然と胃の腑あたりに伸びている。

「こちらで退く手筈を整えてよいということでしょう」

長盛が顎を摩《さす》りながら応じる。

検地を続けると言えば引き下がれないため、ここは退くことを政宗にも宣言して交渉を始める。その間に解を見つけると正家は言いたいのだろう。これならば確かに問題は無い。

「しかし、流石に無理じゃろうな」

玄以は厚い下唇を突き出した。

未だに見つかっていない算術の手法を見つけるのみならず、検算もするとなると膨大な時と人手を要する。残された時を考えると、今の陣容では無理と断言しても過言ではない。

「とにかく、明日は、退くということで伊達殿と話を進めましょう」

いつまでも正家に囚われている訳にいかず、三成は仕切り直した。

「儂じゃな」

玄以は苦々しく漏らした。

交渉となれば日頃から海千山千の寺社を相手にしている玄以がよい。そもそも三成が行けば、また口論になってしまう。取次という立場で長政も同行するが、ここは玄以が適任として話は決まった。


翌日、玄以と長政が米沢城へと向かった。三成と長盛は屋敷に残っている。上方からの裁可を仰ぐ書状に返信せねばならぬ仕事もあったが、また正家が勝手をしないか見張るためもある。

玄以たちが戻って来たのは、昼過ぎのことであった。長政の浮かない表情から、話し合いがすんなりとはいかなかったことを察した。

「面倒な男じゃ」

玄以は項《うなじ》を掻きつつ零した。

定石《じょうせき》通りに進めても、脅しても、すかしても、政宗は首を縦に振らない。話を本筋へ戻そうとしても、ふわりと交ぜ返されてしまう。武力だけでは奥州に覇を唱える寸前まで昇り詰められるはずもなく、その交渉力も相当に磨かれているという。そこに元来の人を食ったような性質が加わり、玄以が対峙してきた中でも相当に難しい部類だと語った。

「そもそもこちらには餌も無いしのう」

玄以は続ける。秀吉にさえ怯むことのない政宗のことだ。脅しの類《たぐい》などどこ吹く風である。となれば、要求を呑ませるためには何か利を提示せねばならない。だが此度の場合はそれが無い。伊達家の領地を削る、あるいは転封がこちらの目的であることを政宗も察知している。これを取り止めるか、手心を加える程度の餌しかないが、それは口が裂けても言えない。結局の所、手札が乏しいからこそ、交渉が平行線を辿るのは解っていたことだ。

「席を蹴ることは？」

長盛が尋ねると、玄以は頷いた。

「今日はそれを匂わせるに留めた」

従来の検地の仕様では測れない。前提条件が整っていないため無効である。それを整えようとしないならば、此度のことは一旦白紙に戻し、再度出直すことも有り得ると、やんわり伝えたと言う。

政宗としても、奉行たちが何度も乗り込んで来るような事態になっては堪らないはず。しかも次はさらに強硬な手段に出て来ることも考えられるため、此度で決着をつけたいと思うのも当然である。政宗はこれには何も言及せず、思案しているような素振りだったという。そこで玄以は頃合いと見て引き上げて来た。勝負は今か、後か、決めるのを向こうに預けて来たという訳だ。

「明日までに奴も考えるだろう」

「そこで断ってくるならば……」

「すぐに帰り支度に入る。出来ぬと高を括っていたのならば、慌てて止めて来ることも有り得るでな。まあ、あの男に限っては無いような気もするがのう」

交渉については百戦錬磨。普段は文句ばかり言っている玄以であるが、この点においては頼りになる。そのまま任せて進めるのが良いだろう。

「どうだ？」

正家に宛《あて》がわれた部屋の方角に顎を向けながら、長政が訊いた。

「昨日から一歩も出てきません」

三成は呆れ気味に答えた。下奉行の者が心配して水や飯を届けている。だが正家は飯には一切手を付けず、水もほとんど口にしていないらしい。

「部屋には紙が散乱しているとのこと」

長盛が付け加える。

細かな文字が書かれたもの、書き殴ったようなもの、墨でべっとりと塗りつぶされたもの、様々な紙が足の踏み場も無いほどに散らかっている。下奉行の者が片付けようとすると、顔は文机のほうに向けつつ、

――そのまま。

と、手を突き出して止めたという。これでは紙に埋もれてしまうと、下奉行は真顔で報告して来た。

「放っておくしかない」

三成は首を振った。正家が一人で意固地になっていることは問題だが、それ以上に問題なのは、

――長束殿に食事を運んでもよろしいでしょうか？

などと、下奉行の者が恐る恐る三成に訊いてきたことだ。つまり五奉行の中で、特に三成と正家の間に亀裂が生じていると思っており、顔色を窺っているのである。確かに今回の衝突は大きかったが、これくらいのことは間々あるものだ。だが天下の政に携わるようになって、周囲が勝手に忖度し、慮《おもんぱか》り、時に邪推し、あらぬ噂が立つことがある。三成が気にせずとも、それに付け込んでくる輩も出て来る。故にこれ以上の表立った衝突を避けるためにも、今は干渉しないのが最も良い。

「道具を清めましょうか」

三成は疲れを見せずに言った。この屋敷は伊達家の者に監視されていると見てよい。検地の道具を

清めるだけでも、奉行たちは本気で帰ることを考えていると示唆出来るだろう。

「これ見よがしに皆でやるか？」

長盛は片眉を上げた。

「皆様は為さねばならぬことを。私は手許の仕事は片付きましたので」

下奉行たちに任せておけばよいのだが、三成は共にやろうと外に出た。

「石田様の御手を煩わせる訳には……」

下奉行たちは恐縮して止めようとする。

「今、真に手が空いたのだ。それに慣れている。私が小坊主上がりだということを聞いたことはないか？」

桶に汲まれた水を使って、竿についた泥をこそぎ落としつつ言った。

思い出したらしい下奉行もいるが、若い連中の中には本当に知らずに、

「そうなのですか!?」

と、驚きの声を上げる者もちらほらいた。

「堂内を拭き清め、境内を掃き清めるのは日々の務めだったからな。多少のこつは心得ているつもりだ」

「そこから如何にして今の……」

「有名な話だぞ」

年嵩の下奉行がそのようなことも知らないのかと窘め、若い数人はばつの悪そうな顔をする。が、興味のほうが勝るらしく、その内の一人が目を輝かせて尋ねた。

「お聞かせ願えますか」

「構わぬが……」

三成は竹の節目に入った泥を爪で落としながら苦笑した。

「私も石田様の口ずから聞いたことはない故、これは興味を惹かれますな」

年嵩の者も関心を示して来たことで、三成はぽつぽつと話した。

石田家は浅井家の被官である地侍の家だったこと。自身が次男であるため法華寺《ほっけじ》三珠院《さんじゅいん》に預けられたこと。長浜《ながはま》城主になった秀吉が領内を見回る途中、そこに立ち寄って茶を所望したこと。この時、茶を供したのが己であることを語った。

「三杯の茶ですな」

年嵩の下奉行が言う。最初は大きめの碗にぬるめの茶をたっぷりと。秀吉がもう一杯所望したので、次は量を減らしてやや熱めの茶を。秀吉はこの変化に気付いて三杯目を頼み、これには啜《すす》らねばならぬほど熱い茶を少量出した。喉の渇きを推察し、それに適した量と熱さに変えたのである。秀吉はこの機転に感心して、己の家臣にならぬかと誘った。

「まあ、そうだ」

実際はこの話は少し違う。が、これは言わぬという秀吉との約束があるため否定しなかった。

こうして三成は小姓組に入れられ、加藤清正《きよまさ》、福島正則《まさのり》、加藤嘉明《よしあき》、片桐且元《かつもと》、脇坂安治《わきさかやすはる》など、今ではいずれも大名となっている者たちと共に秀吉の側《そば》に仕え、現在に至るまで出世を重ねたという訳だ。

「私もいつか……」

若い下奉行が漏らした。

「これ、石田様は常の御方ではないぞ」

年嵩がやんわりと叱る。

「お主とてなり得る。御役目に励むことだ」

三成が鼓舞すると、若い下奉行は満面の笑みを浮かべた。この者も播磨《はりま》の小さな国人の三男だったはず。自らの境遇と重ね合わせて憧れを抱くのだろう。だが、竿を清め終え、立ち上がった三成は、

「よいことばかりでもないがな」

と、小さく漏らしてしまった。

「え……？」

「いや、何でもない」

三成はすぐに打ち消し、竿を干すために立てかけた。

別に奉行の職に不満がある訳ではない。天下の政を担っているという自負もあるし、それをさらによくしたいという大志も抱いている。ここまで秀吉に取り立てて貰ったという恩も感じている。だが出世を重ねるにつれ、失っていくものがあるのも事実。時にそれを懐かしく思い、ふと昔に戻りたい感情が頭を擡《もた》げるのも確かである。

「石田様、あれは……」

下奉行の一人が呼び掛けた。鹿毛《かげ》の馬に跨り、こちらに近付いて来る者がいる。

「伊達家の者ですかね」

下奉行が頰を引き締める。三成は近目である。下奉行が見えないならば、通常は見えるはずはない。だが、此度は馬の色、その乗りこなし方から、誰であるか解った。

「何故、ここに……」

三成は呟いた。やがて誰しも判別出来る距離まで来て、皆があっと声を上げた。何か大事が出来したのではないかと色めき立つ者もいる。

「どうした」

三成が呼び掛けると、馬上の男はやや掠れた声で返答した。

「役目を終えた帰り道よ」

「なるほど」

この男が臨時の奉行として、出羽の大名の検地を担当していたのを思い出した。確かに上方への帰路の途中ではあるが、それだけではないだろう。

「そろそろ苛立っている頃だろうと思ってな。話を聞いてやろうと立ち寄った訳だ」

「余計な……」

三成は小さく鼻を鳴らす。

「お世話か？　嬉しそうに見えるがな」

晴れ上がった蒼天を背に、男はふっと口元を綻ばせた。大谷吉継である。

吉継が訪ねて来たことを伝えると、他の奉行たちも仕事の手を止めて迎え入れる。

「もう検地を終えたのですか」

長盛が尋ねると、吉継は鷹揚に頷き、

「一段落しました。後の細かな点は京に帰ってからで」

「流石ですな」

吉継の仕事の早さに、長政は感嘆し、惜しみない賛辞を贈った。

「そろそろ、常の奉行になったらよいのじゃ」

玄以が勧めた。十分にその実績があることは皆が知っている。

「皆様ほどの働きは到底出来ませぬ」

「謙遜なさるな」

長政はなおも勧めた。すると吉継は両手の人差し指をこめかみの横に立てて、

「務めはほどほどに。そうでなければこうなる者が」

と、戯《おど》けた顔を作った。

吉継の妻のことである。かつての大谷家と同じく六角家の被官の娘であった。吉継がまだ幼い頃からの顔見知りで、いわば幼馴染というところ。若くして夫婦《めおと》となって二男一女を儲けている。吉継は立身出世した後も、この妻以外に側室は持っておらず、仲睦まじいと専らの評判である。

「それは困りますな」

長政は口元を綻ばせた。天下の政を前に、妻のことなどは後回しにすべきである。それが建前であり、長政もそう思っていない訳ではないだろう。だが、この男が言うと妙に納得してしまうのが不思議である。

「大事なことです」

妻を喪った長盛は大きく頷いた。吉継はぐるりと周りを見渡しつつ尋ねた。

「長束殿は？」

一瞬の間が生まれる。奉行たちの顔が曇ったのを即時に察したのだろう。吉継は、

「なるほど」

と、苦く呟いた。

「まあ、色々とあるものよ」

玄以が玉虫色に言うと、

「こちらもちと忙しい。気になったならば、治部少殿より聞いてくれ」

長政が言った。此度、吉継が訪ねて来たのは、奉行たちへの挨拶ということもあるが、三成に会いに来たことも解っている。二人で話せと勧めてくれているのだ。

「承知致しました」

吉継は慇懃に頭を下げた後、三成に向けて目配せをした。

暫し後、三成の自室で吉継と二人きりとなった。吉継は用意させた白湯《さゆ》を噛むようにして口を潤す。吉継の喉ぼとけが上下したところを見計らい、

「どのような調子だ」

と、三成は声静かに問うた。先刻から聞いていて、やや声が掠れているように思えた。それに今の白湯の呑み方を見て一層心配になったのである。

「目立つようになった」

吉継はすっと襟元を開いた。そこには斑《まだら》に赤い痣《あざ》が無数にあり、大きいものだと掌ほどもあった。

吉継は襟を直しつつ続ける。

「手足にも痺《しび》れがある」

「口もか？」

「爛《ただ》れるようになった。医者が言うにはあと数年で顔も崩れるらしい」

「そうか」

「つれないな」

吉継は頬を緩める。

「お主の命は心配している。だが顔がどうなろうとお主であることに変わりはない」

「軽口よ。お主がそのような男だということは重々解っている……だが他はそうはゆくまい」

「気にする必要はない」

「俺は気にしてはいない。気を遣うのは周りよ」

「お主という奴は」

三成は苦笑した。強がってはいるものの辛さはあるはず。それなのに周囲のことを本気で考えるあたりお人好しが過ぎる。

「どうすべきか」

吉継は顎に手を添えて首を捻った。

「そこまで言うなら頭巾でもかぶれ」

「おお、それはよい。なかなか恰好良さそうではないか」

吉継は妙案とばかりに手を叩いて続ける。

「何色にしようか。赤は派手過ぎるし、黒だと怖がらせてしまいそうだ。いっそのこと緑など……」

「白だ」

「味気ないぞ」

「お主の心と同じよ」

三成が言うと、吉継はふっと微笑み、

「そうか」

と、丸い声で言った。ほんの少し無言の時が流れた後、吉継は再び切り出した。

「長束殿はどうした」

「部屋に籠っている」

「旗色が悪いのか？」

吉継は端的に訊いた。この検地が伊達家との戦であることは、吉継も解っているらしい。

「有利だったが、最後でな」

四半刻ほど掛け、三成はこれまでの経緯を語った。その間、吉継は時に相槌を打ったり、時に瞑目《めいもく》して耳を傾けたりしていた。

「長束殿らしいことだ」

全てを聞き終え、吉継の第一声はそれであった。

「やはり奇人であった」

三成は溜息を零した。

「確かに変わっておられるな……しかし、長束殿ならば真に測り得るかもしれぬぞ」

「お主まで……もし、出来ねばどうする。取返しが付かぬことになる」

「付くさ」

吉継は間髪入れずに答えた。

「何故、そう言い切れる」

「かつて戦で途方も無い策を講じた男がいた」

吉継は宙に視線を移しつつ続けた。

「無茶だとか、わざわざ危険を冒す必要はないだとか、諸将は口を揃えて反対したものだ。だが、男は頑として首を縦に振らなかった」

三成は目を畳の上に落とした。吉継はなおも語る。

「俺もどちらかと言えば反対であった。決して負けられぬ戦だった故な。このまま力押ししたほうが良いと勧めた。男は何故やらねばならぬか様々な理由を説いて来た。それを俺が一つ、また一つと潰した時、男は何と言ったと思う？」

吉継は滔々と話し、最後にふわりと尋ねた。

「私がやりたいのだ……か」

三成は首を擡げた。吉継は乾いた頬を緩めている。

「それで俺は何と言ったか覚えているか？」

「解った、皆を説得する。だな」

眉を開く吉継に対し、三成は即答した。

忘れるはずもない。男というのは三成自身のこと。策というのは長大な堤を築いた水攻め。忍城攻めでの吉継とのやり取りなのだ。

「北条家に、後に控える伊達家を始めとする奥羽の大名に、豊臣家の威信を見せつける必要は確かにあったかもしれない」

吉継は朗らかな調子で話を続けた。

「いや……」

それならば天下の堅城、小田原城を未曾有の大軍で囲んだだけで十分。忍城攻めがその目的を担う必要はない。三成は文弱の徒と侮られていた。そんな三成に武功を立てさせようと、秀吉は一手の大将に任じたのである。三成はその秀吉の想いに応えたかった。いや、かつて秀吉が成し遂げた水攻めを、三成も成功させることで世間を見返したかったのだ。詰まるところ、

──己がやりたい。

と、いうことである。

「あれは間違っていた。今でも悔いている」

三成は正直に無念を吐露した。悔いているのは成功させられなかったことではない。皆の、吉継の意見に耳を傾けなかったことである。

「悔いるのは勝手にしろ。だが俺は間違っていると思ったことは一度もない」

吉継は三成を真っすぐに見つめた。これも病のせいなのか、白目の部分が微かに赤くなっており、それが図らずも真正さを増している。

黙り込む三成に対し、吉継は間を十分に取って柔らかに呼んだ。

「なあ、佐吉。仕事を行うのは人だ。人の想いを全て除くなど出来るはずがない」

忍城攻め以降、私心を消し去ろうと決めたのは確かだ。だが肥後国のことで長政と衝突した時、感

情が全く入っていなかったとは言えない。吉継の言う通り、皆無にすることは出来ないのかもしれない。

「また除く必要も無い。人の想いで大きくしくじる時もあるが、途方も無いことを成し遂げることもある。殿下が良い証だ」

「その通りよな」

三成はずっと側で秀吉のことを見て来た。秀吉は天下万民の安寧を願っている。だがそれだけでここまで来たとは思えない。最初は混迷する織田家の家臣の中で生き残りたいという想いが強かったかもしれないが、途中からは自らが何処まで行けるのかを試したいという想いもあったはずだ。

「人はそれを夢と呼ぶのかもしれぬ」

「夢……か」

三成は呟いた。いつからか仕事に追われ、口にすることさえ無くなっており、妙な懐かしさが躰に広がった。

「想いの無い仕事ほど味気ないものはない。少なくとも俺はそう思う」

「長束殿の夢は……」

「何だろうな。それはお主や、他の方々のほうが解るのではないか？」

吉継は言い終わると、ふっと笑った。

「勝てると思うか」

三成は低く訊いた。正家の望む戦をして、伊達政宗という男に――。

「あの日、俺はお主を信じた。長束殿もおられた」

吉継がはきと言い切ると、三成は凜然と頷いた。

「では、帰るとするか」

吉継は脛《すね》のあたりを揉みながら膝を立てた。

「もう発つのか？」

「早く帰りたいからな」

恐らく家族は病状を知っているのだろう。何時、悪化するかも解らぬ今、吉継は仕事に奔走しながらも、家族と過ごす時も大切にしたいと思っているのではないか。

「行け」

「折角、相談に乗ってやったのに愛想の無いことだ」

吉継は軽口を飛ばし、畳に両手を突く。立つのにも手を使わねばならぬほど辛いのかもしれない。

「気にするな。いつものことだ」

こちらの心配を鋭敏に察し、吉継は首を横に振る。

「そうか」

「それに……行けとはこちらの科白《せりふ》よ。戦の最中だ。時を惜しめ」

吉継がにかりと笑うと同時、三成は頷いた。

「またな」

「おお、勝手に帰る」

吉継は満足げに言い残し、先ほどより幾分力強い歩調で部屋を後にした。

吉継が出て行くと、三成は正家の部屋へと向かった。襖の向こうから紙を捲る音、小さな唸り声も聞こえた。三成は外から声を掛けることもなく、いきなり襖を開いた。

下奉行から聞いていた通り、部屋の中には紙が散乱しており、そのいずれにも墨で何かが書かれている。中には幾度か重ねて書いて、白い部分がほぼ無くなっているものもあった。

正家は何も言わぬ。こちらに気付かないかのように筆を走らせている。

三成もまた声を発しない。無言で部屋の中に入る。散らかった紙を手で除《の》けることなく、僅かな隙間を見つけてそこに腰を下ろした。

普通なら気付かぬはずはない。だが噛みつくように文机に向かう正家ならば、それも有り得るかもしれない。無言の時を紙の音が埋め、四半刻近く経った時、正家が細い溜息を吐《つ》いて顔を上げた。

「石田……殿？」

こちらを見て正家は驚くような表情になった。酷く疲れた顔である。それ以上に焦りの色が目に滲んでいた。

「真に気付かなかったのか」

「申し訳ありません。昔から専心すると……」

「どうだ？」

「まだ……」

「そうか」

三成は改めて周囲を見渡しながら言った。この男は一体、今まで何度挑んできたのだろうか。

「もう終わりなのですね」

正家は唇を噛み締めながら言った。真にそう思っているようである。まだ期限まで一日半ある。没頭し過ぎて、時の感覚さえ失しているのだ。

「いや、まだ時はある」

「そうなのですか。では――」

「少し。少しだけ手を止めろ」

正家が再び筆を動かそうとした時、三成は強く言った。正家はぴたりと手を止め、ゆっくりと顔を上げる。

「はい」

素直に答える正家が子どものようで、三成の胸に可笑《おか》しさが一気に込み上げた。

「今もやり遂げたいという想いに変わりはありませぬな」

「変わりなく。むしろ強くなっています」

三成が問うと、正家はすかさず答えた。

「では、やれますか。あと一日半で」

「正直、解りません」

様々な手法は閃《ひらめ》くという。だがその一つ一つを試すのに、何度も計算をしなければならない。それに時が掛かるため、一人では挑める回数に限界があると語った。

「長束殿はあの時、何を言おうとしたのです」

「あの時？」

正家は首を少し傾げた。

「政とは……そう言い掛けておられた」

昨日、口論になった時のことである。計算を続けたいと主張する正家に対し、

——それはお主が一人の時に好きにやればよい。これは政なのだ。

と、三成は言い放った。正家はそれに何か言い返そうとしたが、玄以に止められて半ばで終わっていたのである。

「政とは決して諦めぬこと、ではないのですか……と」

政とは途方も無い理想を掲げることの連続である。途方も無いだけにその理想の通りに行く方が珍しい。だが上手くいかないからと言ってそこで心が折れてしまえば、世は何ひとつ変わらぬまま、誰

かの苦しみは残ったまま。それを決して良しとはせず、何度も何度も、手を替え品を替えて挑み続ける。そういうものではないのか。正家は訥々とそう語った。

「なるほど」

三成は苦笑してしまった。ここで改めて言い切るあたり、実に正家らしい。これは胆力があるというより、一向に気にしていないのだ。

「それは丹羽殿のお言葉ですか？」

三成は尋ねた。丹羽長秀は正家の恩人であり、その言が指針となっているのは理解している。

「いえ。治部殿と……皆様と共に働き、私がそう感じたのです」

正家は真っすぐに三成を見据えて凛と言い放った。三成は胸がとくんと鳴るのを感じた。

「狡《ずる》い人だ」

「何がです？」

正家は怪訝そうに眉を寄せる。

「だがその通りです。忘れていたのは私のほうらしい」

三成は自嘲気味に笑った。

「あと一日半。粘らせて下さい」

正家が頭を下げて文机に向かおうとするのを、三成は手で制した。

「お待ちを。私もやります」

「え……それはどういう意味でしょう？」

「その通りの意味です。皆にも力を貸してくれるように――」

三成が他の奉行を呼びに行こうとした時、襖がさっと音を立てて開いた。そこには三人が立っていた。長盛は安堵したように微笑み、玄以は目尻を下げて嫌そうに、長政は胃の腑を押さえて呆れたような顔で。さらにその背中越しから、下奉行らが心配そうにこちらを覗き込んでいた。

「聞き耳を立てるとは人が悪い」

「お主らがまた喧嘩すれば、止めねばならぬだろう」

長政は苦々しく漏らす。

「大谷殿がな」

長盛が顎をしゃくった。吉継は三成が正家の部屋に向かったことを皆に報せた。その上であの様子では止めても聞かないだろうから、万が一の時に備えて、

――外から聞き耳を立ててやって下され。

と、悪戯《いたずら》っぽく笑ったという。

「刑部め」

三成は小さく舌打ちをした。

「治部に叱られては叶わぬと、それだけ言い残してすでに帰られた。あれほど良い男に好かれるとは、お主は果報者よ」

玄以は心からといったようにしみじみと言った。

「皆様……」

正家が口を開こうとするが、それより早く、

「時が惜しい。無駄口を叩いておらずにやりましょう」

と、三成は遮るように言った。

「全く……」

「お主が最も反対していたのじゃろう」

「勝手に決めおって」

長盛、玄以、長政と間を置かずに小言を零す。

「盗み聞きしていたのでしょう？　長束殿の話を聞いて、やらぬと断るはずはないでしょう……」

三成は一拍空け、そして真顔で言い放った。

「ここにいるのは天下の奉行のみ故」

長盛は鼻を鳴らし、玄以は口をへの字に曲げ、長政はすっと指を腹から離す。下奉行の者たちは嬉々として頷いていた。

「長束殿、指示を下されよ」

三成が請うと、正家はぐっと口を結んで力強く頷いた。


正家の居室から広間へと場所を移して作業が始まった。筆を動かす、紙を捲るなど、人の動きそのものは少ないのだが、広間は異様なほどの熱気に包まれている。

「ここの吟味は終わった。そちらはどうだ？」

「少々待て。今やっている」

複雑に絡み合った形を幾つかに分割し、手分けして計算と検証を繰り返す。とある形が求められれば、別の形の一辺が明らかになることもある。故に声を掛け合い、連携して解き明かしていく。

「こうか……いや違うな。長束殿、これに妙案はあるか？」

長政が声を上げると、すぐに正家が飛んでいく。

二辺が等しい直角の三角形の内側に、正方形がぴたりと収まっている。田は正方形ではなく、正方形以外の部分。二辺の長さは解っているものの、他は何も実測出来ておらぬため既存の方法では答えは導きだせない。長政も色々と試したものの音《ね》を上げたらしい。

「二辺が等しい三角ということは、それが作る角度も同じということになります。正方形は直角ですので、それによって出来た三つの形、全てが同様に直角かつ、二辺の等しい三角ということに」

「確かに」

「ここで正方形の向き合った角どうしを十字に結ぶと、さらに小さな三角が四つ出来ます。するとここが同じ形になります」

正家は図面に指を走らせながら解説を続ける。

「さらに正方形の左右の三角をそれぞれ二つに割るとまた同じ形に。ここも、ここも、ここも同じ。つまりこの小さな三角が九つで成り立っているということに」

「そういうことか。全体の九分の四が正方形……残りの九分の五が田の広さだな」

「左様です」

正家が頷いた瞬間、次は玄以が手招きをする。

「長束殿、これは如何すればよいと思う。解っている辺の長さが少なすぎる」

玄以も懸命に取り組んでいたが、解らないと白旗を上げたようだ。

「これは……ここに線を引いてはどうでしょう」

正家は一瞬顎に手を添えて考えた後、図に指を滑らせた。

「するとこの辺を同じくする二つの三角が出来ます。さらにここは両方の三角にとって重なる部分なので、二丈一尺と一丈二尺を乗じて二で割ると出るでしょう」

「暫し待ってくれ……ふむ、ふむ、なるほど。理解した」

「つまり田の広さは……」

「それくらいは出来る。他を見てやってくれ」

「承知しました」

正家が会釈をすると、またしても呼ぶ者がいる。

「少しよいか」

今度は隣の長盛である。その隣にいた三成も覗き込んだ。同じ大きさの円が縦横二つずつ、計四つ並んでいるような恰好で、そのうちの一つと、四つの隙間が田の部分。瓢簞《ひょうたん》を真っ二つに割ったような奇妙な形である。確かに田の東側にそのような箇所があったのを思い出した。円の直径は測量出来ているが、他のことは何も解っていないという状況である。

正家が口を開くより早く、三成の頭に閃きがあった。

「増田殿、解ったかもしれませぬ。それは丸の中心を全て結ぶのです」

「こうか？」

長盛は細筆に持ち替えて図面に走らせる。すると四辺均等な四角が出来上がった。

「さらに丸い田を十字に切って下さい。四角の中にある四つの扇形と同じでしょう」

「おお、そうか。つまりは……」

「その四角が田の広さになります。どうです？」

様子を見守っていた正家に対し、三成は上目遣いに尋ねた。

「お見事です」

正家は口元を綻ばせた。

「このような箇所は出来るだけ我々でやります。長束殿にしか解けないであろう箇所をお願い致す」

正家は頷いて自らの文机の前へと戻った。

三成は広間の中央に広げた大きな絵図の前へ行き、先ほど解の出た箇所を朱で囲った。これは田の全体を解りやすく描いたもので、それを小分けにして引き延ばした絵図に各々取り組んでいるのだ。

「まだこれだけか」

三成は独り言ちた。それにしてもよくもまあ、このようにちまちまと田を複雑に切り刻んだものだと思う。見れば見るほど、政宗の執念を感じずにはいられない。

「どうだ？」

長政が横に来て訊いた。

「今で三割を超えた程度かと」

「間に合うかどうか……怪しいところだな」

「夜昼休まぬようでは頭も鈍ります。計算が遅くなりますし、仕損じてしまってはやり直しもききません。交代で眠りながら進めましょう」

「そうだな。まずは儂とお主は続けて、前田殿、増田殿の組に休んで貰おう。長束殿は……」

長政が心配げに見る先、一心不乱に文机に向かう正家の姿がある。ここまでほとんど眠っていないのに、一向に手を休める気配はない。

「勧めたのですが、先ほども休んだから心配ないと」

三成は苦々しく言った。一刻《とき》ほど前、正家は文机に突っ伏していた。動かして起こすのも悪いと、搔《か》い巻《ま》きをそっと掛けたのだが、僅か四半刻ほどで目を覚まし、また猛烈に働き始めたのである。

「化物だな」

多忙を極める奉行の目にもそう映るのだから相当である。

「どうしてもやり切りたいのでしょう。この戦いだけは」

部屋の隅で小柄な背を猫のように丸め、ちまちまと手を動かす勇士を見つめながら、三成は呟いた。

刻々と時は流れていく。政宗との交渉も持たず、皆で真正面から没頭した。半日があっという間に過ぎ、一日は無情なほど早い。飯もろくに食わず、眠るのも交代で格闘するものの、期日が明日となった晩になっても、まだ終わってはいなかった。

「あと……ここだけですな」

三成は全体図に幾度目かの朱を入れた。下奉行たちが頷く。起きている者はいずれも目の下に深い隈が出来ており、幽鬼を彷彿とさせる顔をしている。広間の隅には身を捻《ね》じ込むようにして眠る者、意識を失ったかのように文机の前で仰向けに寝息を立てる者もいた。

間もなく、伊達家の者が結果を尋ねに来る。すでに寅《とら》の刻《こく》（午前四時頃）を回っているはず。東の空が白み始めていることだろう。早朝特有の清い匂いを隙間風に感じた。この長き戦いもあと僅かで終焉を迎える。結果はいずれになろうとも――。

「すまぬ……眠ってしまった」

一刻ほど前から、長政は胡坐を掻いたまま眠っていたが、何かに弾かれるようにびくんと動いて目を覚ました。

「どうだ」

長政は目を擦りながら三成に尋ねた。昨日から、寝ても覚めても、まずそれを訊くのが習わしのようになっている。

「半刻ほど前に増田殿が持ち分を終え、先ほど私も終えました」

「つまりはあそこだけ……」

「そういうことです」

あと一つだけ、どうしても答えを出せない「箇所」がある。他が思考を柔軟にして形を組み替えたり、補助として線を引いたりすることで導けたのに対し、ここだけはどうしてもそれでは答えが出ない。何か、誰も未だ知らぬ、未だ見ぬ、数の妙を発見せねばならない。正家はそう判断して、途中からここに集中していた。

「顔を洗っては？」

長政が幾度も目を擦っているからだろう。壁にもたれ掛かっている長盛が言った。

「よい空じゃ。晴れ上がっておるわ」

先刻、外の様子を見て来ると言って出て行った玄以も戻って来た。皆、すでに己が担当したところは終わっているが、正家のことが気掛かりで眠っていなかった。

「すまぬな」

長政は改めて自分だけ眠っていたことを詫びた。

「いえ、我々も眠りました。こうして起きたのは……」

「ああ、見届けないとな」

長政はそう言うと顔を洗いに立った。やがて下奉行の者も一人、また一人と目を覚まし、互いに状況を確かめ合う。

この「城」は恐ろしいほど堅固であった。あの忍城をも上回るほどに。だがあの時と違うのは、一人で背負い込んで戦っている訳ではないということ。皆、力を合わせてすでに死力を尽くした。この堅城も残すは本丸のみ。あとはこの戦における大将に全て掛かっている。

皆、それをよく解っているが、すでに顔は晴れやかであった。仮に敗れたとしても悔いは無いと思っているのだろう。しかし、叶うならば。それもまた皆が共に抱いている想いである。

「間もなくじゃろう」

玄以が耳打ちをした。あと半刻ほどすれば、伊達家の者が結果を聞きに来る。この外交に長けた男は、何とか引き延ばす手立てを講じようとしている。

「お願いします」

三成が応じてから暫くして、正家の手の動きが速くなった。やがてそれも止まり、ゆっくりと筆を擱《お》いた。正家は天に向け細く息を吐く。刹那、三成を含めた奉行たちだけは、いかなる結末を迎えたのかを察し、勢いよく立ち上がった。

「落ちました」

正家は振り返ると、満面の笑みを浮かべた。

「すぐに吟味を！」

「全て足して割り出すぞ！」

「ここまで来て間に合わんなど、悔いても悔やみ切れぬ。急げ！」

長盛、長政、玄以が声を張るのはほぼ同時であった。三成は朱筆を取って正家に渡す。絵図の中、唯一何にも囲われていない箇所に、正家は勢いよく筆を走らせた。

それから半刻後のことである。屋敷の外に人の気配がした。かなりの数である。様子を窺いに出た下奉行が言うには、伊達家の武士が百人以上おり、いずれも甲冑に身を固めているという。今日の結果を受け、

――お見送りいたします。

などと勝手に護衛を買って出て、そのまま伊達領内から追い出すつもりなのだろう。散乱した紙を整理し、支度に奔走している中、

「そろそろのようです」

と、下奉行が伊達家からの言葉を取り次いだ。

「よいか？」

三成が尋ねかけると、下奉行の者たちが銘々頷いて返事をする。

「では、参ろうか」

長政が促すと同時に、皆が一斉に動き出す。五奉行、そして下奉行、その他下役の順に廊下を行く。足袋《たび》が擦れる音が幾つも重なる。皆、疲れは相当に溜まっているはずだが、その足取りは凛然としたものであった。

屋敷の外に出ると、下奉行の報告通り、初日の如く武装した伊達家の武士が百人ほど。今日に限っては、片倉景綱、そして伊達政宗までが甲冑を身に付けている。政宗の兜は三日月の前立《まえだて》。これは政宗のものとして有名で、遠く離れた京の童でさえも知っている。政宗は中央に置かれた床几に腰を据え、その横に景綱が侍《はべ》るという恰好だ。

「まるで城攻めですな」

三成が皮肉を込めて言う。

「攻められているのはこちらですが」

悠然と立ち上がり、政宗もまた皮肉で返す。

「何故です？」

軍装に身を固めている理由の見当はついているものの、やはり訊かねばなるまい。

「急いで帰らねばならぬと聞きました。本来ならば一席設けたいところですが、ご多忙ならば致し方ありません。このままお送りしようと支度を整えて参りました」

「左様ですか」

「では、ご出立の支度をなさって下さい」

政宗は慇懃に会釈をする。

「心得違いをしておられるようです」

三成の声を運ぶように風が吹いた。木々がさざめく中、政宗の顔だけが徐々に険しいものになっていく。

「まさか……」

「石高を割り出せました」

「馬鹿な」

政宗は息を呑んだ。

「まるで出来るはずがないと知っていたような物言いですな」

「いや……そうではないが、流石の奉行殿でもあれは……」

「流石の奉行殿でも……ですか」

三成は目を細めつつ、正家の背をそっと押して続けた。

「豊臣家奉行には、算術の鬼才がいるのをお忘れなく」

「長束正家……殿」

政宗は唇を噛む。

「検地は成りました。一合の狂いもありません」

正家は断言して目配せをすると、下奉行たちが紙の束を政宗たちの前に運んだ。

「石高を割り出すまでの一切を記録してあります。お確かめ下さい」

「おい」

景綱が呼び掛け、伊達家の者数人と共に紙を検《あらた》める。

「すぐには判断しかねますが、全くのでまかせという訳ではないようです……」

暫くして、景綱は引き攣った顔で報じた。

「ならばこれより吟味を――」

政宗が言い掛けるのを、長政が制す。

「お待ちを。我らは帰らねばなりません。数人残しますので、吟味はその者らと共にやって下さい」

政宗が口籠るのに、玄以が追い打ちを掛けるように畳みかけた。

「我らが本日帰路に就くことは、越前守殿もご了承のはず。違うと言うのならば、先ほどの御言葉は如何に。この物々しい恰好は如何に」

「万が一、齟齬があった時にですな……」

「あるはずはござらぬ」

なおも食い下がろうとする政宗に向け、長盛が頑と言い切った。

「我ら奉行、その矜持を持ってお役目に当たっておりますれば」

三成が凜として言うと、政宗はぐっと歯を食いしばった。景綱だけでなく、伊達家の者たちは半ば唖然とした表情となっている。その衆に向け、長政が取次として改まった口調で話を転じた。

「改めてお訊きします。伊達殿は、葛西大崎の一揆には関わっておらぬのですね」

「くどいですぞ……」

「しかし、葛西大崎の地は欲しいと仰る」

「それは、彼の地は治めるのが難しいからです。だからこそ現に一揆が起こりました。我らは曲がりなりにも治めてきた故、お任せ頂ければと思ったまで」

「よろしいでしょう」

長政があまりにもあっさりと認めたので、政宗は絶句した。すでに口裏を合わせている他の奉行も同調し、政宗はいよいよ怪訝な顔付きになる。

「葛西大崎領十三郡を与えると申しているのです。ただし長井、安達、信夫、刈田、田村……そして伊達の六郡は召し上げます。入れ換えということですな」

「お待ちください」

政宗は一歩踏み出して迫ったが、三成は首を横に振った。

「伊達殿はかなり疑わしい動きをしているのです。ただ与えるだけでは道理は通らず、諸大名の中には不満に思う者も出ましょうぞ。六郡から十三郡になるのです」

「葛西大崎領十三郡の地は痩せています……」

「六郡に比べれば、一郡ずつはそうでしょう。それでも加増には違いありません。伊達殿の石高は如何になるのでしたかな？」

三成が振ると、正家がすぐに答えた。

「七十二万二千百二十四石から、七十五万四千三百五石に。三万二千百八十一石の加増のはずです」

普段は物事を正確に言う正家が「はず」と濁したのには訳がある。指出を見ておかしい箇所は十二あった。ただあくまで帳簿上での話である。実際、政宗は伊達領六郡の石高を明らかに過少に申告していることにこちらも気付いている。政宗が六郡の再検地を認める上での条件が、

――奉行の検地が正しいと示す。

と、いうこと。

そして奉行は出された二つの難題を達成した。この後、六郡の再検地に奉行が乗り出すと政宗は思っていただろう。だが敢えてそれをせず、伊達領六郡を過少のまま黙認する。その代わり葛西大崎領十三郡と交換させるのだ。これで表向きには「加増」となる。

だが実際のところ、六郡の石高は遥かに高く、公表している石高より少ない十三郡と領地替えを行った場合、伊達家の石高は約七十二万石から、約五十八万石に「減封」となるのである。

「ご加増、真にめでたく存じます」

三成が深々と頭を下げると、他の奉行、下奉行たちも続いた。

「お待ちを……殿下の裁可を得ている訳ではあるまい」

「裁可は必ず下ります。追って正式に沙汰します」

三成はぴしゃりと言い切った。

政宗は口を真一文字に結んでいたが、やがて二度、三度頷いて、

「まず、奉行殿の御意向は承りました。やはり皆様を労いたく存じます。一席設けさせて下され」

精悍な頬を緩めた。

「結構です」

「心配する必要はございません。この期に及んで奉行殿に危害を加えるほど、この政宗は阿呆ではござりませぬ」

負けはすでに認めていると言わんばかりに、政宗は爽やかに微笑んだ。

「お気持ちだけ」

三成に代わり、今度は長政が断った。

「互いに行き違いがあったかもしれませぬ。遺恨は水に流して別れの席を設けさせて下され。お願い致す」

「多忙故、帰ります」

なおも引き下がらない政宗に、長盛はけんもほろろに返す。

「まだ旅支度も出来ていないでしょう。その間だけでも」

「それが……もう出来ておるんじゃな」

玄以は気まずそうに言った。いや、そのような様子を装ったというほうが適当である。

「もう整っていると……？」

政宗は愕然とした。こちらは対照的に演技ではないと解る。その証左に、これまでに無いほど、政宗の声はか細かった。

「はい。結果をお伝えした後、そのまま帰るつもりでしたので。伊達殿もこのまま見送るつもりだったと仰ったではありませぬか。故にそのようないでたちであられると」

立て板に水の如く、三成はつらつらと返した。

「それでも構いません。一日、いやせめて半日なりともご出立を――」

「魂胆は解っていますこちらに向かっているのでしょう？」

三成は己でもひやりとするような口調で言い放つと、政宗の凜とした眉がぴくりと動いた。

「何のことを仰っているのか、とんと……」

「惚けなさるな。権大納言殿のことです」

権大納言とは、奥州検地の二人の大将の一人、徳川家康のことである。政宗は下唇を嚙みしめた。その拳も激しく震えている。

「どうしてそのことを……」

「伊達殿もご存知のはず。蒲生殿です」

「あの書状か」

政宗は忌々しそうに漏らす。

昨日の日中のことである。蒲生家から至急、家中の件で相談したい儀があると書状が届いた。伊達家の領内に、使者は当然許しを得た上で届けている。書状は氏郷の達筆な手で、

――徳川が領内を通りたい旨申し伝えて来ました。

と、書かれていた。氏郷も状況が解っている訳ではないだろうが、何かこちらに関係すると考えて報せてくれたのだ。また三成らも、これは十分にあり得ることと念頭に置いていた。

「徳川殿を呼び、混ぜっ返そうとしたのですな」

万に一つ、奉行が難題を解決する可能性も捨てず、その時に備えて家康に援軍を請うていたのである。政宗は家康の到着を待つために時を稼ごうとしていたのだ。この用心深さ、周到さ、そして粘り強さには流石に舌を巻いた。

「着いたら面倒ですので、我々は出立させて頂きます。御免」

三成はそう言うと皆に向けて軽く手を上げた。残って伊達家の者と吟味を行う下奉行三人を残し、

他は一斉に荷を担いで帰路に就こうとする。

「この嫌われ者らめが」

政宗の怨嗟の声に、三成は足を止めて振り返り、

「嫌われているのは存じております。が、私は伊達殿をお助けしたつもりです。あの男を頼ると、高くつきますぞ」

低く言った。代わりに正家が政宗の前に立ちはだかり、身構える政宗に向け、深々と頭を下げた。

「心より感謝致します」

「貴殿まで愚弄するか」

「そのようなつもりは全く」

正家は真剣な面持ちで首を横に振り、しみじみとした調子で続けた。

「真に優れた問い……夢のような時でした」

正家は倖せそうな笑みを見せた。政宗は一瞬呆気に取られていたが、やがて天を仰ぎ見て、ふっと宙に息を溶かした。

「純なる男は強い……解っていたはずが、この様《ざま》か。いや、忘れていたのか……」

正家のことではなく、かつて奥州制覇の夢にひたすら没頭した自らのことを語っているようだった。

「それは如何なる意味で？」

正家が首を捻ると、政宗はゆっくりと顔を戻して片笑んだ。

「この奇人め」

「それも存じております」

「小十郎！　見送るのは止めじゃ。奉行に刃向から阿呆など、奥羽には俺しかおるまい」

政宗は快活に笑い飛ばしながら身を翻す。その声には負け惜しみという感じはなく、清々しさを湛

えていた。

一斉に伊達家の者たちも動き出す。すでに奉行衆は歩を進めている。三成も振り返り、追い掛けてくる正家の跫音を耳朶に受けつつ心地よい疲れを感じながら、深く出羽の風を吸いこんだ。

まつりの肆　大瓜畑遊び

美濃国安八郡《あんぱち》において、

——ちょうすく孫十郎《まごじゅうろう》。

と言えば、知らぬ者は一人もいない。

ちょうすくとは、美濃訛《なまり》で生意気だとか、図に乗っているだとかいう意味である。

調子づくから変じたのであろう。つまり生意気な孫十郎などという意味である。

孫十郎は天文《てんぶん》八年（１５３９年）の冬、前田基光《まえだもとみつ》の三男として生まれた。父は安八郡前田村を治める地侍《じざむらい》であった。とはいえ、前田家は菅原《すがわら》家の流れを汲む名家であり、村の者たちも、前田の殿様と、尊敬の眼差しを向けている。故に、歴代の当主たちは御家を守ることを第一とし、そのために己の一生を費やして来た。それは基光とて例外ではない。だが孫十郎だけは幼い頃から、

「高辻《たかつじ》、桑原《くわはら》、東坊城《ひがしぼうじょう》、五条《ごじょう》、唐橋《からはし》、清岡《きよおか》などは菅原家の血を引いているのが確かで、いずれも公家様じゃあ。十度曲がりくねったところで、前田に辿り着くはずないじゃろう」

と、悪びれずに言う。博識に舌を巻くよりも、高慢さと生意気さが鼻につく。

孫十郎にそのようなつもりはない。というわけでもなく、

——この世は阿呆ばかりじゃ。

と、五、六歳の頃には思い始めていた。周囲から鼻持ちならぬ者と見られるのも止むを得ない。

だが、真《まこと》なのだから仕様がない。同年代の武士の子が平仮名をようやく習得した時、孫十郎はすで

に多くの漢字を書けた。しかも、師に招いた仏僧が唸るほどに達筆であった。読むほうにいたってはさらに容易《たやす》くこなす。難解な書でも、一切詰まることなく音読する。読むだけではなく、その内容もしっかりと頭に入っている。父の基光としては将来を頼もしく思わない訳ではないが、それ以上に、あまりに出来過ぎるために気味悪がっていたようだ。

一方、武芸はというと、あまり得意ではなかった。だが孫十郎は気にしなかった。人には向き不向きがある。己は武でなく学問において前田家の力になれれば良いと腹を括《くく》っていたのだ。

孫十郎が十一歳になった時のことである。基光に呼び出されて、

「お主は仏門に入れ」

と、言われた。青天《せいてん》の霹靂《へきれき》とはこのようなことを言うのだろう。孫十郎は茫然《ぼうぜん》となったが、

「父上、何故《なにゆえ》じゃ」

ようやく我に返り、訊いた。

「一族のうち誰かを仏門に入れるのは、珍しいことではあるまい」

基光は咳払いをして答えた。

確かにそのような慣習は存在する。武士とは多くの殺生をするが故、償いをしようという考えに基づくのであろう。だが絶対ではないし、基光はむしろ信心深くないほうであった。

「何故、俺なんじゃ」

孫十郎は嚙みつくように迫った。基光が改心してそのような考えに到ったとしても、孫十郎には三つ年下の弟もいた。

「あれはまだ幼い」

「五つ、六つで仏門に入る者もおる」

「御託《ごたく》を申すな」

基光は忌々《いまいま》しそうに窘《たしな》めた。言葉こそは厳しいが、その語調はやや弱い。負い目を感じているのは明らかであった。

「俺を家に置いておけば役に立つ」

孫十郎は切り口を変えた。

「どういうことじゃ」

「俺には政《まつりごと》の才がある。美濃一国どころか二国、三国でも、いずれは取り回すようになれる」

孫十郎は本気である。同年代の者は言うに及ばず、昨今では大人に対しても、阿呆ばかりと孫十郎は思っている。実際、美濃の侍たちを見ていると、要領の悪さばかりが目に付く。もし己が政を執れば、様々なことを解決出来るのに。そのように思うことも増えた。

「他には？」

基光は訊いた。その表情は曖昧で、如何《いか》なることを考えているのか読み取りにくい。

「何の役に立つかか。それは口での折衝じゃろう」

孫十郎は堂々と答えた。

まずこの弁舌の鋭さ。己の周りでこれほど弁の立つ者は、大人も含めて見たことがない。さらに相手の顔色から心情を、文脈から弱点を的確に読み取り、そこを衝いて黙らせる。たった今、父にそうしているように。これに関しては、政よりもさらに才があると自負している。

「楚漢《そかん》の頃の酈食其《れきいき》の如く、この舌先三寸で七十余城を落とすことも叶《かな》う」

孫十郎は自らの雄弁をそのように締め括った。

暫しの静寂の後、基光は視線を落としてぼそりと言った。

「何処《いずこ》にある」

「は……」

孫十郎が訝《いぶか》しがると、基光はさっと顔を上げて猛烈に話し始めた。

「二国、三国じゃと？　美濃一国どころか、我らは安八郡の、その中の前田村の領主に過ぎないのじゃぞ！　何が政の才じゃ。我らはただ諾々と従うのみ。それ以外に生き残る術《すべ》など無いのじゃ！　れいきしきだか知らぬが――」

「れいきいきじゃ」

孫十郎がすかさず、そして思わず訂正をすると、基光は額に手を添えて俯《うつむ》き、

「そういうところじゃ……お主が皆から何と呼ばれているか知っておるまい……」

と、弱々しく零《こぼ》した。

「ちょうすく孫十郎」

「知っていたか」

「言いたい者には言わせておけばよい」

孫十郎は小さな団子鼻を鳴らして続けた。

「確かに前田家は小さいかもしれん。しかし、いずれは安八郡を手にすりゃあええ。何も奪い取るとは言うとりゃせん。でっかい功名を立て、斎藤家から褒美として貰えばええんじゃ」

茫然とする基光に向け、孫十郎はなおも舌を動かし続ける。

「幾度も手柄を立てて、もう一郡、もう一郡と貰う。斎藤家が内輪揉めするかもしれんし、隣国の織田あたりが攻めて来るかもしれん。その時に上手くやれば、美濃一国も夢じゃあない」

孫十郎が胸を張ると、基光はか細い声で言った。

「お前は何処《どこ》までちょうすくもんなんじゃ……いや、法螺《ほら》吹きじゃ……」

「法螺吹きになるかは、まだ決まっておらんじゃろう」

確かに口で言うほど容易いことではない。運も必要となってくるだろう。だが、そのような道も存

在するのは確かである。その為に、前田家には己が必要であるはずなのだ。

「そのような道は行かぬ」

基光は口を窄《すぼ》めながら首を横に振った。

「では、父上は何を目指しておられる」

「今のままでええ。お主はようない」

何が良くないというのか。何かを目指すことのどこが悪いのか。そもそも人は何かを目指して生きるものではないのか。そうでないならば何のための一生なのか。孫十郎には全く理解出来なかった。

「ちょうすくもそこまでいくと危うい。お主はやはり寺に入れ。せめてええ寺を都合してやる。そこで出世するなり何なりせい」

基光は逃げるように腰を浮かせ、背を向けて歩み出すと、

「誰に似たのじゃ……」

と、苦々しく呟いた。

憤りも、虚しさもあったが、それ以上に不思議に思う気持ちが孫十郎の胸を占めていた。


その年の秋、孫十郎は天台宗総本山、比叡山延暦寺《ひえいざんえんりゃくじ》に入った。一介の地侍の子が入るには過分な名刹である。基光がよき寺にという約束だけは守ってくれたことになる。

孫十郎は確かに政、周旋の才が己にあるとは思っている。武士でいれば前田家を大名に押し上げ、自らも立身出世出来たであろう。だが然程《さほど》惜しいとは思っていない。新たな場所に移れば移ったで、そこで目指すものを見つける性質《たち》である。延暦寺に入ったからには、

――探題《たんだい》職じゃ。

と、己に目標を課した。

天台宗の頂点である座主《ざす》は家柄が重んじられ、親王などが就任するのが慣例となっている。実績によって上れる限界は、その下の探題職であろうと考えた。とはいえ、前田家のような小身《しょうしん》から就いた者は皆無といってよい。だがやるからには励む。運よく慣例が見直されて、座主に就くこともあり得なくはない。

孫十郎が、他の僧が圧倒されるほど一心不乱に学んでいたある時、先達の僧が数人でやって来て、

「探題職を目指しているとか」

と、声を掛けられた。

俗世にいた頃とは違い、誰彼構わずに目標を話した訳ではない。同年の生まれで、同じ頃に延暦寺に入った小僧に、いつかは、という枕詞《まくらことば》を付けて夢を語ったことがあるだけだ。それを先達の僧が知っているということは、その者がうっかり口を滑らせたのだろう。

「左様《さよう》でございます」

寺に入ってからは、口の利き方も気を付けるようになった。慇懃《いんぎん》に答える孫十郎に対し、

「認めおったぞ」

先達が噴き出すと、他の者も嘲《あざけ》りの表情を浮かべる。

「叶う訳もなかろう」

随分と賢《さか》しくなったつもりでいるから、ここで同意しておけば、収まるのは解っている。だが面と向かってこれを言われた今、どうしても堪《こら》えられなかった。嘘でも口に出してしまえば、真に夢が指の間からするりと抜け落ちてしまうような気がする。

「言い切れますか？」

孫十郎が低く訊くと、先達はおっと眉を開く。

「座主は勿論《もちろん》、探題職も家柄が重んじられる。お主のような地侍の出が就ける職ではない」

「家柄も……の間違いのはず。確かに家柄も重んじられます。が、決して高い身分の出とはいえぬ方も、就いておられたことがあります」

「それは稀有《けう》なこと。お主如きが――」

「成してみせます」

孫十郎が即答すると、先達たちの顔に怒気が満ちる。これしきのことで感情を表に出すなど修行が足りぬ。喉元まで出かかったのをぐっと呑み込んだ。だが先達が、

「世迷《よま》い言を……」

と呻《うめ》くように言ったので、孫十郎は思わず、

「俗世を捨てたからここにいるはず。何処に迷うので？」

するりと口から零れ出た。

「おい、お主からも言ってやれ」

先達たちは後ろのほうから一人の小僧を引っ張り出した。孫十郎が夢を語った小僧である。

「口を滑らしたか？」

孫十郎が訊くと、その僧は少し迷う素振りを見せたが、意を決したように唇を開いた。

「拙僧から言った。出来ぬことを口にするお主に腹が立ったのだ。調子に乗り過ぎだ」

先達たちがよくぞ言ったと囃《はや》し立てる。その小僧も何故か嬉しそうに頰を紅潮させていた。

「ここでもか」

孫十郎は蚊の鳴くような声を漏らした。延暦寺には確かに優れた僧も多い。が、乱世の気風が影響するのか、荒《すさ》んだ心を持つ僧も増えているのが実情である。

孫十郎は齢《よわい》二十二にして延暦寺を出た。愚弄されてすぐに飛び出さなかったのは、次に目指すものの糧にするため。転んでもただで起きるつもりはない。

実家にも相談していた折、とある寺の住職の座が空いていて延暦寺で学んだ偉い僧であれば迎えたいらしいという話が舞い込んで来た。その寺は天台宗ではなく真言宗だが田舎の寺では人手不足なことが多く、大して問題にはならない。尾張国にある小松原寺《こまつばらじ》と謂《い》う寺であった。

孫十郎が小松原寺に入って一年ほどが過ぎた。物心が付いた時から、孫十郎は常に何かを目指していた。だがここに来て、初めて目標を見失った。結局、得られたのは住職の席。小松原寺は由緒のある寺だが、このままここで一生を終えるのかと思うと、虚しさが込み上げて来る。

阿呆ならば途方も無い目標を掲げられるが、孫十郎はそうではない。裏を返せば、これまで他人から途方も無いと思われていたことも、孫十郎にとっては叶い得ると思うものだったのだ。

袋小路に入り込んでしまい悶々としていたその頃、一人の男が寺を訪ねて来た。何でも織田家の者らしく、住職に会いたいと言っているという。

孫十郎は奥へと案内させたが、男は滅相も無いと辞退しているらしい。謙虚なのか、何か腹積もりがあるのか。孫十郎は様子を見るために、気軽に話そうと濡れ縁で会うことにした。

「住職様ですかな?」

男はさっと立ち上がった。小男である。年頃は孫十郎とさほど変わらないように見えるが、口辺に深い皺がある。

孫十郎が頷いて答えると、小男はぱっと顔を明るくした。顔全体で笑うとは、このようなことを言うのだろう。何とも愛嬌のある笑みである。口辺のものも笑い皺なのだと解った。

「織田家の方ですかな」

孫十郎は訊いた。尾張一国は織田家の支配下にある。当主の信長は家督を継ぐと父の悲願であった尾張国統一を成し遂げ、さらに昨年には駿河《するが》の今川《いまがわ》家の大将今川義元《よしもと》の首級《しるし》を挙げた。そのことで信長の名は一躍天下に轟いた。さらに信長は身分を問わず、積極的に人材を登用していると聞く。眼前のこの男、体軀は矮小であり、威厳は微塵《みじん》も感じられず、凡《およ》そ武士には見えない。が、そうした事情から、織田家ならばこのような家臣もいるのではないかと思った。

「そう見えますか!?」

男は目を輝かせて身を乗り出した。その様子に、孫十郎のほうが思わず驚いてしまった。

「まあ……」

濁した返事をすると、男は顔を笑みでしわくちゃにする。

「嬉しいですなあ。そのように見られたことがないどころか名乗ったとしても疑われる始末で」

「お若いからでしょう」

そんなはずはない。若くとも武士は武士に見えるが、ここも曖昧に流した。

「ありゃ。これでももう二十五になります」

「拙僧より二つ上です」

「住職様はそんなにお若いのか！　いやあ、ご立派じゃあ」

男は仰《の》け反《ぞ》って驚く。動きは大袈裟なのに嫌味を感じさせず、得体の知れぬ愛嬌があった。

「本当に……武士に見えますか？」

男は恐る恐るといったように、上目遣いで尋ねた。孫十郎はふっと息を吐いて腰を下ろす。

「正直なところ、流しの物売りかと思いました」

「ありゃ、酷いのう。ここに刀も差しておりますぞ」

「物売りでも用心のために刀の一本も差しましょう。ただ腰を下ろす時に置かぬあたり、慣れておられぬように見えますので猶更《なおさら》」

「確かに！　皆様、置いておられるのう」

いそいそと腰から刀を抜き、自身の横にそっと置いた。その手つきが丁寧そのもので、男が如何に大切にしているかが窺える。いや、男からは刀それ自体を大切にしているのではなく、武士という身分への感謝の意思が見える。つまり、やはり元は武士ではないのだろう。

「しかし、流石《さすが》です。元は物売りもしていたのです」

孫十郎はふと気づいた。互いにまだ名乗ってさえいない。それなのにこうして会話が続く。やはりこの男には不思議な何かがある。たまにはこのようなことも悪くない。いずれは互いの名を知るだろう。その時まではこの奇妙な会話を楽しむ気になった。

「どういたしました？」

間《ま》が空いてしまったことで、男はひょいと首を捻《ひね》る。

「いえ。何を売っていたので？」

「何だと思います？　手掛かりを一つ。食い物です」

「瓜あたりですか」

「あちゃ、切れ者じゃ。すぐに当てられてもうた！」

男の仰天する様がおかしく、孫十郎はまた息を漏らした。

「当たりましたか」

「お疑いですか？　やってみましょう」

男はさっと立ち上がり、

「味よし瓜めされ候《そうら》えー、おいしい瓜はいらんかいねー」

と、やって見せた。話している時はやや高い声なのに対し、この時は程よく錆びていて心地よい調子である。中々様になっている。いや、元は瓜売りなのだから当然であろう。

「疑ってなどいませんよ。そもそも何故……疑うのですか」

「いや、瓜売りが武士なんぞになれる訳がないとお思いかと……」

男は苦笑して再び腰を下ろす。

「織田家はそのような家風だと聞き及んでいます」

「そうです。御屋形様はまっこと偉い御方です」

最初は小者《こもの》として仕えたが、誠心誠意奉公していたら足軽にして貰えたこと。さらに仕事振りを認められて今では歴《れっき》とした武士に取り立てられ、少ないながら家臣さえ持っていること。男は身振り手振りを交えつつ興奮気味に語った後、

「家臣といっても、儂《わし》の弟ですが」

と、気恥ずかしそうに頬を緩めた。

「立派なことです。では、本日も何かお役目ですかな？」

孫十郎が訊くと、男は目の前で手を横に振った。

「滅相も無い。お寺様に行くようなお役目はまだまだ」

「では何を？」

「儂は尾張の生まれですが、未だに知らぬことばかりです。どえりゃあ御屋形様でも領内を見回っておられる。儂も暇を見つけては、こうしてあちこちを訪ねて回っている訳です」

「なるほど。地理を学び、知己《おこしゃ》も増える。一挙両得というやつですな」

「流石、住職様。上手いこと仰る」

この短い時の間で、褒められたのはもう何度目であろうか。褒められて悪い気などしないし、そもそも男の口調はわざとらしくないので猶更である。

「精が出ますな」

「御屋形様は働き次第で幾らでも出世させると仰《おお》せです。儂もいずれは城持ちになりたいと」

幾ら実力第一の織田家といえども、物売りがそこまでの地位になれるものだろうかと疑問が頭を過《よ》ぎった。が、孫十郎は言葉を呑み込んだ。

――己も似たようなものだ。

そう思ったからだ。一介の地侍の三男で美濃一国を窺うだとか、門地も無いのに叡山の探題職に就くだとか。己に似ていると思えば、余計に親近感を覚えた。

こちらが言い掛けたことを察したのだろう。男はやや自嘲気味に笑って言った。

「無理だと仰せなのでしょう。織田家といえどもそれは有り得ぬと、いつも嗤《わら》われて――」

「いいえ。有り得ます」

孫十郎が断言したので、男は驚きに目を見開く。

「ただ一つ。城持ちでは些《いささ》か夢が小さい。一国の主くらいの夢を持たれては如何《いかが》でしょうか。織田家では幾らでも出世が叶うのでしょう？　それとも御屋形様は嘘を仰せなのですかな」

「まさか！　御屋形様はけえーして、嘘は吐《つ》かれませぬ」

男は顔を赤らめながら言い切った。

「ならば一国。如何？」

「やってみましょう。一国と言わず、二国、三国と」

「おお、さらに風呂敷を広げなさるか」

孫十郎はからからと笑った。

「住職様も大きなことを仰る」

「郷《さと》では、ちょうすくもんと呼ばれていました。解りますか？」

「調子に乗った者……ですか？」

「左様です」

「ならば、そのちょうすくもんの住職様は何を目指しておいでですか？」

男は冗談交じりに尋ねた。孫十郎は真顔になって、

「そうですな。貴殿が一国の主になられたら、取り立てて頂きましょうか」

「あれま、儂に言う割に小さいことを仰せじゃ」

「ふふ……では、所司代《しょしだい》になりたいですな」

侍所《さむらいどころ》を統括する所司の代官のこと。元来の役目から転じて、京の治安を守る責任者という役職でもある。

「そのようなものがあるのですなあ。知りませんでした。でも何故、その所司代に？」

「京には沢山の僧がおります。立派な僧もおりますが、碌《ろく》でも無い僧もこれまた多い。そんな者どもを取り締まってやろうと」

「そりゃあいい」

男は拳を掌に打ち付けた。きっと男も流しの物売りをしていた時、悪辣な僧を見たことがあるのだろう。それだけでなく、酷い仕打ちを受けたこともあるのだろうと直感した。

「京はどのようなところでしょうな」

男が高い空を見上げる。

「行ったことはありません」

孫十郎は自嘲して言った。

「ありゃりゃ、それなのに所司代ですか」

「行ったことがない地、やったことがないこと……それらを目指すのが人の楽しみかと」

「その通りでござる」

共に名も知らぬから、互いにこうした大言壮語の会話が出来るのであろうか。いや、この男とならら

ば、名を明かし合っても同じだろう。そんな気がしてならない。全く同じことを考えていたのだろう。男はちょいと居住まいをただし、ほんの少し改まった口調で言った。

「名乗り遅れました。拙者、織田家家臣、木下藤吉郎《きのしたとうきちろう》秀吉と申します」

孫十郎は孫十郎ではない。延暦寺に入った時にすでに法名《ほうみょう》が付けられている。それでも法名は何故かしっくりと来なかった。大望を抱いた子どもの頃の孫十郎と、僧になったことが繋がっていないように感じていたのだ。だが、今の己の大望を口にしたことで、ぴたりと繋がったような気がした。

「前田玄以《げんい》と申します。以後、お見知りおきを」

孫十郎、いや玄以はそう言うと、眼前のちょうすくもんに微笑みを向けた。

※

「よきにはからえ！」

秀吉の快活な声が三成の頭をぽんと叩き、部屋の中に弾け飛んだ。刀狩りや検地の時とは違って頗《すこぶ》る機嫌が良い。すでにこの場を離れているのに、大きな笑い声が暫く響いていたほどに。

だが、きっと横に並ぶ奉行衆の顔色は、己と同様優れないだろう。誰もが解っているはずだ。

「もう……良いでしょう」

三成が頭を擡《もた》げた時、すでに玄以は顔を上げており、先ほどまで秀吉がいた上座をじっと見つめていた。他の奉行たちも続いて頭を上げる。

「まずは」

玄以が促すのに対し、

「奉行の間《ま》に」

と三成は応じ、一斉に立ち上がった。

三成らが奉行の間に入ると、下《した》奉行たちが一様に手を止めて恐々とした視線を送ってきた。五奉行が揃って秀吉に呼び出される時、難題が与えられると察するようになっている。

「やはり……」

下奉行の一人が顔色を窺いながら零すと、

「お主たちの手も借りることになるだろう。今の内にやれることをやっておいてくれ」

長政が同情したように答えた。

「お言葉ですが……人手が……」

他の下奉行がやんわりと弱音を伝える。常時ならば、奉行たるものと一喝するところであるが、三成も流石に言う気になれない。それほど今回の仕事は逼迫《ひっぱく》しているのだ。

今、この奉行の間には常の三分の一ほどしか人がおらず、がらんとしている。ここにいない下奉行の半分は肥前名護屋《ひぜんなごや》の地に。残る半分は日ノ本にさえいない。異国の地、朝鮮に渡っているのだ。

今から四年前の天正《てんしょう》二十年（1592年）、秀吉は唐入《から》りに乗り出した。唐土《もろこし》の王朝である明《みん》に挑戦状を叩きつけたということである。日ノ本と明の間には朝鮮がある。この朝鮮に明征伐の道案内を申し付けたのだが、見事に突っぱねられた。ならば、まず明の前に朝鮮を屈させねばならない。こうして日ノ本中の大名を動員し、朝鮮との戦端を開いたという訳だ。

当初、日ノ本側の連戦連勝であった。一時は都である漢城《かんじょう》を陥落せしめ、明との国境近くまで軍を進めた。だがやがて明が大軍を率いて援軍として現れた。それでも日ノ本軍は数倍の敵を相手に勝利し続けたが、朝鮮各地で起こる一揆への対応にも追われ、さらに慣れぬ土地で病にかかる者も続出。冬になれば寒波に苦しめられて徐々に後退した。

中でも兵糧《ひょうろう》の不足には常に悩まされた。二十万を超える大軍の兵糧を送り続けねばならぬのだ。国内の米を掻き集め、船でもって滞りなく朝鮮へと運び、そこから各隊にまで届ける。そして代わりに怪我人、病人を収容して日ノ本へと連れ戻す。国内の米の穫れ高、備蓄、各船に積める荷の量、さらには風向きに左右される行程、全てを考慮してやらねばならぬ途方もない仕事である。奉行衆総出でことに当たらねばならなかった。流石の正家でさえも、

――一生分の数を見た気がします。

と、苦笑したほどである。

さらに陸では圧倒した日ノ本軍であるが、朝鮮の水軍がなかなか手強《てごわ》いこともあり、海の上では決して優勢とは言えぬ状況であった。折角《せっかく》用意した兵糧を運ぶ船を朝鮮水軍に沈められることも多々あった。これにも目を配らねばならず、奉行の苦労は並大抵ではなかった。

しかし、その大変さは世に知られている訳ではない。戦《いくさ》があると城を落としただの、首を挙げただの、一番槍を付けただのばかりが取り沙汰され、後方の備えのことを語る者など皆無といってよいのだ。三成も含めて奉行は損な役回りだと、とっくに諦めている。

しかし理解が無いのは、朝鮮の地で戦う武将たちも同じである。こちらは共に戦っているつもりなのだが、武将の中には奉行が後方で楽をしているように見る者もいる。

いずれも一端《いっぱし》の大名、小名である。自らの家で兵糧の段取りをした経験は必ずあるはずだ。故に、せめてお前たちにだけは解って欲しいと思うのだが、すっかり記憶が抜け落ちているのか、

――米を運ぶだけだろう！

などと、罵《ののし》られることもしばしば。三成ならば反論もするが、下奉行の大半は武将たちの剣幕に押されて平謝りするか、沈黙に徹するしかない。現地で戦う武将と奉行たちの間には、険悪な雰囲気が流れている。

ただ、向こうの言い分も解らぬではない。異国の地で長きに亘って戦をするなど誰でも不安であり、その心労は計り知れない。狭量になり、苛立《いらだ》つのも無理はないといえよう。

この戦、三成としては反対であった。豊臣家が天下を統《す》べてから僅か二年しか経っておらず、百年以上に亘る戦乱によって、国は、民は疲弊しきっていた。ようやく泰平になったと思った矢先、また新たな戦に臨む。しかも異国の地に出向いて。不満が噴出して当然である。

秀吉も皆が表向きには従順だとしても、唐入りが不満を招くことは重々解っている。では何故、解っていながら強行するのか。

様々な要因があるが、大きくは三つ。まず一つは、

――人々を食わせるため。

日ノ本では応仁《おうにん》以降、戦が続いている中で、刀、槍、弓、鉄砲、石垣に到るまで戦に纏《まつ》わるものを作る職人が激増した。それらの原料生産に携わる者もまた同様に増えている。日ノ本の何処かでいつも城が作られていることで、百姓の次男三男などは人夫として出稼ぎに行くのが常態化している。戦が無くなれば、これらが一気に不要となり、職を失う者が大量に発生する。

なにより日ノ本には、国人《こくじん》や地侍まで含めれば、武士の数が明らかに多過ぎる。各大名は半分程度まで家臣を減らさねば財政を維持出来ないだろう。「刀狩り」は反乱の抑止という意味もあるが、来たる泰平に向けてどうしてもやらねばならなかったのだ。

溢れた人々には何か、新たな食い扶持《ぶち》を作ってやらねばならない。土地を与えて百姓にすることも必要となってこよう。故に新田の開発と、それに伴う「検地」に力を注いできた。

だが一朝一夕に出来ることではない。唐入りはその為の時間稼ぎになり得る。戦を暫く続けることで、それに纏わる職の者を当座の間は食わせ、徐々に他の職に就かせていくのである。

唐入りの二つ目の理由は、

——南蛮を阻むため。

南蛮の国々は大きな船を出し、日ノ本まで貿易に来るだけでなく、征服しようとしている。

当初、秀吉は宣教師が布教活動をするのに対して寛容な方であったが、彼らが肥前の土地を得ているという報が入った。南蛮がこれを征服の足掛かりにしていることが明らかになり、いよいよ危機感を募らせたのだ。故に方針を一転。宣教師を日ノ本から退去させる伴天連《ばてれん》追放令を発し、耶蘇《やそ》教の信仰を禁じたのである。

とはいえ、それだけでは南蛮の野望を挫くことは出来ない。いつかは力を蓄え、大船団で来襲することも有り得る。海での防衛線を築く必要があった。そのための拠点として秀吉が目を付けたのは大陸の貿易都市、寧波《ニンポー》であった。肥前、琉球《りゅうきゅう》、そして寧波の三点で結んだ内側を日ノ本の絶対海域にして、南蛮の進出を阻む。だからと言って、明王朝が寧波を素直に差し出す訳はない。

秀吉とて本気で天竺《てんじく》に到れるとは思っていないし、明国を掌中に収められるとも思っていない。唐入りはあくまで口実である。そう表明することで明国の軍を引きずり出し、大打撃を与えた上、和議の条件として寧波を割譲させせようとしているのだ。

三つ目、最後の大きな理由は、

——銭を外から求めるため。

これも長い戦乱が影響している。米が凄まじい早さで消費されるのが常態化している。この米というのが曲者《くせもの》である。人の主食でありながら、我が国では通貨の代わりを担っている一面もあるのだ。戦が急に無くなってしまえば米が余り、世間に溢れ返って、価値が一気に下落することになる。米の価値が下落すれば、相対的に銭の価値が上がる。そうなると百姓たちが米を銭に交換しても、従来よりも遥かに少ない額にしかならず、暮らしが困窮する。

米の価値を安定させるためには銭の量を増やさねばならない。その手段の一つが異国との貿易である。それをするにも寧波は是が非でも押さえておきたい地である。

さらに朝鮮には多くの金山、銀山があることも解っている。ここで得られた金や銀をもって外から日ノ本に銭を流し込み、米の値を維持したいと考えているのだ。他にも様々な理由はあるものの、その大半が戦乱後の泰平の為。秀吉も天下統一のその時まで、他の方法は無いかと探ったようだが見つからず、遂には唐入りを実行に移した次第である。

だが、それは口で言うほど簡単ではない。苦戦も強いられ、開始から一年と少しで和議を結ぶことになった。秀吉は諦めておらず、朝鮮、明国とは交渉が続けられているが、とてもではないが纏まりそうにはない。遠からず再び海を渡り、戦うことになるだろう。

今はその休戦期間という訳である。故に奉行たちも朝鮮、名護屋、大坂、京に分かれてそれぞれの役目に奔走しており、深刻な人手不足に悩まされているのだ。

「ただでさえ火を噴くほど忙しいのに……」

長政は愚痴を零し掛けたが、途中で呑み込んだ。

「そもそもこの催し、何と呼べばよいのでしょう？」

長盛が苦く頰を歪める。

「化け遊びですかね？」

正家はひょいと首を捻る。

「畑遊びでよいとは思うが……」

三成はすげなく答えた。百姓が稲を刈り終えた田で遊ぶことがある。その内容は場所によってばらばらで、集まって餅を食うだけというところもあれば、歌って踊るようなところもある。今回、秀吉から命じられたのはその延長線上のこと。もっとも規模は比べ物にならないが。

「まあ、化け遊びのほうが解りやすかろう」

長政はさほど拘《こだわ》りないように言い、三成もすぐに応じた。

先刻、秀吉から命じられたこと。それは銘々が様々な職の者に扮し、なり切って遊びに興じるというものであった。仮装大会と言い換えてもよいかもしれない。それを名護屋で行う。

これだけならば大したことはない。問題なのはその遊びの参加者、さらにその規模である。まず豊臣家の家臣、武将は勿論、各地の富商、茶人、大名に到るまで参加させよという。

さらに飲み食い出来る茶屋に加え、大名級の者には、要望があれば仮装に見合った建物まで作れとのお達しである。つまり大名の誰かが旅籠《はたご》屋の主人に扮するので作ってくれと言えば、旅籠屋を一軒特設せねばならぬという訳だ。大規模な普請が必要となってくるのである。

三成はいかなる仕事であれども全力で事に当たって来た。が、此度《こたび》は正直なところ、あまり乗り気ではない。今は唐入りのことに力を集結させるべきである。ましてや五奉行を揃えて命じるようなことではあるまい。このために三成や長盛は、わざわざ朝鮮より戻ってきたのだ。

「そもそも面白いものですかな？」

三成が首を捻ると、

「上手くやれば面白いだろう。しかし人を愉快にさせるのは存外難しいものよ。下手をすれば寒々しい催しになりそうじゃ。そうなれば……奉行の任を解かれ、領地召し上げ、悪くするとこれもな」

長政はすうと腹を拳でなぞった。誰も口にはせぬが、このようなことで切腹を命じられるなど馬鹿々々しいと、顔に書いてある。

「まあ、やるしかあるまい。言いたいことは解るがな」

長盛は場を仕切り直そうとするが、

「遊びじゃからな……」

長政がまた限りなく愚痴に近いことを漏らす。この面々が揃って、なかなか本題に入らないのは珍しい。皆、何処か乗り気ではないのだろう。

その時、それまで黙していた玄以が口を開いた。

「果たしてそうかのう。皆もよくよく知っておろう。殿下は意味の無いことは決してなさらぬ御方じゃ。それが如何に突拍子も無いことでもな。そのように見せておられるだけよ」

「この化け遊びにも意味があると？」

三成が問うと、玄以はしみじみとした口調で答えた。

「殿下も追い詰められておられるのじゃろうよ」

「確かに唐入りは難渋していますが、それとは関りが無いように思います」

長政が意見を述べると、玄以は首を横に振った。

「明国、朝鮮に向けてではない。内に向けてじゃろう。少し前に流れた噂を覚えているか？」

三月ほど前、巷《ちまた》でとある噂が流れた。和議を結んで三年が経ち、外交での進展は無いにも拘《かか》わらず、未だに唐入りが再開されないのは何故か。日ノ本中の金山、銀山を押さえているものの、すでにほとんど取っくに枯渇しているのではないか。豊臣家は唸るほどの金があるという触れ込みだが、実はとれなくなっているのではないか。その証左に摂津国《せっつのくに》の多田《ただ》銀山からの産出量が落ちている云々《うんぬん》――。

と、いうものである。

「根も葉もない噂だ」

三成ははきと断言した。

事実、豊臣家は大量の金や銀を保有しており、今なおその蓄えは増え続けている。多田銀山も確かにこの二年ほどは産出量が落ちたが、それは一つの坑《あな》の銀をあらかた取り尽くしたため。他に銀が取れる新たな坑をすでに作っているが、石見《いわみ》銀山、但馬《たじま》国生野《いくの》銀山の調子がよいため、全体の総量を抑えるために手を付けていないからである。

「朝鮮で金銀山を探させたことが、噂に拍車を掛けたのじゃろうな」

玄以はさらに付け加えた。

日ノ本に十分にあるのならば、わざわざ朝鮮を押さえる必要は無いというのは阿呆の考えであろう。金銀山は幾らあっても困るものではないし、日ノ本の他に朝鮮にも保有しているという「事実」こそが大切なのだ。銭の価値は保有している金銀の量に大きく左右されるし、まだ金銀山があるという「気分」だけでも、銭の価値を安定に導くことが出来るのだ。

「それは私にも責がある……」

三成はその点は後悔していた。金銀山を見つけるのが手柄となれば、諸大名はそちらに意識が向いて戦が疎《おろそ》かになると考え、一部の武将にしかそれを伝えぬようにしようと三成が提案したのだ。結果としてそれが、他の武将たちに露見してしまい、奉行衆は何かを隠していると、よからぬ噂の裏付けのように思われたのだろう。

「あれは摂津殿が急《せ》きすぎたのだ」

長盛が厳しく断言した。

摂津殿とは、小西《こにし》摂津守行長《ゆきなが》のこと。富商の倅《せがれ》であったが、秀吉に取り立てられて今では肥後半国の領主にまで出世している。元が商人だけあって、金銀の重要さは解っているだろうと考え、一番隊を率いて真っ先に朝鮮に乗り込ませた。だが二番隊を率いる加藤清正《きよまさ》が、小西の不可解な行動を訝《いぶか》しみ、遂には金銀山を探していることを突き止めた。

三成は清正に迫られてすでにその真意を伝えてある。だが、それまでに噂は広がっていた。清正が口外せずとも、同じく二番隊に属している鍋島《なべしま》、相良《さがら》あたりから漏れたとしても不思議ではない。

「ともかくじゃ。殿下はその噂に追い詰められていると？」

長政が話を戻して尋ねた。

「噂だとしても馬鹿に出来ぬ。豊家《ほうけ》の力が弱まっていると疑われること自体、あってはならぬことじゃろう。今はともかく……な」

玄以は言葉を濁したが、言わんとすることは解る。人には、いつかは死が訪れるのだ。秀吉は来年還暦を迎える。病に罹ることも増え、床《とこ》を払うのにも時を要するようになっている。

後継者がしかと決まっていればまだ安心であるが、豊臣家に限ってはそうではない。甥の秀次《ひでつぐ》が後継者と目されたが、謀叛《むほん》の疑いによって切腹したのは昨年のことである。世間では実子に後を継がせる為の粛清だと思っている者もいるが、最前線で事に当たって来た奉行衆はそのような単純な話でないことは解っている。ただ肝心なのは、今、後継者の座についているのが、僅か四歳の実子拾丸《ひろいまる》であるということだ。

秀吉存命中ならばともかく、拾丸が後を継いだ時、豊臣家の力が弱まっていると思われれば、それに付け込む輩も必ず出て来る。むしろそのような輩が、今の内から噂を流しているとも考えられる。秀吉としては噂を打ち消すため、手を打っておきたいのだ。出来るだけ派手に、出来るだけ解りやすく。この「化け遊び」もその一環であると、玄以は言いたいのである。

「ならば派手にやりましょう」

正家は無邪気にぱっと手を広げた。

「まず何から始めればよい？」

長政は左右を確かめつつ訊いた。今回の御役目は豊臣家の威勢を示すと共に、

――極めて愉快な催し。

にせねばならない。つまり今までの御役目とは大きく異なり、正解と呼べるものがない。これは存外難しい。少なくとも三成が得意でないことは確かだ。玄以が口を開く。

「重なるのはよくないじゃろうな。極端な話、皆が同じ扮装を選んでみよ。興ざめじゃろうよ」

「確かに。事前に何に扮するかを決めさせたほうが良いですな。銘々の意向を伺いましょう」

長盛は大きく頷いた。この遊びの日時、概要を記した上、さらに何に扮するつもりか、書状を送って調査しようということだ。

「しかし、その時点で十分重なり得るのでは？」

三成は問うた。参加者は何百人にも上るのだ。同じことを考えないほうが奇跡に近い。

「全てを別々にするのは難しい。ただせめて大名衆くらいは異なるものが望ましかろう」

玄以は厚い唇をへの字に曲げた。数百人規模でも、秀吉の側《そば》に近付けるのは大名衆、直臣《じきしん》くらいである。ここだけは仮装が同じにならぬようにしたほうが、趣向としてもよいだろうということだ。

「何人も重なった場合、一人以外は変えるように頼まねばならぬということじゃな……」

長政が嫌そうな顔になる。

「その判断は如何にすれば？」

正家がぐるりと見渡した。誰の希望をいれ、誰に変えさせるのか。その判断が厄介なのだ。

「官位としますか？」

長盛が提案した。官位がより高いほうの希望を優先するという意味だ。

「まあ……一つの案ではあるが、一握りの者を除けば似たようなものだからな」

長政は眉間《みけん》を指で掻いた。

秀吉が関白となった後、武家に官位がばらまかれた。それらは豊臣家の庶流、あるいは大老を除けば、だいたいは従《じゅ》五位前後になっている。三成の治部少輔《じぶのしょう》、長政の弾正少弼《だんじょうしょうひつ》などもそうである。故に同格の者が多数おり、それだけで判断を下すのは難しいということだ。

「では、石高にしますか」

正家らしい提案である。石高ならば一石単位まで見れば同じ大名はいない。

「それはどうだろう。大津宰相《おおつさいしょう》などはかなり後回しになるぞ」

長盛が即座に反論する。

大津宰相とは、京極高次《きょうごくたかつぐ》のこと。宇多《うだ》源氏佐々木氏に連なる名家であり、妹は秀吉の側室の中でも特に寵愛を受けている竜子《たつこ》。妻は淀《よど》殿の妹のお初《はつ》の方《かた》である。だが石高は六万石と決して多くはなく、その基準でいけば優先順は、かなり下の方になってしまう。

「家の格まで考慮してはきりがなかろう。そもそも格なぞは我らで決定出来るはずもない」

長政がまた口を挟み、それもそうかと長盛が頷く。三成はそのようなやり取りを見て再び嫌気がさしてきた。確かに噂を払拭するためにも、豊臣家の威光を見せねばならぬのは理解出来る。だが天下の政を預かる奉行が、いや大の大人が、何を一生懸命論じているのだと馬鹿らしくもある。

「凡そ官位は家の格に添っている。まずは官位。同等の場合は石高の多寡でよいのでは」

玄以が折衷案を編み出す。このようなものは答えなどないから、とにかく決めていかねば話は進まない。玄以の提案は妥協点としては丁度《ちょうど》よいところだろう。

「それでも文句を言って来る者がいると思いますが……」

長政は不安そうに零した。

「あの御方とか、この手の遊びは好きそうですし」

正家はくすりと笑った。思い描いているのは、検地の時に火花を散らした宿敵であるはず。もっともあの男に限らず、不満を口にする者はいるだろう。秀吉に気に入られようとする者にとっては、この催しの肝ともいうべき仮装に拘りたいはずである。

「そういう者が出れば随時対応する。それしかないでしょう」

三成は溜息混じりに言った。皆が同意し、まず大名衆に書状を発すると決まった。

その後はそれぞれの務めを割り振っていったが、話し合いの最中、玄以が茫《ぼう》と宙を見つめていることとに三成は気付いた。

別に意欲が低そうな訳ではない。その証左にいつも皮肉ばかり言うのに今日は少ない。玄以といえば奉行の中でも外交、交渉の第一人者。今回も大名との折衝の最前線に立つことになるだろう。早くも彼らの文句や小言にどう答えるべきかが頭を過ぎっているのか。三成はそのようなことを考えながら、顎を撫ぜる玄以の横顔を見つめた。

此度、秀吉はこの遊びを、

――六月中に行え。

と命じていた。奉行衆は少しでも支度の時を稼ぐべく、そのうちの最後の吉日である六月二十八日に決めた。命を受けたのは四月十日であるため、それでも猶予は三か月もない。

評定《ひょうじょう》を終えた後、下奉行も使ってすぐに大名衆への書状を認《したた》めた。名護屋城に詰めている者もいるが、今現在は国元にいてこれから向かう者もいる。厄介なのは今、まさに向かっている者である。動きを捕捉して書状を渡さねばならない。少なくとも返書が出揃うのに一月は掛かると見て、次の評定を五月十二日とした。時刻は夜、亥《い》の刻《こく》(午後十時頃)。場所も一度目の大坂と異なり、肥前名護屋。実際に現地の状況を見つつ、催しの段取りを行うためである。

その間、皆が割り振られた仕事を進める。大名衆への書状の送付、返書の管理は前田玄以が引き続き行った。増田長盛《ましたながもり》は如何なる注文にも応えられるだけの建材の確保、長束正家《なつかまさいえ》は予算の管理、浅野長政は名護屋周辺の当日の警備と治安維持である。三成の役割は、大名衆とは別に豊臣家臣、堺や博多などの豪商への通達であった。

博多には他の役目で立ち寄る機会があり、三成自ら伝えに行った人物もいた。かねて昵懇《じっこん》であり、特にあの刀狩りの時には世話になった島井宗室《そうしつ》である。

「また派手なことをなさるものですな」

宗室は驚嘆したものの、その表情に微かな呆れの色があるのを、三成は見逃さなかった。

「呆れられるのも無理はありません」

「滅相もない。殿下がお好きそうなことです」

「しかし、島井殿にとっては久しぶりの公の場。必要なことは、何なりと御申しつけ下さい」

この数年、宗室は事実上の謹慎を命じられて逼塞《ひっそく》していた。理由は唐入りに反対したからである。宗室は当初から唐入りには消極的な立場であったが、日ノ本の軍が苦境に陥った時、

――今すぐに兵を退《ひ》くべきでございます。

と、秀吉に憚《はばか》ることなく進言した。秀吉はこれに激怒し、宗室を斬らんとするほどの剣幕であった。だが五奉行、特に三成が必死に取り成し、博多に閉じ込めることで、何とか落ち着かせたのである。秀吉の勘気《かんき》がようやく解けたのはつい先日のことだ。

「治部殿の顔を潰すような真似は致しませぬのでご安心下さい」

宗室は穏やかな笑みを浮かべた。

「殿下も思うところがあったようです」

三成は庇《かば》うように言った。勘気が解けた直後、宗室は謝辞を述べに参上しようとした。が、秀吉はそこまでする必要はないと素っ気なく答えたのである。秀吉としても悔いる気持ちがあったのだろう。

「利休《りきゅう》殿の姿が重なったのでしょうな」

宗室は視線を宙に外した。

千利休は五年前にこの世を去った。秀吉に切腹を命じられたのである。秀吉と茶の湯に関しての意見が大きく食い違ったためとか、大徳寺《だいとくじ》に自らの木像を掲げさせたことが原因であるなどと言われているが、理由ははきとしない。詰まるところ、

――反りが合わなくなった。

というのが一番しっくりくる。これが一介の武士と茶人ならば、ただの喧嘩である。いずれは仲が戻ることもあろう。だが秀吉は天下人《てんかびと》、利休は茶の湯の第一人者。互いに退けぬ事情もあり、そこまで行きついてしまった。

「いつかこうなる気はしていました」

宗室は早くから、利休の行く末を心配していた。その危惧が真《まこと》になったという訳である。宗室は溜息を漏らして続けた。

「治部殿も大変ですな」

「世の者は勝手を申すものです」

利休の死に三成が関わっているという噂が、死後五年経った今でも真しやかに流れている。

三成は利休を好いてはいなかった。北野《きたの》の大茶会《おおちゃかい》では散々に辛酸を舐めさせられ、宿敵と呼べる者の一人であった。が、利休が最後まで己の信じたものを貫いたことに、今では尊敬の念を抱いているのも確かである。そもそも己の讒言《ざんげん》で死に追いやれるほど、利休の権勢は弱いものではなかった。

「ますます物言えぬ世の中になりそうです」

「宗室殿は今でも……」

三成は濁すように尋ねた。今でも唐入りには反対なのかという意味だ。

「唐入りが必要だと考える方の気持ちも解らない訳ではありません。だが、それは貿易で何とかなると私は思っておりますので。どちらにせよ、そろそろ潮時かと」

「承知しました……しかし、それは口にせぬように」

宗室は罰を受けぬ代わりに、唐入りが再開した時、奉行の補佐をすることを命じられている。その立場で今一度そのようなことを口に出せば、次は首が飛んでしまうだろう。

「心得ております。私は利休殿ほど気骨がある訳ではありませんので」

宗室は自嘲気味に口元を綻ばせた。すでに諫言《かんげん》は諦めているということだろう。そう思わせてしまうのは、それはそれで豊臣家の行く先に不安を感じさせるものでもあった。

「茶人は止めたほうがよいかもしれませぬな」

宗室はふと思い出したように言った。茶人の仮装は、利休を彷彿させるかもしれないので気をつけたほうがよいという意味だ。

「ご助言、痛み入ります」

三成が深々と頭を下げると、宗室は何も言わずに二度、三度頷いてみせた。


五月十二日、亥の刻。名護屋城にも、大坂城にある奉行の間を模した一室がある。一人、また一人と集まって来て、最後に姿を見せたのは正家であった。今日になって南九州の島津家から借財の申し入れがあり、急遽その打ち合わせを行わねばならなかったのだ。

「纏まったのか？」

長政の問いに、正家はひょいと腰を下ろしながら答える。

「ええ、少々時は掛かりましたが」

唐入りは中断しているとはいえ、いつでも再開出来る態勢はとっておかねばならない。

「石田殿、その額は……」

正家が怪訝《けげん》そうに顔を覗き込む。三成の額には大きなたん瘤《こぶ》が出来ていたのだ。

「茶室に入る時、躙《にじ》り口《ぐち》で強《したた》かに打った」

すでにこの問いに三度答えているが、己の迂闊《うかつ》さに、何度話しても苦い顔になってしまう。

この数年、ゆっくりと眠りについたことはない。正直なところ躰《からだ》は悲鳴を上げている。接待の茶席で額を打った時も、前日に夜通しでやらねばならぬ仕事があり、茫としていたのである。加えて躙り口から入ろうと屈《かが》んだ時、ふと利休の顔が浮かんだことも、僅かながら関係しているかもしれない。

「本題に入りましょう」

若干の気恥ずかしさもあり、三成は皆を促した。まず口を開いたのは長盛である。

「あまり知られてはおりませぬが、肥前は良い杉や檜《ひのき》が取れます。雲仙《うんぜん》から質の良いものを取り寄せる段取りは整えました」

十分な量の木材は確保し、すでに運搬も始まっているという。如何なる建物を所望されたとしても対応出来るとのことだ。

次に正家が軽く手を上げて言った。

「七千両を用意致しました。米で勘定すれば三万三千石は超えます。見積もりでは半分の三千五百両もあれば十分だと思いますが、先にも申し上げたように派手好きの方もおられます。よってその倍を用意した次第です」

化け遊びは、その中身が難しい。故に、それ以外の難点は早い段階で潰しておくほうがよいというのが正家の考えだ。

長政も自身の受け持ちについて語り出す。

「実は儂も似たことを考えていた。通常ならば警固《けいご》は千人もいればよいと思う。だがその三倍の三千は出し、周辺の道々、村、山にまで人を配したほうが良いじゃろう」

当日は天下の大名の半分以上が集まる。刺客が複数の大名を狙うならば恰好の機会だ。こちらも十分気を配るに越したことはない。長政は咳払いをしてさらに続けた。

「当然、催しの前に怪しい者がいないかは探索する」

豊臣家が天下を統《す》べた後、山賊、海賊、物取りの類《たぐい》は確かに減っている。とはいえ、未だに根絶出来ていないのも確か。今一度、名護屋周辺を徹底的に洗うということだ。

「私のほうもすでに伝え終えております」

三成は続けて報じた。豊臣家家臣に加え、大身《たいしん》の陪臣、豪商などには通達してある。その上で一つ懸念点があるとすれば、

——一部の陪臣、商人なども、大名と扮装が重ならぬほうが望ましいかもしれぬ。

と、いうことだ。当日、秀吉の傍《そば》に近付ける者は限られているが、陪臣や商人でも名の通っている者ならば、秀吉が近くに招くよう命じる可能性が大いにある。陪臣で言えば徳川家の本多忠勝《ただかつ》、上杉家の直江《なおえ》兼続《かねつぐ》、黒田家の後藤又兵衛《またべえ》、三成自身の家臣である島左近《さこん》などがそうだ。商人で言えばそれこそ島井宗室など。興を削がぬことを第一に考えるならば、彼《か》の者らも念のため同じ仮装にならぬようにしたほうが望ましい。

「殿下が近くに招かれる見込みのある者を挙げました」

三成は懐から一枚の紙を出した。その可能性のある者を羅列しておいたのだ。紙を回したところ、皆がさもありなんと納得した。これによって名の挙がった者も大名級とし、仮装に重なりがないようにすると決めた。ただ、玄以は得心したものの、深い溜息を吐《つ》いた。

「ただでさえ難しいのが、さらに難しくなったわ」

「やはり重なりは多いのですか？」

長盛が眉間に真っすぐな縦線を作る。

「多いどころではない」

玄以は苦々しく言うと、部屋の隅に置いた文机《ふづくえ》を指した。そこには大名からの意向が綴《つづ》られた返書が山積みになっている。玄以が全てに目を通したところ、希望にかなりの重複が生じているという。例えば茶屋の主人などは、実に二十五人が希望しているらしい。

「曲がりなりにも大名ならば、もう少し頭を捻れと言ってやりたいわ」

玄以は際どい文句を零した。大名たるもの頭を使って政、戦を行うべきだ。これも遊びという名の社交、外交なのだから、少しは捻りを利かせろというのは理解出来る。

反対に、自身の官位が低いのに公卿に化けたいという者、職業で選べと言っているのに源《みなもとの》義経《よしつね》などの固有の名を挙げる者、中には蛙だの兎だのという阿呆までいるらしい。

「お主という者もいるぞ。長束殿の物真似をしたいと」

玄以は正家に向けて顎をしゃくった。

「伊達殿ですか」

正家はふっふと笑った。その通り伊達政宗は、

——長束大蔵大輔《おおくらたいふ》に扮したい。些か自信があり申す。

と、堂々と送りつけて来たという。

「せめてもの意趣返しか」

三成は忌々しさを乗せた舌打ちをした。

「存外、本気で盛り上がると思っておられるのかもしれません。私は構いませんが？」

正家は全く意に介さぬように言った。

「それを認めれば源義経だの、安倍晴明《あべのせいめい》だのも許さねばならぬ。せめて奉行、陰陽師《おんようじ》といったようにして貰わねば」

玄以はそのように断じた。

「源義経、安倍晴明もよいではないですか。重なりを防ぎやすくなります」

正家は愉しそうに言うが、玄以は改めて首を横に振った。

「そういう訳にはいかぬのだ」

言いながら、玄以は返書を一枚手にする。首を伸ばして覗き込むと、皆が絶句して固まった。長政が唸るように声を絞り出す。

「織田信長……」

「常真《じょうしん》殿ですか」

三成は眉間を摘まんだ。常真の出家前の名は織田信雄《のぶかつ》。織田信長の次男である。徳川家康旧領への移封《いほう》を拒んで改易《かいえき》され、数年前に一万八千石の捨扶持《すてぶち》を貰って、今では秀吉の御伽衆《おとぎ》の一人になっている。父信長とは似ても似つかぬ器量と評判の人物である。

「何かの腹いせか」

長盛が眉間の皺を一層深くする。

「そのような胆力のある御方ではあるまい」

三成が常真の人となりを思い浮かべながら言うと、玄以は咳払いをして再び話し始めた。

「際どいものは他にもある。故に実在の人物への仮装は厳禁とすべきじゃ」

「歴《れっき》とした大名衆が何を考えておるのか。子飼いの者でももっとましなものを――」

「このようなものもある」

三成の憤りに被せるように、玄以がさっと一枚の書状を目の前に差し出した。

「市松《いちまつ》……」

三成は頭を抱えて嘆く。同じ小姓組出身の福島正則《まさのり》である。そこには、「木」と、大書してある。

「書き漏らしだろう。木こりと書こうと思ったのではないか？」

長盛が庇うが、三成は首を横に振った。

「いや、彼奴《あやつ》は本気で木に仮装するつもりだ。それが面白いと思っておるのだろう」

「とにかくこんな調子じゃ」

玄以は呆れるように零すと、逸れる話を引き戻して続けた。

「人物、獣や虫、物への仮装は認めぬと送り直し、改めて意向を訊くしかないのか」

「それに関しては後回しでよいでしょう。化けるのは様々な職の者だと伝えてあるのです」

三成はぴしゃりと断じた。しっかり読まなかったのか、それとも読んだ上で奇を衒《てら》ったのかは解らないが、これは向こうの責任である。こちらが配慮して待ってやる必要はない。

「しかも、再度意向を尋ね、それがすでに誰かがやると決まったものであれば、また変えさせねばなりません。二度手間どころか、三度手間になってしまいます」

長盛は奉行衆を見渡しつつ懸念を明かした。

「その通りじゃ。故に、全うな意向を示している者の仮装は今宵のうちに決める。その上で、それらの仮装は選ばぬように書状に予《あらかじ》め記そうと思う。さらにもう一手。再び意向を尋ねる者には、第一の希望だけでなく、第二、第三の希望まで書かせる。これならば次で凡そは決まるじゃろう」

玄以の説明に三成は得心して頷く。

「当初からそうすれば良かったのじゃが……ここまで珍妙な趣向が来るとは思ってはいなかった故な。まあ、言い訳よ。抜かったわ」

玄以は顔を顰《しか》めつつ、自身の詰めの甘さを正直に認めた。

「では今宵のうちに割り当て、明日には書状を作らねばなりませぬな」

長盛は書状を一枚、摘まむようにして持ち上げた。

「よろしいか？」

玄以はやや申し訳なさそうに訊く。

「当然です。やりましょう」

三成が応じて皆で作業に入ろうとした時、高い音が鳴った。

「す、すまぬ。昨夜から何も食っておらぬでな」

長政が腹を摩《さす》りつつ、ばつが悪そうに詫びた。

「拙者も払暁に食うたきり」

長盛が口元を苦く綻ばせた。

「先に飯にするか」

玄以は自身の大きな腹を軽く叩き、下男を呼んで飯の支度をするように頼んだ。

「考えるのは人の兵糧ばかり……皮肉なものですな」

三成は自嘲気味に笑った。

唐入りが始まってからというもの、ずっと兵糧の確保、輸送、備蓄に努めており、休戦期間中も変わらない。それでも戦地で兵糧が不足することは心より申し訳ないと思っている。だがこちらも三日三晩、飯も食わず、眠らずに奔走することが間々あるのだ。それなのに後方で安穏としていると言われるのだから、憤りや哀しみを通り越して、虚しくなってくる。

四半刻《しはんとき》もせずに簡単な飯の用意が出来た。五人が車座《くるまざ》のまま前に膳を置いて食い始める。

「この五人で飯を食うのは久しぶりでは？」

正家が漬物を口に放り込んで首を捻る。

「それこそ伊達殿の一件以来か」

長盛は汁を啜って答えた。

「その前は刀狩りの時だったかのう」

長政は咀嚼《そしゃく》しながら宙に視線をやる。

「さらにその前は北野の大茶会」

三成は記憶を手繰りつつ言った。

「いつも大きな仕事の時ばかりじゃな」

玄以は碗を膳に置いて苦笑した。

奉行たちは互いの屋敷を訪ねることもなければ、私的に茶席の一つも設けたことはない。大きな役目を与えられた時のみ、こうして力を合わせて取り組む。共に飯も食う。それでよいのだ。

ただ、特命を出す人がいなくなれば、己たちがこうして膝を突き合わせることも、共に飯を食うことも無くなるだろう。縁起でもないので考えたくはないが、それはそう遠くないことのように思え、三成は邪念を拭い去るように麦飯を掻っ込んだ。


その後、早速作業に取り掛かった。すでに子《ね》の刻（午前零時頃）を回っている。前もって玄以がそれぞれの希望を纏めてくれていたので、誰の希望を通し、誰に変えて貰うように頼むかの相談である。これは予め決めた優先順に当て嵌め、淡々とやっていくだけなので然程大変ではない。

しかし、ここにきて新たな問題も出来《しゅったい》した。優先度の高い大名が、途方もない要望を出している場合があるのだ。

「甲斐《かい》め……」

三成は書状を見つつ唸った。甲斐とは甲斐守、豊前中津《ぶぜんなかつ》十二万石、黒田長政の官職である。望む仮装は寺僧。他にも希望した者は二人いたが、長政が最も優先順位が高かった。寺僧に扮するにあたっての要望は、書写山円教寺《しょしゃざんえんきょうじ》を模した建物を造って欲しいというものである。黒田家は近江の出ということだが、先祖が播磨《はりま》に流れて土着した。その時、領内にあった寺である。

「これは流石に無理です」

長盛は暫し考えていたが、そう結論付けた。

当然である。書写山円教寺は比叡山延暦寺、角磐山大山寺《かくばんざんだいせんじ》と共に天台宗の三大道場に数えられる巨刹だ。そのような寺をこの短時間で再現出来るはずがない。

「嫌がらせです」

三成は舌打ちをした。黒田長政は唐入りについての諍《いさか》いから奉行への嫌悪を強めている。出来るはずがないことを敢えて要望し、困らせようとする魂胆が見え見えである。

「しかし何故、己だけが拒まれるのだと文句を言ってくるだろうな」

諱《いみな》が同じだからという訳ではないが、浅野長政はあの男の性格を熟知している。

「断る者は他にもいます。何を基準に決めているか公にせぬ以上、押し通すことも出来るかと」

三成は淡々と言い放った。

「甲斐殿も阿呆ではない。よくよく調べれば、何を基準としているのかくらい解るでしょう」

正家は冷静かつ辛辣にちくりと突いた。

「そこで揉めるのも詰まらんな……一部だけならばやれるかもしれません」

円教寺全体の再現は不可能だとしても、建物や門の一つ、いや部屋の一つを模したものくらいならば建築出来ると長盛は言う。

「それでも文句を申しましょう。ここは突っぱねるほうがよいかと」

三成は納得せずに意見を述べた。何故、一部だけなのだ。再現するにしても他の部分が良かった、などと言って来るのが容易に想像出来るのだ。

「石田殿は甲斐殿が嫌いだろう？」

「嫌いです。しかし私怨は一切無いと断言できます」

玄以の苦笑交じりの問いに三成は即答した。

黒田長政の父である官兵衛《かんべえ》孝高《よしたか》は類稀《たぐいまれ》なる智嚢《ちのう》を有しており、秀吉も一目置く存在である。息子の黒田長政はそのような父よりも数段劣るのだが、自身のことを天下で一、二を争う知恵者だと思っている。幾代も続いた公卿という訳でもないのに、すでに二代目にして名家になったように錯覚しているらしい。小姓組として下積みから始め、一代で功を成さねばならなかった三成からすれば、その驕《おご》りが鼻について仕方がない。

が、その感情は、御役目には一切持ち込んでいない。豊臣家の財政に気を遣うでもなく、奉行の多忙さを慮《おもんぱか》ることもなく、嫌がらせとしてこのような要求をしてくることに辟易《へきえき》するのだ。

「仮に突っぱねたとしても、またぞろ厄介な注文を出してくるかもしれぬ。ならばここで封じたほうがよいだろう」

玄以は両手で卵を包むような仕草をした。

黒田長政は執拗な男である。要求が撥《は》ねられたならば、基準は何かと問い詰めてくるかもしれないし、自身で探ることすらやりかねない。それに対応する面倒を思えば、むしろ要求を通してやったほうがよい。仮に寺の一部では困るとごねてきたとしても、丸ごと再現するなどとは一言も申していないと、そこで突っぱねれば良い。玄以はそのように語った。

「確かに一理あります。承知した。次に行きましょう」

三成はそこまでの説明を受けて得心した。

「垣見和泉守《かきみいずみのかみ》殿は枕売りか」

長盛が書状を読みつつ言った。垣見一直《かずなお》は三成の石田家と同様、浅井《あざい》家旧臣の家の出身。豊後《ぶんご》国の大友《おおとも》家が改易になったことで、同じく豊後の富来《とみく》二万石を与えられて大名に列した。

枕売りは赤黒に塗り分けた箱枕を売る。枕などそうそう買い替えるものではなく、旅人目当ての商売といえる。皆、知らぬ訳ではないが、敢えて選ぼうとはしない職業であったのだろう。他に枕売りに仮装したいという希望は無かった。

「皆がこのようならば助かるのですが」

三成は微かに口元を綻ばせた。

垣見は初め金切裂指物使番《きんのきっさきさしものつかいばん》を務め、大垣城《おおがき》普請の検分や、奥州仕置きの時は道奉行なども担った。かといって武功が無い訳ではなく、小田原攻めでも活躍している。そのような功を積み上げて大名になった、いわゆる叩き上げである。仮装の希望が重複することは予想しており、出来るだけ重なりにくいものをと配慮したのだろう。黒田長政とは大きな違いである。

「京極殿は……石工、石工、石工と。何故、三度も書いてあるのだ」

次の書状を読んだ長盛が困り顔になる。前回の評定でも話題に上った大津六万石の名家、京極高次である。

「儂はあの御仁と些か親しい……どうしてもやりたいのだろう。最近、どうも穴太衆《あのう》に執心だとか」

高次が入る前、大津は浅野長政の領地であった。大津の話をしたことを切っ掛けに親交が続いているという。蒲生氏郷《がもううじさと》が石工集団穴太衆の技を紹介したとかで、それから高次は興味津々。大津城を改修する時には穴太衆に是非とも依頼したいと、周囲に語っているとのことだ。

「そこまでやりたいのならばよいでしょう。他に誰も望んではいませんし」

正家の言に反論する者はいなかった。

「それよりも……その蒲生殿です」

三成は重々しく言った。蒲生氏郷が希望している仮装が、

――茶人。

なのである。他にもそれを望む者が三人いた。その中で同等の官位の者はいたが、石高は氏郷が頭抜けている。つまり氏郷の希望が最優先ということになる。

「これは止めておいたほうがよいと思います」

三成は声を潜めつつ言葉を継いだ。島井宗室が話していたように、茶人は秀吉に利休のことを思い

出させてしまう恐れがある。しかも氏郷はその利休の愛弟子にして、七哲にも数えられているのだ。

「しかし、何と言って断ればよいか……」

長政は渋い顔になって唸った。

「元々、貴殿は茶人である。その一点だろう」

玄以がすかさず答えた。化け遊びの条件は仮装することなのだから、元々茶人であるならばそれに当たらない。瞬時に最も角が立たぬ言い訳を捻り出すあたり、流石は玄以である。

「断ったとしても、茶売りなどを望まれるでしょうな」

長盛の目に力が籠もる。氏郷は阿呆ではない。むしろ賢し過ぎるほどである。茶人が利休を彷彿とさせる仮装であることも解っている。秀吉が利休に死を命じたことに、弟子の氏郷としては思うところがあり、それを暗に伝えようとしているのだろう。

「茶売りくらいならば仕方あるまい」

玄以がゆっくりと頷く。断る道理はないし、これをも拒めば氏郷も不快の念を募らせることになるだろう。ここらが落としどころという訳だ。

「次はこれだ……」

長政が書状を一枚、ひらりと床に置いた。信濃上田《うえだ》六万五千石、真田《さなだ》安《あ》房守《わのかみ》昌幸《まさゆき》と書かれている。希望の仮装はあじか売り。あじかとは、いわゆる竹籠のことである。

「もう一人、あじか売りを望んでおられる御方が」

玄以はこれまでで一番苦い顔になり、昌幸の書状にもう一枚を重ねた。関東二百五十五万七千石、内大臣徳川家康である。奉行が定めた基準でゆくと、家康の希望が必ず通ることになる。

「だが、よりによってこの組み合わせだ……」

長盛は眉間をぐっと摘まんだ。

真田昌幸は武田家の家臣であったが滅亡と共に独立。その後、周囲の大勢力である徳川、北条、上杉などに代わる代わる従属して生き永らえた。だがある時、徳川家の要求を拒絶して対立。徳川家としては信濃の田舎侍など一捻りで潰せると、七千を超える大軍を送った。

　これに対して真田家の軍勢は二千足らず。だが、真田家は徳川家を翻弄して散々に打ち破ったのである。真田家の武勇を賞賛する声も大きかったが、徳川家の将兵は這《ほ》う這《ほ》うの体《てい》で信濃から逃げ出したことで嗤い者になった。以降、真田昌幸は、徳川に勝ったと方々で言い触らしている。家康が必死に堪えながらも、昌幸を目の前にすると青筋を立て、顔を紅潮させるところを三成は幾度も見た。徳川家康と真田昌幸は犬猿の仲であり、互いに互いを蛇蝎《だかつ》の如く嫌っているのである。

「他に仮装が奪われたとしても、それで旋毛《つむじ》を曲げるほど真田殿は愚かではないが……」

　長盛は濁したが、間髪入れずに正家が、

「奪ったのが徳川殿と知れば、怒り狂うでしょうな」

　と、平然と言い放った。だがその通りである。昌幸は奉行たちにも好意的である。しかし家康のこととなれば話が違う。烈火の如く怒鳴り散らしてもおかしくない。そうなれば化け遊びが白けたものになるどころか、場合によってはそこで中止となってしまう。

「治部殿は豆州《ずしゅう》殿と仲が良いな？」

　玄以がふわりと尋ねた。豆州とは、真田昌幸の嫡男、信之《のぶゆき》の官位である伊豆守《いずのかみ》の通称である。三成は信之とは昵懇であり、書簡の往来のほか、互いの屋敷を訪ねることも間々ある。

「なるほど。豆州殿に頼るしかないと」

「左様。人任せのようで申し訳ないが……あの男ならばきっと上手くやってくれるだろう」

「いえ、それが最善かと」

　三成は力強く頷いた。秀吉も徳川と真田が反目し合っていることを危惧し、両家に縁談を持ち掛けた。家康、昌幸共に不満だっただろうが、秀吉の肝煎《きもいり》ならば流石に断れなかった。徳川四天王に数えられる本多忠勝の娘を家康の養女にし、信之の正室として嫁がせたのである。両家の橋渡しを務める信之であるが、武人としても優れており、さらに父昌幸に勝るとも劣らない知恵者である。全てが上手く収まる妙案を見出してくれると期待される。

「しかし……よくご存じで」

三成は正直なところ驚いた。親しいからこそ、三成は信之という人物を熟知している。だが、世には昌幸の才は知れども、信之の才を知る者は皆無といってよいのだ。

「一応な。大名とその子息のことくらいは頭に入っている」

玄以は事もなげに言うと、

「では、次に参ろう」

と、書状を引っ張り出した。こうして大名の希望を吟味し、問題あるものは対策を講じ、全ての検討が終わった時にはすでに東の空が白み始めていた。時刻にして寅《とら》の刻（午前四時頃）は回っていよう。

「よし、これで終わりか」

急に眠気が襲ってきたのか、長政は欠伸《あくび》を堪えながら言った。

「次は何時《いつ》に致しましょうか？」

長盛も肌の潤いがなくなり口辺の皺が目立つ。

「再度、希望の申し出を促す書状は今日から順次送ったとして、返答には少なくとも十五日は必要でしょう。天候など読めぬところも考慮し、二十日を目安とするのがよいかと」

正家が最も遠くにいる大名を基準に日数を割り出す。

「では、再び集まるのは二十一日後でよろしいか」

玄以が皆に諮《はか》る。二十一日後の申《さる》の刻（午後四時頃）、場所はここ名護屋城ということになった。

「それまでは各々の役目を進めてくれ」

いつの間にか玄以が主導している。日頃やることはやるものの、小言や文句ばかり零す玄以にしては珍しいことである。思い起こせば、誰も乗り気ではないこの「化け遊び」に対し、玄以だけは最初から熱心だったかもしれない。

「儂は当日の流れ、余興を考えておく」

玄以はさらに仕事を引き受けた。やはり常と少し様子が違っているように思える。

「ところで、私たちは何に化けます？」

皆が腰を上げようかというところで、ふいに正家が尋ねた。

「我らは無用……という訳にはいきますまいな」

三成は頬を引き攣《つ》らせた。己たちも大名である以上、やらねば示しが付かないが、すでに半数以上の大名の仮装は決まっている。一部は再び希望を聞くものの、滞りなく決めるためには奉行よりこちらを優先せねばなるまい。全てが固まった後、余りの中から奉行の仮装を選ばねばならぬことになる。

「まあ、それも次じゃな。一応、それぞれで考えておこう」

玄以がそのように纏めたことで評定は終わった。

評定の翌日より、三成は豊臣家直臣、大名家陪臣、商人などの仮装の調整に奔走した。秀吉は彼らを目にしないかもしれないし、見たとしても然程関心を示さないだろう。

とはいえ、各々好きにさせる横着はしないし、一つのものに偏ることでわざわざ彼らの興を削ぐ必要もない。秀吉を歓ばせればよいのかもしれないが、他の者に不愉快な想いをさせるつもりもない。どうせやるのならば、楽しんで貰うほうがよいに決まっている。

三成はそのようなことを考えながら、名護屋城内にある自分専用の執務室に籠もり、担当する者たちからの書状に目を通していた。文机の周囲には書状が山のように積まれている。数だけでいえば、他の大名たちより遥かに多いのは当然のことだ。三成は目頭を摘まみ、

「くそ……」

と、思わず荒い言葉を漏らした。最近では眼球に乾きを感じることが多くなり、こうして涙を絞り出す。ただでさえ近目なのに、目が霞んで見えにくくて仕方がない。

三成も当年三十七歳。五奉行の中ではまだ若いとはいえ、昔に比べれば無理もきかなくなった。目だけではない。躰のあちこちが痛むこともあるし、石段などを上る時に息も上がりやすくなった。もっともそれは己に限らず、人である限り誰しも避けられぬことだろう。

故に歳を重ねて躰が衰える代わりに、知恵と経験で補っていかねばならない。しかし、少なくとも五奉行に限っては、知恵を磨き、経験を積んで、さらに若い頃のように無我夢中で働かねば間に合わないのが現実で、四の五の言っても仕方がないのは誰よりも奉行たち自身が解っている。

「よろしいでしょうか」

襖《ふすま》の向こうから声がした。下奉行である。

「入れ」

「此度の調べで、人の減りが著しい村が幾つかあります。これは……」

などと、相談を受ける。化け遊び以外の仕事も止むことはない。三成は即座に問題点を挙げ、さらに調査すべきこと、すぐに対処すべきことを分けて指示を出した。下奉行は一々感心しながら帳面に筆を走らせる。

「忙しいだろうが頼む」

三成は全ての指示を出し終えると、励ましを込めて労《ねぎら》った。下奉行は恐縮するように頭を下げる。

丁度、きりのよいところだったこともあり、三成は雑談のつもりで話を振った。

「ところで化け遊び。お主は何か決めたのか？」

当日、下奉行は大名の世話をするものの、参加者と同じように扮装もすることになっている。三成たちと同様、自分のことは後回しにしながらも各々考えておいてくれと通達しているのだ。

「漁師にしようかと」

下奉行ははにかんだ。

「なるほど。それならば板に付こう」

「覚えておいでですか？」

下奉行は驚いたように目を見開いた。

「当然だ。男鹿島《たんがしま》の出だったな」

播州姫路《ひめじ》の南西に浮かぶ島である。島民の大半が漁業に纏《まつ》わる仕事に従事している。

秀吉が毛利《もうり》討伐のために姫路に入った頃の話だ。近隣の島も毛利水軍から一つずつ奪取していった。男鹿島を奪った折、小舟でもよいので操舵の経験がある者を募った。この者は漁師の三男で、それに応じたのである。当時、まだ十歳だったように記憶している。そのような幼い者を召し抱えねばならぬほど、秀吉は慢性的な家臣不足に悩まされていた。

「元はただの水夫《かこ》です」

下奉行は苦笑いを浮かべた。

当初は武士でもない水夫の一人として召し抱えられた。だがある時、通り掛かった秀吉にいきなり、大谷吉継《おおたによしつぐ》のところに行くよう命じられた。それだけで、秀吉は慌ただしく立ち去っていった。それから間もなく吉継のもとを訪ねはしたものの、何をすべきか言われていないので大いに困惑した。が、吉継は慣れているようで、微笑みながら暫く近くにいろと命じたという。

その後、吉継の小者を経て、次に片桐且元《かたぎりかつもと》の下へ、さらに下奉行の見習いを命じられて、やがて下奉行の最末席に加わった。気が付けば、自身も数人の家臣を持ち、五百石を食《は》む武士になっていた。下奉行としては三成付きとなり、今に至るという訳だ。

「後に聞いた話ですが……」

下奉行は語りを続けた。他の水夫が休んでいる中、船についた富士壺《ふじつぼ》を落としていた姿が秀吉の目に留まった。それだけではなく、富士壺を落とす時に使っていた板が変わった形をしており、本人の工夫だろうと秀吉が察したことが声をかけられた理由らしい。

「殿下はよく人を見ておられる。お主は人が休んでいる時も、真面目に働き、それだけでなく道具の工夫もしていた」

三成は鷹揚に頷いた。

「楽をしようとしただけです」

下奉行は恥ずかしそうに言う。

「それでよいのだ。時は無限にある訳ではない」

三成は断言した。仕事の効率を求めるのは悪いことではない。創意工夫しようと考えることこそ肝要なのだ。三成は普段よりもゆっくりとした口調で言葉を継いだ。

「それを誰に見られなくともやっていた。そのようなお主だからこそ、殿下が近くを通るという運も摑んだのだ」

「かたじけなく存じます。当時はこのようになるとは夢にも思いませんでした」

「人の一生とはまことに不思議なものだな」

三成は宙に視線を移した。己もまた寺にいた頃、奉行になるなど露程も思わなかった。もしあの時、秀吉が立ち寄らなければ、寺僧として一生を送っていたのだろう。

――もしや殿下も……。

同じようなことを考えているのかもしれないとの思いが、三成の脳裡にふと過ぎった。もし秀吉が三成と同様の心境であるならば、今、疲れを感じているのではないか。それは唐入りが想定よりも難しいと痛感しているからか、あるいは老いから来るものなのか。どちらにせよあまり好ましいことではないだろう。

前回から二十一日後、三度目の評定が名護屋城にて開かれた。すでに三成のほか長政、長盛は座に着いたが、玄以と正家が遅れている。その原因は予め書状によって知らされていた。秀吉は今、有馬《ありま》での湯治を終えて京に戻っている。三日前、その秀吉が唐突に、

――急ぎ奉行の誰かを呼べ。

と、命じた。故に上方《かみがた》にいた玄以、正家が参上することになり、そのせいで昨日のうちに名護屋に戻る予定だったのが、今日になるという報告である。

下奉行の一人が、

「前田様、長束様が到着されました」

と、早口で伝えた。

「遅くなりました！」

まず、正家が姿を見せた。この男はいつも疲れを見せない。

「何があった」

長政が真っ先に訊いた。秀吉が何故呼び出したのかは伝わって来ていないのである。

「それは前田殿から」

正家は入り口を振り返りながら腰を下ろす。やがて玄以がやってきた。いつもよりやや足取りが重いようにも思える。

「遅れて申し訳ない」

玄以はまず詫びてから座った。

「殿下の命ならば仕方がないこと。で、何だったのです？」

長政は改めて玄以に尋ねた。

「大したことではない」

その一言で皆が胸を撫で下ろしかけたが、玄以はさらに続ける。

「そのことそのものはな」

何か厄介な求めがあるのだと、三成は察した。

「順を追って話す」

玄以たちが参上した時、秀吉はかなり上機嫌であったという。この数年、秀吉は気分の波の上下が極めて激しい。妹の旭姫《あさひひめ》、実弟の羽柴秀長《ひでなが》、実母大政所《おおまんどころ》と三年続けて没した頃から、その傾向は年々強くなっている。千利休、養子であった関白豊臣秀次も、それ以前だったならば死を賜ることはなかったかもしれないと噂する者もいる。ともかくこの日は、陽気な秀吉の日であったらしい。

「まず殿下は、ことのほか愉しみにしておられるようだ」

玄以は説明を始めた。日頃から近くの者に、支度は順調だろうかとか、儂が選んだ天下の五奉行が取り仕切るのだから、盛大なものになるだろうなどと話しているという。

「荷がさらに重くなって来る……」

長政は指をぐっと鳩尾《みぞおち》に押し込み、顔を引き攣らせた。

「御自身でも、より盛んとなる方法はないかと、新たな趣向を考えられたらしい」

「それは……？」

間が空いた。誰も訊かぬから、三成が口を開いた格好である。

「大名衆のうち、最も優れた仮装をした者に褒美を取らせると」

「ほう。それくらいならば……」

長政が言い掛けるのを、玄以は手で制しつつ続けた。

「その褒美というのが問題よ」

「私が伺いました」

正家が軽く手を上げる。どのようなものをお考えであるか。秀吉のことだから肝を潰すほどの大判小判を与えかねない。財務を預かる正家としては訊かざるを得ないだろう。

「殿下は三つから選べるようにするのが、なお面白いと仰せに」

正家は真剣な面持ちで話す。

「一つは大判百枚」

三成は言葉を失った。小判と異なり大判は流通しておらず、基本的には儀礼や、このような褒美を取らせる時に使われる。掌よりも大きなものであるため一枚でもかなりの価値があり、十枚下賜されることでさえ稀である。それを百枚も出すというのだ。正家は指を二本立てて続けた。

「二つ目は領地です」

土地に関しては、秀吉も蔵入地《くらいりち》の全ての石高を把握している訳ではないため、何石と明言はしなかったらしい。ただ大判の枚数に鑑みると、少なくとも一万石。正家はあくまで肌で感じただけだが、場合によっては五万石ほどの褒美になってもおかしくないと言う。

「また蔵入地を減らすことになるな」

長政が深刻な表情となる。

蔵入地とは豊臣家の直轄領のこと。織田信長の死後、旧織田家家臣を味方に付けるために領地を大盤振る舞いする必要があった。天下統一へと一気に駆け上がるため、戦を避けて取り込まなければならなかった大大名も多く存在する。さらに手柄を挙げた直臣にも領地を与えねばならない。子飼いを大名にすることは政権の安定に繋がるし、加えて唐入りで一手の大将にすることを見据えれば自然とそうなる。

故に豊臣家は、天下を獲ったとはいえ決して領地が多いとは言えないのである。それを金銀銅山で補って来たという側面もあった。後に大名に咎《とが》があれば減封《げんぽう》、改易して蔵入地を増やすこともあったが、まだ蔵入地は足りず、唐入りが始まったことで戦功に報いようと領地を与えているため、今は減少の一途を辿っているのだ。

「して、三つ目は？」

三成の問いに正家がちらりと見て、代わりに玄以が口を開いた。

「殿下に何か一つ頼み事をすること」

三成だけでなく、長政や長盛も色を失った。これが最も厄介だと早くも察しているのだ。

「殿下としては、金と領地以外……例えば茶器や刀。そのようなものを望む者もいようという配慮なのじゃろうが……」

玄以は酷く険しい口調で言った。

「それら以外を申す者もいましょう」

三成は瞑目《めいもく》して話を引き取った。

「例えば縁組とかですかな？」

正家が首を捻る。大名間の縁組は豊臣家の裁可が必要である。派閥が形成されぬように、領地を接する大名どうしが結託せぬように。中には持ち込まれて許さなかったものもあるのだ。

「殿下の側室を……ということもな」

長盛が付け加えた。秀吉には数多くの側室がいる。そのうちの一人を頂きたいなどと口走る者がいてもおかしくない。縁組よりはましにも思えるものの、特に長盛は女性《にょしょう》を道具のように扱うことを酷く嫌っており、口にしただけで嫌そうな顔になっている。

「それよりも恐ろしいのは、難題について歯に衣着《きぬき》せずに触れられることだ」

三成が重々しく言うと、玄以は片眼だけ開いて頷いた。例えば蒲生氏郷がその資格を得たならば、千利休の名誉回復を訴えかねない。

通常ならば撥ね付けてそれで終わりである。だが此度は秀吉自らが、頼み事を許すと言ってしまっているのだ。受け入れる度量を見せるか、仮に上手く退《しりぞ》けられたとしても発言そのものを咎めることは出来ない。そうなると、衆目の前でただ批判をされただけになってしまう。

「やはり、一番の危惧は唐入りについてじゃろうな」

玄以は最も大きい懸念を口にした。唐入りに反対なのは三成とて同じ。とはいえ、他に日ノ本を救う手立てが見つからず、このような仕儀となってしまったのだ。それを解ってか、解っていないかはともかく、

――唐入りは無益。即刻取り止めて頂きたい。

などと痛烈に言われたらどうなるのか。秀吉がこれだけは取り止めないことは確か。激昂するのか、それとも曖昧に取り繕うのか。言上した者は斬られるのか、それともお咎め無しなのか。如何なる事態となるのか想像もつかない。

「衆の面前というのがまずい……」

長政は忌々しそうに零した。実はこの長政、秀吉に対して、

――唐入りのこと。お考え直しては頂けないでしょうか。

と、直言したことがあるのだ。人払いをして二人きりの場を作る配慮もしたのだが、結果、秀吉は激怒して長政に謹慎を命じた。一時は奉行の職から離れており、領地も召し上げられそうなところま

でいっている。

長政はお世辞にも豪胆な男ではない。いつも胃の腑が痛むと言っているように、どちらかといえば小心な部類であろう。決心するまでには相当に悩みもしたらしい。それでも尚、唯一親族でもある奉行として、どうしても言わねばならぬと覚悟を決めて諫言した。

三成は後にその話を聞いて驚くと共に、長政を見直したのも確かである。そんな長政だからこそ、人の集まる場で諫言するなど、あり得ないと思うのだろう。

秀吉は唐入りだけは止めようとしない。とはいえ、唐入りの中止を望んでいる大名は頗る多く、表に出すかどうかは別として、意見した者に内心では喝采を送るはず。そのような事態になれば、豊臣家の威信を大きく傷つけるだけではなく、秀吉亡きあとにも大きな影響を及ぼすだろう。

「実際に言い出しかねない御方の顔もちらほら思い浮かぶな……」

玄以が視線を宙にやりつつ漏らした。

「加賀大納言《だいなごん》殿などは十分に有り得るでしょうな」

長盛はまずその名を挙げた。前田利家《としいえ》。加賀、能登《のと》、越中八十三万石余の太守にして、官位は従《じゅ》二位権《ごん》大納言。織田家時代から親しく付き合っていたこともあり、秀吉に対しても事と次第によっては憚らず意見を述べる。唐入りには断固として反対していると噂では耳にする。

「それより面倒なのは……」

脳裡にとある男の顔が過ぎり、三成は下唇を噛んだ。

「徳川殿と言いたいのだろう？」

長政が先んじて言い当てた。

三成は徳川家康を心底嫌っていると皆が思っている。しかし、厳密には違うのだ。確かに好かぬ。いや、嫌いである。だがそれ以上に、あの男は危ないと感じているのだ。秀吉亡き後、豊臣家の天下を簒奪《さんだつ》しようとする者が現れるとすれば、間違いなくこの男だと確信していた。

「あの男ならば、必ずや唐入りの取り止めを求める」

三成は断言した。ただでさえ咎めにくい状況であるのに、家康ほどの大物となれば尚更である。秀吉は笑って流すことしか出来ないであろう。そうなれば唐入りに反発している者は、

――流石、徳川殿。我らの想いを代弁して下さった！

と、一目を置くことになる。家康にとっては労せずして信望を集める絶好の機会となる。

「ともかく、一番にさせぬほうがよいですな」

長盛もまた家康に一定の警戒心を抱いているのは薄々感じていた。

「しかし、そもそもどうやって仮装の最も優れた者を決めるのか？」

長政が素朴な疑問を呈した。これが秀吉の一存、あるいは奉行が決めてよいというならば、ここまで玄以も問題視しないだろう。

「それを……諸大名以外の歓声の大きさで決めるというのじゃ」

玄以は顔の半分を顰めた。当初、諸大名や一部の要人とそれ以外は、別の区画で催しを行うつもりだった。だがそれを変更する。間仕切りは残してもよいが、他の者たちにも見物させろとのことらしい。その上で最も大きな歓声を集めた者を一番として、褒美を取らせるというのだ。

「また一から考えねばならぬ……」

長政は頭を抱え込んだ。これまで念入りに警備態勢を練ってきたのが、全て白紙となった訳である。それは建築を担当する長盛も同じ。新たに柵や矢来《やらい》を作ったり、桟敷席を設けたりして、見ることは出来るが演者に近づけぬようにしなければならない。

「それもそうですが……歓声ですと……」

三成はそこに驚愕していた。そのようなもので決めるとなれば、事前に一切手の打ちようが無い。

大名の中には桜を紛れ込ませて有利な状況を作る者もあろう。これはかなりまずい。

「我らが出来ることは、かような者が一番にならぬように他の者を後押しすることくらいか」

長盛は顎に手を添えて唸った。有力な者を見繕い、裏で出来る限り支援するということだ。

「ならば、金や領地を選びそうな者がよいな」

長政が誰かいないかと思案する。

「それでいて、勝てる見込みのある者でなくてはならぬ」

三成は当然のことを付け加えた。堅物の加藤清正では、型に嵌まった仮装しかしないだろう。派手なことが苦手な片桐且元もまた同じ。飄々とした脇坂安治《わきさかやすはる》ならば、突拍子もない仮装をして大顰蹙《ひんしゅく》を買うこともあろう。

——刑部《ぎょうぶ》か。

吉継ならば事情を打ち明けて協力して貰えるし、洒落っ気もあり、豪胆さも持ち合わせている。だがすぐに打ち消した。吉継の病はさらに進行しており、時に歩くのも辛そうなのだ。

「あの御方でしょうか……」

正家が上目遣いで皆を見渡した。

すでに皆の頭には、同じ人物が浮かんでいた。三成もまた同様である。確かにこの手のことには滅法強そうだが、あの男を御するのは容易ではない。故に誰もなかなか言い出さなかったのであろう。

三成がその名を口にした。

「伊達政宗ですな」

皆の頷きが重なった。政宗ならば唐入りに口を挟むことなどせず、検地によって減らされた領地を、一寸でも多く取り戻そうとするはず。しかも自他共に認める傾奇者《かぶきもの》である。

「その線で行くしかないか」

玄以は暫し黙考していたが、やがて頷きと共に同意した。では、誰が伊達政宗にその話を持ち掛けるのか。次の問題点を皆が考え始めると、

「儂がやろう」

玄以が再び引き受けてくれた。すぐに政宗と渡りを付け、奉行が支援する旨を伝えるという。恐らく政宗は如何なる風の吹き回しかと疑いを持つだろうが、そこは玄以の交渉の腕に頼るしかない。こうして話が落ち着き、評定も終わりという段になって、

「もう一つ、策がございますぞ」

と、正家が自信ありげに身を乗り出した。正直、政宗に頼らずに済むならば、それに越したことはない。皆が固唾《かたず》を呑んで待ち受ける中、正家は微笑みながら言い放った。

「我らの誰かが一番になるのです」

溜息が一つになる。

「よく考えてみよ。無理だ」

長政が、この中の何処にそのような者がいるのかとばかりに指を宙で回す。人を愉快にさせられるような面々ではない。だからこそ奉行が務まっているとも言えるのだ。

正家は自身でも無茶だと気付いたらしく苦笑した。

伊達政宗に化け遊びの一番を取らせるべく支援する。翌日から皆がその線で動き出した。開催日の六月二十八日まで、残すところ一月を切り、諸大名の仮装もようやく決まった。希望した者の建物も続々と完成している。建物の内側はともかく、外側は本物と何ら遜色のない造りである。何も無かった荒地にいきなり小さな町が出現したと錯覚するほどの出来栄えだ。

さらには観衆を呼ぶと決まったことで、その「町」の三方を取り囲むように桟敷席の建築も始まっていた。当日、空が荒れた時の備えとして、屋根まで拵《こしら》える徹底ぶりである。

――あの北野の大茶会よりは遥かにましだ。

と、長盛は昔を思い出して苦笑していた。

長政も奮闘している。毎日のように近隣の村々で怪しい者を見ないかと聞き込むほか、山にも人を入れて何者かが潜んでいないかを確かめている。さらに観衆を中に入れるとなれば、曲者が紛れ込むことも有り得る。下奉行だけでは人手が到底足りぬと判断し、五奉行は自らの家臣を国元から追加で呼び寄せた。その費えは全て自腹である。下奉行の一人が、何も身銭を切る必要はないのではないかと進言したところ、長政は、予算を取るならばそれなりの手順を踏まねばならず、残された時に鑑みればその間は惜しい。さらにこれは人それぞれの考え方次第と前置きした上で、

――仕事では時に身銭を切らねばならぬこともある。儂はそう思っているのだ。

と、語ったという。

実は三成も同じ考えである。三成がそう思う理由は長政とは違うのかもしれないが、少なくとも三成は、これが身の為になると考えてここまで来た。しかし、それを後進に押し付けるつもりはさらさらない。長政もめいめいに仕事の流儀を持てば良いと思っているのだろう。

正家は当日の酒、食い物などの段取りを立てている。魚などはその日に獲れたものが望ましいが、当日が荒天となって漁に出られないことも有り得る。故に予備として、五日前から本番と同じ量の魚を獲るように命じている。

とはいえ、真夏であるため、暗所に置いていてもすぐに腐ってしまう。そこで、正家は洞《ほら》に置くことを考えた。真夏でも冬のように気温の低い洞窟に保管し、当日、漁に出られなければそれを使うのだ。近くに適当な洞も見つかった。間口は最も大きなところで二間《けん》にも満たないが、奥行は一町以上ある。ただこれは海に面した屹峭《きっしょう》たる崖にあり、その高さは十三丈を超える。崖の上から縄で荷を下ろして運び込まねばならない。過酷を極める作業だ。しかも普通に漁が出来れば、これらは全て無駄

になってしまい、このような支度など誰も知らぬままに終わる。

それでもやる。全ては当日に、何があろうとも滞りなく催しを開くため。これもまた奉行の仕事である。

そして三成は、化け遊びに参加する者の宿所の手配に走り回っていた。諸大名は名護屋城に陣屋を持っているが、その他の者には寝泊まりする場所が無いからだ。近隣の村々の庄屋屋敷を借り上げ、あるいは寺社に頼み、それでも足りぬと見て簡便な家屋を建てさせていた。これらの追い込みに入っている時、玄以から呼び出された。

まず伊達政宗だが、彼は京にいた。これから名護屋に向かわんとするところをつかまえ、面会出来た。奉行が己にものを頼むとはと苦笑したものの、

――よくぞご決断なされた。お目が高い。此度は同盟ですな。

と、乗り気であったらしい。奉行の予想は、見事に的中したという訳だ。

政宗もこれで勝てば領地を得られるのだから、戦に臨むより真剣に、何に化けるかを考えた。秀吉の思惑から察するに、ただ派手なだけでは駄目だ。さらに観衆も政宗が奇抜であることは知っており、ここは、一朝一夕では化けられぬものに見事に化けおおせるのが最もうけがよかろうと目星を付けたという。そこで政宗がこれぞと決めたものがある。それに化けるために、三成の協力が欲しいと玄以は言った。

「それがこれよ」

玄以は両手で何かを抱えるような仕草をし、人差し指をくいと引いた。

「国友衆《くにともしゅう》か……」

三成が呟くと、玄以は大きく頷いた。

近江国友村での鉄砲生産量は日ノ本一を誇り、さらに質の良い鉄砲、大筒《おおづつ》を始めとする新たなもの

を生み出すことでも知られる。彼ら職人集団のことを、国友衆と呼称するのである。

「まさか鉄砲を作ると？」

「そのまさかじゃ」

政宗はまず鍛冶場を作って頂きたいと要求した。建物の四方の壁は取り払い、観衆に見えやすいようにする。そこにあと一つ、二つの工程で完成という鉄砲を持ち込み、政宗の手で作り上げる。つまり恰好だけでなく、その技術も真似るというのである。

さらに自らの手で完成させた鉄砲を試し撃ちするところまでやる。勿論、弾は込めない空砲である。これはさぞかし喝采が起きるだろうと、政宗は大胆不敵に語ったのだそうだ。

「確かに相当盛り上がるでしょう。しかし……」

三成が懸念を口にしようとしたが、玄以はそれよりも早く手で制した。

「火薬を使うことの根回しなどは心配ない」

弾は一切持ち込ませないし、火薬も少量だけ、化ける者の身体も検《あらた》めるという条件で、秀吉に諮ろうとした。すると秀吉は興が削がれるからと、最後まで聞かずに許しを出したという。三成の最も大きい懸念は解決した。

「そこでじゃ。国友筒を使いたい。さらに化け遊びでも伊達殿の手助けをして頂きたいのじゃ」

これは政宗が望んでいるという。予行演習に付き合うと共に、当日も国友衆に補佐を頼みたいとのことである。

「なるほど。流石に一筋縄ではいかぬ男ですな」

三成は苦く口元を綻ばせた。政宗が自領の鉄砲鍛冶を使えば、彼らに命じて何かよからぬことを仕掛けることも出来る。政宗としてはそれを疑われたくない。対して国友は三成の領地である北近江にあるから、そちらも安心であろうという訳だ。

さらに政宗は三成たち奉行のことも信じ切っている訳ではない。鉄砲鍛冶を抱き込んで、自らが罠に嵌められることを警戒しているのだ。しかし、国友衆と共に事件を起こしてしまえば、その罪は三成、さらには他の奉行にまで及ぶ。こちらの動きを牽制する意味もあろう。

「よいでしょう。急ぎ手配致します」

三成は納得して頷いた。

「出来る限り腕の良い者をと望んでいる」

「当代一の者は些か老いておりますが、その養子の彦九《げんく》郎《ろう》ならば間に合うかと」

話が纏まってすぐ、三成は家臣に、北近江に戻って国友衆を連れて来るよう命じた。

国友衆が名護屋に到着したのは十一日後のこと。化け遊びが開かれる五日前である。これだけあれば打ち合わせをしても間に合う。政宗が望んだ鍛冶場も長盛が突貫で用意してくれた。

前日、正家が例の洞から戻ってきたことで、名護屋城に五奉行が揃った。すでに町の様相を呈している会場を最後に皆で見回る。

「いよいよですな」

と、三成は皆に向けて言った。まだ始まってもいないし、明日も気を抜けない。だが、この手の仕事は段取りが八割。まずここまで漕ぎ着けたことに安堵したのは確かだ。

「前田殿……如何致しました？」

三成はふと気に掛かって尋ねた。他の奉行とは異なり、玄以の顔が険しかったからだ。

「いや、この『戦』も何としても上手くやり通したいと思うてな」

必ずや成功させたい、故に何か見落としがないかと考え込んでしまったという。

「常よりも思い入れが強いように感じていましたが……」

三成は思い切って訊いた。他の奉行たちも同じ考えだったらしく、視線が玄以へと集まる。

「そうかもしれぬな」

玄以は自分では気付いていなかったのか、自らに言い聞かせるように頷いて認めた。

「殿下と何か関りが？」

三成はさらに踏み込んだ。玄以だけではない。他の奉行も、特に仕事に熱を入れている時には、その過去に関りがあることが往々にしてあった。

「ふむ……ちと昔を思い出したのよ」

玄以は肯定でも否定でもない返事をし、夕陽を受ける頬を微かに緩めた。

「十五年ほど前ということですかな」

正家が記憶を手繰るようにして言った。玄以は元々、織田信長の嫡孫である織田秀信《ひでのぶ》の守役《もり》であった。それがいつしか、豊臣家の前身である羽柴家で仕事をするようになり、成り行きから直臣に取り立てられた。故に本人でさえ、いつ豊臣家の家臣となったかは明言出来ないだろう。だが、正家の言う通り十五年ほど前のことだと皆が記憶している。

「もそっと昔のことよ」

玄以は首を横に振った。

「そもそも前田殿は……」

三成は顎に手をやって思案した。かつて、玄以は尾張の寺僧だったと記憶している。しかし、いつから織田家の家臣となったのか。それさえ誰も明確には知らない。

「そちらも曖昧なものよ」

玄以は苦い息を漏らした。

尾張国小松原寺の住職をしていたある時、玄以の弁舌が優れていると知った信長が、他国との交渉を頼んで来た。大名が寺僧を外交に使うのは珍しくない。玄以はその交渉を見事纏め上げた。それが切っ掛けで、信長から依頼されることも多くなったようだ。とはいえあくまで僧侶が本分であり、当時は織田家の家臣とは言えない。

　次第に扶持を貰うようになり、信長の嫡男の補佐を頼まれ、寺務があまり出来なくなっていった。代理を立てたが、その僧がいつの間にか住職の座に収まっていた。この辺りが織田家の家臣になった頃といえよう。つまり玄以が言う通り、こちらもまた曖昧なのである。

「殿下に会うたのはさらにその前じゃがな」

「え……」

　奉行の全員が吃驚した。その前といえば、玄以が住職であった時。そんな昔から秀吉と知己の間柄だったということになる。

「よくもまあ、ここまで大きくなられたものだ」

　玄以は眩しそうに西日に目を細め、ゆっくりと続けた。

「しかし、このような遊びにまで政が絡んで来る……ちと不憫に思っただけよ」

　秀吉自身は純然たる遊びと思っている。だがそれを政に利用しようとする者が必ず出て来る。今の豊臣家では仕方がないことかもしれない。だが玄以はそうならないよう滞りなく、さらに皆が楽しんで催しを終えさせてやりたいと考えているのだろう。

「やりましょう」

　三成の言葉に他の者も頷く。かつて玄以と秀吉の間で如何なる会話があったのか、それについては誰も尋ねようとしなかった。きっと些細なものであったのだろうし、玄以の胸の内だけにあればよい。三成たちにもそのような思い出の、一つや二つはある。

　玄以は沈みゆく陽を見つめ続けていた。

六月二十八日、化け遊び当日を迎えた。荒地に突如として現れた「町」に、続々と人が集まって来る。町は四方をぐるりと柵によって取り囲まれており、中に入るためには大小二つある門のいずれかを通らねばならない。大名やその家族、大身の陪臣、富商のための門と、それ以外の者のための門である。

何も知らなければ、大きな門が前者だと思うだろうが違う。大名たちが使うのは小さい方の門だ。その分、簡素な造りではなく瓦葺《かわらぶき》で、大坂城や伏見城にあっても違和感がない。

一方、大きな門は黒木の無骨な造り。その門の前で来場者の持ち物、身体を調べてから中に入れる。鉄砲や槍は勿論のこと、焙烙玉《ほうろくだま》、火薬を持ち込ませぬためだ。商人などが武士に仮装するのは厳禁であり、また武士は他の生業《なりわい》の者に化けるため刀さえ持ち込めぬ。

三列に並ばせているが、辰《たつ》の刻（午前八時頃）を過ぎると一気に人が増えて長蛇の列となった。それが銘々何かしらの仮装をしているものだから異様な光景である。葛籠《つづら》を背負う者、巾着を腰にぶら下げる者、笠を被る者などもおり、調べねばならぬところも多くなる。

参加者は中に入ると籤《くじ》を引かされる。これによって桟敷の場所が決まる。早い者勝ちにでもしようものならば、殺到して怪我人が出てもおかしくない。加えてこの時に名を記しておき、誰が何処の位置に座るのかを把握する目的もある。

「やっと捌《さば》き終わりそうですな」

三成は大門の前を通った時、そこに立っていた長政に声を掛けた。

「解ってはいたが……かなりの数だ」

観客だけで数百人である。一刻以上掛かって終わりが見えてきたところだ。

「何かありましたか？」

「刺刀《さすが》を懐に持つ者が一人。襟の裏に針を隠し持った者が一人だ」

「よくぞ見つけましたな」

三成は目を見開いた。刺刀はともかく、針まで見つけたのには正直驚いた。

刺刀の者は猟師に化けており、その小道具として持って来たと弁明した。結果、中に入れずに詮議を続けている。刺刀のような目立つものを堂々と懐に仕込んでくるとは思えず、言っていることは真ではないかと見ている。余程の粗忽者《そこつもの》ということだ。

しかし、針の者は違う。明らかに隠そうとしている。恐らく針には毒が塗布されているのではないか。訊問にも一切答えぬことから、これは乱波《らっぱ》の類だろうと見られる。他にも仲間がいることは十分に考えられるため、より一層調べを厳しくしたと長政は言う。

「そちらは？」

長政が反対に訊き返した。

「特段、困ったことはありません」

三成は籤の差配をしていた。これまで何ら問題はなく、こうして様子を窺いに来た訳だ。

「ならば向かったらどうだ」

長政は顎をしゃくった。五奉行の隠れた目的は、伊達政宗を勝たせることだ。政宗はすでに会場に入って、国友衆と最後の打ち合わせをしているところである。その国友衆は三成の領内の者。自らの役割が一段落ついたならば、何食わぬ顔で様子を見に行って欲しいと他の奉行たちに言われている。

三成は頷くと、その場を離れて政宗がいる小屋へと向かった。小屋を大名たちの数だけ用意するのは難しいため数人での相部屋となる者もいる。しかし、広大な領地を治める大名は引き連れる家臣も多く、専用の小屋を用意した。伊達家もまた、一つの小屋を使っている。

「石田治部少輔です」

三成が外から呼び掛けると、戸が開いて一人の男が姿を見せた。

片倉小十郎景綱《こじゅうろうかげつな》である。丈が短めの粗末な小袖を身に付け、首に幾条もの縄を掛けている。景綱も大身の陪臣であるため、大名たちに並んで参加することになっていた。

「それは……」

「火縄職人です」

言われて気が付いた。景綱が首から下げているのは切る前の長い火縄である。木綿、麻、檜皮《ひわだ》、竹と、よく見ると一本ずつ素材も違うようだ。

「火縄職人は首に掛けないでしょう」

「まあ……」

景綱が言い淀んだ時、奥から快活な声が飛んで来た。

「拙者がやれと申したのです。それくらいわざとらしくせねば解らぬと」

三成は現れた政宗へと目をやった。政宗は直垂《ひたたれ》に侍烏帽子《さむらいえぼし》姿。他の鉄砲職人はいざ知らず、国友衆にとっては刀鍛冶と同じくこれが正装である。

「どうです?」

政宗はざっと諸手を広げて片笑んだ。

「よくお似合いです」

別に世辞を言ったつもりはない。顔の作りのせいか、政宗という男は何を着ても様になる。

「彦九郎、よくぞ来てくれた。助かっている」

政宗と同じ直垂姿の男が頭《こうべ》を垂れた。国友衆の次代を担うと目されている国友彦九郎である。

「どうだ?」

「呑み込みがお早いのに驚きました」

彦九郎は答えた。数日前から彦九郎は政宗に鉄砲作りの工程の一部を教えている。政宗は勘所を掴むのが極めて速く、素人からは鉄砲職人にしか見えないと語った。

「当然よ」

政宗が得意げに鼻を鳴らした。

「頼みますぞ」

「派手にやります。その代わり十万石ですぞ」

「十万石などと約束した覚えはありませぬ」

「故に申し上げているのです。無理だと仰せならば、気落ちしたあまり裾を踏んで無様にすっ転ぶかもしれませぬな……」

政宗は脚で袴《はかま》をはらりと動かし、三成は舌を鳴らした。このような話になるならば来なければよかった。いや、どちらにしても政宗は際の際で交渉するつもりだったのだろう。玄以を呼んで来る間は無い。

「所詮は遊び。三万石が限度です」

三成は腹を括って交渉を開始した。

「いやいや……八万石では如何か」

「四万石」

「渋いですな。七万石では？」

「五万石。但し玉造《たまつくり》郡です」

「よいでしょう。手を打ちましょう」

「その代わり、必ず勝て」

「この手の遊びには多少の心得がある」

三成が敬語を取り払うと、政宗も合わせるようにそれに倣った。

小田原に死に装束で現れたこと。葛西大崎《かさいおおさき》一揆の弁明の際、磔台《はりつけだい》を持参したことなどである。それらを遊びと同様とする不遜さには辟易するが、この男に賭けるしかないのだ。

「石田様、そろそろのようです」

景綱が背後から言った。下奉行が各大名たちの小屋に赴き、外に出て準備をする刻限である旨を告げ回っていた。定刻通りに事は進んでいる。不敵に笑う政宗を残し、三成は小屋を出た。

秀吉も支度を終えた頃だろう。それぞれの役割が終わり次第、三成たちも急いで仮装する。その後、五奉行は集まって秀吉に報告する段取りとなっている。

三成も他の奉行たちのもとへ向かおうとした時である。一等大きな小屋から、ぞろぞろと人が出て来るのが目に入った。あれが誰の小屋なのか、奉行の上から下まで熟知している。

三成はさっと身を翻したが、やや間延びした声で呼び掛けられた。

「これは、これは、治部殿ではござらんか」

思わず小さく舌打ちした。己の表情は忌々しげなものになっているだろう。深く息を吸い込んで顔を和らげると、三成はゆっくり振り返った。

「ご無沙汰しております。内府《ないふ》殿」

内府とは内大臣の別称。徳川家康である。前に会った時よりも一回り大きくなったような印象を受けた。肥えているというより、貫禄が増したことを己が本能で察したからかもしれない。

「この度はかように楽しげな催しにお招き頂き、誠にかたじけない。奉行の方々は、さぞかしご苦労なさったことでしょう」

家康は鷹揚な口調で言った。

「大したことではございません」

三成は首を横に振る。豊臣家の奉行にはこの程度のことは朝飯前と、暗に伝えたつもりである。家康はこちらの心情を敏感に察したらしい。

「いやいや、よくぞ開いて下さいました。心の荒んだ者にとっては、さぞ慰めになるでしょう」

家康は穏やかな笑みを顔に張り付けながら語る。

やはり、この男を勝たせてはならぬと、三成は確信した。最後のひと言には、婉曲的《えんきょく》に「唐入りによって」という枕詞が透けて見えた。唐入りに対して批判的な家康は、諸将が不満を抱いていることも知悉《ちしつ》している。

「先ほどは強がってみせましたが……支度をする中で散々文句も言われて辟易しておりました。内府殿のお言葉、真に痛み入ります」

三成は姿勢を改めて謝辞を述べた。

「そうでしょう、そうでしょう」

「非難するだけならば誰でも出来ますから」

三成は鋭く言い放った。家康は表情を変えない。が、目の奥に怒りの色が滲むのを感じた。暫し無言の時が流れた後、家康はふっと相好《そうごう》を崩して口を開いた。

「左様ですな。ところで今は何を？　そこは確か伊達殿の控えの間であったかと……」

家康はちらりと怪訝な視線を小屋に送った。

「左様。少し話すことがあって伺いました」

「これから催しが始まるという忙しい時に？」

家康はなおも食い下がってくる。何の手掛かりも与えていないはずなのに、この勘働きの良さも厄介なところである。少しでも気になったならば、鬱陶しいほどの執拗さも見せる。

「全く困ったものです。佐竹《さたけ》殿と比べて小屋が小さいと呼び出されまして」

伊達家と佐竹家は石高もほぼ同じで、かつては宿敵として争った間柄。そして、真に佐竹家の小屋のほうが二畳ほど広い。

「なるほど。それは確かに困ったものですな」

苦々しげに呟き、ふくよかな頰を緩めた家康に、そのまま会釈して行こうとした時、

「どうです？」

家康が片手を掲げて見せた。身に纏っているのは継ぎはぎだらけの小袖。故に先ほど、家康だとすぐには気付かずに逃げそびれたのだ。

「内府殿は確か、あじか売りでしたな」

「左様、左様。どうです？」

家康が再び訊いた。無邪気さを装って。

——面倒な。

三成は内心で吐き捨てた。似合うと言えば、それほど賤《いや》しく見えるのかと。似合わぬと言えば、努力したのに心無いことだと。嫌らしい物言いで反撃してくるのは目に見えている。

「私は近目にございますれば」

「ふふ……上手く躱《かわ》される。ところで奉行の方々も化けると聞きましたぞ。治部殿は何に？」

「猟師です」

どうせならば少しでも役に立つ仮装をと決めた。これならば鉈《なた》を身に付け、鉄砲も持ち込める。刀も鉄砲もさほど上手い訳ではないが、曲者が出現した時せめてもの楯となれるし、確かな者に鉄砲を託して秀吉を守らせることも出来る。

「近目なのに猟師と……」

家康が嘲りを含んだ笑みを浮かべると、家臣もにやにやと小馬鹿にした顔付きとなった。

「いざとなれば開く眼なのです。その時は何でも撃ち抜いてみせます。猪でも、鹿でも、兎でも

「……」

三成は一度区切り、楊葉《やなぎば》の如き半眼で家康を見据えて言葉を継いだ。

「狸でも」

「貴様――」

家臣の一人が激昂しそうになるのを、家康はすっと手で制した。

「頼もしい限りですな」

「務めがありますので。これにて御免」

三成は会釈すると颯爽と踵《くびす》を返した。やはり家康は、勝てば褒美として秀吉に唐入りの取り止めを求める。天下の為にではない。己の株を上げる為に。


いよいよ始まりの太鼓が鳴らされ、未曾有《みぞう》の規模の化け遊びの幕が開いた。

長政曰く、化け遊びに参加しているのは、門の外にいる者も含めれば少なく見積もっても五千を超えるという。門の中、柵の内の桟敷席に座っている者の数は千人以上。それらが今か、今かと固唾を呑んで秀吉が姿を見せるのを待っている。それをもって化け遊びは正式に始まり、様々に仮装した諸大名たちも次々と登場することになる。

取り仕切る三成ら奉行衆もすでに何らかの仮装に身を固めている。下奉行たちに人気なのは刀鍛冶、神官、勧進聖《かんじんひじり》など。元来、奉行になるような者は気位が高い者が多い。変わった恰好をするのに気恥ずかしさがあり、直垂や法衣《ほうえ》で済ませようとしているのだろう。

「皆、あれくらいやればよいものを」

長政が振売《ふりうり》を見ながら呟いた。こうなった以上はこれも奉行の仕事なのだ。余計な羞恥心《しゅうちしん》など捨てて、場を盛り上げる一助になるように徹すべし。この場合、振売のほうが正解であろう。

「あれは何だ」

三成は一人の下奉行を見つめた。その者は小袖を着ているだけで、他に何も身に付けず、手にも何も持っていない。

「当人いわく馬借《ばしゃく》とのこと。馬を持ち込めないので、あのようになったとか」

正家が説明する。

適当に見繕うだろうと考え、下奉行の仮装までは事前に敢えて聞かなかった。やはり奉行になる者の大半は、このような遊びには向いていない。そんな会話をしていると、玄以が短く噴き出した。

「ふと可笑《おか》しくなった。何という恰好で話をしているのじゃ」

五奉行もすでに仮装を終えている。

「確かに」

三成は小袖に猪の毛皮で作った肩衣《かたぎぬ》。腰には荒縄を巻き、そこに火薬、弾を入れる袋を二つぶらさげている。小道具として火縄銃は欠かせない。三成は、隣の長政に向けて言った。

「顔もはきと見えませぬしな」

「ふむ。それが難点よ」

長政は口元の布を摩った。化けているのは煎じ物売り。薬草などを煎じた飲み物を売る商人である。笠を被って口元を黒い布で覆う者が多いが、それをすっかり真似ている。一方には薬草を入れた籠、残る片方には釜をぶら下げた天秤棒も用意して傍らに置いていた。

「増田殿は音がな」

先ほどから長盛が少し動くたび、がさがさと音が立つ。こちらは筏師《いかだし》。木材を運搬するため川を筏で下る者である。頭には日よけの大きな笠、肩には蓑《みの》を着け、筏を操るための長い棒を携えている。蓑は水を染み込まないようにたっぷりとしており、動くと存外うるさいのである。

「それ、出来るのか？」

三成は正家が手に持つ、ささらに視線を送った。

「ええ。習得しました」

正家は微笑んだようだが、こちらも布で口を隠しているため見えない。扮しているのは節季候《せっきぞろ》と呼ばれるもの。年の暮れに家々を訪れ、ささらを鳴らして初春の祝言を述べる門付《かどつけ》芸人である。裏白《うらじろ》という歯朶《しだ》の葉を幾枚も付けた笠を被り、その奇妙な恰好を完全に再現している。

「前田殿は念珠挽《ねんじゅひき》ですか」

「左様。仏門に関わりの無いものにしたかったのじゃが……儂はこれ故な」

玄以は自身の頭をつるりと撫でた。念珠挽とは念珠、即ち数珠を作る職人のことである。法具を作るということで自身も頭を丸めている者が多い。玄以はくたびれた黒い法衣を身にまとい、腰の帯には弓鋸《ゆみのこ》を下げていた。

「殿下はまだか」

煎じ物売りが間に耐え切れぬように言う。

「最後の最後で小袖の柄に迷っておられたからな」

筏師が、がさがさと音を立てながら振り返る。

「お越しじゃ」

念珠挽が鋭く言った。

桟敷席に囲まれたこの場所に、ぞろぞろと人が入って来る。その数、三十人余。全員が薄汚れた小袖姿であり、頭に手拭いを巻いた者もいる。籠を背負った者、天秤棒を担ぐ者も。それぞれが微妙に違う恰好ではあるものの、共通して籠や天秤棒、掌には、瓜が収まっている。

観客たちから低いどよめきが起こる中、仮装した者の内の一人が声を発した。

「味よし瓜めされ候えー、おいしい瓜はいらんかいねー」

朗々とした良い声である。何より節の付け方が上手い。三成はすぐに解った。秀吉の声だ。

「まるで本物じゃ。相当、練習なさったのだろうな」

筏師長盛が小さく嘆声を漏らした。

「いや……」

声のほうを三成は見た。念珠挽玄以だ。唇を内側に巻き込み、驚いたように目を見開いている。皆が怪訝そうにしているのを察したか玄以は、

「何でもない」

と、ぽつりと言った。

秀吉が何度か売り口上を繰り返した後、残りの者たちも一斉に、

「瓜ー、瓜ー、味よし瓜めされ候えー、おいしい瓜はいらんかいねー」

と、口上を述べ始めた。これら皆、秀吉の馬廻《うままわり》組から選抜された精兵、七手《しちて》組の連中である。戦場で鍛えた喉を持つ数十人の合唱となれば、なかなかの迫力である。観客たちからもどっと歓声が上がり、図ったように、太鼓が鳴らされる。これら全て秀吉自らが演出したものである。

ようやく三成の場所からも秀吉の顔が見えた。目尻に皺を作り、白い歯を覗かせた満面の笑みだ。思えば、近頃このような顔は見なかった。厳密に言えば笑顔は見せるが、無理をして演じているだけ。心の底からの笑いではないことは、三成だけでなくここにいる奉行ならば皆が解っていることだ。

瓜売りの行列が移動し、やがて脇に建てられた櫓《やぐら》へと向かう。ここが秀吉の席である。囲まれた桟敷席より秀吉の視座が低くならぬように、観客から見下ろされぬように配慮して、長盛が建てたものだ。秀吉は三方の桟敷席に順に手を振り、その度に歓声が大きくなった。

やがて秀吉がゆっくりと櫓中央の床几《しょうぎ》に腰を下ろすと、太鼓と鉦《かね》がぴたりと鳴り止んだ。不思議な

もので、それで潮が引くように歓声も鎮まっていく。静寂が戻って来たのを見計らい、

「名護屋の御在陣も徒然《つれづれ》におわしませば」

などと、秀吉が口上を述べると、先ほど以上の歓声が再び沸き起こった。

「いよいよですな」

三成が言うと、玄以は大きく頭を振った。

「伊達殿は何番だったかな」

「七十八番です」

長政は独《ひと》り言《ご》ちただけのつもりだったかもしれないが、即座に正家が答えた。今回、ここに登場する大名、大身の陪臣、富商などは百六十四人。出る順も予め籤で決めた。官位、石高などに鑑みた順にすれば、徳川家康が最後になってしまうからだ。最後に全てを掻《か》っ攫《さら》われては堪《たま》らないため、籤引きにした。

「前半の最後近くか」

長政は口元を微かに綻ばせた。

百六十四人を一気に見物しては観客にも疲れが出て来る。故に八十二人を見たところで、半刻《とき》の休憩を挟む。その間、例の七手組や秀吉の親衛隊である黄母衣《きほろ》衆が物売りに扮し、桟敷席に赴いて食い物や飲み物を売る趣向も用意しており、観客はここまでで誰が良かったかなどの話にきっと興じるだろう。つまり前半の終わりの方は、巡りとしてはかなり良い方である。

政宗を勝たせたいからといって籤の細工まではしていない。露見した時の危険の方が大きいためだ。政宗からはそれくらいは協力しろと言って来たが宥《なだ》めた。つまり政宗は自らの運で、観客の印象に残りやすい順番を引いた訳だ。

「悪運の強い男ですからな」

長盛は皮肉めいた笑みを浮かべた。

「もっとも、あの男はもっと強いらしいが」

三成の胸に先ほどの忌々しさが込み上げた。徳川家康は前半の最も後、八十二番の籤を引いたのである。後半へと繋ぐ大事な役目を下手なりに懸命に務めさせて頂くなどと、しおらしいことを言っていたのもまた鼻につく。

「私は百二十番ですが、皆様は？」

正家は左右に首を振った。

三成たち奉行も籤を引いて参加する。もっとも、奉行はこうしてすでに姿を晒しているので驚きに欠け、一番の歓声を得ることは叶わないだろう。

「儂は四十七番だ」

「拙者は十一番なのでそろそろ支度をせねばならぬ」

長政、長盛と続けて答えた。

「私は百八番です」

三成は櫓から目を離さずに言った。正家は玄以に向けても訊いた。

「前田殿は？」

「……百六十四」

「殿《しんがり》ではないですか」

「運の無いことじゃ。まあ、こればかりは仕方が無い」

玄以は苦い溜息を漏らした。別に最後が嫌という訳ではなく、この催しが盛り上がったままに終わることだけを考えているため、それが己では荷が重いと思っているのだろう。

これから姿を見せる者の名、扮する仮装が大音声《だいおんじょう》で告げられた。一番に現れたのは常陸《ひたち》五十四万余石の太守、佐竹義宣《よしのぶ》である。扮しているのは医師《くすし》だ。

「独活散《どっかつさん》をお持ちした。召され、召されー」

と、口上を述べながらの登場である。正直、あまり上手いとはいえないものの、一番手とあって観客からはそれなりに喝采が飛び、櫓の上の秀吉も呵々《かか》と笑っている。

二番手は打って変わって小身《しょうしん》の大名。和泉岸和田《いずみきしわだ》三万石小出秀政《こいでひでまさ》。秀吉と同郷の尾張中村《なかむら》の出身で、正室は秀吉の母である大政所の妹。つまり秀吉は甥にあたる。だが軍功はほぼなく、政が特に優れている訳でもない。

小出が演じるのは大根売り。これが極めて上手い。大根を売る口上もさることながら、身のこなしなど田舎の市《いち》でよく見る冴えない男そのものである。着ている小袖も垢が抜けておらず、恐らくは実際に長年使われたものを取り寄せたのだろう。頬を泥で汚すなど、芸の細かさも見られた。観客は先ほどの佐竹よりも大きな歓声を送っている。

「これは、いよいよ読めぬな」

玄以がぼそりと零した。佐竹義宣は生まれながらの「殿様」である。庶民に触れる時が少ない分、上手くはない。一方、小出秀政は織田家の最下級の家臣の出身。若い頃には百姓とほぼ変わらぬ暮らしをしてきたと聞いている。大根売りなども飽くほど見て来たに違いない。その差は歴然であった。

それからも次々と仮装した大名、大身の陪臣、富商が登場する。観客はどの者にも一応は歓声を浴びせるのだが、やはりその反応は様々である。腹を抱えて大笑いすることもあれば、憫笑《びんしょう》しか起きないこともあった。それは身代の大小、官位の上下、知名度の有無に全く関係ない。玄以の言うように、まるで読めぬ展開である。

例えば直江兼続などは後者、観客受けは頗る悪かった。兼続は陪臣の身ではあるものの、そこいらの大名などよりも遥かに著名だ。三成は交友が深いため良く知っているが、兼続は極度の潔癖である。

さらに常軌を逸するほどの誇りの高さから、下賤の恰好に身を窶《やつ》すなどもってのほかと考えているのだろう。兼続が出した結論は陰陽師であった。美形の兼続ならば、確かに様にはなる。が、恰好を付けた振舞いに、観客の間には何処か白けた雰囲気が広がった。

他にも受けが悪かったのは、宇喜多秀家《うきたひでいえ》、織田信雄など。秀吉の猶子であろうが、信長の実子であろうが関係ない。

一方、大盛り上がりとなったのは京極高次である。高次は穴太衆、石工に化けた。正直、演技はさほど上手い訳ではない。が、石を担いでよろめき、転びそうになるのを踏ん張り、素っ頓狂な声を上げて顔を真っ赤に染める。その姿が何とも言えず滑稽で大笑が渦巻いた。宇多源氏の名家であり、官位は参議にまで上り詰めた高貴な者が必死に取り組んでいるからこそ、余計に笑えるのだろう。

市橋長勝《いちはしながかつ》なども相当に盛り上がった。長勝は美濃今尾《いまお》城主で一万石。観客のほとんどが知らなかったに違いない。しかし、奉行たちはそわそわ、秀吉はうきうきとして長勝が現れるのを見守っていた。というのもこの長勝、奇人であると知られていたからだ。

かつて織田信長のもとに若狭守護の武田元明《もとあき》の使者が訪れた。信長が姿を見せるまで、使者の接待役を命じられたのがこの長勝であった。武田家は名門であるため使者に驕りの様子があったのだろう。長勝はそれにむっとした。そして何を思ったのか、使者を前にして仰向けに寝そべり、褌《ふんどし》から己の陰《いん》嚢《のう》を引っ張り出すと、

「これくらいの大きさの餅があります。幾つ食されるか。仰るだけ用意致しましょうぞ」

と言い、使者の度肝を抜いたという。それを聞いた信長は怒るどころか笑って許したらしい。

そんな長勝の仮装である。秀吉が期待するのも無理はない。そして、長勝はその期待を裏切らなかった。いや、厳密には裏切ったのか。何と素っ裸で現れたのである。長勝は「蒸し風呂屋の主人」と申告していたはずだから、これには奉行も肝を潰した。だが長勝は、

「これは風呂掃除をする時の主人の姿でござる！」

と言い放ち、陰嚢どころか、陰茎も晒して闊歩したのである。一歩間違えば寒々しいことになるはずが、長勝の堂々とした振舞いが可笑しかったのだろう。桟敷からは割れんばかりの笑い声が上がり、秀吉などは目に涙を浮かべて笑い転げていた。

このように冷笑を買う、爆笑を誘うといった極端な例はさほど多くはなく、大抵の者はそれなりに盛り上げる。十一番目に出た長盛などもその類である。筏を置いて、地を川に見立てて竿を操る演技をした。

——あれは増田殿なのか。

という観客の少々の驚きはあるものの、やはり姿を先に見せているのは不利である。そこそこの笑いを取って終わった。

他に無難に終えたと言えば、博多の富商、島井宗室もそうであった。化けたのは放下師《ほうかし》。千利休を彷彿させる仮装は避けたということだ。鼓形の独楽《こま》、輪鼓《りゅうご》を宙に飛ばすなど、両手で糸を巧みに操って感嘆を呼んだ。

当人としては利休ほどの気骨は無いと言っていたが、実際はもう秀吉に諫言する気も無いというのが本音であろう。世の人の心が徐々にではあるが、豊臣家から、秀吉から離れていっているのを感じ、三成としては安堵よりも虚しさのほうが大きかった。

そして、いよいよ七十八番目の政宗が現れる時が近付いて来た。一つ前の七十七番が恐ろしく下手な草履《ぞうり》売りで場が白けた中での登場である。

「おお!!」

観客から驚きと歓喜の入り混じった声が上がった。

手に鉄砲鍛冶の道具を携えた数十人が、二つの長い隊列を作って小走りで入って来たのである。相当に練習を積んだのであろう。足並みだけではなく、歩幅までぴたりと揃っている。

その二列の合間から、片倉景綱、国友彦九郎を両脇に従え、伊達政宗が姿を見せた時、桟敷からは火薬が爆発したかのような喝采が上がった。

「伊達殿だ！」

「何かやってくれるぞ！」

やはり政宗の知名度は抜群。傾奇者だということも知れ渡っており、老若男女から期待の声が次々に上がった。政宗を選んで間違いはなかった。三成たち奉行は頷き合った。

政宗は悠々と歩を進める。一方、先に現れた行列は、特設した屋根付きの鍛冶場に向けて走り込むと、棚に道具を置いて弧を描くようにして引き返していく。

実際には、鉄砲鍛冶は儀式めいたことはしないだろう。彦九郎が微かに苦笑している様子からもそれは明らか。だが政宗は完璧に再現するよりも、演出で魅了するほうがこの場に適していると考えた。いや、観客がそれを己に求めていると鋭敏に感じ取り、派手がましいことをしているのだろう。化け遊びとはいえ、何も真似るだけが全てではないと示した訳だ。

政宗は鍛冶場に深々と礼をして足を踏み入れると、両袖をさっと回して手を宙に差し出した。

「はっ！」

彦九郎が鎚《つち》を渡す。これも実際にある掛け声なのかどうかは解らない。だが、少なくとも観客はこれが鉄砲鍛冶だと信じ込んでいるし、政宗の一挙手一投足を、息を呑んで見守っている。

小気味のよい鎚の音が響く。すでに鉄砲は完成間際であり、鎚で叩く作業など必要無いはずだが、これも政宗流の演出である。政宗の鎚を振るう姿は何とも様になっており、男たちは流石と舌を巻き、女たちはうっとりとした目で見つめている。

——いける。

三成は確信した。他の奉行も同様のことを考えているはず。政宗の所作《しょさ》はこれまでの者と一線を画し、立ち上る力強さの中に、香るような色気を漂わせていた。

いよいよ政宗の演技は後半に進む。鎚を置いて、打ち終えた部品を鉄砲に嵌めこむような動作をする。もっともその部品というのは今、政宗が手ずから打ったものではない。予め彦九郎が作ったものを袖の中に忍ばせておき、それと上手くすり替えたのである。

政宗が手にした鉄砲を、彦九郎が覗き込むようにして確かめる。練習は散々したのだろうが、少しでも手順を誤れば暴発の恐れがあるからだ。彦九郎が小さく頷くのを確かめると政宗は、

「縄を」

と、鉄砲を持っていたのとは反対の手を差し出した。すると火縄職人に扮した景綱が、すでに火が点いた火縄を恭《うやうや》しく渡した。ふっと火縄に息を吹き掛けて火を熾《おこ》すと、政宗はそれを「自らが作った鉄砲」に付ける。ここからは政宗にはお手の物であろう。流れるような手付きで弾込めを行う。厳密には弾は込めておらず火薬を詰めるだけ。空砲の支度である。

が、観客たちはそれを知らないから、

「真に撃たれるのだろうか……」

「許しが出ているのか？」

などと、隣の者と囁《ささや》き合う声も漏れ聞こえて来た。

政宗は全ての支度を整えると、鍛冶場を出て中央に進み出た。その足取りは先ほどまでとは異なり、やや荒々しく、無骨さを醸し出している。

「皆の衆、ご覧《ろう》ぜよ」

政宗は正面を向いたまま、よく通る声で呼び掛けた。さらに今度はゆっくりと天を仰ぐと、

「天もご照覧あれ！」

と、一層声を大にして叫ぶ。次の瞬間、政宗はさっと空に銃口を向けて引き金をひいた。銃声が轟き、近くの森から一斉に鳥たちが羽ばたく。観客たちは政宗に憧憬の眼差しを送り、深い感嘆の声を漏らし、中には弾が落ちて来ないかと身を竦《すく》める者もいた。

「お招き頂き、恐悦至極に存じ奉ります」

政宗はすっと秀吉のいる櫓に向き直ると、慇懃に頭を下げた。秀吉は腿に打ち付けていた扇子を政宗に向け、見事、と張りのある声で言い放つ。これを合図に観客は弾けたように歓声を上げ、改めて喝采を送り、手を激しく叩いた。

今日一番の盛り上がりである。いや、今後もこれを超えるのは極めて難しかろう。

「流石にこれは内府殿もどうにもならぬでしょう」

正家が横でぽつりと呟く。三成も頭ではそう思う。しかし、心は落ち着かない。それほど家康が一筋縄ではいかぬ男だと熟知しているからだ。

やがて前半の殿である八十二番、徳川家康の順が回って来た。太鼓で合図が送られる。だが、家康は出てこない。聞こえていないのかと再び太鼓が鳴らされるが、やはり姿を見せない。観客たちがざわめき、下奉行たちが様子を見に行こうとしたその時、

「あじか買わしー」

との声が聞こえた。観客はぴたりと口を閉ざし、訪れた静寂を保ったまま見守る。そこへ、家康が現れた。政宗とは異なり一人である。家康は何とも野暮ったい小袖姿。当て布だけでなく、空いたままの穴、袖には解《ほつ》れも見られた。肩に担いだ天秤の両端には大きな籠。その中に小さな籠、あじかが山盛りに入っていた。

「あじか買わしー、あじか買わしー」

確かに家康の声である。しかし、節の付け方が巧みなのか、強弱を微妙に調整しているからか、時

として別人のもののようにも聞こえてしまう。かなり上手い。いや、上手過ぎる。三成は正直にそう思ってしまった。家康にこんな特技があったのか。才もあるかもしれないが、政宗に劣らず相当な練習の色も窺えた。

「あじか買わしー、あじかーー、あじかー買わし」

繰り返しながら、のそり、のそりと場を一周するように歩く家康を、三成は目で追った。

不思議である。家康の声を聞いていると、日々の暮らしの苦労さえまざまざと浮かぶ。これは実際に民の苦しみを知っていなければ、到底真似できる芸当ではない。

——だから厄介なのだ。

家康は民の心をよく理解している。施政者としては一流である。そのことは三成も重々認めている。ただ三成とは、豊臣家とは、向かう方向が大きく違うのである。

もし家康が天下を獲ったならば、諸事内向きの政を執ると見ている。例えば南蛮との貿易などは遮断するのではないか。一方、豊臣家は違う。今は伴天連追放令が出ているものの、それは宣教師が日ノ本の土地を得ているのを牽制するためだ。やがて時機を見て交渉の末、再び国を開いて貿易を盛んにする。日ノ本に住まっている者が思うより、この国は遥かに小さい。諸事外向きの政をやっていかねば、いつかは疲弊して滅亡の危機に瀕すると考えている。

今の家康の演技には、当人の志向する政の形が見事に現れているような気がし、

——やはり交わらぬ。

と、三成は改めて考えを強くした。

政宗の時のように、途中で喝采が生まれることはない。皆が耳目を属《しょく》して家康を見守っているのが解る。何故か涙ぐむ者さえ散見出来た。

「あじかー、あじか買わしー」

いよいよ終盤に差し掛かっただろう時、家康は声を大きくした。単純に声量を上げたという訳ではない。必死さ、憐れさ、哀しさが滲んでいる。老あじか売りが飢える家族に一握りの米でも買って帰らんと、往来を行く者に懸命に縋るかのようである。家康の演技は何かが憑いているようにさえ思えた。

観客の前を一回りし、家康は元来た入り口へと帰っていく。最後まで、

「あじか買わしー、あじかー買わしー……」

と、哀愁の漂う声を残して。

姿が見えなくなり、声が聞こえなくなると、ほんの僅かな静寂が生まれた。その静けさを打ち破ったのは天を衝かんばかりの歓声である。観客のほとんどが同じ間合いで一斉に声を上げた。まるで魅入られていた夢から同時に目覚めたかのようである。

「これはまずいですな……」

長政が愕然とした様子で桟敷を見渡す。

「ええ、この声は伊達殿の時より大きいかと」

正家でさえも、顔を強張《こわば》らせて唸った。

歓声の大きさで勝敗が決まるとはいえ、最後に判断を下すのは秀吉だ。政宗に軍配を上げるよう求めることも出来る。だが正家が言った通り、確かに家康に送られた歓呼の声は政宗の時よりも大きかったように思える。これで秀吉が政宗を勝者にしようものならば、あからさまに不満の声は上がらずとも、白けるのは確実である。秀吉はそのようなことはしない。そもそも秀吉は、三成たちが何としても家康を勝たせないようにしていることも知らないのだ。

三成が目まぐるしく思考を巡らせている中、それまで黙して桟敷を見つめていた玄以が、

「流石じゃな」

と、観念したように言った。

「だが、好かぬな」

玄以は続けて小さく舌を打った。

「好かぬとは？」

長盛が訝しげに訊いた。

「歓声の集め方よ。陰気臭い。内府殿は何も悪くはない。別にどのような手法を用いても良いが……」

玄以は吐息混じりにそこまで言うと、一拍を空け、はきとした口調で続けた。

「ただ、儂は好かぬ。それだけじゃ」

玄以は櫓の上へと視線を移し、他の奉行たちもそれに続く。秀吉は家康に賛辞を送るようになおも手を叩いている。が、何処か苦しそうであり、何処か滑稽でもあった。家康がここまで本気を見せたことで、自身が出した「褒美」が急所になり得ることに気が付いたのかもしれない。

秀吉は愚かではない。むしろ聡《さと》すぎる人である。そのような秀吉が気付いたのが真に今だったとするならば、諸将を労い、近隣の民を歓ばせるためにこの場を盛り上げようと、心から思っていた証左ではないか。今の秀吉の心中に渦巻いているのは、焦りよりも、むしろ哀しさや虚しさではないか。

「殿下をお救いせねばなりませせぬ」

三成はぐっと唇を結んだ。未だ先ほどの熱気の余韻が漂っている。政宗も良かったが、家康はさらに上回ったのではないか。もはやこれで決まりだろうなどと、観客の雑談も三成の耳朶《じだ》に届いている。

このままでは十中八九は家康の勝ちで終わってしまう。何か手を打たねばならぬが、本件に関しては、政宗に一番を取らせることだけに力を注いだほうがよいと考えていた。故にそれが破れたであろう今、他に何の手立てもないのである。しかも挟まれる休息は僅か半刻。すでにその旨は告げられた。

物売りに化けた七手組、黄母衣衆が出て来ている。

「誰か心当たりはないか？」

長政が一段飛ばしに皆に諮り、

「それしかありませんな」

と、長盛が受けた。

今からでも家康に勝ち得る者を探し、遅まきながら全力で支援する。勝ち目が薄いのは重々承知していようが、奉行たちが雁首並べながら、これ以外の方策が思い付かない。

いや、厳密には家康の勝ちを消す方法があと一つだけある。だがそれを誰も口にしない。最後の手段だと解っているのだ。

「九十九番」

「百三十二番の……」

長盛と長政の声が見事重なり、互いに視線で譲り合う。長盛がまず口を開いた。

「九十九番、織田有楽斎《うらくさい》殿です」

本名は織田長益。かの織田信長の末弟であり、今は秀吉の御伽衆に加わっている。

「有楽斎殿は……旅の僧じゃったか」

玄以はそれぞれが何に化けるのかを全て諳んじており、顎に手を添えながら言った。

「こう言ってはなんですが、有楽斎殿では……」

三成が首を横に振った。知名度はほどほどにあるし、茶の湯や和歌にも通じており、演技もそれなりにやれそうな雰囲気はある。が、本能寺の変の折に茶道具を抱えて遁走したことにより、兄信長の嫡男信忠を見捨てて逃げた男だと、庶民の受けはあまり良くない。

「旅僧のままではそうでしょう。これを変えて頂く」

長盛は不敵に言い放った。

「まさか……」

「総見院様《そうけんいん》に」

長盛が信長の戒名を口にすると、皆が息を呑んだ。

この有楽斎、信長の実子、兄弟を含む存命の一族の中で、もっとも信長に似ているのである。両者を良く知る者いわく、似ているどころではなく瓜二つ。違いがあるとすれば、目の形そのものはそっくりなのに、信長は鋭い眼光をしているのに対し、有楽斎は柔和であるという点くらいだ。

「しかし、実在の人物に化けるのは禁じたぞ。それに武士はまずい」

玄以が意見する。武士が武士に化けても面白くも何ともない。さらに刀を持ち込ませぬためにもこれを禁じたのだ。

「傾奇者とするのです」

長盛は首を振って応えた。有楽斎には派手な着物を纏わせ、片肌を脱がせ、荒縄を帯の代わりとし、そこに瓢箪《ひょうたん》をぶら下げ、茶筅髷《ちゃせんまげ》の鬘《かつら》をつけて貰う。傾奇者と呼ばれる中に、このような恰好をする輩は多い。が、これは信長が若き頃にしていた姿を真似たものだと言われている。つまりこの恰好の元祖は信長であるが、今では「傾奇者」の標準の恰好の一つとして罷《まか》り通っているという訳だ。

「観客が連想するのは勝手だと」

あくまで化けるのは傾奇者。だがそっくりな有楽斎がやれば、観客は信長を思い浮かべて大いに盛り上がるに違いないと考えた。

「二つ懸念がある。まず有楽斎殿が納得するか」

玄以は指を二本立てた。

「それは説得するしかないかと」

「確かに。それはそうじゃろう。もう一つは……」

「殿下ですな」

かつて秀吉は、織田家の天下を簒奪したと大いに罵られた。今では表立って言う者はいないが、内心でそう思い続けている者もいよう。織田信長で観客の喝采を集めようなどと企てれば、秀吉の逆鱗《げきりん》に触れることは十分にあり得る。

「その時は拙者が責を」

長盛は毅然と言った。

「えらいことになったものじゃ。これではまるで……」

「戦ですな」

長盛がようやく表情を少し柔らかくした。当初から「遊び」の域を超えてはいたが、これはもはや奉行にとっての戦と言っても過言ではない。

「百三十二番は前田殿だ」

長政の頬もぐっと引き締まる。前田利家は五大老では家康に次ぐ地位の大物である。

「高野聖《こうやひじり》じゃな」

玄以が即答した。高野山を本拠とする遊行者《ゆぎょうしゃ》で、諸国を回り唱導など行って勧進《かんじん》を促す者である。

「まず前田殿には事情を告げたほうがよい」

利家は豊臣家の安寧を心より案じてくれている数少ない大名である。家康を特別嫌悪している訳ではないだろうし、唐入りにも内心は反対であるのも間違いない。ただ家康のやり方では波乱を招くのは明らかで、それは利家の望むことではないだろう。全て打ち明けたならば力を貸してくれる見込みもある。長政は少し声を落として続けた。

「大きな声では申せぬが、前田殿の高野聖は中の上といったところだろう。故に伊達殿の時のように数で迫力を増すのが良い」

名護屋に伴っている家臣たち数十人、いや百人を高野聖に化けさせて、圧倒的な迫力で押し切ってはどうかというのである。

「法衣を揃えられますかな？」

「とにかくかき集めるしかあるまい」

玄以が訊ねると、長政はやけになったように言った。法衣を使った仮装をしてすでに出番を終えた者から、名護屋に滞陣していて持っていそうな者から、さらには近隣の寺から、出来得る限り多くの法衣を集めるのだ。

織田有楽斎の説得には長盛と玄以、前田利家の助力を取り付けるのは長政と正家が受け持つ。法衣の用意は玄以を中心に四人で声をかける。三成はこの場に残ることとなった。四人を送り出した三成のもとに、ゆっくりとした足取りで近付いて来る者がいる。顔を雪の如く白い頭巾で覆い、円《つぶ》らな両眼だけを覗かせている。大谷吉継である。

「忙しそうだな」

吉継は軽い調子で話しかけて来たが、その声は掠《かす》れていた。最近、吉継の病状はみるみる悪くなっている。肌には爛れたような瘡《かさ》が増え、声もよく嗄《か》れるし、痺れが酷い時などは歩くのも儘《まま》ならぬこともある。そのような吉継を気味悪がる者もいる。中には吉継は夜な夜な屋敷を抜け出して人を襲い、血を啜っているなどと根も葉もない噂を流す者もいた。それに対して吉継は怒るどころか、

——怖がるのは仕方あるまい。むしろ気を遣わせて申し訳ない。

と、相手を慮る。この白頭巾を被っているのも周囲のための配慮だと三成は解っている。

化け遊びの開催が決まった当初から、他の奉行たちの賛同も得た上で、参加せずともよいと吉継には伝えてあった。吉継の容姿を揶揄《やゆ》する不埒《ふらち》者もいる中、わざわざ衆の耳目を集めるような真似をす

る必要はない。そして何より、化け遊び当日も、吉継の体調が芳《かんば》しいとは限らないからだ。しかし、吉継は感謝こそすれ受け入れることはなく、かといって固辞する訳でもなく、

——その日、躰が思わしくなければ止めることにする。

と、柔軟に答えて今日を迎えたのだ。

「今日は調子がよい。練習の成果も出せそうだ」

頭巾で口元が覆われていても、吉継が微笑んでいるのが解った。化けるのは戎舁《えびすかき》。所謂《いわゆる》、傀儡師《くぐつし》であるが、摂津西宮《にしのみや》の社を本拠地として、人形を踊らせながら家々を訪れ祝福する集団がそのように呼ばれる。彼らは菅笠《すげがさ》をかぶり、布で目より下を覆っている。これならば頭巾をかぶったまま、化けられると考えたのだろう。

吉継は懐に手を入れて忍ばせた人形をちょいと見せた。人形は二体。一体は髭を蓄えた武士風、もう一体は剃り上げた頭を薄い青で表現した小坊主である。

「そういうことか」

三成は軽く息を漏らした。

「演目の名は、『三杯の茶』だ」

やはり顔の大半が頭巾で隠れていても、吉継が楽しそうに口元を綻ばせているのが解る。

三杯の茶は、三成が秀吉に取り立てられるきっかけとなった話である。この話はどうした訳か、今や世間に広く流布されている。秀吉の眼力を表す逸話であるため、家臣たちが挙って触れ回ったことが原因かもしれないが、三成は、

——案外、殿下が自ら広められたのではないか。

と、思っている。

当時の秀吉は百姓上がりを揶揄されることも間々あった。長浜《ながはま》の民の中にも侮る者が多かったと記

憶している。そのような者たちに自らの器量を示すため、そして誰でも能力さえあれば取り立てられると知らしめるため、自ら流布させたと考えても不思議ではない。それが三成の機転を示す逸話の如く語られているに過ぎないということだ。

「あの話が、実際とはちと違うのは教えただろう？」

三成は桟敷の様子、下奉行たちの動きに目を配りながら言った。

この逸話には実は続きがある。いちいち訂正しないのは、秀吉が流布させた可能性があるからだ。秀吉が「この逸話」でよいと思っているのだから、三成が改める必要はない。しかし、吉継など親しい数人には真実を告げてある。

「まあな。だが真《まこと》の話も俺は好きだぞ」

吉継が頷くと、頭巾が少し揺れた。三成は苦く口元を緩めながら、

「そのような話をしにきた訳ではあるまい」

と、低く言った。

「奉行衆は伊達殿を勝たせようとしていたのか？」

吉継も声を落として尋ねた。全てを見抜いている。やはりこの男の洞察力は並ではない。

「その通りだ」

「見事ではあったがな」

これに関しては政宗を責めるつもりは毛頭ない。政宗は期待以上であった。しかし、家康がそれを上回ったというだけだ。責められるべきは、政宗に一点張りしていた奉行衆である。

「このままだと十中八九、内府殿が勝つぞ」

本題に切り込んだ吉継の口調は、先ほどまでとは一転して鋭いものであった。

「問題は唐入りの件だな」

吉継は訊いた。

「内府はそれを褒美として求めるだろう」

「皆、唐入りに疲れているのは確か。本音ではこのまま終わって欲しいと願っている。内府殿が諫言したとなると、その人気は鰻上りとなろうな」

「それで済めばまだよい」

「やはり有り得ることだと思っているのだな」

吉継は深い嘆息を漏らした。「有り得ること」とは、秀吉の死後、徳川家康が天下を奪いに来る、ということである。秀吉が世を去った時のことを考えて、家康と誼《よしみ》を通じておこうとする不埒者は幾人か思い当たる。そこに何も考えずにただ慕う者も加えれば、家康の取り巻きは相当な数になるのだ。ここでさらに人気を与えてしまえば、豊臣家の社稷《しゃしょく》を危うくする。吉継もそれはよく解っている。

「何か手を講じているのか」

吉継は静かに問うた。

「ああ、他の奉行が奔走している」

後半戦の中で家康に対抗し得る者に目星をつけ、付け焼刃ではあるものの支援しようとしていることを話した。吉継は幾度か頷いて耳を傾けた後、

「俺が何とかする」

とふいに言ったので、三成は勢いよく首を振って見つめた。

「傀儡師でか」

「しかと練習したのだがな。だが、それでは勝てぬだろうよ」

「まさか……」

「ああ、これでいく。殿下は必ずや俺を選んで下さるだろう」

その声は一層低く、吉継の並々ならぬ気迫が滲んでいる。このような雰囲気は奉行を務めている時には見せぬ。一軍を率いる将の時の吉継である。

「馬鹿を言うな」

思わず声が大きくなってしまい、近くを通っていた者が訝しそうに振り返った。吉継はしっと鋭く息を発し、厳かに続けた。

「では、他に何か手があるか」

「それは……しかし、駄目だ。観衆がどうなるかも……」

三成は珍しく狼狽して言葉を詰まらせた。

「喝采はせぬだろう。が、どの者よりもまじまじと見るはず。人の好奇の心とはそれほど大きい。時に仏の導きのように人を育みもするが、鬼の所業の如く他者を傷付けることにもなり得る。それでも人はその心を抑えきれぬのだ」

吉継は達観したように、そして嬰児に嚙んで含めるが如く語りを継いだ。

「殿下は必ず何かを察して下さるはず。いや、すでに今がまずい事態であることは解っておいでだろう。何か切っ掛けを欲しておられるはずだ。俺ならばそれが出来る」

「お主にそのような真似をさせられるか」

ようやく三成は絞り出した。恚《いかり》に近い。が、この胸に渦巻く感情の名を知らない。ただ絶対にそれはさせてはならぬという想いだけはある。

「俺はよい。巷で言われているようなことはない。それは己が解っている」

あれは先祖の祟りではないか、呪いに掛けられたのではないか、辻斬りをして人の生き血を吸った為ではないか。数多くの邪推とも呼べぬ妄言を吉継は浴びせられてきている。この病はそのようなものではないし、自らの行いに一点の曇りもないことを知っている。

「それにお主は解ってくれている。それで十分だ」

吉継はふっと力を抜いた丸い声で言った。

数年前、秀吉が幾人かの大名を集めて茶会を開いたことがある。秀吉が点てた茶を回し飲みしている中、吉継の番になった時のこと。吉継の鼻水が一滴、茶碗の中に落ちてしまった。病によって顔の筋が弱っていたためであろう。

吉継の次の番の者は一瞬顔を曇らせ、茶を啜るふりだけして次へと回した。その次も、その次も同じ。吉継は沈痛な面持ちで俯いていたが、このまま黙っている訳にはいかぬと思ったのだろう。さっと顔を上げて何かを言おうとした時、三成が唐突に、

——喉が渇きました。

と、声を上げた。それだけでなく立ち上がってつかつかと歩むと、茶碗を分捕って一気に喉に流し込んだのである。吉継は唖然として見上げ、秀吉は好ましげに微笑みを湛えていた。茶会の後、吉継が何か言おうと近付いて来たのだが、こちらから別件を話して封じた。

ただ、それだけのことである。だが今、吉継が脳裡に描いているのはその時のことだと手に取るように解った。

「もはや時が無い」

吉継は顎をしゃくった。刻々と後半戦の開始が近付く。売り子に仮装した七手組、黄母衣衆たちも引き上げる動きを見せ始めている。三成もそれらを目で追いながら、

「お主の言うことは凡そ間違っていないだろう」

吉継の言うように、人の好奇の心というのは途轍もなく大きいものだろう。それ自体を否定することはない。三成はさらに言葉を継ぐ。

「その好奇の心は仏にも、鬼にもなり得ると言ったな。私も信じている。人は決して生まれながらに

鬼などではないと。生きていく中で鬼に化けざるを得ないのだと……」

　後半戦に期待を膨らませ、楽しそうに語り合う群衆を見つめながら三成は続けた。

「だが鬼に化ける者を減らすことは出来る。鬼から人に戻すことは出来る。それを成すのが政だ。政の力だ。心より安んじて暮らせる世になれば、人々は纏っている鬼の仮装を脱ぐことが出来る。誰もが優しさを取り戻せるのだ」

「青いな」

　吉継は苦々しく零した。

「何が悪い」

「それに夢物語だ」

「ああ、そうだ。政はいつも夢物語から始まる」

　三成は観客の向こうに広がる空を眺める。吉継もまた同じ空を見上げる。

「だから鬼を利用するようなやり方は許せぬのだな……」

「そのような大層なものではないかもしれない。私はお主を蔑《ないがし》ろにする者を決して許さぬ。それがお主自身であってもな」

　三成はゆっくりと顔を戻して吉継を見つめた。

「そうか。下らぬことを言ってしまったな」

「ああ、お主らしくない。尻拭いは我らでやる。それで内府が勢い付いて後に禍《わざわい》を招こうともな。また尻を拭うだけだ」

「その時は……その時こそ力を貸そう」

　吉継も微笑みを取り戻したらしい。声は嗄れていても弾みがあった。

「頼りにしている」

「お仲間が戻って来られたぞ。気張れ」

長政らが小走りで近付いて来た。吉継は会釈をすると自らの待機場所へと戻って行った。

「大谷殿に何かあったのか」

長政の第一声はそれであった。

「いえ、今日は頗る調子が良いと。楽しんでいるようです」

「それは良かった」

「過日、お会いした時は気分が優れぬようだったので心配していました」

長盛は胸を撫で下ろし、正家も安堵を告げる。

「間際でも躰の調子が優れぬならば止めてよいのじゃ」

先だって、吉継が言ったのと同じようなことを玄以も口にした。吉継の病について彼らと話したことはなかったが、彼らも慮っていたことを初めて知った。迷信の類を一切信じない連中だということもあろう。だが皆も感覚で解っているのかもしれない。人から鬼の衣を脱がせる役目を担う者こそ、決して人の心を失ってはならないということを。三成は嚙み締めつつ尋ねた。

「首尾は？」

「有楽斎殿はいかぬ」

長盛が首を横に振った。家康とも交流があるため真意は伏せた。織田家に連なる者として有楽斎の加増を考えているが、唐入りに出ている訳でもなく適当な理由が無かった。故に一番になって欲しい。その為にと例の仮装を勧めた。

だが有楽斎も阿呆ではない。すぐにそれが兄織田信長を彷彿させるものだと気付いて、大慌てで拒否した。玄以が、これで問題となったならば己が勧めたことにしてよいと話したが、有楽斎は断固として拒む。秀吉に何と思われるかということも危惧していたが、儂などが畏れ多いと、有楽斎は繰り返し言った。どうも本音らしい。有楽斎にとって、信長とは己たちが思っている以上に大きい存在のようである。

「有楽斎殿の説得には失敗したが、法衣の方は何とか揃いそうじゃ」

玄以は急いで配下を周辺の寺に走らせた。一つの寺でたまたま三十着余も手に入り、すでに五十着は固いと説明した。だがそれも前田利家が協力することを了承しなければ無意味である。

「そちらは如何でしたか」

三成は頃合いと見て尋ねると、長政は疲労の滲む嘆息を漏らした。

「初めはかなりお怒りであった」

話を持ち掛けると、利家はどんどん不機嫌になっていき、今すぐ立ち去れと、一喝したという。

「まさか内府に籠絡《ろうらく》されたか」

長盛は低く問うた。利家は家康派ではなかったはずであるが、その反応だけ聞けばそう思うのも無理はない。

「そういう訳ではない」

長政はそれについては否定した。利家は秀吉の亡き後、家康が天下を窺うと思ってはいないが、同じ五大老として対抗心を燃やしている。ともかく家康のことを快くは思っていない。

「要は気に食わぬのでしょう」

三成は長政の代わりに言い放った。長政も頷く。

「訳は幾つかあろう。一つは前田殿が内府殿に負けると、我らが思っていること」

利家は若い頃は傾奇者として知られていた。故にこのような「遊び」で、家康におくれを取るつもりはない。だが家康のあの盛り上がりには対抗出来ないかもしれないと利家も気付いている。ただそうだとしても、他人に心配されるほど落ちぶれてはいない。奉行衆にそのように思われたこと、それ自体に腹が立っているらしい。

「もう一つは、相談するのが遅かったことだろうな」

長政は苦々しく続けた。利家は家康が褒美として「唐入りの中止」を望むであろうこと、それが家康の求心力を高めうることはすぐに理解した。が、それに対する策を奉行衆だけで進め、己に一言も相談が無かったことに怒っているのだ。

「困った御方です」

三成が本音を吐露すると、長政が咳払いで制する。

「やはりお主が行かなくてよかった。よくあることじゃ」

確かによくあることだ。何でも己が把握しておかねば気が済まないという人は少なくない。そのような者は事の内容に拘《かか》わらず、聞いていないからという理由だけで反対したりもする。

「近頃は特に酷い」

三成はぴしりと言った。利家は優れた武将であるが、元来このような所があるにはあった。しかし、ここ数年は特にその傾向が強くなってきている。

「焦っておられるのだろう……」

観衆の雑談に遮られて盗み聞きされる心配はないが、それでも長政は声を落とした。

五大老の筆頭は徳川家康。次席が前田利家である。秀吉の死後、利家は豊臣政権を維持しようとするだろう。それは秀吉との個人的交友や忠義だけが理由ではなく、そうすることが前田家にとって都合が良いから。前田家が天下を奪うことは出来ないし、よしんば叶ったとしても維持は出来ない。言い方を換えれば、豊臣家存続以外に、前田家の権勢を保つ方法が無いのだ。

だが家康を頼りにする者は、水面下で日に日に増えている。それに対して、利家を頼る者は増えてはいないらしい。仮に家康が豊臣家の天下を簒奪すれば、目の上のたん瘤である前田家は存続すら危うい。利家はそれを重々解っている。故に焦って自らの存在感を誇示しようとし、時に些細なことにまで口を出してしまうのだろう。

「初めは……ということは、乗って来られたのでしょう？」

三成は話を引き戻した。

「うむ。散々叱られたが。利害は一致しているからな」

「して、支度は？」

後半戦は刻々と迫っており、長盛が周囲を見渡しつつ訊いた。

「その件だ。何人出せる」

長政もはっとして皆に尋ねた。すでに豊臣家直臣は何らかの仮装をし、それぞれの役回りに就いている。意のままに使えるのは奉行それぞれが伴った、豊臣家にとっては陪臣である家臣だけである。

「その前に。よいのですな？」

三成は念を入れるように訊いた。

徳川家には奉行たちの家臣の顔を見知っている者がいる。利家を支援したとなればすぐに露見するだろう。見ようによっては、利家派に付いたと思うかもしれない。いや、家康ならば必ずそのように見るはずだ。三成は家康を疑っており、今後とも徹底的に反対の立場を貫くつもりなので構わない。が、他の奉行は旗幟《きし》を鮮明にしていない。

「儂は内府殿には二心が無いと信じている」

長政は三成とは反対の意見を述べた。こうして断言するのは初めてのことである。とはいえ、そのような雰囲気はこれまでも匂わせており、三成としては驚くことはない。大きく息を吸い込んで、長政は熱を籠めて続ける。

「さらに儂も唐入りに反対なのは知っているはず。しかし、ここで内府殿にそれを言わせてしまえば、諸大名を煽ることになり余計に収まりが付かなくなる。これだけは避けたい」

「好きに思わせたらよい」

長盛も片眉を上げて平然と言い放つ。

「結構です。私は徳川殿の家臣ではありませんので」

正家は当たり前のことを言うが、実はそれこそが核心なのかもしれない。

「殿下には笑って終えて頂きたい」

玄以は、一つ頷いて言った。

「私は……」

「聞くまでも無い」

一応、三成も考えを表明しようとしたのだが、長政が鼻を鳴らして遮り、続けた。

「儂は家臣を多く連れて来ているが、それは警固に万全を期すため。八人が限界だ」

「私は四人ですね」

ここに来るまで話してきたらしく、正家がすぐに付け加える。

「拙者は九人でしょうか」

「儂は五人じゃろうな」

長盛、玄以と述べ、これもまた三成が最後となった。

「私は七人です」

「ま、待て……お主、七人しか連れておらぬだろう。まさか島殿にもやらせるつもりか」

長政が驚きで目を見開く。島左近は石田家の筆頭家老である以前から、その勇名を轟かせた武人。そこいらの大名などよりも余程著名である。その左近に仮装させることもそうだが、堂々と前田家の援軍として送り出すつもりかということだ。

「どうせ露見するのです。それに左近は存外、この手の芝居が上手い」

「三十三人ですね」

今か今かと機を窺っていた正家が言う。

「私が請け負います」

長盛が名乗り出て、各奉行の家臣を取り纏め、利家の援軍を仕立てることに決まった。化け遊びの後半戦を告げる太鼓が鳴らされたのは、それから間もなくのことであった。

どっと歓声が上がることもあれば、疎《まば》らなこともある。後半戦に入ってからも観客の反応は正直であった。いや、そのように楽しんでも咎めを受けないことが解ったからか、より顕著になったといえよう。

九十番、加藤嘉明《よしあき》は馬喰《ばくろう》に上手く化けて喝采を浴びるものの、九十七番の黒田長政は居丈高な学者を演じて場を白けさせる。やはり領地の多寡、官位の上下など、結果には全く関係が無い。丁度、百番目の登場となった美濃福束《ふくつか》二万石丸毛《まるも》兼利《かねとし》などは、何処の村、何処の町でも見掛ける洟《はな》垂れ坊主に扮して大笑を受けた。とはいえ、やはり家康の時の感動、政宗の時の熱狂に匹敵する者は現れなかった。

「まあまあだな」

百八番の三成が猟師に化けた出番を終えた後、長政が愛想笑いで出迎えた。自身としては精一杯演じたつもりではあるが、どうも演技が上手くないことは何となく解っていた。結果は喝采が起こった訳でも、笑いを誘ったという訳でもない。とはいえ、場が静まり返ることもなくそれなりに歓声もあった。

「長束殿だな」

百二十番、長束正家は節季候。これが存外うけた。習得したと自信たっぷりに言っていたが、ささらを何度も取り落としそうになったりと、そのたどたどしさが面白かったようだ。奉行のうちでは間違いなく最も笑いを誘っていた。

百三十一番は越前敦賀六万石、大谷吉継。吉継が操る二体の人形はまるで生きているようであり、とてもではないが素人技には見えない。観客の中には、吉継が病だから顔を隠す傀儡師を選んだに違いないと、構えて見ていた者もいるだろう。だが、すぐにそのようなことは忘れて魅了されている。人形を駆使して行う物語が、秀吉と三成の出逢いだと解った時には、三成に優しい眼差しを向ける者もいた。櫓の上の秀吉は時に何処か懐かしそうに宙を眺め、一度だけだが三成へも視線を送った。

そして何より、吉継当人が楽しそうであった。それは観客にもしかと伝わったようで、吉継が物語を終えた時には温かい歓声が送られた。吉継の足取りは入って来た時よりも遥かに軽く見えた。吉継は去り際に観客に手を上げて応じながら、

——すまぬ。ちと、足りぬな。

といったように、三成をちらりと見た。吉継は真に家康を倒すつもりでいたのだろう。本日屈指の盛り上がりとなったが、家康、政宗に次ぐといったところか。

「楽しんだならばそれでよい」

吉継には聞こえないだろうが、三成は思わず口に出して呟いた。三成ら奉行が裏で奔走していることも、秀吉が不安を感じていることも、観客たちは何も知らずに歓声を上げている。それで良いのだ。化け遊び本来の目的は家康を倒すことではなく、参加者も、観客も、楽しんで帰って貰うことなのだから。その目的はすでに達したといってよいだろう。

そしてここまで苦しい展開であったが運も巡って来た。殿《しんがり》の前、百六十三番に出る予定であった者が猟師に扮する予定で毛皮を着こんでいたのだが、暑い中で長く待っていたため眩暈《めまい》を起こしてしま

い、出場することは難しいと辞退したのである。籤引きであるため順番を変えることは難しかったが、最も重要な殿の直前の穴を埋めるという名目ならば変更する道理も付く。一応、残りの人に諮る態を取った上で、儂が代わろうと、利家に真っ先に名乗り出て貰い、これで最後の前という盛り上がりやすい順に移すことが出来た。もはや本当にやるべきことは何も無い。

いよいよ前田利家の番がやって来た。姿を見せる前から念仏の声が聞こえ出し、やがてそれは徐々に大きくなっていく。その後、一人、三人、十人とぞろぞろ高野聖に扮した者たちが登場する。頭には編み笠、薄汚れた白い小袖、足には脚絆《きゃはん》と旅に適した格好が特徴である。

笈《おい》を背負った者もいる。笈とは経巻や仏具、代えの衣服、食器などを入れて持ち運ぶ背囊《はいのう》のこと。高野聖の笈は形が独特で、尻尾のように竹の棒が突き出し、代えの編み笠で蓋をされる。全員分の用意は間に合わなかったものの、三分の一くらいには行き渡った。

先頭を行くのは利家である。散々、文句を言っていたというが、その実、まんざらでもなさそうだ。編み笠の下から覗く顔は悦に入っているように見える。

利家のすぐ後ろには大柄の高野聖がいる。三成の宿老、島左近である。出番を終えた大名などのうち幾人かが気付いたらしく、隣の者と囁き合っていた。

その左近がすっと手を上げると、後ろに続く高野聖がざっと動いた。魚鱗《ぎょりん》の陣に似ている。天を翔《か》ける鳥には三角形に見えるだろう。列が広がったことで見栄えがよくなり迫力も増す。それに合わせてさらに念仏を唱える声が大きくなると、観客たちからどっと歓声が上がった。

高野聖たちは会場をゆっくりと練り歩く。誰もが本物の僧ではないと頭では解っているが、観客の中には雰囲気に呑まれて共に念仏を唱えてしまう者もいた。

確かに盛り上がってはいる。だが、この時点ですでに、

——これは届かぬ。

と、三成は見た。他の奉行も考えていることは同じだろう。長政は険しい顔付きで、長盛は下唇を少し噛み、正家は眉を八の字に下げる。玄以はというと、すでに高野聖たちを見る事も無く、天を仰いで細く息を吐いていた。

それは秀吉も即座に感じたらしい。まず左近を始め、奉行の家臣が混じっていることにはすぐに気付き、三成たちの意図にも察しが付いたらしい。その証左に利家ら高野聖たちには笑顔で手を叩いているものの、渋い顔でこちらを一瞥した。

こうして足掻いたものの所詮は付け焼刃。我々奉行に出来ることはもう何も残されていない。あとは秀吉の一存で、家康以外を「一番」に選んで貰うしかない。きっとそれが政宗であっても吉継であっても、家康のほうが良かったと謂う者は必ず出よう。そうならぬ為にも、家康に対して圧倒的な勝利を収めねばならなかったのだ。家康が政宗と同等か、それ以上のことをやってのけたところで、本来ならば勝負は終わっていたのである。

結局、秀吉に最後の始末を負わせてしまっていることに申し訳なさが込み上げ、三成は口を結んで櫓の上に目礼した。

「いかぬな」

奉行たちが消沈する中、敢えて解り切ったことを口にしたのは玄以であった。

「ま、前田殿。そろそろ向かわれたほうが良いのでは？」

長盛がはっとして言った。前田利家は順番が入れ替って百六十三番。最後となる次の百六十四番は前田玄以なのである。玄以はそれにには応じることなく、唐突に話し始めた。

「儂が小松原寺の住職をしていた頃、ふらりと訪ねてきた垢抜けぬ若者がいた」

皆、秀吉のことだとすぐに察した。織田家に仕える前より知己であったと聞いたのは昨日である。

皆がじっと玄以の顔を見つめた。

「殿下は恥ずかしそうに夢を語られた。いつか大名になりたいとな」

玄以はふっと息を漏らして言葉を継いでゆく。

「その時には儂を京都所司代にして下さるとな。戯言《ざれごと》のつもりじゃった。だがまさかな……」

「真になった訳ですな」

長政がごくりと唾《つば》を呑み込んだ。

「殿下は見事に夢を叶えられた。止まることなくさらにその先にまで……まったく凄い御方じゃで」

玄以は懐かしそうな顔で、口振りも何処か田舎臭いものになっている。

秀吉の才覚を知っているが為、今では何処か当然のことと思いがちであるが、改めて考えれば途方も無い出世である。恐らくこの国の長い歴史において、空前のことではないか。

玄以は自身に語り掛けるように、なおも続けた。

「どれほど痛い目にあっても、口惜しい思いをしても、無様に泣いてしまっても……それでも諦めずに何度も立ち上がられた。誰が知らずとも、儂らだけはそれを知っているはずじゃ」

皆の前では陽気に振舞うものの、孤独に苛《さいな》まれて背を丸める姿。勇壮に軍勢を率いようとも、不安を吐露して頭を抱える姿。唐入りのような遠大な計画を練りながら、儂は間違っておるかのうと頼りなく呟く姿。小姓にさえも見せない姿だが、側近中の側近であることにいる者だけは、一度は見たことがあるはずだ。

鬱憤を晴らすように理不尽に怒鳴られたことも一度や二度ではない。それでも奉行が文句一つ零さないのは、秀吉が誰よりも重圧に耐えていることを知っているから。そして、それでも決して折れることなく、翌日にはまた皆に快活な笑顔を見せて歩み出すと知っているから。

「前田殿」

瞑目する玄以を、三成は呼んだ。もう利家の演目も終盤に差し掛かっている。いや、予定よりも長い。利家が帰ろうとしないのだ。注目されることに陶酔しているように見える。ただ利家とは対照的に、観客は飽き始めているらしく、大きな欠伸をしている者もいた。

玄以はすっと目を開くと、思いがけない一言を放った。

「儂が勝ってみせよう」

「本気で仰っているのですか」

自らの首を絞めるような大言は決して吐かぬ男である。三成は茫然としながら訊いた。

「ああ、本気じゃ」

玄以は大きく頷いた。

「勝てる訳ないでしょう！」

正家が悲痛に叫ぶ。

「人に無理と言われても退き下がらぬ。随分長らく忘れておったが……儂はそのような、ちょうすくもんじゃったわ」

玄以はにかりと笑った。

「ちょうすく者……」

三成は思わず反芻した。確か美濃の方言で、調子に乗っている者といった意味である。

「浅野殿、今から着替える故、手伝ってくれ」

「今から!?」

長政は吃驚の声を上げる。

「増田殿は侍女のところに」

指示を聞いて長盛は唖然となるが、玄以がせっつくので走り出さざるを得ない。

「私たちは何を」

三成は自ら指示を仰いだ。

「大納言殿の高野聖を引き延ばしてくれ」

「承知した」

人は何かを決断した時、しかと目を見開いて前を見据えるものである。今の玄以がまさにそうであった。どうせこのままでは負けなのだ。ならば玄以に賭けるほかない。

「頼みますぞ」

三成が言うと、玄以は小さく鼻を鳴らす。

「お陰で儂の一生も随分と恰好が付いた。それ故、一度くらいは無様に散ってみせよう」

玄以はよく見せる嫌そうな顔を作り、長政と共に巨軀を揺らして走り去っていった。

「石田殿……どうするのです？」

それを見送った後、正家は恐る恐る尋ねてきた。ようやく利家も観客が倦《う》んで来ていることに気が付いたらしい。高野聖の一行を率いて戻る仕種《しぐさ》を見せ始めていた。

「左近にどうにか伝える」

三成は高く手を上げた。左近は高野聖の陣形を維持する指揮を執りつつも、時折こちらの様子をひそかに窺っていた。案の定、左近はこちらを二度見して気付いたようだ。三成は即座に宙で餅を引っ張って伸ばすような仕種をした。引き延ばせ、という意味だ。左近もすぐに意を悟ったらしい。遠目にも解るほど苦笑しつつ、厳しいでしょうと言わんばかりに大きく首を傾《かし》げた。

が、そこは左近である。こちらに思惑があることも察しているし、命じられれば何とかしようとする気概もある。前を歩く利家に向け、こそこそと話し掛けた。観客が沸いているので、もう少しやりましょうといったところであろう。

話し掛けられた利家はぎょっとした様子で振り返る。何か言い返しているのが唇の動きから理解出来た。流石にもう良いだろうと顔を曇らせている。

左近は諦めずに首を横に振って手を宙に滑らせる。これを御覧下さい。観客は前田様をもっと見たいはず云々。

利家は衆を指差す。何処がじゃ。欠伸をしている者もいるぞ。もう終わりにしよう。

左近は笈の端を摑んで足を止めようとする。まだ、まだ、まだ。

利家、悲痛な顔で、帰らせろ。もうよい、もうよい。

念仏で声こそ聴こえないがそのようなやり取りに違いない。意味は解らずとも、観衆はこの滑稽ともいえる応酬に気付いたらしく、くすくすと笑う者も出始めた。

「左近、どうした!?」

遂に利家がこちらにも聞こえるほどの声で叫んだ。

「いや、まだまだでござる。ここが踏ん張りどころ」

左近もまた声を大にして笈を引っ張る。

こうなれば秀吉も流石におかしいと解る。櫓の上からこちらを見つつ、利家たちを指して、

——どういうことだ。

と、はっきりと唇を動かした。さらに長政らの姿が無いことにも気付いたようで、きょろきょろと辺りを見渡している。

すでに出番を終えた大名たちが居並ぶ桟敷席。そこに家康の姿もある。家康は無表情にじっと三成を見つめている。少なくとも十間《けん》は離れているのに、視線の湿り気は十分に感じられる。何を下らぬ策を弄していると言いたげである。

一方、利家はもはや不測の事態が起こっていることを隠そうとしない。左近の手を振り払って帰ろうとするが、左近が怪力で引き留め、利家は宙に斜めに浮かんでいるような恰好となり、観客たちか

らどっと笑い声が起きた。

とはいえ、もう滅茶苦茶である。その時、正家が口に手を添えつつ、

「あと百回でございますぞ！」

と、嬉々とした声で呼び掛けた。これが何故か功を奏した。念仏が唱えられる度に、

「一、二、三、四……」

と、誰からともなく数え出し、観客たちの合唱に変わっていった。

「皆、数を繰るのは好きでしょう」

正家は満足げによく解らぬ持論を披露するが、ともかく少し時を稼げたのは確かである。左近ら意を汲んだ者たちも、出来る限り念仏を唱える速度を遅くする。

ただ、これが限界である。やがて三十を超え、五十を超え、八十七を数えたその時、長政と長盛が参加者用の門から姿を見せ、諸手を大きく振った。

「左近！」

三成はもはや構わぬとばかりに鋭く叫んだ。左近も役目を果たし終えたと解ったようで、高野聖の群れを退出させるように誘導する。丁度、百を数えたところで利家の姿が消え、やがて引き連れた高野聖たちも小口に吸い込まれるように消えていった。

太鼓が鳴らされる。いよいよこの化け遊びも最後の一人となった。太鼓が鳴り終えた時には、会場は水を打ったような静寂に包まれた。先程までの喧騒が嘘のようだ。

そして遂に殿《しんがり》となる者が姿を見せた。

「げ」

三成は顔を顰める。いでたちは女の僧、比丘尼《びくに》である。ただ、大きい。比丘尼にしては余りにも大きすぎる。それだけですでに衆の中には噴き出す者、忍び笑いを漏らす者もいた。

比丘尼は純白の法衣の両袖で覆うように顔を隠しているため、衆にはまだ誰だか解っていない。太鼓の後には次に出る者の名を告げるのだが、それも無かった。言わぬように頼んだのだろう。静かな笑いが起こっている中、比丘尼はとことこと爪先に体重を乗せたような足取りで中央へ進む。そして、ぱっと両袖を払った瞬間、喝采とも、笑い声とも、悲鳴ともつかぬ、まるで風が爆《は》ぜたかのような大音声が会場に巻き起こった。

「前田様じゃあ！」

「わあ、気色悪い！」

「京都所司代じゃぞ！」

唇からはみ出るほどの真っ赤な紅、漆喰壁を彷彿とさせる白粉《おしろい》、恐ろしいほどの厚化粧。観衆が口々に声を上げる中、比丘尼は大きな躰を捻ってしなを作るようにして桟敷席を見渡した——。

全ての演目が終わり、すぐに秀吉が本日の一番を選んで発表する段となった。秀吉は櫓の上に立ち大きく息を吸い込むと、高らかに一人の名を告げた。その瞬間、観客はわっと歓声を上げた。皆がその名を呼ばれることを予想していたといった反応。文句無しである。

次に秀吉は当人にその場で恩賞を選ぶように命じる。領地か、あるいは金か、それとも他の何かを望むのか。こちらの方は誰も読めず、声を聞き逃すまいと皆が静まり返った。

その者が望んだのは領地でも、金でもなかった。では何かと問われ、答えて告げた望みに、全ての者が首を捻った。

秀吉もまたそうである。一瞬、困惑したようであったが、すぐに頰を緩めて、

「もうなっておる」

と、朗らかに返した。その目は何処か懐かしそうで、ここ暫くは見なかった和やかな表情なのが印

象的であった。

化け遊びのお開きが告げられ、観客たちは銘々家路に就き始める。武士たちはまた名護屋城の陣屋などに戻っていく。

余程、楽しかったのだろうか。中には名残惜しそうに暫く留まって談笑する者たちもいたが、一人、また一人と帰っていき、やがて先ほどまで熱気に包まれていたのが夢であったかの如く、静けさが会場に広がっていた。

「さて、やるか」

長政が伸びをしつつ言った。化け遊びは無事に終わったものの、奉行の仕事はまだ続く。ここから片付けをしなければならない。下奉行たちも指示を受けて動き出す。

「建てるには時が掛かるのに、崩すとなればあっという間だな」

長盛は取り壊されていく桟敷を見ながら苦笑した。

観客などはすぐに取り壊されるとは思っていないだろう。だが残しておけば火事の元になる。天候が崩れて雷が落ちることも、不埒者が火を放つことも僅かながら有り得るのだ。

「酒はそれぞれの陣屋に差し入れて下さい」

余った食料、酒の搬出が行われる中、正家は下奉行に言った。大名たちの中には興奮が冷めやらず、化け遊びを振り返って、その話を肴に一杯やろうなどと語り合う者もいた。秀吉にもそれが聞こえていたらしく、酒を差し入れてやれと命じられていたのだ。

「気楽なもんですな」

三成は捨て置かれた衣装の始末を監督しつつ零す。

「まあ、よいではないか」

長政が柔らかに言うのに、三成は片笑んで返した。それほど皆が楽しんだということ。また己たちの戦を全う出来たという証でもある。

「それに……」

長政の視線に誘われ、三成も同じ方向を見た。その先には、

「儂は手が空いたぞ。何を手伝えばよい」

と、皆に呼び掛ける玄以の姿があった。

「大逆転でしたな」

三成の耳朶に先刻の大爆笑が蘇って来た。

玄以の登場まで様々な仮装はあったが、女装した者はただの一人もいない。しかもそれをやったのが五十路のでっぷりと肥えた巨漢。さらに普段は威張り散らしていると見られがちな天下の五奉行、京都所司代がやっているのだから、その衝撃は凄まじいものがあった。

笑いは一瞬に止《とど》まらなかった。波の如く伝播していき、桟敷席が揺れるが如し。玄以が桟敷席の一方に近付くと、そちらからわっと声が上がる。また別の方向に向かうと、今度はそこの笑い声が大きくなる。

終盤、玄以が向かったのは、出番を終えた大名たちの桟敷である。その中に座る家康は、

――ようやる。

そう言わんばかりに、苦味の混じった笑みを浮かべていた。さらにその場で最も盛り上げたのは、何と伊達政宗である。

「よっ！　京都所司代！」

まるで市井の無頼漢のように囃《はや》し立てる。自身が一番になれぬと悟ってもただでは起きず、貸しを作ろうとしているのかと三成は見た。だがすぐに正家が、

「案外、責任を感じているのでしょう」

と、くすりと笑った。政宗なりに大口を叩いておいて、一番を取れそうにないことに責任を感じ、ここは奉行の支援に回ったということか。確かに、正家の言う通りかもしれない。

最後に玄以は秀吉の櫓の前に進み出て一礼をし、腰を捻りながら小口から去って行った。最後の最後まで、笑い声は遂に一度たりとも絶えなかった。

その後、秀吉が自信を持って、

――前田民部卿法印《みんぶきょうほういん》じゃ！

と、本日の一番の名を高らかに宣言したのである。

玄以が周囲に何を手伝うべきか呼び掛けた時、下奉行の一人が笑いを噛み殺しながら、

「あのう……前田様、まだ少し……残っております」

と、自らの唇の横を指差した。玄以は化粧を落としていたが、口の周りに紅が残っていた。下奉行がさっと懐紙《かいし》を差し出し、玄以はそれを使って顔の下半分をごしごしと拭う。

「取れました」

「そうか」

玄以は懐紙をちらりと見て懐に捻じ込んだ。

「前田様、一つお尋ねしても？」

下奉行は遠慮がちに尋ねる。他の下奉行も興味があるらしく、自然、玄以を中心に下奉行たちの大きな輪が出来たような恰好となる。

「何じゃ」

「皆で話していたのです。何故、前田殿はあのようなお願いをなさったのか……きっと何か深いお考えがあるのではないかと」

秀吉はその場で玄以に褒美を言うように命じた。比丘尼姿のままで玄以は、

「京都所司代にして頂きたく……」

と、秀吉に向けて言い放ったのだ。

皆が首を傾げたのは、すでに玄以が京都所司代の職に就いているからだ。これからもずっとその職にありたいという意味なのか。しかし、それならばそのように仰るはずではないか。下奉行たちの間でそう話題になっていたらしい。何より望みを聞いた秀吉も、

――もうなっておる。

と返したのに、玄以は口元を綻ばせるだけで望みを言い直すことはなかった。秀吉もまた微笑みながら改めて言わせようとする訳でもなく、謎を残したまま化け遊びは幕を閉じたのだ。

「深い考えなど無いわ」

玄以は下奉行に答えて口辺に皺を作り、

「言い間違えじゃ」

「えっ、勿体ない！」

下奉行たちは異口同音に声を上げて驚きに仰け反る。玄以は穏やかな表情を崩さずに言った。

「ちょうすくもんには十分よ」

怪訝な顔になる下奉行たちに、玄以はふっと息を漏らして手を叩く。

「手を止めていては、いつまでも終わらぬぞ。全て片を付けるまでが仕事じゃ」

促されて、下奉行たちも持ち場へと戻っていった。

日はすでに西の空に傾いている。作業は夜まで続くことになるため、篝火《かがりび》を用意しようと走る下奉行の足元には長い影が出来ていた。桟敷が崩され、木材が転がる乾いた音が響く。

祭の後に押し寄せる独特な寂寥《せきりょう》が場に満ち始めている。西日に頬を染める玄以の目もまた何処か寂しげであったが、やはり口元だけは満ち足りたように綻んでいた。

まつりの伍　醍醐の花見

永禄《えいろく》三年（1560年）の秋、佐吉《さきち》は石田正継《まさつぐ》の三男として近江国坂田《おうみのくにさかた》郡石田村に生を享《う》けた。長男は幼子の頃に早逝していたため、事実上は次男のようなものである。

石田家は北面武士に名を連ねた下毛野朝臣《しもつけのあそん》の流れを汲むとも、相模国大住《さがみのくにおおすみ》郡石田郷の石田為久《ためひさ》が近江に流れたのが元だともいう。が、実際のところはよく解っていない。

元亀《げんき》二年（1571年）、佐吉は十二歳になって間もなく寺に入れられた。分家させるほどの領地が無いのが大きな理由だった。入った寺は伊香《いか》郡古橋《ふるはし》村に程近い法華寺三珠院《ほっけじさんじゅいん》。同じ近江国にあり、石田村からも然程《さほど》遠くはない。兄に万が一のことがあった時には、すぐに還俗《げんぞく》させる為、近くの寺が選ばれたという事情もあろう。

佐吉には法名が与えられなかった。これは三珠院の住職であり、師でもある倫恵《りんえ》の方針だった。仏の道とは誰かに言われて入るものではない。己が心から望んだ時であるべきだ。故に武家の子弟を預かることはあっても、当人が自ら決意するまでは、俗名を名乗らせていたのである。そのため、頭を剃り上げることもない。長じて仏門を去るとしても、快く送り出し、実家の説得にさえ協力する。倫恵とはそのような一風変わった、いや、誰よりも仏の道に誠実な僧であった。

三珠院はこのあたりでも由緒のある寺であるため、多くの地侍《じざむらい》の子弟が預けられる。その者たちと机を並べて修行に励むのだが、佐吉は図抜けて優秀であった。倫恵も、

「お主のような者は初めてよ」

と、手放しに褒めてくれたほどである。

このくらいの年頃ならば、褒められれば増長してもおかしくはない。が、佐吉はそのようなこともなかった。兄弟子たちだけではなく、後から入って来た者たちにも慇懃《いんぎん》に振舞い、寺の雑用も率先してこなした。それでも兄弟子の中には、

「佐吉はどうも気に食わぬ」

と、漏らす者がしばしばいると耳にした。正直なところ、これに佐吉は驚いた。真面目にしていても、悪く言う者が存在することにである。

「何故でしょうか」

佐吉は倫恵に尋ねたことがある。すると倫恵は、

「それが人というものじゃ」

と、大きく頷いて応じた。答えになっていないような気もしたが、佐吉はそれ以上、何も尋ねなかった。きっと師は自らで悟れと言っている。佐吉は齢《よわい》十二にして、そのように考える子でもあった。

佐吉が三珠院に入って二年が経った天正《てんしょう》元年（１５７３年）の秋のことである。佐吉は竹箒《たけぼうき》で境内の落ち葉を掃き集めていた。三珠院は鬱蒼《うっそう》とした森に囲まれており、赤く染まった葉が風に乗って止めどなく落ちて来るのだ。

鳥の声が聞こえ、佐吉は額の汗を拭いながら天を見上げた。ここ数日は曇天続きであったものの、今日はやや薄い青の高い空が広がっている。

「もう終わりそうだな」

背後から声が聞こえ、佐吉は振り返った。そこには倫恵の姿があった。

「はい」

「苦労はせぬか？」

のである。

「他の者は零しておるわ」

間断なく秋風が吹いている。決して強くはないものの、落ち葉を折角《せっかく》集めても吹き散らしてしまう
「風上から集めれば良いと思いました」

「なるほど。相変わらず賢《さか》しいな」

近頃、佐吉は思うところがあり、倫恵と話す時を窺っていた。が、寺には多くの僧の他、寺男や小坊主もおり、なかなか二人きりになることはない。丁度《ちょうど》よい機会と考えて切り出した。

「和尚様」

表情を見たのか、語調から察したのか、倫恵はそれだけで佐吉の言わんとすることを悟り、

「心からそう思った時でよいのじゃ」

と、ゆっくりと首を横に振った。

佐吉は僧になる意志を伝えるつもりだった。これ以上は待たせられぬと考えたからだ。だが、そのような理由から決めようとしていることも、倫恵には全てお見通しらしい。

「あの日のことを覚えておるか？」

倫恵は山道に目をやりつつ、ふわりと尋ねた。古橋村から曲がりくねった山道を行き、急に開けたところに三珠院はある。かつては城代わりにも使われていたのか、寺の周りには野面《のづら》積みの無骨な石垣、さほど深くはないが空堀《からぼり》なども施されている。

反対に寺側から見たならば、外に続くのは一本の山道だけとなる。ここに来て間もない頃、佐吉はよくその道をじっと見つめていた。ある時も、佐吉が茫《ぼう》とそれを眺めていると、

——世に出たいのか？

と、今のように倫恵が背後からふいに声をかけてきたことがある。「あの日」とは、その時のことを言っているのだと、佐吉はすぐに気付いた。

——解りません。

当時、佐吉は正直に答えた。そもそも倫恵が言う「世」がどのようなものかも知らなかった。佐吉にとってのそれは、石田村とその近隣、そしてこの法華寺三珠院だけなのだ。

その思いは今も変わらない。寺にいて読経をし、時に雑事をこなすだけの日々。これらは佐吉にとっては然程難しいことではない。だが、何処《どこ》か己の人生の先が見えてしまう。まだ僅か十四歳にも拘《かか》わらず。それはあまりにも退屈である。武士の家に生まれたのだから一国一城の主になりたいといった、月並みな野心がある訳ではないのだが。

「覚えております。今もまだ解っておりません。ただ何か……」

これまで佐吉は自らの想いを口外したことはない。倫恵は興味深そうに顔を覗き込んできた。

「難しいこと、すぐには出来ぬような難題に挑みたいとは思います」

一陣の風が吹き抜け、集めた木の葉の山が崩れてさらさらと流れた。倫恵は眉間《みけん》に皺を寄せ、

「難題のう」

と、唸るように言った。例えばそれは経典の真髄を読み解くといった、三珠院にいても出来ることなのか。それとも俗世に戻らねばならぬ何かなのか。倫恵から尋ねられれば、

「それは……解りません」

と、佐吉は答えるほかなかった。

何か難題に挑みたい、その欲求は確かにある。が、漠然としており形が見えない。さらに還俗したとしても、石田家のような地侍に出来ることなどたかが知れているという諦めもある。

「今はまだ、時ではないのかもしれぬな」

倫恵は優しく言葉を掛けてくれた。性急に決めるべきでないと考えているようだ。

「何故、そこまで私に猶予を持たせてくれるのでしょうか」

「ふむ。何故であろうな」

倫恵はそっと顎に手を添えると、雄大な蒼天を仰いで口辺に皺を作った。

「ただ、お主はどうもここで生涯を閉じるようには思えぬのだ。まあ、勘じゃな」

「勘ですか」

佐吉も頬を緩める。

「勘も存外、馬鹿には出来ぬぞ。人には元来そのような力が備わっておるものじゃ」

「馬鹿にはしていません」

「ならばよい」

倫恵は満足げに頷くと、再び山道の方へと目をやった。佐吉も改めてそちらを見つめる。

この勘は外れて、ここで一生を終えるかもしれない。が、いつの日か、この道を通って誰かが迎えに来るかもしれない。ずっとそのような気がしているのも確かであった。


北近江を治める大名は浅井《あざい》家であり、佐吉の実家である石田家もその被官として長らく仕えていた。だがその浅井家が地上から消滅した。織田家によって滅ぼされたのである。石田家の場合、約二年前に父正継が浅井家を見限って織田家に鞍替えしており、石田家は命脈を保つことが出来た。

北近江は織田家に併呑され、新たな領主が封《ほう》じられた。その名を、

――羽柴《はしば》秀吉。

と、謂《い》う。

この男、元は百姓らしい。若い頃は行商をして諸国を放浪していたというが、やがて織田家に小者《こもの》

として紛れ込んだ。そこから着実に功を重ね、足軽組頭、侍大将、奉行と出世していき、遂には一国一城の主、大名にまで上り詰めたという。

その秀吉が北近江に入ったことで、三珠院でも俄《にわ》かにそれに纏《まつ》わる話題で持ち切りとなった。

秀吉が、これまで浅井家が本城としていた小谷《おだに》城ではなく、今浜《いまはま》の地を長浜と名を変え、ここに新たに城を築くということ。そして、仕官を望む浪人を募っていることなどである。秀吉はその出自のせいで譜代の臣を持たず、しかも急激な出世により、大量に家臣が必要となったらしい。

三珠院には佐吉のような地侍の次男三男も多い。どこからともなく旧浅井家の被官の動向を聞きつけ、中にはいっそ還俗して仕官しようかなどと口にする者もいるほどである。とはいえ、実際に行動に移す者はいない。どうも人というものは、今の暮らしを中々捨てられぬようである。

そのようなある日、倫恵は佐吉を呼び出し、

「羽柴様が、ここで休息を取られるそうじゃ」

と、告げた。近頃、秀吉は頻繁に鷹狩りに出ているという。これは自らが治めることになった北近江の風土を学ぼうと、領内の様子を見回るためらしい。その途中、この三珠院で休息を取りたいと事前に伝えて来たというのだ。

「いつのことですか」

「それが重要か？」

「不用心です」

佐吉は、はきとした口調で言った。秀吉はすでに十二万石を治める大名となったのだ。付け狙う者が出現しても何らおかしくはない。しかも北近江には織田家に恨みを抱く浅井旧臣が未だ潜んでいるかもしれないのだ。このように事前に行程を漏らすのは危険であろう。

佐吉には秀吉を批難するつもりは毛頭ない。大名ともあろう者は細々《こまごま》したことに口を挟む余裕もな

いだろうし、挟むべきでもない。万事を上手く取り計らわない家臣たちの罪だろう。

「お前というやつは」

倫恵は乾いた頬を苦く緩めた。

「小賢しくて申し訳ございません」

佐吉は深々と頭を垂れた。幼少の頃よりずっと賢しいと言われてきた。だが皆に好意を持たれている訳ではない。頭に「小」の字を付け、揶揄《やゆ》されることもしばしばあった。

「接待を手伝ってくれ」

倫恵はふいにそう言った。

「私でよろしいので？」

表情を読み取ろうと、佐吉はすっと目を細めた。近頃、視野が霞む。どうも近目であるらしい。こうして目を細めるとよく見えるのだ。

「羽柴様は面白い御方と聞く。何かが起きるような気がしてな」

倫恵は悪戯《いたずら》っぽい笑みを見せた。やはりこれにも根拠はないらしい。

「また勘ですか？」

佐吉は自らも無愛想な性質《たち》だとは思うものの、倫恵にだけは時に軽口を叩くこともある。

「勘を馬鹿にしてはいかぬぞ。人には元来そのような力が備わっておる」

「前にも聞きました」

「そうか。近頃、物忘れが激しい」

倫恵はこめかみを搔きながら苦笑した。

「確かに、虫の知らせなどとも申します」

「それよ、それ。大層悩んだところで人の知恵には限りがある。最後は心のままに動くのが最も納得いく一生を送れる。かつてお主が言った、難題が出てくるかもしれぬぞ」

倫恵は意味ありげに言うと、いつものふわりとした笑みを残して去って行った。


三日後の昼下がり、秀吉の一行が三珠院を訪ねてきた。噂の新領主はどのような人物なのかと、皆そわそわしている。そのような中、佐吉は落ち着き払っていた。秀吉から出されるかもしれない様々な要求を事前に想定し、それに対する準備は全て済ませているからだ。

――これが羽柴様。

佐吉は心中で呟いた。噂には聞いていたが小男である。主君である織田信長からは、猿などと呼ばれているらしい。ただその小さな躰《からだ》に似合わず、声は弾けんばかりに大きい。それだけでなく飛び切り陽気であり、佐吉にとってはやや苦手な類《たぐい》である。

「倫恵殿、すまぬな」

秀吉は快活な声で話しかけた。しかと名を覚えている。早速、出世に至った片鱗を感じさせられた。

倫恵は微笑みを浮かべながら応じた。

「末寺《まつじ》であるため大したおもてなしも出来ませぬが、粗茶なりともお召し上がり下さい」

「それは助かる！　ちょうど、喉がからからであった！」

秀吉は自らの喉頸《のどくび》を両手で摑んだ。その姿はなかなか滑稽であり、秀吉の家臣たちからも笑い声が上がる。愛想笑いではなく、皆、秀吉のことが好きだと顔に書いてある。

倫恵は秀吉を寺の一室に通した。家臣たちは別室で休息を取ることになっている。二人が談笑している間、控えの一室にて茶を点《た》て、秀吉のもとに運ぶのが佐吉たちの役割だ。

――喉が渇いている……か。

佐吉は先刻の秀吉の言葉を思い出し、柄杓《ひしゃく》でもって茶釜に水を差した。

「佐吉、何を……」

佐吉の手伝いを命じられていた同年代の坊主は慌てて止めようとする。

「ちと冷ましています」

「温《ぬる》い茶など出せば咎《とが》められるぞ」

「どうでしょう」

佐吉は曖昧に答えた。坊主が自分は止めたからなと念押しする中、さらにもう少し水を足した。茶を点てる。大振りの茶碗を選び、しかもそれになみなみと。佐吉は茶碗をゆっくりとした足取りで秀吉のもとへと運んだ。

倫恵と秀吉は歓談していた。どうやら小谷城から新城に移るに当たっての苦労話らしい。

「粗茶でございます」

二人の邪魔をせぬように、会話の僅かな隙間、しかも何とか聞こえる程度の声量を狙った。

「ありがたい」

秀吉は小さく礼を言うが、これは佐吉に対してではなく、倫恵に向けてのものである。すぐに会話が再開される。佐吉に興味など無い。それで良かった。

だが茶碗を手にした瞬間、秀吉の表情が変わった。上唇から茶碗の縁に近付けるような恰好で少し茶を口に含み、あとは一気に呑み干した。秀吉は茶碗を畳の上に置くと微かに唸った。

「如何《いかが》なさいましたか？」

倫恵は脇に控える佐吉に視線を流す。何か仕出かしたのではないかと危惧している訳でも、ましてや咎めようとしている訳でもない。ほれ、何かが起こったではないか、という得意げな目である。

「いや、もう一杯貰えるか」

秀吉は、佐吉に柔らかな笑みを向けた。

佐吉はさっと礼をして退出すると、再び茶の支度に入る。先刻、止めようとした坊主が、

「お怒りではなかっただろうな……」

と、恐る恐る尋ねてきた。

「ご心配はないかと」

佐吉は短く答えながら、改めて茶を点てる。此度《このたび》は先ほどよりもやや小さな茶碗を選んだことで、自然と茶の量も減る。さらに少し熱めの茶に仕立てた。佐吉が運んでいくと、

「すまぬな」

と、秀吉は先刻よりもはっきりと礼を告げて茶を喫した。明らかに一度目よりも長い時を掛け、舌を動かして味わっている。呑み終えると、取り出した懐紙で茶碗の縁を拭った。その所作《しょさ》から、大雑把に見えた秀吉の印象が払拭される。

「お主、名は？」

秀吉がこちらの顔を見た。その向こうの倫恵が頷くのを確かめ、佐吉は名乗った。

「石田佐吉と申します」

「石田、石田……石田正継殿の一族か？」

これには正直なところ驚いた。秀吉が北近江に入ってそう時は経っていない。それなのに、石田家のような名も無き地侍のことまで記憶している。

「我が父です」

佐吉が答えると、倫恵が割って入り、ここにいる経緯を話した。秀吉はそれに頷いて耳を傾けていた。やがて話が終わると、秀吉は空になった茶碗を一瞥し、

「佐吉、もう一杯貰えるか」

と、目尻に皺を作って片笑んだ。

「畏《かしこ》まりました」

佐吉は静かに応じて部屋を辞す。控えの間に戻ると三杯目の茶を点て始めた。

――これが正解であろう。

佐吉は茶筅《ちゃせん》を動かしながらそう考えた。これまでで最も熱く、量も一度目の三分の一ほどである。

茶を三たび運ぶ。秀吉はその茶を一目見て頷き、時に噛むようにしてゆっくりと味わう。

ここに来た時、秀吉は喉が渇いていると言っていた。故に初めは一気に飲めるように温く、喉を潤せるほどの量にした。そこから喉の潤いに応じて、少しずつ熱くし、少しずつ量を減らしていった。その計らいは秀吉にも伝わったらしく満足げである。倫恵の顔に泥を塗らずに済んだと佐吉が安堵していると、秀吉は自らの腹を大袈裟に摩《さす》りながら意外な一言を発した。

「さて……佐吉。もう一杯貰えるか」

佐吉は言葉を詰まらせた。これは想定していなかったことである。倫恵は一言も発することなく、ただこちらを見守るのみであった。

「暫し……お待ちを」

佐吉の頭は目まぐるしいほどに回転していた。たった今出した三杯目の茶より熱くすることは出来ない。これ以上熱くするには沸かすほかなく、そうなれば茶の風味はあっという間に飛んでしまう。それに量だ。今の茶も相当に少なかった。大きな口の者ならば一口で呑み干してしまうほどに。さらに少なくすれば、茶碗の底に膜が張った程度にしかならない。果たしてそれでよいものか。佐吉は知らぬ内に、親指の爪を唇に当てていることに気づき、慌てて手を下ろした。幼少期より狼狽《うろた》えた時に出る癖である。

落ち着け。より熱く、より少なくが答えではないならば何だ。何かの謎かけなのか。小賢しいと思われたため、意地悪を仕掛けられているのか。それも違う。今日会ったばかりではあるが、伝わって来る秀吉の人柄からして、そのようなことをする御仁とは思えない。

煙が噴き出してきそうなほど思考を巡らせるものの答えに辿り着くどころか、一筋の光明も見えない。些《いささ》か大仰《おおぎょう》かもしれないが、生まれてこの方、これほどまでに窮したことはない。

――如何《いか》にすれば喜んで頂けるのか。

脳裡にはそのことだけが繰り返される。佐吉は細く息を吸い込むと、思い切って問うた。

「如何なる御茶をお望みでしょうか。お教え下さい」

接待をする者として、このように問うことは負けを意味する。とはいえ、秀吉が望まぬ茶を出す訳にはいかない。これ以上、待たせるのも非礼に当たる。そう考えた末に腹を括《くく》ったのである。

「ふむ。では、二杯目と同じものを」

「承りました」

佐吉は唇を固く結んで深々と頭を下げ、控えの間へと跫音《あしおと》も静かに下がった。

何故、二杯目と同じ茶なのか。秀吉のちょっとした仕草や言葉尻に、何か手掛かりはなかったのかと思案するものの、やはりこれといったものは思い出せない。そのことばかりに気を取られていると、釜の湯が沸々《ふつふつ》と音を立てていた。今は茶を点てることに集中せねばならない。佐吉は柄杓で水を掬って湯をうめ、慎重に抹茶を茶碗の中に入れた。

やがてほぼ二杯目と相違ないはずの茶が出来た。佐吉は秀吉のもとへと運ぶと、

「どうぞ」

と、会話の合間を縫って声を掛けた。秀吉は滑稽なほど大きく頷くと、茶碗に手を掛けて飲み始めた。それにしてももう四杯目である。余程、喉が渇いていたということか。いずれにしても腹が一杯になりそうなものだ。そう佐吉が考えていると、呑み干した秀吉はそれを見抜いたか、

「もう腹が一杯じゃ」

と、軽く腹を叩いた。

「厠《かわや》は……」

佐吉が咄嗟《とっさ》に案内しようとするが、秀吉はそれをさっと手で制す。

「ふふ。そのような意味ではない。相当に機転が利くようじゃな」

「滅相もございません」

佐吉は声を弱めた。

「謙遜するでない」

「小賢しいとよく言われます」

「そうか。三杯目までは儂《わし》もそう思った。故に少し意地悪をしてしもうた」

秀吉はそう言うと、悪戯っぽい笑みを浮かべた。

「申し訳ございません」

「いや、見事よ」

秀吉が首を横に振った。四杯目にどのような茶を望まれたか解らず、こちらから尋ねてしまったのだ。何故、褒められるのか皆目見当がつかなかった。

「我執を捨て、恥を掻いても、どのような茶がよいか尋ねたではないか。相手をもてなそうとする根本を忘れなかった証よ」

秀吉は真っ白な歯を覗かせて、倫恵に向けて続ける。

「面白い」

「お眼鏡に適いましたか」

倫恵は目尻に小さな皺を浮かべた。

「佐吉、羽柴家へ来ないか。難しい仕事がごろごろと転がっておるぞ」

本日、秀吉がここを訪れたのは決して偶然ではない。倫恵が、

――我が寺にこのような者が。

などと、秀吉に話したのだと悟った。佐吉は倫恵の顔を見つめた。自らで決めよ。そう言いたいのだろう。倫恵は深く頷く。不思議と迷うことはなかった。佐吉は胸に息を満たすと、丹田《たんでん》の辺りに力をこめて凜然と言い切った。

「お願い申し上げます」

「よし」

秀吉はからりと笑うと、佐吉の肩を軽く叩いて言葉を継いだ。

「まずは小姓組に入れ。今は三人だが、お主のように目ぼしい者をどんどん加えるつもりじゃ。一筋縄ではいかぬ者ばかり集まるじゃろう」

秀吉は子飼いとなる者を育もうとしているらしい。その中に加われということだ。

「承知しました」

「茶は三杯目まで。四杯目のことは内密にしておこう。真意の解らぬ青二才ばかり故、お主が侮られても可哀そうじゃ」

秀吉は唇にそっと人差し指を添えて見せた。

「そのような……」

小姓組を見下すような発言は出来ない。何より佐吉は自らの失態を覆い隠そうなどという気は微塵《みじん》も無かった。

「いや、本当なのじゃ。市松《いちまつ》などはもう馬鹿で、短気で、勇敢とはいえ馬鹿で困っている」

「今、二度……」

「おお、儂の縁者なのだがな」

秀吉は円《つぶ》らな目を細めて呵々《かか》大笑し、倫恵もつられるように袖で口を覆いつつ笑う。佐吉が両者の顔を見比べていると、秀吉は口元に笑みを残したまま真剣な眼差しを向けた。

「きっと一人では成せぬような難題を、共に乗り越えてゆく仲間となる」

その瞬間、佐吉に込み上げるものがあった。これこそ胸がときめくというものなのかもしれない。未だ見ぬ難題を、未だ見ぬ誰かと共に突破していく。何と楽しげであるかと思った。

「はい」

佐吉は力強く頷いて見せた。

今後、どのような将来があるのか。小姓組の者たちは如何なる連中か。果たして自らの実力で通用するのか。途方も無い苦難が待ち受けているかもしれない。が、それも含めて悪い一生とはならないのではないか。理由は無い。勘である。佐吉は畳の上でふっと笑みを零した。

※

「よきにはからえ……」

生涯、この言葉を聞いたのはこれで幾度目であろうか。三成《みつなり》は畳の目をじっと見つめながら考えた。ただ、此度はこれまで聞いて来た中で、最も沈んだ声色であったような気がする。

暫し待てど、秀吉が歩み去る音が聞こえない。まだこの場にいる気配である。小姓たちの介添えを受けつつ立ち上がっているのだろう。複数の衣擦《きぬず》れの音が耳朶《じだ》に届き、その後、ようやく頼りない跫音がした。すでに立ち去ったと察してからも、玄以《げんい》に言われるまで三成は顔を上げなかった。

「如何した」

思案が表情に滲んでいたのか。長政が怪訝《けげん》そうに訊いた。

「いえ……」

「まあな」

同じことを考えていたらしい。何も言っていないのに、長政は得心したような返事をした。

「随分と――」

正家が口を開こうとすると、長盛が一つ大きな咳払いをして止めた。

「ここではな。奉行の間《ま》へ行くか」

玄以に言われ、五奉行皆が同様のことを感じていたらしいと知れた。

五人揃って奉行の間へ移動する。このところ下奉行に若い者が多く登用され、彼らは三成らが来ると憧憬の眼差しを向けながら挨拶をする。

「そのまま続けよ」

そう言ったのは長政である。以前は労《ねぎら》いの言葉の一つも掛けたりしていたが、近年ではあまりない。別に愛想が悪くなったという訳ではなく、それが出来ぬほど余裕がないのだ。

明らかに仕事量が度を越えている。その最も大きな原因は、唐入りが今なお続いていることである。一度は停戦して和議の交渉まで持ち込んだものの、結果として纏まらぬまま決裂した。それによって再び大軍が送られ、海の向こうでは日夜激戦が繰り広げられているのだ。

奉行たちも手勢を率いて海を渡ることがある。軍監として、諸将の働きを具《つぶさ》に見て報告するためだ。敵が攻め掛かって来れば、自ら槍を取って応戦することもあった。

が、奉行の最も大きな役目は別にある。兵糧や武具、新たな兵を船で送り、負傷兵を乗せて日ノ本へと戻る。朝鮮は陸戦よりも海戦に強い。こちらの船が沈められることも間々あり、各地からの船の調達や、新たな造船にも追われている。その為には木材が必要であり、吉野や木曾から――。

と、いったように、多岐に亘る仕事に奉行は忙殺されている。さらに日常の政《まつりごと》も行わねばならぬのだ。家臣から、陪臣から、その子弟から、見込みのある若者を取り立てているものの、育成にも時を要するため、追いついていないのが現状であった。

「増田様《ましたさま》、一つお伺いしたいことが――」

数か月前に登用されたばかりの下奉行の一人が声を掛けようとするのを、

「私が聞いて取り纏めます」

と、古株の下奉行が遮る。新人が奉行に問うていけないという決まりはない。奉行たちはむしろいつでも質問し、指示を仰いでよいと教えてある。この古株が止めたのは別の理由であろう。秀吉から恐ろしいほどの難題を命じられており、一刻も早くその検討に入らねばならぬと察しているのだ。

「構わぬ。聞こう。先に入っていてくれ」

長盛は引き受けて、他の奉行を促した。

上奉行の間に入り、暫し経つと長盛も指示を出し終えてやって来た。いつものように車座《くるまざ》になる。

「よろしくないようだ。かなり頬がこけておられる」

口を開いたのは玄以であった。

「お顔だけでなく、お躰も随分と痩せ細られたと聞く」

長政が続く。秀吉は大きめの衣服を着て悟られぬようにしているらしいが、長政は奥の女中からそのように聞いたという。

「医者の数を増やしたほうがよいのでは」

正家が皆に諮《はか》る。この男らしく、ただ数を増やせばよいと考えているのかと思ったがそうでもないようだ。複数の医者の目で見た方が、些細《ささい》な変化に気付きやすいという。その言には一理あり、すぐに医者の手配をすると三成は応じつつ、

「病であろうな」

と、誰も言わぬことを遂に口に出した。

二年ほど前から胸や腹の痛みを訴えることはあったが、その頃にはすでに何らかの病を患っていたのであろう。それがこの半年ほどでかなり悪くなっている。

皆の表情を見れば頭を過《よ》ぎっているのは間違いない。秀吉は、もう長くないのではないか。それほど衰えは顕著であった。

「ともかく始めようか」

長政が核心を避けるように仕切り直した。

慶長《けいちょう》三年（1598年）正月三日、秀吉から五奉行のもとに、七日までに登城せよとの命が届いた。本年に関しては、諸事多忙であるため、年賀の挨拶には来なくてよいと言われていた。その上での招集となれば、考えられるのは一つ。またもや五奉行揃って臨まねばならぬ難題が提示されるということだ。

こうして七日となる今日、五人が揃って登城した。そこで秀吉から命じられたのは、

――醍醐寺《だいごじ》にて花見を……。

と、いうものだった。

醍醐寺は今から七百年以上前の貞観《じょうがん》十六年（874年）、弘法大師《こうぼうだいし》の孫弟子にあたる理源《りげん》大師によって開かれた真言宗醍醐派の総本山である。醍醐天皇が自らの祈願寺として庇護したこともあり、隆盛を誇った時代もある。しかし、応仁の乱によって五重の塔以外は焼失し、大いに荒廃していた。

第八十代座主義演《ざすぎえん》が復興に尽力していた頃、秀吉がこの醍醐寺を訪れた。その後、二人は昵懇《じっこん》の間柄となる。秀吉は義演の後押しをして、失われた三宝院《さんぼういん》を復興する。この三宝院の景趣を、秀吉はことのほか好んだ。度々訪れては、新たに殿舎を増築し、境内を整備し、参道を改修するなどした。秀吉が愛して止まぬこの醍醐寺三宝院にて、春に花見を催すから支度せよ。それが此度、五奉行に下さ

れた命である。

「それだけ聞けば、そう難しくないように思えるのじゃがな」

玄以が口をへの字に曲げた。この花見に参加するのは、秀吉、嫡男の秀頼《ひでより》、護衛などを除けば、女性ばかり。秀吉の正室、側室、その侍女など奥向きの者たちだけだ。大名を招待するかもしれないが、しても一家や二家と秀吉は言った。その数、千二百から千四百人の間に収まるであろう。

これまで、北野大茶会《きたのおおちゃかい》や名護屋《なごや》の化け遊びなど、もっと多くの人数を動員する催しはあっただけに、その点のみを比べれば支度は容易《たやす》い。だが、それ以外は問題が山積している。中でも最も大きな課題を、正家が首を捻《ひね》りながら挙げた。

「そもそも桜などありましたかな？」

「無い」

三成は言下に答え、他の奉行も一斉に頷いた。

そうなのだ。花見をするというのに、境内には肝心の桜の木が無いのである。厳密には皆無ではないものの、数本だったと記憶している。その数本の桜を千人以上で愛でるのを、少なくとも秀吉は、花見とは言わないだろう。

「他にも難儀なことがある」

長盛が難しい顔で腕を組んだ。

「茶屋……じゃな」

玄以は溜息を床に落とした。会場には茶屋を設けろと命じられている。一口に茶屋といっても様々で、小屋と露台のみの休息を目的とするものから、宿泊出来る大規模なものまである。このような趣向は初めてではなく、秀吉はこれを好み折に触れて催している。とはいえ、いずれの時も設けた茶屋は一軒から、多くても三軒。しかし今回は何と、八軒用意しろと命じられたのだ。

「しかも……最後の御言葉よな」

長政は口を結んで鼻から息を吐く。秀吉は大まかな指示を与えた上、

――儂が生きた証となるようなものにしたい。

と、付け加えたのである。

あまりに曖昧過ぎる。何をしてもよさそうな代わりに、何をすればよいのか皆目見当が付かない。このような言はかつて一度も無かった。だからこそ、秀吉の躰の具合も心配になってくる。来年は桜を見ることが叶わない。そう考えているのではないかとさえ思えてくるのだ。

「そう時も無い。ともかくすぐに掛からねばなるまい」

玄以が話を進めた。秀吉が命じた期日は、今から約二か月後の三月十五日である。

「まずは桜だな。如何にする」

長政は最初の議題を諮った。

「無いのならば答えは一つ。持って来るしかないでしょう」

正家は当然とばかりに言った。並の者ならば馬鹿なと嘲笑するかもしれない。が、奉行は一様に溜息を零すものの、反対する者はいなかった。それしか方策が無いと思っているからだ。

「出来ますか？」

三成は長盛に訊ねた。長盛は建築を担当する関係上、林業も管轄している。

「植え替えることは出来る。ただし、土によっては厳しい。改めて調べねばなるまい」

長盛は断言せずに慎重に答えた。

「何本、持って来る」

長政は可能だと想定して話を先に進める。

「それも今の段階では何とも。ただ、見栄えをよくする為には、三百本はいるでしょう」

「ならばその倍。六百は欲しいところじゃな」

小さく唸った後、玄以は言った。天下人《てんかびと》が催す花見なのだ。豪華にせねばならぬ上、あの秀吉の特別な願いである。

三成は正家を見やった。何処に如何ほどの桜の木があるのかなど、奉行といえども誰も把握していない。ただ、数に纏わることならば、正家は推理を交えて必ずや算出すると知っている。

「そもそも桜の木は決して多くありません。寺や社に一本あればよいというところ。山に行けば纏ってありますが、取りにくいところにあったり、取れたとしても手間暇が掛かったりするでしょう。仮に一里四方に植わっている数を二十本とさせて下さい」

正家はつらつらと話した後、仮定しつつ続けた。

「六百本を得ようとするならば、その三十倍の広さが必要になります。つまりは凡《およ》そ五里十七町四方にまで広げねばなりません。この時点で、すでに洛中だけでは足りぬことになります」

かつては意地のように細かい数まで出していた正家だが、最近はこのような場では「凡そ」を用いるようになっている。正家は長盛に向けて尋ねた。

「しかも、全ての桜が良きものとは限らないでしょう？」

「うむ。見栄えの悪いもの、年老いて植え替えに耐えられぬものもあろう」

「凡そで結構です。十本中、何本程度がそのような桜であると思われますか」

「まず五本。厳選するならば七本は弾くといったところか」

「十本中三本のみとなると、そもそも一里四方から取れる桜は六本となります。その百倍の広さまで探さねばなりませぬので、十里四方に広がります。つまり……南山城《みなみやましろ》、近江まで求めねばなりません」

正家は両の掌をぱっと開いて言った。

「運べるものでしょうか」

三成は再び長盛に向けて訊いた。

「運ぶしかないでしょう。その点、近江からのほうがよいかもしれぬ」

苗木とは訳が違う。立派に育った見事な桜なのだ。荷車を連ねて運ばねばならない。その途中、細い道を通ろうものならば、枝が痛まぬように細心の注意を払う必要もある。ただ、近江からならば湖と醍醐寺近くの川が使える点では有利であるという。

「大木を船に乗せられるのか？」

玄以が訝《いぶか》しそうな目を長盛に向けた。

「石船《いしぶね》を使います。穴太衆《あのう》が用いる石を運ぶための船です」

近江国の石垣造り職人の集団である穴太衆は、水運を利用して石を運ぶための船と技術を持っているのだ。長盛は続けた。

「大木となれば勝手が違うところもあるかもしれませんが、重さという点では心配ないかと」

「ならばやはり、山城より近江から多く集めた方がよいかもしれぬな」

玄以は得心して応じた。

「六百本を運ぶとなれば、かなりの時を要するだろう。早速、めぼしい所から運び出すか」

長政は提案した。三成も同意見であり、近江の桜がよく咲く地をすでに幾つか思い浮かべている。

が、長盛は渋い表情で首を横に振った。

「桜に関しては、別に考えねばならぬ事が二つある。一つが先程も言った土だ」

桜の木は土を選ぶ。まだ確かめた訳ではないので断言こそ出来ないものの、醍醐寺の土は恐らくそれに適していない。桜が植えられるような水捌《は》けと水持ちの塩梅《あんばい》が良い土壌に変えねばならない。水捌けが悪いとなれば川砂を底に敷く必要があるし、水持ちが悪いとなれば腐葉土を混ぜねばならぬという。

「あと一つは時期です。それを間違えば、一気に枯れてしまうことが間々あります」

「今はまずいのか」

玄以は血相を変えて身を乗り出した。草木には、それぞれに植え替えに適した時期というものがある。桜の植え替えに適した時期が夏ならば、もはや手遅れということになってしまうのだ。

「ご安心を。適するのは霜月《しもつき》から如月《きさらぎ》」

「おお、丁度よいではないか」

玄以は喜色を浮かべて膝を打った。

「偶然にも。しかし、如月までにやり遂げねばならぬということです」

花見は三月十五日に開かれるが、桜の移植はそれよりもさらに半月期限が早い。醍醐寺の土を調べ、見栄えも含めて何処に植えるのかを計画し、なおかつ持って来る桜の選別、運搬から植栽まで、残り五十日余りで終えねばならぬのである。

「手分けしたほうがよさそうですな」

三成は目だけで奉行衆を見渡した。全員で事に当たらねば間に合わないと見たのだ。

「拙者は醍醐寺を検分、穴太衆と話をつけます。皆様には桜の選別をお願いしたい」

長盛は皆に向けて言った。

「承知した。場所で分けたほうがよいだろう。まず洛中は……」

長政が視線を送り、

「儂じゃな。任せておけ」

と、玄以が頷いた。

「近江はちと広いな」

長政は眉間に皺を寄せた。一人で受け持つにしてはという意味だ。

「湖東は八幡《はちまん》、湖西は堅田《かたた》を境に南北に分ければ如何か。長束《なつか》殿は南近江がよろしいかと」

三成は顎を傾けて促した。正家の今の領地は南近江の水口《みなくち》。三成もかつては治めていたことがあるものの、この地は正家の出身地でもあり、地理にも精通しているだろうと考えた。

「北近江は私が」

三成が続けて言う。三成の領地は北近江の佐和山《さわやま》。さらに出身もまた近隣の石田村であるため、正家の場合と同様で動きやすい。

「儂は山城か……」

長政は苦々しく零した。

秀吉が徳川家康、織田信長の次男信雄《のぶかつ》と対立していた頃、長政は二千ほどの軍勢を率いて、南山城の和束《わつか》から伊賀《いが》へと進軍しようとした。その時、僅か四、五百の一揆勢に奇襲されて潰走し、秀吉にこっぴどく叱責を受けたことがある。しかもこの一揆勢、信雄の扇動を受けたものと思っていたが、実際のところ信雄は動いておらず、ただの「勘違い」であった。南山城の豪族、地侍は平謝りをして許されたが、長政は未だに根に持っている。

「代わりましょうか？」

正家は苦笑しつつ尋ねた。水口からは南山城も比較的近いのである。

「いや、私怨を挟む訳にはいかぬ。構わぬ」

長政は渋々といった様子ではあるが了承した。

「では、桜についてはこれで動くということでよろしいな」

三成が取り纏めると銘々が頷いてみせたが、もう一つ、重要な議題が残っている。

「茶でも啜《すす》るか」

玄以が皆の顔色を窺う。きりの良いところであるため、小休止を兼ねてということだ。

長政は頷いて、隣の間の下奉行に茶を所望した。暫くすると、若い下奉行が五人分の茶を運んで来た。それぞれ受け取って喫する。

「些か頼りないな」

玄以がぽつりと零した。頼りないというのは風味が薄いという意味であろう。悪気は無かったのだろうが、下奉行は気まずそうにする。

「今の季節の茶ですからな」

長盛が擁護する。昨春に収穫したものなのだ。風味が飛ぶのは仕方が無いだろう。

「しかし、それにしても……」

玄以は茶にちょいと煩《うるさ》い。まだ何か口走りそうなので、三成は咳払いをして、

「気にするな」

と、下奉行に向けて言った。

「いや、儂に妙な拘《こだわ》りがあるだけじゃ。お主が悪い訳ではない」

玄以もばつが悪そうにそう付け加えたことで、下奉行はようやく表情を和らげ、下がっていった。それを見届けると、玄以は三成に向けて頭を下げた。

「確かに仰《おつしや》りたくなる気持ちは解りますが」

正直なところ、三成もまた玄以と同じ感想を抱いていた。

「私はそうは思いませんがねえ」

正家はへらりと言う。

「長束殿は普段から薄味がお好きだからだろう」

長盛が思い出したように口元を緩める。

「まあ、何事にも好みが分かれるということじゃな。だからこそ、此度も難しいのじゃがな」

長政が話を纏め、自然と役目の話題へと戻した。

「八軒の茶屋での召し上がり物のことですな」

三成が応じると、長政は大きく頷いた。

秀吉は八軒の茶屋を建てるように命じた後、それぞれ異なる食い物が出れば面白いのではないかと、閃《ひらめ》いたように嬉々として続けた。趣向を凝らした茶屋を八軒建てるだけでも大変なのだ。あの時、五奉行全員が心の内で溜息をついたに違いない。

「殿下の好みのものでよろしいのですな？」

「まずそれが第一じゃな。まあ、女房たちにも喜ばれるに越したことはない」

正家の問いには玄以が答えた。醍醐の花見には千人を超える女性《にょしょう》が参加するのだ。全ての者の好みに適うものを用意するなど不可能である。それでも配慮したほうが良いのは確かであろう。

「とはいえ、それぞれの茶屋が自儘《じまま》に決めると、重なってしまうことも有り得る」

長政は左右を見ながら言った。化け遊びの時と同じだ。幾ら秀吉が気に入る食を用意出来たとて、別の茶屋でも同じものが出れば、興覚めさせてしまう。

「では、茶屋の亭主は気心の知れた者で固めたほうがよいと思うが……」

玄以は唇をきゅっと曲げ、皆の顔色を窺うように見渡した。

まず八軒の茶屋を設けるとなれば、八人の亭主を選抜しなければならない。その上で亭主がそれぞれ工夫を凝らすのがあくまで建前ではある。だが、人の考えは概して似るもので、茶屋の作りから料理まで考慮すると、重複は避けられそうにない。その時に亭主が功を競うばかりに、互いに譲らぬとなれば厄介なことになってくる。ならば端《はな》から融通の利く者を選び、打ち合わせをしてから臨んだほうが良い。そうすれば一軒目から八軒目までの流れを考えた工夫も出来るからだ。

「それは……」

「難しいですな」

長政と三成の言葉が重なった。長政が後ろ向きなのは何となく予想出来たのだろうが、玄以は三成まで同じ意見であることに驚きの表情を見せた。それは長政もまた同じようだった。

「我らに近しい者ばかりで固めれば、必ず不満を言う者が現れる。そういうことでしょう？」

三成は長政に視線を流した。

「左様《さよう》。何故この面々なのだ、とな。もっとも大半は朝鮮の地に渡っているが……」

「このような催しがあるならば、無理を承知で一時の帰国を頼んだものを……越中《えっちゅう》あたりならば、それくらいのことを言い出してもおかしくありませぬ」

三成は冷ややかに言い放った。越中とは、細川忠興《ただおき》のことである。三成は忠興を侮っている訳ではない。為政者としても武将としても、優秀な部類に入ると思っているが、父の功績も含めて自身のものと勘違いしている節があり、名を成した者から数えて二代目特有の慢心が気に食わないだけだ。

さらに忠興の場合、何が原因で激昂するか解らぬところがある。そうなってしまえば、道理も何も無く怒鳴り散らすし、しつこいほどの執着を示す。利休邸での一件もあり、三成は忠興のことを腹の底から嫌悪している。反吐《へど》が出るほど嫌っているのは忠興も同じだろう。三成だけではなく、奉行衆のことを疎《うと》んじる者、嫌う者は、忠興の他にも沢山いる。

今回、奉行と親密な面々だけを亭主に選んだならば、文句を言って来る者が必ずやいるだろう。故に人選には、奉行衆と距離のある者も半分ほどは混ぜるのが得策である。

「なるほどな。ならば奉行皆が亭主にという訳にはいかぬか。三人ほどというところか」

玄以は面倒臭そうな顔をした。

「前田殿、増田殿、長束殿がよろしいかと」

三成は間を置かずに名を挙げ、さらに言葉を継いだ。

「私は特に外れたほうがいい。頗《すこぶ》る嫌われておりますので」

「確かに」

正家が大きく頷く。正家には遠慮というものがない。長盛と玄以は苦笑する。

「しかし、浅野殿はよろしいのか？」

玄以が長政の顔を覗き込む。秀吉が生きた証にしたいと言うほどの催しだ。そこに亭主として関わることは名誉である。長政は外れて不満はないのかと心配しているのだ。

「……それほどの催しだからこそだ。付け入る隙は少しでも除いておいたほうがよい」

長政は神妙な面持ちで、言葉を選びつつ語った。長盛、玄以はそれで十分に察したらしいが、正家には伝わらなかったようだ。いや、全く考えたこともないのだろう。真正面から、

「どういうことです？」

と、疑問を投げ掛けた。

「困った御仁だ」

これには長政も苦笑を禁じ得ない。

「私が話しても構いませんが」

三成は先んじて言った。これまで少なくとも奉行の間で、この話題に触れたことは一度も無い。正家を除いて、他の奉行も解っているものの口にしたことは無かった。よい機会という訳ではないが、三成には信念がある以上、話すことになっても一向に構わないと思っている。

「ふむ……どのように言えばよいか。いざ話すとなると困るな」

長政の指が胃の腑あたりに行くのを久しぶりに見た。三成はさっと自ら割って入った。

「端的に話しましょう。私が嫌われ者なのはご存知でしたな。何故、嫌われていると？」

「それは治部《じぶ》殿が偉そうな物言いをするとか、冷たく当たる時があるからでしょう」

　正家のあまりの明け透けな発言に、三成も思わず頬を苦く緩めた。

「しかし、それは御役目でのこと。そもそも私は治部殿の態度が気になったことが無いので、不思議に思っておりますが」

「茶と同じですよ」

「ああ、好みがあると」

　正家はその譬《たと》えで解ったらしく大きく頷いた。

「そのようなものです。私も人によって接し方を変えているつもりはありませぬが、悪く受け取る者もいるでしょう。それは私も重々理解しております」

　三成は眉一つ動かさずに淡々と語って続けた。

「今、長束殿が言われたようなこともありましょう。しかし、今では他に理由もあります。後々のこと……を考えて、私を弾きたいと思っている者もいるのです」

　後々のこと、それは間違っても口には出来ない。いや、口にしたくはない。ただこの会合の冒頭でも話題に上ったように、その時は確実に近付いている。

「ああ……そういうことですか」

　正家も察したらしく唇を結んだ。

「その時、誰が政を執るのか。そんなことばかりに気を回す者がいます」

「畏れ多いことだがな」

「その通りです」

　忌々《いまいま》しそうに漏らす長盛に、三成は頷いた。生きているうちに死後のことを考えるなど、人として如何なものか。だが、あまりに影響が大きすぎる。万人の頭に死後のことを過ぎらせるのは、天下人の宿命なのかもしれないとも思う。

「しかし、凡そのことはすでに決まっているでしょう？」

正家は不思議そうに尋ねた。後継者である秀頼はまだ幼い。万が一と前置きをした上で、その時の体制については秀吉本人が言及している。ごく簡単に言えば、大老と呼ばれる数人の大名の合議で政を決裁し、奉行衆が実務を仕切っていくというものだ。それはすでに大名たちにも周知されているのだ。

「しかし、そう上手くはゆかぬと思っている者も多いのです」

その時が訪れれば、なし崩しになるのではないか。あるいは無視するような輩が出て来るのではないか。そう危惧しているのである。

「疑われている一人が私です」

三成はさらりと言ってのけた。

これまで奉行は天下の政を執り行って来た。そのため常に妬《ねた》まれ、しばしば恨みを買った。奉行を恨み妬む者たちは、その時が来れば、奉行が専横に振舞うのではないかと邪推しているのだ。三成は奉行の中でも特にそう思われている。政を行う中での衝突は、他の奉行も負けじと多いはずなのだが、こればかりは性格や印象などもあるのだろう。

「この際なのではきと申し上げておきます。政を恣《ほしいまま》にする気など毛頭ござらぬ」

三成は断言した。

「それに関しては疑ってはおらぬ。しかし、お主も……」

長政が苦々しい顔を向けた。

「そうですな」

三成はまずは素直に認めた。来たるべき時、三成を筆頭に奉行たちが専横な政を行う。そう疑っている者がいるように、三成自身も同様に目星を付けている男がいる。

「今も変わらぬのか……？」

「はい。内府《ないふ》殿は危ういと思っております」

恐る恐る尋ねた長政に、三成はやはり曇りなく答えた。当初は勘に近いものであった。だが年を追うごとに、内府は必ずや豊臣家の天下を簒奪《さんだつ》しようとすると、確信を強めている。理由は様々であるが一つ挙げるとすれば、とにかく諸大名に恩を売ろうとしているところだ。近年では特にその傾向が強い。

しかし、家康が天下を奪うと公言した訳でもなく、何か謀叛《むほん》の証拠を摑んだ訳でもない。そういう意味では三成も、奉行のことを好き勝手言う連中と同じとも言えよう。

「とはいえ、これればかりは解らぬという思いもあります」

確かに家康は危険であり、怪しいとも思っている。が、その時になってみなければ、どう転ぶかは解らないというのも事実。天下の趨勢や、唐入りの状況、主だった大名の生死、さらに家康の体調など、様々な要因が複雑に絡み合うからだ。

「では……」

言い掛けたものの、長政は顔の前で手を横に振って言葉を切った。

「よい機会です。仰って下さい。私は構いませぬ」

三成は真っすぐに見つめる。長政は唸っていたが、やがて意を決したように訊いた。

「……その時に備え、徒党を組んでいるということは？」

「まさか」

三成は一笑に付したが閃くものがあり、続けて尋ねた。

「陰でそのように言う者がいるのですな」

「まあ……な」

長政は曖昧さを残しつつも認めた。

「けしからぬことですな。しかし、拙者も無関係ではないか……」

腕を組んで眉を上げる長盛を、

「えっ、増田殿もまさかそのような噂をしているので？」

正家が吃驚して食い入るように見つめた。

「違う、そちらではない。拙者も徒党の一人だと思われているということです」

長盛は濁すことなくはきと言った。

「貴殿もな」

「ええ！」

玄以の言に正家は素っ頓狂な声を上げる。皆が苦笑する中、

「そして、儂もそうじゃろう」

玄以は嫌そうに口を曲げて続けた。長盛らの予想は間違っていないだろう。他にも奉行の経験者であったり、下奉行であったり、三成の縁故の者などが名を挙げられているに違いない。しかし、そうした事実は天地神明に誓って無い。確かに関わることが多い面々ではあるが、あくまで御役目上のことである。

「徒党を組んでいるのは、むしろそのように語る者たちでしょう」

三成は長政をちらりと見た。脳裡に真っ先に浮かんだのは黒田長政。この男は奉行を、中でも三成を嫌っており、ことあるごとに周囲に愚痴を零している。いや、積極的に周囲に憤懣を聞かせている節すらある。

恐らく黒田長政は、すでに家康と懇意といえる間柄になっている。家康に近付くことで、この後の

天下がどのようになっても生き残り、出世するためであろう。家康さえ手玉に取っていると、さぞ得意になっているに違いない。しかし、実際は違う。秀吉ですら、家康を御するのは難しいのだ。黒田長政如きが操れるような男ではない。黒田長政の性格を見抜き、自尊心を擽《くすぐ》り、上手く操っているのは、むしろ家康のほうであろう。

他にも黒田長政と同じ二代目連中の細川忠興、池田《いけだ》輝政《てるまさ》などは、三成のことを蛇蝎《だかつ》の如く嫌っている。それは仕方が無いとして、三成が最も苦々しく思っているのは、

——市松の馬鹿め。

と、いうことだ。

三成と共に小姓組にいた福島正則《まさのり》は、黒田長政や忠興らから、あることないことを吹き込まれているのだろう、

——俺が佐吉の首根っこを押さえて懲らしめてやる！

などと、息巻いていることも耳に入ってくる。元来、騙されやすい単純な性質ではある。が、同じ釜の飯を食ったのだから、三成がどのような人間かよく解っているだろうと怒鳴ってやりたい。しかし、それも今となっては難しい。

昔は大喧嘩をしても、翌日にはすっかり元通りになっていたものだ。それは毎日、顔を合わせていたからだろう。だが、今は年に一度か二度会う程度。その時も互いの周りには他の者がいたり、家臣が侍《はべ》っていたりして、あの頃のように意のままに会話をすることも出来ない。

他にも同じ小姓組では加藤清正《きよまさ》、加藤嘉明《よしあき》なども、連中と交わりはあるようだが、互いが衝突せぬように動いてくれているらしい。もっともそれも、周囲の様子を窺いながらではあろう。出世をするということは、大人になるということは、ありのままではいられぬということなのかもしれない。

「しかし、それと浅野殿が茶屋の亭主から外れることとは如何なる関りがあるのです？」

説明の最中から正家はずっと訊きたそうな様子でそわそわしており、会話に生まれた間《ま》で切り出した。

三成が言い掛けようとするのを長政はすっと手で制し、

「倅《せがれ》はそのあたりと昵懇《じっこん》なのだ」

と、重々しく言った。

長政の嫡男幸長《よしなが》は、奉行として多忙な父に代わり、領国である甲斐《かい》に留まって治政を担い、手勢を率いて朝鮮に渡っている。浅野家の領地は甲斐国府中《ふちゅう》二十二万五千石であるが、蔵入地《くらいりち》の一万石を除き、十六万石はすでに幸長の領地であり、長政は五万五千石と隠居料ほどの禄しか食《は》んでいない。つまり家督こそまだ継いでいないものの、実質的には幸長が当主であると言ってもよかろう。その幸長は、黒田長政を始めとする連中と頗る仲が良い。つまり幸長も反奉行、反三成の考えを持つ一人なのである。

「その奉行に実の父が名を連ねているのです。変な話ですね」

正家は首を捻った。やはりこの男、遠慮というものを知らぬ。

「父は別……と、いうことじゃろうな」

玄以は長政の様子を窺いながら口にした。

「左京大夫《さきょうのだいぶ》殿は奉行そのものではなく、治部殿を嫌っているのかもしれませんね」

正家が幸長を官職名で呼び、けろりとした調子で言った。それに長政は暫し迷う素振りを見せたが、

「奉行皆を快く思っていないだろう」

と、苦々しく零した。

「しかし、それでは――」

「長束殿、それ以上は」

長盛が首を横に振って制止した。これより先は浅野家のこと、親子のことである。他人が踏み込む話ではない。ただ、三成としては意外であった。玄以の言う通り、てっきり幸長は父長政以外の奉行を嫌悪しているのだと思っていた。が、実際のところはもう少し複雑らしい。

「儂もこの際だから、一つだけ言っておきたい」

長政は三成の顔を見据えて続けた。

「倅は……確かに彼《か》の者らと親しくはしている。だが甲斐守殿、越中守殿とは考えを同じくしている訳ではない。むしろ主計頭《かずえのかみ》殿や、左馬助《さまのすけ》殿に近い」

黒田長政、細川忠興に同心している訳ではなく、加藤清正や加藤嘉明と考えが近いということだ。

長政はなおも言葉を継いだ。

「これ以上、内輪揉めが大きくならぬかと危惧しているようだ。信じにくいとは思うが……」

「信じましょう。嘘を仰っているようには聞こえませぬ」

長政が語り終えるより早く、三成はさらりと言った。

「そうか……」

長政は少し俯《うつむ》き、安堵したように息を漏らした。当人としても跡取りである子息と、同輩である奉行が反目するような事態は決して望んでいないらしい。

「浅野殿は如何なのです」

三成のふいの一言に、長政ははっとして頭を上げる。三成はその顔をじっと見つめながら、

「このような話をする機会は、もう二度と訪れぬと存じますのでお訊き致します。ご子息のお考えは承知しましたが、浅野弾正《だんじょうしょうひつ》少弼殿は如何お考えなのでしょうか」

核心へと大きく踏み込んだ。遠慮の皆無な正家に触発されたという訳ではない。言葉の通りである。このような機会は今後、一度たりとも訪れまい。今、訊いておかねば、もう永遠に問う時はやって来

ないだろう。長政は暫し黙考していたが、やがて重々しく絞り出すように言った。

「儂は……豊臣家の安寧を願っている」

「それは存じ上げております」

場にぴんと糸が張ったような緊張感が漂う。

「徳川殿が政を執れば、豊臣家の天下は崩れ去る。お主はそう思っているのだな」

「左様」

「儂はそうは思っておらぬ」

長政は首を横に振った。長政は、家康が誠心をもって政に当たってくれると信じている。これは前にも少しだけ話題になったことがある。長政がさらに言葉を継いだ。

「万が一、お主の言う通りだったとしよう。故に、故にじゃ、五人の大老の合議によって政を行うと決まっているのではないか。一人勝手気儘《きまま》が出来ぬように」

「仰せの通りです。大納言《だいなごん》殿ならばそうでしょう」

三成はぴしゃりと言い放った。大納言とは、五人のうちの一人、前田利家《としいえ》のことだ。

「安芸宰相《あきさいしょう》、会津《あいづ》中納言、備前《びぜん》宰相とて同じ」

毛利輝元《てるもと》、上杉景勝《かげかつ》、宇喜多秀家《うきたひでいえ》、彼らもまた五人に含まれている。長政がぐっと口を結ぶ中、三成ははきと断言した。

「しかし、内府殿だけは違う。その気になれば、この四人さえも手玉に取る。私ほど内府殿を重く見ている者はおりませぬ」

これは紛《まご》うことなき本心である。三成は家康という男の才を限りなく高く評価している。秀吉に匹敵するほどに。それだけでなく、今は関《かん》八州二百四十五万石の身代を保っているし、これまで幾度と無い危機を乗り越えてきた運も持ち合わせている。それら全てを認めているからこそ恐ろしいのだ。

「徳川殿の実力が図抜けているのは解る。が、社稷《しゃしょく》を窺うような素振りは一切見せていないだろう」

長政は丁寧な口調で話した。これには正家も同意見のようで、こくこくと頷いている。

「確かに。今のところ見えませぬな」

「心の内に野心を秘めていると？」

「と、言うよりも……幾つもの顔を持ち合わせているのでしょう」

家康が今川家の人質になっていた頃、独立して徳川姓を名乗り始めた頃、織田信長の同盟者として天下統一に邁進《まいしん》していた頃、秀吉と干戈《かんか》を交えていた頃、そして今――。

三成はこの目で見た訳ではないが、全てが別人であるかのように思えてしまう。現にその時々の家康を知る者は、毎度の変貌ぶりに驚いたと口を揃える。

徳川家康とは、天下の情勢、自身の状態を冷静に分析し、その時々に異なる顔を見せる男だと思えるのである。秀吉が世を去れば、また新しい家康が世に生まれるかもしれない。突き詰めれば直感に過ぎないが、この家康はこれまでで最も恐ろしい存在になるのではないか。

そして、何がそうさせるのかは解らないが、家康は三成だけには、将来の顔をほんの少しだけ覗かせてしまっている気がするのだ。

「なるほど」

長政はまずは唸るだけに留めた。三成の言うことが頭では理解出来ても、感覚としては解らないのだろう。それは他の奉行もさして変わらないようであった。

「しかし、戦《いくさ》にまでなると思うか」

長政は意を決したように尋ねた。最悪の場合、そこまで至ると三成が考えていることを知っている。

「こればかりは解りませぬ。なるかもしれませぬし、ならぬかもしれません」

戦にまで発展すると煽るつもりはない。そうなってもおかしくはないと考えているだけだ。

「まあ、あり得ぬことではないな」

玄以が口を開いた。どちらかというと三成に考えが近いらしい。

「そうなった時は……」

天井を仰ぎ、玄以は細く息を吐いた。

「ふむ」

「ですね」

長盛は口を真一文字に結び、正家は苦味の籠もった笑みを浮かべた。

今、五人の奉行は全く同じことを考えている。秀吉がいなくなれば、世がどのようになるのかは解らない。ただ、恐らくは皆がそれぞれ別の道を行くことになるだろう。そして、それはそう遠くないのかもしれない。ならば五奉行全員が揃って臨む仕事は、

――これが最後。

と、なるかもしれないということだ。この多忙を極める日々が苦しかったのは確かだ。それに加えて、時折出される秀吉直々の大命には大きな嘆息を漏らして来た。

しかし思いを巡らせると、不思議と一抹の寂寥が込み上げる。これもまた皆同じように感じているのかもしれない。長政は唇を嚙んで俯き、長盛は腕組をして瞑目《めいもく》、玄以は再び天井を仰ぎ、正家は珍しく難しい顔で眉間に指を当てている。暫し無言の時を置き、

「続きをやりますか」

と、三成がぽつりと言うと、いずれも我に返ったように頷いた。

普段ならばわざわざ話題にもしなかったし、互いに言いづらいこともあったのは確か。だが、全ては花見を成功させるためだ。お陰で八つの茶屋の亭主を如何に選ぶかの方針は固まった。

奉行が牛耳っていると思われる事態を避けるため、八人の亭主には五奉行全員が名を連ねないようにする。特に非難を受けやすい三成、息子が反奉行の派閥と親しくしている長政は外したほうが無難である。つまり長盛、正家、玄以の三人が亭主を務める。残り五つの席は、奉行、反奉行の色がついていない者たちで固める。とはいえ、八つの茶屋は協力し合う必要があるため、勝手気儘に振舞う者は選ばぬようにせねばならない。

「誰か思い付くか？　大半が唐入りに関わっておるからな」

玄以がまず口を開いた。特に西国大名はほとんどが朝鮮に渡っており、亭主を務めるとなれば此度の花見のために撤退させる必要がある。東国大名にしても、名護屋に後詰《ごづ》めしている者や、京大坂の警備に任じられている者が大半であった。わざわざその中から選ぶこともない。

「出来れば、この手の仕事に長けた者がよいでしょうな」

三成は条件を付けた。槍一本でのし上がった大名はこのような仕事には向かない。普請であったり、饗応であったり、輸送、道作り、鉱山経営、あるいは検地などを一度は経験した者が望ましい。臨時の奉行に任命された経験があれば尚《なお》良いだろう。

考え込んでいた正家が、ぽんと拳を掌に打ち付けた。

「小川《おがわ》殿などは如何ですか？」

「小川殿か。悪くないのではないか」

長盛は諮るように皆を見渡し、三成と長政は頷いた。

小川祐忠《すけただ》。官職は従五位下土佐守《とさのかみ》。伊予《いよ》今治《いまばり》七万石を食む大名である。小川家は元々、近江国六角《ろっかく》家の被官であった。長束家も同じく六角家の被官で、自身の出自に近いところから探ってすぐに思い付いたらしい。

小川家は北近江の浅井家が勢力を伸ばすと、そちらへと鞍替えした。祐忠の代となった頃には、浅井家と織田家の関係が悪化し、当初は織田家に抗戦したものの、やがて降伏した。その後、明智光秀の寄騎《よりき》となるが、本能寺の変の後、光秀が滅びると、ここでも秀吉に降《くだ》って命脈を保った。来歴のみを見ると身を低くして乗り切っただけのようだが、祐忠は文武に如才ない男である。数々の戦で手堅く功績を挙げる一方、検地なども率《そつ》なく行い、加増され続けている。

「儂も助けられたからな」

長政はしみじみとした口調で語った。文禄《ぶんろく》の役《えき》では、長政が苦戦する中、伊達政宗と共に駆け付けて敵を蹴散らしたことがある。かように戦地での活躍もあるので、反奉行の諸将からの受けも悪くない。かといって、奉行とも関係が悪い訳ではなく適任といえよう。

「ちょうど、今はこちらに戻っておられるとのことですので」

正家はさらに付け加えた。昨慶長二年の十二月、朝鮮安骨浦《あんこつほ》に滞在中の池田秀雄《ひでかつ》という武将の容態が急変した。すでに池田の伊予国越智《おち》郡二万石の領内では不穏な動きが見え始めており、祐忠の領地が近いこともあって、念のために備えとして戻ったのである。

「必ずや受けるじゃろう」

玄以は含みのある言い方をした。そもそも奉行に命じられるのだから、祐忠が拒否出来る訳はない。とはいえ、これほどの仕事である以上、当人もやる気になって貰わねば困る。その点、祐忠はこの任命を喜ぶので心配はないだろう。今や、誰も望んで朝鮮に渡ろうとはしない。

「小川殿は偶々《たまたま》戻っていましたが、他に十万石前後を食んでいる大名はほとんどいませんね」

正家がこめかみに指を添えつつ話を次に移すと、

「となると、数千石から二、三万石あたりの衆だな」

長盛が応じた。それくらいの禄高の者だと、動員出来る兵力は百から多くても千には満たず、大身の者の寄騎にならざるを得ない。そのような寄騎を取り纏められる将は少なく、出陣に至らぬ場合も間々あった。さらに名護屋に詰めてすらいない者も多く存在する。

「新庄雑斎《しんじょうざっさい》殿などはどうだ」

長政が一人の名を挙げた。

新庄直頼《なおより》、号して雑斎。こちらも浅井家の旧臣である。織田家に降り、後には秀吉の家臣となるのも同じ。近江国大津、大和国宇陀《うだ》などを経て、今は摂津国高槻《たかつき》三万石。長政も大津を領していたことがあり、それ以後の領主であった直頼を思い出したらしい。

文武共に秀でて人柄も良い。伏見城の普請を始めとして、様々な仕事を無難に務め上げた実績もある。さらに唐入りには子を送っているため、当人は高槻に在る。加えて祐忠と同様に奉行、反奉行の者とも垣根なく付き合っている。

「雑斎殿であれば申し分ない。ならば東玉《とうぎょく》殿にも加わって貰うのは如何か」

長盛が前のめりになって続けた。

東玉とは、新庄直忠《なおただ》のこと。雑斎の実弟である。近江国坂田郡などに一万四千六百石を食んでおり、佐和山に領地を持つ三成とは、いわばお隣様という間柄である。兄と同様に人倫を弁《わきま》えており、これまで与えられた仕事にも真面目に取り組んで来た。近江国の唐崎《からさき》の松が枯れて景観が損なわれることを憂えて植え替えに尽力するなど、風流を愛する心も持っている。

「兄弟共とはなるものの、お二人ならば誰も文句の付けようがないでしょう」

三成に続いて、玄以、正家も同意した。残るは二人。その時、三成の頭に一人の名が浮かんだ。

「御牧勘兵衛《みまきかんべえ》殿は」

長盛を始め、皆が納得の面持ちとなった。

名を御牧勘兵衛景則《かげのり》と謂う。御牧家は山城国久世《くせ》郡御牧の小豪族で、織田信長の上洛に際して従属した。小川家と同様、明智方として秀吉と戦い、嫡男である景則の兄を失っている。その後、御牧家は許されて、景則は秀吉の馬廻《うままわり》として取り立てられた。名護屋城の普請に関わり、そのまま裏門の警固役に任じられている。検地奉行として山城国の検地を行った経験も持ち合わせていた。

何故、三成が推挙し、皆がすぐに納得の顔となったか。それはこの景則が清廉潔白を絵に描いたような男だからである。検地奉行に任じられると、その職権を利用して私腹を肥やす者がいる。度が過ぎれば奉行が取り締まるものの、ちょっとした心付け、宴席での接待などは目溢《めこぼ》ししている。しかし、景則は酒の一杯、魚の一尾さえ断固として受け取らぬとして、奉行たちの間で絶賛されていたのだ。

「しかし、ちと……」

長政は難しい顔となった。言いたいことは解る。御牧景則の石高は山城国久世郡市田《いちだ》村の僅か千石。一人目の祐忠と比べて、あまりに小身過ぎるのではないかということだ。

「山城への想いが強いからのう」

玄以が一見関係の無いようなことを口にしたが、実際のところは、それが景則の出世が遅れている最大の理由である。

山城国には京がある関係上、国内での加増は控えて、大半が豊臣家の直轄地となっている。故に以前、景則には五千石で他国への加増転封《てんぽう》を打診したことがあった。景則はまず慇懃に礼を述べた後、石高は今のままでよいので、山城に居続けることは出来ないかと懇願した。理由として景則は、先祖代々の土地であり、山崎《やまざき》の戦いで散った兄の菩提を弔い続けたいと言った。これまた清々しい話に秀吉が感動し、加増の話は取り止めとなったのだ。

「これを機に山城国内で僅かなりとも加増があってもよいかと」

三成はそう提案した。こうした真摯《しんし》な男こそ、報われるべきであるし、泰平にあるべき武士の姿であると思っている。本人が山城国に居続けることを望むのならば、京での仕事を割り振り、幾何《いくばく》かでも加増に繋がればよいと思う。

これで残すところあと一人となるものの、なかなか誰も思い付かない。日ノ本にいる大名、小名、御伽衆《おとぎしゅう》などの豊臣家直臣《じきしん》を全て書き連ね、その上で決めようかという話が出始めた時である。玄以がふっと思い出したように口を開いた。

「益田照従《ますだしょうじゅう》はどうだ」

「少将《しょうしょう》殿ですか」

三成はそこがあったかと頷いた。

益田照従。右近衛《うこんえの》少将の官職から、益田少将と呼ばれる。元々、照従は本願寺の坊官《ぼうかん》であり、本願寺が織田家と抗争していた時、その外交手腕で名を馳せた。織田家との講和にも深く関わっている。当時のことを秀吉はよく覚えており、後に召し抱えて自らの家臣とした。以後、玄以の補佐として寺との折衝、特に古巣である本願寺との間を取り持つ働きをしている。

「さすれば前田殿も……同じ考えということか？」

長政が苦々しく訊いた。この場合、三成と同じ考えなのかという意味だ。

「さあのう。しかし、仮に治部殿の言う通りであったとしよう。万が一、横槍が入るならば、その時の備えにもなるのは確かよ」

流石《さすが》、ずっと外交の最前線にいただけあり、玄以の言葉は見事なまでの玉虫色であった。

この益田照従には、他にもう一つ大きな役目があった。それは対徳川家の外交役である。徳川家康とこの花見には何ら関りがない。が、奉行のことを快く思っていない以上、以前のように邪魔をしてくる可能性も無いではない。その時、徳川家との繋ぎ役を務めて来た照従は役に立つだろう。それ以前に照従が加わっていることそのものが、家康への抑止として働くだろう。その点において、絶妙な人選であると思えた。

「まあ、それで穏便に進むのならばよいだろう」

長政は少々複雑そうな顔であったが了承した。

人選が終わり、どの順に亭主を配するかに話は進む。こちらは時を要さずに話が纏まった。


一番、益田照従。

二番、新庄直頼。

三番、小川祐忠。

四番、増田長盛。

五番、前田玄以。

六番、長束正家。

七番、御牧景則。

八番、新庄直忠。


以上の順である。

それぞれの仕事の割り振りを改めて確認した後、評定《ひょうじょう》は二刻《とき》ほどで終わりとなった。次の集まりは、十八日後となる一月二十五日の亥《い》の刻《こく》（午後十時頃）。従来よりも次の打ち合わせまでの間隔が短く、皆の予定を合わせるには深夜しかなかった。

それでも尚、話し合いの場を持とうとしたのは、これが一筋縄ではいかぬ仕事であると、皆が口に出さずとも痛感しているから。加えて、これまで共に数々の大仕事を成し遂げて来た中で、万全の態勢を敷いたとしても、必ず不測の事態が起こるものと解っているからである。

それもまた、天下でたったこの五人だけが持ち得る感覚であろう。

三成が居城である佐和山城に入ったのは、評定の翌々日、九日の未《ひつじ》の刻（午後二時頃）のことであった。三成に代わって自領を守ってくれている父の正継、家臣たちと年賀の挨拶を交わす。年が明けてから、これが初めての佐和山への帰還である。

兄の正澄《まさずみ》も佐和山での政を代行してくれているが、堺奉行も務めているため堺におり、会えなかった。三成の多忙もさることながら、その皺寄せは石田家全体に及んでいる。

「顔色が優れぬように見える。無理はするなよ」

父がこのように心配するのは常のことである。本来ならば、父は北近江の小領主として生涯を閉じるはずであった。それが三成の途方もない出世に伴い、慣れぬ仕事に奔走するようになった。申し訳なく思うものの、だからといって今更昔に戻ることも出来ない。

「父上こそ。決してご無理をなさらぬように」

と、頭を下げるので精一杯である。

「いや、儂は……お主を誇らしく思っている」

父は二度、三度頷いた。三成は十二歳で寺に入れられた。しかし、結果的に秀吉に見出され、今では天下の政に深く携わるほどの出世を遂げた。そのような三成を一度でも仏門に入れたことに、父が負い目を感じていることは薄々知っていた。

父が寺に入れてくれたから秀吉と出逢い、今の自分があるのだ。そう言ったところで、父にとっては慰めになるどころか、嫌味のように聞こえてしまうかもしれない。三成とすれば、ひたすら役目に励み続け、天下人から頼りにされている姿を見せることで、自分の決断が功を奏したのだと父自身に思って貰うほかない。

「今日はここに泊まるのだろう？」

父は尋ねたが、三成は首を横に振った。

「残念ながら。すぐに北近江の検分に参らねばなりませぬ」

昨日、摂津国高槻の新庄直頼、通称雑斎を訪ねて、醍醐の花見における茶屋の亭主を務めて貰いたい旨を伝えた。その後、北近江の塩津《しおつ》から海津《かいづ》に掛けて醍醐寺に植えられそうな桜の木を検分し、木《き》之本《のもと》の大音《おおと》近くの寺で一泊。払暁には発って昼までに佐和山城に入った。

三日後には大坂に戻らねばならぬため、それまでに近江での桜検分を終えておかねばならない。三成の担当する範囲は野洲川《やすがわ》の北まで。明日は犬上《いぬかみ》郡方面、明後日は八幡から野洲に掛けて検分することになる。そう考えると、今日のうちに五個荘《ごかしょう》あたりまでは終えておきたい。

つまり佐和山にいられるのは二刻《とき》が限界となる。佐和山の政は父と家臣たちで十分にやってくれている。今日は近くまで来たから、様子を窺いにわざわざ立ち寄ったのだ。

「そうか」

父は残念そうに漏らした。

「何かありましたか？」

「いや、今日くらいはゆるりと出来るかと思ったのだ」

三成は暫し考えた後、

「三月十五日の花見には、お越しになりますか。兄上もご一緒に」

と、尋ねた。

「よいのか!?」

「奉行それぞれが家中から人を出すことになっております。見物という訳ではなく、寺の警備など、少々働いて貰わねばなりませぬが……」

「当然だ。弥三郎《やさぶろう》にも伝えておく」

普段、父は自らの子といえども、きちんと官職で呼ぶ。が、この時ばかりは兄を幼名で呼んで顔を綻ばせた。

　これまで父には佐和山を任せ、それが幾ら些細なことだとしても、奉行の仕事に手を貸して貰ったことは一度も無かった。どうしても石田正継ではなく、五奉行の「石田三成の父」として見られる。それを三成は望んでいなかったし、父もいい気分ではないだろうと思っていたからだ。今回は思わず口にしてしまったが、父が存外乗り気であることに少々驚いている。

「では、また仔細は追って報《しら》せます」

「承知した」

　父は背筋をすっと伸ばして答え、三成はやや困惑しつつも頷いてみせた。


　佐和山城に立ち寄ってから三日後の昼下がり、三成は大坂に戻るとすぐに登城して奉行の間へと向かった。三成付きの下奉行と共に、検地に纏わる会合を持つ予定であったからだ。花見の準備を進めながら日常の仕事も滞りなく行わねばならない。これはもういつものことだ。

「増田殿が来られたのか？」

　三成は下奉行の一人にふと尋ねた。長盛付きの下奉行らが慌ただしくしていたからである。

「はい。正午頃お越しになり、指示を出して未の下刻《げこく》には出立されました」

　三成が大坂城に入ったのと、丁度入れ替わりということだ。それにしても長盛の滞在時間は僅か一刻《とき》半である。もっとも長盛に限ったことではなく、他の奉行も似たような忙しさだ。

「今日中に終わらせるぞ。明日には伏見に発つ」

　三成は帳面に目を通しつつ言った。長盛、玄以、正家は自らも亭主を務めねばならぬが、三成と長政はそうではないため、他の亭主の相談、補佐をすることになった。三成は新庄雑斎、東玉の兄弟、御牧景則の三人を担当する。明日は景則と伏見で会って、今後の大まかなことを決める予定を組んでいた。

「皆、頼むぞ」

「はい」

下奉行たちも疲れていようが、三成の叱咤激励に張りのある声で応じた。

その日は夜深くまで仕事を続け、城下の石田屋敷に戻った時には、丑《うし》の刻（午前二時頃）となっていた。明日、景則との約束は未の刻である。一刻半ほど眠って、まだ夜が明けきらぬうちに出立し、伏見にもある自身の屋敷に入ったのは正午過ぎ。すでに景則が到着しているという報せを聞き、予定よりも早く打ち合わせを始めることとなった。

御牧景則は当年で確か齢五十六。三十九歳の三成よりも随分と年上であるものの、緊張に頰を強張《こわば》らせている。こうして二人で膝を突き合わせて話すのはこれが初めてであった。

「真《まこと》に私でよろしいのでしょうか……私はご存知の通り無骨者で……」

景則は亭主を務める他の面々をここで初めて知り、明らかに動揺を隠せないでいる。他は万石の大名衆なのだ。唯一の例外は益田照従だが、それでも各地の所領を合わせて五千石ほどを食んでおり、連歌《れんが》や茶の湯にも精通する文化人として知られている。一方、景則の石高は千石。しかも、茶の湯を学んだことも、歌を詠んだこともなく、風流が何たるかも知らないと言う。狼狽えるのも無理はないだろう。

「よいのです。貴殿の誠心を見込んでのことです。私が精一杯お助けします」

「そのような情け深い御言葉を掛けて頂けるとは思いもよらず……かたじけない」

「私はもっと居丈高だと思っていましたか？」

「いえ、滅相もない……」

「正直に仰って下さい」

三成が淡々と言うと、景則は苦しそうではあるがようやく頰を緩めた。

「はい。正直なところ」

「そうでしょう」

奉行として粛々と政を取り仕切ってきたが、決定が意に染まなかったり、権勢を妬んだりして、悪く言う者がいることは重々承知している。概してそのような意見こそ流布されるものだ。

「しかし、こうして会って話してみなければ解らぬものですな」

「まだ本性を見せておらぬだけで、その者たちの申していることが真かもしれませぬぞ」

「いえ……それくらいは拙者にも解ります」

「そうですか」

自身でも愛想の無い返事になってしまったと思ったが、景則はむしろ満足げに目を細めた。

「何かお考えのことはありますか？」

三成は咳払いをして本題を切り出した。景則には亭主を務める依頼と共に、何か腹案が思い付けばこの場で聞かせて貰いたいと予め伝えていた。

「一応、考えました」

景則は懐から巻紙を取り出すと、畳の上を滑らせて前に出した。

「拝見します」

三成は時を掛けてじっくりと目を通した。

「如何でしょうか」

景則は不安そうに顔を覗き込む。

「費えは気にせずともよいとお伝えしたはずですが……」

三成は書状で此度の一切合切の費えは豊臣家から出す旨を伝えていたはずである。

「お聞きしております」

「遠慮は御無用です」

「遠慮……ですか？」

景則は怪訝そうな顔で見つめる。景則が出して来た案は、茶屋というにはやや大きいといった程度の変哲も無い木造の茶屋である。自身の茶屋が七番目ということもあり、その頃には疲れも出ているだろうと、秀吉だけでなく、女房衆も出来るだけ腰を掛けられるように。そう考えて縁《えん》を長くしたらこうなったらしい。供する食い物も、ただ塩を振って焼いた山女魚《やまめ》。庶民からすればご馳走には違いないが、秀吉にとっては素朴過ぎるであろう。

ただ、景則はこれでも十分に費えを使っていると本気で思っているらしい。景則の朴訥な性格を表している。それだけに三成は何と言えばよいか迷ったが、ここは真っすぐに伝えた。

「御牧殿、天下一の花見です。いや、後にも先にもこれほどのものは無いという花見にせねばなりません。よって費えは青天井とお心得下さい」

景則は瞠目《どうもく》しただけでなく仰《の》け反《ぞ》った。事実、秀吉からも費えは幾ら掛かってもよいと言われている。景則はそこまでとは思っていなかったのだろう。だが、そう聞けば、もっとやってみたい趣向がきっとあるに違いない。

「では……今少し茶屋を大きくしますか。それならば皆が腰を掛けられるかと……」

「茶屋の意匠に何か望みはありませぬか。金屏風を置きたいとか、壁に銀箔を張りたいとか」

「銀箔はすぐにくすんでしまいますが……」

「よいのです。その日しか使わぬ茶屋です」

「え……終われば取り壊すのですか？」

「左様。そう決まっております」

花見が終わった後、桜の木はそのままだが、茶屋は全て壊して取り払うことになっている。

「しかし、拙者は金だの、銀だの、そのようなものは望んでおらず……」

「あくまで譬えです。御牧殿の思うままやってよいということ」

「ならば拙者はこのままで良いと。今少し大きな茶屋を建てさせて頂ければ十分です」

景則は訥々《とつとつ》と語った。

——困った。

それが三成の正直な気持ちである。景則の誠実な人柄は申し分ない。しかし、自らも言うように無骨過ぎる。三成とて自身を風流とは思わぬが、それにしてもその程度の茶屋、食い物では秀吉は満足しないだろう。何より景則の評価が落ちることが不憫である。

「御牧殿、恐らく他の亭主は今少し豪奢なものにするはずです」

三成はやんわりと伝えた。

「そういうことですか……」

景則は掠《かす》れた声で呟いた。流石にこちらの意図は伝わったらしい。

「御牧殿の心構えは殊勝なことです。しかし、そこは周りに合わせたほうがよろしいでしょう。思いつかぬと仰せならば、一つ前の長束殿を参考になされては如何でしょうか」

「それで殿下はお喜びになりますか？」

景則は不安げに尋ねた。判断が付かぬからこそだろう。

「きっとお喜び頂けると」

三成がそう言うと、景則は自らに言い含めるように幾度か頷き、従うことを決めてくれた。

景則には無難にお役目を終えて欲しい。幸いにも景則の次、八番手の新庄東玉も三成の担当である。六番手の正家からここは上手く繋ぐことに専念し、最後に一段と華やかな趣向で締め括ればよい。三成はそのようなことを考えながら、景則との一度目の打ち合わせを終えた。

御牧景則との打ち合わせの翌日、近江の新庄東玉が伏見にやってきた。この日の東玉の着物は風と鳥の絵を金糸であしらったもの。景則と同じ年頃であるが、この一点だけでも洒脱さに溢れており、こちらはあまり心配が無いように思われた。

これも景則の時と違い、一刻も早く自身の案を見せたくてうずうずしているようで、東玉は雑談もそこそこに本題に入り、紙を差し出した。

「これを御覧頂きたく」

東玉の考案した八番目の茶屋はこうだ。

まず醍醐寺の中に湧いている岩清水を使った手水所《ちょうずしょ》を設ける。手水所のすぐ横には木枠を取りつけ、物干し竿のような棒を渡したものを数段作り、色とりどりの手巾《しゅきん》を幾枚も掛けておく。見た目にも美しいし、秀吉や女房が好みのものを選ぶことで、一つの会話が生まれる。

そこから少し進むと、ぐるりと柴垣が結び巡らされた建物があり、その切れ目となる入り口は竹で作られた編戸《あみど》になっている。その編戸を開けて中に入れれば、塩屋《しおや》風の茶室が姿を現す。表には瓢箪《ひょうたん》、扇、団扇《うちわ》などが吊るしてあり、まるで仙人の棲み家のようでもある。破風《はふ》には臨済《りんざい》宗の僧、寂室《じゃくしつ》禅師の手に拠る「光相庵」と揮毫された扁額を掛ける。少し前に東玉が求めて手に入れたらしい。これで聖人の気配を漂わせるという訳だ。

段階《きざはし》を上がってみれば、一方には見世《みせ》棚を構えて、張子雛《はりこびな》、櫛、針、染糸、絹糸、畳紙《たとう》、手巾、播《はり》磨《ま》杉原《すぎはら》紙、美濃紙、高檀紙《たかだんし》などが並べられている。これらは「売り物」の態《てい》を取りつつ、女房衆が求める品をお土産として持ち帰れるというものだ。さらにもう一方に火鉢を幾つか据え、そこで炙《あぶ》り餅を作り、選び終えた女房衆にはそれを味わいながら待って貰う。

その奥には茶室を構え、中は香を焚《た》き染《し》めて、硯《すずり》や筆を備えておく。これもまた彩り豊かな短冊を用意し、即興で詠んだ歌を書いて楽しんで貰おうという心づくしである。

「お見事です」

三成は全てに目を通し終えると、東玉に向けて大きく頷いた。雅にして豪華、さりとて嫌らしさはなく風流を極めている。細やかなところにまで目が向けられ考え抜かれていた。まさしく醍醐の花見、最後の茶屋に相応《ふさわ》しいと言えよう。

東玉は三成の顔色を窺いつつ、

「少々費えが……」

と、ぽつりと漏らした。

「それは構いませぬ」

「安堵致しました」

東玉は間髪を入れずに応じ、まことに嬉しそうに頬を緩めた。此度の費えが青天井であることは、東玉には端から察しが付いていたのだろう。その上でよい機会だと、自らの理想を実現させようとしたのではないか。とはいえ、それで秀吉を満足させられるのならば一向に構わない。打ち合わせは円滑に進んで半刻ほどで済んだ。

――皆はどうだ。

大坂への帰路、三成は馬に揺られながら考えた。全く問題が無いという訳ではないが、ここまで概ね上手く事が進んでいる。他の奉行の受け持ちの進展が気に掛かるところだ。

昔は己の役目をやり切ることだけが頭にあり、他の奉行の仕事に想いを馳せることなどなかった。共に仕事をするようになって数十年、今でも仲がよいという程ではないものの、これも変わったことの一つである。

一月二十五日の夜半、三成は大坂の自身の屋敷を出た。

「急ぐ」

供の者たちに短く言い、三成は歩を速めた。本日、醍醐の花見の二度目の評定が開かれる。すでに戌《いぬ》の下刻（午後八時半頃）、間もなく約束の亥の刻になろうとしている。

先約の宮城《みやぎ》豊盛《とよもり》との会談が長引いてしまった。宮城家は石田家と同じく近江出身で、元は浅井家の被官であった。当時は宮城家のほうが領地が多く、家格も一段高かったが、歳がさほど離れていないこともあり、浅井家時代からの旧知である。豊盛も秀吉が近江長浜城に入った時に召し抱えられて功を上げ、豊後国内に五千石を得た。他に豊後国日田《ひた》郡の豊臣家蔵入地の代官にも任じられている。

が、この蔵入地を管理する帳簿を紛失するという事件が起こった。豊盛は大胆な男ではない。むしろ臆病な性質である。故に横領のような大それたことをしたとは思えない。長年に亘って仕事を務めて来たことによる慣れから生じたものだろう。同じ失態が起こらないような仕組みを作り、豊盛当人を厳しく戒めたが、思った以上に時を要してしまった。

——貴殿にはしかとして貰わねば困ります。

三成は最後にそう付け加えた。

やはり秀吉の体調は優れないという。もし万が一、その時が訪れれば、唐入りは即刻中止となり、朝鮮に渡っている十数万の兵を無事に撤収させる一方で、明《みん》国、朝鮮には秀吉のことは隠しつつ交渉を進めねばならない。そこには外交経験のある者は総動員する必要があり、豊盛の力も不可欠となってくる。だからこそ、こんなことで瑕疵《かし》を負って貰っては困るのだ。豊盛はそれに気付いているのか、気付いていないのか、額に汗を滲ませながら平謝りして辞していった。

——まことに花見は出来るのか。

今宵の月は細いが、風が強いため篝火《かがりび》も焚けぬ。薄暗い大坂の町を進む中、三成は遠くに香り始めた春の匂いに問うた。花見は三月十五日と定められているものの、その時に秀吉がどのような状態かは解らない。しかし、秀吉は事あるごとに花見について周囲に話すらしく、頗る楽しみにしているのは間違いない。この花見で少しでも元気を取り戻して欲しい。三成の胸の内にはその一念があった。

「遅くなりました。宮城殿との話が些か長引きました」

三成が奉行の間に入った時、他の四人はすでに揃っていた。

「例の件だな。いかがであった？」

長盛が尋ねる。

「着服はないかと。慣れによる無精といったところです」

「それならば、叱責に留めるのが相応か」

長政が顎に手を添える。

「はい。減封《げんぽう》はちとやり過ぎになるでしょう。しかし……」

三成が言葉を濁らせた。豊盛は三成と旧知であり、臨時奉行を務め外交を担うなど他の奉行とも関係があるため、反奉行の連中からは「奉行派」の一人と思われている。此度の失策で領地を削られることもないとなると、奉行が身内に甘く裁断したのだろうと囀《さえず》る者も出て来ることが予想出来る。

とはいえ、そうした圧に屈して、必要以上の罰を与えれば、豊盛にとってはたまったものではない。

三成としては、あくまで冷静に処したつもりである。

「気にするな。そのようなことに囚われる必要はない」

長政は首を横に振り、

「過日はすまなんだ。儂も余計なことを話した」

と、付け加えた。長政にも奉行の矜持《きょうじ》がある。この場にいる者は皆が同様、政に私心は挟まないことを互いに知っている。しかし、他の者は大半がそうは思っていない。長政もまた東国大名の取次で、私腹を肥やすために大名を取り潰したなどと謗《そし》られている。もし叶うのならば、

――そのような単純な話ではない。

と、言い放ってやりたい。だが、そんなことは言えるはずもなく、言ったところで理解はされぬ。結局のところ、奉行は粛々と天下のために働くほかないのだ。

「失った帳簿は一年分ですね？　一度見たことがあり、凡そは覚えています。何処かで時を見つけて豊後に参り、私が宮城殿と共に作り直しましょう」

正家がひょいと言った。

「よろしいか。かたじけない。実はそうお願いしようと思っていました」

三成が頭を下げると、正家は当然とばかりに口辺を緩めて切り出した。

「さて、やりますか」

「珍しくやる気じゃな」

玄以が皮肉交じりに片笑んだ。正家は検地など数に纏わることには意気揚々としているが、このような催しものに関しては、いつもあまり乗り気に見えないからだ。

「やる気がないのではなく苦手なだけ。しかし、そうも言っていられませんから。殿下には楽しんで頂かねば」

玄以がふっと息を漏らし、長盛も大きく頷く。皆、三成と似たようなことを思っているらしい。

「まずは拙者からでよいか。結論から申すと桜を植えることは出来る」

長盛は端的に前提し、さらに詳しく話し始めた。醍醐寺は概ね桜を植えられる土壌である。ただし全てがそうではないため、その地に関しては、外から土を運んで改良する必要がある。ただ、これは然程問題ではない。

「厄介なのは六百もの桜となれば、地形そのものを変えて、植える場所を作らねばならぬということだ」

醍醐寺にはあちこちに勾配があり、中には小さな崖のように切り立った箇所もある。これらの幾つかを削り埋め立てて均《なら》さねば、全ての桜を植える場所は確保出来ない。こちらは土壌を改良するのとは異なり、些か大層な工事となってしまうとのことである。

「ちと騒がしい仕儀になるということじゃな。寺には儂から話を通しておこう」

玄以がすぐに当を得た回答をし、長盛は感謝を述べながら尋ねた。

「で、肝心の桜はどうだ？」

「まず私の受け持ちである南近江から」

正家は軽く手を挙げて話を始めた。

「堅田で十九本、坂本《さかもと》から二十四本、大津にて四十五本、膳所《ぜぜ》より二十一本、瀬田《せた》は十七本で……南近江で二百三十一本を押さえました」

「かなり集めましたな」

「少々気張りましたが、力を貸して下さる方も多くて助かりました。大津宰相など、持っていけ、是が非でも持っていけと、二の丸の桜まで根こそぎ下さりましたので」

大津宰相とは京極高次のこと。事情を告げると、それは大変、殿下が楽しめるならばと、大盤振舞いしてくれたらしい。

「その桜は儂が植えたのじゃがな……」

長政がぼそりと零した。かつて大津城は長政の城であった。正家は気にせず話を継ぐ。

「丁度、外堀の改修で穴太衆が入っていましたので、石船を使って運ぶ了承も増田殿の代わりに得てきました」

正家の報告が終わり、同じ近江ということで三成が話し始める。

「続けて北近江ですが、結果は百七十九本と二百には届きませんでした」

南近江に比べ、北近江は山林が多い。中に分け入れば取れる桜はあるものの、残された時を考えれば効率が悪い。よってそれらは一旦保留とし、比較的容易く運べる場所の桜だけを選んだ。三成の領地である佐和山からは特に多く、三十九本を醍醐寺に提供することになっている。

「六百に足りぬとなれば、山に入って取るか、伊賀か大和方面にまで手を広げるのがよいかと」

三成は自身の考えも添えて話を締めた。

「次は山城じゃな。何百年と根を張った地侍ばかり。桜の由来を述べて文句を言われるやら、儂のことを嫌う者も多いやらで、散々に苦労したが……二百六本。これで足りるじゃろ」

長政は少し得意げに言った。

「しめて六百十六本ですな」

正家が即座に合計を出し、皆で顔を見合わせて頷いた。

「次は茶屋じゃな。一番から順に話すがよいじゃろう」

玄以が次に話を進めた。

「儂から話そう」

一番茶屋の益田照従と、三番茶屋の小川祐忠の受け持ちである長政が口を開いた。まず照従の茶屋は、醍醐寺の境内に山川が漲《みなぎ》り下って、水が逆巻きに流れる箇所があり、そこの畔《ほとり》に建てたいとのこと。その渦の起こる場所に、細工を施した欄干の反り橋を掛けて茶屋へと誘うという。

「二番の新庄雑斎殿ですな」

三成が引き取って話し始めた。

茶屋そのものはごく普通である。そのほうが真に見せたいものが映えると雑斎は考えていた。茶屋の近くにある岩の間から流れた清水を貯める池を作り、立派な鯉《こい》や鮒《ふな》を放っておく。餌を用意することで、女房衆には普段しないであろう餌付けを楽しんで貰おうという趣向だ。

唐崎の松が枯れるのを見かね、植え替えた弟に協力した雑斎である。樹木に対しての造詣と愛情が深い。この度の花見では桜を植え替えるが、雑斎の茶屋の近くにはさらに松、杉、椎の三本を植える。それぞれの美しさを見つつ、他の木を眺めることで、改めて桜の良さにも気付いて頂きたいと語っていた。

「実に雑斎殿らしいことじゃ。さて、再び儂か。小川殿はこのように」

長政はそのように感想を添え、再び語り始めた。

三番目の小川祐忠。茶屋は茅《かや》の垣根で囲われ、屋根も同じく茅葺き。内部は敢えて古びた畳を敷き詰めており、一見すると粗末な造りである。ただし南側の破風には繋馬《つなぎうま》の絵が描かれるなど、細部に拘りがある。また建物は一つではなく、茅葺きの辻堂のほか、社などに設けられている荷茶屋《にないぢゃや》もある。これは外に腰掛けを設《しつら》え、景色を眺めながら茶を喫したり、菓子を食べたりするものだ。さらに優れた芸人を配し、操り人形などを観覧して貰う段取りを組んでいるらしい。

「金の掛けどころが小川殿らしい。次は拙者ですな。このように考えております」

長盛は嘆声を漏らしてから話し始めた。四番目の茶屋は祐忠の茶屋から十五、六町と、随分と離れたところに設けるという。三番茶屋から上にずっと進んでいくと岩窟がある。その岩窟を茶屋にしようというのである。

とはいえ、地にはきちんと畳を敷き詰めて、秀吉の御座所、女房衆の居所を造る。茶屋全体の中頃に当たり、三番茶屋からここまで暫し歩くこともあり、汗を掻く者がいることに鑑みて行水所まで拵《こしら》えるという。実際に頭から水を被る者は出ないだろうが、手や顔を洗うだけでも幾分汗は引くだろう。

茶屋を八つも建てるには、相当な時と金が掛かる。自分の茶屋だけでも手軽に、費えも抑えようとするのが、何とも建築を担当する長盛らしい。それでいて一風変わった趣向であり、秀吉や女房衆もきっと喜ぶに違いない。

「増田殿の茶屋は存外に派手じゃ」

玄以は舌を巻いた。

「己の茶屋の設営に掛ける手間を減らしたかったもので……まずかったでしょうか？」

「いいや、むしろその方が良い。儂の茶屋はさほど変わったところはない故な」

五番目、玄以の茶屋は素材、調度品などは良き品を使うが、ごく普通の仮屋風のもの。

「皆が皆、変わった趣向ではな。他の方々を目立たせる為にも、箸休めのようなものじゃ」

玄以は微笑みながら付け加えた。奉行は全体のことを考慮せねばならない。他の亭主が凝った趣向にすることを予想し、敢えて自分の茶屋は目立たぬようにしたということだ。

「私も似たようなものです」

正家が横から口を開いた。六番目の茶屋の亭主は正家である。玄以のものよりは豪華な造りにしてあるが、それでも特筆するほどではない。しかし、異なるところもある。それは大きさだ。八つの茶屋の中で最も大きく、もはや屋敷と呼べるほどの規模である。

「夕餉《ゆうげ》を取って頂く予定ですから、やはりこれくらいにはなります」

正家はさらに続けた。他の茶屋でもそれぞれ工夫を凝らした食い物が出るが、膳を用意した食事はここだけになる。自然、皆が建物の中に入れるほどの広さが要るということだ。

「七番、八番の次第はこのように」

三成は七番の御牧景則、八番で終わりとなる新庄東玉の趣向を続けて話した。四人の奉行の反応は、三成が初めて当人から話を聞いた時と似たり寄ったりである。東玉の感性の良さを褒め称える一方、景則の無骨さに不安を抱いていた。しかし、三成がしっかりと支援すると聞き、ようやく安堵したようである。

「あとは食い物だが……」

長政がそう切り出して話題が移る。六番茶屋の料理を軸とし、それより前では小腹を満たせる程度のものを、後ろでは水物や甘味を供してはどうか。それぞれの希望に鑑みつつ、そのような調整を行っていった。

こうして醍醐の花見の内容が詳《つまび》らかに決まったことで、あとはそれに向けての準備を滞りなく進めるだけ。未曾有の花見が催されるその日まで、残すところ五十日ほどである。


五奉行の面々は、それぞれが受け持ちの仕事をこなしていた。

長盛は北野の大茶会を上回る数の人夫を大動員し、醍醐寺の地形、土壌の改良を行うと同時に、八軒の茶屋の建設に着手した。

長政は綿密に当日の警備計画を練る。かつて刀狩りを行った時以上の厳重さとなろう。

桜の運搬の総指揮を執るのは正家だ。運搬を担う人夫、荷車、船、全てを一切の無駄なく動かすための計算は、あの難題だった検地に比べれば朝飯前といった様子である。

玄以は化け遊びの後から随分と愚痴が減ったように思う。この度も、よき催しにせねばと下奉行らを鼓舞し、醍醐寺は勿論のこと、周囲の寺社にも配慮しつつ、協力を取り付けていた。

そして三成は――。当日、参加する秀吉の女房衆、豊臣家直臣、大名たちの選定、どの順で会場に入れるかを調整していく。此度は何か漏れ落ちがあるのではないかと、逆に不安になるほど順調にことが進んでいった。

ただ、一つだけ不安が的中した。招く予定のなかった男が、三成のところに書状で参加を申し出て来たのだ。

「家康……」

三成は書状に目を通しながら唸った。

こちらの多忙に気を遣ってくれたことは痛み入る。しかし、殿下肝煎《きもいり》の花見とあれば、大老たる自分が出ぬという訳にはいかない。いざという時には、殿下の楯になる役目も必要かと思う——。

至極全うなことが書き連ねてあったが、それはあくまで表向きのこと。どのような魂胆があるのか解ったものではない。これればかりは一人で決断する訳にいかず、他の四人の奉行に急ぎ書状を送って諮った。

数日のうちに皆から返書があった。長政を除いて、いずれも溜息や苦笑が染みついているかのような内容である。

家康は五大老の筆頭。当人がそもそも日ノ本にいるのに外すほうがおかしい。とはいえ、今から何か「役目」を与えて、例えば陸奥、例えば薩摩などに追い払うのは露骨が過ぎる。反奉行派の者たちが喚《わめ》き出すだろうし、家康も扇動するだろう。それは最も厄介だ。

故に家康は多忙だからと忖度した、という拙い理由で外していたのだ。家康が興味を持っていないのならば、時も金も使ってまでわざわざ来たいとは思わぬだろうと。

しかし、こうして家康が言って寄越して来た以上、断わる理由は何も無い。無理やりでも理由を付けようものならば、秀吉に祝いの品を贈り、行きたいのに行けぬ訳と経緯を告げるだろう。秀吉は何故、奉行たちが家康を外したのかを察してくれるはず。とはいえ、秀吉としても家康に面と向かって告げられれば、やはり是非参加してくれと言わざるを得まい。

花見まであと二十一日。そろそろ家康に向けて返書を出さねばならぬ。その日の仕事の差配を終えた後、三成は下奉行の間の片隅で黙考していた。下奉行はそれぞれの仕事に掛かるべく部屋を後にしたが、一人だけ残っていた者が声を掛けて来た。

「石田様……」

「む……駒井《こまい》殿、如何した」

三成ははっとして応じる。この下奉行の名は駒井重勝《しげかつ》と謂う。今年で齢三十三となるが、童顔であるため二十三、四にしか見えぬ。

「八右衛門《はちえもん》で結構ですよ」

「そういう訳にもいくまい。お主も今や二万五千石の大名……いや、加増があって二万六千だったか」

「長束様のようですね」

八右衛門はくすりと笑い、三成もふっと息を漏らした。

駒井八右衛門重勝は三成と同じ近江の出身。父は六角家の被官であり、こちらは正家と同じ境遇である。六角家が織田家に滅ぼされた後、父が秀吉に召し抱えられた。三成が家臣になってから少し後の話だ。父は文武共に並といったところだったが、この八右衛門は違った。

若き頃から実力を遺憾なく発揮し、二十歳で大津奉行に抜擢され、その後も草津《くさつ》代官、矢橋《やばせ》代官を歴任。腕を買われて秀吉の養子、豊臣秀次《ひでつぐ》に附けられて祐筆《ゆうひつ》、蔵入地の管理も務め上げ、僅か二十六歳で豊臣の姓を下賜された俊才である。

「今は二人きりですのでお気になさらず。私は石田様に八右衛門と呼ばれるのが好きでして」

「散々、その名を呼んで叱っただろう？」

「ええ。八右衛門、横着をするな。八右衛門、仕事は段取りが八割と申したであろう……」

八右衛門は三成の真似をして戯《おど》けて見せた。よく似ており、三成は苦く頬を緩める。

「期待して下さっていたからでしょう？　故にそう呼ばれたほうが、身が引き締まるのです」

八右衛門は、にこりとえくぼを作った。

「そうか。で、珍しいな。もしやあのことか。力になるぞ」

三成の脳裡に浮かんだのは、亡き豊臣秀次のことである。今から三年前、関白の秀次が謀叛の廉《かど》によって切腹を賜った。秀次の多数の側室や子、縁者に至るまで死罪となり、連座する家臣もかなりの数に上った。八右衛門は事件の二年前、秀次附きを外されて秀吉の直臣となったため難を逃れたものの、元同輩たちの死を悼み、残された家族の世話に奔走していることも三成は知っている。

「いえ、違います。石田様には、すでに十分お世話になっております。それなのに……」

八右衛門は表情をさっと曇らせた。

「気にしていない」

三成は平然と言い切った。秀次の一件は三成が暗躍していたという噂が流布している。事の処理に最前線で当たったことは確かだが、事実無根である。むしろ、三成はこの件を内心で苦々しく思っていたし、秀次はともかく、その家臣たちに強く同情した。故に秀次の家臣で、連座は免れたが放逐となった者を一気に召し抱えている。

結果、秀吉にも思うところがあったのだろう。それについて何か言われることは無かった。それなのに、未だに黒幕だとほざく者がいることに、三成は呆れ果てている。

「しかし……」

八右衛門は納得出来ぬらしく、険しい面持ちで歯を食いしばった。

「もうよい。お主のように解ってくれる者もいる。で、話は何だ？」

三成は努めて語調を明るくして話を戻した。

「例の書状のことです。もう猶予は無いかと」

八右衛門は静かに言った。家康への返書についてである。他の奉行に諮るために時を稼いでいたが、これ以上はもう引き延ばせない。断るという選択肢が無いことも解っている。それでも三成は際の際まで、つまり今まで悩んでいた。

「内容を仰って下されば、私が代筆致します」

八右衛門は自信を漲らせて言った。この若き下奉行の最も優れたる才は文筆であった。奉行の中でも頭一つ抜けている。その才は役目に用いるだけでなく、日記をしたためているともいう。八右衛門の記録ならば、いずれは相当な価値になるのではないかと三成は思っている。

「ふむ……それは助かる」

「内府殿は……それほど危ういとお思いですか」

流石、八右衛門である。このような話をしたことが無いにも拘わらず、三成の心中を見事に察していた。

「正直なところ、私にもはきとは解らない」

三成はゆっくりと首を横に振った。想像とは違う答えだったようで、八右衛門は目を丸くしている。天下を簒奪しようとしている証は無いし、家康ほどの男が今の段階で研いだ爪を見せることはない。結局、その時になってみないと解らないというのが真実。嘘を言いたくはなかった。

「私は左様に考えている。ただそれだけだ」

三成はそう付け加えた。

「万が一、その通りになれば？」

「さて、如何にするか」

苦々しく頰を緩める三成に、八右衛門は眉を開いた。これもまた意外だったのだろう。家康如きに豊家《ほうけ》の屋台骨は揺るがせられぬだとか、必ずや自身が討滅するとか、即座に返すものと思っていたらしい。しかし、三成はそれほど安直に考えてはいない。豊臣家が実際にそこまでの結束を見せられるか不安であるし、自身にそんな力が備わっていると己惚《うぬぼ》れてもいない。

「とはいえ、それを論じても詮無きこと。すでに幾つか手は打っているが、どれほど役に立つものか。ただ……」

三成はそこで言葉を切ると、八右衛門を真っすぐ見据え、

「内府を止めてみせる。たとえ死することになろうとも」

と、凜然と断言した。八右衛門が微かに身震いしたが、ふわりと息を漏らして軽妙に言った。

「その時は私もお供致します」

「止《や》めておけ。勝ち目は薄いぞ」

「心配ご無用。私は存外しぶといのです。敗れたとしても飄々と生き残ってみせます」

八右衛門が悪戯っぽい笑みを浮かべる。その時は共に死ぬ、などと言われるより余程気楽だ。

「では、頼むとしよう」

三成としては精一杯の軽口のつもりで返した。

「しかし、まずは……ですね」

「ああ、何としても成功させねばならぬ。内府が何かを企んでいたとしてもな」

三成は腹を括って、八右衛門に文机《ふづくえ》の前に座るよう促した。一言、一言、心中で吟味してから言葉を絞り出す。八右衛門はそれに従い、清流を木の葉が流れるように柔らかく、それでいて木板に鑿《のみ》で刻むように力強く、白紙に文字を並べていく。美麗な修飾を羅列してはいるものの、最小限に要約するならば、

——是非、お越し下さい。心よりお待ちしております。

と、いうもの。相手は五大老筆頭の内大臣、徳川家康である。

三月十五日の朝、秀吉は醍醐寺に向けて伏見城を出発した。女房衆、女中、近習《きんじゅう》、護衛を務める豊

臣家家臣ら含めて総勢千三百人を超える行列である。醍醐寺までの道は全て警備の対象となっており、幾人かの大名衆のほか、五奉行の家臣を総動員している。その数は優に五千を超えて一万に届くほど。

「気を引き締めよ」

秀吉が到着するまで、三成は醍醐寺の境内を見回り、方々に声を掛けた。ほんの些細な瑕疵もないか、最後の最後まで確かめるためである。

八つの茶屋は打ち合わせ通りに建てられ、振舞われる山海の幸も全て揃っている。食材が傷んではならないと、近隣の氷室から氷を集めて冷やすこともしている。そして何より、

――この桜だ。

三成は見事に咲き誇る花々を見上げた。近江、山城の各地から七百本以上の桜が集められた。やはり運搬の途中、枝が折れたり、幹に傷が付いたりという事故が起こり、新たに調達せねばならぬこともあった。が、駆り出した人夫を監督する人数を増やしたり、巨石さえ運搬する穴太衆の力をさらに借りたりして、何とか全てを運び終えた。

秀吉は桜の咲く頃を考慮して日取りを決めたであろうものの、これればかりは気候の影響を受けざるを得ない。しかし、結果は天に祈りが届いたかのような満開。しかもあと一、二日もすれば、花弁が散り始めそうな見頃の時期である。その上、雲を見つけるのも苦労するほどの晴天。見上げた薄紅色の花の向こうに、春の柔らかな青空が広がっている。

とはいえ、心配は尽きない。まだ猶予があると見て、茶屋を順に回る。本日三度目である。八番茶屋に差し掛かったところで、三成の目に父正継の姿が飛び込んで来た。三成も家中の者を出しているが、正継はこの八番茶屋の警備に割り当てられたのである。

「間もなくです。お願い致します」

三成は正継に向けて会釈した。一度目と二度目は、正継も警備の漏れがないか見て回っていたよう

で、これが本日初の顔合わせとなる。

「心底驚いている。素晴らしい花見になりそうだな」

「兄上も同じことを」

兄の正澄もまた来てくれている。こちらは三番茶屋付近の警備に当たっていた。

「正澄はしかとやっているか」

正継は不安そうに零した。正澄も堺奉行を務めているほどの身代なのだ。しかし、いつまで経っても親は子を心配するものなのだろう。

「少し落ち着きはありませぬが。誰もがそうなります」

「お主は……いや……儂が何かを言うまでもないな」

正継は自らに言い聞かせるように二度、三度頷いた。

「ご安心を」

三成は力強く頷き返し、その場を後にした。

伝令が寺に駆け込んで来て、あと四半刻足らずで秀吉が到着する旨を告げる。五奉行は揃って出迎える段取りとなっている為、三成はすぐに門へと向かった。気が逸《はや》っているのか足早になったこともあり、門に辿り着いた時は、他の四人はまだ誰も来ていなかった。

「お主、何を……」

三成は吃驚した。ここにいるはずのない者がいたからだ。

「晴れて良かったな」

大谷吉継である。こちらが驚くのを余所《よそ》に、世間話をするかのように言った。

今日も白い頭巾をすっぽりとかぶっており、両眼と鼻柱しか見えない。ただ、その僅かに覗く肌もかなり爛《ただ》れているのが解る。何より立つのも覚束ないのか、黒木の杖を突いて躰を支えている。大谷家の家臣たちも、いつ主君が倒れても支えられるように近くに侍っていた。

「何故、ここにいる」

門の警備は大谷家が担うことになっていた。が、吉継は病状が芳《かんば》しくないため参加は難しい。それは奉行たちも重々承知の上である。大谷家は吉継がよく取り纏めており、家老たちも優秀な者ばかりが揃っている。この花見の幕開けたる門は、名代の家老であったとしても、大谷家に任せようということで決まったのだ。

それなのに吉継がいる。しかも半刻ほど前、ここに立ち寄った時はいなかったのに。

「今日は躰の調子が良いのだ」

「とてもそうは見えぬし、仮にそうであったとしても任せておけばよい。お主の家臣はいずれも秀でた者ばかりだ」

「奉行殿に褒められたぞ。良かったな」

吉継は左右に振り返り、居並ぶ家臣に向けて言った。家臣たちは微笑みながら、三成に向けて会釈をしてくる。何とも好ましい者たちである。が、吉継は今の仕草一つにしても、首が回り難そうであった。声も随分と嗄《か》れている。三成は下唇を嚙みしめて言った。

「良いから帰って――」

「お主が心配だから来た」

三成が全てを話し終える前に、吉継は被せるように言った。頭巾の上からでも片笑んでいるのが解り、三成は苦々しく頬を歪めて返した。

「まったく……己の躰の心配をしろ。お主から見て俺はそれほど頼りないか」

「仕事振りは心配しておらぬ。しかし、稀《まれ》に頭に血が上る故な」

吉継が来た訳が解ったような気がした。恐らくは家康が参加することを聞いたのだろう。

「解った。しかし、無理はするな。気分が優れぬようなことがあれば、すぐに休んでくれ」

「任せておけ」

吉継は家臣たちが手助けをしようとするのを手で制し、持ち場へと戻っていった。そこには床几《しょうぎ》が置かれている。秀吉が到着するまでは座っているつもりらしい。

そうこうするうち、玄以、正家、長政、そして長盛の順に、五奉行の面々が集まって来た。いずれもやはり吉継がいることに驚いており、三成はその都度、一通り事情を説明した。

それから暫くして、門前の通りが俄かに騒がしくなった。秀吉の行列が近付いて来たのである。醍醐寺の周辺は特に警備が厳重であるものの、行列を一目見ようと人々が集まっているのだ。警備の侍たちが整然と立ち並ぶ前、三成らは揃って頭を下げて出迎えた。

まず門を入ったところに、歓迎するように桜を数十本植えてある。女房たちはそれを見て、早くも口々に感嘆の声を上げた。警護の近習たちもあまりの見事さに息を呑み、中には役目を忘れそうになるのを堪《こら》えるかのように、首を振っている者もいた。

此度の催しの為だけに、門の脇に家屋を建てた。奉行たちの間では「門所」と呼んでいる。ここに駕籠《かご》を付け、これより先は徒歩で巡ってもらうことになっていた。

「暫し御休息下さい」

玄以が前に進み出た。門所には三十畳の間も用意してある。秀吉一行にはそこで暫し休んでもらう。その間にやらねばならぬことがあるのだ。

境内には、さほど広くはない道もある。石段を作って均したものの傾斜もあった。千三百人がぞろぞろと動いていては時を要してしまうし、人波に圧《お》されて転倒する危険もある。そこで百人ずつ、十三の組に分かれ、時間差で出発することにした。当然、秀吉は一番目の組だ。その組に三成と長政が付く。他の十二組は八右衛門ら下奉行が案内する。長盛、玄以、正家の三人は出迎えが終わってすぐ、それぞれが亭主を務める茶屋に戻ることになっている。

下奉行総出で組み分けを行っている最中、駕籠を降りた秀吉が三成のもとに近付いて来た。

三成はぐっと口を結んだ。改めて顔を正面から見ると、前回目通りした時よりも一層、頬がこけていることに気付く。しかし、その表情は光が差したように明るい。目にも力が戻っている。このような秀吉の嬉しそうな顔は、ここ暫くはとんと見ていない。

秀吉は近くまで来ると、ちらと一瞥し、心配ないのかと耳元でそっと尋ねた。秀吉が一瞬見た先に、吉継の姿がある。床几から腰を上げ、しかも先ほどの木杖も使っていない。

「再三、無理はするなと申しましたが聞き入れませぬ。万が一の時に備え、ここに私の手の者を残しておきますのでご安心を」

秀吉が気に掛けず花見を楽しめるようにと、三成は事情を話した。秀吉は苦笑して頷き、吉継に向けて軽く手を上げた。吉継もまた目元に笑みを湛《たた》えて頷く。それから秀吉は長政に伴われて門所の中へと入っていった。三成が身を固くし、目を針の如く尖らせたのはその直後である。

「お招き下さりかたじけない」

家康である。足取りはのそのそ、頰を目一杯緩めてはいるが、瞳は笑っていない。

「お越し頂き光栄です」

「それは良かった。てっきり儂には来て欲しくないものと……」

家康の声は小さいが、嬲《なぶ》るような響きがあった。

——よくご存知で。

余程、そう言ってやろうかと思ったが、三成はぐっと堪えて、微笑みを向けた。

「殿下に喜んで頂ければよいですな」

「左様です」

家康が言い終わるや否や、三成はぴしゃりと返す。

その時、俄かに騒がしくなった。女の声だ。何か言い争っているらしい。

「御免」

三成は声のほうに向かう時、家康がにやりとするのを目の端に捉えた。早速、何かを仕掛けてきたようだ。

「どうか暫し、暫し」

先に騒動の渦中に辿り着いた長盛と正家が無骨に制している。

「何事ですか」

三成は誰にという訳ではなく、衆の塊に向けて尋ねた。

「御方様《おかた》が順番で……」

渦中の外側にいた下奉行の一人が顔を真っ青にし、争いの発端から搔い摘んで説明した。

参加者には十三組の何処に属するか事前に決めて通達してある。秀吉と共に回る一組目は、女房衆、その侍女の中でも選ばれた者、近習の中でも歴が長く機転の利く者、あとは五大老次席の前田利家、そして急遽参加が決まった五大老筆頭の徳川家康である。事件が起こったのは、組ごとに固まるよう誘導している最中のことだ。一組目に入ることが決まっていた秀吉側室の淀《よど》殿が突如として、

——やはり納得出来かねます。

と、言い出したのである。

伏見城から醍醐寺まで移動する女房衆の駕籠の順は決まっており、境内を見て回る時もそれに倣うことになっていた。一番目が秀吉の正室である北政所《きたのまんどころ》、二番目が大津宰相京極高次の妹であり、秀吉の寵愛も篤い松《まつ》の丸《まる》殿。三番目が嫡子秀頼の生母である淀殿、四番目が織田信長の娘の三《さん》の丸《まる》殿といった塩梅である。これで各人の了承は得られていたのだが、ここに来て淀殿が不満を露わにし、自身

の序列を二番目にしろと主張したらしい。

「北政所様は」

追いついた玄以が鋭く訊いた。

「門所に」

下奉行いわく、北政所はすでに秀吉に続いて門所に入ったとのこと。その直後、淀殿が不平を言い出したので騒動には気付いていないらしい。

「よし。殿下にも北政所様にも報せるな」

玄以は即断して指示を出した。その判断には、三成も全く同意であった。せっかく秀吉は楽しみにしているのに、気分を害して出鼻を挫くことになりかねない。北政所もそうだ。側室の中でも頭一つ抜けた淀殿と松の丸殿の二人には、常に最大限の配慮をしている。とはいえ、正室という身分であれば、奥向きで争いがあれば一喝せねばならず、折角の明るい雰囲気も霧散するだろう。何より秀吉が北政所に心労を掛けたことに怒り、花見どころの騒ぎではなくなるかもしれない。

玄以は衆を掻き分けて、淀殿、松の丸殿の二人を交互に見つつ言い放った。

「寺領でござるぞ。声を荒らげる方にはお帰り願うことになります」

頭に血が上っているのだろう。淀殿が顔を赤くして、玄以に反論しようとする。

「そのようなこと――」

「致しまするぞ。拙僧は畏れ多くも殿下から寺社のことを一任されておりますゆえ、ここでは従って頂く。拙僧が間違っていたと仰るならば、その時にはこの大きな腹を切りましょうぞ」

玄以は静かに、それでいて威厳に満ちた声で滔々《とうとう》と語り、最後に自身の太鼓腹にそっと手を添えた。

玄以の迫力に淀殿を始め、女中たちも息を呑み、無用な声を上げる者はいなくなった。

その間、三成は三の丸殿の周りを固めるお付きの者たちのところに行き、

「三の丸殿は」

と、短く尋ねた。三の丸殿付きを務めているのは、小姓時代を共に過ごし、臨時の奉行も幾度となく担って来た片桐且元《かつもと》。そして、秀吉の馬廻として八千石の禄を食む平塚為広《ためひろ》である。且元は三の丸殿の側《そば》にぴたりと付いており、三成の問いに答えたのは為広であった。

「何も仰ってはおられませぬ」

「解りました。では、素知らぬふりを」

「承知」

無骨な武人の為広は、戦場であるかのように端的に返答した。ようやく騒ぎが鎮まり、話し合いの場が持たれようとしている時、遠くで見つめる家康が目に入った。その口元は僅かに綻んでいる。

三成は確信して舌打ちをした。家康が淀殿と松の丸殿のどちらかに、よからぬことを吹き込んだ。恐らく、この場合は先に動いた淀殿の可能性が濃厚だろう。

「何も騒ぎを大きくするつもりはございません。しかし、やはり理不尽に思うのです」

この声は淀殿である。それに対し、松の丸殿がさめざめと泣きながらも絞るように返す。

「今更何を……この御方は……あまりに身勝手ではござりませぬか」

三成が再び淀殿たちのもとに駆け付けた時には、自然とまた五奉行全員が揃う形となった。取り敢えず下奉行らに二人を宥《なだ》めるのを任せ、誰が言い出す訳でもなく緊急の会議が開かれた。

「殿下はすぐにでも出立したいと仰せだ。もう時が無いぞ」

長政が脚を揺すりつつ、秀吉の様子を早口に告げた。

「すでに決まっていたのに……」

正家はこめかみを摩りながら言った。駕籠の二番以降の順を如何にするかは五奉行も相当頭を捻ったが、松の丸殿が出身の京極家は、淀殿が出身の浅井家の旧主であることに鑑みて決めた。

「何故、淀殿は順を変えろと」

三成が問うと、端から近くにいた長盛が答える。

「唐《から》の王朝では世継ぎを生んだ者は、国母となって正妻に次ぐ存在として扱われている。我らもそれに倣うべきではないかと」

「その唐の王朝と我らは干戈を交えているのだ……笑い話にもならぬ。が、我が国の朝廷が唐に倣って来たのは事実。殿下はその朝廷の関白を務められた御方。些かか細いものの、一応の筋は通っているか」

玄以が渋面を作りながら零す。

「しかし、淀殿は何処でそのようなことを。前よりご存じならば、報せた時点で何かありそうなものじゃが……」

長政が訝しそうに唇を噛み締めるので、三成は冷ややかに言い放った。

「内府殿が教えて煽ったものと」

「お主、またそのようなことを――」

「あれを見てもまだそう思いますか」

三成が小さく顎を振ると、長政はあっと息を呑んだ。近眼で曇った視界でも、家康がほくそ笑んでいることは解る。今は注目されていないとはいえ、慎重な家康にしては至極珍しいこと。そもそものような仕様もない、姑息な策を仕掛けてくること自体が家康らしくない。それほど、三成ら奉行が疎ましいということか。

――いや、違う。

三成は思い直す。家康も解っているのだ。この催しが、恐らく秀吉存命中、五奉行による最後の仕事になることを。ほんの些細なことでも瑕疵を付ければよい。秀吉の叱責を受けるならばなおよし。

秀吉亡き後、その傷を徹底的に抉《えぐ》り、

——太閤殿下もお怒りであった。とても奉行に政を任せておけぬ。

と、猛烈に吹聴する気であろう。いつか世が動き出すその日の為、自分が有利になることは全て実行する。家康もまた必死であり、なりふり構っていられないのだ。

「内府殿は他にも何か動いているようじゃ」

この一両月、恐らくは家康の腹心である本多正信《まさのぶ》の命を受けた徳川家の家臣たちが何やら動いているる。洛中でも見掛ける者がいたことで、玄以はそれを察知したという。

「殿下が」

話の途中、八右衛門が報じた。秀吉が門所で待つことに倦《う》み始めているらしい。組み分けで何かあったのかなどと、訝しんでもいるという。

「時が無い。ともかく貴殿らはすぐに茶屋に戻ったほうがよい」

三成は早口で促した。長盛、玄以、正家の三人は茶屋の亭主でもあるのだ。問題が解決して花見が始まったとしても、用意が整っていないのでは話にならない。

「ここは私と浅野殿に任せて下され。よろしいですな」

三成が話を振ると、長政ははっと我に返ったように頷いた。三人の奉行らは躊躇《ためら》いつつも、それぞれの茶屋へと向かった。

「何か妙案があるのだな」

長政は期待の眼差しを向けた。

「いえ。ただ、我らが頭を捻るしかありませぬ。拙者は淀殿と話す故、浅野殿は松の丸殿の説得をお願い致す」

どちらか一人でも折れれば、この場は収まるのだ。互いに頷き合ってそれぞれの元へと向かう。

「治部殿ですか。よいところに来ました」

淀殿はぱっと顔を明るくした。三成は淀殿の覚えが悪くない。特段、何か取り計らったということもないが、石田家がかつて浅井家の被官だったことで近しく感じるのだろう。

「御方様、ここはお退き下さい」

味方してくれるものと思っていたらしい三成の一言に、淀殿はあからさまに不快感を示した。

「しかし、唐では――」

「ここは唐ではございませぬ」

三成はぴしゃりと遮ると一転して、柔らかな口調で続けた。

「左近衛中将《さこんえのちゅうじょう》様の将来を思えば……そのようなことを吹聴する者がいたのでしょう」

秀頼は僅か五歳で左近衛中将に任官している。これも秀吉が、自身がいなくなった後を慮《おもんぱか》ってのことである。

「何故、それを……」

「やはり。しかし、心配は無用でござる。私を含め臣下一同、身命を賭して左近衛中将様をお守りすると約束致します」

淀殿の目には、薄《う》っすらと涙の膜が張っている。今、皆が後のことを考えている。淀殿もまた不安なのだ。母としてそれを煽られれば、頑なになってしまうのは無理もないことだ。

「得心して下さいますか」

三成が優しく語り掛けると、淀殿はほんの僅かであるが頷いてくれた。しかし淀殿が軽率だったとはいえ、最低限の顔も立てて収めねばならない。その時、長政がこちらに近付いて来たので、三成は淀殿に会釈をしてその場を離れた。

「淀殿は何と」

「やはり不安を煽られたようです。が、得心されています。そちらは？」

「松の丸殿も取り乱したことを詫びておられる。淀殿には常日頃から僻《ひが》みもあったとまで、儂だけには仰せになった」

「しかし……如何に収めるかです」

二人にとって面目が立つように、そして、気分を新たに花見を楽しんで貰わねばならない。

「儂に一案がある」

長政は短く腹の内を語った。それが真に為せるならば、全て丸く収まるような気がする。しかし、長政がこのような案を考え付くのは意外であった。長政はこちらの困惑を察したかのように続けた。

「昔は何でも一人でやらねばと気負っていたのじゃがな。いつの間にか人に頼るのも悪くないと思うように変わった。たとえ無様であろうともな」

三成は細い目を開いて頷く。

「お願い出来ますか」

「うむ」

長政は身を反転させる。向かう先はこの騒動の中でも知らぬ振りを決め込まざるを得なかった前田家の元である。するとここで、家康が舌打ちをするや、こちらに向かって来た。筆頭大老の「突撃」に衆が割れ、三成まで一筋の道が出来た。

「それは違う」

家康の一言目はそれであった。

「はて？」

三成は大仰に首を傾《かし》げた。

「前田殿に取りなして貰うおつもりであろう。しかし、大老たるもの奥向きのことに関わるべきではない。女房のことは、女房同士で決めさせるべきじゃ」

家康は捲《まく》し立てるように言い放った。

「そのつもりです」

三成の鋭い切り返しに家康が顔を顰めたその瞬間、陽気な弾むような声が響き渡った。

「二番手は私です！」

声の主は、利家の妻まつである。長政が頼んだのは利家ではない。端からまつの方に、二番手を引き受けて下さりませぬか、と願い出たのである。まつは賢い人である。すぐに意を察して動いてくれたのであろう。

「私は客ですよ。譲ってくれてもよいでしょう？」

まつは淀殿、松の丸殿の二人の間に歩を進めながら悪戯っぽく尋ね、さらに畳みかける。

「歳の順から言ってもこの私。久しぶりに北政所様とゆっくりお話しもしたいのです」

清洲《きよす》に住んでいた頃から、秀吉と利家の間には親交があり、妻どうしも懇意にしていたことは周知の事実。利家とまつの仲人を務めたのも秀吉夫妻なのだ。

「どうかお願い申し上げます」

まつが間で深々と腰を折ったことで、

「ごもっともなことです！」

「どうか御手をお上げ下さい！」

と、淀殿と松の丸殿が声を上げる。こうなってしまえばもう拘《こだわ》りも一気に霧散したらしく、互いに三番手を譲り合う始末。淀殿が三番手に収まったものの、先ほどまで喧嘩していたのが嘘のように、共に参りましょうと嬉々として話し合っているのだから皆が吃驚している。

一方、家康は苦虫を嚙み潰したような顔になっていたが、すぐにでっぷりとした身を翻した。

秀吉のまだかという声が門所から聞こえた。声色からして怒っている風ではない。楽しみを待ちきれぬ子どもを彷彿とさせるものだ。秀吉は外の事態には気付いていたが、自身が出ると余計にこじれると考え、奉行を信じて堪えてくれたのかもしれない。

全ての用意が整ったことを告げると、秀吉と北政所が門所から満面の笑みを浮かべて出て来る。女房らが十三の組ごとに分かれて居並ぶ中、三成は満を持して告げた。

「それでは皆様、存分にお楽しみ下さい」

どっと歓声が上がり、秀吉を含む一組目が遂に出発した。時に視野を埋め尽くすほど豪奢に、時に敢えて一本だけひっそり楚々として、所によって違いはあれども、境内の何処を歩んでも桜、桜、桜。その幻想的な風景に蕩《とろ》けるような感嘆の声が幾度となく上がる。

「こちらが一番茶屋、益田少将照従殿が亭主を務めております」

三成は宙に手を滑らせつつ紹介した。知らぬうちに自身でも高揚していたらしく、常よりも声に張りが生まれていた。秀吉は手を叩いて歓喜し、女房衆からも歓声が上がる。その中、家康だけが詰まらなそうな顔でいるので、三成は得意げに鼻を鳴らして口元を緩めた。

出立から三刻後、三成は額に汗を滲ませていた。恐らく顔も青白くなっているだろう。それは他の五奉行も同様である。長盛、玄以、正家は自身が亭主を務めた後は、こちらに同行してきている。皆がそのように浮かぬ顔になっているのは、

——殿下のお顔が時を追うごとに曇っていっている。

というのが理由である。

当初はこうではなかった。一番の益田少将の茶屋は絶賛していたし、特に長盛の岩穴を使った四番茶屋などは、女房衆は変わった趣向に嬉々としており、秀吉も好ましげにそれを見渡していた。だが、

秀吉の表情が徐々に冴えないものになっていったのは、この辺りからであったように思う。疲れが出たのかと心配し、三成は思い切って小声で訊いた。しかし、当人は頗る調子が良いと否定する。

「何かお気に召さぬことが……」

六番目、正家の大きな茶屋で山海の幸をふんだんに使った夕餉を取った時には、秀吉は箸を止めてしまい、茫と宙を眺めていたので、三成は腹を括って尋ねた。秀吉ははっとして我に返り、大層な料理だと褒めてくれたが、やはり心より楽しめていないように見えた。

そして、七番目の茶屋。あの御牧景則の茶屋である。力添えをすると大口を叩いたものの、三成とてさほど風流に通じている訳ではない。そこで三成はとある人物に協力を仰いだ。

あの島井宗室である。宗室は文《ふみ》の中で、

――たとえ無骨なれども、御牧様が考えたものでよいのではないでしょうか。

と、一度は辞退した。しかし、三成が再び熱心に頼んだことで、宗室は了承して自身がよいと思う茶屋を提案してくれたのである。

「殿下、よくぞお越し下さいました」

景則には緊張の色が見られた。一頻《ひとしき》り会話があった後、景則は自身の茶屋へと招き入れる。数寄屋《すきや》作りの建物であり、わざわざ古屋をこぼって集めた材が使われている。新調した障子には、狩野《かのう》派の絵師の手に拠る立派な桜の絵が描かれており、室内でも桜を楽しんで貰おうという計らいである。

秀吉は茶屋をじいと見渡し、ほんの微かではあるが首を捻った。景則にしては手が込んでいると気付かれたのかもしれない。が、疑問を挟むことはなく、ひょいと干菓子を口に放り込む。

夕餉の後である。甘いものがよいと、最高級の砂糖を用いた色とりどりの干菓子を、三方《さんぽう》に盛り付けて提供することにした。秀吉は念入りに干菓子を味わうと、うむ、とのみ、小さく言った。景則が心配そうにしているのを察したのか、秀吉は微笑みつつ声を掛ける。しかし、その顔が少し寂しげなものに見えた。やはり、何かがおかしい。

——真にこれでよかったのか。

口に出さずとも、奉行たちが困惑しているのは明らかであった。

いよいよ終《つい》となる八番、新庄東玉直忠の茶屋だ。全ての中でも頭一つ抜けた仕上がりである。秀吉はさぞかし喜んでくれるだろうと自信を持っていたが、この流れでは危惧しか抱けない。

「違う……」

三成は蚊の鳴くような声で漏らしてしまった。秀吉は何処か上の空なのだ。自身の余命がさほど残っていないことを感じ、感傷に浸っているのか。いや、違う。秀吉は満足していないのだ。

三成がとあることを口にしようとした瞬間である。家康がにやりとした笑みを浮かべつつ近付いて来た。五奉行皆に緊張が走る中、家康は奉行たちの前でも憚ることなく、

「殿下は何処か楽しんでおられぬようにお見受けします」

と、堂々と言って退《の》けたのである。秀吉はそんなことはないと取り繕うものの、家康は大仰に首を横に振る。

「奉行殿たちに手落ちがあるとは思っておりませなんだが、万が一……万が一このようなこともあろうかと、拙者なりに馳走を用意してございます」

「内府殿！」

今の言い様では、奉行たちに手落ちがあったことは確実という態になる。三成が声を鋭くするものの、家康は分厚い掌を向けて低く続けた。

「如何でしょう」

秀吉としても、家康の好意を無駄には出来ないと考えたのであろう。是非、見てみたいとやや引き攣《つ》った声で応じた。家康が傍らに視線を送る。随伴を許されていた家康の腹心、本多正信である。正

信は短く頷くと、身を翻して来た道を引き返していった。三成は叱責を覚悟の上、

「待つ必要は無いのではありませぬか」

と進言したが、秀吉は聞き入れることはなかった。そこで改めて、この花見で満足しきってはいないと確信した。家康の趣向を楽しみにしているのも解ったのだ。

四半刻ほどして正信がぞろぞろと人を引き連れて戻って来た。五、六人で大振りの板状の台を持ち運んでおり、その上には何かが載っているが、白い布が掛けられていて見えない。秀吉が期待に身を乗り出す中、家康は次々に運び込まれた台を背に話し始めた。

「こうしてお招き頂いたのです。御礼を申し上げたく支度させました。八人の亭主の方々の馳走には見劣り致しましょうが、お楽しみ下されば幸甚の極みでございます」

三成は歯を食いしばる。秀吉が花見を満喫していたとしても、家康は当初からこうするつもりだったのだ。八人の亭主を上回る自信があるのだろう。

「是非、ご覧下され」

家康がそう言うと、台に掛けられた布が一斉に取り払われる。そこに並んでいたのは、正家の六番茶屋の夕餉を上回る山海の珍味、初めて見るような料理の数々である。品数は優に五十を超えている。

「日ノ本六十余州、それぞれの名物でございます。天下人たる殿下にこそ相応しいと、ご用意致しました」

大きなざわめきと歓声が起こる。予め日ノ本中の郷土の料理を調べ上げ、中でも保存のきくものを選び出し、今日という日のために夜を徹して支度させていたのだろう。

——やられた。

三成は正直にそう思った。六十余州の料理を用意するという企図、実際にそれらが並んだ姿、明らかに八つの茶屋よりも迫力が勝っている。秀吉はきっと歓喜するだろうし、家康は後に奉行たちに不

備があった故、念のために用意していて功を奏したと、必ずや喧伝することだろう。三成は恐る恐る秀吉を見た。

「え……」

三成は言葉を詰まらせた。長盛、正家、玄以、そして長政も似たような反応である。大はしゃぎするものと思っていた秀吉が喜んでいないのである。いや、厳密には、家康の好意に喜んでいるように見せてはいるのだが、明らかに愛想笑いを浮かべているのが、長年側に仕えた奉行には解った。それは家康も同様らしく、まさかの表情に明らかに困惑している。

すでに随分腹は膨れているだろうに、女房達は珍しく豪華な料理に舌鼓を打つ。ただ、秀吉はやはり浮かない顔で、茫と桜を、その向こうの空を見上げている。

――これでよかったのか。

三成の脳裡に過ぎったのはその葛藤であった。家康が喜ばせていたならば、きっと歯嚙みして悔しがっただろう。しかし、家康のもてなしでさえ心を射抜かなかったことに対し、様《ざま》を見ろとは思わなかったし、奉行の体面を保てたとの安堵もなかった。

秀吉にはただ、喜んで欲しかった。これが最後の花見になるかもしれないならば猶更《なおさら》――。その花見が間もなく終わる。終わってしまうのだ。

「佐吉……治部殿、如何した」

小さく声を掛けてきたのは、八番茶屋の警固を務める父正継であった。

「酷く狼狽しているように見える。何かあったのだろう」

「そのようなことは。しかし、何故……」

確かに動揺しているが、誰一人それに気付いてはいない。元々、顔に出にくい性質であったし、奉行となってからは付け込まれぬように、さらに努めて真意を悟られぬようにして来た。

「狼狽すると……こうな」

正継は唇に親指の爪をそっと添えた。

「噛んではいませぬが」

そのような癖は無い。その証左に三成の爪は綺麗に揃っている。

「違う。添えるだけよ」

正継は柔らかく笑った。爪を下唇に添える。言われてみればしているかもしれない。きっかけは幼い頃、夏の暑い日、爪を当てるとひんやりと冷たくて気分が落ち着いたから。誰にも話したことはない、他愛《たわい》ない理由である。正継は桜に目を移して続けた。

「とはいえ……儂もすっかり忘れていて、今しがた思い出した。なお変わらぬとは」

「お恥ずかしいところをお見せしました」

「いいや、そうではない。天下の奉行となっても、お主はお主のままなのだ……とな。少し嬉しくなってしまった。儂には解らぬような難事があるのだろう。それどころではないのは重々承知だ。だが、今を逃しては二度と言えぬかもしれぬから言わせてくれ」

正継は二度、三度頷いてさらに続けた。

「お主の才を見抜けず、寺に出してすまなかった。才だけではなく、血の滲む如き苦労もしただろう。儂には到底思いも及ばぬほどのな」

「少々……です」

三成は小声で答えた。

「しかし、困ったことがあれば、遠慮なく儂を頼ってくれ。頼りにならぬ父だがな」

正継は苦笑しながらこめかみを掻いた。三成は腹を決めて胸に閊《つか》えていたものを口にした。

「父上には、殿下が楽しんでおられるように見えますか？」

「儂にはそのように見えるが……」

正継はそこで咳払いを一つして、改まった口調で、

「それは儂などより、誰よりも殿下のために働いてこられた、貴殿らの方が解るのではないでしょうか。奉行殿」

と言ってから、にこりと微笑んだ。その瞬間、胸の内で何かが音を立てて嵌《は》まったような気がし、三成は方々に目配せをしつつ歩み出した。視線の先は、他の五奉行。彼らもまた、誰からともなく歩を進め始め、やがて五人で円陣を組むような恰好で向き合うこととなった。

「思うところがあります」

三成が切り出す。皆、すでに何か解っているのだろう。長盛は真一文字に口を結んで頷き、正家はぱっと眉を開き、玄以はやれやれといったように苦く頬を緩める。長政は久しぶりに胃の腑辺りを指で押して溜息を漏らすものの、その表情は決して暗いものではなかった。

やがて家康の飛び入りの饗応も一段落した。いよいよこの花見も終わり、秀吉が帰路に就こうとしたその時である。三成は秀吉の前に進み出た。

「此度の花見、ご満足頂けなかったようにお見受け致しました」

三成の一言に衆がどよめく。

「殿下、お願いしたき儀があります。今一度、花見を催させて頂けないでしょうか」

衆のどよめきはさらに大きくなり、秀吉でさえも吃驚して固まる。また一から仕込み直すとなれば相当な労力が必要である。そもそも花は間もなく散ってしまうのだ。秀吉は来年の話をしているのだと思い直したようで、細く息を吐いて首を横に振った。やはり秀吉本人も、次の春はもう無いと感じているのだ。

「いえ、五日後……」

三成は今にも散り始めそうな桜をちらりと見上げ、

「三日後に」

と、言い直した。秀吉は再び唖然となり、その表情のまま他の奉行を見渡す。それはお主たちの総意かという意味だ。奉行たちが銘々頷いたところで、秀吉は小さく身震いをした。秀吉はこの醍醐の花見を催すに当たり、

――儂が生きた証となるようなものにしたい。

と、言った。秀吉本人でさえ、それが如何なるものか解っていた訳ではないだろう。だが確かなのは、天下人にしか出来ない豪華な花見ではなかったということ。

「如何なるものをお望みか、今一度お聞かせ願えませぬか」

あの日、あの時以来、三成は初めて尋ねた。秀吉もはっとした表情になる。暫し無言の時が流れた後、秀吉はぽつりと言った。自らの一生を振り返りたいと――。

「承知　仕《つかまつ》りました」

三成が凜然と答えると、秀吉は躊躇いを見せつつも口を結んで頷いた。

秀吉らが伏見城に引き上げるのを見届けてから、三成は自身が思い描いた「花見」を、他の五奉行に滔々と語った。

「確かにそれならば、殿下が生きた証に相応しい」

まず長盛が興奮を抑えるように言った。

「儂らは間違っていたのう……」

玄以が呟く。

「それで参りましょう」

正家は頬を紅潮させている。

「浅野殿、如何でしょうか」

瞑目している長政に向け、三成は静かに問うた。

「これまで多くの難しい戦に挑んで来たが、此度は三日後だぞ……間に合うか？」

「そのような我らだからこそ」

三成が即答すると、長政はふっと肩を揺らした。

その時、風が吹き付けて、ひらりと一枚の花弁が眼前を過ぎった。時は残されていない。すぐに茶屋の亭主を集め、三日で茶屋を改装すること、力を貸して欲しいが決して強制ではないことを伝えた。いずれもこの無茶に愕然とする中、

「貴殿の言う通りでした」

三成は景則に向けて詫びた。秀吉は景則の茶屋をまじまじと見て、小さく首を捻っていた。あれは景則が考案した趣向でないことに気付き、そして、落胆したのであろう。つまり景則の考えそうなものを欲していたということだ。

「何なりとお命じ下され」

景則は非難などせず、真っ先に応じた。これによって他の亭主たちも協力を厭《いと》わぬと請け合ってくれた。

茶屋を如何に改装するか、如何なる料理を振舞うか、その場ですぐに決まったものの、最後となる八番茶屋の料理のところで壁に当たった。それは北政所さえも知らぬ味だと、かつて秀吉が語っていたのだ。つまり、誰も知らぬということを意味する。

他のものにするか。一縷《いちる》の望みを掛けて動くか。とはいえ、五奉行、下奉行総出でも間に合うかどうかという今、三成がこの場を離れることは難しい。しかし、これはどうしても秀吉に――。そこまで考えた時、三成の目に飛び込んで来たものがあった。

「刑部《ぎょうぶ》……」

いつからここにいたのか。吉継が桜の木に背をもたせつつ、こちらに視線を送っている。頭巾の下に微笑みを浮かべているのは間違いない。吉継は人差し指で、自身の鼻の辺りを、二度三度、ちょいと叩いた。

「代わりを頼めるか」

「任せておけ」

吉継は、さっさと行けといったように顎をすいと振る。三成は皆に後を託して走り出した。醍醐寺の境内から出て、

「馬を！」

と、持ち場についていた下奉行たちに向けて叫ぶ。三成の剣幕から、秀吉の身に何かが起こったのか、それとも他の一大事が出来《しゅったい》したのかとざわめきが起きる中、すかさず馬を曳いて来たのは、駒井八右衛門であった。

「石田様、我々は何をすれば」

八右衛門を始め、ここにいる下奉行たちは事態さえ把握していない。が、これが奉行による戦であり、各々にやるべき仕事があることだけは解ってくれている。

「他の奉行に指示を仰いでくれ」

三成は馬に跨《また》がりながら言った。

「承知しました。お気をつけて」

八右衛門が凛然と頷く。他の下奉行たちも、まずは奉行のもとに急げ、何にせよすぐに動けるように荷を纏めよ、などと銘々が声を掛け合って動き始めた。彼らもまた、これまで共に多くの難題に挑んできた奉行なのである。三成は後進の成長にも心強さを感じながら、

「頼む」

と、言い残して馬を駆った。

向かう先は東。故郷であり、自領である近江のさらに先。目指す地まで不眠不休で駆け続けるつもりである。

距離、行程、共に美濃大返しの時に酷似している。ただあの時と違うのは、頼れる者たちがいること。一人で駆けているが、決して一人ではないこと。

逢坂《おうさか》の関を駆け上がると、眼下に琵琶の湖が広がっている。傾き始めた陽に照らされ、煌々《こうこう》と輝く湖面に飛び込むように、三成は坂道を下っていった。


三日後、再び秀吉が醍醐寺に現れた。此度は女房衆の数もぐっと絞り、近習も含めてたった五十人余である。爽やかな風に乗って花弁が舞い踊り、境内を薄紅色に染めている。

「一番茶屋はこちらに」

長盛が先導して案内する。秀吉は奉行に無理をさせていると思っているのか、さして期待はしていないようだったが、すぐにこれはと瞠目した。室内は伏見城の秀吉の居室の一部を、そのまま再現したのである。細部に至るまで一緒。ただ本物と違うのは、まるで時が止まったかのように、真新しいことである。

「万丸《よろずまる》……」

秀吉は室内をゆっくりと見渡すと、蚊の鳴くほどの小声で言った。万丸とは、甥である豊臣秀次の幼名である。伏見城はそもそも、秀次に関白職を譲った折、隠居城として作ったものであった。そのことを思い出したのであろう。

しかし、その秀次はもういない。秀吉自らが切腹を申し付けたのである。周囲は様々な理由を語るものの、秀吉にしか解らない想いもあろう。きっと殺したかった訳ではない。皺が刻まれた目尻に薄《う》っすらと涙が浮かんでいた。

続いて二番茶屋は大坂城の居室を模したものである。これを写すのは些か苦労した。実際の部屋がかなりの大きさで、とてもではないが場所が足りなかった。しかし、その一部を切り取って、長盛の指揮のもと丹念に造った。

「儂の自慢の城じゃ」

湿った空気を飛ばすように、秀吉は笑みを作った。

秀吉の一生の中で、大坂城は最も巨大な建築物である。そして、最も心血を注いで縄張りを引いたものでもある。

信長の安土《あづち》城を超える城を作ることで、織田家にも勝る威光を示すため。そのように語る者も少なくなかったが、これも奉行たちは知っている。大坂城の縄張りを引いている時、建築の現場に訪れる時、秀吉は子どものように無邪気だったことを。その嬉々とした顔は、秘密の隠れ家を作らんとするかのようだった。この城は、秀吉にとって集大成とも言えるものであったのだろう。

「次はこちらです」

ここで玄以が引き継いで導く。三番茶屋は姫路《ひめじ》城である。

次はきっとそうだろう。ほら、当たった。などと言いながら、秀吉は部屋に入る。そして、周囲の側室や侍女たちに向けて、

「官兵衛《かんべえ》と出逢ったのはこの頃じゃ」

と、懐かしそうに語った。黒田官兵衛孝高《よしたか》は類稀なる智囊《ちのう》により、秀吉の側近として覇業を支えたが、天下統一の後は、徐々に距離が出来るようになった。官兵衛の野心を恐れたこと、奉行が中枢を取って代わったことが理由だと、巷ではよく語られているらしい。それもそうなのかもしれない。が、

実際のところは、何となくというのが最も近いのではないか。

人と人、共に輝ける時には限りがある。官兵衛にとっては秀吉が天下を統べるまで。そして、奉行たちにもそう遠くなく終わりが来るように。

「近頃、会っておらぬな……あやつは葛餅《くずもち》が好きじゃ。吉野葛《よしの》を送ってやってくれ」

今は隠居し、筑前に引き籠もっている官兵衛に想いを馳せたのだろう、秀吉は近くの者に頼んだ。

そして、四番茶屋に来た。これは長浜城である。秀吉が大名として取り立てられ、初めて得た城であった。その感動がまざまざと蘇ったらしい。秀吉は顔をくしゃくしゃにして、

「そうじゃ、そうじゃ。ここで皆と逢ったのだ」

と、繰り返し頷いていた。この時代に大谷吉継、片桐且元、加藤嘉明、脇坂安治など、今では一端《いっぱし》の大名となっている者たちに出逢った。加藤清正、福島正則など縁者を呼び寄せ、召し抱えたのもそうだ。そして、長盛、三成と邂逅《かいこう》したのも。

「半兵衛《はんべえ》……」

秀吉はぽつりと呟いた。官兵衛の前の腹心、竹中《たけなか》半兵衛のことである。姫路時代に半兵衛は病でこの世を去った。この長浜時代は秀吉と半兵衛が最も密な頃だったのだろう。その時の思い出が込み上げてきたのか、秀吉はすっと指で目の端を拭った。

「次はこちらです！」

正家が秀吉の高揚につられるように声を弾ませる。五番茶屋は秀吉が城番《じょうばん》を務めた横山《よこやま》城の粗末な一室を見事に再現させた。

「この頃はまっこと忙しくてな。板間で寝たこともあったのじゃぞ」

秀吉は諸手を開いて戯《おど》けるように言った。当時を知らぬ側室や侍女たちは冗談と取って笑っていたが、北政所が事実だと裏付けると、皆が驚きに目を丸くした。

この城で浅井家からの日夜の襲撃に備えながら、次々に与えられる他の仕事にも邁進したと言う。秀吉が人生の中で最も働いた時期。それは今の奉行にも劣らぬほどだったとか。そのような頃があるからこそ、今という時に至ったのだ。

続く六番茶屋は岐阜城下にあった秀吉の屋敷を蘇らせた。秀吉はここでも懐かしそうにしていたが、あっと声を上げて一本の柱に近付いた。

「この傷は……」

北政所が口元を綻ばせ、秀吉はばつが悪そうにこめかみを掻く。

この頃は出世を妬む者も多く、陰湿ないじめを受けたりもしていたらしい。秀吉は常に明るく振舞う人であったが、時に蓄積した怒りを抑えきれず、北政所にあたり、柱を刀で切りつけてしまったこともあったとか。秀吉が膝を突いて涙を零し、北政所が丸まった背を摩る。此度、傷さえも蘇らせることが出来たのは、勿論北政所が教えてくれたからだ。

「……すまなかったな」

幾十年ぶりに詫びる秀吉に、北政所は微笑みを湛えて首を横に振った。

「殿下……義兄上《あにうえ》。こちらへ」

長政が昔の呼び方に直したところで、秀吉は感に堪《た》えず遂には嗚咽《おえつ》を漏らした。七番茶屋は清洲城下の屋敷とも呼べぬ粗末な家。

「墨俣《すのまた》城の話を聞いたことくらいあろう」

秀吉は得意げに皆に話す。美濃国斎藤家攻略のため、拠点とする城を作ることになったが、織田家の並み居る重臣たちが悉《ことごと》く失敗。成果を出したのは、末席の秀吉であった。当時協力してくれたのが、今は阿波《あわ》国主の地位にある蜂須賀《はちすか》家である。

「しかし、最初は薪《たきぎ》奉行じゃ」

織田家で薪の費えが嵩《かさ》んでおり、その見直しを命じられた。秀吉は方々に訊いて回り、不正があれば糺《ただ》し、懇切丁寧に節約を促し、費えを半分近くに減らした。これが出世の最初の足掛かりになったと語る。

今、薪の管理は、下奉行でも末席の者の仕事。秀吉にもそのような頃があったと、頭では解るものの、やはり皆、しっくり来ないらしい。

「よし。今度、儂が久しぶりに薪の使い方を見てやろう」

秀吉が冗談交じりに言うので、下奉行はあわあわとする。その様子があまりにおかしく、秀吉が噴き出したのをきっかけに、周囲はどっと笑いに包まれた。

秀吉は次が待ちきれないといったように八番茶屋に向かって先頭を歩む。その足取りは軽やかで、昨今の衰えがまるで嘘のようだ。

ぴたりと秀吉の足が止まった。一瞬、口を窄《すぼ》めたが、すぐに手で覆い隠す。言葉にさえならぬ呻《うめ》きを発しながら、薄紅の風を受けて、一歩、また一歩、歩を進める。八番茶屋はこれも北政所に教えを請い、完全に再現した尾張国中村の秀吉の生家であった。

「馳走を用意しました」

三成は縁側を指し示した。大きな木椀があり湯気が立っている。何の変哲も無い大根の煮物である。秀吉がまさかと呟いて絶句する。

余計なことは何も口にせず、三成はただ木椀を手渡した。

その昔、中村にとよと謂う嫗《おうな》がおり、秀吉は酷く懐いていたらしい。その嫗が食わせてくれた大根の煮物が大層美味かったらしく、大根を食う度に、

――とよ婆の煮物はこのようなものではない。

と、語ったのを覚えていたのだ。その嫗は秀吉の岐阜時代にはすでに他界していたということも聞

いていたが、三日前、三成は何とか再び味わわせて差し上げられぬかと、中村にまで向かったのである。

　全く当ては無かったが、とよの縁者を探り、当時の味を知る者はおらぬかと、昼夜を問わずに探し回った。ようやく同じものを作れるという姪を見つけたのは昨日のこと。その姪を連れて夜を徹して引き返し、何とか払暁に舞い戻ったのである。

「四杯目はこれでございます」

　三成が言うと、秀吉は鼻を啜りながら何度も頷き、大根にそろりと箸を伸ばした。一切れ口に入れてゆっくりと味わうと、もう言葉を発することは無かった。

　ただ天を見上げ、乾いた頬に一筋の涙を伝わせるのみである。

　女房衆もこぞって一口欲しがる。大根一つで賑わうその姿は、とても天下人とその取り巻きとは思えぬものである。

「間に合ったな」

　声を掛けてきたのは吉継であった。今日も杖を突いているものの、その声に掠れはなく、昔のような張りに満ちている。

「ああ、此度も何とか成し遂げられた」

「混じらぬのか？」

　秀吉らが盛り上がっている中に、という意味である。

「いいさ」

「ふむ、確かに。お主はあっちだな」

　吉継が見やった先、遠巻きに眺めている四人の奉行の姿がある。吉継はからりと笑って、

「行け。奉行殿」

と、弾んだ声で言った。

五奉行が肩を並べ、少し離れたところから賑やかな光景を見守っている。主役ではない。が、いつもの特等席である。

「皆様、笑っておられますな」

あまりの無邪気さにつられてか、正家もくすりと笑った。

「気楽なものじゃ。儂らの苦労などご存じなく」

玄以はぼやくものの、その表情は満足げである。

「確かに、誰も我らを気に掛けてはおられませぬな」

長盛が珍しく乗っかって軽口を叩く。

「花とは違ってな」

長政が緩めた頰の近くを花弁が掠めて行った。

「我らはあちらかと」

三成が指差した先、桜の枝に小さな葉が一枚ある。少しばかり気が早いものがいるのは、何も人に限ったことではないらしい。

「葉……か」

花を愛でる人は多いが、葉を眺めようとする人は少ない。だが誰が見ずとも葉は生い茂り、やがてひっそりと身を引き、再び花が咲き誇るのだ。人々の笑いを咲かせるため、誰に顧みられずとも働き続ける。

「奉行とはかようなものかと」

三成が発した時、一陣の風が吹き抜けて花弁がさらに舞った。

不思議なものだ。先に関係があったから、共に何かを成したのではない。仕事をするという一事のみで己たちは出逢った。仕事に導かれたようなものだ。

しかし、それも悪いことではない。よくよく考えてみれば、案外、多くの人がそんなものかもしれない。成すべきことの為に出逢う。これもまた人というものではないか。

桜の花弁が舞い踊る中、奉行たちは、いつまでも止むことのない笑みを見据え続ける。これから先、五人が如何なる道を歩むのかは解らない。ただ、きっと、この花を五枚の葉はずっと忘れないだろう。

三成はそう考えながら、薄紅色に包まれる景色の中で口元を綻ばせた。

【初出】
「週刊新潮」二〇二一年十一月十八日号〜二〇二三年八月三十一日号
なお、単行本化にあたり加筆修正を施しています。

今村翔吾（いまむら・しょうご）
1984年、京都府生まれ。2017年『火喰鳥 羽州ぼろ鳶組』でデビュー。
同作で歴史時代作家クラブ賞・文庫書き下ろし新人賞を受賞。
2018年「童神」（刊行時『童の神』と改題）で角川春樹小説賞を受賞。
2020年『八本目の槍』で吉川英治文学新人賞、『じんかん』で山田風太郎賞、
2021年「羽州ぼろ鳶組」シリーズで吉川英治文庫賞、
2022年『塞王の楯』で直木三十五賞を受賞。
他の著書に「くらまし屋稼業」シリーズ、「イクサガミ」シリーズ、
『幸村を討て』、『茜唄』、『海を破る者』などがある。

五葉《ごよう》のまつり

発行　二〇二四年一〇月三〇日
著者　今村翔吾《いまむらしょうご》
発行者　佐藤隆信
発行所　株式会社　新潮社
〒一六二―八七一一
東京都新宿区矢来町七一番地
電話　編集部〇三（三二六六）五四一一
読者係〇三（三二六六）五一一一
https://www.shinchosha.co.jp
装幀　新潮社装幀室
印刷所　大日本印刷株式会社
製本所　大口製本印刷株式会社

ISBN978-4-10-352712-1 C0093

ともぐい　河﨑秋子

己は人間のなりをした何ものか——山でひとり獲物を狩り続ける男、熊爪。ある日見つけた血痕が運命を狂わせる。人と獣が繰り広げる理屈なき命の応酬の果てには。

木挽町のあだ討ち　永井紗耶子

ある雪の降る夜、芝居小屋のすぐそばで、美少年・菊之助によるみごとな仇討ちが成し遂げられた。後に語り草となった大事件には、隠された真相があり……。

夜露がたり　砂原浩太朗

「死んどくれよ」と口にしたのは、ほんとうだった。でも……欲に流され、恋い焦がれ、橋を渡ろうとする女と男。苛酷にして哀切、山本周五郎賞作家初の「江戸市井もの」全八篇。

なぞとき　畠中　恵

佐助が血だらけに⁉ その謎を解くため皆で賭けをしよう。勝者は一つ、望みを叶えて貰えるって！「しゃばけ」シリーズ第23弾は若だんなと妖の謎解き合戦！

のち更に咲く　澤田瞳子

藤原道長の栄華を転覆させようと企む盗賊たち。その正体を追う女房・小紅はやがて王朝を揺るがす秘密の恋に触れ——「源氏物語」の謎を描く、艶やか平安ミステリ。

万両役者の扇　蝉谷めぐ実

すべては奴の筋書きどおり——底なしの役者沼へ共に堕ちゆく覚悟はできているか。芝居の虚実を濃密に描き出す、狂気と喝采に満ちた時代エンターテインメント。